A. Lee Martinez

Eine Hexe mit Geschmack · Der automatische Detektiv

PIPER

Zu diesem Buch

Sie ist die Namenlose Hexe. Ein furchtbares Ereignis in ihrer Vergangenheit machte sie zu einem untoten, menschenfressenden Monster. Der heroische Weiße Ritter scheint ihr nächstes Opfer zu sein, denn ein guter Mann und eine gute Mahlzeit sind für die Hexe so ziemlich das Gleiche. Wären da nicht ein Haufen Goblins und ein irrer Zauberer, der die Welt zu vernichten trachtet … Dies ist Empire City, die Stadt, in der Recycling-Anlagen Giftmüll auswerfen und Mutanten zu Fuß schneller vorankommen als mit der Metro. Hier fristet der Roboter Mack sein Dasein als Taxifahrer. Ein ungewöhnlicher Job für eine Maschine, die eigentlich als Killer programmiert wurde. Doch dann muss Mack einer Verschwörung auf den Grund gehen, die nicht nur die Schaltkreise seiner Gegner zum Glühen, sondern ganz Empire City ins Wanken bringt.

A. Lee Martinez wurde mit seinen phantastischen Romanen zum neuen Star der humorvollen Fantasy. Er lebt in Dallas, Texas, wo er schreibt, jongliert, Videospiele spielt und Zeitreisen unternimmt. Vielleicht ist er ein Geheimzauberer (das wäre allerdings geheim), und es könnte sein, dass er Gartenarbeit mag. Sicher ist jedoch, dass er Lebensläufe nicht ausstehen kann. Und eigentlich hat er auch keinen Spaß an Gartenarbeit. Alles andere an dieser Biografie ist aber absolut korrekt. Weiteres zum Autor: www.aleemartinez.com

A. Lee Martinez

EINE HEXE MIT GESCHMACK

Zwei Romane in einem Band

DER AUTOMATISCHE DETEKTIV

Aus dem Amerikanischen
von Karen Gerwig

Piper München Zürich

Entdecke die Welt der Piper Fantasy:

Piper-Fantasy.de

Von A. Lee Martinez liegen bei Piper vor:
Diner des Grauens
Die Kompanie der Oger
Eine Hexe mit Geschmack
Der automatische Detektiv
Monsterkontrolle
Zu viele Flüche

FSC
www.fsc.org
MIX
Papier aus verantwortungsvollen Quellen
FSC® C083411

Taschenbuchsonderausgabe
Dezember 2011

Titel der amerikanischen Originalausgaben:
»A Nameless Witch« und »The Automatic Detective«,
Tor Books, New York 2007 und 2008

Umschlagkonzeption: semper smile, München
Umschlaggestaltung: www.guter-punkt.de
Umschlagabbildung: www.davemalan.com
Satz: Satz für Satz. Barbara Reischmann, Leutkirch
Druck und Bindung: CPI – Clausen & Bosse, Leck
Printed in Germany ISBN 978-3-492-26844-8

Eine Hexe mit Geschmack

Mit doppelter Portion Menschenfleisch!

PIPER

Für Mom:
Ich muss nicht extra erwähnen,
dass ich das hier ohne sie nie geschafft hätte.
Ich sage es trotzdem.

Für den DFW Writer's Workshop:
Sie sind der Beweis: Wenn man genug talentierte Leute in einen Raum steckt, bekommt man von einem oder zweien zwangsläufig ein paar hilfreiche Ratschläge. Das ist ein bisschen wie bei Affen mit Schreibmaschinen.

Für Michele:
Eine begabte Autorin, intelligent und witzig.
Und, um das ein für alle Mal festzuhalten, KEIN größerer Buffy-Fan als ich.

Und schließlich für den Jägersmann:
»Into Action!« ist sein Schlachtruf.

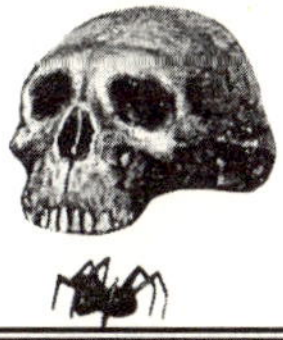

EINS

Ich wurde tot geboren. Oder, um genau zu sein, untot. Nicht, dass es da einen großen Unterschied gäbe. Eigentlich ist es nur eine graduelle Frage.

Wenn ich untot sage, meine ich nicht Vampir, Ghoul oder Friedhofsgeist. Es gibt viele Arten des Nichtlebens. Dies sind nur die üblichsten. Mein Zustand ist da weit weniger hinderlich. Helles Licht stört mich spürbar, und Fleisch esse ich am liebsten roh. Seitdem ich das Erwachsenenalter erreicht habe, bin ich alterslos. Die meisten Mittel, mit denen man Sterblichen Schaden zufügen kann, können mich nicht ernsthaft verletzen, und außerdem besitze ich ein paar seltene Gaben, die den Lebenden unbekannt sind. Doch all diese Vorteile fordern einen hohen Preis.

Wie es genau kam, dass ich untot geboren wurde, ist eine lange, komplizierte Geschichte, die es eigentlich nicht wert ist, im Detail erzählt zu werden. Darin geht es um meinen Ur-Ur-Ur-Urgroßvater, einen im ganzen Königreich berühmten Helden, und um seinen Streit mit einem schwarzen Magier. Dieser Magier, sein Name ist inzwischen in Vergessenheit geraten, darum nenne ich ihn der Einfachheit halber »Fieser Larry«, hatte eine Armee orkischer Zombies zusammengestellt, um das Land zu plündern. Nun weiß aber jeder, dass Orks schreckliche Wesen sind, und Zombies sind auch nicht gerade lustig. Kreuze die beiden, und es kommt ein Unheil heraus, das größer ist als die Summe seiner Teile. Selbstverständlich wurde bald eine Heldenlegion versammelt, dann das erforderliche letzte Gefecht gegen den Jüngsten Tag ausgefochten und um Haaresbreite auch gewonnen. Mein Ur-Ur-Ur-Urgroßvater schlachtete den Fiesen Larry ab, indem er ihm mit einem Hieb seines mächtigen Breitschwerts den Kopf von den Schultern schlug. Der Kopf des Fiesen Larry rollte zu Füßen seines Mörders und sprach noch einen schrecklichen Fluch aus, wie das die Köpfe enthaupteter Magier im Allgemeinen so tun.

»Mit meinem letzten Atemzug verfluche ich dich und deine Nachkommen. Von jetzt an bis ans Ende der Zeiten soll das sechste Kind jeder Generation nichts weiter als eine grausige Abscheulichkeit sein. Ein fremdartiges, schreckliches Wesen, das das Licht scheuen und in elender Dunkelheit hausen soll.«

Als das erledigt war, starb der Fiese Larry. Der Legende zufolge schmolz er zu einer Pfütze zusammen, der Himmel färbte sich schwarz, und das Land – wenn man solchen Geschichten überhaupt Glauben schenken darf – verwandelte sich im Umkreis von einhundert Meilen in einen unwirtlichen Sumpf. Das war das Ende des kleinen, doch beachtenswerten Einflusses des Fiesen Larry auf mein Leben.

Ich frage mich oft, warum sich meine Eltern entschieden, ein sechstes Kind zu bekommen. Immerhin waren sie vorgewarnt. Sie hatten viele Ausreden. Die meistgebrauchte war: »Wir haben die Übersicht verloren.« Die zweithäufigste und meiner Meinung nach weit akzeptablere war: »Na ja, niemand in unserer Familie hatte je sechs, und wir dachten, es hätte vielleicht nicht angeschlagen.« Vollkommen vernünftig. Nicht alle Flüche wirken, und man kann nicht sein Leben lang über alles nachgrübeln, was sämtliche körperlosen Köpfe von sich geben, denen man so begegnet.

Untot zu sein ist außerdem gar kein so furchtbarer Fluch. Unglücklicherweise war dies aber nicht die einzige meiner Sorgen. Denn außer ein Wesen zu sein, das dazu geboren war, in elender Dunkelheit zu hausen, wurde ich in der unendlichen Weisheit des Schicksals auch noch als Mädchen geboren. Diese beiden Umstände sind einzeln genommen kleinere Nachteile, aber wenn man sie zusammenwirft, versteht man die Schwierigkeiten, die ich erleben musste, während ich aufwuchs.

Es gibt Königreiche, in denen Frauen für ihren Geist hoch geschätzt werden, wo sie mehr sind als eine Trophäe oder ein schlecht bezahltes Dienstmädchen. Königreiche, in denen die Ketten von eintausend Jahren Chauvinismus irgendwann mal weggerostet sind. Ich wurde in keinem dieser Königreiche geboren.

Unter den männlichen Freiern meines Dorfes war ich

nicht sehr beliebt. Das war nichts Persönliches. Ehemänner bevorzugen einfach lebende Ehefrauen, und eingesperrt im Keller meiner Eltern lernte ich auch nur wenige potentielle Gatten kennen. Mit achtzehn war ich bereits eine alte, untote Jungfer, die in einem dunklen Keller saß und darauf wartete zu sterben.

Natürlich sterbe ich nicht. Nicht wie normale Leute. An Altersschwäche werde ich sicherlich nicht sterben, also machte ich mich auf eine sehr lange Wartezeit gefasst. Ich rechnete mir aus, dass fünfzig Jahre vergehen würden, bis meine Eltern starben und einer meiner Brüder oder Schwestern die Aufgabe erbte, sich um ihre arme, unglückliche Schwester zu kümmern. Eines ihrer Kinder würde das dann als Nächstes übernehmen. Und so weiter. Und so weiter. Bis sie mich eines Tages entweder vergaßen oder alle starben. Oder bis mich vielleicht – nur vielleicht – eine wütende Menge aus den Schatten zerren und auf dem Scheiterhaufen verbrennen würde. Keine besonders erfreulichen Aussichten. Aber niemand ist Herr seines Schicksals, und mein Los war schließlich gar nicht allzu schrecklich.

All dies änderte sich mit der Ankunft der Grausigen Edna. Das war aber nicht ihr wahrer Name. Den erfuhr ich nie. Ich nannte sie einfach »Grausige Edna«, weil ich fand, dass es ein guter Hexenname war. Sie war eine grotesk korpulente Frau mit bärenartigen Proportionen, einem spitzen Hut, einer riesigen, gebogenen Nase und einem langen, dünnen Gesicht. Ihre Haut war zwar nicht wirklich grün, besaß aber eine glitschige, olivgrüne Färbung. Ihre Nase wurde sogar von einer Warze geziert. Der einzige Makel der Grausigen Edna, hexenmäßig gesprochen, waren zwei Reihen gerader, vollkommener, weißer Zähne.

Der Tag, an dem ich die Grausige Edna traf, veränderte alles, und ich erinnere mich noch gut daran. Die Kellertür öffnete sich. Ich kroch zum Fuß der Treppe, um meine tägliche Mahlzeit abzuholen. Stattdessen kam sie schwerfällig die Treppe heruntergewalzt. Ihre massige Gestalt hielt das Licht ab, das hinter ihr durch die Türöffnung fiel. Sie legte eine schwielige Hand unter mein Kinn und lächelte dünn.

»Ja, ja. Ich denke, du bist gut genug, Kind.«

Die Grausige Edna kaufte mich meinen Eltern für eine winzige Summe ab. Ich bin sicher, sie waren froh, ihre verfluchte Tochter los zu sein, und ich konnte es ihnen ehrlich gesagt nicht einmal verübeln. Meine neue Mentorin nahm mich mit in ihre Hütte inmitten eines verlassenen Waldes weit abseits der Zivilisation. Das Erste, was sie dort tat, war mich zu waschen. Es dauerte sechs lange Stunden, um den Schmutz wegzubekommen, der sich in achtzehn Jahren angesammelt hatte und das Gewirr von Haaren auf meinem Kopf zu schneiden. Als sie schließlich fertig war, stellte sie mich vor einen kleinen Spiegel und runzelte die Stirn.

»Nein, nein, nein. Das gefällt mir nicht. Das gefällt mir überhaupt nicht.«

Der Effekt, den dies auf mein Selbstbewusstsein hatte, war unmittelbar und niederschmetternd. Ich hatte immer gewusst, dass ich ein grauenhaftes Wesen war. Doch die Grausige Edna war selbst keine Schönheit, und solch ein angewiderter Tonfall konnte nur bedeuten, dass der Fluch des Fiesen Larry wirklich ganz nach Wunsch bei mir funktioniert hatte.

»Du bist nicht hässlich, Kind«, korrigierte sie sich. »Du bist ziemlich« – ihr langes Gesicht verzog sich zu einer Grimasse – »hübsch.«

Ich hatte es noch nicht gewagt, in den Spiegel zu sehen, aus Angst, durch meine eigene Scheußlichkeit in den Wahnsinn getrieben zu werden. Jetzt riskierte ich aber doch einen Seitenblick aus dem Augenwinkel. Es war zwar nicht der Anblick, den ich erwartet hatte und der einem allen Verstand geraubt hätte, aber er war doch immer noch um einiges von *hübsch* entfernt.

»Aber was ist mit denen hier?« Ich legte die Hände über die dicken Fetthügel auf meiner Brust.

»Das sind Brüste«, sagte die Grausige Edna. »Es ist normal, dass sie da sind.«

»Aber sie sind so ... so ...«

»Rund. Fest.« Sie seufzte. »So sollten sie auch sein. Ideal.«

Es fiel mir schwer, das zu glauben, aber ich würde jetzt nicht mit der Person streiten, die mich aus meiner einsamen Existenz gerettet hatte.

»Und dieses Hinterteil«, murmelte sie. »Man könnte ein Goldstück daran abprallen lassen.«

»Aber meine Haut ist blass«, bot ich an, im Versuch, ihr zu gefallen.

»Sie ist nicht blass, Liebes. Sie ist alabasterfarben.« Dann umrundete sie mich zweimal und sah mit jedem Moment enttäuschter aus. »Und ich glaube nicht, dass ich je Augen von solchem Grün gesehen habe! Oder Lippen, die so voll und weich gewesen wären. Und dein Haar: Ich habe es mit jahrealter Seife gewaschen und es ist immer noch so weich wie Spinnfäden.« Sie trat nahe an mich heran und schnupperte. »Es riecht nach Sonnenblumen.«

»Was ist mit meinen Zähnen? Sie sollten doch sicher nicht so aussehen.«

Sie prüfte mein Zahnfleisch und die Zähne mit den Fingern. »Nein, Liebes. Du hast ganz recht. Die sind ein bisschen zu scharf. Aber das ist kein echter Makel, und abgesehen davon sind sie hübsch und weiß. Das Zahnfleisch sieht auch gut aus. Die Zunge ist leicht gespalten, aber nur, wenn man genau hinsieht.«

Sie befahl mir, mich zu setzen, immer noch nackt und leicht feucht vom Bad.

»Bist du sicher, dass du dein ganzes Leben in diesem Keller verbracht hast?«

Ich nickte.

»Keine Bewegung. Miserable Ernährung. Leben im Schmutz. Und dennoch schaffst du es irgendwie so herauszukommen. Nicht halb wahnsinnig jedenfalls, soweit ich das beurteilen kann.«

»Sie meinen, ich bin nicht verflucht?«

»Oh doch, du bist ganz bestimmt verflucht, Kind, und untot. Das ist mal sicher. Flüche manifestieren sich allerdings auf viele Arten, und sie sind nicht alle so schlecht. Vor allem Todesflüche. Es ist knifflig genug, einen ordentlichen Fluch auszusprechen, wenn man noch am Leben ist. Aber einen Fluch auszusprechen, während man gerade seinen Geist aufgibt, erfordert schon ein gewisses Geschick. Offenbar hatte der Magier, der deine Familie verfluchte, nicht so ganz die Kontrolle über seine Magie, wie es eigentlich sein sollte. Der untote Teil kam zwar durch, aber das Element mit der Scheußlichkeit hat es wohl nicht so recht geschafft. Die Magie muss eine andere Vorstellung gehabt haben, wie das manchmal der Fall ist.«

Sie reichte mir ein Handtuch. »Bedecke dich, Liebes. Ich kann es nicht länger ertragen, dich anzusehen.«

Ich tat, was mir gesagt wurde.

»Das ist das Problem mit den Todesflüchen. Man sollte sie wirklich nicht benutzen, wenn man nicht das Gefühl hat, dass sie es schaffen können. Es wirft nur ein schlechtes Licht auf uns andere.«

Sie verbrachte einige Minuten damit, in ihrem Stuhl zu schaukeln und sich die Lage durch den Kopf gehen zu lassen. Mich überfiel ein beängstigender Gedanke. Ich wollte nicht in meinen Keller zurückgeschickt werden, wenn ich es verhindern konnte. Da ich ohnehin keine Wahl hatte, hatte ich mein Schicksal eben akzeptiert ... Jetzt war mein Universum mit anderen Möglichkeiten gefüllt, und ich wollte sie nicht verlieren.

Die Grausige Edna sprang von ihrem Schaukelstuhl auf.

»Nun gut, Liebes, die Magie hat mich zu dir gerufen. Es sei mir ferne, ihr zu widersprechen. Deine Schönheit bedeutet nur, dass du noch härter an deiner Hexerei arbeiten musst. Ein Nachteil, ja schon, aber kein unüberwindbarer.« Sie pulte die Warze von ihrer Nase. »Unecht, Schätzchen.« Sie zwinkerte.

Danach wischte sie das grünliche Make-up von ihrem Gesicht und entblößte eine Haut, die zwar rau und ausgezehrt, aber nicht besonders scheußlich war. Sie zog sechs Schichten Kleidung aus, um zu zeigen, dass ihr Buckel nichts anderes war als eine Illusion aus gut platziertem

Stoff. Als sie dann ihren Hut abnahm, wurde mir klar, dass die Grausige Edna zwar eine dicke und hässliche Frau war, aber ohne ihre ganze Kostümierung überhaupt nicht hexenhaft wirkte.

»Wir brauchen alle etwas Hilfe, Liebes. Du nur eben sehr viel mehr als ich. Jetzt lass mich mal sehen, was ich hier habe, damit wir das hinbekommen.« Sie begann, sich durch verschiedene modrige Koffer zu graben, die mit ebenso modriger Kleidung gefüllt waren.

Mein Herz hüpfte vor Freude.

Die Grausige Edna machte mich in den nächsten sechs Monaten mit den modischen Feinheiten der Hexengarderobe vertraut. Genau die richtige Kleidung zu tragen, darauf beruhten fünfzig Prozent des Hexengeschäfts, erklärte sie mir. Sie übertrieb nicht. Es bedeutete einiges an Arbeit, einen so schlecht aussehen zu lassen, wie es erwartet wurde. Vor allem in meinem Fall, so betonte meine Mentorin, da ich mit einer für eine Hexe höchst unpassenden Gestalt geschlagen war.

Als ich endlich die Kunst des hexenhaften Aussehens meisterte, ging sie dazu über, mich die schwarzen Künste zu lehren: Geisterbeschwörung, Dämonologie, die vergessene Sprache nicht sprechender Dinge und die verbotenen Naturweisheiten. Die Mächte der Magie, die die Grausige Edna zu mir geführt hatten, hatten sich nicht geirrt, und zu gegebener Zeit meisterte ich also auch die Kunst der Hexe.

Und eine Zeitlang war ich glücklich.

Bis zu dem schwarzen Tag, an dem sie sie schließlich töteten.

ZWEI

Wie lange genau ich bei der Grausigen Edna lebte, weiß ich nicht. In ihrem Wald war immer Herbst, und als Nebeneffekt meiner alterslosen Natur habe ich kein gutes Zeitgefühl. Ich nehme an, die Grausige Edna wurde schon älter, aber da sie bereits eine faltige, alte Hexe war, als ich sie kennenlernte, ist sie im Lauf meiner Ausbildung nicht noch faltiger geworden, oder zumindest fiel es mir nicht auf.

Wie lange auch immer es gedauert haben mochte: Kurz nachdem ich alles gelernt hatte, was sie mich lehren konnte, weckte sie mich eines Morgens früh auf. Das Morgenlicht versetzte mein untotes Wesen in Unruhe, und die Grausige Edna respektierte das normalerweise auch. Also wusste ich sofort, dass heute etwas nicht stimmte.

»Keine Fragen, Liebes«, sagte sie. »Du musst für mich zum See gehen.«

Ich wühlte mich aus meinem Bett. »Aber, Herrin …«

Sie legte ihre Finger an meine Lippen. »Sei still, Kind. Ich habe keine Zeit, es dir zu erklären, aber selbst wenn ich die Zeit hätte, müsste ich es dir nicht erklären. Du wirst tun, was ich dir sage.«

Ich nickte.

»Sehr gut. Jetzt musst du gehen und im See baden. Und ich spreche nicht nur von deinem Gesicht und den Händen. Ich meine deinen ganzen Körper. Ich weiß, dass dich das Licht stören wird, deshalb kannst du deinen Hut tragen, um deine Augen zu beschatten. Aber alle anderen Kleidungsstücke musst du ablegen. Sobald du dich hübsch sauber gemacht hast, solltest du dich beeilen zurückzukommen. Bis dahin werde ich tot sein, und wir werden ein letztes Gespräch führen, bevor ich gehe.«

Dieser letzte Teil der Nachricht ließ mich erstarren.

»Aber ...«

»Ich sagte: still, Kind. Jetzt zieh dich an. Wir werden Zeit zum Reden haben, wenn du zurück bist. Aber du musst dich auf dem Weg zum See beeilen.« Sie stapfte aus meinem kleinen Zimmer und quetschte sich durch die Tür. »Und halt dich mit der ganzen Verkleidung nicht erst auf. Nimm nur deinen Hut und dein schwarzes Kleid, das mit dem weiten Rock.«

Ich tat immer, was die Grausige Edna mir sagte, und heute machte ich keine Ausnahme. Während ich mich anzog, konnte ich über nichts anderes als ihren Tod nachdenken. Keinen Augenblick lang zweifelte ich daran, dass es so geschehen würde. Sie sprach oft von der Zukunft und anderen Dingen, die sie nicht wissen konnte. Es war die Magie, die zu ihr sprach, und soweit ich es beurteilen konnte, log sie niemals. Es war nicht das Schicksal, hatte sie mir einmal erklärt, sondern eher die Vergangenheit, die noch nicht geschehen war. Nicht zu verwechseln mit der Zukunft, die vielleicht eintrat oder der Gegenwart, die sich niemals ereignete. Feine Unterschiede, die ich nie ganz verstand, aber die Grausige Edna hatte mir versichert, dass das nicht meine Schuld war. Sie konnte es eben nicht richtig erklären. Nur die Magie konnte es, aber die Magie hatte nie zu mir gesprochen. Oder vielmehr hatte ich sie noch nie gehört.

Ich zog mein Kleid über. Es war aus einem bequemen Stoff gefertigt, der auf höchst unschmeichelhafte Art geschnitten war. Es gelang ihm nicht ganz, all die ungewollten Reize meiner so gar nicht hexenhaften Gestalt zu verbergen, aber es war immerhin besser als nichts. Normalerweise hätte ich es nicht gewagt, mich ohne einen zerlumpten Umhang und einen altbackenen Schal draußen sehen zu lassen. Ich machte ein finsteres Gesicht und presste eine Handfläche auf meinen flachen Bauch. Solange ich denken konnte, hatte ich daran gearbeitet, einen schlaffen Bauch und einen pummeligen Hintern zu entwickeln. Der Fluch hielt sie fest und in Form, ganz egal, wie viel ich aß.

»Beeil dich, Liebes«, sagte die Grausige Edna.

Ich schnappte mir meinen Hut, abgeschabt und spitz, mit einer breiten Krempe, und steuerte auf die Tür zu. Auf dem Weg nach draußen hielt ich inne und sah meine Herrin an, die gerade mit dem Rücken zu mir am Herd herumfuhrwerkte.

Sie drehte sich nicht um. »Und nimm Molch mit. Er

wird sowieso bald dir gehören. Ihr könnt euch genauso gut auch gleich aneinander gewöhnen.«

Ich brachte es immer noch nicht über mich zu gehen. Nicht, dass ich der Meinung war, zu bleiben würde etwas nützen. Wenn die Magie sagte, sie würde sterben, dann konnte ich es nicht aufhalten.

»Na los, Kind.« Sie warf einen Blick über die Schulter. »Ich will dir nicht die Ohren lang ziehen müssen.«

»Ja, Herrin.«

Das helle Licht brannte in meinen Augen. Ich ertrug es zwar, aber seine Strahlen stachen auf meiner Haut. Die warme Brise ließ mich frösteln. Ich zog meine Krempe tief ins Gesicht und ließ mir Zeit, mich an den Morgen zu gewöhnen.

Ich rief nach Molch.

»Du musst nicht schreien«, sagte er vom Hüttendach herunter. »Ich bin hier.«

»Wir müssen zum See.«

Molch legte den Kopf schief und blinzelte mich mit einem Auge an. »Was?«

»Die Herrin hat es befohlen.«

Er neigte den Kopf zur anderen Seite. »Warum?«

»Das hat sie nicht gesagt. Sie sagte nur, wir sollen uns beeilen.«

»Wir?«

»Du sollst mit mir kommen.«

»Bist du sicher?«

Die Grausige Edna rief aus der dunklen Hütte: »Na los, Molch! Tu, was sie sagt!«

»Oh, schon gut.«

Molch war der Vertraute meiner Herrin. Vertraute treten in zahllosen Arten auf: Dämonen in tierischer Gestalt, verzauberte Kreaturen, Träume, die Gestalt angenommen haben, Gestalten, die zu Träumen wurden. Die Grausige Edna hatte Molch geschaffen, indem sie einen Wasservogel mit Intelligenz und Sprachfähigkeit verzaubert und dann eine Prise reine dämonische Essenz hinzugegeben hatte. Das Resultat war eine übellaunige Ente, unzufrieden mit der ganzen Welt und immer recht willig, ihre Unzufriedenheit auch mitzuteilen.

Eine Ente zu sein war das, womit er am unzufriedensten war. Nicht nur eine Ente, sondern auch noch eine weiße Ente. Braune Federn säumten seine Flügel und zogen sich seinen Rücken hinunter. Aber sie schafften es nicht, ihn düsterer zu machen. Es hätte auch nichts geholfen, wenn er nachtschwarz gewesen wäre, glaube ich. Enten, selbst Dämonenenten, sind einfach kein Furcht einflößender Anblick.

Er hüpfte vom Dach und landete neben mir. »Dann lass uns gehen. Wenn wir müssen. Du solltest dich besser anziehen.«

»Ich bin angezogen.«

»Das sehe ich anders. Du bist kaum bedeckt.«

Ich erklärte, dass das alles war, was die Grausige Edna mir zu tragen erlaubte. Er quakte missbilligend. Wir gingen den Weg zum See entlang. Molch hatte eine eigenartige Art zu gehen. Sein o-beiniges Stolzieren sah lächerlicher aus als ein traditionelles Watscheln. Ich hatte ihm das auch einmal gesagt, und er hatte mir geantwortet, ich solle mich um meine eigenen Angelegenheiten kümmern.

Das tat ich. Obwohl er wirklich einen Gang hatte wie ein Vogel mit Ausschlag zwischen den Beinen.

Als wir zum See kamen, zögerte ich zu tun, was mir aufgetragen wurde. Ich hatte den größten Teil meines Lebens in der Dunkelheit verbracht. Vorher hatte ich schon oft im See gebadet, aber immer bei Nacht. Nicht, dass die Sonne eine ernsthafte Gefahr dargestellt hätte. Ich war nur nicht daran gewöhnt. Sie war so hell, und ich würde so entblößt sein.

Molch seufzte. »Nun mach schon!«

Ich zog meinen Hut fester auf den Kopf und schlüpfte aus meinem Kleid.

Molch seufzte wieder. »Schwarze Götter, Mädchen, du bist schön.« Das war nicht als Kompliment gemeint.

Ich tauchte schnell bis zur Brust ein und versteckte mich im kalten Wasser vor der warmen Sonne. »Das ist nicht meine Schuld.«

»Hast du mal versucht, Schweineschmalz zu essen?«

Ich nickte.

»Und es hat nichts genützt?«

»Nichts nützt irgendetwas.«

In sicherem Abstand vom Ufer schritt er hin und her. Er hatte nichts gegen Wasser, aber nur in flachen Zubern und Pfützen.

»Selbstverstümmelung. Ein oder zwei böse Narben könnten nicht schaden.«

»Ich bilde keine Narben«, antwortete ich traurig. »Ich dachte mal daran, mir ein Gliedmaß abzusägen, aber die Herrin sagte, es würde einfach nachwachsen. Sie sagt, ich werde so aussehen, solange ich lebe.«

»Pech.«

Mit einem Enten-Schulterzucken hob Molch seine Flügel. Diesen speziellen Punkt konnte er nachvollziehen. Genauso wie ich zu hübsch war, um eine Hexe zu sein, war er zu weiß und weich, um eine gefürchtete Kreatur zu sein.

Mein Bad dauerte nicht lange. Ich stieg gerade heraus, als Molch den Kopf hob und ringsum in den Wald spähte. »Ich glaube, da draußen ist jemand.«

»Da draußen ist niemand«, antwortete ich, während ich in mein Kleid schlüpfte, um mich zu bedecken. Es verbarg nicht viel. Der Stoff klebte an meiner feuchten Haut.

»Ich glaube schon«, sagte er.

Ich ließ meinen Blick ebenfalls schweifen. Bei Nacht konnte ich alles sehen. Aber während des Tages litten meine Augen. Ich sah zwar nichts und niemanden, doch ich spürte etwas. Ich fragte mich, ob es vielleicht die Magie war, die schließlich doch noch zu mir sprach. Die Grausige Edna sagte, dass sie zu jedem spreche, dass aber die meisten nicht bereit seien zuzuhören.

»Ich denke, wir sollten zurückgehen«, sagte ich.

Ich hielt mich im Zaum, damit ich nicht zur Hütte zurückrannte. Vor dem Licht und den Geisteraugen wollte ich an meinen Zufluchtsort fliehen. Aber ich würde der Furcht nicht nachgeben. Je weiter wir uns vom See entfernten, desto besser fühlte ich mich. Mein Gefühl der Vorahnung verebbte zwar, wurde aber wieder stärker, als die Hütte in Sicht kam.

»Das war eine komplette Zeitverschwendung.« Molch blieb stehen und starrte mich an. »Weinst du, Mädchen?«

Ich wischte eine Träne fort. Ich wollte nicht zurückgehen. Ich redete mir selbst ein, wenn ich nicht ginge und einfach bliebe, wo ich war, würde die Grausige Edna nicht sterben müssen. Ich wusste zwar, es traf nicht zu, aber es war das Einzige, was ich tun konnte.

»Warum weinst du?«

Ich schluckte die Tränen hinunter. Hexen sollten nicht weinen.

»Was ist los?«, wollte Molch wissen.

»Sie ist tot.«

»Was?«

»Ich hätte bleiben sollen.«

»Wovon sprichst du?«

»Sie ist tot.«

»Wie kommst du darauf?«

»Weil sie mir gesagt hat, dass es so sein würde.«

Beunruhigt spreizte Molch die Flügel. »Sie hat es dir gesagt! Mir hat sie es nicht gesagt! Warum hat sie es mir nicht gesagt?« Er stürmte mit einem schnellen, flatternden Hüpfen auf die Hütte zu. »Warum hat sie es mir nicht gesagt?«

Ich rannte ihm nach, überholte ihn, der mit seinen kurzen Schritten langsamer war, und erreichte die Hütte vor ihm. Ich stieß die Tür auf und trat ein.

Die Grausige Edna lag auf dem Boden, eine Schwertklinge tief in ihrem Rücken. Ein zotteliger Mann, haarig und schmutzig, wühlte im Schrank herum. Er drehte sich um und ließ ein narbiges Gesicht sehen.

»Was haben wir denn da?«

Lüstern stierte er mich an. Ich war vorher noch nie lüstern angestiert worden, und ich mochte es nicht.

Er rieb sich die schmierigen Hände. »Na so was, was haben wir denn hier für ein gesundes, junges Mädchen?«

Ein zweiter brutaler Kerl tauchte aus meinem Zimmer auf. »Hey, schau mal, was ich gefunden habe. Ich glaube, hier wohnt noch jemand.«

»Das würde ich auch sagen.«

Der Rohling sah mich an und wischte sich den Mund. Die beiden Mörder kamen auf mich zu, zweifellos in der Absicht, mir Gewalt anzutun. Molch spazierte zwischen meinen Beinen hindurch herein. Er warf einen kurzen Blick auf die Grausige Edna und wandte sich den Mördern zu. Seine Augen funkelten auf eine Art, wie ich sie nie zuvor gesehen hatte.

»Was willst'n machen, Mädchen? Deinen Vogel auf uns hetzen?«

Molch brüllte ein monströses Quaken heraus, tief und bestialisch. Es war zwar nicht sehr Furcht erregend, aber doch so Furcht erregend wie ein Quaken eben sein konnte. Der Dämon in ihm erhob sich, und er stürzte sich auf sie. Ein Sturm von Füßen, die mit Schwimmhäuten bewehrt waren, zerfetzenden Schnäbeln und peitschenden Federn raste auf die Mörder zu. Sie rannten schreiend aus der Hütte. Molch jagte ihnen Flüche quakend hinterher. Ich überließ den mörderischen Abschaum seinem Henker und ging, um nach der Grausigen Edna zu sehen.

Ich zog das Schwert aus ihrem Rücken und rollte sie herum. Sie sah so friedlich aus. Fast war es eine Schande, sie zu stören, aber immerhin war es ihr letzter Befehl gewesen.

Meine Fähigkeit, mit den Toten zu sprechen, war ein Geschenk meines Fluchs. Hexen kannten Wege, um mit den Verstorbenen zu sprechen, aber das war komplizierte Magie. Ich hingegen konnte die Seele eines frischen Leichnams durch eine bloße Berührung wecken. Vorausgesetzt, die Seele befand sich noch in der Hülle. Der Geist bleibt normalerweise ein paar Minuten, nur um sicherzugehen, dass der Körper auch wirklich verstorben ist. Die Grausige Edna wusste ja, dass ich zurückkommen würde und wartete sicher auf mich.

Molch kam zurück in die Hütte geschlendert. Er war zwar vollkommen blutverschmiert, doch nichts davon war sein eigenes. Er hinterließ scharlachrote, schwimmhäutige Fußabdrücke auf seinem Weg.

»Sie sind tot.«

Diese Nachricht war kein so großer Trost für mich, wie ich gedacht hatte. Dass die Mörder tot waren, brachte mir meine Herrin nicht zurück.

»Das hättest du sehen sollen. Ich habe das Herz des Dicken aufgespießt und es ihm noch gezeigt, bevor er starb. Und der Kleine, dem habe ich mit drei Schnabelhieben den Kopf abgeschnitten. Ich will ja nicht angeben oder so, aber es war schon sehenswert.« Er grinste, aber sein Grinsen verschwand schnell. »Ach, verdammt. Ich kann gar nicht glauben, dass sie tot ist.«

»Still. Ich muss mich konzentrieren.«

Ich legte eine Hand auf ihren Bauch und suchte nach der Seele der Grausigen Edna. Ich war mir nicht sicher, dass ich es konnte. Bis dahin hatte ich nur an Tieren geübt: Hasen, Eichhörnchen, Spatzen. Aber mein erster Mensch war nicht viel schwieriger. Es dauerte nur einen Moment, und es gab überhaupt keinen Widerstand.

Leben sprang in ihre Augen. »Hallo Kind.«

Sie wand sich steif auf dem Boden.

»Sei so lieb und hilf mir auf, ja?«

Sie auf die Füße zu bekommen erwies sich als schwierig. Ihr Leichnam und ihr Geist waren jetzt kaum noch miteinander verbunden, und sie war schon zu Lebzeiten nicht gerade anmutig gewesen.

Mechanisch wackelte sie mit ihren Fingern. »Ausgezeichnete Arbeit, Kind. Jetzt hilf mir zum Tisch.«

Auf steifen Beinen trapste sie zum Stuhl und setzte sich. Ihre Knie knackten. Sie klopfte auf den Stuhl neben sich.

»Schnell jetzt. Mein Körper ist ein auslaufendes Gefäß, und wir haben nicht viel Zeit, bevor ich ihn dauerhaft verlassen muss.«

Ich setzte mich, und auch Molch hüpfte auf den Tisch.

»Lieber Junge, du siehst ja schrecklich aus.«

»Ich bin mit dem Blut deiner Mörder besudelt. Du bist gerächt.«

»Wohl kaum.« Die Grausige Edna lächelte. Oder vielleicht zuckte ihre linke Gesichtshälfte auch nur, ohne dass sie es merkte. »Diese beiden waren doch bloß die Werkzeuge eines anderen. Aber ich weiß die Mühe trotzdem zu schätzen. Der Wille zählt.« Ihr Gesicht wurde für einen Moment wieder ausdruckslos. »Aber jetzt haben das Mädchen und ich Dinge zu besprechen. Dinge, die du nicht hören musst. Abgesehen davon tropfst du meinen ganzen Boden voll. Geh nach draußen und mach dich sauber.«

Ebenso wie ich stellte Molch die Grausige Edna nie in Frage. Er quakte, bog seinen Schnabel nach oben und ging.

Ich nahm die Hand der Grausigen Edna. Sie hatte sich

immer eiskalt angefühlt, selbst als sie noch am Leben war, und früher hatte ich das tröstlich gefunden. Aber nicht heute.

»Ich hätte bleiben sollen.«

»Dann wärst du ebenfalls getötet worden.«

»Aber das waren nur brutale Kerle ...«

»Brutale Kerle oder nicht, heute musste hier eine Hexe sterben. Es gab keinen Ausweg.«

»Die Vergangenheit, die noch nicht geschehen ist«, sagte ich.

»So ähnlich, aber nicht ganz. Dies war die Gegenwart, die zwar sein würde, aber nicht so sein muss, wie sie würde.«

Ich verstand es nicht, und dieser letzte Teil des Gesprächs schwächte meinen Willen. Ich fing an zu weinen. Nur ein paar Tränen. Ich erwartete, dass mich die Grausige Edna für diese Zurschaustellung von Gefühlen schelten würde, aber sie wischte mir nur die Tränen von der Wange. Dabei piekte sie mir außerdem ins Auge, aber das war lediglich ein versehentliches Zucken ihres starren Arms. Der Stoß ließ mich noch mehr weinen.

»Die Zeit ist gekommen, Kind, dass du deinen eigenen Weg gehst, dein eigenes Schicksal findest. Ich weiß, du hast Angst, aber du wirst schon sehen, so beängstigend ist die Welt nicht. Und du hast viel zu bieten. Du hast ein gutes Herz und einen gesunden Menschenverstand. Diese Untoten-Sache ist wirklich eher unwesentlich, und du bist ja eine ausgebildete Hexe. Ausgebildet genug, um deine unglückseligen körperlichen Mängel überwinden zu können.«

»Ich will nicht gehen. Ich will lieber bleiben. Hier. Mit dir.«

Sie lachte. Ihr wackelnder Leichnam kippte beinahe vom Stuhl. »Leider muss ich bald gehen. Und das solltest du auch tun. Die Dinge ändern sich, Liebes. Selbst für die ewig Jungen. Du kannst dich nicht für immer vor der Welt verstecken. Ich weiß, dass du zurechtkommen wirst. Eigentlich weiß ich sogar, dass du mir Ehre machen wirst.«

Sie zwinkerte. Ihr Auge blieb geschlossen.

Ihre Stimme wurde zu einem Flüstern. »Bevor ich gehe, habe ich drei Ratschläge für dich. Erstens, hüte dich vor Sterblichen. Sie mögen vielleicht wenig Macht haben, aber sie sind doch zahlreich.

Zweitens, denk daran, dass die Leute, ob Menschen oder Sonstige, abgesehen von wenigen Ausnahmen im Innersten grundsätzlich gut sind. Behandle sie, wie du selbst behandelt werden möchtest, und du wirst fast nie etwas falsch machen.

Und drittens – das ist jetzt ein Punkt, den du nie vergessen solltest: Füttere einen Troll und du wirst ihn nie wieder los.«

Sie lachte erneut.

»Es ist beinahe Zeit. Wenn du diesen Ort verlässt, folge dem Pfad um den See und durch die Hügel. Wenn du an eine Weggabelung kommst, wirst du eine Entscheidung treffen müssen. Wende dich nach Osten und du wirst den ersten Schritt machen, um meinen Tod wirklich zu rächen. Oder selbst auf schreckliche Art sterben. Oder möglicherweise beides. Die Magie drückt sich, was das betrifft, nicht ganz klar aus.

Wende dich dagegen nach Norden, und du wirst ein Leben in stiller Zufriedenheit und mit einfachen Freuden finden. Mehr Glück als den meisten begegnet, aber weniger als du im Osten finden könntest. Selbst mit dieser Möglichkeit eines entsetzlichen Todes. Dazu ist die Magie ziemlich deutlich.

Ich wünsche dir alles Gute, welche Wahl du auch immer triffst. Und jetzt drück mich, bevor ich gehe.«

Das jahrelange Leben mit der Grausigen Edna hatte mich nicht auf diese Anweisung vorbereitet. Zurschaustellungen von Zuneigung widersprachen zwar streng genommen nicht dem Hexenkodex, aber sie war nie sehr liebevoll gewesen. Jedenfalls nicht auf die kuschelige Art.

»Nun komm schon, Kind. Ich habe nicht den ganzen Tag Zeit.«

Zum ersten Mal in meinem Leben schlang ich meine Arme um ihre ausladende Gestalt. Sie war eine große, massige Frau. Mir war nie klargewesen, wie massig sie eigentlich war. Sie erwiderte meine Umarmung mit einem steifen Arm, über den sie noch ein wenig Macht hatte.

»Ich hab dich lieb«, wisperte ich.

Das war ein weiteres erstes Mal.

»Ich weiß, Liebes. Ich hab dich auch lieb.«

Sie erschauerte, als ihre Seele aus ihrem Körper glitt. Ich fühlte sie gehen. Sie schwebte hinab in die kühle Umarmung der Erde, wohin die Seele jeder guten Hexe ging.

Ich schaffte es nicht, sie loszulassen. Ich hielt ihren Leichnam fest, und obwohl es unhexenhaft war, weinte ich lange Zeit.

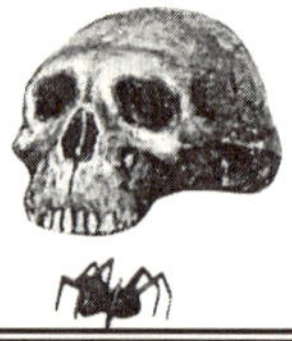

DREI

Molch planschte in einem Fass mit frischem Regenwasser herum. Obwohl er seine Wasservogel-Herkunft ablehnte, war er doch Ente genug, um ein ordentliches Bad schätzen zu wissen. Ich beschattete meine Augen vor dem Tageslicht.

Er unterbrach sein Flügelputzen, hob den Kopf und fragte: »Und?«

»Es ist vorbei.«

»Davon gehe ich aus, aber was hat sie gesagt?«

Ich erzählte ihm von dem Pfad und der Wahl, die ich treffen musste.

»Das ist alles?«

»Nein. Sie sagte mir außerdem, ich solle mich davor hüten, Trolle zu füttern.«

»Das weiß doch jeder.« Er tauchte kurz den Kopf ins Wasser. »Sonst noch was?«

»Sie sagte, sie hätte mich lieb.«

Molch sah finster drein. »Das ist alles?«

»Ja.«

»Nichts für mich?«

Ich schüttelte den Kopf.

»Das ist ja wirklich toll.« Er sprang aus dem Fass und schüttelte sich trocken. »Ich war ihr Vertrauter. Ich habe sie einige Jahre länger gekannt als du. Und sie verletzt das Hexenprotokoll, indem sie zugibt, dass sie dich liebt. Und sagt kein einziges Wort zu mir. Kein ›Ich werde dich vermissen‹ oder ›Danke für deinen jahrelangen treuen Dienst.‹«

»Tut mir leid.«

»Ist schon in Ordnung. Ich bin dran gewöhnt. So ist das als Vertrauter. Man wird immer für selbstverständlich gehalten. Trotzdem, ich werde die alte Krähe vermissen.«

Mein Blick folgte der Blutspur von der Hüttentür bis zu den Leichen der Mörder. Molch hatte sie allegemacht, bevor sie zwanzig Schritte weit gekommen waren. Ich war überrascht, dass sie es überhaupt so weit geschafft hatten, angesichts der verstreuten Körperteile, die Molch abgerissen hatte. Ein Ohr hier. Eine Nase dort. Ein Unterarm war mit so viel Kraft ausgerissen worden, dass er auf das Hüttendach geschleudert worden war. Die Leichname waren kaum noch kenntlich, zerhackt und verstümmelt wie sie waren. Ich war beeindruckt, wie gründlich Molch sie in so kurzer Zeit erledigt hatte.

»Du hast hervorragende Arbeit geleistet«, gratulierte ich.

Sein innerer Dämon ließ ein erfreutes Grinsen aufblitzen, das nur durch die Tatsache geschmälert wurde, dass er keine Zähne besaß. »Das sind die ersten Menschen, die ich getötet habe. Einmal habe ich einen Bären erschlagen. Und ein paar Dachse. Aus reinen Selbstverteidigungsgründen, das kann ich dir versichern. Diese beiden waren dagegen um einiges leichter. Wenn ich hier gewesen wäre, hätte ich sie retten können.«

Ich widersprach ihm zwar nicht, glaubte aber nicht daran. Etwas sagte mir, dass der Tod der Grausigen Edna nicht hätte verhindert werden können. Vielleicht war es die Magie, die zu mir sprach. Vielleicht auch die einfache Logik, dass meine Herrin Molch und mich nicht fortgeschickt hätte, wenn wir ihr eine Hilfe gewesen wären.

Heute musste hier eine Hexe sterben. Ich nahm an, das bedeutete: Ich wäre gestorben, wenn ich dort geblieben wäre. Das konnte ich zwar nicht sicher wissen, aber ich hatte den Verdacht, dass es stimmte. Die Grausige Edna hatte sich für mich geopfert.

Wieder fragte ich mich, ob mir die Magie das gesagt hatte. Ich horchte. Angestrengt. Alles, was ich hörte, war der Wind, der in den Blättern raschelte.

»Dann gehöre ich jetzt wohl dir?«, sagte Molch.

»Ja.«

»Was nun, Herrin?« Er kicherte leicht bei der Anrede. Ich ignorierte dies für den Augenblick.

Dann warf ich einen Blick zurück auf die dunkle Hütte. Sie war das einzige Zuhause, das ich gekannt hatte, seit ich aus dem modrigen Keller meiner Eltern gekrochen war. Doch jetzt schien sie mir wie eine leere Schachtel ohne die kühle, tröstliche Anwesenheit der Grausigen Edna. Sie zurückzulassen würde nicht so schwierig werden. Nur die

Angst davor, was außerhalb dieses Waldes lag, hielt mich zurück.

»Angst ist nichts Schlechtes«, hatte mir die Grausige Edna einmal erklärt. »Für die gewöhnlichen Kreaturen ist es sogar ein wichtiger Antrieb. Die Angst, gefressen zu werden oder nicht genug zu essen zu bekommen ist der Grund dafür, warum Menschen sich in Dörfern sammeln. Dörfer, die zu Städten werden. Städte, die zu Großstädten werden. Großstädte, die zu Ländern werden. Länder, die zu Zivilisationen werden. Denk daran, Kind. Selbst die größten Königreiche sind, wenn auch entfernt, auf Angst gegründet.

Aber wir sind Hexen, und wir gehören keiner Zivilisation an. Zumindest nicht der banalen Zivilisation der Menschen. Wir verstehen die Angst. Wir wissen, wann wir auf ihr Wispern hören müssen und wann wir ihr Schreien nicht beachten dürfen.«

Bei der Erinnerung daran musste ich lächeln. Die Grausige Edna war nicht fort. Sie war jetzt immer bei mir. Auch wenn es technisch gesehen nicht Magie war, so hätte es das doch sein sollen.

»Wir brechen noch diese Stunde auf. Pack deine Sachen.«

Molch quakte. »Sachen? Welche Sachen? Ich bin eine Ente!«

Ich ignorierte ihn wieder und ging hinein, um Vorbereitungen zu treffen. Ich stopfte so viel ich konnte in zwei alte Tornister. Vor allem Kleidung, eine Handvoll Kräuter, eine kleine Schachtel mit Hexeninstrumenten, das Medaillon, das meine Mutter an meinem fünften Geburtstag liebevoll die Treppe heruntergeworfen hatte, und ein schäbiges Eichhörnchenfell, das die Grausige Edna an die Wand geheftet hatte, um mein Zimmer zu verschönern. Hexen reisen mit leichtem Gepäck.

Ich verbrachte den Rest der Stunde damit, mich anzuziehen, vergrub mich unter Schichten von Kleidung. Jede Spur der anmutigen Kreatur, die sich darunter befand, war bald zu meiner Zufriedenheit verdeckt. Ich setzte meinen schiefen, spitzen Hut auf und schmierte mir etwas Ruß ins Gesicht. Ich schnappte einen Besen und hielt ihn mit dem Griff nach unten, als bräuchte ich ihn, um mein Gewicht auszubalancieren. Als abschließendes Detail wickelte ich mir einen wallenden, speigrünen Umhang um die Schultern. Ich betrachtete mich prüfend im Spiegel. Es war schon ausreichend, aber ich würde niemals eine so gute Hexe werden wie die Grausige Edna.

Dann warf ich einen letzten Blick auf meine Herrin, die mit dem Gesicht nach unten über den Tisch ausgestreckt lag. Diesmal benahm ich mich aber besser und weinte nicht.

Ich humpelte aus der Hütte. Niemand war da, der es hätte würdigen können, doch es war eine gute Übung. Molch wartete an der Tür, und ein Rudel Wölfe hatte sich um die zerfleischten Leichen der Mörder der Grausigen Edna versammelt. Sie waren nicht vom Geruch des Blutes angelockt worden.

Der Anführer, ein starkes, braunes Tier, näherte sich. »Zeit für eine weitere Rückkehr zur Erde.«

Mit Tieren zu sprechen war die erste Kunst, die mich die Grausige Edna gelehrt hatte. »Sie ist drin.«

»Sehr gut.«

Der Anführer bellte und sein Rudel betrat der Reihe nach die Hütte. Das Geräusch von Fleisch, das auseinandergerissen wird, drang heraus.

»Ich will dich um einen Gefallen bitten. Bitte fresst diese beiden hier nicht.« Ich nickte in Richtung der toten Mörder. »Sie haben die Ehre nicht verdient, in euren Mägen zu landen.«

Der Wolf beugte den Kopf. »Wie du wünschst, aber du hättest mich gar nicht erst darum bitten müssen. Sie sind falsches Fleisch, gar keine echten Menschen.«

»Wie meinst du das?«

»Wie ich es sage.« Er zuckte die Achseln. »Ich kann es nicht erklären. Ich bin schließlich nur ein Wolf und nehme die Welt nur mit den Augen eines Wolfes wahr. Und mit der Nase. Sie riechen nicht nach Menschen. Oder nach irgendetwas Natürlichem. Ich würde sie nicht einmal fressen, wenn ich halb verhungert wäre.«

Eine gute Hexe achtet die Weisheit der Tiere, und ich dankte ihm für sein Urteil.

»Sehr gern geschehen. Mein Beileid für deinen Verlust. Wenn du mich jetzt bitte entschuldigen würdest, ich bin ausgehungert.«

»Natürlich.«

Er schritt nach drinnen und gesellte sich zu seiner Familie und ihrem Mahl.

Ich untersuchte die Leichen. Sie sahen aus, als seien sie aus echtem Fleisch und Blut. Andererseits jedoch nicht ganz. Es war bei dem Zustand, in dem Molch sie hinterlassen hatte, schwer zu sagen, aber ich vertraute der Nase des

Wolfs. Etwas Größeres war hier am Werk als zwei Strolche, die zufällig auf eine Hütte mitten im Nirgendwo trafen. Etwas Unheilvolleres.

»Vielleicht solltest du versuchen, sie wiederzuerwecken«, schlug Molch vor.

»Zu spät. Ihre Seelen müssen schon fort sein. Selbst wenn sie noch da wären, hast du wenig übrig gelassen, womit ich arbeiten könnte.«

»Entschuldige. Ich habe mich wohl etwas hinreißen lassen.«

»Ist schon in Ordnung.«

Er lief etwas betreten hin und her. »Das ist der Dämon in mir. Ich kann ihn nicht immer kontrollieren.«

»Verstehe.«

»Ich werde in Zukunft versuchen, vorsichtiger zu sein.«

»Sehr gut. Komm mit, Molch.«

Ich entfernte mich humpelnd von der Hütte und meinem alten Leben. Und ich sah nicht zurück.

Wir wanderten schweigend. Der Wald war totenstill. Vom See wehte kein Wind herüber, kein Vogel sang, nicht einmal die Blätter raschelten. Der Wald trauerte um die Grausige Edna. Weder Molch noch ich brachen das Schweigen. Erst nachdem der Wind zurückgekehrt war, wussten wir, dass es der Respekt wieder erlaubte zu sprechen.

»Hübsches Humpeln«, sagte er.

»Danke.«

»Hast du dich schon entschieden? Wegen des Pfads, meine ich.«

»Ich habe noch gar nicht richtig drüber nachgedacht.«

»Kein Grund zur Eile, schätze ich.«

Wir gingen noch eine Weile schweigend nebeneinander her. Dabei dachte ich nicht an die Weggabelung, die vor mir lag. Es war eine Entscheidung, zu der ich noch nicht bereit war.

»Was würdest du tun?«, fragte ich.

Molch hielt an. »Du fragst mich nach meiner Meinung?«

»Ja.«

Er blinzelte in die Sonne. »Seltsam. In all den Jahren hat mich die Herrin nie nach meiner Meinung zu irgendetwas gefragt. Es hieß immer ›Molch, tu dies‹, ›Molch, hol mir das‹, ›Molch, such meine Wollsocken‹. Aber nicht *ein*mal hat sie mich um Rat gefragt.«

»Du bist jetzt mein Vertrauter, und ich frage dich danach.«

Er rieb sich den Schnabel mit der Spitze eines seiner Flügel. »Ich weiß nicht. Lass mich einen Moment drüber nachdenken.«

Wir gingen um den See und stiegen die Hügel hinauf, immer in dem Wissen, dass mich jeder Schritt einer Entscheidung näher brachte, zu der ich mich jedoch kein bisschen bereiter fühlte als zuvor.

»Ich würde nach Westen gehen«, sagte Molch schließlich.

»Das ist keine der Wahlmöglichkeiten.«

»Genau.«

Ich bekam eine Ahnung davon, weshalb ihn die Grausige Edna nie nach seiner Meinung gefragt hatte.

»Aber so bin ich eben«, sagte er. »Ich bin zum Teil Dämon, und Dämonen mögen es nicht, wenn man ihnen sagt, was sie tun sollen. Also haben sie großen Spaß daran, einfach aus Prinzip dagegen zu sein.«

»Ich bin aber kein Dämon. Nicht mal zum Teil.«

»Wohl wahr. In diesem Fall würde ich, selbst wenn ich nicht zum Teil Dämon, sondern eine Hexe und in deiner Lage wäre, denke ich, alles abwägen und dann nach Osten gehen.«

»Irgendwelche Gründe dafür?«

»Es scheint mir eine einfache Entscheidung zu sein. Im Norden wirst du das Glück finden. Nichts gegen Glück, und es gibt auch keine Regel, die besagt, dass Hexen unglücklich sein müssen. Aber letztlich ist es kein hexenhafter Grund dafür, etwas zu tun. Im Osten hast du die Chance, deine Herrin zu rächen. Rache. Das ist doch mal ein richtiger, hexenhafter Beweggrund.«

»Oder ein entsetzlicher Tod«, fügte ich hinzu.

»Genau. Ein entsetzlicher Tod scheint mir ein Ziel zu sein, das jede Hexe anstreben sollte. Eigentlich finde ich, die Leute sind ohnehin zu nachlässig, wenn es um ihren Tod geht. Es ist die letzte Tat ihres Lebens. Ich würde ein denkwürdig grauenhaftes Ableben jederzeit einem langen, langweiligen Leben vorziehen. Frag einfach den Aufgespießten Bob.«

»Wen?«

Molch hüpfte vor mich hin, drehte sich dann und ging rückwärts. Eine bemerkenswerte Leistung für eine Ente.

»Hast du nie vom Aufgespießten Bob gehört?«

»Nein.«

»Er war Soldat. Hat irgendwo in irgendeiner Schlacht gekämpft. Keiner kann sich mehr erinnern, wer da gegen wen gekämpft hat. Ich weiß nicht mal etwas über das Leben des guten Bob. Abgesehen davon war es seine erste richtige Schlacht. Ein kleines Scharmützel ohne wirkliche Bedeutung. Die Art, die ständig wegen Landrechten oder der Ehre einer Maid oder wegen irgendeiner anderen Trivialität ausbricht.«

Er wedelte mit einem Flügel. »Wie schon gesagt. Unwichtig. Dieser Bob ist also einfach ein junges Frontschwein, einer von Dutzenden von Jungs, die sich gegenseitig umbringen wollen. Aber Bob ist eifrig, er will an der Spitze des Kampfes stehen. Als wäre er ein großer Held oder so ein Quatsch. Er ist sogar so enthusiastisch, dass er, als der Hornist den Ruf zum Sammeln bläst, denkt, es sei der Ruf zum Angriff. Also stürmt er aufs Feld, ganz allein, und er ist so erpicht darauf, seine Feinde abzuschlachten, dass er es nicht einmal merkt, bis er fast dort ist.«

»Was ist dann passiert?«

»Es waren militärische Männer, mit großem Glauben an maßlose Gewalt. Also geht ein Pfeilregen auf Bobs Kopf nieder, und er wird gründlich durchlöchert. Durchbohrt aus allen möglichen Winkeln und auch aus zwei oder vier ganz unmöglichen Winkeln. Fällt auf der Stelle tot um.«

»Und der Kampf?«

»Wer weiß? Wen interessiert's? Von allen Männern, die auf diesem Feld der Ehre kämpften, inmitten all der Tapferkeit und blutgetränkten Grausamkeit, erinnert man sich nur an den Aufgespießten Bob. Nicht, weil er ein großer Held war. Nicht, weil er gut kämpfte. Nicht einmal wegen seines tollkühnen Mutes. Sondern weil er weise genug war, auf denkwürdige Art zu sterben.«

Molch schlug mit den Flügeln und übersprang ein paar Schritte. »Verstehst du, was ich damit sagen will? Offensichtlich war Bob nicht allzu helle. Wäre er nicht gestorben, wie er es tat, hätte er zweifellos ein vollkommen eintöniges Leben gelebt, kaum der Erinnerung wert. Aber jetzt ist er berühmt. Er ist sogar unsterblich.«

»Ich habe nie von ihm gehört«, bemerkte ich.

»Jetzt schon! Und eines Tages wirst du es jemand anderem erzählen, und so wird sein Name weiterleben.«

»Woher weißt du, dass er überhaupt existierte?«

»Das tue ich nicht. Aber das ist auch nicht wichtig, denn selbst wenn es ihn nicht gab, selbst wenn es nur eine Geschichte sein sollte, dann veranschaulicht sie nur umso besser, was ich sagen will. Ein scheußlicher Abgang, selbst ein erfundener, schlägt ein gewöhnliches, wenn auch echtes Leben.«

»Es gibt mehr im Leben als in Erinnerung zu bleiben«, sagte ich.

»Davon gehe ich aus.«

»Und ich bin in der Lage, ewig zu leben. Theoretisch.«

Molch schüttelte den Kopf. »Das heißt aber nicht, dass du nicht ernsthaft über das Thema nachdenken solltest. Nur für den Fall.«

Ich probierte ein übertriebeneres Humpeln aus. Es verlangsamte meinen Gang und gab mir Zeit zum Nachdenken. Vieles von dem, was Molch sagte, ergab Sinn.

Die Grausige Edna sprach aus meiner Erinnerung: »Du musst daran denken, Kind, dass der Tod nichts ist, wovor man Angst haben muss. Alles stirbt. Na ja, nicht alles, aber die meisten Dinge. Und das sollte auch so sein, denn wenn alles ewig währte, würde die Welt schnell zu einem sehr langweiligen Ort werden. Der Tod ist lediglich die Art der Natur, alles etwas aufzulockern.

Nicht, dass irgendetwas falsch daran wäre, ewig zu leben. Ich selbst würde es zwar nicht unbedingt wollen, aber ich nehme an, es wäre auch nicht so schlecht. Achte nur darauf, immer etwas zu tun zu haben, dann halte ich es für möglich, dass die Ewigkeit überraschend schnell vergeht. Die Zeit ist so. Selbst endlose Spannen davon neigen dazu, schneller vorüberzugehen, wenn wir uns amüsieren.«

Die Grausige Edna hatte natürlich recht, aber ich musste eine kleine und unhexenhafte Angst vor dem Tod doch eingestehen. Für sterbliche Kreaturen war es schwierig genug, sich dem unvermeidlichen Kuss des Todes zu stellen, wenn sie wussten, dass er kommen musste. Aber vor mir lagen noch endlose Jahrhunderte, und der Tod war ein Gefährte, den ich mit Sorgfalt und Voraussicht leicht vermeiden konnte.

Als die Gabelung des Pfads schließlich ganz plötzlich und wie durch Zauberhand hinter der Biegung eines Hügels erschien, hatte ich meine Entscheidung getroffen.

»Und?«, fragte Molch.

Ich hatte sowohl vor dem Tod als auch vor der Ewigkeit ein wenig Angst. Und ich sehnte mich keineswegs nach dem Versprechen stiller Zufriedenheit. Die Grausige Edna war nicht der Typ gewesen, einen Groll zu hegen, nicht einmal gegen ihre eigenen Mörder. Aber ich war nicht so hexenhaft. Wenn es in meiner Macht stand, ihren Tod zu rächen, dann hatte ich eigentlich keine andere Wahl, als es zu tun. Obwohl ich nicht unbedingt selbst dabei sterben wollte, war es nur eine Möglichkeit von vielen. Und es schien mir, dass, gleichgültig, was dabei herauskam, die vielen Möglichkeiten des Ostens viel interessanter waren als das einzelne Schicksal im Norden.

»Wir gehen nach Osten.«

Molch brummelte: »Ich finde immer noch, dass wir nach Westen gehen sollten.«

Und einmal mehr ignorierte ich ihn.

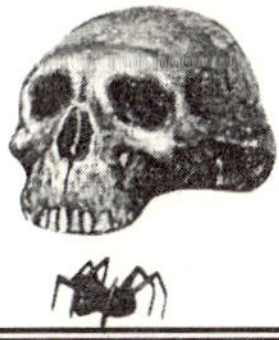

VIER

Der Pfad kreuzte eine Straße – und ich beschloss, ihr zu folgen. Ich hatte meine Entscheidung an der Weggabelung getroffen, und ich nahm an, mein Schicksal würde mich nun finden. Alles außerhalb des Waldes war ein weites, fremdes Land. Molch hatte ebenfalls den größten Teil seines Lebens an der Seite der Grausigen Edna gelebt und konnte mir keinerlei Rat geben. Aber alle Straßen führen irgendwo hin, selbst wenn dieser Ort nicht immer die Reise wert ist.

Nachdem wir schließlich die Hügel, den kleinen Teil der Welt, den ich gekannt hatte, hinter uns gelassen hatten, erfasste mich eine dunkle Vorahnung. Und Traurigkeit über den Verlust meiner Herrin. Und Heiterkeit über das, was vor mir liegen mochte. Eine seltsame, Herzflattern auslösende Mischung.

Molch blieb stehen. »Können wir eine Pause machen? Meine Füße bringen mich um.«

Ich ging weiter. »Später ist noch Zeit genug, um zu rasten. Wenn die Sonne untergegangen ist.«

Die helle, orangefarbene Kugel würde in einer Stunde hinter dem Horizont versinken. Ich hatte vor, anzuhalten und ihr dabei zuzusehen. Ich hatte den Sonnenuntergang immer gemocht. Nicht nur die hübschen Farben des Himmels, sondern vor allem die sanfte Dunkelheit der frühen Nacht. Das Licht des Tages war widerwärtig und hart. Es brannte das Geheimnis all dessen fort, auf das es schien. Die Abenddämmerung war dagegen zart und behutsam. Die Welt sah unter den gleitenden Schatten immer ein wenig heller aus.

Molch stöhnte. »Wir laufen jetzt schon seit Stunden!«

»Und wir werden weitergehen, bis ich etwas anderes sage.« Es war mir egal, wann wir eine Pause machten, aber Molch war mein Vertrauter. Es war wichtig, meine Autorität jetzt zu festigen, solange unsere Verbindung noch neu war.

Er trottete hinter mir her. »Du hast leicht reden. Bei jedem Schritt, den du tust, mache ich vier. Und ich habe Plattfüße.«

»Dann flieg doch. Das stört mich nicht.«

Er quakte gereizt.

Die Magie schenkt einem nichts. Der Zauber, der auf der Ente lag, gab ihm zwar Verstand, allerdings auf Kosten von Instinkten. Er hatte vergessen, wie man flog. Wenn es sein musste, konnte er aber abheben. Das waren jedoch immer nur kurze Flüge, nicht höher als das Hüttendach und bloß wenige Sekunden lang, unbeholfene Zurschaustellungen plump flatternder Flügel und gemurmelter Vulgärausdrücke. Beim Gedanken daran musste ich lächeln.

»Kannst du nicht was tun? Etwas mit deiner Magie?«

»Da gibt es schon etwas, aber es würde dir nicht gefallen.«

»Alles ist besser, als noch einen Schritt zu machen.«

»Wie du willst. Heb als Erstes dein rechtes Bein.«

Molch tat es.

»Jetzt setz es wieder ab und heb dein linkes.«

Widerstrebend tat er es. »Bist du sicher, dass das funktionieren wird?«

»Ziemlich sicher. Jetzt setz dein linkes Bein wieder ab, schlag dreimal mit den Flügeln und quak einmal.«

Er legte skeptisch den Kopf schief.

»Vertrau mir.«

Nachdem er getan hatte, was ihm aufgetragen wurde, hielt ich eine Hand hoch, die Finger wie Krallen gebogen. Ich umrundete Molch, während ich hexenhaft murmelte. Dann schnappte ich ihn, verstaute ihn unter meinem Arm und ging weiter.

»Ist das besser?«, fragte ich.

Er wand sich.

Ich wusste wohl, dass er es hasste, getragen zu werden. Er hielt es für würdelos, beklagte sich aber nicht. Seine Füße mussten wirklich sehr schmerzen.

»Und was sollte das mit dem Beinanheben und Flügelschlagen?«

»Übung. Hexen sollten die anderen immer im Ungewissen lassen. Hat es funktioniert?«

Er schob sich in eine bequemere Lage. »Es war sehr ... absonderlich.«

Ich errötete. Absonderlich war etwas, das alle guten Hexen sein sollten. Jeder konnte sich verrückt verhalten, aber es erforderte eine besondere Gabe, eigenartig zu sein, ohne es zu übertreiben.

Die Straße führte von den Hügeln zu einem weiteren Wald, der dem sehr ähnlich war, den ich gerade verlassen hatte, und doch anders. Der Wald der Grausigen Edna hatte mich immer gut behandelt, und wir waren die besten Freunde geworden. Dieser neue Wald aber war ein Fremder. Also hielt ich inne, um mich vorzustellen.

»Hallo. Ich freue mich sehr, deine Bekanntschaft zu machen.«

»Was?«, sagte Molch.

»Ich habe nicht mit dir gesprochen.«

Ein Eichhörnchen hoppelte über die Straße. Es setzte sich zu meinen Füßen und legte eine Walnuss vor mich hin.

Ich beugte ein Knie, hob die Walnuss auf und kraulte das Eichhörnchen am Kopf. »Danke. Ich habe nichts, was ich dir als Gegenleistung anbieten könnte.«

»Deine Gegenwart allein erhellt den Wald, Kind. Aber wenn du auf dieser Straße weitergehst, wirst du einen Schädling dieses Waldes finden. Wir wären dir höchst dankbar, wenn du ihn entfernen könntest.«

»Natürlich.«

Der Bote des Waldes hoppelte davon.

»Das können wir niemals essen«, sagte Molch. »Man sollte meinen, der Wald würde dich mit etwas Praktischerem bezahlen.«

»Es ist keine Bezahlung. Es ist eine Gabe.«

»Ich weise nur darauf hin, dass etwas Nahrhafteres

vielleicht nicht unangebracht wäre. Ein frisches Kaninchen wäre nicht zu viel verlangt, oder?« Er leckte sich den Schnabel.

»Er musste mir überhaupt nichts geben.«

»Genau. Und nichts wäre besser gewesen als eine Nuss. Das macht es nur deutlicher.«

»Du verstehst nicht, worum es geht.«

»Anscheinend. Können wir jetzt anhalten?«

»Nur noch ein bisschen weiter.«

»Oh, können wir den Schädling nicht morgen entfernen?«, fragte er.

Ich ging weiter. Er murrte weiter.

Keine fünf Minuten später trafen wir auf den Schädling dieses Waldes: ein Räuberpaar. Einer war ein Mensch, ungepflegt und unbewaffnet. Er war auf eine zerzauste, wilde Art nicht vollkommen unattraktiv. Der bestaussehendste Mann, den ich je gesehen hatte. Aber ich hatte bisher nur drei andere gesehen. Und dies auch nur, wenn man meinen Vater mitzählte, der nichts als eine schwarze Silhouette im hellen Licht der Kellertür gewesen war.

Der zweite Räuber war ein Troll. Der erste Troll, den ich je gesehen hatte, aber er sah aus, wie man es mich gelehrt hatte. Er war klein, kaum so hoch wie meine Schulter, dabei aber beinahe so breit wie hoch. Sein Körper war zwar dünn, doch seine Gliedmaßen waren dick und endeten in Händen und Füßen, die für ein Wesen gemacht schienen, das doppelt so groß war wie er. Sein Kopf war ein abgeflachtes Oval mit zwei großen gelben Augen, einer kleinen, krummen Nase und einem breiten Mund, der in der Lage war, ein Schwein mit einem einzigen Bissen zu verschlingen. Er hatte riesige spitze Ohren. Leichter Flaum überzog seine gefleckte graue Haut an den Armen entlang bis zu seinen Schultern und das Rückgrat hinunter. Er war nackt bis auf einen Gürtel, dessen einziger Zweck darin bestand, einen Lederbeutel zu halten. Und er trug einen Ring an einem seiner Finger.

Eine interessante Tatsache an Trollen ist, dass sie nicht durch Gelenke zusammengehalten werden. Ihre Körper sind modular. Eine angeborene magische Kohäsion verhindert, dass sie auseinanderfallen. Dies birgt einige Vorteile. Es erschwert es, sie zu töten. Nur ein tödlicher Stich ins Herz oder in den Kopf kann einen Troll zuverlässig vernichten. Doch selbst dann kann ein anderer Troll, wenn er ihn findet, immer noch die Überreste verwerten, da ihre Teile austauschbar sind. Die fehlenden Gelenke erlauben es ihnen außerdem, sich auf Arten zu bewegen, die anderen Wesen unmöglich sind. Sie können aus den unvorhersehbarsten Winkeln zuschlagen. Und sie sind so stark wie zwei Oger.

Glücklicherweise stellt ein Troll, den man in Ruhe lässt, selten eine Gefahr dar. Sie sind nicht von Natur aus gewalttätig. Gelegentlich kommt es aber vor, dass ein ehrgeizigerer Troll eine Brücke für sich beansprucht und Zoll verlangt. Aber meistens werden sie am liebsten in Frieden gelassen.

Dieser Troll schien von einer stillen Traurigkeit beherrscht zu werden. Ich konnte es in seinen Augen und am *Fall* seiner Schultern erkennen. Da die Schultern von Trollen zunächst einmal grundsätzlich abfallend sind, war dies eine kaum sichtbare Abweichung.

Die Räuber machten sich nicht einmal die Mühe, sich zu verstecken, als ich mit einem steifen Bein auf sie zuhinkte.

»Geld oder Leben, altes Weib!«

Ich erlaubte mir einen kurzen Moment des Stolzes. Es war schön zu wissen, dass meine Darbietung wirkte.

Der Bandit stieß mich mit einem Fingerknöchel. »Kannst du nicht hören, alte Frau?«

»Ich *habe* dich gehört.«

Ich hob meinen Kopf weit genug, um den Troll sehen zu können. Er stand im Hintergrund, offenbar desinteressiert an dem Raub.

»Dann gib uns, was du hast. Sonst werde ich dich von Gwurm zerreißen lassen müssen. Das tue ich gar nicht gern. Hinterlässt eine furchtbare Schweinerei.«

Der Troll meldete sich zu Wort: »Er wird Sie trotzdem von mir töten lassen, Fräulein. Sie sollten besser die Beine in die Hand nehmen.«

»Halt den Mund, Gwurm.« Der Räuber verschränkte die Arme vor der Brust. »Na gut, alte Hexe. Was machen wir?«

Molch zappelte in meinen Armen. »Lass mich ihn töten!«

»Ich regle das«, antwortete ich.

Der Räuber trat einen Schritt zurück. »Deine Ente spricht!«

»Eigentlich sogar ziemlich viel. Vielleicht zu viel.«

»Oh bitte, lass mich ihn töten! Ich mache es auch schnell!«

Ich gab ihm einen Klaps auf seinen schnappenden Schnabel. »Ich sagte doch, *ich* regle das.«

»Ja, Herrin.«

»Eine sprechende Ente«, sagte der Räuber. »Das muss Magie sein.«

»Sicher«, stimmte ich ihm zu. »Ich habe nie von normalen sprechenden Enten gehört.«

»Sie ist ein Vermögen wert. Gib sie mir, altes Weib!«

»Ich glaube, du überschätzt ein wenig seinen Wert.«

»Genug davon!« Der Räuber drehte einen Ring an seinem Finger. »Töte sie, Gwurm.«

»Ach, verdammt, Pik, kannst du die hier nicht mal selbst töten?« Trotz seiner Vorbehalte bewegte sich der Troll mechanisch auf mich zu.

Ich hätte ihn recht einfach töten können, aber es widerstrebte mir, es zu tun. Eindeutig gehörte ihm sein Körper nicht. Jeder Schaden, den er mir zufügen mochte, beruhte nicht auf seiner eigenen Tat. Er war lediglich eine Waffe, und es schien mir eine furchtbare Schande zu sein, ein gutes Schwert zu zerschlagen, nur weil es sich im Augenblick zufällig in den Händen eines Banditen befand. Was noch wichtiger war: Gwurm war kein Schwert. Er war ein Opfer der Magie, und es war meine Pflicht als gute Hexe, dies zu beheben. Nicht nur meine Pflicht, sondern sogar ein Vergnügen.

Diesem Troll zu helfen würde meine erste wirkliche Tat als eigenständige Hexe sein, und eifrige Magie prickelte in meinen Zehen, bereit, ihr Werk zu tun.

Mir kam in den Sinn, etwas Dramatisches zu tun, wie den Wurzeln zu befehlen, aus dem Boden zu steigen und Pik kreischend mit sich in die Erde zu ziehen. Aber es schien mir doch zu angeberisch für diese Situation und außerdem eine Verschwendung von Magie, da außer Gwurm, Molch und mir niemand hier war, um das grausige Ableben mitzuerleben. Und Gwurm mochte schon beeindruckt genug davon sein, einfach befreit zu werden.

»Ich muss mich entschuldigen, meine Dame. Ich mag es nicht, alte Frauen zu töten. Aber Pik ist so ein fauler Bastard, und er trägt den Ring der Herrschaft, der zu meinem Ring der Dienerschaft gehört.«

»Ach, halt einfach den Mund und töte sie endlich, Gwurm!«

Das Widerstreben des Trolls offenbarte sich in langsamen, schwerfälligen Schritten. »Mir wäre wirklich lieber, ich müsste das nicht tun, meine Dame. Verstehst du?«

»Ist schon in Ordnung, Gwurm.«

Ich warf meinen Besen über den Kopf des Trolls in die Luft.

Eine weitere interessante Tatsache bei Trollen ist, dass die Magie, die sie zusammenhält, unterbrochen werden kann, wenn der richtige Schlag genau mit der richtigen Kraft genau am richtigen Punkt ausgeführt wird. Dies ist unter den Menschen zwar nicht weithin bekannt, aber eine Tatsache, die jede Hexe lernt. Mein Besen stieg in die Luft und zielte auf diesen bestimmten Punkt zwischen den Schultern des Trolls.

Gwurm legte seine Hände um meine Kehle. »Ich mach es schnell.«

Der Besen traf. Er federte von der dicken Haut des Trolls ab und hinterließ nicht einmal eine Schramme. Gwurm riss den Mund auf, als wolle er sich erbrechen, würgte einmal und fiel auseinander. Seine Finger sprangen ab, Knöchel um Knöchel. Dann sprangen seine Hände von den Handgelenken. Seine Unterarme rutschten von den Ellbogen. Seine Arme fielen von den Schultern. Und so weiter, bis er als eine Sammlung von einzelnen Trollteilen vor mir lag. Es dauerte nur ein paar Sekunden. Sein Kopf war das Letzte, was von seinen Schultern kippte und rollend zu meinen Füßen zum Stillstand kam. Sein Gesicht legte sich in Falten, er nieste und seine Augen, Nase und Ohren fielen ab.

Piks Augen weiteten sich. »Zauberei!«

»Hexerei, um genau zu sein.«

»Du bist eine Hexe?«

»Der Hut. Der Besen. Der Umhang. Die sprechende Ente. Ich gehe davon aus, dass es offensichtlich sein sollte. Na ja, vielleicht nicht die Ente.«

»Darf ich ihn jetzt töten?«, fragte Molch.

»Still!«

Pik, unbewaffnet und eindeutig in der Unterzahl, verschwendete keine Sekunde. Er rannte davon.

»Los, fang ihn, Molch. Aber töte ihn nicht.«

Die Ente war enttäuscht, sprang aber von meinem Arm und stürmte dem Räuber nach.

»Wüde es dir etfas ausbach'n, dein'n Fuß von bein'r Nase zu nehm'n?«, bat Gwurm.

»Oh. Tut mir schrecklich leid.« Ich hob die Nase auf und wischte sie ab. Ich fand ein Auge. Es ähnelte einer fauligen gelben Traube. Ich säuberte es mit meinem Umhang und steckte es mit seiner Nase zusammen zurück in sein Gesicht. Er wackelte mit der Nase und zwinkerte mit dem Auge.

Ich fand den Teil des Fingers mit dem Ring der Dienerschaft.

»Er kann nicht abgenommen werden, bevor ich tot bin.«

Der Zauber auf dem Ring war mächtig, aber schlampig. Er trug alle Anzeichen einer minderwertigen gewerblichen Magie. Ein fähiger Lehrling konnte ein Dutzend davon in weniger als einer Stunde drechseln, um seine Ausbildung zu bezahlen. Aber solch eine fehlerhafte Magie hatte immer ein loses Ende – und daran zog ich. Der Zauber löste sich auf. Der nun gewöhnliche Ring glitt vom Finger.

»Danke, meine Dame. Ich kann dir nicht sagen, welche Erleichterung es ist, frei von diesem Ding zu sein. Wenn ich dich um einen letzten Gefallen bitten dürfte, würdest du mir dann vielleicht helfen, mein anderes Auge zu finden? Ich kann mich später dann selbst zusammensammeln, aber mein Auge ist empfindlich. Ich würde mich nur ungern versehentlich darauf setzen.«

Bis ich das zweite Auge in seine Fassung zurückgesteckt hatte, erschien Molch wieder. Er war allein, den Kopf gesenkt. Blut tropfte von seinem Schnabel.

»Und?«, fragte ich und kannte die Erklärung dafür bereits.

»Ich ... äh ... habe ihn irgendwie getötet.«

Ich schüttelte den Kopf und bedachte ihn mit einem enttäuschten Blick.

»Es war nicht meine Schuld«, protestierte er. »Ich habe ihn gejagt und geschnappt. Einfach nur, um ihn zurückzubringen, wie du es befohlen hast. Dabei kam irgendwie ... sein Rückgrat heraus.«

»Das passiert manchmal«, sagte Gwurm.

»Siehst du? Es ist fast so, als wären sie so gemacht. Er unterstützt mich, oder nicht?«

»Das ist wohl wahr. Menschen sind eher zerbrechlich. Ihre Köpfe fallen praktisch von selbst ab, und ihre Knochen brechen beim geringsten Druck.«

Molch scharrte mit den Füßen. »Tut mir leid, Herrin.«

»Ist schon gut«, antwortete ich, »aber du musst etwas vorsichtiger sein. Dir werden in Zukunft noch mehr Leute begegnen, und ich hätte gerne ein wenig Gewissheit, dass du sie nicht alle gleich töten wirst.«

»Ich werde daran arbeiten.«

»Du wirst lernen, damit umzugehen«, versicherte ihm Gwurm. »Ich habe festgestellt, dass es das Beste ist, sie zu behandeln, als bestünden sie aus trockenem Stroh.«

»Das werde ich mir merken.«

Die Sonne stand tief hinter den Baumwipfeln. Eine frühe Dämmerung legte sich über den Wald.

»Molch, hol uns ein bisschen Feuerholz und etwas zu essen. Wir bleiben die Nacht über hier.«

Sein Versehen mit dem Rückgrat-Herausreißen war ihm so peinlich, dass er gehorchte, ohne eine einzige Beschwerde äußern.

Ich begann mit der Aufgabe, den Troll zusammenzusetzen. Wenn er genug Zeit hatte, konnte sich Gwurm auch selbst wieder zusammensetzen, aber das würde Stunden dauern. Ich sah keinen Grund, warum er diese Demütigung erleiden sollte.

»Du bist zu freundlich«, sagte er, als ich seinen Kopf zurück auf seine Schultern setzte. »Ich muss sagen, du verhältst dich bei dieser ganzen Sache wirklich sehr korrekt.«

»Es war nicht deine Schuld.«

»Trotzdem habe ich dich fast getötet.«

»Ich sterbe nicht so leicht. Ist doch nichts passiert.«

Die Hände waren eine schwierige Aufgabe. So viele Knöchel. Ich hätte sie auch einfach zusammenwerfen können, aber ich wollte es richtig machen. Der Trick dabei war, daran zu denken, dass der kleine Finger eines Trolls länger war als sein Ringfinger.

Nachdem ich mit seinem linken Arm fertig war, konnte Gwurm den Rest selbst erledigen. Molch fand genug Holz für ein kleines Feuer und ein paar Kaninchen zum Abendessen. Ich spuckte auf das Holz und es brannte mit einer sanften gelben Flamme. Dann setzte ich mich ans Feuer und säuberte die Kaninchen. Ein weiteres Geschenk meines Fluchs ist, dass ich, obwohl meine Finger keine Krallen besitzen, eine besondere Fertigkeit habe, Fleisch auseinanderzureißen. Ich warf Molch ein paar Eingeweide zu. Gierig verschlang er sie.

»Deine Ente frisst Fleisch«, bemerkte Gwurm.

Ich knabberte an einer rohen Keule. »Genau wie ich, aber ich denke, wir haben genug, um teilen zu können. Möchtest du ein Stück?«

Molch hob den Kopf. »Herrin?«

Gwurm hob die Hände. »Ich kann doch nicht ...«

»Unsinn!« Ich warf ihm das zweite Kaninchen zu. »Ich bestehe darauf.«

»Wenn du darauf bestehst.«

Er warf sich das ganze Kaninchen in den Mund, kaute einmal und schluckte. Eines der Mysterien der Troll-Biologie ist, wie ihr Essen von ihrem Mund in ihre Mägen kommt, die mit jenen keineswegs verbunden sind. Selbst Hexen wissen das nicht.

Gwurm setzte sich mir gegenüber ans Feuer.

»Und wie bist du zu einem solchen Schicksal gekommen?«, fragte ich.

»Eigentlich eine einfache Geschichte. Pik und ich waren Freunde. Er fand die Ringe, überredete mich, einen davon anzustecken, und das Nächste, was ich weiß, ist, dass ich die Landschaft ausraube und terrorisiere.«

»Was hast du davor getan?«

»Hauptsächlich Rauben und Terrorisieren. Ich hatte immer den Großteil des Terrorisierens übernommen, weil ich ein Talent dafür habe, er dagegen kümmerte sich um alles, was mit Räuberei zu tun hatte. Dann kamen die Ringe, und er gab sich als das faule Schwein zu erkennen, das er tatsächlich war. Ich werde ihn vermissen. Er war mein einziger Freund.«

»Kein besonders guter«, bemerkte ich.

»Richtig, aber der beste Freund, den ein Troll erwarten kann.«

Den Rest der Nacht über saßen wir um das Lagerfeuer herum und sprachen nicht viel. Die Stille störte mich nicht. Ich hatte mein ganzes Leben in Isolation gelebt, auch die Grausige Edna hatte oft wochenlang kaum ein Wort gesagt. Wir lauschten den Eulen und den Grillen, und ich zählte die Sterne, während Gwurm in die Flammen starrte.

Folgerichtig hätte die Untote in mir nach Einbruch der Dunkelheit reisen wollen, aber ich war zufriedener damit, mich zurückzulehnen und die Dunkelheit zu genießen.

Sie schien immer schneller zu schwinden, wenn ich ging. Wenn ich aber da blieb, konnte ich mir ausmalen, sie dauere für immer an.

Gwurm streckte sich. Die Lücken in seinen Gelenken waren nur leicht zu sehen. »Auseinanderzufallen ermüdet mich immer. Ich glaube, ich schlaf mal 'ne Runde. Gute Nacht.«

Der Troll krümmte sich zu einer festen Kugel überkreuzter Gliedmaßen und beugte den Kopf. Es sah zwar unbequem aus, aber er schlief bereits. Er schnarchte leise.

»Warum hast du ihn gefüttert?«, fragte Molch.

»Er sah hungrig aus, und es war ein Gebot der Höflichkeit.«

»Aber die Herrin hat dich davor gewarnt. Jetzt werden wir ihn nie wieder los.«

»Wer hat gesagt, dass ich ihn loswerden will?«

Molchs Federn sträubten sich. »Wie bitte?«

»Er sah aus, als könne er einen Freund gebrauchen. Vor allem, seit du seinen letzten getötet hast.«

»Das kann nicht dein Ernst sein!«

»Warum nicht?«

»Bist du blind? Er ist ein Troll!«

»Und ich bin eine Hexe. Und du bist eine Ente.«

»Ja, ja, aber ...«

»Molch, bist du eifersüchtig?«

Seine Federn sträubten sich erneut.

Ich streichelte die braunen Federn an seinem Rücken. »Du musst dir keine Sorgen machen.«

»Ich mache mir keine Sorgen. Und ich bin auch nicht eifersüchtig.«

»Nein, nein. Natürlich nicht.«

Molch rollte sich auf der Stelle zusammen und legte den Kopf auf mein Bein. »Eifersüchtig. Schon allein der Gedanke ist absurd. Obwohl mir nicht klar ist, was du noch mit einem Troll willst, wenn du schon mit einem vielseitigen Vertrauten gesegnet bist.«

Er schlief ein, ich aber war nicht müde. Das Feuer erstarb, und ich saß in der kühlen Dunkelheit, Molch an mich geschmiegt – und mein neuer Troll schlummerte mir gegenüber.

FÜNF

Ich hatte also einem Wald geholfen und einen Troll gewonnen. Kleine Taten vielleicht, aber gar nicht übel für meinen ersten Tag als eigenständige Hexe. Die Welt, so wenig ich davon gesehen hatte, war gar kein so fürchterlicher Ort, und als die Morgendämmerung schließlich anbrach, stellte ich fest, dass ich mich schon auf den zweiten Tag freute.

Gwurm sprach zwar nicht viel, aber ich hatte auch vorher nicht wirklich jemanden gehabt, mit dem ich reden konnte. Ich war immer die Zuhörerin der Grausigen Edna gewesen. Jetzt, wo ich schließlich einen eigenen Zuhörer hatte, entdeckte ich, dass ich viel zu sagen hatte. Ich brauchte nicht lange, um ihm die Einzelheiten meines Lebens zu erzählen. Ich sprach vom Fluch des Fiesen Larry, dem Keller meiner Eltern, meiner Unterweisung durch die Grausige Edna und ihrem Mord durch die Hände von Männern, die überhaupt keine Männer gewesen waren. Die Geschichte sprudelte in einem steten Fluss von meinen

Lippen, und obwohl ich fehlendes Interesse von Gwurms Seite spürte, war er ein höflicher Zuhörer.

Der Troll nahm sein Ohr ab und säuberte es von etwas Wachs. »Wenn ich richtig verstehe, bist du alterslos, praktisch unverwundbar und für immer schön. Aber du musst rohes Fleisch essen und magst die Sonne nicht.« Er blies in das Ohr hinein und schabte etwas Kruste vom Ohrläppchen. »Ich möchte deine Situation ja nicht verharmlosen, doch es scheint mir kein besonders schlimmer Fluch zu sein.«

»Ich will aber nicht schön sein.«

»Und ich will nicht verschmäht und gefürchtet werden.«

Molch ergriff das Wort. »Und ich wäre lieber keine Ente.«

»Genau. Uns allen wurde ein Los auferlegt, das wir lieber nicht tragen wollen. Nicht, dass ich mich beschweren möchte. Es gibt vieles, was ich daran zu schätzen weiß, ein Troll zu sein.«

»Es ist nichts Gutes daran, eine Ente zu sein.«

»Es muss doch nett sein, fliegen zu können.«

»Ich kann nicht fliegen«, murmelte Molch.

»Oh. Schwimmen?«

»Ich mag kein tiefes Wasser.«

»Tut mir leid, das zu hören.« Der Troll steckte das Ohr zurück an seinen Platz. »Auf jeden Fall ist keiner von uns wirklich Herr seines Schicksals. Zumindest nicht über den Beginn. Und mir scheint, ich wurde unter einem schlimmeren Fluch als deinem geboren.«

»Vielleicht«, stimmte ich zu.

Nicht lange, nachdem ich unter die Aufsicht der Grausigen Edna gelangt war, hatte ich dieselbe Feststellung gemacht. Meine Herrin hatte mich schnell eines Besseren belehrt.

»Denk immer daran, Mädchen, die Magie ist wissend. Alle Dinge existieren auf eine bestimmte Art und Weise. Selbst solche Dinge, die wir nicht fassen können, wie Wind und Jahreszeiten oder Schwerkraft. Aber nichts ist so wissend wie die Magie. Sie spielt mit Zauberern und Hexen und Magie, aber täusche dich nicht: Wir dienen der Magie, nicht umgekehrt. Und sie duldet keine Respektlosigkeit. Denk immer daran, dass dein Fluch, wenn er auch nicht schrecklich sein mag, trotzdem ein Fluch bleibt. Solltest du ihn je als Gabe bezeichnen, wird die Magie keine Zeit verlieren, dich in dieser Ansicht zu korrigieren.«

Ich konnte nicht behaupten, dass ich genau verstand, was sie damit gemeint hatte, aber ich achtete den Rat. Ich verachtete meinen Fluch zwar nicht, aber ich betrachtete ihn auch nie als Segen.

»Bist du sicher, dass dies der Weg zu deinem Schicksal ist?«, fragte Gwurm.

»Unser Schicksal ist immer dort, wohin wir gehen«, antwortete ich. »Normalerweise ist es uns einen oder zwei Tage voraus«, fügte ich hinzu, weil ich fand, dies sei eine hexenhafte Ausdrucksweise.

Er zuckte die Achseln. »Wenn wir in dieser Richtung weitergehen, werden wir am späten Nachmittag eine Menschensiedlung erreichen. Pik und ich sind nie in ihre Nähe gegangen. Es ist eine Garnisonsstadt.«

Ein nagender Wunsch, diese Stadt zu sehen, überkam

mich. Wir alle sind von allem anderen lediglich durch Raumklumpen und Teelöffel von zufälligen Ereignissen getrennt. Diese Stadt lag nur anderthalb Tagesreisen von meinem Wald entfernt, doch ich hatte nie in Betracht gezogen, dass sie existieren könnte.

Die Grausige Edna hatte mir einige Städte beschrieben, weil sie in vielen gewesen war, lange, bevor ich sie kannte. Es schienen phantastische Orte voll von den Tugenden und Fehltritten der Menschen zu sein. Ich kannte die Eigenheiten von Natur und Magie zwar gut, aber ich wusste eigentlich nichts über die Zivilisation. Es flößte mir auf eine Art, die ich nicht gewohnt war, Furcht ein, nicht zu wissen, was ich zu erwarten hatte. Aber es war auch aufregend. Selbst Hexen kann es leicht passieren, dass sie sich zu sehr an ihren Platz in der Welt gewöhnen. Eine gute Hexe zu sein bedeutet jedoch, nicht nur die Reiche der Magie zu erforschen, sondern auch die fremder Zivilisationen.

Ob es Hexenhaftigkeit war oder schlichte Neugier, was mich vorantrieb, konnte ich nicht eindeutig sagen. Aber meine Vorfreude ließ sich nicht leugnen, obwohl ich sie vor meinen Gefährten verbarg. Ich wollte diese Stadt sehen. Und was noch wichtiger war: Ich musste sie sehen.

Doch sie stellte sich als Enttäuschung heraus. Es war gar keine Stadt, sondern eher eine Stadt in spe. Das halbfertige Fort stand auf einer grasbewachsenen Ebene. Eine Menge Zelte und provisorische Unterkünfte umgaben es. Sehr viele Leute liefen umher. Sie lösten ein klein wenig Furcht in mir aus. Obwohl ich wusste, dass es echte Städte und Großstädte gab, in denen Tausende und Abertausende lebten, war das das Meiste, was ich je gesehen hatte. Ich wollte davonschleichen und erst im Schutz der Dunkelheit zurückkehren, vielleicht einen Hund oder ein fettes Kind zum Abendessen stehlen.

»O je«, bemerkte ich.

»Was?«, fragte Molch.

»Ich habe Appetit auf menschliches Fleisch.«

»Und das merkst du erst jetzt?«

Ich hatte zwar einen Großteil meines Lebens in Isolation verbracht, aber ich hatte nie irgendeinen der Menschen essen wollen, denen ich begegnet war. Da war etwas an dieser Siedlung und all ihren Bewohnern. Sie weckten ein seit langer Zeit schlafendes Raubtier in mir, einen Wunsch, die Herde auszudünnen.

»Das ist zweifellos ein Fluch«, sagte Gwurm. »Menschen schmecken fürchterlich. Ich habe erst einen gegessen. Nur ein Bein. Ich konnte es nicht mal ganz aufessen. Miserables Fleisch. Zäh und sehr trocken. Andererseits könnte das auch nur die Schuld meiner Mutter gewesen sein. Sie war keine besonders gute Köchin.«

Ich war aber nicht sehr hungrig, und mein entsetzlicher Appetit war leicht zu unterdrücken. Ich beschloss, dafür zu sorgen, dass ich immer wohlgenährt blieb, während ich unter Menschen war, um die Versuchung möglichst gering zu halten.

»Wird das ein Problem werden?«, fragte Molch.

»*Ich* habe noch niemanden getötet«, antwortete ich.

Molch seufzte. »Ich hab es dir doch gesagt. Der Letzte war ein Unfall.«

Bevor ich mich näher heranwagte, ließ ich meinen Vertrauten versprechen, dass es keine weiteren Unfälle geben würde. Obwohl ich nicht ganz so überzeugt davon war, wie ich es gerne gewesen wäre, nahm ich ihn beim Wort. So oder so würde er sich ohne Übung nicht bessern, und ich konnte mir keinen besseren Ort dafür vorstellen. Außerdem war es eine gute Möglichkeit, die Stärke meines eigenen neuentdeckten Hungers zu erproben.

Kurz bevor wir das Fort erreichten, kamen zwei Männer heraus, um uns zu begrüßen. Einer war fett und schwitzte. Er sah nach einer schlechten Mahlzeit aus. Ich hatte nie jemanden gegessen, aber ein Instinkt sagte mir, dass dies hauptsächlich zähes und kaum lohnenswertes Fleisch sein würde. Der Zweite war dünn und sogar noch verschwitzter. Er schien mir eher eine Zwischenmahlzeit zu sein. Keiner von beiden reizte mich besonders. Obwohl sie weder Hemd noch Uniform trugen, erinnerten mich ihre starre Körperhaltung und der präzise Gang an Soldaten.

Keiner von beiden schien von Gwurm überrascht oder eingeschüchtert zu sein. Vielleicht waren Trolle in dieser Gegend verbreitet. Oder vielleicht war es diesen Männern auch einfach egal.

Der fette Mann hielt eine Hand hoch. »Halt! Was habt ihr hier zu suchen?«

Molch plusterte sich auf. Ich stampfte mit meinem Besen auf den Boden, um ihn an sein Versprechen zu erinnern.

»Ich suche gar nichts. Ich würde mich nur gern umsehen.«

»Du bist keine Prostituierte, oder?«

Langsam schüttelte ich den Kopf.

»Bist du sicher?« Der Dünne wischte sich den Schweiß

vom Gesicht. »Denn wir haben hier schon zu viele Prostituierte, so wie die Dinge liegen. Zwei für jeden Mann hier.«

»Ja«, sagte der Fette. »Und der Hauptmann sagt, wir dürfen keine mehr hereinlassen. Belastet die örtliche Wirtschaft, wie es aussieht.«

»Und macht uns ständig pleite.«

»Gib dir also keine Mühe, deswegen zu lügen, denn der Markt ist gesättigt, und ich bezweifle ehrlich, dass du hier genug zum Leben verdienen könntest.«

»Ralf würde sie vielleicht für eine Nummer bezahlen«, bemerkte der Dünne.

»Ja, sicher. Ralf vielleicht schon. Und Wilts. Er hat auch so einen komischen Geschmack.«

»Und Biggs.«

»Zur.«

»Klar, Zur würde einen Monatslohn rausrücken, nur damit sie ihm in den Schritt tritt. Aber er hat ja auch nicht alle Tassen im Schrank.«

»Und wenn sie die Ente benutzt, fallen mir ein Dutzend Männer ein, die was springen ließen, um das zu sehen.«

Der Fette grinste höhnisch. »Perverse Lustmolche.«

»Pervers«, stimmte der Dünne zu.

»Und, benutzt du die Ente?«

Sie beugten sich vor und beäugten Molch grinsend.

Molch schlug mit den Flügeln und machte einen Satz, um anzugreifen. Gwurm fing ihn mitten im Sprung und rettete den Soldaten so das Leben. Der Troll ging ein Stück abseits. Molch wand sich in seinem Griff.

»Ich bin keine Prostituierte«, stellte ich noch einmal fest.

Die Männer richteten sich auf. »Bist du da wirklich sicher?«

Ich nickte.

Ihr Grinsen verschwand und sie räusperten sich. »Gut. Denn dies ist sicherlich kein Ort für solche Verderbtheit.«

»Kein Ort«, stimmte der Dünne zu.

»Aber du bist hoffentlich auch keine dieser verzweifelten Frauen auf der Suche nach einem Ehemann, oder? Denn ich kann dir eins versichern: Alle Männer, die ihre Familien nicht mitgebracht haben, brennen nicht auf noch mehr weibliche Aufmerksamkeit. Nicht mal, wenn sie umsonst ist.«

Ich musste meinen Aufzug verfeinern. Vielleicht ein größerer, spitzerer Hut. Oder ein übertriebenes, welkes Hinken. Etwas fehlte wohl, denn bisher hatte niemand mein Gewerbe erraten, ohne dass ich es ihm sagte.

»Ich bin eine Hexe.«

»Eine Hexe, häh? Der Hauptmann hat nichts über Hexen gesagt, oder?«

»Nicht dass ich wüsste.«

»Irgendwas über Trolle?«

»Nichts. Daran würde ich mich erinnern. Nur Prostituierte.«

»Dann ist es in Ordnung, denke ich. Und was tust du, Hexe?«

Ich stützte mich schwer auf meinen Besen und hob meinen Kopf so, dass ich sie mit einem Auge anstarren konnte. »Ich kommuniziere mit verbotenen Geistern. Ich spreche mit Tieren und Pflanzen. Ich werfe Knochen. Ich heile. Ich verfluche.« Ich lächelte breit. »Und ich erwecke die Toten zum Leben.«

»Dann machst du also auch nichts mit dem Troll?«

»Nein. Nichts mit dem Troll.«

»Schade. Zur wird enttäuscht sein.« Sie wanderten zurück zum Fort.

Gwurm kehrte an meine Seite zurück. Er ließ Molch los. Die Ente lief wütend brummelnd im Kreis.

»Ich wollte sie nur verstümmeln. Ein oder zwei Gliedmaßen ausreißen.«

»Es wird auch niemand verstümmelt, Molch.«

»Wie du befiehlst, Herrin, aber sie wollten es so.«

Gwurm kicherte. »Es ist leicht, Leute nicht zu töten, die es nicht verdienen. Die wahre Herausforderung ist, Leute, die dich ärgern, nicht zu töten.«

Ich regte an, dass Molch für heute genug Übung im Nicht-Töten hatte. Er und Gwurm warteten am Rand des Feldes, während ich mich mitten zwischen die geschäftigen Zelte und klapprigen Holzkonstruktionen wagte. Die Baracken der Soldaten bestanden in einer Ansammlung von gleichförmigen Segeltuchzelten im Osten. Die Familien kampierten im Norden. Die Prostituierten hatten ihren Platz im Süden. Und die Händler und Handwerker hatten einen notdürftigen Marktplatz im Westen aufgebaut. Es schien eine gute Saat für ein Dorf zu sein, eines Tages vielleicht sogar für eine respektable Großstadt, aber im Augenblick waren es einfach nur viele Leute, die sich im Schatten eines halbfertigen Forts scharten.

Der Gestank beeindruckte mich besonders. Die meisten Tiere haben genug Verstand, ihr Zuhause sauber zu halten. Die Menschen stellten da aber offenbar eine Ausnahme dar. Wenige Wesen waren in der Lage, in so kurzer Zeit eine solche Schweinerei zu veranstalten. Sie ordentlich zu entsorgen wäre ein eigener Berufszweig gewesen. Nach den zahllosen Hügeln von Kot, dem schimmelndem Gemüse und verwesendem Fleisch zu urteilen, gab es niemanden aus diesem Gewerbe in der Zeltstadt. Den Leuten schien es nichts auszumachen, aber sie stanken selbst nach Schweiß und mühevoller Arbeit, warum sollten sie also? Ich für meinen Teil fand durch meinen Fluch etwas Trost in dem Gestank.

Ich wanderte zwischen den Zelten herum und schätzte jeden, den ich sah, danach ein, ob er eine potentielle Mahlzeit sein könnte. Ich entdeckte, dass ich eine sehr wählerische Esserin war.

Fast alle waren entweder zu fett oder zu dünn oder zu ölig oder zu zäh. Es gab herzlich wenige, die irgendwie anziehend gewesen wären, obwohl es ungefähr ein Dutzend gab, an denen ich unter den richtigen Umständen vielleicht einmal geknabbert hätte.

Am Interessantesten fand ich das südliche Ende der Stadt. Die Prostituierten traten in zahllosen Varianten auf. Manche waren klein und dick. Andere groß und schlank. Klein und schlank. Groß und dick. Hässlich. Hübsch. Alt. Jung. Dunkel. Hell. Unter meiner gesamten Kleidung war ich schöner als jede von ihnen. Ich hätte hier als leichtes Mädchen sehr gut leben können. Da ich jedoch nie mit einem Mann das Bett geteilt hatte, musste ich mich natürlich fragen, was passieren konnte, sollte ich mich je in einem wenn auch noch so kurzen sinnlichen Moment verlieren. Da der bloße Gedanke daran mir das Wasser im Mund zusammenlaufen ließ, vermutete ich, dass ich wenig Stammkundschaft gehabt hätte. Meine Grübeleien wurden durch ein grobes Grunzen unterbrochen.

»Du da! Du bist neu, oder?«

Ein kleiner Mann tauchte aus einem der Zelte auf. Mit finsterem Blick zog er seine Hose hoch. Er war nicht unattraktiv, mit einem Gesicht, das für seinen dünnen Körper zu pausbäckig schien. Dazu hatte er leicht schiefe Zähne.

Mein dunkles Verlangen flüsterte: »Nicht schlecht. Saug die Augen heraus und heb die Zunge für später auf.«

»Ich habe den Männern gesagt, dass wir nicht noch mehr Prostituierte brauchen können«, grunzte der Mann.

Ich wollte seinen Irrtum gerade richtig stellen, als eine weitere Stimme aus demselben Zelt drang.

»Sie ist keine von uns. Sie ist eine Hexe.« Eine Frau, in eine Decke gewickelt, trat heraus. Sie hatte langes, blondes Haar und einen Körper, der sich nicht so leicht verstecken ließ. Sie war schmal, ohne knochig zu wirken, genauso schön wie ich, bis auf eine gewisse Müdigkeit in ihrem runden Gesicht.

Mein innerer Ghoul murmelte: »Sehr gut. Ein Happen, der auf der Zunge zergeht.«

»Ich habe recht, oder?«, fragte die Prostituierte.

Ich nickte.

»Hexe? Und was tust du, Hexe?«, fragte der Soldat.

»Ich kommuniziere mit verbotenen Geistern. Ich spreche mit Tieren und Pflanzen. Ich werfe Knochen. Ich heile. Ich verfluche. Und ich erwecke die Toten zum Leben.«

»Kannst du auch von Warzen befreien?«

»Ja. Außerdem kenne ich Mittel und Wege, all die kleineren Beschwerden loszuwerden, die sich deine Männer in ihren dienstfreien Stunden einfangen könnten.«

Er nickte. »Sehr gut. Du kannst bleiben.« Er marschierte zurück ins Zelt und knöpfte seine Hose auf. Die Frau schickte sich an, ihm zu folgen.

»Woher wusstest du, dass ich eine Hexe bin?«

»Der Hut. Der Besen.« Sie zuckte die Achseln. »Ist doch offensichtlich.«

Der Soldat grunzte aus dem dunklen Zelt. »Morgenröte!«

»Bitte entschuldige mich.«

Sie verschwand im Zelt. Ich war wieder allein zwischen dem Grunzen, Stöhnen und Gelächter von Prostituierten bei der Arbeit.

Ich war nur gekommen, um mich umzusehen. Ich hatte nicht vorgehabt zu bleiben, aber dies hier war ein Ort, der eine Hexe brauchte, und nachdem ich so lange allein gelebt hatte, war es langsam Zeit für eine Veränderung. Ich entschied, zumindest für ein paar Tage zu bleiben. Vielleicht länger. Vorausgesetzt, ich konnte Molch davon abhalten, jemanden zu töten und meine eigenen verfluchten Begierden im Zaum halten.

»Niemand wird ein saftiges Kind vermissen«, wisperte die dunkle Stimme.

Ich tat so, als hätte ich es nicht gehört.

SECHS

Ich sagte Gwurm und Molch, dass wir bleiben würden. Gwurm war diese Entscheidung so gleichgültig wie ich erwartet hatte. Molch war dagegen voller Widerwillen, wie ich ebenfalls vorausgesehen hatte, und drückte diesen Widerwillen auch umgehend aus. Es war meine eigene Schuld. Ich hatte ihn einmal nach seiner Meinung gefragt. So war der Präzedenzfall geschaffen, und ich konnte es jetzt nicht wieder rückgängig machen. Wenn seine Proteste mich auch wenig interessierten (in Wahrheit überhaupt nicht), gestand ich ihm seinen Moment der Wichtigkeit doch zu.

Er hüpfte herum und schlug mit den Flügeln. Wir waren ein gutes Stück vom Lager entfernt, aber immer noch in Sichtweite. Wenn jemand meinen Streit mit der Ente bemerkt hätte, wäre mir das egal gewesen. Es konnte nur meine Eigentümlichkeit und Glaubwürdigkeit als gute Hexe verstärken.

»Aber wir sind auf dem Weg der Rache!«, rief er. »Hast du deine tote Herrin vergessen?«

»Ich habe gar nichts vergessen, aber die Rache kann warten. Oder vielleicht ist meine Rache auch schon hier und wartet auf mich?«

Er tanzte wütend im Kreis herum. »Nein, ist sie nicht!«

Gegen meinen Willen musste ich lächeln. »Ich wusste gar nicht, dass du einen Sinn für solche Dinge hast.«

»Tja, das hab ich aber! Und ich kann dir sagen, dass hier nichts ist als Leute, Zelte und Müll. Bei allem, was in den Eingeweiden des Hades schwärt, es ist nicht mal ein richtiges Dorf!« Er wandte sich Hilfe suchend an Gwurm. »Sag ihr, dass ich recht habe!«

»Womit?«

»Damit! Worüber wir gerade reden!«

»Entschuldige. Hab nicht aufgepasst.«

Molch ließ ein entnervtes Quaken hören. Er schwieg einen Augenblick, um seine Gedanken zu sammeln.

»Ich bin sicher, dass der Ort, wo auch immer deine Rache wartet, weiter entfernt liegt.«

Ich nickte langsam, als verstünde ich seine Argumentation, und er fuhr fort, wobei er fast ruhig klang.

»Das ergibt doch einfach Sinn. Keine lohnenswerte Rache ist jemals nur einen Anderthalb-Tages-Marsch entfernt.«

»Ich verstehe«, sagte ich. »Und wie weit entfernt ist die Rache im Allgemeinen? Deiner Erfahrung nach?«

Sein Kopf bewegte sich ruckartig, während er über die Frage nachdachte. »Es gibt da keine genaue Wissenschaft, aber ich denke mir, dass es weiter sein muss als eine Selbstfindungsreise, aber näher als eine epische Suche. Hunderte, sogar Tausende von Meilen.«

»Das erscheint mir aber ziemlich weit«, ergriff Gwurm das Wort.

Molch warf ihm einen bitterbösen Blick zu. »Es kann wesentlich weniger sein, wenn die Reise besonders gefahrvoll ist. Ein schreckliches Monster hier oder ein tosender Todesfluss dort können ein paar Hundert wegstutzen.«

»Was meinst du, was ein Drache wert ist?«, fragte Gwurm.

»Oh, ich weiß nicht.« Molch seufzte. »Mindestens Zwei- oder Dreihundert.«

»Und eine Sphinx?«

»Wer weiß? Viel, schätze ich, weil Sphinxe ja hauptsächlich dazu da sind.«

»Was ist mit einem Gnom?«

»Einem was?«

»Einem Gnom.«

»Einem was?«

Ich unterdrückte ein Kichern. Gwurm, sehr beeindruckend, behielt einen vollkommen ausdruckslosen Gesichtsausdruck bei.

Molch verdrehte die Augen. »Ein Gnom wäre gar nichts wert!«

»Ich spreche von einem sehr unangenehmen Gnom. Einem bösartigen, schrecklich wütenden Gnom. Vielleicht mit einem sehr spitzen Kiesel im Schuh. Der sich genau in die weiche Stelle seiner Fußsohle gräbt.«

»Was willst du ...«

»Ich habe mal so einen Gnom kennengelernt. Scheußlich grober kleiner Mistkerl. Und gemein. Nicht wirklich gefährlich, aber trotzdem ein Ärgernis. Ein Zusammentreffen mit ihm auf dem Weg der Rache müsste mindestens zehn oder zwanzig Meilen wegkürzen, könnte ich mir vorstellen.«

Molch starrte ihn an.

Gwurm sah weiterhin ziemlich ernst aus.

»Na gut, na gut«, willigte Molch ein. »Ich denke, wenn der Gnom ein besonders übellauniger kleiner Bastard wäre, wäre er zehn oder zwanzig wert.«

»Nicht dreißig?«, fragte Gwurm.

»Nein. Dreißig nicht. Selbst der mieseste, widerwärtigste, furchtbar wütendste Gnom dieser Welt wäre nicht mehr als zwanzig Meilen wert.«

»Das glaub ich auch.«

Gwurm zögerte so lange, dass Molch glauben konnte, dieser Teil des Gesprächs sei beendet.

»Was ist mit einem weiten Ödland voller Rudel blutdürstiger Mollusken?«

Etwas in Molchs verzaubertem Gehirn schnalzte. Er senkte den Kopf und ging davon, während er noch versuchte, sich daran zu erinnern, worum es ursprünglich gegangen war.

»Große!«, rief Gwurm der Ente nach. »Fleischfressende Schnecken, so groß wie Hunde!«

Jetzt erlaubte ich mir ein höfliches Kichern. »Danke.«

Sein breiter Mund verzog sich zu einem breiten Grinsen. »Sehr gern.«

Ich hätte es vor Molch nie zugegeben, aber ich hatte das Gefühl, er hatte recht. Wege zur Rache sind nie so kurz, aber mein Weg zur Rache war auch eine Zeitreise, und diese Reise konnte sehr lang werden. Jahrzehnte oder Jahrhunderte. Möglicherweise sogar Jahrtausende. Da ich aber alterslos war und sehr schwer zu töten, konnte ich mir Geduld leisten. Ich teilte diese Beobachtung nicht mit Molch, denn obwohl ihm seine verzauberte Natur ein langes Leben garantierte, war er dem Lauf der Zeit trotzdem unterworfen und würde eines Tages schließlich an Altersschwäche sterben. Ein Tag, der lange vor meiner Gelegenheit zur Rache kommen konnte. Diese Vermutung hätte ihn nur aufgeregt, und Molch war auch so schon aufgebracht genug.

In jedem Fall war ich die Hexe und er nur der Vertraute. Er hatte keine Wahl.

Wir brauchten nicht lange, um uns an unser neues Leben zu gewöhnen. Auf Anweisung des Hauptmanns wurde mir ein freies Zelt zugewiesen: zerrissen und schlecht geflickt. Ich stellte es abseits des Lagers auf, aber nah genug, dass man mich nicht vergessen würde. Es ist Hexentradition, abseits der Menschen und all dieser anderen menschenartigen Kreaturen zu leben, die sich so gern in erdrückenden Herden zusammenballen. Da der Herdeninstinkt in den meisten Menschen so stark ist, müssen sie einfach glauben, jemand, der die Einsamkeit wählt, sei ein wenig anders. Der Ruf, seltsam zu sein, ist Teil des Hexenhandwerks. Dies machte es außerdem leichter, meine Scharade mit der Hässlichkeit aufrechtzuerhalten, und mitten im Lager traute ich mir selbst nicht. Die Gerüche und Geräusche von Sterblichen rührten an meinen Fluch, und ich wollte niemanden fressen. Besser gesagt stellte ich manchmal fest, dass ich es sehr wohl wollte, und eine Möglichkeit zum Rückzug zu haben war eine weise Vorsichtsmaßnahme.

Zuerst waren die Leute vor Gwurm auf der Hut, aber seine Stärke und Bereitschaft zu arbeiten ließen ihn bald doch als einen willkommenen Neuzugang erscheinen. Die Soldaten waren über seine Hilfe beim Bau des Forts nur zu froh. Schließlich ebbte der Argwohn des Lagers dem Troll gegenüber ab und verwandelte sich in Akzeptanz und sogar in eine vorsichtige Zuneigung. Die Kinder liebten ihn. Er verbrachte Stunden damit, sich zu ihrer Unterhaltung neu zusammenzusetzen, mit seinen Zehen zu jonglieren und auf dem Kopf zu stehen. Die Mütter beobachteten ihn immer mit leichter Nervosität. Als könne er sich plötzlich in irgendeinen schrecklichen bösen Geist verwandeln und sich in einer hungrigen Anwandlung über ihre Sprösslinge hermachen.

Molch fügte sich nicht so gut ein. Er verbrachte den Großteil seiner Zeit schmollend in meinem Zelt. Bei den raren Gelegenheiten, wenn er mich auf meinen täglichen Runden begleitete, sprach er im Lager kein Wort. Die Kinder, die das Unsichtbare spürten – wie junge Geister das eben können –, mieden ihn. Die Mütter waren zu sehr damit beschäftigt, Gwurm zu beobachten, um noch groß über Molch nachzudenken. Ich jedoch behielt meinen Vertrauten streng im Auge, und es gab keine weiteren Fälle von Wasservogel-Blutrausch.

Eine weitere interessante Wendung kam, als mein Besen anfing, ein eigenes Leben zu entwickeln. Magie, vor allem Hexenmagie, kommt nicht nur, wenn man sie ruft, und geht dann still wieder. Sie ist ständig um einen herum, lässt Milch gerinnen, hält Uhren an und bringt gelegentlich auch Spiegel zum Zerspringen. Mein Besen war immer an meiner Seite, und er saugte genug davon auf, um einen Willen und Belebtheit daraus zu gewinnen. Es gab Mittel und Wege, um diese magischen Rückstände zu beseitigen, aber solange er sich benahm, sah ich keinen Grund dafür. Es war nett, jemanden zu haben, der das Fegen übernahm.

Ich gewöhnte mir schnell eine Alltagsroutine an. Am späten Nachmittag stand ich auf und machte meine Runde durchs Lager, um die Leidenden zu behandeln. Blasen, schmerzende Muskeln und kleinere Infektionen machten den Hauptteil meiner Aufgaben aus. Alle konnten leicht mit Kräutern und einfacher Magie behandelt werden. Die raren ernsteren Krankheiten waren nicht viel schwieriger.

Nachdem ich die Kranken gepflegt hatte, erstattete ich dem Hauptmann Bericht und beschrieb ihm ausführlich den allgemeinen Gesundheitszustand im Lager. Dann kehrte ich in mein Zelt zurück und mischte Medizin. Der Hauptmann war so zufrieden mit meinen Diensten, dass er mir bereits innerhalb einer Woche ein neues Zelt anbot. Ich lehnte das Angebot allerdings ab, denn das zerschlissene entsprach meinem Image weitaus besser.

In den Nächten saß ich vor meinem Zelt und betrachtete das Lager. Das konnte ich stundenlang tun. Auch wenn alle außer der Nachtwache schlafen gegangen waren. Wenngleich ich von einer sterblichen Frau geboren worden war, war ich doch nicht sterblich. Ich konnte keine von ihnen sein. Ich wollte keine von ihnen sein. Dennoch waren es faszinierende Wesen, und ich dachte oft daran, wie mein Leben wohl ausgesehen hätte, wenn ich nicht verflucht worden wäre.

Und manchmal gönnte ich meiner dunkleren Hälfte Phantasieflüge. Tagträume in den frühen Morgenstunden, in denen ich durch das Lager glitt und einen schutzlosen Happen für mein Abendessen wegfing. Solche Gedanken waren ein Teil von mir, und sie zu verleugnen hätte ihnen nur größere Macht verliehen. Aber mein Appetit war leicht im Zaum zu halten, wie eine süße Leckerei, die ich mir nie zugestand.

Und so wurden Tage zu Wochen. Wochen wurden zu Monaten. Die Soldaten stellten ihr Fort fertig, und die Zelte der Zivilisten verwandelten sich in dauerhaftere Bauten. Und endlich wurde das Lager zu einer ansehnlichen Siedlung.

Ich behielt mein Zelt und sagte mir selbst (und Molch), dass wir unseren Weg der Rache bald fortsetzen würden. Aber wir blieben und lebten, wenn auch abseits, als Teil der Sterblichen. Und die Tage kamen und gingen.

Ich wusste von Morgenröte, der Prostituierten. Alle taten das. Sie war die schönste Frau in der Siedlung, die Lieblingshure des Hauptmanns. Sie war die Einzige gewesen, die wusste, dass ich eine Hexe war, ohne dass man es ihr gesagt hatte. Sie hatte dann auch mein Geheimnis sehr schnell entdeckt.

Zum ersten Mal besuchte sie mich kurz nach meiner Ankunft, um mich um eine Behandlung für einen Hautausschlag des Hauptmanns zu bitten. Er wollte nicht selbst zu mir kommen. Also mischte ich eine Salbe, während sie wartete.

»Warum versteckst du es?«, hatte sie mich schließlich bei ihrem dritten Besuch gefragt.

»Wie bitte?«

»Deine Schönheit. Warum versteckst du sie?«

Ich kontrollierte meine Verkleidung, sah aber so pummelig und schmutzig aus wie immer.

»Du kannst es nicht verstecken«, sagte Morgenröte. »Du kannst dir diesen Ruß ins Gesicht schmieren und herumhumpeln und dich unter einem Berg von schmutzigen Kleidern und zerlumpten Kitteln vergraben, doch man wird es immer noch sehen. Nicht, dass das viele täten. Die meisten sehen nur, was sie erwarten.«

»Du wirst es niemandem sagen, oder?«

»Warum sollte ich? Es geht mir ganz gut ... als die Hübscheste hier.«

»Ich bin eine Hexe, keine Prostituierte.«

»Und glaub mir, ich bin dir dankbar. Wettbewerb bin ich nämlich nicht gewöhnt.«

Ich hatte die Salbe fertig gemischt und schickte sie damit los. Molch, der mürrisch in der Ecke saß, ergriff das Wort.

»Du solltest sie töten.«

Mein Besen war anderer Meinung und hörte auf zu fegen, um herumzuwirbeln. Das war sein Äquivalent eines energischen Kopfschüttelns.

»Sie hat mir versprochen, es niemandem zu sagen«, antwortete ich.

»Man kann den Leuten nicht vertrauen. Es ist sicherer, sie einfach zu töten. Ich kann es wie einen Unfall aussehen lassen, wenn das deine Sorge ist.«

Mein Besen klatschte ihn aufs Hinterteil. Er schnappte nach ihm. Sie wirbelten herum. Molch murmelte Flüche. Der Besen schüttelte sich und hüpfte.

»Genug jetzt!«

Er murrte. »*Er* hat angefangen!«

Der Besen sprang in einem kleineren Wutanfall herum. Er hatte schon in einem frühen Stadium seiner Animation beschlossen, eine »Sie« zu sein. Ich schnappte sie an ihrem Stiel und fegte los. Das beruhigte sie immer, und nach ein paar Sekunden machte sie allein weiter.

»Du solltest sie töten, Herrin!«

»Vielleicht, aber ich glaube nicht, dass ich es tun werde.«

Molch zog sich wieder in seine Ecke zurück, um zu schmollen. Mein Besen fegte mit übermütiger Freude.

So begann meine Freundschaft mit Morgenröte, der Prostituierten. Ungefähr alle drei Tage kam sie in mein Zelt. Zuerst, um die Salbe des Hauptmanns abzuholen, dann einfach, um zu plaudern. Sie erinnerte mich auf verschiedene Arten an die Grausige Edna. Sie war aufmerksam, auf ruhige Art weise und mit einer Sicht auf die Welt gesegnet, die weder zuversichtlich noch zynisch war, sondern irgendwo dazwischen. Ich mochte sie sehr. Genauso wie mein Besen. Und Gwurm. Und Molch auch, obwohl er nie lange genug mit dem Schmollen aufhörte, um es zuzugeben. Er begann sogar irgendwann, vor ihr zu sprechen, und eines Abends fand er sich in einer altbekannten Diskussion wieder.

»Und was glaubst du, wie viele Meilen ist ein aktiver Vulkan wert?«, fragte sie.

»Es ist keine technische Frage. Das Schicksal führt keine Strichliste. Zumindest keine genaue.«

»Natürlich nicht. Aber du musst doch eine ungefähre Zahl im Kopf haben.«

»Darauf will ich nicht hinaus.«

»Siebzig Meilen?«

Molch warf die Flügel in die Höhe. »Warum mache ich mir überhaupt die Mühe?«

»Gute Frage«, antwortete ich, während ich mich auf die Bank neben Morgenröte setzte.

Er spazierte zurück ins Zelt. Ich reichte Morgenröte eine Tasse heißen Tee, den ich extra für sie aufgebrüht hatte. Ich selbst trank keinen Tee. Er vertrug sich nicht mit meiner Verdauung.

»Du solltest ihn nicht so aufziehen«, sagte ich.

»Warum nicht? Gwurm tut es auch. Du auch. Sogar dein Besen tut es. Es ist nur gerecht, wenn ich auch mal darf.«

»Stimmt.«

Sie schlürfte ihren Tee. »Hast du mal über deinen Namen nachgedacht?«

»Ja. Ich habe beschlossen, dass ich keinen brauche.«

Wir hatten diese Diskussion schon mehrmals geführt. Meine Eltern hatten es versäumt, ihrer mit einem Fluch belegten Tochter einen Namen zu geben, und für die Grausige Edna war ich immer »Liebes«, »Kind« oder »Mädchen« gewesen. Die Leute von Fort Handfest brachten »altes Weib« oder »alte Hexe« zustande. Es gab nie Missverständnisse, und ich zog es vor, keinen richtigen Namen zu haben. Das schien mir sehr hexenhaft.

»Jeder braucht einen Namen.«

»Nicht jeder.«

»Deine Ente hat einen Namen. Dein Troll hat einen Namen.«

»Mein Besen nicht.«

»Doch, das hat sie. Stimmt's, Penelope?« Mein Besen schwebte herüber und lehnte sich an Morgenrötes Schulter. »Ich weiß, es ist kein besonders guter Name für einen Hexenbesen, aber sie hat ihn selbst ausgesucht.«

Ich hatte keine Einwände dagegen, meinem Besen einen Namen zu geben, da mir dies ebenfalls sehr hexenhaft erschien.

Zwei Soldaten näherten sich meinem Zelt. Ich konnte an dem verlegenen Glitzern in den Augen des Jüngeren sehen, warum sie hier waren. Mein innerer Ghoul fand wenig Appetitliches an dem alten Mann, aber über den Jungen flüsterte er: »Noch nicht ganz reif, aber in einem oder zwei Jahren ein schmackhaftes Festmahl.«

Der ältere Soldat schob seinen Schützling auf Morgenröte zu. Der Junge konnte ihr nicht in die Augen sehen. Er starrte auf seine Stiefel und stammelte.

Morgenröte lächelte auf ihre geduldige, wissende Art. Genau die Art, wie die Grausige Edna gelächelt hätte, wäre sie eine Prostituierte gewesen.

Der ältere Soldat kicherte. »Vertis wüsste gern, ob er vielleicht das Vergnügen deiner Gesellschaft haben dürfte, Fräulein.«

»Ist das wahr, Vertis?«

Der Jüngling nickte.

»Er spart seit zwei Monaten. Die anderen Männer sagten, er solle sich eine billigere Frau suchen, aber er hat es sich nunmal in den Kopf gesetzt.«

»So ein Kompliment von einem schönen, strammen Kerl. Ich fühle mich geschmeichelt!«

Morgenröte ließ ihre Wangen sanft erröten. Sie konnte ganz nach ihrem Willen erröten, auf eine Art, die ich mit Magie hätte kopieren können. Nur, dass ihres eben keine banale Magie war, sondern natürliches Talent und Übung.

Vertis kicherte wie ein Kind.

Sie nahm sein Geld und sagte ihm, er solle sie in zehn Minuten in ihrer Hütte erwarten. Der ältere Soldat dankte ihr, und sie gingen.

Morgenröte klimperte mit den Münzen in ihren Händen.

»Wie ist es?«, fragte ich und überraschte damit sogar mich selbst. Ich hatte schon einige Zeit über diese Frage nachgedacht.

»Es kommt alles darauf an. Wenn es richtig gemacht wird, ist es schwer zu beschreiben. Du könntest es jederzeit selbst herausfinden. Jeder Mann in diesem Lager würde sich ein Gliedmaß abhacken, um es mit dir tun zu dürfen, wenn du nur diese Verkleidung ablegen würdest.«

»Das kann ich nicht.«

»Warum nicht?«

Ich begann: »Eine gute Hexe ...«

»Nicht das schon wieder. Das glaube ich dir nicht. Ich würde meinen, sinnliche Impulse seien unter deinem Kodex doch erlaubt.«

»Ich habe Angst vor dem, was ich tun könnte«, gab ich zu.

»Der Fluch? Ich denke, das ist gerechtfertigt. Obwohl ich auch glaube, dass du einen Mann finden könntest, der bereit wäre, für einen Moment deiner Leidenschaft das Risiko einzugehen. Nein, dein Fluch ist nur eine bequeme Ausrede. Denn vom Fluch abgesehen bist du eine ziemlich normale Person. Und wie die meisten normalen Leute willst du, dass dein erstes Mal etwas Besonderes ist.«

»War deines etwas Besonderes?«

Sie lachte. »Himmel, nein. Die meisten sind es nicht, aber das heißt nicht, dass du die Hoffnung aufgeben solltest. Wer weiß? Vielleicht findest du eines Tages den richtigen Mann. Und du wirst ihn erkennen, denn er wird derjenige sein, den du genug begehren wirst, um zu riskieren, ihn aufzufressen. Aber kein Grund zur Eile. Du bist alterslos. Also lass dir Zeit.

Bis dahin verpasst du nicht viel. Es kann etwas Schönes sein, aber normalerweise ist es nur ein paar Minuten Stoßen und Grunzen und Schwitzen. Auch dann nicht vollkommen unangenehm, aber doch nichts, weshalb man sich grämen müsste.«

Sie stand auf. »Gute Nacht, Penelope. Gute Nacht, Hexe.«

Penelope neigte sich zu einem Knicks, und Morgenröte ging zur Arbeit.

Ihre Worte trösteten mich. Hexen haben wenig Verwendung für Liebe, aber einmal wollte ich einen Mann erleben, wenn auch nur um der Erfahrung willen. Mein Magen knurrte. Es war der Geruch von Fleisch, der von der

Siedlung herüberwehte und meine Nase kitzelte. Ich fuhr mir mit meiner gespaltenen Zunge über die Lippen. Dann verdrängte ich diese Art von Gedanken und hinkte in mein Zelt, um mir etwas zu essen zu machen.

SIEBEN

Gwurm hielt eine Handvoll Beeren hoch.

Ich steckte eine davon in den Mund und spuckte sie auf den Boden. »Nein. Das sind nur Blaubeeren.«

»Ist das nicht das, was wir suchen?«, fragte Molch.

»Wir suchen blaue Beeren. Keine Blaubeeren. Ich will keinen Kuchen backen.«

Gwurm schob sich seine Handvoll in den Mund. Er sprach beim Kauen. Saft tropfte ihm übers Kinn. »Ich glaube, ich habe dort drüben welche gesehen.«

»Du *glaubst*«, sagte Molch.

»Na ja, sie sind blau.«

»Wenn du patzig sein willst, Molch«, sagte ich, »kannst du auch einfach wieder nach Hause gehen.«

Mein Vertrauter murrte. Er hatte die ganze Zeit gemurrt, auch in den Diensten der Grausigen Edna, aber diese Neigung war neuerdings schlimmer geworden. Wenn er sich mal nicht beklagte, brummelte er. Oder blickte mit unausgesprochenem Ärger finster drein. Für eine wilde, teilweise dämonische Ente gab es in diesem Dorf nicht viel zu tun. In der abgeschiedenen Hütte der Grausigen Edna hatte es auch nicht viel gegeben. Aber das war, bevor er Geschmack an Blut gefunden hatte.

Er hatte versucht, seine Lust am Töten für produktivere Zwecke zu nutzen, indem er Wild für das Dorf jagte. Doch es war einfach nicht dasselbe. Ich rechnete es ihm hoch an, dass er es versucht hatte und erlaubte ihm sein Murren.

Gwurm führte uns zu den blauen Beeren, die sich jedoch wieder als Blaubeeren herausstellten. Allerdings fand ich ein paar Stücke Moos, die nützlich waren, um Infektionen zu behandeln.

»Wofür brauchst du die überhaupt?«, fragte Molch.

»Ich mische ein Gift.«

»Wirklich?«

»Ja.«

»Wirst du jemanden töten?«

»Vielleicht.«

»Wen? Nein, sag es nicht. Lass mich raten. Diesen fetten Mann, den Schmied! Nein, ihn nicht. Ich weiß. Diese hochnäsige Frau mit den sechs Kindern. Die, die gesagt hat, ich hätte einen albernen Gang.« Seine Augen leuchteten zum ersten Mal seit Monaten enthusiastisch.

»Ich habe mich noch nicht entschieden.«

Gwurm brachte mir noch ein paar Beeren. »Was ist mit denen?«

»Das sind nur Blaubeeren«, sagte Molch. »Erkennst du den Unterschied nicht? Ich glaube, da drüben gibts ein paar.« Er stürmte in ein Gebüsch. »Hier drüben! Ich glaube, ich habe sie gefunden!«

Die Beeren waren genau die, die ich brauchte. Mit teuflischer Freude sah er mir beim Sammeln zu.

»Was kommt als Nächstes?«

»Ich brauche ein paar schwarze Grillen für einen Juckende-Furunkel-Trank. Ich überlege, ob ich ihn in den Dorfbrunnen gieße. Nur so zum Spaß.«

Molch quiekte geradezu vor Entzücken und begann seine Insektenjagd.

»Du wirst niemanden umbringen«, sagte Gwurm.

»Psst. Verdirb es ihm nicht.«

Nachdem Molch die Grillen gebracht hatte, schickte ich ihn nach etwas Baumsaft, um die Tiere krank zu machen. Dann Kiefernzapfen, um den Kindern Albträume zu bringen und Wurzeln, die Soldaten in mörderische Raserei verfallen ließen. Wenn ihm erst einmal klar wurde, dass dies alles Zutaten für Salben, Elixier und Balsam waren, würde er sehr enttäuscht sein und zu seinem Murren zurückkehren. Aber für den Augenblick war er glücklich.

»Das ist schon eher das, was ich mir vorstelle, Herrin. Nichts gegen das Heilen, aber es ist nur angemessen, dass du diesen Leuten endlich ein bisschen Leid zufügst. Einfach, um in Übung zu bleiben, falls du es mal wirklich brauchst.«

Wir gingen zum Dorf zurück. Ich unterhielt Molch mit Geschichten über Flüche und Krankheiten, die ich Fort Handfest zu schicken gedachte. Schwallerbrech-Seuchen und explodierende Schädel und andere Krankheiten. Er hüpfte neben mir her und machte eigene Vorschläge.

Gwurm brachte auch ein paar an, und Penelope zuckte bei den wirklich fürchterlichen anerkennend in meiner Hand.

»Lass alles Essen verrotten«, schlug Gwurm vor.

»Nein«, sagte Molch. »Lass es nicht einfach nur verrotten. Füll es mit Maden. Aber so, dass man es nicht sehen kann. Auf diese Art werden sie in einen Apfel beißen und den Mund voller Würmer haben.«

»Giftige Würmer«, fügte Gwurm hinzu.

»Giftige, kreischende Würmer. Große, klebrige, weiße – voller Adern! Solche die schreien, wenn man hineinbeißt.«

»Großartiger Vorschlag«, sagte ich. »Den muss ich mir merken.« Und das würde ich auch tun, denn es war eine sehr gute Idee, sollte ich je den Wunsch haben, eine wirkliche Plage auszulösen.

Molch und Gwurm spielten ihr Spiel und dachten sich einige weitere lohnende Möglichkeiten aus. Molch war so aufgeregt, wie ich ihn nie zuvor gesehen hatte, auch nicht in unseren Jahren mit der Grausigen Edna. Der Dämon in ihm fand Vergnügen beim Gedanken an grausames Verderben, und mir tat es ehrlich leid, dass dieser Trick nur ein einziges Mal funktionieren würde.

Gwurm deutete den Weg entlang. »Da kommt jemand.«

Wir hielten an und bemerkten ein Pferd und einen Reiter, die in flottem Trab in unsere Richtung ritten. Seine Erscheinung überraschte mich. Niemand kam je aus dem Westen. Niemand außer mir. Es war unbesiedeltes Terrain, genau die Art von Gegend, wo eine Hexe und ihr Schützling unbehelligt leben konnten.

»Werden wir ihn töten?«, fragte Molch.

»Wir werden sehen.«

»Wenn wir ihn töten, bevor er das Dorf erreicht, wird es keiner je erfahren.«

»Ich sagte, wir werden sehen.«

Eine mächtige, magische Aura umgab den Reiter und sein Pferd. Es war keine Hexenmagie, sondern verschiedene andere Sorten. Ich war aber nur am Rande mit diesen anderen Arten vertraut und konnte ihren genauen Zweck nicht bestimmen.

Trotz des Zaubers, der auf ihm lag, hielt ich ihn nicht für einen Jünger des Obskuren. Er sah nicht aus wie ein Zauberer oder Hexer. Er war groß und schlank, geschmückt mit einer Kettenhemd-Weste und einem lockeren Gewand. Ein Schwert hing an seiner Hüfte. Es trug ebenfalls einen mir unbekannten Zauber. Er war ein sehr dunkler Mann. Ich hatte nicht gewusst, dass es Menschen in so dunklen Farbtönen gab. Sein kurz geschnittenes Haar war schwarz wie Kohle. Seine Augen waren sogar noch dunkler, wenn das überhaupt möglich war. Sein Pferd hätte schwarz sein müssen, oder zumindest in einem tiefen, satten Braun. Aber es war grau, noch dazu ein sehr helles Grau, fast weiß.

Ein unsichtbares Zeichen stand auf seiner Stirn. Ich konnte es mit der Sehkraft einer Hexe sehen. Das Zeichen war die Quelle seiner verzauberten Aura.

Molch zuckte zusammen und rülpste leise. »Ich fühle mich nicht so gut.« Der Reiter kam näher und Molch gluckste. »Ich glaube, mir wird schlecht.« Als der Mann nur noch ein paar Fuß entfernt war, murmelte die Ente einen Fluch und rannte würgend tiefer in den Wald.

Der Mann war nicht im klassischen Sinn gutaussehend.

Zumindest fand ich das nicht. Dennoch war er so angenehm anzusehen, dass ich den Blick nicht abwenden konnte. Vor allem nicht von diesen Augen. Schließlich nahm ich genug Verstand zusammen, um den Kopf zu senken und das meiste von ihm hinter meiner Krempe zu verstecken.

Aus der Ferne erreichten die Geräusche einer sich übergebenden Ente meine Ohren. Es war ein seltsames Geräusch, begann als ein Quaken und endete in einem heiseren Keuchen.

Der Mann brachte sein Pferd zum Stehen. »He da, gute Frau. Belästigt dich dieser Troll?« Locker umfasste er seinen Schwertgriff.

»Eigentlich gehört er zu mir.« Ich hob meinen Kopf weit genug, dass alles unterhalb seiner Nase unter meiner Krempe sichtbar wurde. Er hatte einen starken, runden Kiefer.

Molch stolperte auf den Weg, schmatzte mit dem Schnabel und stöhnte. Er sah den Mann und würgte. Mein Vertrauter stürmte zurück ins Unterholz und begann von Neuem, sich zu übergeben.

»Ist das auch deine Ente?«, fragte der Reiter.

»Das ist er, ja.«

»Ist er krank?«

»Es scheint so. Nichts Ernstes, denke ich.«

Ich hob meinen Hut, um einen flüchtigen Blick in die Augen des Mannes zu werfen. Er erwiderte meinen Blick, ohne zu zwinkern. Das war ich nicht gewohnt. Die meisten Leute wandten den Blick von mir ab. Entweder, weil sie dachten, ich sei eine Verrückte, die man besser nicht reizte, oder weil sie wussten, dass ich eine Hexe war und das Böse fürchteten, das ich durch mein Starren womöglich über sie bringen konnte. Aber er tat es nicht, genauso wenig wie ich.

Ich konnte all das düstere Getuschel meines Fluchs nicht einordnen. Ich wollte diesen Mann fressen, so sehr wie keinen anderen zuvor. Ich wusste auch nicht, warum. Er war ein gesundes Exemplar seiner Spezies, aber es gab viele gesunde Exemplare in der Siedlung. Doch schon beim bloßen Gedanken daran, meine Zähne in sein Fleisch zu versenken, ergriff mich ein unerklärlicher Brechreiz. Nichts so Ernstes zwar wie die Übelkeit, an der Molch litt. Eigentlich war es sogar keine vollkommen unangenehme Empfindung.

Wir starrten uns, wie es schien, sehr lange in die Augen. Schließlich wandte er sich ab und brach den sonderbaren Zauber, der mich hielt, was immer es auch war. Ich senkte vor diesen hypnotischen Augen schnell den Blick.

Er räusperte sich und vermied es, mich direkt anzusehen. »Ist dies der Weg nach Fort Handfest?«

»Ja. Bleib einfach auf dem Weg, und du wirst nach weniger als einer Meile dort sein.«

»Danke. Guten Tag, gute Frau, Troll. Ich hoffe, deiner Ente geht es besser.«

Er gab seinem Pferd die Sporen zum Galopp. Ich sah ihm nach. Ich konnte nicht anders. Etwas, vielleicht seine magische Aura, zwang mich dazu. Ich bemerkte die Breite seiner Schultern und fragte mich, wie es wohl wäre, mit sanften, behutsamen Bissen daran zu knabbern. Und dann das Fleisch in großen, saftigen Stücken wegzureißen. Danach würde ich ihn umdrehen, seine Brust aufreißen und die Leckerbissen darin herausschaufeln. Das Blut würde ich als Nachspeise auflecken.

Seine Augen würde ich aber nicht essen. Aus Gründen, die mir nicht ganz klar waren, wollte ich sie aufheben.

Als hätte er meine Gedanken gespürt, warf der Mann mit einem strengen Stirnrunzeln einen Blick zurück. Ich wollte den Blick abwenden, aber ich tat es nicht. Ich starrte unverhohlen, bis er um eine Kurve im Wald verschwand.

Molch schleppte sich aus dem Unterholz.

»Dunkle Götter, so ein reines Herz! Darauf war der Dämon in mir nicht vorbereitet.«

»Dann hast du nie zuvor einen weißen Ritter getroffen«, erklärte Gwurm. »Sie sind berühmt für ihre Tugend.«

»Er schien mir aber sehr dunkel für einen weißen Ritter«, sagte ich.

»Der Kreis ihrer Mitglieder ist klein, aber vielfältig.«

Ich senkte mich auf ein Knie hinab und wischte Molchs Schnabel mit dem Saum meines Kleides ab. »Geht es dir jetzt besser?«

»Jetzt, wo er weg ist, geht es schon.«

»Dann komm weiter. Wir haben viel zu tun.«

»Ja, natürlich. Die Eiterbeulen. Die hatte ich fast vergessen.«

»Ja«, stimmte ich zu. »Die Beulen und das verrottete Essen.«

Wir machten uns wieder auf den Weg zum Fort, und ich trödelte herum, um Molchs Fröhlichkeit so lange wie möglich zu erhalten.

ACHT

Die Ankunft des wahren weißen Ritters versetzte die Siedlung am frühen Abend in helle Aufregung. Während ich meine tägliche Runde machte, hörte ich zu und lernte. Jeder hatte von den weißen Rittern gehört, obwohl niemand je einen in Fleisch und Blut gesehen hatte. Sie bildeten einen Orden von Helden, die es sich zur Aufgabe gemacht hatten, das Böse in all seinen Formen zu besiegen. Sie erschlugen wilde Monster, entthronten geisteskranke Könige, schlugen unerlaubte Aufstände nieder und mühten sich ab, die Welt zu einem besseren Ort zu machen. Am berühmtesten waren sie für ihre Tugendhaftigkeit, die sie unverwundbar machte, solange sie sich selbst rein hielten.

Ich hielt es für möglich, dass dies bis zu einem gewissen Grad wahr sein konnte. Aber die Unverwundbarkeit des weißen Ritters war genauso auf das unsichtbare Brandzeichen auf seiner Stirn zurückzuführen wie auf sein reines Herz. Und wahre Unbesiegbarkeit geht über die Magie hinaus. Jeder Zauber, wie sehr er auch durch eine tugendhafte Seele unterstützt wird, hat irgendwo eine Schwachstelle.

Alle interessierten sich für den weißen Ritter. Sogar Morgenröte – was mich überraschte. Ich hielt sie nicht für jemanden, der wegen eines Mannes in Verzückung geriet, den sie noch nicht einmal gesehen hatte. Sie hatte bei seiner Ankunft gearbeitet und deshalb keinen Blick auf ihn erhaschen können, bevor er im Fort verschwunden war.

Also schoss sie Frage um Frage auf mich ab, als sie später in meinem Zelt saß.

»Wie sieht er aus? Sieht er gut aus? Er muss einfach gut aussehen!« Sie quiekte nicht direkt, aber sie war doch sehr nahe daran.

»Er war attraktiv«, antwortete ich, »aber ich denke nicht, dass er gutaussehend ist. Seine Ohren sind zu groß. Nicht auf markante Art, aber erwähnenswert.«

»Und groß? Ist er groß?«

»Er schien schon groß, aber er saß auf einem Pferd. Es ist schwer zu sagen.«

»Aber er muss glatthäutig mit goldschimmernden Locken sein.«

»Er ist dunkler als alle Männer, die ich je gesehen habe.«

»Er ist also ein nicht so richtig gutaussehender, vielleicht – oder auch nicht – großer, dunkler Mann.«

Ich nickte.

»Ich kann nicht behaupten, dass ich nicht enttäuscht bin. Obwohl die Dunkelheit auf gewisse Weise romantisch ist.«

»Legenden sind aus der Ferne betrachtet immer besser«, sagte ich. »Er ist wirklich reinen Herzens. Er hat

Molch krank gemacht. Und er hat wunderschöne, tiefschwarze Augen.«

Morgenröte klopfte mit den Fingern auf ihrer Tasse herum. »Du bist verliebt.«

»Bin ich?«

»Ziemlich.«

Ich glaubte ihr. Was Liebe und Lust angeht, vertraute ich Morgenröte ebenso, wie ich der Grausigen Edna in Hexendingen vertraut hatte. Um sicherzugehen, testete sie mich.

»Wenn du über ihn sprichst, lächelst du, und du gehst mit deinem Lächeln sonst sehr sparsam um.«

Ich spürte das leichte Grinsen auf meinen Lippen. »Ist das alles?«

»Nicht alles. Wenn du an ihn denkst, fühlst du dann so ein Flattern in dir?«

Ich achtete auf meinen Körper und stellte, wenn auch kein Flattern, so doch eine Art Flimmern in meinem Magen fest.

»Flimmern ist noch schlimmer«, sagte sie. »Spürst du, dass du dir wünschst, bei ihm zu sein und ... ihn zu küssen?«

»Ich möchte sein Gesicht essen.«

»Und wenn, während du sein Gesicht isst, deine Lippen zufällig seine berühren sollten ...«

Das Flimmern in meinem Magen rutschte tiefer und prickelte sanft an Orten, wo es vorher nie geprickelt hatte. Ich lächelte, und als ich es bemerkte, wurde ich rot.

»Definitiv verliebt.« Morgenröte tätschelte meine Hand, um mich zu trösten, und zwar ziemlich genau auf die Art, wie die Grausige Edna es dann und wann auch getan hatte.

»Es ist nichts, wofür du dich schämen müsstest. Es ist vollkommen normal.«

Molch kicherte. »Hast du nicht gehört, was sie gesagt hat? Sie will sein Gesicht essen! Daran ist überhaupt nichts normal!«

»Oh, sei still. Das ist etwas Gutes. Du solltest dich für sie freuen.«

»Hast du je einen Mann gegessen?«, fragte ich.

»Nein. Aber ich bin auch eine sterbliche Frau. Du bist eine Hexe, und verflucht, und untot. Also denke ich, diese morbiden Impulse sind vollkommen normal.«

Das war logisch, und ich schob meine Verlegenheit fort. »Glaubst du wirklich, es ist etwas Gutes?«

»Ich kann nichts Falsches daran erkennen. Es zeigt nur, dass du menschlicher bist als du dachtest.«

»Kann ich ihn wirklich lieben?«

Morgenröte lachte liebevoll. »Ich habe nichts von Liebe gesagt. Ich sagte *ver*liebt. Es kann zwar zu Liebe führen, aber meistens ist es lediglich eine vorübergehende Verblendung.«

»Woher weiß ich, was es ist?«

»Du wirst es zu gegebener Zeit herausfinden.«

Molch runzelte die Stirn. »Sie kann nicht verliebt sein. Er ist ein weißer Ritter.«

»Was ihn nur noch verwegener und romantischer macht.«

»Aber sie ist eine Hexe. Hexen und weiße Ritter verkehren nicht miteinander.«

»Wer sagt das?«

»Du hast seine Tugendhaftigkeit nicht gespürt. Es ist abscheulich. Unnatürlich, das sag ich dir. Nicht mal ein kleiner sündiger Fleck.«

»Nicht mal ein Fleck?«, fragte Morgenröte.

»Vielleicht ein Fleck. Er ist schließlich ein sterblicher Mensch. Aber nicht annähernd so viel, wie gesund wäre. Ich vermute, er hat nie eine Frau gekannt. Solch ein Wunsch kann auch nicht in seinem Herzen wohnen.«

Im Stillen stimmte ich ihm zu. Der weiße Ritter war eine erbärmliche Wahl, und ich fühlte mich töricht. Aber Morgenröte erklärte mir, dass niemand sich aussuche, sich zu verlieben. Es passiere einfach. Und ich fühlte mich besser.

»Du hättest dir einen einfacheren Mann aussuchen können, aber mit meiner Hilfe und deinen beachtlichen unhexenhaften Vorzügen könnte er dir gehören.«

»Nein. Ich kann nicht.«

»Warum nicht?«

»Weil es nicht richtig wäre. Ich kann keinen guten Mann töten.«

»Vielleicht, wenn du vorher ein ausgiebiges Abendessen hattest ...«

»Du hast gehört, was sie gesagt hat«, bellte Molch. »Sie ist nicht interessiert. Obwohl, wenn sie ihn in ihrer Leidenschaft verzehren würde ...« Er grinste dämonisch.

»Ich werde nichts dergleichen tun. Diese Gefühle werden wieder verschwinden, oder?«

»Letztlich ja«, sagte sie. »Es ist deine Entscheidung, aber falls du deine Meinung ändern solltest, kannst du jederzeit mit allen Fragen, die du hast, zu mir kommen.«

Ich dankte ihr für das Angebot, aber darin war ich unerbittlich. Die Grausige Edna hatte mich vor meinem Fluch gewarnt. Jetzt verstand ich, was sie gemeint hatte. Einen Mann zu begehren bedeutete, nach seinem Fleisch zu hungern. Dies wäre noch nicht unbedingt ein Problem gewesen, bis auf die Tatsache, dass ich, da ich eine sehr wählerische Esserin war, auch eine sehr wählerische Liebhaberin sein würde. Ich konnte keinen guten Mann essen – und ich wollte keinen schlechten. Also fand ich mich mit der ewigen Jungfräulichkeit ab.

»Ich frage mich, warum er hergekommen ist«, grübelte Morgenröte.

»Gwurm sagt, die weißen Ritter durchstreifen die Lande und vertrauen darauf, dass das Schicksal sie zu einem Unrecht führt, das korrigiert werden muss. Höchstwahrscheinlich ist er nur auf der Durchreise. Mir fällt nämlich gar kein Unrecht ein, das man hier korrigieren müsste.«

»Wenn er nur auf der Durchreise wäre, glaube ich nicht, dass er angehalten und mit den Soldaten gesprochen hätte.«

»Wenn du es wirklich wissen willst, kann ich es herausfinden.« Dieses Angebot war mehr als ein Gefallen unter Freundinnen. Ich wollte den dunklen weißen Ritter sehen, selbst wenn ihn zu sehen alles war, was ich je würde tun können.

»Molch, ich brauche deinen Körper.«

Mein Vertrauter wurde bockig. »Ich benutze ihn gerade.«

»Nur zum Trübsalblasen.«

Ich sah ihn missbilligend an, und er kam an meine Seite. Ich beugte mich nach unten und küsste seinen Schnabel.

Mit meinem Vertrauten den Körper zu tauschen war nur geringe Magie. Ich schob meinen Geist in seinen Körper. Seiner sprang dafür aus seinem Körper und fiel zur bequemen Aufbewahrung in meinen hinein. Meine Haut hätte ein unbewegliches Gefängnis für ihn sein können, aber ich erlaubte ihm als freundliche Geste, sich auch darin zu bewegen.

Ich sah in meine smaragdgrünen Augen. All der Schmutz in meinem Gesicht tat wenig, um meine Schönheit zu verstecken. Ich hatte Glück, dass nur so wenige unter die Oberfläche sahen.

Molch verzog meinen Mund. Er setzte mich auf dem Tisch ab, auf dem ich Medizin mischte.

Mit meiner Stimme sagte er: »Fürwahr, was für ein Körper.« Er befühlte meine Lippen und Zähne. Er zog an den Ohren und fuhr mit den Händen an meinem Körper auf und ab. Er drückte meine linke Brust und tätschelte meinen Po. Dann fuhr er mit den Fingern über meinen Bauch hinunter zu meinem Schenkel und zurück zu ...

»Würdest du bitte aufhören, meinen Körper zu befummeln?«

»Entschuldigung.« Er stand auf, aber mein Körper schwankte beinahe von seinen Füßen. Er ruderte mit den Armen, um das Gleichgewicht wiederzugewinnen. Sie waren keine Flügel, also half es nicht. Morgenröte fing ihn auf, bevor er umkippen konnte. »Die Gewichtsverteilung ist ein bisschen knifflig.« Er setzte sich. »Alles in allem kein schlechter Körper. Ich bin nicht sicher, ob mir diese ganze nackte Haut und die Füße wichtig sind. Aber ich wollte immer Zähne haben – und was für schöne Zähne das sind. Scharf und tödlich. Ich wette, mit denen könntest du Knochen brechen.« Er biss in die Luft und knirschte mit meinen Zähnen.

»Du kannst doch auch mit deinem Schnabel Knochen brechen«, erinnerte ich ihn.

»Das ist nicht dasselbe.«

»Hier drüben liegen ein paar frische Fasane. Brich so viele von ihren Knochen wie du willst, während ich weg bin.«

Er wählte einen Vogel aus der kleinen Sammlung und grub begeistert meine Zähne hinein.

Ich sprang vom Tisch. Ich hatte als Teil meiner Ausbildung schon vorher Tiergestalten ausgeliehen. Die Grausige Edna hatte mich gelehrt, auf den Körper zu hören. »Sag ihm, wohin du gehen willst, Liebes, und er wird dir sagen, wie du hinkommst.« Molchs Körper ließ sich leicht bewegen. Sein komischer Gang, durch die Jahre ununterbrochener Benutzung in Fleisch und Blut übergegangen, blieb Teil davon.

Morgenröte öffnete den Zelteingang für mich, und wir traten hinaus.

Gwurm, der es sich zur Gewohnheit gemacht hatte, vor meinem Zelt zu sitzen, falls ich ihn brauchte, hob den Kopf. Ihm fehlte ein Auge, und er rollte etwas im Mund herum. »So früh schon unterwegs?«

Ich erklärte meinen Tausch mit Molch und dass ich auf dem Weg zum Fort sei, um den weißen Ritter zu kontrollieren.

Er spuckte sein fehlendes Auge aus und leckte es strahlend und spuckeüberzogen glänzend, bevor er es wieder in seine Höhle zurücksteckte. »Was ist daran hilfreich, eine Ente zu sein, die nicht fliegen kann?«

»Molch kann fliegen. Er hat es nur vergessen, aber meine Herrin hat es mich gelehrt, damit ich den vollen Nutzen aus dem Vogelkörper ziehen kann. Es ist sehr einfach. In die Luft springen, mit den Flügeln schlagen und auf den Boden achten.«

Ich streckte meine Flügel aus, um sie zu lockern. Morgenröte und Gwurm wünschten mir Glück, und ich machte mich auf den Weg. Es brauchte ein paar Sprünge, aber schon bald flog ich. Es war ein schlingerndes, plumpes Spektakel, aber besser als alle Flüge, die Molch je unternommen hatte. Ich schwebte in weiten Kreisen über die Siedlung, bis ich den Dreh heraushatte.

Über dem Fort flog ich eine Kurve. Ich hatte es nie aus diesem Winkel gesehen. Es war ein Viereck aus Steinwänden mit nur einem Tor. Kleinere Gebäude aus Holz und Stein waren im Inneren gebaut worden. Laternen und Mondlicht erleuchteten die großen, freien Flächen. Nicht viele Soldaten waren zu sehen. Die meisten saßen oder lagen in den Baracken, kümmerten sich um die finanziellen Bedürfnisse von Prostituierten oder verbrachten Zeit mit ihren Familien. Eine einzelne Ente konnte mühelos an der Nachtwache vorbeigleiten.

Den Ritter zu finden war ebenfalls ganz leicht. Die Hälfte von Molchs dämonischem Wesen gehörte zu seinem Geist, aber die andere Hälfte blieb in seinem Körper. Ich lief ein paar Minuten herum und ließ mich von meinem unruhigen Magen zum Büro des Hauptmanns führen, was logisch gesehen sowieso ein passender Ort für die Suche war. Das Fenster war zu hoch für mich, um hindurchzusehen. Ich versteckte mich also in den Schatten und lauschte.

»Das ist ja furchtbar!«, stöhnte der Hauptmann. »Schrecklich! Dies sollte doch eine ruhige Gegend sein. Hier passiert nie was!«

»Das ist genau der Grund, warum ich glaube, dass sie herkommen werden«, antwortete der Ritter. Seine Stimme allein zauberte schon ein Lächeln auf meinen Schnabel, auch wenn sich meine Übelkeit verstärkte. »Sie haben vor, über eine unbewachte Grenze bis ins Königreich vorzudringen. Ihr hattet Glück, dass ihr dieses Fort gerade hier gebaut habt.«

»Glück.« Der Hauptmann grunzte das Wort wie einen Fluch. »Ja, Glück.«

Dann kam das Schweigen. Kein wirkliches Schweigen, sondern ein geflüstertes Gemurmel, von dem ich annahm, dass es vom Hauptmann stammte.

Ich entdeckte einen krabbelnden Käfer in der Nähe.

»Du da, komm her.« Ich sprach sanft in der Insektensprache.

Insekten zu beherrschen, ist sehr einfache Magie. Alles, was man tun muss, ist sprechen, vorausgesetzt man hat ein Talent dafür, mit Käfern zu sprechen. Dann aber reagieren sie ohne Zögern auf jeden Vorschlag. Sie sind zu einfach gestrickt, um ihre eigenen Wünsche von denen anderer unterscheiden zu können.

»Ich brauche deine Augen.« Ich wäre höflich gewesen, aber Höflichkeit hätte den Käfer nur verwirrt. Ich sprach also einen geringen Zauber aus und stellte meine Sicht auf die des Käfers ein. »Flieg zum Fenster und schau, was da vor sich geht.«

Der Käfer gehorchte in gebührender Eile. Ich lernte, dass Käferaugen für die Welt der Käfer gemacht waren, und in der Welt der Käfer passt alles in drei Kategorien: Dinge, die man fressen kann, Dinge, die einen fressen können und alles andere. Der Hauptmann und der Ritter waren riesenhafte, trübe Flecken. Ich konnte den einen nicht vom anderen oder von den Möbeln unterscheiden. Ein weiterer Zauber korrigierte jedoch dieses Problem, und die Welt wurde deutlich.

Der dunkle weiße Ritter sah besser aus als in meiner Erinnerung. Seine Ohren standen tatsächlich ab, sogar mehr als mir zunächst aufgefallen war. Aber das machte es nur leichter, an ihnen zu knabbern. Er war auch größer als in meiner Erinnerung. Der Grund dafür war vielleicht, dass ich ihn durch die Augen eines Käfers sah. Ich beobachtete ihn eine Minute lang und studierte seinen Körperbau, ohne das Gespräch zu hören. Schließlich sagte der Hauptmann etwas, das meine Aufmerksamkeit weckte.

»Ich habe zwar Geschichten gehört, doch ich hielt sie nicht für wahr.«

»Sie sind aber wahr. Ich habe es mit meinen eigenen Augen gesehen.«

»Aber Goblings versammeln sich nicht in Horden. Davon hat man noch nie gehört.« Der Hauptmann beugte sich über den Tisch, um sich ein Glas Wein einzuschenken. »Wie viele Goblings gehören genau zu einer Horde?«

»Ich habe keine exakte Zählung durchgeführt. Nimm einfach die größte Zahl, die du dir vorstellen kannst und verdopple sie. Und dann verdopple diese Zahl zur Sicherheit noch einmal.«

Der Hauptmann runzelte die Stirn, trank seinen Wein in einem Zug aus, führte die geistige Rechnung durch und runzelte die Stirn tiefer. »Ich werde umgehend eine Evakuierung organisieren.«

»Sehr gut. Und ich habe bereits ein paar Kampfstrategien entworfen, die hilfreich sein sollten. Ich werde am Morgen mit der Ausbildung deiner Männer beginnen.«

Der Hauptmann blinzelte. »Vielleicht verstehst du mich falsch. Ich spreche von einer vollständigen Evakuierung. Inklusive Soldaten.«

»Die Soldaten werden bleiben.« Der weiße Ritter sprach mit ruhiger Autorität. Es war weniger ein Befehl als eine Tatsache, die er dem unaufgeklärten Hauptmann mitteilte.

»Du siehst gewiss, dass dies ein kleines Fort ist. Wir können es mit einer solchen Streitmacht nicht aufnehmen. Ich habe nur fünf Kompanien.«

»Fünfhundert Mann müssen genügen.« Wieder sagte er es als unbestreitbare Wahrheit.

»Nicht diese Fünfhundert. Dies sind die fünfhundert schlechtesten Soldaten des Königreichs. Die meisten von ihnen haben nie einen Kampf gesehen. Diejenigen aber, die einen gesehen haben, sind nur noch am Leben, weil die Todesmägde nicht genau genug aufgepasst haben. Deshalb wurde Fort Handfest überhaupt erst in Auftrag gegeben. Es ist gar kein Fort. Es ist ein Abladeplatz für all die Soldaten, die gerade noch kompetent genug sind, um nicht unehrenhaft entlassen zu werden. Es wurde absichtlich hier gebaut, weil hier nie etwas passiert.«

Der Ritter sagte nichts. Er stand hoch aufgerichtet da. Seine Miene verriet nicht einen Hauch von Hoffnungslosigkeit oder Furcht.

»Verstehst du, was ich meine?«, fragte der Hauptmann.

Der Ritter sagte noch immer nichts.

»Es ist eine Horde. Eine Horde Goblings. Das erfordert die besten verfügbaren Männer. Oder zumindest nicht die allerschlechtesten.«

»Solche Männer sind aber nicht hier«, stellte der weiße Ritter fest.

»Wir werden nach ihnen schicken.«

»Bis dahin wird es zu spät sein. Die Goblings werden tiefer in das Gebiet vorgedrungen sein, und wenn die Horde einmal verschanzt ist, wird es nahezu unmöglich sein, sie loszuwerden. Ich fürchte den Schaden, den sie in der Zwischenzeit anrichten werden.«

»Und ich fürchte den Schaden, den diese Männer mit ihren eigenen Schwertern bei sich selbst anrichten könnten.«

»Fünfhundert Männer werden genügen«, sagte der weiße Ritter. »Ich habe die Zerstörung gesehen, die diese Horde angerichtet hat. Ich habe sie monatelang verfolgt, immer zu spät, um eine Verteidigung aufzustellen. Nun, da ich endlich die Möglichkeit habe, werde ich sie nicht einfach wegwerfen. Ich habe bei meiner Ehre gelobt, dass das Wüten *hier* enden wird.«

Das Mal auf der Stirn des Ritters schimmerte. Ein Streifen Magie glühte um das Herz des Hauptmanns herum, dort wo sich der Mut eines Mannes befindet. Die Furcht fiel von seinem Gesicht ab, wenn sie auch nicht vollständig verschwand.

»Ich werde am Morgen mit den Männern sprechen. Bis zum Nachmittag wird es aber in einem Umkreis von zwanzig Meilen keinen einzigen Soldaten mehr geben, das kann ich dir versichern.«

»Ich werde mit ihnen sprechen. Sie werden erkennen, wie wichtig es ist, sich gegen diese Bedrohung zu erheben.« Der weiße Ritter lächelte. »Das kann ich dir versichern. Guten Abend, Hauptmann.«

Der Hauptmann fiel auf einen Stuhl, wobei er sehr müde aussah. »Guten Abend.«

Der Ritter verließ das Büro. Ich wollte, dass ihm der Käfer folgte, aber das Gehirn eines Insekts kann nicht lange an einem Gedanken festhalten. Er flog von dem Fenster fort, bevor ich einen weiteren Befehl flüstern konnte. Also beendete ich meinen Zauberspruch und sah wieder durch meine eigenen Augen. Oder durch Molchs eigene Augen, aber im Moment gehörten sie mir.

Der weiße Ritter stand keine zehn Fuß entfernt, und er hatte mich ziemlich offensichtlich in meinem Versteck in den Schatten entdeckt.

Ich war ertappt und geriet in Panik, drehte mich um und rannte direkt gegen eine Mauer, die ich schon wieder vergessen hatte. Ich verlor das Gleichgewicht und mein Gefühl für den Körper einer Ente und fiel hin.

Sanfte Hände hoben mich auf. Die Berührung verbrannte den Dämon in Molchs Fleisch. Die Hände stellten mich zurück auf meine unsicheren, schwimmhäutigen Füße.

»Vorsichtig, Ente. Pass auf, wohin du gehst.«

Ich sah zu dem Ritter hinauf. Er lächelte, und ich hätte

mich fast vergessen und zurückgelächelt. Normale Enten können aber nun mal nicht lächeln, und so beherrschte ich mich. Dabei half, dass ich mich übergeben musste.

Ich fühlte mich schrecklich. Mein Magen verkrampfte sich. Die Augen tränten. Und dies war nur die Hälfte dessen, was Molch erlitten hatte. Ich übergab mich ja nicht wirklich. Ich spie nur einen Mund voll widerlichen Geifers aus, der meine Kehle heraufrollte und aus meinem Schnabel tropfte.

»Dir geht es noch immer schlecht, wie ich sehe.«

Ich hob den Kopf und sah in diese dunklen Augen und auf diese Ohren, die wie zum Knabbern gemacht waren. Meine Übelkeit wuchs. Ich vermutete, dies war ziemlich normal, genau jene Art eines nervösen Magens, die man hat, wenn man verliebt ist.

»Ich glaube, wir sollten dich nach Hause bringen, Ente.«

Er hob mich in seine Arme. Mir war übel, aber nicht so übel wie zuvor. Molchs Körper entwickelte eine Toleranz, auch wenn mein nervöser Magen immer noch herumwirbelte. Er hielt mich dicht an sich gepresst, trotz des Risikos, von Vogelerbrochenem befleckt zu werden. Er war sehr warm, durch den Frost in der Luft schien er noch wärmer.

Ich war ein Wesen, das dafür geschaffen war, in der Dunkelheit zu hausen. Dunkelheit ist kalt, und Kälte war mir am liebsten. Ein guter Frost ist sanft und wohlig, ohne unausstehlich zu sein. Hitze ist grob und invasiv, aber in den Armen des Ritters entdeckte ich die erste gute Wärme, die ich je erlebt hatte. Selbst durch das Fleisch von Molchs Entenkörper füllte sie meinen Geist mit sinnlichem Prickeln. Dies konnte nur zu Problemen führen. Ihn auch nur zu sehen – das wurde mir klar – war ein Fehler gewesen. Ich hätte aus seinen Armen springen und wegfliegen sollen. Ich kuschelte mich jedoch dichter an ihn und legte meinen Kopf an seine Brust. Falsch oder nicht, ich konnte seine Wärme nicht verlassen und redete mir ein, dies sei eine kleine Schwäche. Dass es, solange ich Molchs Körper benutzte, nicht anhaltend schädlich sein konnte. Beinahe glaubte ich mir das auch selbst.

Der Ritter erkundigte sich bei zwei vorbeikommenden Soldaten über meinen Eigentümer.

»Das ist die Ente der Hexe, Sir«, antwortete der Erste.

»Ich dachte, die Ente der Hexe hätte Reißzähne«, sagte der Zweite.

»Enten haben keine Reißzähne.«

»Normale Enten haben natürlich keine, aber ich würde meinen, die Ente einer Hexe schon. Und Augen, die im Dunkeln leuchten. Und Krallen an den Füßen.«

»Ihre hat nichts von alledem. Ich habe sie ein Dutzend Mal aus der Nähe gesehen. Es ist einfach eine Ente. Hochnäsiges kleines Biest, aber sonst ganz normal.«

»Wie kann ein Vogel hochnäsig sein?«

»Wenn ein Vogel Reißzähne haben kann, warum sollte er dann nicht auch hochmütig sein können?«

»Dann hat sie also doch Reißzähne.«

»Nein, hat sie nicht. Obwohl, wenn ich darüber nachdenke, verstehe ich, was du meinst. Warum sollte sich eine Hexe auch mit einer versnobten normalen Ente verbünden.«

Der weiße Ritter unterbrach sie, um zu fragen, wo die Hexe wohnte. Dann überließ er die Soldaten ihrer Diskussion darüber, mit welcher Art von Enten Hexen sich verbünden sollten.

»Zumindest sollte sie schwarz sein«, stellte der Erste fest, bevor sie außer Hörweite waren.

Der Ritter trug mich durch die Siedlung. Er streichelte meinen Hals und Rücken. Der Drang, mich in seiner Brust zu vergraben und mich in der feuchten Hitze an seinem Herzen zusammenzurollen, überkam mich. Sollte ich ihn je berühren, während ich eine verfluchte Frau war, konnte ich mir nicht einmal ausmalen, was ich tun mochte.

Wir erreichten mein Zelt viel zu früh – und nicht früh genug. Der weiße Ritter verbeugte sich vor Morgenröte. Dann, sehr zu meiner angenehmen Überraschung, verbeugte er sich auch vor Gwurm. Vor Penelope verbeugte er sich nicht, aber ich denke, er hätte es getan, wenn er gewusst hätte, dass sie lebendig war.

»Ist dies das Zelt der Hexe?«

Morgenröte nickte. »Da bist du ja, Molch. Wir haben dich schon überall gesucht!«

»Ist die Hexe hier?«

Sie zögerte, obwohl sie das hinter einem liebenswürdigen Lächeln verbarg. »Einen Moment. Ich hole sie.«

Ich war zu abgelenkt von der festen und dennoch sanften Umarmung des Ritters, um zu begreifen, was für ein Fehler das war. Morgenröte ging in mein Zelt. Im Inneren wurde geflüstert. Nach einem sehr lauten Grunzen von Morgenröte, das ich nicht recht deuten konnte, erschienen sie wieder.

Molch blickte finster. Ich glaube nicht, dass ich mein Gesicht je dazu benutzt hatte, finster zu blicken, und ich nahm mir vor, es nie wieder finster blicken zu lassen. Es war eine Nuance zu hässlich. Selbst eine Hexe sollte aufpassen, dass sie ihre Grauenhaftigkeit nicht übertreibt. Es war ein scheußlicher Gesichtsausdruck, der Schatten über meine Augen warf und meine Zähne furchtbar spitz und Furcht einflößend aussehen ließ. An meinem Kinn klebten Federn und ein Blutfleck.

Das störte mich allerdings nicht. Nicht sehr. In Anbetracht meiner Gefühle für ihn war es das Beste, in Anwesenheit des Ritters grässlich auszusehen. Molch hatte meinen Hut vergessen, und so war mein Haar, lang und seidig und sogar in dem matten Licht schimmernd, gut sichtbar über meine Schulter drapiert. Es war ein Fehler, den ich nie gemacht hätte, aber Molch war eben ein Neuling in der Kunst, hexenhaft auszusehen.

Molch spuckte Knochensplitter aus. »Ich hatte mich schon gefragt, wo er hingekommen sein könnte.«

Der Ritter reichte mich ihm. Ich vermisste seine Berührung noch im selben Augenblick, als ich sie nicht mehr spürte. Außerhalb seiner Arme hatte ich keinen Grund, in Molchs Federn zu bleiben. Ich löste die Magie, und unsere Geister kehrten in ihre eigenen Körper zurück. Der Dämon in Molchs Geist verband sich mit der Essenz in seinem Fleisch, und er erbrach sich augenblicklich. Er war freundlich genug, den Kopf abzuwenden.

»Bist du sicher, dass es ihm gut geht?«, fragte der Ritter mit echter Besorgnis.

»Er ist zum Teil Dämon«, sagte ich.

»Besessen?«

»Nein, nicht besessen. Aber ein Klümpchen Dämon

steckt in ihm. Genug, um ihn in Gegenwart wahrer Tugend krank zu machen.« Ich übergab Molch an Gwurm. Er schlenderte davon und trug Molch in eine erträgliche Entfernung von der Übelkeit erregenden Tugend des weißen Ritters.

Es gab keine Möglichkeit, mich elegant zurückzuziehen. Ich missachtete die Höflichkeit und duckte mich ohne Entschuldigung in mein Zelt. Das Gespräch setzte sich fort, aber ich war zu beschäftigt damit, mich um mein Aussehen zu kümmern, um zuhören zu können. Ich stopfte meine Haare unter meinen Hut und zog die Krempe so tief es ging. Dann rieb ich Schmutz über mein rußgeschwärztes Gesicht. Ich hätte mich verstecken sollen, bis der Ritter wieder ging, aber so viel Verstand hatte ich nicht. Ich trat aus dem Zelt, hielt meinen Kopf gesenkt und die Augen auf den Boden gerichtet.

»Meine aufrichtigste Entschuldigung wegen deiner Ente, gute Frau«, sagte der Ritter. »Ich dachte, ich würde der armen Kreatur helfen.«

»Der Wille zählt«, sagte Morgenröte. »Dürften wir deinen Namen erfahren, guter Herr?«

»Wie unhöflich von mir.« Er nahm ihre Hand und verbeugte sich. »Ich bin Wyst aus dem Westen, Verteidiger der Schwachen, Zerstörer des Schändlichen, eingeschworener Kämpfer des Anstands, anerkannter Feind des Bösen.« Er beugte sich tiefer, um ihre Hand mit seiner Stirn zu berühren. »Und ich fühle mich geehrt, deine Bekanntschaft zu machen, Fräulein …?«

»Morgenröte. Molch hast du ja schon kennen gelernt. Der Troll heißt Gwurm.«

Mein Besen tippte Morgenröte auf die Schulter.

»O ja. Und dies ist Penelope.«

Ich konnte nur die Stiefel des Ritters sehen. Sie drehten sich in meine Richtung, und die Absätze schlugen aneinander. »Und du bist ...?«

»Sie hat keinen Namen«, antwortete Morgenröte.

Ich rief mein bestes geheimnisvolles Flüstern ab: »Braucht der Wind einen Namen? Oder die Steine, die Sterne und die Bäume? Diesen Dingen Namen zu geben ist närrisch und unnötig. Ihnen einen Namen aufzuerlegen, macht sie nicht zu mehr als sie bereits sind.«

»Wie überaus wahr.« Er verneigte sich, ich bot ihm meine Hand jedoch nicht an. »Und sehr hexenhaft.«

Das Kompliment färbte meine Wangen rot. Ich wandte ihm den Rücken zu und fühlte dieses Prickeln, das trotz meiner größten Mühe stärker zu werden schien.

»Können wir es dir mit etwas zu essen vergelten?«, fragte Morgenröte.

»Ich esse nur Brot.«

»Dann vielleicht etwas Tee?«

»Ich trinke nur Wasser, und ich muss wirklich zurück zum Fort. Es gibt schwerwiegende Angelegenheiten, die auf mich warten.«

»Natürlich.«

Wyst aus dem Westen, Verteidiger der Schwachen, Zerstörer des Schändlichen, eingeschworener Kämpfer des Anstands, anerkannter Feind des Bösen, wünschte uns einen angenehmen Abend, verneigte sich noch einmal und machte sich mit raschen Schritten auf den Rückweg zur eigentlichen Siedlung.

»Du hattest recht«, bemerkte Morgenröte. »Er ist eigentlich nicht gut aussehend. Nicht auf eine offensichtliche Art und Weise. Aber seine Gesichtszüge verbinden sich subtil – auf eine sehr anziehende Art. Das ist besser als gut aussehend, denn gut aussehend kann täuschen. Die meisten können unter den richtigen Umständen gut aussehend sein, aber ein anziehendes Gesicht wird nur besser, wenn man es ansieht.«

Penelope wirbelte zustimmend herum und schlug Purzelbäume in der Luft. Ich war froh zu wissen, dass ich es mir nicht nur einbildete.

»Warum hast du versucht, ihn zum Bleiben zu überreden?«, fragte ich.

»Ich versuche nur zu helfen. Du bist vielleicht eine ausgezeichnete Hexe, aber wenn es um die Liebe geht, hast du weniger Erfahrung als die meisten Kinder.«

Ich setzte zu einem Protest an, aber sie wollte nichts davon hören.

»Das will ich nicht bestreiten. Du bist vielleicht in verbotene Geheimnisse eingeweiht, aber ich kenne selbst auch ein paar Geheimnisse. Das hier ist größer als ihr beide. Alles, was du sonst denken magst, ist reines Wunschdenken. Also, was hast du erfahren?«

Ich erzählte von der Gobling-Horde, die sich näherte, und davon, dass der weiße Ritter hierher gekommen war, um die Männer von Fort Handfest gegen sie anzuführen. Meine Gedanken waren jedoch anderswo. Nicht bei dem Ritter, sondern bei Morgenrötes Worten. Ich musste eine halbe Stunde darüber nachdenken, bis ich ihre wahre Bedeutung erfasste. Bis dahin hatte sie ihre letzte Tasse Tee geleert und machte sich auf den Weg zur Arbeit.

»Hast du gesagt, größer als wir beide?«, fragte ich.

»Ja. Hast du es nicht bemerkt?«

»Was bemerkt?«

»Oh, liebe namenlose Hexe, du hast es wirklich nicht bemerkt, oder?«

»Was denn bemerkt?« Ich fühlte mich auf eine verwirrende Weise verärgert.

Sie lachte. Meine Verlegenheit ließ mich erröten, etwas, das ich in letzter Zeit offenbar öfter tat.

»Na, Wyst aus dem Westen, Schätzchen. Er ist auch in dich verliebt.«

NEUN

In dieser Nacht schlief ich nicht. Eine weitere meiner untoten Gaben war ein Talent, Kraft für zukünftige Erholung zu borgen. Die längste Zeitspanne, in der ich bisher nicht geschlafen hatte, war eine Woche gewesen. Ich hätte es auch leicht noch länger ausgehalten, aber die Grausige Edna hatte mich schließlich zu Bett geschickt. Ich hatte dann zwei Wochen lang geschlafen, und zwar so tief, dass nicht einmal Magie mich wecken konnte. Danach hatte sie mich ermahnt, auf mich Acht zu geben. Ich könnte mir leicht angewöhnen, jahrelang wach zu bleiben und dann Jahrzehnte zu verschlafen. All ihre Warnungen nahm ich zwar ernst, aber ich konnte mich einfach nicht dazu bringen, zu Bett zu gehen. Ich starrte auf das Fort und dachte auf eine lüsterne, unhexenhafte Art an Wyst aus dem Westen.

Ich dachte ebenfalls an die Gobling-Horde. Es war ein logischer Widerspruch. Goblings versammelten sich nicht in Horden. Sie waren eine unersättliche, Fleisch fressende

Spezies. Alles, was ein Gobling fängt – andere Goblings eingeschlossen –, frisst er auch. Hier musste irgendeine Magie beteiligt sein, und als Fort Handfests Hexe war es meine Pflicht, dem auf den Grund zu gehen.

Hauptsächlich dachte ich jedoch an den weißen Ritter, an seinen warmen, schlanken Körper, wie er mit meinem verschlungen war, wie sein dunkles Fleisch schmecken würde, seine Augen und diese ach so köstlichen Ohren, die unbedingt ausgiebig beknabbert werden wollten.

Am Morgen ging ich zum Fort, um zu sehen, wie Wyst zu den Soldaten sprach. Gwurm und Molch begleiteten mich. Wir kamen zu früh, und während wir noch darauf warteten, dass die Männer aufwachten und sich versammelten, erklärte ich den inneren Widerspruch einer Gobling-Horde.

»Moment mal«, fragte Molch. »Wenn Goblings alles inklusive anderer Goblings fressen, wie pflanzen sie sich dann fort?«

»Sie sind asexuell«, antwortete Gwurm. »Ungefähr einmal in der Woche kauert sich ein Gobling hin und legt einen klebrigen Klumpen, der zu einem neuen Gobling heranwächst. Vorausgesetzt, der alte Gobling frisst den Klumpen nicht, was auch oft vorkommt.«

Molch verzog den Schnabel. »Ekelhaft.«

»Es sind widerliche kleine Kreaturen. Mir liegt es zwar fern, eine ganze Spezies zu verleumden – die Götter wissen, wie wir Trolle unter dieser Gewohnheit gelitten haben –, aber ich bin noch keinem begegnet, den man nicht hätte töten müssen.

Einmal war ich in einer Stadt in den Ödländern. Dort

veranstalteten sie Goblingkämpfe. Sie warfen zwei davon in einen großen Käfig und schlossen Wetten ab, welcher den anderen verschlingen würde. Grausiges Spektakel. Ich habe nur einmal zugesehen. Das war genug. Die zwei teuflischen kleinen Biester drehten sich in einem geifernden, fauchenden, blutspritzenden Wirbel herum. Nach ein paar Sekunden war es schon wieder vorbei. Dieser Wettkampf ging unentschieden aus. Von beiden war nichts mehr übrig als Flügelfetzen und gelbe Blutpfützen.«

Molch verengte ein Auge. »Das denkst du dir aus.«

»Nein. Mir wurde gesagt, das sei in Anbetracht ihres unstillbaren Appetits nicht unüblich.«

Gwurm zog Molch gerne auf, aber diesmal klang er aufrichtig. Ich hielt es für durchaus möglich, was die Aussicht auf eine Horde dieser Biester nur noch schrecklicher machte.

Die Soldaten sammelten sich, und wir sahen vom Tor aus zu. Der Hauptmann stellte Wyst aus dem Westen vor, und der weiße Ritter begann eine Ansprache, die in ihrer Leidenschaft zweifellos echt war. Ich konnte nicht viel von dem verstehen, was er sagte, aber ich sah, wie der Inspirationszauber des Ritters seine magische Wirkung auf die Versammlung tat.

Die meisten wurden davon ergriffen. Ihre Herzen füllten sich mit einem sanften Glühen, das ihnen Mut einflößte. Genug, um sie zumindest eine Weile vom Desertieren abzuhalten.

Diejenigen, die leicht zu verzaubern oder wirklich mutig waren, leuchteten hell in der Menge. Es gab aber nicht viele davon. Vielleicht fünfundzwanzig von den fünfhundert. Das war mehr, als ich erwartet hatte – und ich wusste, dass diese Männer ihr Leben geben würden, solange sie an der Seite des weißen Ritters kämpften.

Und schließlich waren da die wenigen Feiglinge ohne das kleinste Bisschen Tapferkeit in ihren Herzen, auf die die Magie wirken konnte. Diese Männer würden bis zur Abenddämmerung verschwunden sein, wenn nicht schon früher. Ich schätzte ihre Zahl auf fünfzig, weniger als ich erwartet hatte.

Wyst sprach nicht lange, er vertraute darauf, dass seine Magie die Männer erreichte. Der Hauptmann gab Befehle aus. Ein paar Soldaten sollten die Zivilisten über die eilige Evakuierung verständigen. Die meisten sollten sich auf taktische Übungen mit dem weißen Ritter vorbereiten. Ich erfuhr, dass die Horde nur drei oder vier Tage entfernt war, was uns nicht viel Zeit zur Vorbereitung ließ.

Als sich der Hauptmann in sein Büro zurückzog, teilte ich ihm mit, dass ich vorhatte zu bleiben. Der Hauptmann und Molch fixierten mich beide mit einem eigenartigen Blick.

»Bist du verrückt?«, fragte der Hauptmann. »Hast du eine Ahnung, was uns erwartet?«

»Eine gute Hexe geht neben dem Tod.«

»Ich habe noch nie erlebt, dass Magie auf dem Schlachtfeld besonders nützlich wäre. Dennoch schwören manche Armeen darauf. Die Tyrle-Königreiche verwenden Berichten zufolge sehr effektiv mehrere Regimenter von Zombies, und alle Männer von Hurgels Plünderern sind so verzaubert, dass sie explodieren, wenn sie getötet werden, was mitten in einem Kampf sehr ablenken kann. Das kann ich persönlich bestätigen. Ganz zu schweigen von der furchtbaren Schweinerei.« Er rieb sich voller Sorge und Ermüdung die Augen. »Du kannst bleiben, aber bitte verzaubere meine Männer nicht, ohne es vorher mit mir abzusprechen.«

»Danke. Ich glaube, ich kenne etwas, was deine Soldaten sauer schmecken lassen wird.«

»Würde das die Goblings davon abhalten, sie zu fressen?«

»Nichts bezwingt den Appetit eines Goblings«, antwortete ich, »aber es würde ihren Eifer vielleicht ein wenig verringern.«

»Das ist wohl besser als gar nichts.«

Ich versprach, das Elixier am nächsten Morgen zu liefern, und der Hauptmann entließ mich mit einem bemerkenswerten Mangel an Begeisterung.

Draußen sprach Gwurm mit Wyst aus dem Westen. Ich blieb zurück und wartete, bis sie fertig waren. Molch, der nicht länger still sein konnte, sprach so leise, dass nur ich es hören konnte.

»Warum bleiben wir?«

»Weil das mein Auftrag ist«, sagte ich genauso leise flüsternd.

»Unser Auftrag ist die Rache. Denk an deine tote Herrin.«

Ich schlug ihm mit dem Besen hart aufs Hinterteil. Er machte einen Satz, vergaß sein Schweigegelübde und fluchte. »Warum hast du das getan?«

Ich schlug ihn noch einmal, diesmal noch härter. Molch schrie auf: »Verdammt! Das hat wehgetan!«

»Gut. Und jetzt hör mir zu. Ich schätze deine Meinung. Du kannst sie mir gern mitteilen, wann immer du willst. Aber damit wir uns nicht falsch verstehen: *Ich* treffe die endgültigen Entscheidungen darüber, was wir tun werden, wohin wir gehen werden und wen wir töten werden. Haben wir uns verstanden?«

»Ja, ja, Herrin. Ganz wie du willst«, grunzte er ohne große Begeisterung.

Ich ließ Penelope los. Sie klapste ihn leicht auf sein empfindliches Hinterteil und sprang zurück in meine Hand.

»Natürlich, Herrin. Ich wollte nicht respektlos sein.«

»Doch, das wolltest du. Das werde ich nicht länger dulden. Wenn du unzufrieden bist, kannst du gehen. Andernfalls sei still und hör auf, alles zu kritisieren, was ich tue.«

Er brummelte. Der Dämon in ihm hasste es, getadelt zu werden – ein unzuverlässiger Vertrauter würde mir jedoch wenig nützen. Penelope zitterte in meinem Griff, erpicht auf einen weiteren Schlag.

»Tut mir leid, Herrin. Du hast natürlich recht. Ich habe meine Grenzen überschritten, und ich bitte dich demütig um Vergebung.«

Es tat ihm nicht ehrlich leid. Noch war er der Typ dafür, demütig um irgendetwas zu bitten. Aufrichtigkeit von einer Ente mit einer Prise Dämon zu erwarten war zu viel verlangt. Es genügte, dass er eine falsche, aber schickliche Bescheidenheit aufrechterhielt.

Penelope schüttelte sich und flehte um einen weiteren Schlag. Ich drückte sie fest, und sie gab nach.

»Sehr gut. Ich bin froh, dass wir uns verstehen.«

Ein dünner Soldat, nicht älter als sechzehn Jahre, war nahe genug gewesen, um unser Gespräch aufzuschnappen. Er maß Molch mit einem irgendwie schockierten Gesichtsausdruck. Er war weniger erschrocken als überrascht.

Mein Vertrauter zischte auf entschieden unentenhafte Weise: »Es stimmt. Ich spreche. Außerdem verschlinge ich Seelen, und ich wette, du hast eine leckere kleine Seele.«

Er machte einen einzigen Schritt auf den Soldaten zu. Der Junge drehte sich um und stolperte über seine eigenen Füße. Molch kicherte, während der junge Mann davonhastete.

Gwurm und Wyst aus dem Westen trennten sich. Ich machte mir Sorgen, dass der Ritter vielleicht mit mir sprechen wollte, aber er ging, um die Soldaten auf ihre Ausbildung vorzubereiten. Gwurm kehrte an meine Seite zurück.

»Netter Kerl«, bemerkte Gwurm. »Er wollte sich nur entschuldigen, weil er meinen Charakter allein aufgrund meiner Spezies beurteilt hat. Sagt, dass es sogar in seinem Orden einen Troll gibt, der sich als vorbildlicher Kämpe ausgezeichnet hat.«

Gwurm hatte nach ihrer ersten Begegnung nicht den kleinsten Anflug von Kränkung erkennen lassen, aber nur, weil er solche Schwierigkeiten als die Bürde, die er als Troll zu tragen hatte, akzeptierte, waren sie noch nicht berechtigt. Wysts Entschuldigung zeigte seinen guten Charakter, und sein guter Charakter ließ mich nur mehr nach ihm hungern, sowohl auf die sinnliche als auch auf die Fleisch fressende Art.

Ich hielt den Blick gesenkt und vergrub solche Sehnsüchte unter dringenderen Sorgen. Aber es war nicht leicht, und es wurde mit jedem Mal noch schlimmer.

In der Sicherheit meines Zeltes lieh ich mir ein weiteres Mal Molchs Körper. Er beschwerte sich nicht über den Tausch. Er trug meinen Körper gern. Meine grünen Augen glänzten vor bösartigem Vergnügen. Zweifellos hatte er sich alle möglichen perversen, dämonischen Phantasien ausgedacht, was er damit anstellen könnte, wenn ihm freier Lauf gelassen wurde. Ich wies ihn warnend darauf hin, dass er ihn nur wegen meines guten Willens uneingeschränkt benutzen durfte. Sollte er sich dagegen auf irgendeine unangebrachte Art verhalten, würde ihm das Privileg wieder entzogen werden.

Er tat, als sei es nicht nötig, das gesagt zu bekommen. Ich legte jedoch Wert darauf, es ihm trotzdem zu sagen. Dann schickte ich ihn und Gwurm die Zutaten sammeln, die ich für das Elixier des Hauptmanns brauchte. Sie machten sich zu ihren Aufgaben auf und ich mich zu meiner.

Ich trat aus meinem Zelt, fand einen kahlen Fleck und stampfte viermal mit meinem schwimmhäutigen Fuß auf. Dann schrie ich, denn man muss laut sein, um die Aufmerksamkeit der schlummernden Erde zu wecken.

»Hallo, gute Erde. Irgendwelche Goblings da unten?«

Die Erde antwortete mit einer unbestimmt weiblichen Stimme, jedoch tief und langsam, genau so, wie man es von der Erde auch erwarten würde. »Nein. Keine Goblings hier unten.«

»Könntest du mir den Weg zum nächsten Posten zeigen?«

Die Erde brauchte eine Minute, um die Frage ganz zu erfassen, aber dann wusste sie die Antwort. Die Erde war sich kaum bewusst, was über ihr geschah, aber sie wusste alles, was unter der Oberfläche vor sich ging. Ein Pfeil zeichnete sich von selbst in den Schmutz. Ich dankte der Erde für ihre Hilfe, aber sie schlief schon wieder.

Ich stieg in die Luft und umkreiste das Fort einmal, um meine Flügel zu strecken. Ich schaute nicht nach unten, aus Angst, Wyst aus dem Westen zu sehen. Es gab jetzt Wichtigeres zu tun.

Ich schwebte über den Wald, wobei ich jede Viertelstunde anhielt, um den weiteren Weg mit der Erde zu klären, deren Richtungsangaben, wenn sie auch verlässlich waren, doch immer etwas justiert werden mussten. Ein paar Stunden später fand ich die Horde.

Es war nicht nötig, die Erde zu fragen, denn der Wald unter mir wurde totenstill. Nicht ein einziges Zirpen, Zwitschern oder Quieken stieg aus den Bäumen auf. All die Vögel und Tiere, die nicht gefressen worden waren, waren aus dem Gebiet geflohen. Ich landete sorglos. Goblings sind nachtaktiv. Sie verbringen die Tage schlafend in Erdlöchern. Ich entdeckte Dutzende von Eingängen im Erdreich. Sie hatten sich keine Mühe gegeben, sie zu verstecken. Und warum hätten sie es auch tun sollen? Diese Kreaturen waren tief in der Erde eingegraben, und jeder Versuch, sie herauszuschwemmen, hätte sie nur tiefer hineingetrieben. Eine Legion, ausgestattet mit den besten Schaufeln und den schärfsten Schwertern, hätte es wochenlang versuchen können und doch nichts vorzuweisen gehabt als Blasen an den Händen und eine Handvoll Goblingleichen unter Tausenden von lebenden.

Ich spähte hinunter in ein dunkles Loch. Goblings sind ungefähr so groß wie Enten, und ich würde mich in die Tiefen hinunterzwängen müssen, wenn ich mehr erfahren wollte. Molchs Körper konnte es mit einem oder zwei Goblings aufnehmen, aber es blieb trotzdem gefährlich. Wenn es mir passierte, dass sein geliehener Körper getötet wurde, würde meine Seele einfach in meinen eigenen Körper zurückspringen, Molch daraus verdrängen, und er würde sterben. Vertraute waren zwar zum Dienen gemacht, aber ich hatte meine Dämonenente nun mal ins Herz geschlossen, so respektlos sie auch sein mochte. Abgesehen von Sentimentalitäten kümmerte sich eine gute Hexe um ihren Vertrauten.

Mir schien es das Risiko wert, und ich betrat das dunkle Erdloch. Obwohl meine eigenen Augen besser funktioniert hätten, sahen Molchs doch auch einigermaßen gut. Ich bewegte mich langsam, vorsichtig, und traf bald auf einen schlummernden Gobling. Es war eine laute, kleine Kreatur. Sein Körper wand sich, während er in unruhigem Schlaf schnarchte, brummte und schnaubte.

Ich ging nicht zu nahe heran, während ich ihn studierte. Er sah aus, wie man es mich gelehrt hatte. Zwei Arme. Zwei Beine. Ein eckiger Kopf mit einem großen Mund, kleinen Augen und riesigen Ohren. Kleine Lederschwingen wuchsen aus seinen Schultern, aber Goblings sind bekanntermaßen schlechte Flieger. Sogar noch schlechter als Molch. Ich spürte keine Magie in dieser Kreatur, aber allein die Tatsache, dass ich keinen Zauber sah, schloss noch nicht aus, dass keine Magie im Spiel war. Magie kann verborgen werden – sogar vor den Augen einer Hexe. Man hält es normalerweise nur nicht für der Mühe wert.

Wenn ich mehr erfahren wollte, musste ich diesen Gobling für eine gründlichere Untersuchung mit zurücknehmen. Es würde nicht schwierig werden, ihn im Schlaf zu töten, an die Oberfläche zu ziehen und zurück zum Fort zu fliegen. Ihn dann wieder lebendig zu bekommen, wäre zwar nützlich gewesen, aber nicht machbar.

Der Gobling schnüffelte und rührte sich. Ein winziger, leuchtender orangefarbener Punkt erhellte den Tunnel. Bis ich begriff, dass es eines der Augen des Goblings war, hatte er sich bereits hochgerappelt und kam kreischend auf mich zu.

Der Dämon in Molchs Körper reagierte ohne einen Gedanken meinerseits. Er stieß meinen Schnabel in die Kehle der Kreatur. Blut schoss aus der klaffenden Wunde. Es spritzte mir über Gesicht und Schnabel. Ich schluckte etwas davon und entdeckte, dass Goblingblut gar nicht so schlecht schmeckte. Es hatte den intensiven Geschmack von Kaninchen mit der Süße von Wild, obwohl ich den Nachgeschmack nicht mochte. Der Gobling wand sich eine Minute, zischte und fauchte, bevor er den Geist aufgab.

Ich biss ein ordentliches Stück von einem seiner Ohren ab (gar nicht leicht ohne Zähne) und schleppte ihn dann aus der Höhle. Molchs Körper war stark, vor allem für eine Ente, und ich hätte den Gobling mit einer Pause hier und da leicht im Flug zurücktragen können.

Ich war so zufrieden mit meinem Fang, dass ich beinahe das Grunzen nicht bemerkt hätte, das tiefer aus dem Tunnel drang. In einiger Entfernung erschienen Umrisse. Jeder von ihnen trug zwei winzige Punkte orangefarbener Augen. Sie knurrten heißhungrig.

Ich zählte fünf Kreaturen. Vermutlich warteten sogar noch mehr und krochen vorwärts. Sie waren vorsichtig, was günstig für mich war. Ich konnte mich nicht gegen alle wehren. Also schleifte ich meine Beute in Richtung Oberfläche, und sie folgten mir und kamen immer näher. Ich war schon auf halbem Weg aus der Erdhöhle heraus, als sich einer an den Fuß des Leichnams klammerte und ihn mit einem Knurren aus meinem Schnabel zerrte.

Hände hätten die ganze Sache leichter gemacht. Ich nehme an, Molch war daran gewöhnt, keine zu besitzen, aber es waren wirklich praktische Werkzeuge. Ich stürzte mich auf den Gobling und knipste ein Stück seines Fingers ab. Die Kreatur ließ los und zog sich zurück. Ich verschluckte den Finger hastig, packte den Leichnam am Arm und beförderte ihn aus der Dunkelheit ins Licht, wohin mir die Goblings nicht folgen würden.

Dort blieb ich sitzen und versuchte, zu Atem zu kommen. Goblings schmecken sehr gut. Kein Wunder, dass sie sich gegenseitig verschlingen. Ich war versucht, zurückzugehen und mir einen weiteren als Zwischenmahlzeit zu schnappen. Stattdessen biss ich demjenigen, den ich hatte, den großen Zeh ab und kaute langsam. Ich fragte mich, wie im Vergleich dazu Menschen schmeckten. Ein Instinkt sagte mir, dass sie sogar noch besser sein mussten. Und das Aroma von Wyst aus dem Westen lag sicherlich weit über dem unbedeutenderer Männer. Aber dies war vielleicht auch eine Annahme meiner wachsenden Zuneigung.

Eine Stimme unterbrach meine Grübeleien. »Eine Ente, die einen Gobling frisst. Das ist ein Anblick, den ich nie erwartet hätte.«

Eine graue Füchsin saß auf einem flachen Stein. Sie lächelte. Das taten Füchse meistens.

»Ich habe einen Dämon in meinem Körper«, antwortete ich.

»Ja, und eine Hexe im Geist.«

Ich wusste nicht, dass ich überrascht aussah, aber so muss es gewesen sein.

Die Füchsin lächelte breiter. »Oh, ich habe schon eine oder zwei Hexen in geliehenen Körpern gesehen. Eine hat sich sogar mal meinen geborgt.«

»Du bist sehr aufmerksam, wie ich sehe.«

»Na ja, ich bin eine Füchsin. Und eine sehr schlaue noch dazu, wenn ich so sagen darf.«

Ich saß auf meinem Gobling. »Nicht, dass ich an dir zweifeln würde, aber was tut eine sehr schlaue Füchsin hier in dieser Gegend, wenn alle anderen Lebewesen genug Verstand hatten, anderswo hinzugehen?«

»Ich habe nicht gesagt, dass ich Verstand habe. Ich habe lediglich für mich beansprucht, schlau zu sein, aber das Problem daran ist, dass ich mich schnell langweile. Deshalb habe ich, als die Goblings daherkamen, ein Spiel begonnen. Sie steigen jede Nacht aus ihren Höhlen und durchkämmen den Wald nach etwas Fressbarem, und ich tue mein Bestes, um mich nicht in ihren Mägen wiederzufinden.«

»Ein gefährliches Spiel.«

»Wie alle guten Spiele. Und warum, muss ich fragen, sollte sich der Geist einer Hexe im Körper einer Dämonenente wegen eines toten Goblings in Gefahr bringen? So köstlich sind sie doch sicher nicht.«

»Du bist sehr neugierig«, antwortete ich.

Die Füchsin lächelte wieder. Das heißt: Sie lächelte anders als vorher. »Das ist das Risiko daran, zu schlau zu sein, fürchte ich.«

Ich erklärte, dass ich ein Exemplar brauchte, um es zu studieren und vielleicht zu entdecken, ob wirklich Magie an dieser Gobling-Horde beteiligt war.

Sie hörte auf zu lächeln und schlug spielerisch mit dem Schwanz. »Ich bin keine Hexe, nur ein Fuchs, aber ich kann spüren, dass Magie darin steckt.« Sie kam herüber und schnüffelte an der Leiche. »Das ist zum Beispiel kein echter Gobling. Keiner von ihnen ist echt.«

»Wie das?«

»Das weiß ich nicht. So schlau bin ich nicht, aber sie sind nicht aus echtem Fleisch und Blut. Merkst du das nicht?«

»Nein, aber ich bin auch kein Fuchs, nur eine Hexe.« Ich trat gegen den Leichnam. Er fühlte sich solide an. Dennoch wurde er bereits Minuten nach seinem Tod steif und eiskalt. Dies waren sicherlich Anzeichen dafür, dass hier etwas verkehrt war.

Ich erinnerte mich an die Bemerkung des Wolfs über die Mörder der Grausigen Edna. Es waren Menschen gewesen, die keine Menschen gewesen waren. Gab es hier einen Zusammenhang oder waren Wesen aus falschem

Fleisch und Blut üblicher, als mich meine behütete Existenz glauben gemacht hatte? Ich wusste es nicht, aber auf jeden Fall war es beachtenswert. Vielleicht war meine Rache nicht so weit entfernt wie Molch dachte.

Ich dankte der Füchsin für ihre Hilfe. Sie wanderte davon, um noch etwas zu schlafen, bevor die abendlichen Spiele wieder begannen. Ich aber flog zum Fort zurück, meinen toten Gobling in den Schnabel geklemmt.

ZEHN

Nachdem ich Molch und mich in unsere eigenen Körper zurückversetzt hatte, untersuchte ich meinen toten Gobling in meinem Zelt. Eine oberflächliche Untersuchung zeigte bereits, dass hier etwas Unnatürliches am Werk war. Der Leichnam verweste außergewöhnlich schnell, nur Stunden nach seinem Tod, und meine empfindliche Nase entdeckte nichts von dem Verwesungsgestank, den die Untote in mir so gern mochte. Eigentlich roch die Leiche fast gar nicht. Ich beugte mich dichter darüber und beschnüffelte alles daran. Da war ein Geruch von Erde, Moos und ein Dutzend schwacher Aromen, die dieser Gobling vermutlich im Wald aufgesammelt hatte. Der Gobling selbst roch nach gar nichts. Obwohl er echt aussah und sich auch echt anfühlte und sogar echt genug schmeckte, schien er doch, was den Geruch betraf, überhaupt nicht zu existieren. Eine solche Anomalie konnte nur Magie sein.

Molch sah mir zu, hatte aber andere Interessen. »Wie ist es zu fliegen?«

»Es ist nett«, antwortete ich, während ich meine Finger über das eckige Gesicht des Goblings gleiten ließ.

»Nett?«

»Es ist eine Form des Reisens, und dabei sehr bequem. Obwohl ich glaube, dass ich lieber zu Fuß gehe.«

»Das sagst du nicht einfach nur so, oder? Nur, damit ich mich nicht schlecht fühle, weil ich es nicht kann.«

»Überhaupt nicht.«

»Ich wurde nämlich immer glauben gemacht, dass Fliegen wundervoll sei.«

Ich drehte den Gobling auf den Bauch und stupste ihn an seiner Wirbelsäule entlang. »Fliegen ist wie die meisten Begabungen. Alle, die es nicht können, nehmen an, dass es toller sein muss als es ist. Und alle, die es können, wissen, wie es ist.«

»Du redest im Kreis«, sagte er.

»Ich weiß.«

»Mir wäre lieber, du würdest das nicht tun. Manchmal ist das verwirrend.«

»Das soll es auch sein.«

»Ist fliegen nun gut oder nicht?«

»Es ist gut, aber ich habe lieber Hände als Flügel.«

»Sie sind wirklich praktisch, das muss ich zugeben.«

Ich drehte den Gobling wieder auf den Rücken und riss seinen Bauch auf. Ich steckte meine Hände bis zu den Handgelenken in die kalten Eingeweide. Sie waren bereits trocken und verschrumpelt.

Molch hüpfte auf den Tisch und sah zu, während ich das

Innere des Goblings herauszog. Wieder war da kein Geruch – und kaum Flüssigkeit. Ich katalogisierte die verschiedenen Organe, während ich sie vor mir ausbreitete. Alles schien in Ordnung zu sein.

Ich tauchte den Finger in den brackigen Schleim, der aus dem Gobling sickerte, und leckte daran. Ich hielt ihn auch Molch hin, um eine zweite Meinung einzuholen.

»Nicht schlecht. Irgendwie fade.«

»Genau. Aber als es frisch war, schmeckte es köstlich. Wenn Goblingfleisch also nicht innerhalb von Stunden schlecht wird, verschwindet dieser Kamerad hier nach und nach, ein Sinn nach dem anderen.«

»Ja, und?«

»Das bedeutet etwas. Etwas Wichtiges.«

»Was?«

»Ich weiß es nicht.«

Ich beugte mich über den Gobling und starrte ihn an. Sein halb geöffnetes, orangefarbenes Auge starrte zurück und weigerte sich, mir seine Geheimnisse zu enthüllen.

Plötzlich warf Molch ein neues Thema auf: »Ich habe ein paar Beobachtungen an deinem Körper gemacht, während ich darin war. Willst du sie hören?«

Ich antwortete nicht, vertieft in die Betrachtung des ausgeweideten Leichnams.

Molch nahm das als Zeichen weiterzureden. »Zunächst einmal bist du stärker, als du dir anmerken lässt. Ich wette, du könntest einem Mann das Genick brechen.«

Nur halb zuhörend antwortete ich: »Aus dem richtigen Winkel sehr leicht, aber eine gute Hexe gebraucht keine brutalen Mittel.«

»Und noch etwas, ich habe vorhin deinen nackten Körper untersucht.«

Ich runzelte die Stirn.

»Keine Sorge. Ich war im Zelt. Niemand konnte mich sehen.«

Ich war zu sehr auf den Gobling konzentriert, um mir die Mühe eines Vortrags zu machen.

»Und ich habe nachgedacht«, sagte Molch. »Wenn dies ein Fluch ist, warum solltest du dann so schön sein? Zuerst dachte ich, es sei ein Fehler. Dann fiel mir ein, dass unsere Herrin ein- oder zweimal gesagt hat, dass Magie keine Fehler macht.«

Ich erinnerte mich ebenfalls daran, und meine Aufmerksamkeit wandte sich mehr meinem Vertrauten zu als der Leiche.

»Es stimmt, oder?«, fragte Molch.

»Ja. Magie fehlt nur der Wille, selbst zu agieren«, sagte ich. »An dieser Stelle kommen Hexen und Zauberer und dergleichen ins Spiel. Durch uns findet sie zu ihrem Zweck.«

»Ihr macht Vorschläge, und die Magie handelt nach diesen Vorschlägen. Normalerweise genauso, wie es von ihr verlangt wird, da sie selbst nicht besonders kreativ ist. Aber manchmal, nur manchmal, fällt ihr doch etwas ein, das ihr besser gefällt.«

»Willst du damit sagen, dass mich mein Fluch absichtlich schön gemacht hat?«

Er nickte energisch. »Wenn Fehler unmöglich sind, dann muss ich davon ausgehen. Und wenn du absichtlich so schön gemacht wurdest, dann, habe ich mich gefragt, aus welchem Grund?«

»Ich bin sicher, du hast dir eine entsprechende Theorie ausgedacht.«

»Du bist keine scheußliche Bestie, die dazu bestimmt ist, auf Friedhöfen herumzuschleichen. Du bist ein verführerisches Raubtier, ein Ghoul in einem weichen Körper, der vielleicht Männer in deine Arme treiben soll, wo sie in deiner liebenden Umarmung den Tod finden.«

Meine sinnlichen Begierden waren eng mit meinem Appetit verknüpft. Beinahe untrennbar. In meinem untoten Geist waren ein guter Mann und eine gute Mahlzeit ein und dasselbe. Das störte mich. Ich wusste nicht, warum. Ich hatte mich bereits damit abgefunden, mich diesen doppelten Freuden des Fleisches hinzugeben. Aber als Molch sie nun so eng und logisch miteinander verknüpfte, wurde mir bewusst, wie verflucht ich war.

Molch hatte es als Kompliment gemeint. Er sah mich jetzt mit anderen Augen. Es war eine stille Ehrfurcht, ein neu gewonnener Respekt. Ich war ein perfektes Raubtier, auch wenn ich es nicht wollte.

Statt darüber nachzugrübeln, kehrte ich zu meiner Untersuchung des Goblings zurück. Hastig stopfte ich die Innereien wieder hinein, fuhr mit den Fingern an dem gespaltenen Oberkörper entlang und brannte das Fleisch durch Magie wieder zu. Ich hielt den kleinen grünen Körper hoch. Seine leeren, orangefarbenen Augen rollten in ihren Höhlen herum. Seine schwarze Zunge hing zwischen geöffneten Lippen hervor.

»Na schön, mein kleiner Freund, du scheinst tot zu sein, aber ich vermute, du warst nie wirklich lebendig. Lass es uns herausfinden, in Ordnung?«

Ich bündelte meine Kraft, die die Toten aufwecken konnte, und richtete sie auf den Gobling. Es gab keine Seele in diesem Fleisch. Es sollte auch keine da sein, aber ich hatte den Verdacht, dass die Kreatur nie eine besessen hatte. Wenn dem so war, dann war jeglicher Anschein von Leben oder Tod allenfalls fraglich. Ich ignorierte die fehlende Seele und zwang den Gobling ins Leben zurück.

Die Kreatur wurde ruckartig lebendig. Da sie so schwer beschädigt und verwest war, besaß sie nicht viel Energie. Das Wesen schlug schwach mit Armen und Beinen um sich. Es flatterte mit den Flügeln. Es knirschte mit den Zähnen und zischte kaum hörbar.

Molch machte einen Satz rückwärts.

Ich hielt den Gobling auf dem Tisch fest. Auch wenn das kleine Biest nicht real war, wollte ich doch nicht, dass es litt. Ich nahm einen Dolch und hielt ihn an meine Stirn. Es dauerte einen Augenblick, bis ich etwas Magie in die Klinge gelegt hatte, dann trieb ich sie in den Rücken des Goblings. Er zerplatzte wie eine Seifenblase. Nichts blieb davon zurück.

»Wie hast du das gemacht?«, fragte Molch.

»Ziemlich leicht.« Ich legte den Dolch beiseite und lächelte. »Ich habe ihn *ungeglaubt.*«

Ich hielt mich nicht mit weiteren Erklärungen auf. Das sparte ich mir für den Hauptmann und Wyst aus dem Westen auf. Diese Entdeckung konnte für die Soldaten von Fort Handfest von großem Nutzen sein, vorausgesetzt, sie verstanden sie überhaupt.

Die Zelttür wurde aufgeschlagen. Ich griff nach meinem Hut.

»Ich bin's nur.« Morgenröte trat ein. Penelope, die das Zelt bewacht hatte, schwebte neben ihr herein. »Ich wollte auf Wiedersehen sagen, bevor ich gehe. Ich nehme an, du wirst bleiben.«

»Es ist meine Pflicht, bei der Verteidigung der Leute gegen diese Art von Bedrohung zu helfen.«

»Ja. Deine Pflicht.«

Sie lächelte ironisch, und ich erriet ihre Gedanken. Es waren dieselben wie meine eigenen. Es war unvermeidlich zu vermuten, dass diese Gobling-Horde lediglich eine bequeme Ausrede war. Dass mein wahrer Grund zu bleiben aus meiner wachsenden Zuneigung zu Wyst aus dem Westen herrührte. Ich bestritt den Gedanken, aber selbst ich konnte ihn nicht ganz von der Hand weisen. Doch auch wenn es wahr sein mochte, ich konnte gegen diese Gefahr trotzdem von Nutzen sein.

»Ich glaube, die Evakuierung läuft reibungslos«, sagte ich.

»So reibungslos wie möglich. Keiner ist froh darüber, aber niemand will hier sein, wenn die Goblings kommen. Der Hauptmann hat die Weisung erteilt, dass wir nach Norden reisen sollen und so lange weiter gehen, bis wir etwas anderes hören.«

»Ein vernünftiger Rat.«

Eine unbehagliche Stille füllte das Zelt. Ich mochte Morgenröte sehr. Sie war meine Freundin und meine Lehrerin für die seltsamen Eigenheiten der Lebenden. Jetzt, da wir auseinandergingen, sagte mir die Vernunft, dies könnte das allerletzte Mal sein, dass ich sie sah. Ich überlegte, ob ich sie vielleicht umarmen wollte. Aber durch meine Erziehung fühlte ich mich bei engem Kontakt unbehaglich. Ich konnte mich nicht einmal daran erinnern, jemals meine Eltern berührt zu haben, und ich hatte auch die Grausige Edna nur einmal umarmt. Und auch das erst, nachdem sie getötet worden war, was sicher als ein zulässiger Ausnahmefall gelten konnte.

Ich entschied, dass dies jedoch keiner war und vertraute darauf, dass sie es verstünde. »Sichere Reise, Morgenröte.«

»Viel Glück, Hexe. Für euch auch, Molch und Penelope.«

Mein Besen neigte sich zu einer Verbeugung und Molch nickte Morgenröte zu. Sie verließ mein Zelt, und ich begann, die verschiedenen Zutaten für das Elixier des Hauptmanns zu sortieren.

Ich wusste, der Hauptmann würde Schwierigkeiten haben zu verstehen, was ich ihm zu sagen hatte. Aber er musste es verstehen, wenn die Männer von Fort Handfest eine Chance gegen die Horde haben sollten. Ich verbrachte eine Stunde mit der Feinabstimmung meiner Ausführungen, bevor ich loshumpelte, um mit ihm zu sprechen.

Die zukünftige Stadt war still, beinahe leer. Wo Dutzende von Lichtern gewesen waren, befand sich jetzt ein See aus dunklen, stillen, verlassenen Bauten. Die Nachzügler schlichen wie Schatten durch die Siedlung und stapelten ihre Besitztümer auf Wägen. Ich hatte nie ganz unter den Menschen gelebt, doch ihre Abwesenheit stimmte mich traurig.

Im Fort selbst informierte ich einen Soldaten, dass ich

mit dem Hauptmann sprechen musste und in seinem Büro auf ihn warten würde. Mit Magie öffnete ich die Tür und fand einen Sitzplatz. Molch setzte sich zu meinen Füßen und wir warteten. Penelope beschäftigte sich, indem sie den staubigen Boden fegte. Sie hatte das meiste davon in einer Ecke gesammelt, als der Hauptmann schließlich kam. Er war nicht allein. Wyst aus dem Westen trat mit ihm ein.

Molch würgte, erbrach sich aber nicht. Er vertrug die Reinheit des weißen Ritters zunehmend besser.

Ich senkte den Kopf, presste das Kinn an die Brust und hielt den Blick zu Boden gerichtet.

Penelope fegte fröhlich weiter.

»Ich nehme an, es ist wichtig«, sagte der Hauptmann.

Ich hob den Kopf und warf einen Blick auf Wyst aus dem Westen. Einen kurzen, phantastischen Moment lang stellte ich mir vor, wie ich über ihn herfiel und an seinem Gesicht schnüffelte und nagte. Gegen meinen Willen lächelte ich leicht. Er lächelte zurück, und nun wandte ich meinen Blick dem Hauptmann zu.

Ich griff in einen weiten Ärmel und zog eine kleine Tonampulle hervor. »Ein Elixier für schlechten Geschmack. Gieße es in den Eintopf für die Männer, und sie werden tagelang furchtbar schmecken. Furchtbar genug, um selbst Goblings abzuschrecken.«

»Danke. Ist das alles?«

»Nein. Ich habe eine Entdeckung über die Horde gemacht. Eine Entdeckung, die eine große Hilfe sein könnte.«

Der Hauptmann sah skeptisch aus, aber das tat er ja fast immer.

Schließlich ergriff Wyst aus dem Westen das Wort: »Etwas, das mit Magie zu tun hat, nehme ich an.«

»Hexerei, um genau zu sein«, antwortete ich, während ich ihn absichtlich nicht ansah.

Die Grausige Edna hatte mir so viel sie konnte über die anderen Magieschulen beigebracht. Es gab viele davon, und alle besaßen ihr Tätigkeitsgebiet. Zauberer praktizierten die Kunst der Beschwörung und manipulierten die Welt mit Worten. Wundertäter beherrschten die Magie durch die Wissenschaft, während Schamanen sie als urzeitliche Macht betrachteten, die sie mit Blutopfern und Tänzen um Lagerfeuer herum anriefen. Hexen hatten keine feste Meinung zur Magie, waren aber weise genug zu wissen, dass dies an sich auch eine Meinung war. Und Hexenmeister gingen der Kunst nach, Illusionen zu schaffen. Es gab zahllose andere Anhänger der geheimen Künste, und sie hatten mit ihrer Philosophie allesamt recht, denn die Magie verhält sich im Allgemeinen so, wie man es erwartet.

»Ich hatte schon mit Hexenmeistern zu tun«, sagte Wyst aus dem Westen. »Sie sind nicht gefährlich. Alles Schall und Rauch.«

»Hauptsächlich«, stimmte ich zu, »aber selbst Rauch hat Substanz.«

Ich griff in meinen Ärmel, zog eine kleine Echse heraus und ließ das Reptil an seinem Schwanz baumeln. Seine Haut wechselte von Gelb zu Schwarz zu Grün und weiter zu wahllosen anderen Farben.

»Ich habe nie eine Echse wie diese gesehen«, sagte der Hauptmann.

»Das liegt daran, dass sie nicht existiert, außer durch

meinen Willen und die Magie.« Ich setzte sie auf den Tisch, wo sie in kleinen, ziellosen Kreisen umherjagte.

Der Hauptmann versuchte sie zu berühren, aber sie lief durch seine Hand hindurch. »Unglaublich. Sie sieht so echt aus.«

»Das ist gar nichts. Der Lehrling eines Hexenmeisters könnte das besser, aber um eine illusorische Horde Goblings zu schaffen, brauchte es einen Meister.«

Ich gönnte dem Hauptmann und Wyst aus dem Westen einen Augenblick, um diesen Hinweis zu verarbeiten.

»Die Goblings sind nicht echt?«, fragte der Hauptmann.

»Das ist unmöglich. Ich habe selbst den Schaden gesehen, den sie angerichtet haben. Ihr Wüten war keine Illusion. Frag nur die guten Leute, die sie in Schrecken gehalten haben. Sieh dir das Land an, das sie verwüstet haben.«

Wyst runzelte die Stirn. Seine Unterlippe stand vor, und ich sehnte mich so danach, meine gespaltene Zunge darüber gleiten zu lassen.

»Wie kann etwas, das nicht real ist, solchen Schaden anrichten?«, fragte der Hauptmann.

Dies würde der schwierigste Teil werden: diesen Männern beizubringen, dass real und irreal, genauso wie tot und untot, lediglich eine graduelle Frage waren. Meine Gedanken zu ordnen war schwierig, wenn mir Wyst aus dem Westen so nahe war. Glücklicherweise hatte ich mich vorbereitet.

»Ich sagte nicht, dass ihr Wüten imaginär war. Lediglich, dass sie im Wesentlichen nicht realer sind als diese Echse, die ich da gemacht habe. Und die ich jetzt wieder ungeschehen mache.« Ich schnippte mit den Fingern und die Echse verschwand.

Die Augen des Hauptmanns leuchteten auf. »Du kannst die Horde ungeschehen machen?«

»Diese Echse war eine schwache Illusion. Die Goblings sind dagegen viel stärker. So stark, dass sogar die Realität getäuscht und dazu gebracht wurde, sie als echt anzuerkennen.

»Dann sind sie also real.«

»So real wie ein Traum.«

Der Hauptmann seufzte. »Ich bekomme Kopfschmerzen.«

»Sie sind ein Traum«, erklärte ich, »aber ein Traum, der von der Welt geträumt wird. Und wenn jeder Mensch, jedes Tier, jeder Baum und jeder Stein dieselbe Illusion teilen, dann kann auch ein Traum Realität werden. In gewisser Weise.«

»Wenn sie real genug sind, um zu töten und zu verwüsten, sehe ich nicht, warum das Wissen darum helfen kann.«

Wyst aus dem Westen stimmte ihm zu. »Ja, Hexe. Du sagtest, dies würde hilfreich sein. Oder nicht?«

Er sah mir in die Augen – und diesmal wandte ich den Blick nicht ab. Ich musste lächeln, hoffte aber, es wirkte unbestimmt und mysteriös und nicht von diesen dunklen Augen betört.

»Ja, die Magie der Horde ist zwar mächtig, doch es gibt eine Schwachstelle. Auch ein gemeinsamer Traum bleibt trotz allem nur ein Traum. Und Träume, wie alle Illusionen, können durch Zweifel, die stark genug sind – und in diesem Fall mit ein wenig Magie – zerstreut werden. Ich kann einen Tropfen Zauber auf die Waffen eurer Männer legen. Genug, dass der kleinste Schnitt den Traum aufhebt.«

Wieder leuchteten die Augen des Hauptmanns auf, doch diesmal war er darauf gefasst, gleich enttäuscht zu werden. »Aber?«

»Um die Magie anzurufen, müssen die Männer in ihren Herzen ohne jeden Zweifel wissen, dass das, was sie finden, nur eine Armee von Geistern ist.«

»Eine Armee von Geistern, die nichtsdestotrotz real genug sind, um sie bei lebendigem Leib zu verschlingen«, sagte der Hauptmann.

»Es wird solche Männer geben. Diejenigen, die nicht genug Phantasie haben, um selbst an einen gemeinsamen Traum wirklich zu glauben. Andere mit zu viel, sodass sie den Verdacht haben, dass die ganze Welt nur ein Traum ist. Solche Männer, gut bewaffnet, werden die Horde ungeschehen machen. Wenn es genug von ihnen gibt.«

»Und wie viele genau werden *genug* sein?«, wagte der Hauptmann zu fragen.

»Mehr als ihr haben werdet«, antwortete ich ehrlich, »aber da die Goblings so nahe an der Realität sind, wie Geister es nur sein können, können sie auch ohne Magie bekämpft und getötet werden. Die wenigen, die dazu fähig sind, die Horde unzuglauben, werden einfach nur effizienter sein. Wenn ihr Glück habt, wird die Zahl der Ungläubigen groß genug sein, um das Blatt zu wenden.«

»Du klingst nicht sehr überzeugt.«

Ich konnte keine Versprechen machen, und das sagte ich den Männern mit düsterem Gesicht. Der Hauptmann hatte es zwar nicht so gut verstanden, wie ich gehofft hatte, aber jetzt war ein guter Moment gekommen, um auf traditionelle Hexenart ohne ein weiteres Wort zu verschwinden und meine Zuhörer sowohl etwas weiser als auch etwas verwirrter zurückzulassen.

Wyst aus dem Westen stand zwischen mir und der Tür. Er trat beiseite, als ich dicht an ihm vorüberging. Ich dachte, er müsse durch meine hässliche Maskerade abgestoßen sein, aber er sah mir weiterhin in die Augen. Angeekelte Leute taten das nicht. Andererseits sah ich selten jemandem in die Augen, aber nun konnte ich nicht anders. Morgenröte hatte recht gehabt. Diese Augen, diese Ohren, diese Schultern, diese dunkle, köstliche Haut, und diese reine, tapfere Seele. Dies waren meine Gründe, hier zu sein.

Diese Gründe verdarben beinahe meinen Aufbruch, aber ich brachte doch genug Willensstärke auf, um den Blick von diesem anziehenden Gesicht abzuwenden. Ich ging zur Tür hinaus, sehr stolz auf mich, weil ich es mit intakter Hexenwürde tat. Draußen hielt ich kurz inne, um zu keuchen und das Prickeln in mir abzuschütteln.

Erst dann wurde mir bewusst, dass ich mein Hinken und meinen Buckel vergessen hatte. Solche Fehler waren unverzeihlich, aber neben dem Fehlen meines Vertrauten und meines Besens verblassten sie. Sie hätten mir aus dem Büro folgen sollen. Nun stand ich vor einem Dilemma. Entweder zurückgehen und sie holen und so zerstören, was von den letzten Fetzen meines dramatischen Abgangs noch übrig war, oder ohne sie zu meinem Zelt zurückkehren. Die Tür öffnete sich, während ich überlegte. Molch kam heraus. Penelope schwebte hinter ihm.

»Entschuldigung«, sagte er. »Ich war so damit beschäftigt, mein Essen unten zu behalten, dass ich nicht bemerkt habe, wie du gegangen bist.«

Penelope rüttelte ihre eigene Entschuldigung. Der staubige Boden des Hauptmanns war für die Arme sicherlich eine schreckliche Ablenkung. Es war ihre Besennatur.

Ich verzieh ihnen. Ich hatte in Wysts Gegenwart meine eigenen Ablenkungen erlitten. Penelope glitt in meine Hand, und Molch nahm seinen Platz an meiner Seite wieder ein. Ich krümmte mich tiefer und zog mein Bein hinter mir her, als würde es abfallen, wenn ich es nur vom Boden hob.

Gerade war ich im Schneckentempo acht Schritte weit gekommen, als mich die Stimme des weißen Ritters zurückrief: »Halt, Hexe!«

Das Bedürfnis zu laufen ergriff mich. Ich wusste nur nicht, in welche Richtung. Fort von ihm erschien mir falsch. Zu ihm hin erschien mir auch falsch.

»Ja?« Mein rauer Hals ließ meine Stimme krächzen, sehr hexenhaft und vollkommen unbeabsichtigt. Ich blieb mit dem Rücken zu ihm stehen.

»Ich wollte dir nur danken.« Ich meinte, einen nervösen Unterton in seinen Worten zu hören, doch ich war ja keine Kennerin menschlichen Verhaltens.

Ich drehte meinen Kopf weit genug, um aus dem Augenwinkel einen Blick auf seine verschwommene Silhouette werfen zu können.

Er räusperte sich. »Die Menschen hier können sich glücklich schätzen, dich zu haben.«

Ich antwortete nicht.

»Du hast ihnen eine Chance gegeben.«

»Sie hatten immer eine Chance«, sagte ich. »Mein Beitrag verringert lediglich die Wahrscheinlichkeit eines Massakers. Der Sieg wird dennoch schwer zu erringen sein. Männer werden sterben, und wahrscheinlich werden sie umsonst sterben.«

Sein Tonfall wurde düster. »Ja. Ich weiß.«

Hexen betrachten den Tod selbst nicht als gut oder schlecht. Wie jede Naturgewalt kann er beides und nichts davon sein. Aber diese Menschen standen unter meiner Obhut, und ich hatte nicht den Wunsch, sie ihr Leben als Mahlzeit für eine Horde Geister wegwerfen zu sehen.

Wyst aus dem Westen sagte nichts. Er wandte sich um und ging weg. Ich tat dasselbe, wobei ich mir etwas Stolz zugestand, da ich eine hexenhafte Haltung bewahrt hatte.

Molch kicherte. Er wollte, dass ich ihn fragte, was er so amüsant finde, aber daran war ich nicht interessiert. Das hielt ihn jedoch nicht ab. Er gluckste und wieherte den ganzen Weg zurück zum Zelt, und als ich ihn nicht einmal fragte, warum, tat er seine Meinung schließlich ungebeten kund.

»Du solltest ihn einfach ins Bett zerren und fressen, um es hinter dich zu bringen. Es wird sowieso früher oder später passieren. Wenn du es aufschiebst, wird es dich nur ablenken.«

Ich wollte diese Diskussion nicht führen. Es war nicht

so, als lehnte ich seine Meinung ab. Es war nur etwas, das ich nicht hören wollte.

»Es ist mehr als Verliebtheit«, fuhr er fort. »Ich sage nicht, dass keine normalen Reize beteiligt sind, aber ich glaube, hier geht es um mehr. Fische schwimmen. Tiger jagen. Goblings fressen. Du verführst. Es liegt in deiner Natur. Dafür wurdest du geschaffen.«

Ich starrte geradeaus und sagte nichts dazu.

»Ich könnte mir vorstellen, dass du sehr gut darin bist. Sexuelle Beziehungen, meine ich. Und dieser weiße Ritter kann nicht viel Erfahrung haben. Deine Leidenschaft allein würde ihn vermutlich umbringen. Dann könntest du ihn auffressen, und uns allen würden diese peinlichen Szenen in Zukunft erspart bleiben. Ganz zu schweigen von deinem Magenknurren.«

Es stimmte, in der Gegenwart von Wyst aus dem Westen knurrte mein Magen tatsächlich leicht. Ich hatte gehofft, dass es niemand bemerkte. Ich eilte, so schnell es mein falsches Hinken erlaubte, zu meinem Zelt, um etwas zu essen zu bekommen.

Molch hielt seinen Schnabel den Rest des Abends über geschlossen. Er saß nur in der Ecke und kicherte aufreizend. Ich hätte ihn gescholten, aber ich war zu beschäftigt damit, meinen Appetit zu stillen. Ich verschlang drei Kaninchen und zwei Fasane am Stück. Fell, Federn, Knochen, Innereien, alles. Ich aß, bis ich nicht mehr konnte, bis ich das Gefühl hatte, ein weiterer Bissen würde mich platzen lassen. Mein Hunger blieb jedoch, und alles Fasanen- und Kaninchenfleisch dieser Welt würde meinen Appetit nicht befriedigen. Einzig Wyst aus dem Westen konnte das.

Dies war mehr als ein verliebtes Herz, sogar mehr als ein lustvolles Begehren. Es war mein Fluch. Ich war nicht für Keuschheit gemacht. Meine Instinkte hatten Wyst als meine Beute gewählt, aber wenn wir uns nie begegnet wären, hätten sie eben einen anderen ausgesucht. Ich konnte die Versuchung nur durch absolute Einsamkeit umgehen, aber ich hatte sozusagen Geschmack an Menschen gefunden. Gern hätte ich geglaubt, dass ich ein Dorf von Aussätzigen oder Ogern oder aussätzigen Ogern finden konnte, unter denen ich leben mochte, aber irgendwann würde sich dasselbe Dilemma ergeben. Ob es nun Menschen, Oger, Gnome, Kobolde oder sonstige Wesen waren, ich würde ein Ziel finden, das ich verführen und verzehren wollte. Es war meine Natur.

Und plötzlich kam mir die elende Dunkelheit tatsächlich wie ein einladender Ort vor.

ELF

Ich wollte mir nicht die Mühe machen, alle Schwerter des Forts zu verzaubern, wenn wir das Glück haben sollten, zehn Männer mit dem richtigen Wesen zu finden. Ich konnte Besseres mit meiner Zeit anfangen. Also entwickelte ich einen einfachen, aber effektiven Test für die Soldaten und wendete ihn schon am nächsten Morgen an. Der Hauptmann ließ mich für diesen Zweck die Küche benutzen.

Gwurm half, die Wartenden zu verwalten, und Penelope beschäftigte sich damit, Schmutz von einer Seite der Küche zur anderen zu kehren. Molch saß da und sah zu. Er fand jeden Test höchst amüsant.

Gwurm ließ den zweihundertvierzehnten Soldaten gehen und führte den zweihundertfünfzehnten herein, einen Mann von gewöhnlicher Erscheinung. Mit der Zeit sahen sie alle gleich aus. Er stand vor mir. Ich hielt einen Stein hoch und sprach, ohne ihn anzusehen.

»Dieser Stein ist nicht real. Er besitzt nur das Wesen, das ihm deine Wahrnehmung verleiht. Verstehst du?«

Es entstand eine Pause, in der ich annahm, dass er nickte, aber ich wusste es nicht sicher, weil ich ihn nicht ansah.

»Ja. Ich glaube schon«, sagte er.

»Gut.« Ich warf den Stein von einer Hand zur anderen. »Jetzt werde ich diesen imaginären Stein nach dir werfen, und da du verstehst, dass er nicht real ist, wird er dich nicht verletzen.«

Ich holte aus und schleuderte den Stein. Er wich nicht aus. Der Stein traf ihn in den Magen und er krümmte sich keuchend. Das war zu erwarten gewesen, denn der Stein war ziemlich echt.

Molch fiel in einem hysterischen Quakanfall hintenüber. »Oh, das ist toll!« Er rang nach Luft. »Das wird nie langweilig.«

Der Soldat richtete sich auf. Sein Gesicht rötete sich, und er starrte mich finster an. Zwar verstand ich seine Wut, aber er hatte den Test bestanden. Der Erste, der nicht vor meinem »imaginären« Stein zurückwich. Vielleicht war es grausam, einen Mann mit einem realen Stein zu bewerfen, aber einen Phantomstein zu beschwören war eine Verschwendung von Magie, wenn das Original genauso funktionierte.

»Dein Name, Soldat?«

»Pyutr, Herrin.«

Ich setzte ihn auf meine Liste potentieller Ungläubiger. Die Liste bestand bisher lediglich aus seinem Namen.

»Du kannst jetzt gehen.«

Molch kicherte. »Das war fast so gut wie der, den du an den Weichteilen erwischt hast.« Er sammelte den Stein auf und brachte ihn mir. »Aber der Beste war der Soldat, den du am Schienbein getroffen hast und der so geflucht und diesen kleinen Tanz aufgeführt hat.« Er hüpfte herum und gab eine bemerkenswert gute Imitation zum Besten, wenn man die Unterschiede zwischen einem Menschen und einer Ente in Betracht zog.

Der nächste Soldat erschien, und Molch setzte sich eifrig.

»Dieser Stein ist nicht real ...«, begann ich zum wiederholten Mal.

Mein Vertrauter unterdrückte ein Glucksen. Tränen rannen ihm über die Wangen.

So ging es den Rest des Morgens. Soldaten kamen herein. Ich sagte meine Rede auf, warf meinen Stein. Molch wieherte vor Lachen. Der Hauptmann war meine letzte Testperson. Er versagte. Er setzte sich und rieb sich sein verletztes Knie, während er die Liste durchsah.

Er konnte sie allerdings nicht lesen. Meine Eltern hatten diesen Teil meiner Erziehung versäumt, und die Grausige Edna hatte selbst nie lesen gelernt. Die Weisheit der Hexen wird durch Taten gelehrt, nicht durchs Lesen. Aber schreiben ist eine nützliche Fertigkeit, also hatte ich meine eigene Schrift aus Kringeln und Symbolen entwickelt, die ich sowohl hübsch als auch praktisch fand. Obwohl sie sich ständig weiterentwickelte und mit den Jahren ausgefeilter wurde, hatte ich nie Schwierigkeiten, sie zu lesen. Ich denke, es war Magie im Spiel. Ich schuf weniger eine neue Schrift, sondern entdeckte vielmehr eine alte, die es niemals gegeben hatte.

Der Hauptmann reichte mir die Liste. »Werden wir genug für die Aufgabe haben?«

»Dreizehn«, sagte ich. »Du hast Glück, wenn sechs von ihnen die notwendige Skepsis besitzen.«

»Und sechs werden genügen?«

»Ich weiß es nicht.«

»Verdammt! Ich dachte, Hexen könnten in die Zukunft sehen!«

»Wissen, was sein wird, ist nicht dasselbe wie wissen, wie es geschehen wird.«

Der Hauptmann seufzte. Er war mit seinen Nerven beinahe am Ende, und er tat mir leid. Ich war versucht, ihm eine Antwort zu geben, ihm zu sagen, ich würde die Zukunft kennen. Irgendwo in meiner Zukunft lagen entweder die Rache oder der Tod oder beides. Aber die tapferen Männer von Fort Handfest hatte die Grausige Edna nicht erwähnt.

»Niemand kann das Morgen erfassen.«

Der Hauptmann grinste. »Wohl wahr. Und beinahe weise. Sag mir, haben sie euch diese nahezu erleuchteten und dennoch vage mysteriösen Sätze in der Hexenschule beigebracht oder denkst du sie dir spontan aus?«

»Von beidem ein bisschen«, gab ich zu.

»Es muss ermüdend sein, in Rätseln zu sprechen.«

»Manchmal.«

Molch quakte, um mich davor zu warnen, dem Hauptmann zu viel zu offenbaren. Teil der Hexensitten ist es, einen Schleier des Geheimnisvollen zu bewahren. Man sollte über Hexen niemals denken, sie seien menschlich, selbst wenn sie es im Allgemeinen sind. Einmal hatte ich die Grausige Edna nach dem Grund für diese Tradition gefragt. »Weil das immer so war«, war die Antwort gewesen.

Ich hatte dem Hauptmann gegenüber bereits zu viel zugegeben, aber ich konnte nichts Falsches daran erkennen. Wahrscheinlich würde er in ein paar Tagen tot sein. Das machte mich traurig. Er war ein guter Mann. Nicht gut aussehend oder schneidig oder besonders geschickt, aber gut. Ich wollte keinen guten Mann verschwendet sehen.

Mir lief das Wasser im Mund zusammen. Unter normalen Umständen hätte er keine solche Reaktion hervorgerufen, aber ich stand unter enormem Stress. Das machte es umso schwerer, sich an eine strikte Diät zu halten.

Wenn der Hauptmann meinen knurrenden Magen bemerkte, war er höflich genug, es nicht zu erwähnen. Ich entschuldigte mich, um meinen Zauber zu beginnen. Dreizehn Schwerter würden ein paar Stunden Arbeit erfordern.

Molch sprach erneut ohne Aufforderung. »Wenn du den weißen Ritter nicht frisst, dann solltest du jemand anderen aussuchen. Ein Soldat würde nicht vermisst werden, und selbst wenn es das Problem nicht löst, könntest du dich damit über Wasser halten, bis die Goblings hier sind.«

Mein Vertrauter hatte wie so oft recht. Der Dämon in ihm wusste, wie man das Böse praktisch und notwendig erscheinen lässt. Es stimmte auch, dass ein einzelner Soldat nicht vermisst werden würde, und dass es das Opfer wert sein könnte, wenn es mir die Kraft gab, mich auf wichtigere Aufgaben zu konzentrieren.

Das bedeutete, davon auszugehen, dass einen Mann zu

essen, den ich eigentlich nicht begehrte, mich befriedigen mochte. Genauso denkbar war, dass er mir nur als Appetithappen dienen würde. Gab ich dem Impuls einmal nach, so war es möglich, dass ich nicht fähig war, nur einen Einzigen zu essen.

Wyst aus dem Westen konnte mich wahrscheinlich für längere Zeit befriedigen. Der Hauptmann mochte meinen Magen für einen oder zwei Monate besänftigen. Ich bezweifelte, dass mich ein gewöhnlicher Mann drei Tage lang satt machen konnte. Der einzige Weg, das herauszufinden, war, tatsächlich einen Mann zu verschlingen.

Ungeachtet jeglichen moralischen Dilemmas war jetzt jedoch nicht der richtige Zeitpunkt, um meinen kannibalischen Drang zu untersuchen.

Auf unserem Weg zur Waffenkammer wisperte Molch Versuchungen. »Oh, da ist ein schöner, fetter. Ich wette, der würde dich sättigen. Oder wie wäre es mit diesem gut aussehenden jungen Exemplar da drüben. Haufenweise mageres Muskelfleisch.«

Er hielt eine Weile den Schnabel, während ich den Waffenmeister um seine dreizehn besten Schwerter bat. Während er sie holte, murmelte Molch: »Leckerer Happen, findest du nicht?«

Ich schwang meinen Besen in kleinen Kreisen über ihm und murmelte.

»Was tust du da?«

Ich berührte ihn leicht am Kopf, und all seine Federn fielen in einer sofortigen Mauser von ihm ab. Er starrte immer noch auf das Häufchen weißen Flaums, als der Waffenmeister zurückkam. Gwurm nahm dem Waffenmeister, der den kahlen Molch angaffte, aber nichts sagte, die gebündelten Schwerter ab.

Andere Soldaten besaßen weniger Selbstkontrolle. Sie deuteten auf den federlosen Wasservogel und lachten. Gwurm lächelte bloß, während Molch wütende Blicke abschoss. Es war eine harte Lektion für eine Ente, die Furcht erregen wollte. Aber er blieb ruhig.

Gwurm ließ das Bündel auf die Bank vor meinem Zelt fallen. »Wenn du mich nicht mehr brauchst, gehe ich mit den Männern exerzieren.«

Ich wünschte ihm alles Gute und erlaubte ihm zu gehen. Er warf ein letztes amüsiertes Lächeln in Molchs Richtung.

»Das ist ein Glück für dich«, sagte Gwurm. »Nichts ist beängstigender als eine wütende gerupfte Ente. Wenn du dir den Kopf abschneidest, wärst du der schlimmste Albtraum eines jeden Kochs.«

Zorn blitzte in Molchs Augen. Er sah aus, als stehe er kurz davor, sich auf den Troll zu stürzen. Ich wusste nicht, wer wen in einem Kampf töten würde, und ich hatte auch keine Lust, das jetzt herauszufinden.

»Molch, geh ins Zelt!«

Murrend tat er wie ihm geheißen.

Gwurm ging zum Exerzieren, und Penelope beschloss, mit ihm zu gehen, wobei sie lediglich eine Ausrede suchte, um die schmutzigen Böden des Forts noch einmal zu besuchen. Ich hatte keine Einwände. Sie wollte nur helfen. Ich bezweifelte, dass die Soldaten ein staubfreies Fort zu schätzen wüssten, aber in schwierigen Zeiten müssen wir alle beitragen, was wir können.

Molch streckte den Kopf aus dem Zelt. »Das bleibt doch nicht so, oder?«

Der Zauber würde nur bis zur Abenddämmerung anhalten, aber das sagte ich ihm nicht. Ich wies sogar darauf hin, dass Gwurm möglicherweise nicht ganz unrecht hatte und dass ich darüber nachdächte, ihm mit Magie den Kopf abzunehmen. Das würde ihn nicht nur zu einer angemesseneren Hexenente machen, sondern sein weggeworfener Schädel klinge auch nach einer leckeren Zwischenmahlzeit. Er verschwand mit einem verstimmten Quaken wieder im Zelt.

Ich legte die Schwerter vor mir auf dem Boden aus. Dreizehn war eine hübsche, hexenhafte Zahl. Es war eine Schrulle der Magie, dass dreizehn Schwerter zu verzaubern leichter fiel als eines oder zwölf oder vierzehn. Nur die Magie wusste, warum, und sie behielt den Grund für sich. Aber die Magie widersetzt sich allein durch ihr Wesen dem wahrem Verständnis. Sie folgt ihren eigenen Regeln, ignoriert diese Regeln aber auch, wenn ihr danach ist.

Ich ordnete die Schwerter in einem Kreis an, die Klingen nach außen. Dann setzte ich mich in die Mitte des Kreises und verbrachte die nächsten vier Stunden mit gesenktem Kopf, murmelnd und verzaubernd. Technisch gesehen verzaubern Hexen nicht. Wir verfluchen. Das ist ein kleiner Unterschied. Ich stattete die Schwerter mit der Macht aus, in den richtigen Händen Illusionen zu zerstreuen. Aber da sie verflucht waren, würde jeder Mann, der die Magie anrief, für jedes Phantom, das er zerstörte, einen Tag altern.

Verfluchen ist eine ermüdende, langweilige Arbeit. Der größte Teil der Hexenmagie ist nicht besonders glamourös. Sie erledigt ohne große Show, was zu tun ist. Zauberer lieben es, ihre Hände hochzureißen, zu brüllen und Funken in die Luft zu schießen. Zumindest hatte es mich die Grausige Edna so gelehrt. Es ist ihr Kapital. Aber die effektvolle Darbietung besteht bei Hexen hauptsächlich aus scheinbarem Wahnsinn, einem spitzen Hut, unschmeichelhaften Kleidern und heiserem Krächzen.

Einige Stunden ununterbrochenen Verfluchens später machte ich eine Pause. Ich öffnete die Augen. Die Schwerter schimmerten vor halbfertiger Magie. Es ging gut voran, und mit einem leichten Lächeln stand ich auf.

Ich drehte mich um und sah Wyst aus dem Westen auf der Bank neben meinem Zelt sitzen. Ich hatte keine Ahnung, wie lange er schon dort saß. Es konnten Stunden sein. Es war ein alter Hexentrick, ihm keine Beachtung zu schenken und so zu tun, als hätte ich die ganze Zeit über gewusst, dass er da war und ihn lediglich bisher nicht angesprochen. Ich hoppelte zum Zelt, direkt an ihm vorbei, und goss mir eine Schale Eberblut ein, das durch Magie warm und würzig erhalten wurde. Molch starrte zwar, sprach mich aber nicht an. Ich fragte nicht, ob er bemerkt habe, wie lange der weiße Ritter schon wartete.

Ich nahm einen Schluck Blut, wischte mir den Mund, überlegte es mir anders und nahm noch einen Schluck, ohne ihn abzuwischen. Ich ließ das Rot meine Oberlippe bedecken und mein Kinn hinabtropfen. Gerade genug, dachte ich, um unattraktiv zu sein, ohne zu übertreiben. Dann trat ich aus dem Zelt, ging wieder an Wyst aus dem Westen vorbei und schritt langsam im Kreis um die dreizehn halbverfluchten Schwerter herum.

Er hatte noch nichts gesagt oder auch nur ein Geräusch gemacht. Ich beschloss, dass ich hexenhaft genug gewesen war.

»Hast du vor, dort den ganzen Tag zu sitzen?« Ich versuchte zu klingen, als sei es mir egal, aber um die Wahrheit zu sagen, seine Anwesenheit brachte mich aus der Fassung. Einzig die ausgezeichnete Ausbildung der Grausigen Edna hielt mich davon ab, es zu zeigen.

»Ich bin gekommen, um den Test zu machen«, antwortete er.

»Das ist nicht nötig.«

Er stand auf, wobei er sehr verletzt aussah. »Du hast jeden Mann im Fort getestet. Ich sehe keinen Grund, warum ich eine Ausnahme sein sollte.«

Ich kicherte. »Ich sah keinen Grund, dich mit einem Test zu belästigen, von dem ich bereits wusste, dass du ihn nicht bestehen würdest.«

»Was lässt dich glauben, dass ich versagen würde? Ich verstehe sehr gut, was du mir über diese Goblings gesagt hast.«

»Verstehen vielleicht. Aber verstehen ist nicht immer genug.«

»Wirst du mich nun testen oder nicht?« Es war das erste Mal, dass ich ihn auch nur im Entferntesten ärgerlich klingen hörte.

Statt darüber zu diskutieren, stimmte ich zu. Ich fand einen flachen Stein, erklärte seine »imaginäre« Natur und warf ihn geradewegs auf sein Gesicht. Er wich nicht aus. Der Stein hielt nur Zentimeter vor seiner Nase an. Dort hing er einen Moment, gehalten von seiner schützenden Aura, bevor er zu Boden fiel.

»Siehst du es nun? Es gibt keine Möglichkeit, herauszufinden, ob du dich behauptet hast, weil du mir glaubtest oder weil du wusstest, dass deine Magie dich beschützen würde.«

Er stupste den Stein mit der Stiefelspitze an. »Ich verstehe, aber ich weiß auch, dass ich dir geglaubt habe.«

»Ja, ich vermute, das tatest du, aber manchmal sind Verstehen und Glauben nicht genug. Du hast diese Horde lange Zeit gejagt. Egal, wie viel du zu verstehen glaubst, egal, wie groß deine Willensstärke ist, ein Teil von dir wird die Goblings immer für real halten.«

Er sah aus, als würde er etwas einwenden wollen, überlegte es sich aber anders.

Ich fragte: »Und wofür brauchst du ein verzaubertes Schwert, wenn du selbst schon ein gutes magisches Schwert besitzt?«

Er rückte das Schwert an seiner Hüfte zurecht. »Die Zauber auf meiner Waffe dienen nur dazu, den Männern, die an meiner Seite kämpfen, Mut einzuflößen – und um die Klinge immer scharf und rostfrei zu halten. Gegen Phantom-Goblings hat es keine besonderen Kräfte.«

»Ich bin sicher, es wird dir gut genug dienen, wenn die Zeit reif ist.«

Wyst zog seine verzauberte Waffe. Lichtempfindlich wie ich war – und fähig, die machtvolle Magie, die auf der Klinge loderte, wahrzunehmen –, zuckte ich sofort zusammen. Solche machtvollen Zauber waren der Stoff, aus dem Legenden sind, das Ergebnis einer jahrelangen Arbeit von Meisterzauberern. Jeder, der das Schwert außerhalb seiner Scheide sah, fühlte sich an der Seite des weißen Ritters entweder unbesiegbar oder mit schwächender Angst geschlagen, sobald er sich ihm entgegenstellte. Meine Augen gewöhnten sich gerade an die Helle, als er die Waffe in die Schwertscheide zurückschob.

»Du trägst da eine große Macht«, bemerkte ich.

»Eine große Macht für ein hohes Ziel.«

»Oder große Tragödien«, flüsterte ich.

Er hörte es trotzdem. »Was meinst du damit?«

»Nichts.«

Diesmal war der Ärger in seiner Stimme nicht zu überhören. »Hör auf, in Rätseln zu sprechen und sei ehrlich!«

Ich erlaubte mir selbst einen langen Blick in sein angenehmes Gesicht. Seine Stirn war in Falten gelegt, er starrte mich finster an. Ich hätte ihm ein halb weises, halb wahnsinniges Kichern zuwerfen und wieder zurück an meine Schwertverfluchungen gehen sollen. Es wäre die angemessene Reaktion für eine Hexe gewesen. Doch wie ich es in der Gegenwart des weißen Ritters so oft tat, ging ich ungeschickt mit meinem Hexentum um.

Ich humpelte dicht vor ihn hin, hielt meinen Kopf gesenkt und den Blick aus einem zusammengekniffenen Auge auf sein Kinn gerichtet. »Ohne deine Magie könntest du keine Handvoll Männer überzeugen, sich gegen die Gobling-Horde zu stellen. Wenn die Zeit kommt, werden viele sterben.«

»Es sind Soldaten. Es ist ihre Pflicht.«

Ich ließ ein Kichern hören. Er versuchte mehr sich selbst zu überzeugen als mich.

»Das ist wohl wahr«, stimmte ich zu. »Aber das ändert

nichts an der Tatsache, dass die meisten ohne deinen Einfluss ihre Pflicht vergessen hätten.«

»Diejenigen ohne Ehre.«

»Das stimmt, aber der gewöhnliche Mann würde seine Ehre jederzeit für sein Leben eintauschen. Und herzlich wenige würden es für eine aussichtslose Sache wegwerfen.«

»Dies ist keine aussichtslose Sache.«

Ich humpelte davon und drehte meine Hände auf sonderbare Art. »Vielleicht nicht. Vielleicht ist es lediglich eine beinahe aussichtslose Sache, ein nahezu vergeblicher Kreuzzug. Aber diese Soldaten würden sich kaum für solche Unterschiede interessieren.«

Wyst aus dem Westen stand sehr aufrecht. Er umklammerte seinen Schwertgriff mit weißen Fingerknöcheln. »Diese Männer kämpfen und ja: Manche werden sterben, um ein größeres Unglück abzuwenden.«

»Auch das ist richtig. Aber letztlich, egal, wie richtig der Kampf ist, und gleichgültig, wie notwendig das Opfer, wirst du am Ende für alles, was geschieht, verantwortlich sein.« Ich senkte mich tief in die Hocke und sprach krächzend. »Dies ist eine Last, die ich selbst nicht tragen möchte.«

Seine Haltung lockerte sich, und nur für einen Moment konnte ich eine schreckliche Müdigkeit in seinen Augen sehen. Da wusste ich, dass ich einen Nerv getroffen hatte. Es ist die Art der Hexen, Menschen zu helfen, sich solchen harten Wahrheiten zu stellen, aber Wyst aus dem Westen benötigte keine Hilfe. Er besaß eine tugendsame Seele, und jeder Tod musste schwer auf dieser Seele wiegen.

Er straffte sich wieder. Seine Traurigkeit verschwand

hinter einer nüchternen Maske. »Der Orden lehrt, dass das Böse und die Ungerechtigkeit bekämpft werden müssen, dass sie nicht ignoriert werden und durch gute Absichten fortgewünscht werden können. Dass für das höhere Ziel manchmal Opfer gebracht werden müssen.«

»Eine weitere unleugbare Wahrheit.«

Ich setzte mich in den Schwertkreis und ließ es aussehen, als sei es eine große Anstrengung für schwache Knie, sich auf den Boden zu setzen. Ich senkte den Kopf und wartete, dass er ging.

Er tat es aber nicht.

Ich saß mit geschlossenen Augen da und dachte verwirrende Gedanken. Ich sagte im Geiste Heilmittel und geheime Hexenweisheiten auswendig auf sowie alles, was mich sonst davon abhielt, an ihn zu denken. Unter all dieser Stärke und Tugend war Wyst aus dem Westen dennoch ein Mann. Ebenso anfällig für Schuldgefühle und Reue und den Schmerz, die sich einfach durch das Leben selbst angesammelt hatten. Ich wollte ihn trösten, ihn an mich drücken und seinen Schmerz wegstoßen, und sei es nur für kurze Zeit. Doch Mitgefühl dieser Art verbot mir mein Handwerk. Und mein Fluch.

»Eine Sache noch, Hexe«, sagte er.

Ich hielt meinen Kopf gesenkt und die Augen geschlossen. »Ja?«

»Wie geht es deiner Ente?«

Ich rief nach Molch. Er tauchte in all seiner betretenen Kahlheit aus dem Zelt auf.

»O je. Das ist doch nicht meine Schuld, oder doch?«, fragte Wyst.

»Das ist mein eigenes Werk«, antwortete ich. »Nichts Ernstes. In einem oder zwei Tagen wird es ihm wieder gut gehen.«

»Freut mich zu hören.«

Der weiße Ritter und ich tauschten kurze Blicke aus. Ich konnte ihm keine tröstende Umarmung anbieten, aber seine belastete Seele wurde durch meinen gerupften Vertrauten doch erleichtert. Wyst aus dem Westen lächelte – und ich lächelte zurück. Dann wünschte er uns einen guten Tag und ging. Ich sah ihm nicht nach.

Molch watschelte an meine Seite. »Wenn du ihn nicht frisst, darf ich ihn dann zumindest umbringen?«

»Ich bezweifle sehr, dass du das könntest.«

Er zuckte die Achseln. »Trotzdem. Ich wäre bereit, es zu versuchen.«

Er schlenderte zurück ins Zelt, und ich ging zurück an die Arbeit.

ZWÖLF

Die Tage, bevor die Gobling-Horde ankam, waren arbeitsreich. Mit Hilfe der inspirierenden Gegenwart des weißen Ritters exerzierten die Soldaten unermüdlich. Die Goblings waren sicher, dass sie sich auf ihre vernichtende Anzahl verlassen konnten. Die Männer von Fort Handfest dagegen würden sich auf ein ausgezeichnetes Zusammenspiel verlassen müssen. Sie waren in Gruppen von drei Mann angeordnet, die Rücken an Rücken stehen sollten. Theoretisch konnte sich dadurch jeder Mann auf die Gefahren von vorn konzentrieren. In der Praxis, so hatte ich den Verdacht, würde es nicht so reibungslos laufen. Sicher würde es Männer geben, die trotz der Anwesenheit des Ritters zusammenbrachen, wenn sie sich mit Dutzenden von knirschenden Zähnen konfrontiert sahen. Wenn einmal ein Soldat eines Trios fiel, würden die anderen beiden vermutlich bald folgen. Aber die Verwandlung von ungeschickten, plumpen Soldaten in eine entschlossene, wenn auch nicht besonders begabte, Streitmacht war nicht zu leugnen.

Ich selbst war ebenfalls sehr beschäftigt. Jeden Tag lieh ich mir Molchs Körper und überprüfte das Vorrücken der Goblings. Sie rückten direkt auf das Fort zu. Dies war kein Zufall. Genauso wie die geisterhaften Männer geschickt worden waren, um die Grausige Edna zu töten, war diese Horde geschaffen worden, um unseren Vorposten zu zerstören. Dessen war ich mir sicher. Was der tiefere Sinn dahinter sein sollte, wusste ich nicht. Meine Herrin und dieses Fort hatten nichts miteinander gemein, bis auf ihr abgeschiedenes und harmloses Wesen. Dennoch waren sie keine zufälligen Ziele.

Ich dachte viel über diese Schlussfolgerung nach. Die Grausige Edna hatte nie Zauberer erwähnt, die einen Groll gegen sie hegten, und diese imaginäre Horde war eine machtvolle Magie für solch ein unbedeutendes Fort. Den Grund für die beiden Angriffe konnte ich nicht erkennen, aber für solche Rätsel war noch Zeit genug, wenn die Gobling-Horde erst vernichtet war.

Molchs Laune hob sich, während die Horde näher kam. Leichtsinn ersetzte seine übliche Bitterkeit. Mit jedem Tag kam seine Chance zu töten näher. Der Dämon in ihm freute sich auf das Blutvergießen. Irgendein Blutvergießen. Die Bäume in der Nähe meines Zeltes trugen tiefe Wunden und Schnitte von seinem stundenlangen Training. Gelegenheiten zu unverhohlenen Metzeleien waren selten, und er wollte in Topform sein, wenn die Zeit dazu kam. Manchmal sah ich ihm beim Üben zu. Während einer besonders enthusiastischen Sitzung fällte er ein Paar

Bäume mit einem einzigen Schwung jedes Flügels. Mit befriedigtem Quaken hackte er sie zu Kleinholz.

Gwurm und Wyst wurden gute Freunde. Mein Troll entwickelte großen Respekt vor dem weißen Ritter. Es war nicht direkt Heldenverehrung, aber es kam dem nahe. Ich konnte nichts Falsches daran finden. Man konnte schlechtere Männer bewundern, und Wyst aus dem Westen schien Gwurms Freundschaft ohne Zweifel zu schätzen. Er sah in Gwurm mehr als nur einen nützlichen Neuzugang für die kaum kompetenten kämpfenden Ränge des Forts. Mehr als einmal sah ich den Troll und den Ritter in Pausen zwischen zwei Exerzierübungen miteinander sprechen. Der gut gelaunte Gwurm konnte sogar dann und wann ein Lächeln auf Wysts ewig düsteres Gesicht zaubern.

Solche Momente des Lächelns waren allzu selten. Wyst war ein attraktiver Mann, aber er war unbestreitbar gut aussehend, wenn er lächelte. Es war ein schiefes Grinsen, und ein Grübchen erschien auf seiner linken Wange. Jedes Mal, wenn ich einen Blick darauf erhaschte, konnte ich nicht anders, als selbst zu lächeln. Und musste über Dinge phantasieren, die einer Hexe unwürdig waren.

Was meinen Besen betraf, so wurde sie mit jedem vergehenden Tag ängstlicher. Sie begann alles in Sichtweite mit fieberhafter Nervosität zu fegen. Sie zum Stillstehen zu überreden war nahezu unmöglich. Ich musste sie in den Augenblicken, da ich sie an meiner Seite brauchte, gut festhalten. Penelope wand sich jedoch selbst dann noch. Wäre ich nicht so stark gewesen, ich wäre nicht in der Lage gewesen, sie festzuhalten. Aber zumindest sah es angemessen hexenhaft aus, wenn man mich ab und zu mit meinem Besen ringen und schelten sah.

Ich selbst war so beschäftigt, dass mein kannibalischer Drang auf der Stecke blieb, sodass ich ihn leicht ignorieren konnte. Nachdem ich die Schwerter verflucht hatte, verbrachte ich einen Tag damit, Tiere für unsere Sache anzuwerben. Ein weiterer verging mit dem Mischen von Arzneien für die Zeit nach dem Kampf, vorausgesetzt, es gab Überlebende. Eine zweifelhafte Annahme, doch es war immer das Beste, vorbereitet zu sein. Weitere zwei Tage flossen in die Aufgabe, verschiedene Geister, die ich tiefer im Wald fand, zu sammeln und in Flaschen abzufüllen. Ich fand auch ein paar Fäulnisnymphen, die in einem toten Baumstamm nisteten, sowie einen schlafenden Erdlord in einem Apfelkern. Nichts, was uns in dem Kampf eine große Hilfe sein konnte, aber dennoch herrliche Fundstücke.

Schließlich vollzog ich ein Glücksritual über Fort Handfest und seine Männer. Ich ging murmelnd, ab und zu kreischend und manchmal lediglich schreiend durchs Fort, tauchte meine Finger in eine Schüssel Wasser und verspritzte es, um böse Geister abzuwehren. Nichts davon war echte Magie, aber die Männer fühlten sich besser, wenn sie wussten, dass ihre Hexe hart arbeitete, und sie würden jedes Fitzelchen Selbstvertrauen brauchen, wenn die Zeit erst kam. Die Grausige Edna hatte immer gesagt, dass falsche Magie in den meisten Fällen genauso gut war wie die echte. Manchmal sogar besser.

Dann kam der Tag, an dem ich mich mit dem Hauptmann traf und ihm sagte, dass nun die Nacht gekommen sei. Er nahm mich beim Wort und machte sich nicht einmal die Mühe, Späher auszusenden, um es nachzuprüfen. Ich freute mich, sein Vertrauen erworben zu haben. Er nahm die Nachricht gut auf, hatte aber auch Zeit gehabt, sich darauf vorzubereiten.

»Darf ich dich etwas fragen, Hexe?«

Ich nickte.

»Warum bist du noch hier?«

Auch ich hatte mir diese Frage in den letzten Tagen ab und zu gestellt. Die Antwort war einfach. Diese zukünftige Stadt, diese Menschen – all dies lag mir am Herzen. Meine Rache trieb mich ebenfalls an. Die besiegte Horde würde mich zu ihrem Schöpfer führen, aber Rache war nicht mein wahrer Grund. Ich wollte diese Bedrohung vernichten und Fort Handfest wieder zu seiner Betriebsamkeit verhelfen. Jetzt war es nur noch ein Geist, eine Erinnerung an das, was es einmal gewesen war. Und ich vermisste, was es gewesen war und wozu es noch werden konnte, vorausgesetzt, es wurde nicht von Goblings verschlungen.

Ein Teil von mir wollte dies dem Hauptmann sagen, aber ein anderer Teil wusste es besser. Ich war bereits zu vertraut mit ihm geworden. Er betrachtete mich zu sehr als Person und nicht annähernd genug als eine Hexe. Statt also die Frage zu beantworten, tat ich, was eine gute Hexe tun sollte, und bot ihm eine kryptische Erwiderung an, die so viel oder so wenig bedeuten konnte, wie er daraus machen wollte.

»Jeder muss irgendwo sein, und dieser Ort ist genauso gut wie jeder andere.«

Er lachte. »Eines Tages wirst du mir eine direkte Antwort geben.«

»Eines Tages.« Ich zog meinen Hut tiefer. »Vielleicht.«

Am Abend vor dem Kampf borgte ich mir Molchs Körper für einen letzten Erkundungsflug. Ich schwebte über die Baumwipfel und dachte dabei eigentlich wenig an die Goblings. Während die Männer des Forts bei der Aussicht auf diesen Kampf eindeutig besorgter wurden, war ich nicht gelehrt worden, so zu denken.

»Sich sorgen ist eine gute Sache, Liebes«, hatte die Grausige Edna gesagt. »Sich sorgen bedeutet anzuerkennen, dass die Welt unvorhersehbar ist, und manchmal liegt sogar eine Macht darin, die eigene Machtlosigkeit zu verstehen. Aber zu oft entwickeln Sorgen ein Eigenleben. Die Menschen sind ziemlich anfällig dafür. Sie plagen sich selbst mit so vielen ›Was wäre wenns‹ und ›Wenn doch nurs‹, dass sie schnell vergessen, die wahren Möglichkeiten, die vor ihnen liegen, zu bedenken. Was unvermeidlich zu schlechten Entscheidungen führt. Es kommt also, wie es kommen muss. Manchmal können wir die Zukunft mitbestimmen. Manchmal auch nicht. So oder so erreicht man allein durch sich Sorgen machen gar nichts.«

Deshalb tat ich es nicht. Ich hatte getan, was ich konnte, und wenn die Zeit kam, würde ich noch mehr tun. Im Augenblick konnte ich nur abwarten.

Die Sonne hatte beinahe all ihr Licht der Dämmerung überlassen, als ich mich inmitten der Erdhöhlen der Gobling-Horde niederließ. Die Wesen regten sich ruhelos in ihren Löchern und machten sich für die Nacht bereit.

Die graue Füchsin trat aus dem Unterholz, um mich zu begrüßen. »Guten Abend, Hexe.«

»Dir auch einen guten Abend, Füchsin. Immer noch am Leben, wie ich sehe.«

»Ja.« Sie grinste listig. »Ich fürchte, diese Goblings haben sich nicht annähernd als die Herausforderung herausgestellt, die ich mir erhofft hatte. Ich bin einfach viel zu schlau.«

»Es gibt Schlimmeres«, sagte ich.

»Wie wahr.«

»Dein Spiel könnte heute Abend enden.«

Die Füchsin knabberte an ihrem buschigen Schwanz. »Mir wurde sowieso langsam langweilig.«

Die Mutigeren unter den Goblings krochen aus ihren Höhlen. Sie hielten sich in den Schatten. Ihre Augen leuchteten überall um uns herum.

Ich breitete meine Flügel aus. »Ich muss gehen. Ich wünsche dir ein erfolgreiches Spiel, Füchsin.«

»Und ich wünsche dir einen erfolgreichen Kampf.«

Ich stieg in die Luft, als die Goblings die Füchsin aus allen Richtungen umringten. Sie kratzte sich träge hinter dem Ohr.

Einige ehrgeizigere Goblings hetzten einen Baum hinauf und versuchten, hinter mir herzufliegen. Drei stürzten augenblicklich vom Himmel. Imaginäre Goblings fliegen nicht besser als die echten Biester. Zwei andere schafften es, mich zu erreichen, obwohl sich einer davon mit jedem Flügelschlag drehte. Ihm wich ich einfach mühelos aus. Der andere versuchte, mir ein Bein abzubeißen. Ich zerschmetterte seinen Schädel mit einem dämonengestützten Tritt, setzte meinen Weg fort und ließ das schnatternde Kreischen der Horde hinter mir. Wie erwartet schlugen sie dieselbe Richtung ein wie ich, in Richtung Fort Handfest.

Der Kampf würde jedoch nicht im Fort selbst stattfinden, sondern auf einer Lichtung südlich davon. Hier würden die Goblings auf ihrem augenblicklichen Kurs aus dem dichten Wald auftauchen. Die Soldaten würden sie dort in Sichtweite von Fort Handfest treffen.

Ich hatte ein wenig Magie beschworen, um die Wolken fortzuschieben und dem Mond zu schmeicheln, voll und hell zu scheinen. Es war beinahe taghell. Der Kampf würde auch ohne Männer, die nur in der Dunkelheit herumstolperten, gefährlich genug werden. Die Soldaten waren von diesem magischen Kunststück, das in Wahrheit die leichteste Aufgabe war, die ich in letzter Zeit vollbracht hatte, höchst beeindruckt. Aber Menschen halten die Himmel für weit und unkontrollierbar, genau wie alles andere, was sie nicht anfassen können.

Es hatte sich herumgesprochen, dass heute die Nacht der Nächte sein sollte. Jeder Mann hatte ja schon gewusst, dass sie kommen würde, und so hatte eine düstere Erwartung über Fort Handfest geschwebt. Sie hörte auf zu schweben und stieß auf die Herzen der Soldaten herab. Wyst aus dem Westens magische Aura der Tapferkeit sorgte dafür, dass die meisten nicht von direktem Schrecken ergriffen wurden, aber selbst die beeindruckenden Zauber des weißen Ritters konnten die Angst nur dämpfen, sie zu einer grimmigen Unruhe verkleinern, einer stillen Furcht.

Bisher hatte es noch keine Desertionen gegeben, was bewies, wie machtvoll Wysts Magie war. Auch ohne sie war er ein Bild heroischer Entschlossenheit. Jeder wusste, dass der weiße Ritter zu großen Taten fähig war. Legenden davon kursierten im Fort, während sich die Männer an ihren schwindenden Mut klammerten. Sie halfen, die Furcht zu dämpfen, weil niemandem klar war, dass für jeden tapferen Triumph gegen alle Widrigkeiten Tausende vergessener, tollkühner Massaker standen. Aber Wyst aus dem Westen war sich des Sieges so sicher: Selbst ich schaffte es nur zeitweise abzustreiten, dass er nahezu von vornherein feststand. Glorreiche Heldentaten können vollbracht werden, wenn Menschen gemeinsam ihren Willen sammeln, und Wyst hatte genug Willen für alle Soldaten des Forts. Und noch mehr.

Wyst aus dem Westen stand an vorderster Front. Der Hauptmann und Gwurm nahmen an seiner Seite ihre Plätze ein. Ich landete knapp vor dem Ritter und beschwor etwas Magie, um mit meiner eigenen Stimme zu sprechen und nicht mit Molchs.

»Sie werden noch in dieser Stunde hier sein.«

Der Hauptmann seufzte schwer. Gwurm fuhr fort, sein Schwert mit einem Stein zu schärfen. Wyst aus dem Westen starrte weiterhin düster in den Wald. Obwohl ich wusste, dass Sorgen auf seinem Herzen lasteten, ließ er es sich nicht anmerken.

Eine kleine Vorbereitung war noch zu treffen. Ich flog zum hinteren Teil des Schlachtfeldes, wo Molch in meinem Körper zusammen mit einer kleinen Gruppe von neununddreißig Fledermäusen und dreizehn Eulen wartete. Sie regten sich so unruhig wie die Männer selbst. Ich versetzte Molchs und meine Seele in ihre eigenen Körper zurück und hielt eine Schale mit dicker, dunkler, roter Flüssigkeit hoch.

»Ihr müsst das hier trinken.«

Die erste Fledermaus kroch vorwärts und leckte an dem Inhalt. Sie verzog ihr bereits zerfurchtes Gesicht. »Dieses Blut ist verdorben.«

»Es war immer verdorben. Es ist das Blut der Untoten, mein Blut. Ich habe aber ein paar Gewürze hineingestreut, um es genießbarer zu machen.«

Jedes der Tiere trank einen Schluck, und sie beschwerten sich eines nach dem anderen.

Die Zeit verrann, während wir warteten. Sie hielt nicht an. Noch trödelte oder verging sie schnell. Sie hörte einfach auf zu sein. Ein Moment des Wartens, in dem Soldaten sowohl unruhig als auch ängstlich umherliefen. Manche wollten es hinter sich bringen. Andere wollten, dass es so lang wie möglich dauerte. Und gnädigerweise endete das Warten schließlich.

Orangefarbene Punkte schimmerten am Waldrand. Zuerst Dutzende. Dann Hunderte. Dann Tausende. Zahllose Paare wachsamer, schimmernder Goblingaugen starrten die Armee an, die niederzumetzeln sie gekommen waren. Die schattenhaften Kreaturen hielten sich in der Dunkelheit, und man konnte sich die Horde leicht als ein einziges, riesenhaftes Monster mit zehntausend Augen und geifernden Kiefern vorstellen.

Wie sich herausstellte, mussten wir noch etwas länger warten, während die Horde geräuschlos die Armee abschätzte. Ich fand es schwer zu glauben, dass die Horde Angst kannte, aber ihr Zögern war nicht misszuverstehen. Sie war in Erwartung des Überraschungseffekts gekommen, um die Hälfte der Soldaten zu verschlingen, bevor sie überhaupt wach waren. Jetzt sah sie sich einem vorbereiteten Gegner gegenüber.

»Worauf warten sie?«, fragte Molch, die Stimme trocken vor Blutdurst.

»Der Tod hat seine eigene Zeit«, antwortete ich.

Er warf mir einen finsteren Blick zu. Er war jetzt nicht in der Stimmung für eine meiner Hexenphrasen.

Paar um Paar glitten die orangefarbenen Augen zurück in die Dunkelheit des Waldes. Die Armee murmelte verwirrt. Einige zogen zweifellos in Betracht, dass sich die Horde zurückgezogen hatte. Ich wusste es jedoch besser.

Das ohrenbetäubende Kreischen von zehntausend Goblingstimmen zerriss die Luft. Goblings ergossen sich in riesigen Scharen aus dem Wald. In Wahrheit war es eher eine hüpfende Flut, da die meisten Goblings in der Luft innerhalb von Sekunden auf die Erde stürzten. Es waren so viele. So viele mehr als selbst ich es mir vorgestellt hatte. Und sie kamen auf uns zu.

Die Armee wich einige Schritte zurück. Die Männer standen kurz davor, in ein Chaos auszubrechen, als Wyst aus dem Westen sein verzaubertes Schwert zog. Seine glühende Macht schwappte über die Soldaten hinweg und gab ihnen den Mut, den sie brauchten. Er rief zum Angriff. Ich glaube nicht, dass es irgendwer über dem Kreischen der Horde gehört haben konnte, aber der weiße Ritter stürmte vorwärts, das Schwert hoch in der Luft, und die Männer folgten ihm in den Kampf.

Molch plusterte sich auf. Der Dämon stieg in seinem Körper auf. Das einzige Anzeichen dafür war das blutrünstige Brennen in seinen Augen.

»Noch nicht«, sagte ich.

Die Armee und die Horde prallten aufeinander. Trotz all des rigorosen Trainings und meines eigenen Beitrags erwartete ich schon beinahe, dass sich die Goblings über die Soldaten ergossen und nur ein Feld blutroten Grases und abgenagter Knochen übrig ließen. Das war auch die Befürchtung der meisten Männer an vorderster Front. Eine Gobling-Lawine begrub viele unter sich. Andere rannten durcheinander, während die Monster sich an ihre Kehlen und Gliedmaßen klammerten. Es gab Schreie, sicherlich, aber nichts außer dem hungrigen Kreischen der Horde war zu hören. Es sah aus, als diene die Armee nur als Mahlzeit der Horde. Dann geschah das Übernatürliche. Die Soldaten schlugen zurück. Was aber noch wundersamer war: Sie taten es mit einiger Wirkung.

Natürlich konnte ein Soldat in diesem Kampf sein Schwert nicht schwingen, ohne ein bis drei Goblings zu treffen. Dennoch mischte sich die Horde mit der Armee, ohne sie zu überwältigen. Man konnte in dem ganzen Chaos unmöglich viel sehen. Goblings starben im Gehölz. Männer fielen. Es war zu früh, um abzuschätzen, wer als Sieger daraus hervorgehen würde, aber da beinahe die ganze Armee ungefressen blieb, vermochte ich das nur als ein gutes Omen zu sehen. Und Omen zu lesen ist Hexenhandwerk.

Goblings verstreuten sich aus dem geordneten Durcheinander des Schlachtfeldes, und natürlich stolperten viele in meine Richtung. Ich ließ sie nahe genug herankommen, um die Falten unter ihren orangefarbenen Augen sehen zu können.

Ich stieß meinen Besen hoch in die Luft. Eine unnötig dramatische Geste, eher eines Zauberers würdig als einer Hexe. Doch selbst Hexen ist es erlaubt, sich gelegentlich etwas zu gönnen.

Molch brüllte mit all seiner dämonischen Kraft. Sein wildes Quaken war das erste Geräusch, das ich über den Schreien der Goblings hörte. Er sprang vor, die Flügel ausgebreitet, den Kopf gesenkt, nur ein wenig geifernd. Die Fledermäuse und Eulen flogen hinter und über ihm. Die Tiere hatten mein Blut getrunken, meinen Willen übernommen, und waren zu Instrumenten meines eigenen Unglaubens geworden. Die Eventualität der Goblings zerfiel mit jeder schlitzenden Klaue und jedem zubeißenden Reißzahn. Manche zerplatzten wie Seifenblasen. Andere fielen zu leeren Häuten zusammen. Wieder andere verschwanden nur teilweise, verloren ein Gliedmaß, einen Flügel oder sogar den Kopf, wenn ein Hieb sie streifte. Meine fliegenden Tiere hörten nicht auf. Es waren nicht genug, um die eigentliche Horde zu bekämpfen, aber sie konnten den Kampf immerhin einkreisen und alle Goblings niederschlagen, die versuchten, dem Schlachtfeld zu entkommen.

Molchs Aufgabe war es dabei, die Goblings davon abzuhalten, mich zu bedrängen. Er war geradezu ein goblingschlachtender Wirbelwind. Sein Eifer offenbarte sich in einer kunstvollen Vielfalt an Metzeleien. Aufschlitzen. Köpfen. Verstümmeln. Zerstückeln. Zerhacken. Ausweiden. Keine zwei Goblings starben exakt auf dieselbe Weise. Molch war wirklich ein Künstler, und es tat mir leid, dass er sich in dieser Begabung nicht öfter üben konnte.

Während die Männer, Fledermäuse, Eulen, der Troll und eine Dämonenente das Terrain verteidigten, fand ich einen Baumstumpf, auf den ich mich setzte und zusah. Es gab nichts weiter zu tun. Ich konnte ein Schwert nehmen und Goblings abschlachten, doch das wäre unhexenhaft gewesen und würde nicht viel ändern. Ein Schwert mehr würde die Schlacht kaum wenden. Bis eine Schwierigkeit von magischerer Natur erschien, war mein Teil getan.

Molch nahm seinen Platz an meiner Seite ein. Gelbes Goblingsekret bedeckte ihn vom Schnabel bis zu den Schwimmfüßen. Er grinste breit. »So, das hätten wir. Sieht so aus, als würde keines der kleinen Viecher noch etwas mit uns zu tun haben wollen.«

Die Haufen von Goblings, die von Molchs rasiermesserscharfem Schnabel und den gezackten Federn abgeschlachtet worden waren, lag in der Nähe, und der Rest beschloss, dass das genügte. Ich erwartete, Molch würde mich um Erlaubnis bitten, sich wieder in den Kampf zu stürzen, aber er hopste auf den Baumstumpf. Er rollte sich neben mir zusammen und sah glücklicher aus als ich ihn je gesehen hatte. Zumindest er hatte bei all dem etwas gewonnen. Ich streichelte ihm über den schleimgetränkten Hals.

»Sie schlagen sich besser, als ich erwartet hatte«, bemerkte er. »Die Männer, meine ich.«

Ich hatte das Gefühl, das Kreischen der Goblings habe

sich um die Hälfte verringert, aber ich nahm auch an, dass die Hälfte der Armee gefallen war. Die Armee und die Horde waren sich zu ebenbürtig. Wyst aus dem Westens Ausbildung und mein Beitrag hatten ein Gemetzel verhindert. Aber wenn die Armee die Horde auf Kosten jedes einzelnen Mannes stoppte, würde der Sieg den Goblings gehören. Magische Illusionen konnten erneuert werden. Tote Soldaten aber blieben tot.

Ich suchte den tobenden Kampf nach vertrauten Gesichtern ab. Wyst aus dem Westen, mit Gwurm an seiner Seite, erschien in dem Gewimmel. Der Hauptmann war nicht bei ihnen. Wyst und Gwurm schlugen Dutzende von Goblings nieder, bis sie wieder von dem Chaos verschluckt wurden. Ich entdeckte Soldaten, die meine verzauberten Schwerter trugen und stellte fest, dass sie genauso effektiv waren, wie ich gehofft hatte. Goblings lösten sich unter den fluchbelegten Klingen auf, aber für jeden getöteten kamen zehn weitere. Es war ein Wettkampf der Taktik gegen die Anzahl. Nach einer Weile hörte ich auf zuzusehen und studierte die Sterne, während ich nur aus der Ferne die Schreie der Goblings, das nasse Schlitzen von Schwertern, die in Fleisch schneiden, und das Reißen von Zähnen und Klauen hörte. Es war eine schöne Nacht. Die Untote in mir genoss den Gestank nach Schweiß, Blut und hässlichem Tod, der vom Schlachtfeld aufstieg.

In weiser Voraussicht hatte ich vor dem Kampf gut gegessen, damit mich mein Fluch nicht ablenkte. Dennoch wisperten dunkle Gedanken. Ich war so beschäftigt damit, sie zu ignorieren, dass ich beinahe nicht bemerkte, als meine Chance kam.

Es begann als Kräuseln im Äther, der umgebenden Magie in der Luft. Mächte wurden beschworen. Das Kreischen der Horde wurde etwas leiser. Goblings hörten auf zu kämpfen und gruben Löcher, wobei sie Staubwolken aufwirbelten. Sie verschwanden in der Erde und ließen ein Feld voller verwirrter Soldaten und Goblingleichen zurück.

»Geben sie auf?«, fragte Molch.

Ich kniete mich nieder und legte eine Handfläche auf die Erde. Die Welt darunter pochte vor roher Magie. Was oder wer auch immer hinter dieser Horde stehen mochte, er änderte jedenfalls die Regeln. Sieg durch Niederlage war nicht genug.

Schleimiges Fleisch blubberte aus den Löchern. Was einmal zehntausend Goblings gewesen waren, war nun zu einer hässlichen Verschmelzung geworden, einer Kreatur aus Albträumen, die nur durch die schwärzeste Magie existieren konnte. Die Soldaten wussten nicht, was sie mit diesem neuen Gegner anfangen sollten. Bestürzt standen sie da, während Hügel von Augen, Mündern, Gliedmaßen und Flügeln auf dem Feld wuchsen. Die zahllosen kleinen Gesichter knurrten.

Schließlich griff Wyst aus dem Westen an. Sein verzaubertes Schwert sank bis zu seinem Handgelenk in die Goblingmasse. Wyst kämpfte, als ihn der Klumpen bis zur Schulter einsaugte. Dann verschluckte die Horde den weißen Ritter mit einem zufriedenen Geheul am Stück.

Mein Herz blieb stehen. Sein Schlagen war auch nicht unbedingt notwendig, aber dies war das erste Mal, dass es jemals seinen verlässlichen Rhythmus eingestellt hatte.

Das Feld explodierte, und das Monster offenbarte sich in

all seiner schreckenerregenden Macht. Die Horde ragte hundert Fuß in die Höhe. Ranken schossen heraus und zogen Männer in den Tod. Die Luft war von Schreien und dem Geräusch zersplitternder Knochen erfüllt.

Wyst war der Mut der Armee gewesen. Vor diesem furchterregenden Gegner brachen die Männer zusammen. Sie krochen um ihr Leben. Es war auch das Weiseste, was sie tun konnten. Die Horde konnte nicht länger durch verzauberte Klingen oder heldenhafte Entschlossenheit besiegt werden.

»Bleib hier, Molch. Du auch, Penelope.«

»Was hast du ...«

Ich schritt durch den Sturm fliehender Soldaten. Sie waren zu panisch, um mein fehlendes Hinken zu bemerken. Als mir mein Hut vom Kopf fiel, bezweifelte ich, dass jemand groß darüber nachdachte. Die Horde fegte voran, ein gefräßiger Turm aus Phantomfleisch. Zu mächtig für eine Armee, aber gegen eine Hexe, die gewillt war, zu tun, was sie tun musste, gänzlich ungeschützt.

Was einmal zehntausend Illusionen gewesen waren, war jetzt eine einzige. Von ungeheurer Größe. Von Ehrfurcht gebietender Macht. Schrecklich in ihrem endlosen, alles verschlingenden Hunger. Aber wenn ich auch keine zehntausend Phantome zerstören konnte, so war doch eines – selbst eines von dieser magischen Macht – weit verwundbarer.

Vielleicht ging ich in den fürchterlichen Tod, den mir die Grausige Edna prophezeit hatte. Oder, noch unerklärlicher, dies war meine Rache. Nicht für meine Herrin, sondern für Wyst aus dem Westen. Auch wenn ich ihn nicht lieben konnte, ich konnte ihn doch rächen. Er hatte sein Leben gegeben, um die Horde zu stoppen. Weniger konnte auch ich nicht tun.

Die Horde hielt vor mir inne. Ihre zahllosen Augen untersuchten den Happen, der da vor ihr stand. Einen Moment lang dachte ich, sie könnte meine Falle gespürt haben, aber ich war eine zu verführerische Zwischenmahlzeit. Mit einem hungrigen Knurren stürmte die Horde vorwärts und verschlang mich.

Im Inneren des Monsters war es dunkel und heiß. Ich konnte nichts sehen. Ich konnte kaum atmen. Das Innere der Horde roch nach verwesendem Fleisch und stechender Verwesung. Dinge streiften mich. Gequälte Schreie drangen an meine Ohren. In der Dunkelheit lag der Tod, ein Tod, der schrecklich genug war, um sogar meine eigene fluchbesetzte Natur abzustoßen. Dutzende scharfer Reißzähne rissen blutige Stücke aus meiner verführerischen Alabasterhaut. Beißender Speichel verbrannte meine Nasenlöcher und meine Haut. Ich ignorierte jedoch die Qualen, so gut ich konnte. Ich dachte an Wyst und wie seine Lippen geschmeckt hätten, wenn ich je die Chance gehabt hätte.

Wie lang ich mich im Bauch des Monsters befand, wusste ich nicht, aber plötzlich hörte die Horde auf, mich zu fressen. Sie stieß ein leises, gereiztes Grollen aus und ich fand mich in die kühle Nachtluft ausgespien wieder. Als blutiger Haufen traf ich auf der Erde auf. Wäre ich wirklich lebendig, ich wäre nun mit größter Wahrscheinlichkeit tot gewesen. Mein Fluch hielt sich nicht mit Trivialitäten auf wie halb gefressen zu werden. Mein rechtes

Bein war zerfetzt, rotes Fleisch endete am Knie. Die Haut und Muskeln meiner Hände und Finger waren bis zum Knochen abgerissen. Als ich tief Atem holte, entwich die Luft durch klaffende Wunden in meiner Kehle.

Der Goblingberg bebte. Seine tausend Münder verzogen sich. Er schwankte vor und zurück und stürzte als stöhnender Schleimhaufen in sich zusammen. Die Illusion hatte mein Fleisch gefressen, und in meinem Fleisch lag auch die Macht meines Unglaubens. Und Unglaube, zusammen mit Hexenmagie, ist ein höchst virulentes Gift für ein Phantom.

Die Horde zuckte, während sie sich auflöste. Sie wurde schwarz und schrumpfte zusammen. Sie wimmerte und fauchte. Innerhalb von Minuten war sie nichts weiter als eine grünliche Schmiere. Augen und Zähne und Soldatenleichen. Inmitten des Ganzen lag Wyst aus dem Westen.

Er bewegte sich und stöhnte. Er war schleimbedeckt. Ungefressen also. Lebendig.

Und mein Herz begann wieder zu schlagen.

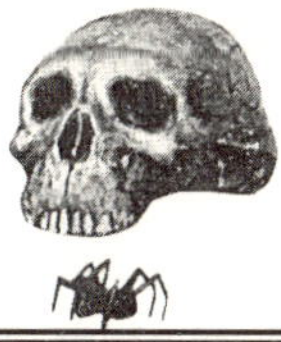

DREIZEHN

Mein Fluch stellte mich mit solch wirksamer Effizienz wieder her, dass ich bis zum Abend wieder heil war. Selbst mein Bein wuchs so stark und vollständig nach, als sei es nie verloren gewesen. Zumindest für eine Weile sah ich wie eine richtige Hexe aus, ohne daran arbeiten zu müssen. Das machte es leichter, die Verwundeten zu versorgen.

Und es gab eine große Menge Verwundete und bemerkenswert wenige Tote. Männer waren gefallen, aber ihr Zusammenspiel hatte die Goblings in den meisten Fällen von der Vollendung ihrer Aufgabe abgehalten. Von den fünfhundert Soldaten von Fort Handfest zählten nur hundert zu den Toten. Über dreihundert waren verletzt. An manchen war bloß geknabbert worden, sodass sie sich ohne meine Hilfe selbst zusammenflicken konnten. Viel mehr waren in jeweils verschiedenem Ausmaß gefressen worden. Es gab massenweise fehlende Körperteile. Menschen bestehen aus so vielen bissgroßen Teilen: Ohren, Finger, Lippen, Nasen, Hände, Füße. Obwohl Menschen es vorziehen, all ihre Körperteile zu besitzen, waren ihre Verluste mit ein paar einfachen Behandlungen keineswegs lebensbedrohlich.

Es waren weit weniger Männer, die mehr von mir benötigten. Die ernster Verwundeten waren normalerweise tot. Obwohl Menschen empfindliche Wesen sind, können sie schwere Verletzungen überleben, die sogar mich überraschen. Vielleicht ist *überleben* ein zu starkes Wort. Eher schafften sie es, ihren Tod um ein paar Stunden aufzuschieben. Ich tat für diese sterbenden Helden, was ich tun konnte, aber selbst die Magie einer Hexe kann den Tod nicht abwehren, wenn er kommen muss. Ich akzeptierte dies mit der Weisheit, dass alle Menschen letztlich doch sterben müssen.

Nur eine Stunde nach der Abenddämmerung, nachdem ich den Rest der Männer behandelt hatte, erstattete ich dem Hauptmann in seinem Quartier Bericht. Wie die meisten der Soldaten hatte er den Kampf nicht unversehrt überstanden. Er hatte seine rechte Hand an die schnappenden Kiefer eines Goblings verloren. Seltsamerweise schien ihn das nicht im Mindesten zu stören. Er war zu froh, am Leben zu sein und schätzte sich glücklich. Und das mit Recht. Andere Männer hatten viel mehr verloren.

Molch schlurfte mir nach, überzogen mit getrocknetem Gobling-Schleim. Der Hauptmann und Wyst aus dem Westen sahen an mir auf und ab.

»Du siehst besser aus, Hexe«, bemerkte der Hauptmann.

»Was mich nicht umbringt, macht mir selten lang zu schaffen. Das ist mein Fluch.«

Er warf einen Blick auf seinen bandagierten Stumpf. »Scheint mir kein schlimmer Fluch zu sein.«

Ich lächelte. »Das ist der Anschein aller guten Flüche.«

Von allen Männern war nur Wyst aus dem Westen unverletzt geblieben. Sein Zauber hatte ihn davor bewahrt, auch nur von einem einzigen Gobling gebissen zu werden, selbst nachdem er am Stück verschluckt worden war. Das bedeutete aber nicht, dass er unbesiegbar war. Ich war sicher, wenn ich die Horde nicht *ungeglaubt* hätte, er wäre in ihren schaurigen Innereien erstickt.

»Wie geht es den Männern?«, fragte Wyst.

»Gut genug. Die meisten werden leben, aber viele werden nie wieder kämpfen.«

Wyst nickte ernst. »Ihr tapferes Opfer wird in Erinnerung bleiben.«

Der Hauptmann kicherte. »Das glaube ich nicht. Wenn die Leute über diese Schlacht sprechen, dann werden sie nicht von den Soldaten sprechen. Das tun sie nie. Nein, sie werden sich an den mutigen weißen Ritter erinnern, der den Kampf anführte.« Er nickte in meine Richtung. »Vielleicht auch noch an die Hexe, die der Horde den Garaus gemacht hat. Die Geschichte erinnert sich an ihre Helden und Bösewichter. Alles andere geht mit der Zeit verloren.

So sollte es auch sein. Kämpfen und sterben, das wird von jedem guten Soldaten erwartet. Und ehrlich gesagt wären wir ohne eure Hilfe abgeschlachtet worden. Der Sieg ist euer, nicht unser.«

Das war nur die halbe Wahrheit. Sicherlich wären die

Männer allein gegen die Horde untergegangen, aber weder Wyst noch ich hätten die Goblings ohne die Unterstützung der Armee besiegen können. Aber Helden werden auf den Rücken von tausend vergessenen Kämpfern getragen.

Wyst aus dem Westen wollte widersprechen. Richtig oder falsch, so funktioniert das Gedächtnis der Welt.

»Es ist nicht wichtig«, sagte der Hauptmann. »Hier und jetzt sind wir am Leben. Die Horde ist geschlagen. Das Königreich ist gerettet. Deshalb habe ich dich auch hergerufen, Hexe. Um dir ein Glas meines Lieblingsweines anzubieten.« Er hielt eine Flasche in Form eines Stundenglases hoch. »Ich spare ihn für besondere Gelegenheiten auf. Ich denke, diese hier eignet sich dafür.«

Er schenkte drei Gläser ein. Die tiefrote Flüssigkeit sah aus wie Blut, roch aber nach den süßen Trauben, die an einer Stelle in der Nähe der Hütte der Grausigen Edna gewachsen waren.

Wyst lehnte sein Glas höflich ab. »Ich trinke keinen Wein.«

Der Hauptmann grinste. »Nun gut. Dann bleibt umso mehr für die Hexe und mich.«

»Ich trinke auch keinen Wein«, antwortete ich, »aber ich werde ein Glas nehmen.«

Ich hielt es unter meine Nase. Der Geruch erinnerte mich an mein Zuhause.

»Ich könnte einen Schluck vertragen«, sagte Molch. Den Stummen zu spielen hatte schließlich seinen Reiz verloren.

Keiner der Männer schien von der plötzlichen Sprachfähigkeit Molchs überrascht zu sein. Er war immerhin die Ente einer Hexe. Wenn er schon nicht nachtschwarz war oder Reißzähne besaß, schien Sprechen nur angemessen zu sein. Er hüpfte auf den Tisch, und der Hauptmann schenkte meinem Vertrauten fröhlich ein Glas ein.

»Auf den Sieg«, brachte er als Trinkspruch aus. Er schlug sein Glas gegen meines und das von Molch. Dann stürzte er sein Getränk hinunter, während Molch seines aufleckte und ich angenehme Erinnerungen inhalierte. Ich ließ dem Hauptmann seinen Augenblick des Triumphs, der leider viel zu kurz war. Dann beendete ich ihn.

»Die Horde ist geschlagen, ihr Schatten aber bleibt.«

Der Hauptmann stellte mit einem fragenden Blick seinen Wein beiseite, aber Wyst aus dem Westen wusste, was ich damit meinte.

»Die Goblings sind tot, oder nicht?«, fragte der Hauptmann.

»Da sie nie wirklich lebendig waren«, antwortete ich, »können sie auch nie wirklich getötet werden. Aber sie sind so tot wie Phantome es überhaupt sein können. Nein, die Horde ist ausgelöscht, aber sie war ja nie die wahre Bedrohung.«

Der Hauptmann holte tief Luft. »Noch mehr Rätsel, Hexe?«

»Kein Rätsel.« Wyst faltete die Hände hinter dem Rücken. Er sah mir in die Augen und ich sah nicht weg. »Die Goblings waren ein Produkt der Zauberei. Welche Macht auch immer sie schuf, sie sandte die Horde aus einem bestimmten Grund hierher. Dass die Horde besiegt wurde, bedeutet nicht, dass es nicht wieder versucht wird.«

Der Hauptmann wurde blass. »Noch eine Horde?«

»Das wäre eine Möglichkeit«, sagte ich, »aber ich denke nicht. Die Horde wurde geschlagen. Was immer als Nächstes kommt – und etwas wird kommen –, wird nicht so leicht zu besiegen sein.«

Der Hauptmann senkte den Kopf. Er wollte es nicht hören. »Leicht? Willst du damit sagen, dass wir uns vielleicht etwas noch Schlimmerem stellen müssen?«

»Das will ich nicht. Weil ich den verantwortlichen Zauberer vorher finden werde. Und dann werde ich ihn töten.«

Molch quakte nach mehr Wein, den der Hauptmann ihm auch einschenkte. »Wie?«

»Seine eigene Magie wird mich zu ihm führen. Ich breche morgen auf.«

»Und ich werde mit dir gehen«, sagte Wyst.

Ich sah tief in seine Augen und er in meine. »Wie du wünschst.«

Ich hatte bereits gewusst, dass er mitkommen würde. Als weißer Ritter war es seine Pflicht. Ich begrüßte die Gesellschaft. Nicht nur, weil er ein fähiger Kämpfer war, ein würdiger Verbündeter auf einer gefährlichen Reise. Sondern weil mir, als ich ihn tot geglaubt hatte, bewusst geworden war, wie viel er mir inzwischen bedeutete. Meine begrenzte Erfahrung sagte mir, dass ich nicht länger verliebt war. Es war wesentlich mehr. Und ich spürte es – oder vielleicht hoffte ich das auch nur – in Wyst aus dem Westen ebenfalls. Ich konnte es nicht mehr länger leugnen.

Ich tippte zweimal mit dem Besen auf den Boden. »Komm, Molch. Wir müssen uns auf unsere Reise vorbereiten.«

Molch schlürfte den Rest seines Weines und folgte mir zur Tür hinaus. Über die Schulter warf ich Wyst einen letzten Blick zu. Er lächelte, aber es war ein federleichtes Lächeln. Ich versuchte, nicht mehr daraus zu machen als es war. Was konnte ein gut aussehender, tugendhafter weißer Ritter mit einer hässlichen, untoten Hexe wollen?

Keine zwei Schritte vor der Tür musste Molch seine Meinung mitteilen. »Warum nehmen wir ihn mit? Er wird dich nur ablenken!«

Er erwartete, dass ich es bestritt, aber er hatte damit recht. Selbst jetzt war mein Geist ein splittriges Fragment von angemessen hexenhaften Gedanken und sinnlichen Begierden. Solche Ablenkungen konnten mich nur auf dem Weg zu meinem Schicksal behindern, mich vielleicht sogar in meinen furchtbaren Tod führen.

Und ehrlich gesagt war es mir vollkommen egal.

Gwurm legte ein paar weitere imaginäre tote Goblings auf den kleinen Haufen vor meinem Zelt. »Genügt das?«

Ich stand vor dem Hügel und nickte.

»Sie fangen schon an, schlecht zu werden«, merkte Gwurm an. »Ich glaube nicht, dass sie länger als ein paar Stunden halten werden.«

»Ich brauche die Leichen nicht. Nur die rohe Magie in ihnen.«

Ich packte einen Gobling von dem Haufen und hielt ihn über eine Schale. Dann starrte ich in seine verdrehten Augen und murmelte. Die grüne Leiche löste sich auf, sie schmolz zwischen meinen Fingern. Das meiste davon löste sich in das wahre Nichts auf, aus dem sie bestanden, aber ein paar silberne Tropfen fielen in die Schale. Molch und Gwurm beugten sich vor, um zuzusehen, wie die schimmernde Flüssigkeit wie ein lebendiges Wesen an einer Seite der Schale hinaufglitt und an der anderen wieder hinab. Ich griff schnell nach einem weiteren Gobling und wiederholte die Prozedur. Meine Begleiter sahen eine Weile zu, aber die Destillation von Phantomen wurde schnell langweilig.

»Was ist denn mit deiner Nase passiert?«, fragte Molch.

Der Troll befühlte den gebogenen, roten Vorsprung in seinem Gesicht. »Gefällt sie dir nicht?«

»Die alte sah besser aus. Diese hier hat die falsche Farbe. Und sie ist auch viel zu groß für dein Gesicht.«

Gwurm seufzte. »Ich weiß. Leider wurde meine alte von einem Gobling gefressen.« Er schnüffelte und schnäuzte sich und blähte seine Nasenflügel. »Ich hatte gehofft, sie würde nobel aussehen.«

»Nein. Nur groß. Aber das rote Auge sieht gut aus. Das alte wurde auch gefressen?«

»Direkt aus der Höhle gesaugt von einem dieser kleinen Bastarde.«

»Wo hast du die Teile her?«

Gwurm tätschelte den Beutel an seinem Gürtel. »Es zahlt sich aus, vorbereitet zu sein.«

»Was hast du noch da drin?«

Gwurm öffnete den Beutel und sah hinein. »Eine Zunge, ein paar Zähne, einen grandiosen großen Zeh, den ich mir für besondere Gelegenheiten aufhebe.« Er schnürte ihn zu. »Und natürlich meine Unaussprechlichen.«

»Welche Unaussprechlichen?«

»Na ja, wenn ich über sie sprechen könnte, wären sie nicht unaussprechlich, oder?«

»Oh. Da bewahrst du sie also auf.«

»Natürlich«, antwortete Gwurm. »Was hattest du gedacht? Wäre nicht sehr höflich, herumzulaufen und sie baumeln so herum, dass alle Welt sie sehen kann, oder? Ganz zu schweigen davon, dass ich sie lieber gut verpackt habe. Fördert die Zuverlässigkeit, wenn ich sie brauche.«

»Das denke ich auch.« Molch grinste. »Aber der Beutel da scheint viel zu klein zu sein, um all das zu tragen.«

Gwurm verzog seine neue rote Nase zu einem verstimmten Stirnrunzeln. »Damit du's weißt: Nicht die Größe deiner Unaussprechlichen zählt, sondern wie du sie einsetzt.« Er nahm die Nase ab, knurrte sie an und brachte sie umgekehrt wieder an.

»Das sieht besser aus, aber du könntest ertrinken, wenn es regnet.«

Der Troll drehte sie wieder richtig herum und zuckte die Achseln.

»Weißt du, was du hättest tun sollen? Du hättest die schlechte Nase vor dem Kampf anziehen sollen. So hättest du jetzt immer noch deine alte.«

»Das ist eine sehr gute Idee. Ich werde beim nächsten Mal daran denken.« Er schielte mit seinem gelben und dem roten Auge, um die Nase sehen zu können. »Bist du sicher, dass sie nicht wenigstens ein bisschen nobel aussieht?«

»Nein. Nur groß und rot.«

Gwurm brummte.

Molch kicherte.

Es dauerte eine Stunde, bis ich die rohe Magie aus den Goblings destilliert hatte. Der hohe Hügel wurde zu einer kleinen Schale flüssigen Silbers reduziert. Es pochte, zog sich zusammen und breitete sich wieder aus, als atme es. Molch und Gwurm sahen zu, als ich einen Schleimpfropf heraushustete und in die pure Zauberei spuckte. Der gelbrote Klumpen lag oben auf der Flüssigkeit. Ich wedelte mit einer Hand, grunzte – und die Spucke sank mit einem blubbernden Zischen langsam in das Silber ein. Der Schlamm wurde dunkler und gurgelte.

»Was tust du da?«, fragte Molch.

Es war eine sinnlose Frage. Ich konnte es ihm nicht erklären. In vielerlei Hinsicht wusste ich es nicht einmal selbst. Hexenmagie ist kein exaktes Handwerk, und die Ausbildung der Grausigen Edna hatte nie aus Routinestudien bestanden. Es ist eher eine Kunst, eine Intuition. Meine Herrin hätte mich nicht eine Magie für jede Situation lehren können. Das Leben ist viel zu unvorhersehbar. Aber ich wusste, dass es funktionieren würde. Ich wusste es, ohne es zu wissen.

Ich goss den Inhalt der Schale in den Schmutz. Die mattgraue Flüssigkeit wirbelte herum, teilte sich in ein Dutzend winziger Pfützen und vereinigte sich wieder. Ich beugte mich hinab und brach die Oberfläche mit zwei Fingern. Sie kräuselte sich, und in ihrer Tiefe formten sich Bilder. Die Kunst der Weissagung besteht in nichts weiter als den Geist zu klären und darauf zu vertrauen, dass dir die Magie zeigt, was sie will. Also sah ich zu und lernte.

Molch starrte neben mir in die Tiefen. Er sah gar nichts hinter den gleitenden grauen und schwarzen Mustern. Sicher sahen sie in seinen Augen hübsch aus, aber er konnte die Formen in den Formen nicht erkennen. Da gab es Wiesen, eine vergessene Straße, eine Brücke, lästige Halbfeen, einen Fluss und einen Ort der vergessenen Erinnerungen. Ein Land, das nicht existierte, wartete am Ende. Es war keine genaue Landkarte, sondern eine Bilderreise, die zu ihrer Zeit Sinn ergeben würde.

Die silberne Pfütze verbrannte in einer langsamen, gelben Flamme. Der Geruch von versengtem Moos und nassen Wolfshaaren blieb zurück. Ein Flecken Gras spross spontan, entwurzelte sich selbst und huschte als eine zufällige Nachwirkung der Tatsache, dass das Universum die rohe Magie wieder aufsaugte, davon.

»Hat es funktioniert?«, fragte Molch.

»Ja.«

»Hast du den Weg zu unserer Rache gesehen?«

Es war technisch gesehen meine Rache, nicht seine. Aber Dämonen hegen eine große Leidenschaft für Rache, und ich war bereit zu teilen. Ich machte mir weniger Gedanken darum, meine Herrin zu rächen. Fort Handfest vor noch mehr Leid zu bewahren, darin bestand mein wahres Ziel. Der Beweggrund war unwichtig, und wenn ich durch das Eine das Andere erreichen konnte, so war das ein Glücksfall.

»Wann brechen wir auf?«, fragte Molch grinsend.

»Bald.«

»Wie weit ist es?«

»So weit es ist.«

»Wird es Gefahren geben?«

»Mit größter Sicherheit.«

»Welche Art von Gefahren?«

»Oh, die üblichen, nehme ich an«, antwortete ich.

Das Grinsen verblasste auf seinem Schnabel. »Mit mir musst du nicht in Rätseln reden. Ich bin dein Vertrauter!«

»Ja, aber man muss doch in Übung bleiben. Jetzt geh und mach dich sauber.«

Molch war viel zu aufgeregt, um böse zu sein. Er stürmte ins Zelt, um sich den Goblingschleim aus den Federn zu waschen. Dann streckte er seinen Kopf noch einmal aus der Zeltklappe. »Bist du sicher, dass wir den weißen Ritter mitnehmen müssen?«

»Ziemlich sicher.«

Auch das störte ihn in seiner Begeisterung nicht weiter.

Gwurm war immer noch mit seiner roten Nase beschäftigt. Er drehte sie in die eine Richtung, dann in die andere. Nichts sah richtig aus, vor allem, da ich einen eitlen Zug an dem Troll entdeckte. Menschen mochten es seltsam finden, dass solch einer unansehnlichen Kreatur eine unförmige Nase so wichtig war.

Obwohl Gwurm der einzige Troll war, den ich kannte, hatte ich doch das Gefühl, dass er für Trollmaßstäbe recht gut aussah. Selbst wenn ich mich irrte, musste man nicht schön sein, um eitel zu sein.

Ich streckte eine Hand aus. »Kann ich sie mal kurz sehen?«

Er nahm den anstößigen Halbmond ab und reichte ihn mir. Ich umschloss ihn mit beiden Händen, presste meine Handflächen zusammen und rollte sie in vier kleinen Kreisen. Dann hielt ich eine neue Nase hoch. Sie hatte genau seinen Grauton und war nur runder, weniger gekrümmt.

Er drehte sie sich ins Gesicht. »Ig glaube, du had wad vergedden.«

Ich nahm die Nase zurück und piekte zwei Nasenlöcher hinein. Er hielt sie zwischen Fingern und Daumen und studierte sie mit einem zusammengekniffenen Auge. »Nicht schlecht. Stark, ohne überwältigend zu sein. Ausgezeichnete Symmetrie. Und ich glaube, sie wird meinem Profil etwas mehr Charakter verleihen.« Er steckte sie an ihren Platz und gab vor, nachdenklich in die Ferne zu blicken. »Was meinst du?«

»Ziemlich gut aussehend«, antwortete ich. »Vielleicht sogar einen Hauch nobel.«

»Findest du wirklich?«

»Natürlich.«

Ich wandte mich zu meinem Zelt um.

»Ich kann nicht umhin zu bemerken, dass du wieder ganz bist«, sagte Gwurm.

Ich hielt eine Hand hoch, die noch Stunden zuvor aus ein paar Fäden blutigen Fleisches, das vom Knochen hing, bestanden hatte. Jetzt war nicht einmal mehr eine Narbe sichtbar. Ich wackelte mit den Fingern und spürte keinerlei Schmerz. Mein neues Bein war ebenso stark und verlässlich wie das alte. Ich hatte gewusst, dass ich praktisch unsterblich war, aber ich war vorher nie so schwer verletzt gewesen. Ich hatte gehofft, der Schaden würde zumindest einen Tag anhalten.

»Ich wollte dich nicht in Verlegenheit bringen«, sagte Gwurm. »Ich wollte dir nur sagen, dass ich, als ich dich sah, wie du dich über das Feld geschleppt hast – das war gleich nachdem du die Horde besiegt hattest – dachte, dass du der grässlichste und fürchterlichste Anblick warst, den ich je gesehen hatte, eine Leiche, die dem Tod und der ganzen natürlichen Welt spottet.« Er rückte seine Nase ein wenig nach links und lächelte. »Ich dachte nur, du würdest es vielleicht gern wissen.«

Ich wandte ihm weiter den Rücken zu, um mein Erröten zu verbergen. Wie Menschen und Trolle besitzen selbst Hexen ihre Eitelkeit.

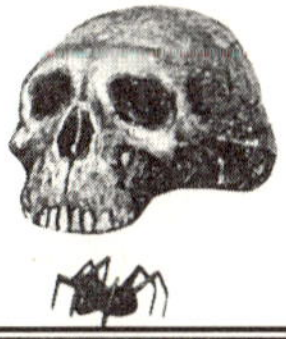

VIERZEHN

Es war ein ermüdender Tag gewesen, und sowohl mein Vertrauter als auch mein Troll schliefen bald nach der Dämmerung ein. Meine untote Natur verweigerte mir erneut den Schlaf. Penelope schlief nie, obwohl solche Dinge bei einem Besen schwer zu erkennen sind. Ich verbrachte die lange Nacht damit, in den Himmel zu starren und die Sterne zu lesen.

Irgendwann in den frühen Morgenstunden wurde mein Sternenstudium von einer Stimme unterbrochen: »Suchst du etwas?«

Ich sah nicht auf die graue Füchsin hinunter, die zu meinen Füßen stand. »Noch am Leben, wie ich sehe.«

»Ja. Diese Goblings waren eine schreckliche Enttäuschung. Obwohl ich den Kampf ja genossen habe. Ein prächtiges Spektakel. Sehr unvorhersagbar.«

»Du hast also zugesehen.«

»Neugier ist ein Leiden, das ich als Fuchs mit Stolz

trage. Deshalb wirst du verstehen, dass ich fragen muss, was du dort oben zu sehen hoffst?«

Ich unterbrach mein Starren, um einen Blick in das grinsende Gesicht des Fuchses zu werfen. »Nichts. Und alles. Genügt es nicht, sich einfach bloß die Sterne anzusehen?«

»Ich wüsste nicht.« Ihr Schwanz schwang hin und her. »Ich fand sie nie sehr interessant. Aber wir Tiere sehen sie auch nicht so wie die Menschen. Sie sind zu weit entfernt. Für uns sind sie nur da, um den Teil des Himmels zu füllen, der nicht vom Mond eingenommen wird.«

»So müssen auch die meisten Menschen sie wahrnehmen«, sagte ich.

»Nun, die Menschen unterscheiden sich nicht so sehr von uns Tieren, wie sie vorgeben mögen. Ihre Hände, nicht ihr Geist, sind ihre Gaben.« Sie legte sich ins Gras und rollte sich auf den Rücken. »Sag mir, was sieht eine Hexe am Himmel?«

»Omen.«

Sie blinzelte und untersuchte den Himmel von einem Horizont zum anderen. »Wie sieht ein Omen aus?«

»Wie alles. Und nichts.«

Die Füchsin kicherte leise. Während Molch meine Hexenart, mit Worten umzugehen, ärgerlich fand, schätzte sie die verdrehten und verdrillten Sätze. »Können wir Tiere auch Omen sehen?«

»Ich weiß es nicht. Wenn *ein* Tier das kann, dann nehme ich an, müsste es ein schlauer und neugieriger Fuchs sein.«

Als Zeichen der Demut rieb sie mit den Vorderpfoten ihre Nase. »Ich glaube, dann werde ich mit dir schauen.«

Die Füchsin schloss sich mir bei meiner Omensuche an, und da sie sowohl schlau als auch neugierig war, entdeckte sie in den funkelnden Himmeln bald ein Zeichen.

»Ist das eines?«, fragte sie über ein Paar Sternschnuppen.

»Ja. Du hast ein gutes Auge.«

»Was bedeutet es?«

Ich hielt meine Hand hoch, als wolle ich den Himmel berühren. »Es weist auf die Geburt eines Monsters in den Südländern hin, das eines Tages das Königreich bedrohen wird.«

»Oh, das ist ein gutes.«

»Sehr gut. Du hast Talent.«

Sie blickte für eine kurze Zeit hinauf und suchte dann eine Reihe von fünf funkelnden Sternen aus.

»Ah, noch ein ausgezeichneter Fund. Diese Sterne sprechen von einer Liebe, die dazu verdammt ist, vom Ozean verschluckt zu werden.«

»Wirklich?«

Ich nickte.

Abgesehen von schlau und neugierig war die Füchsin auch skeptisch. Sie stellte Fragen über einen Wolkenfleck, von dem sie annahm, dass er keine Bedeutung hatte. Eine Meinung, die ich korrigierte.

»Irgendwo stellt ein neugieriger Fuchs Fragen.«

Sie blinzelte den Mond an. »Ist alles ein Omen?«

»Wenn man weiß, wie man sie entdeckt, teilt das Universum seine Geheimnisse leicht. Vielleicht zu leicht. Im Ruf der Eulen höre ich, dass ein Soldat im Fort unter einem schrecklichen Albtraum leidet. In den fließenden

Wellen des Grases sehe ich einen Termitenhügel, der gegen einen benachbarten Ameisenhaufen Krieg führt. Die fallenden Blätter, ihr wirbelnder Flug, sprechen von der Magenverstimmung eines Priesters und gleichzeitig von einem Dienstmädchen, das sich den Zeh gestoßen hat.«

»Das muss furchtbar störend sein.«

»Ist es auch. Aber nur am Anfang. Dann lernt man, die große, triviale Mehrheit zu ignorieren. Das ist das wahre Talent. Nicht Omen zu sehen, sondern sie nicht zu sehen.«

»Ich verstehe. Aber ich muss sagen, dass ich froh bin, ein Fuchs zu sein und keine Hexe. Ich würde nichts lernen wollen, um es dann wieder zu verlernen.«

»Ein großer Teil des Hexenhandwerks besteht allerdings aus Verlernen«, gab ich zu. »Es gibt eine Grenze, wie viele verbotene Geheimnisse ein Geist gefahrlos aufnehmen kann.«

Wir beendeten unsere Omenbetrachtung. Da ich in Orakelstimmung war, sah ich trotzdem hier und da ein Anzeichen. Nichts allzu Wichtiges. Nur die Darmgrippe eines Königs, den ich nie kennen würde, flüsterte durch eine redselige Brise, und die pure Freude einer frisch gebackenen Mutter irgendwo im Norden zeigte sich in tanzenden Schatten. Ein Vogelflug erzählte von einem Kontinent, der durch die Schuld eines nachlässigen Zauberlehrlings untergehen würde. Dies konnte verhindert werden, aber da ich nicht sah, welcher Kontinent das war – und wann –, dachte ich nicht weiter darüber nach.

Ein Hirsch stürmte aus dem Wald, gejagt von einer Wölfin. Die Wölfin fing den Hirsch und grub ihre Zähne in seine Flanke. Aber er trat sich frei. Bis die verblüffte Wölfin wieder zu Sinnen gekommen war, war der Hirsch entkommen. Die enttäuschte Wölfin schlich davon. Spontan fielen zwei fette, tote Gänse vom Himmel. Sie landeten ungefähr dreißig Fuß von der Wölfin entfernt, die es nicht bemerkte und hungrig davonging.

»Das muss ein furchtbares Omen sein«, sagte die Füchsin.

»Eigentlich ist das nur eine Wölfin mit sehr viel Pech.«

Dann sah ich endlich mein Omen im Gesicht des Mondes. Es sprach von einer gefährlichen Reise. Das war ein vages Zeichen, und ohne Zweifel sprach es von hundert solcher Reisen überall auf der Welt. Aber ich verließ mich auf mein Urteilsvermögen als Hexe und entschied, dass es auch auf meine Suche anwendbar war. Selbst wenn das nicht der Fall sein sollte, hatte ich genug vom Warten.

»Entschuldige mich bitte, Füchsin, aber ich muss meine Rache aufspüren.«

»Eine frühe Stunde für eine Rachesuche«, sagte sie.

Die ersten Anzeichen der Dämmerung wurden am Rand des Horizonts sichtbar. »Alles zu seiner Zeit.«

»Dürfte ich dir eine letzte Frage stellen?« Ihre Neugier zwang sie zu fragen, ohne auf die Erlaubnis zu warten. »Diese Suche nach Rache, die du da beginnst, hast du darin Gefahr gesehen?«

»Andernfalls wäre es eine armselige Suche.«

»Wie viel?«

»Mehr als genug, sagt mir mein gesunder Verstand.«

»Würde es dir etwas ausmachen, wenn ich dann mitkäme?«

»Du bist herzlich eingeladen, uns zu begleiten.«

Sie machte sich auf den Weg in den Wald. »Sehr gut. Dann sehe ich dich unterwegs.«

»Wo gehst du hin?«

Die Füchsin drehte sich um und grinste. »Ich sagte, ich sehe dich unterwegs. Du wirst mich nicht sehen. Ich wünsche dir eine gute Rache, Hexe.«

»Und ich dir eine gute Verfolgung, Füchsin.«

Sie verschwand in den dunkleren Schatten des Waldes.

Gwurm schlummerte in seiner üblichen zusammengesackten Haltung neben meinem Zelt. In diesem Licht sah er einem schnarchenden Felsbrocken recht ähnlich. Ich schlug ihm mit meinem Besen auf den Rücken. Was bei einem Menschen eine Prellung hervorgerufen hätte, wirkte auf den dickhäutigen Troll nur wie ein Klaps. Er hob den Kopf und entknotete seine Gliedmaßen. Trolle sind entweder wach oder sie schlafen, und er war sofort in Alarmbereitschaft.

»Ist es Zeit?«

»Ja.«

»Soll ich den weißen Ritter holen?«

»Nicht nötig.«

Ich bewegte die Luft mit meinen Fingern, und Morgendunst stieg von meiner Hand auf. Er versammelte sich in einer weichen, blauen Wolke zu meinen Füßen. Der Dunst stieg auf, als spielerische Luftgeister darin tanzten, sichtbar nur als kurz aufblitzende, tanzende Gestalten. Die Wolke schwirrte über meinen Kopf und zwischen Gwurms Beine.

»Das genügt jetzt. Fort mit euch!«

Der Dunst kicherte und schwebte in Richtung Fort Handfest davon.

Ich betrat mein Zelt und fand dort den schlafenden Molch. Er erwies sich als schwerer zu wecken als Gwurm. Obwohl er eine Leidenschaft für die Rache hegte, war er genauso anfällig für faule Momente. Solche Widersprüche waren Teil seiner dämonischen Natur.

»Die Sonne geht noch nicht einmal auf!«

Ich begann, einen Sack mit Hexensachen zu füllen, die ich auf dieser Reise gebrauchen konnte. Ich packte Schalen zum Mischen, in Flaschen abgefüllte Geister, heilende Kräuter und mein schäbiges Eichhörnchenfell zusammen. Es war merkwürdig, wie ein so kleines Ding so viel bedeuten konnte. Es erinnerte mich an die Grausige Edna, mein Zuhause bei ihr und mein neues Zuhause hier. Allein wenn ich das dünner werdende Fell zwischen meinen Fingern rieb, fühlte ich mich besser. Nicht alle Magie liegt in Todesflüchen, hungrigen Phantomen, dämonischen Wasservögeln und lebenden Besen. Die meiste Magie ist nicht einmal magisch. Sie *ist* einfach. Lächelnd schmiegte ich meine Wange an das Fell.

Molch seufzte verschlafen und öffnete halb ein Auge. »Das ist aber ein sehr großer Sack, den du da tragen willst.«

»Gwurm schafft das schon.«

Er wachte ruckartig auf. »Wir nehmen ihn doch nicht mit, oder? Schlimm genug, dass wir den weißen Ritter mitnehmen müssen. Ich werde diese ganze Reise über ständig einen komischen Magen haben.«

Für eine Ente nörgelte er ziemlich gut.

»Du wirst dich daran gewöhnen.«

»Findest du nicht, es wäre eine gute Idee, jemanden zurückzulassen, um aufs Zelt aufzupassen?«

»Meldest du dich freiwillig?«

Er stammelte.

»Vielleicht hast du recht«, sagte ich. »Es genügt ja nicht, wenn nur Sterbliche herumschnüffeln und verbotene Geheimnisse entdecken, die allein Hexen kennen sollten.«

»Das stimmt, aber was ist eine Hexe ohne den Vertrauten an ihrer Seite?«

»Ja schon, aber mir fällt keiner ein, dem ich mehr vertrauen würde, was meine Geheimnisse angeht.«

Molch schlug mit den Flügeln und sprang auf und ab. »Gwurm! Was ist mit Gwurm?«

Ich ließ mein Eichhörnchenfell in den Sack fallen. »Ich dachte, du magst ihn nicht.«

»Natürlich nicht.« Er schüttelte den Kopf und spitzte den Schnabel. »Er ist zu schlau für einen Troll, und wenn du mich fragst, versteht er sich auch zu gut mit dem weißen Ritter. Vor allem für den Weggefährten einer Hexe. Aber er ist loyal. Das muss ich ihm lassen.«

»Und vertrauenswürdig?«, fragte ich.

»Sehr vertrauenswürdig!«, rief Molch enthusiastisch.

»Und nützlich, wenn Gefahr droht?«

»Ja! Ich meine, er ist stark und ein guter Kämpfer.« Er murmelte einen Fluch. »Gut genug als Kämpfer, aber sein trollisches Wesen macht sein fehlendes Talent mehr als wett.«

»Aha. Er ist also loyal und vertrauenswürdig, stark, vielleicht ein wenig zu intelligent, aber gut, wenn man ihn in gefährlichen Lagen hinter sich hat. Alles in allem scheint er ein sehr guter Weggefährte für eine gefährliche Suche nach Rache zu sein.«

Molchs Schnabel blieb offen stehen. »Ich habe nicht …«

»Doch, du hast vollkommen recht. Es wäre dumm, ihn nicht mitzunehmen.« Ich lächelte. »Danke, Molch.«

Er starrte mich finster an, als er dachte, ich würde es nicht sehen. Aber ich sah es aus dem Augenwinkel. Es war seine eigene Schuld, wenn er eine Hexe in ein Wortgefecht verwickelte. Die Grausige Edna hatte mich gelehrt, wie man Dialoge verdrehte.

»Was meine Geheimnisse betrifft …« Ich hielt einen verwachsenen Stab hoch, dekoriert mit Stofffetzen, schwarzen und roten Federn und perlenbesetzten Schnüren. Ein grimmiger Dachsschädel steckte auf der Spitze. Der Zauber hatte keine wirkliche Kraft, außer abergläubische Furcht in sterblichen Geistern zu wecken. Doch er war Schutz genug. All meine Geheimnisse würden mit mir reisen. Das Totem war ein hexenhafter Touch, etwas, das Fort Handfest daran erinnern sollte, wer in diesem Zelt lebte und wer eines Tages dorthin zurückkehren würde, wenn das Schicksal es wollte. Ich fand außerdem, dass es für einen hässlichen, Furcht einflößenden Fetisch ziemlich hübsch war.

Gwurm streckte seinen Kopf ins Zelt. »Der Ritter ist hier.«

Molch stieß Substanz auf. »Ich weiß.« Er schmatzte mit dem Schnabel und streckte die Zunge heraus.

Ich trat vor das Zelt. Wyst aus dem Westen stand mit seinem grauen Pferd neben Gwurm. Ich warf beiden einen flüchtigen Blick zu und stieß meinen Stab in die Erde. Ich rückte ihn in einem krummen Winkel zurecht und nahm mir einen Augenblick Zeit, um ihn zu bewundern.

»Du hast mich gerufen, Hexe?«, fragte Wyst.

Ich zeichnete mit drei Fingern auf den Dachsschädel. Er nahm einen dunkelroten Farbton an, als sei er blutüberzogen. Ich tippte noch einmal darauf, und er wurde tiefschwarz.

»Die Geister haben gesprochen. Es ist Zeit zu gehen.«

Wyst aus dem Westen bot mir ein Pferd für die Reise an, aber Gwurm erwies sich als geeignet für die Aufgabe. Seine Schultern waren breit und bequem, es war genug Platz für mich und Molch auf der einen und meinen Sack auf der anderen Seite. Die kurzen Beine des Trolls waren trotzdem noch in der Lage, mit dem munteren Trab des Pferdes Schritt zu halten.

Molch war nicht glücklich. Wysts Tugend verursachte ihm schlechte Laune. Und er mochte Gwurm nicht. Penelope mochte er ebenfalls nicht besonders. Zumindest hegte er keine Abneigung gegen Wysts Pferd, obwohl ich den Verdacht hatte, dass das mit der Zeit noch kommen würde.

FÜNFZEHN

Wyst vertraute darauf, dass ich ihn richtig führte. Oder vielleicht erwartete er auch, die Führung einer Hexe nicht zu verstehen. So oder so wären Fragen sinnlos gewesen. Sämtliche Antworten, die ich besaß, ergaben im Augenblick wenig Sinn, und ich hätte sie ihm auf keine Art gegeben, die er hätte verstehen können.

Wir verbrachten den Morgen in Schweigen. Manchmal ritt Wyst ein wenig voraus. Manchmal etwas hinterher. Niemals neben mir. Gelegentlich warf er einen Blick über seine Schulter oder ich warf einen über meine, und wir sahen uns kurz in die Augen. Doch ich hatte keine Ahnung, was er dachte. Wyst konnte durch und durch unergründlich sein. Es war Teil seiner Aufgabe. Weiße Ritter waren Vorbilder unerschütterlichen Heldentums. Unter diesem stoischen Wesen und den rechtschaffenen Zaubern, das wusste ich, war er ein sehr sterblicher Mann. Vielleicht war das lediglich Wunschdenken meinerseits. Vielleicht hatten die Jahre unverdorbener Tugend sämtliche sinnlichen Wünsche abgetötet. Dennoch war ich sicher, dass ich in diesen Blicken etwas sah. Aber sah ich etwas, weil es da war oder weil ich wollte, dass es da war? Und wollte ich wirklich, dass es da war?

Natürlich wollte ich das.

Was mich zu der Frage führte: Waren dies die Wünsche eines verliebten Herzens oder eines fluchbelegten Appetits? Ich vermutete, es war ein wenig von beidem. Die Sehnsucht ist oft ein vielköpfiges Monster.

Meine Gedanken zu diesem Thema wurden durch Molch unterbrochen. »Bist du dir darüber im Klaren, dass wir nach Nordwesten reisen?«

Ich versuchte, ihn zu ignorieren, aber das war lediglich Wunschdenken.

»Und dass die Horde aus dem Süden kam.«

»Das ist mir bewusst.«

Molch schwieg einen Augenblick und putzte seinen Flügel.

»Wollte nur sichergehen, dass du es weißt.«

Er putzte den anderen Flügel.

»Denn es kommt mir einfach so vor, als wäre Süden eine bessere Richtung, wenn wir der Horde zu ihrem Ausgangspunkt folgen wollen.«

»Ich verstehe, warum du das denkst. Das ist der Grund, warum du der Vertraute bist und ich die Hexe.«

Molch blickte finster drein und Gwurm kicherte.

Molch konnte nicht diskutieren, aber der Dämon in ihm konnte das Thema auch nicht ganz fallen lassen. »Und wie weit im Norden ist dieser Zauberer?«

Meine Vision ergab mit jeder verstreichenden Stunde mehr Sinn. Ich teilte ihm mit, was ich wusste, im vollen Bewusstsein, dass es ihm nicht genügen würde.

»Vier Prüfungen. Prüfung durch Wagnis. Prüfung durch Stärke. Prüfung durch Kampf. Und Prüfung durch Magie.«

»Prüfungen? Hat die Vision nicht vielleicht etwas in Richtung Meilen oder Tage erwähnt?«

Ich lächelte nur.

»Ich hatte auf etwas Praktischeres gehofft«, sagte Molch.

»Visionen sind selten praktisch. Manchmal sind sie nützlich. Oft aufschlussreich. Praktisch fast nie.«

»Das ist ganz schön schwach, wenn du mich fragst.«

»Ach, ich weiß nicht«, sagte Gwurm. »Ich habe immer das Gefühl, zu viel zu wissen verdirbt einem den Spaß. Erst das Nichtwissen macht das Leben lebenswert. Wer könnte je die Geschichte vom verdammten Bill vergessen?«

»Von wem?«

Ich war froh, dass Molch fragte, denn auch ich war neugierig. Zu fragen hätte aber meiner Hexenausbildung widersprochen. Gwurm erzählte die Geschichte nur zu gerne.

»Eines Tages wurde in einem kleinen Königreich ein Prinz geboren. Nun werden jeden Tag sehr viele Leute geboren, und unter diesen Leuten sind so viele Prinzen, dass Bills Ankunft auf dieser Welt kein allzu außergewöhnliches Ereignis war. Der König hatte bereits vier Söhne, deshalb wurden eigentlich nicht noch mehr Erben benötigt. Tatsächlich hatte eine Überfülle an Erben ebenso den Ruin vieler Königreiche bedeutet wie ein Mangel daran. Aber dies ist nicht die Geschichte einer politischen Hinterhältigkeit und höfischen Intrige, obwohl sie das unter anderen Umständen sicher auch hätte sein können, denn Bill wurde unter dem Schatten des Todes geboren.

Die Berichte darüber, wie genau es geschah, unterscheiden sich. Ich habe die Geschichte auf ein Dutzend verschiedene Arten erzählt bekommen. Einige sagen, die Palasthebamme sah ein furchtbares Omen in Bills Nachgeburt, das sie verkündete, bevor sie vor Angst starb. Andere flüstern, dass er mit dem Datum seines Todes auf der Stirn geboren wurde. Aber die Version, die ich am häufigsten gehört habe und die mir am besten gefällt, ist die, dass als der neugeborene Prinz das erste Mal in sein Bettchen gelegt wurde, die Türen der Kinderstube aufflogen und die welke, graue Gestalt von Tod selbst eintrat.

›Bill‹, sprach das Phantom mit einer angemessen schrecklichen und furchterregenden Stimme, ›ich komme, um dich zu holen.‹«

Gwurm reckte eine Hand mit ausgestrecktem Zeigefinger vor.

»Natürlich wieselten daraufhin alle voller Angst davon. Nur das Kindermädchen des Prinzen hatte den Mut, sich dem Tod zu stellen und um das Leben des Kindes zu flehen.

Natürlich wollte Tod nichts davon hören. Aber aus Respekt für die Tapferkeit des Kindermädchens zeigte er ihr seine schwarze Schriftrolle, in der die Namen und Daten aller Tode, die waren, sind und je sein werden, geschrieben stehen. Nur, um weitere Diskussionen zu vermeiden.

Das Kindermädchen warf einen langen Blick auf die Schriftrolle und bemerkte, dass Bills Name zwar darauf stand, dass es aber das falsche Datum war. Dass es dem Prinzen vielmehr bestimmt war, dreiundneunzig Jahre nach dieser Nacht zu sterben.«

Gwurm war ein ausgezeichneter Geschichtenerzähler und Molch konnte sich die Frage nicht verkneifen: »Und was passierte dann?«

Gwurm zuckte die Achseln. »Tod prüfte die Liste noch einmal, entdeckte, dass das Mädchen recht hatte, entschuldigte sich bei allen Beteiligten und ging seiner Wege.

Aber das war nicht das Ende der Geschichte. Denn Bill war zu dem Wissen verdammt, das kein Mensch je tragen sollte. Er kannte seinen Todestag. Weil das Kindermädchen kein Geheimnis für sich behalten konnte, wusste es tatsächlich sogar bald schon jeder. Und Prinz Bill wurde als der verdammte Bill bekannt.

Von diesem Augenblick an verbrachte der arme, dem Untergang geweihte Bill sein Leben, die ganzen dreiundneunzig Jahre, nur damit, auf den Tod zu warten. Bloß warten und warten und warten. Ohne etwas zu erreichen. Ohne etwas zu genießen. Während andere lebten und liebten und die Freude und das Leid des Daseins entdeckten, saß Bill nur in seinem Schloss und blies Trübsal. Und als der schicksalhafte Tag endlich kam, kam Tod noch einmal, um ihn zu holen.«

Molch rutschte auf meinem Schoß herum. »Also verschwendete er sein Leben? Das ist die Moral der Geschichte? Irgendein lächerlicher Prinz wirft sein Leben weg, nur weil er so dumm ist, und das soll uns eine Lehre sein?«

Ich hatte nicht bemerkt, dass Wyst seinen Ritt verlangsamt hatte, um näher heranzukommen. Er sah weiter geradeaus. Ich wusste erst, dass er zugehört hatte, als er plötzlich eine Bemerkung machte. »Das ist nicht das Ende der Geschichte.«

»Oh, gut.« Molch sah den Ritter und den Troll finster an.

Gwurm grinste schlau. »Also tippt Tod dem verdammten Bill mit einem knorrigen Finger auf die Schulter, hält die schwarze Schriftrolle vor ihn hin und entschuldigt sich für seine Verspätung. Natürlich überraschte das den verdammten Bill, der wusste, dass Tod auf die Sekunde genau gekommen war.

Aber wie sich herausstellte, hatte Tod das erste Mal recht gehabt. Der verdammte Bill war dazu verurteilt gewesen, in seiner ersten Nacht auf dieser Welt zu sterben.«

Molch grunzte. »Warte mal. Tod hat einen Fehler gemacht?«

»Der Geschichte zufolge.«

»Tod macht aber keine Fehler.«

»Jeder macht mal Fehler. Ab und zu.«

Molch schnaubte. »Aber Leute sterben nicht wegen falsch gelesener Schriftrollen.«

»Es ist nur eine Geschichte.«

»Ja, aber sie ergibt keinen Sinn. Das Schicksal macht keine Fehler. Wenn es das täte, wäre es nicht das Schicksal. Es wäre, na ja, ich weiß auch nicht was. Aber es wäre nicht das Schicksal.«

»Ich erzähle es nur so, wie ich es gehört habe.«

»Das Schicksal macht Fehler«, sagte ich. »Eigentlich sogar ziemlich oft. Es kommt nur selten vor, dass jemand in der Lage ist, es auch zu bemerken.«

Gwurm kicherte. »Du hast das Wesentliche nicht begriffen. Es gibt Dinge, die besser unbekannt bleiben.«

»Nein. Du hast es nicht begriffen. Er wusste nichts. Er dachte nur, er wüsste es.«

»Das ist dasselbe.«

»Nein, ist es nicht.«

»Es ist nur eine Geschichte«, gab Gwurm nach. »Leite daraus ab, was du willst.«

Es wurde wieder still, und ich nutzte die Zeit, um meine Vision durchzugehen. Die vier Prüfungen, die vor uns lagen, konnten in jeder beliebigen Reihenfolge kommen, und sicherlich würde jede gefährlicher werden als die vorherige. Dies war das Wesen allen lohnenswerten Suchens. Obwohl ich nicht wusste, welche Form sie annehmen würden, hielt ich uns für gut vorbereitet. Gwurm besaß Stärke und Verstand. Wyst aus dem Westen war sowohl tugendsam als auch unerschrocken. Molch hatte den Eifer, alles zu töten, was möglicherweise getötet werden musste. Meine eigenen Hexenkräfte waren auch beachtlich. Und Penelope konnte uns die Unordnung vom Leib halten.

Molch meldete sich zu Wort: »Wisst ihr, was ich aus dieser Geschichte gelernt habe?«

»Dass das Leben nicht auf Wissen beruht«, antwortete ich, »sondern auf Entdeckungen.«

»Nein.«

»Dass ein verschwendetes Leben das Leben nicht wert ist«, sagte Gwurm.

»Nein.«

Wyst aus dem Westen wandte den Kopf in unsere Richtung. »Dass niemand, nicht einmal das Schicksal selbst, genau weiß, was die Zukunft bringt?«

»Nein.« Molch streckte die Brust heraus und schickte der ganzen Welt einen finsteren Blick. »Tod sollte sich besser um seinen Papierkram kümmern.«

SECHZEHN

Eine lohnenswerte Suche bringt vor allem lange Zeiten mit sich, in denen gar nichts geschieht. Zumindest nichts Erwähnenswertes. Es sind die vergessenen Momente der Legenden, zwanzig Jahre stumpfes und unwichtiges Herumwandern, die in einem epischen Gedicht zu einer oder zwei Zeilen kondensiert werden. Ein guter Geschichtenerzähler weiß, was es wert ist, erzählt zu werden und was nicht – und was eine Erwähnung ohne exzessive Details verdient.

Nichts passierte, und das blieb so für neun Tage und neun Nächte.

Aber am zehnten Tag geschah dann schließlich doch ein Ereignis von Interesse. Unsere kleine Gruppe von reisenden Rachesuchenden stieß auf eine Rotte lästiger Elfen. Es war weniger eine Prüfung als ein Ärgernis.

Meine Herrin hatte mir von Elfen und ihrem traurigen Los erzählt. Als uneheliche Kinder von Sterblichen und

Feen stammen sie aus zweierlei Welten und gehören doch zu keiner von ihnen. Es ist eine mangelhafte Paarung. Feen sind von Natur aus magische Wesen, aber ihre Magie ist wild und chaotisch. Sie mit sterblichem Fleisch und Blut zu mischen halbiert ihre bereits fragwürdige Zuverlässigkeit, verringert ihre Macht aber keineswegs. Elfen sind Naturgeister, verpackt in erdrückende Sterblichkeit. Obwohl sie meistens harmlos sind, können sie auf dieselbe Art gefährlich sein wie ein Affe mit einer Fackel in einem Wald.

Wir stießen am späten Vormittag auf die Elfen. Sie hatten sich selbst zu Wächtern einer Ansammlung von Planken erklärt, die eine schmale Schlucht überbrückten. Sie waren zu sechst. Der Größte war ein halber Oger und etwas mehr als vier Fuß groß. Der Kleinste war ein halber Kobold und kaum anderthalb Fuß groß. Die anderen vier waren halb menschlich. Wie alle Elfen sahen sie wie kleine, dünne Versionen ihrer sterblichen Vorfahren aus, mit spitzen Ohren, buschigen Augenbrauen und silbernen Augen. Der Halboger hielt einen Speer, der zweimal so groß war wie er selbst. Die anderen waren unbewaffnet, aber das hielt sie nicht davon ab, uns im Weg zu stehen.

»Halt«, knurrte der größte Elf. »Hier geht niemand durch, ohne Wegzoll zu zahlen.«

Als Troll verstand Gwurm etwas von Brückenzoll. Er ernannte sich selbst zu unserem Unterhändler und trat vor. Von meinem Sitzplatz auf seinen Schultern aus gesehen, schienen die Elfen sehr, sehr klein.

»Wie viel?«

Der speertragende Anführer lächelte. »All euer Geld.«

»Alles, sagst du?«

Der Elf blinzelte. »Ja, alles.«

»Alles, was wir haben?«

»Ja! Jedes einzelne Stück Gold, jeden Krümel Silber, sämtliche wertlosen Kupfermünzen in euren Taschen.«

»Ein bisschen teuer, oder?«

Der Elf stieß das stumpfe Ende seines Speers auf den Boden. »Wenn ihr glaubt, ihr könnt passieren, ohne zu zahlen: Ich würde es nicht versuchen. Wir haben Mächte, von denen ihr nicht einmal träumt.«

»Tatsächlich?« Gwurm ließ den Blick über unsere Reisegruppe schweifen, von der untoten Hexe über den lebenden Besen und die Dämonenente bis hin zu dem unbesiegbaren weißen Ritter.

»Zweifelst du an unserer Magie?«

»Ich sage, wir lassen sie doppelt bezahlen«, rief der Halbkobold.

»Ja, doppelt!«, wurde er von einem anderen unterstützt.

»Sehr gut.« Der Halboger hob seinen Speer und verkündete: »Für euch der doppelte Wegzoll!«

»Das Doppelte von all unserem Geld?«, fragte Gwurm.

Die Schwachstelle eines solchen Wegzolls schien den Elfen nicht bewusst zu sein.

»Ich kann erkennen, dass ihr eine Macht seid, mit der man rechnen muss. Das scheint mir ein vernünftiger Preis zu sein. Wir zahlen ihn.«

Die Elfen murmelten aufgeregt. Der Halboger brachte sie mit einem harten Blick zur Ruhe und deutete mit seinem Speer vor seine Füße. »Legt uns eure Reichtümer zu Füßen, und ihr könnt unbehelligt passieren.«

»Sehr gut.« Gwurm wedelte mit seiner Hand in Richtung der Stelle. »Erledigt.«

Die Elfen sahen ihren Anführer fragend an. Er starrte die blanke Erde an, als müsse er etwas sehen, was nicht da war. »Was ist das?«

»Du sagtest all unsere Besitztümer, jedes Goldstück, jeden Silberkrümel und sämtliche wertlosen Kupfermünzen. Nun, das ist alles.«

Das war die Wahrheit. Niemand aus unserer Reisegruppe trug Geld bei sich. Hexen, Enten und Besen haben keine Verwendung dafür. Und Wyst aus dem Westen hatte als weißer Ritter ein Armutsgelübde abgelegt. Trolle mögen gelegentlich eine Münze oder zwei bei sich haben, aber nicht an diesem Tag.

Die Elfen murmelten untereinander und versuchten, den Fehler in ihren Forderungen zu entdecken. Schließlich deutete der Halboger mit einem Finger auf Gwurm und sagte: »Ah, aber wir sagten: das Doppelte!«

»Das Doppelte von nichts ist nichts«, erklärte Gwurm. »Aber wenn ihr wollt, können wir euch auch das Dreifache von nichts geben.«

»Oh, warum vervierfachen wir es nicht?«, fragte Molch. »Wir können es uns leisten.«

»Warum nicht?«, stimmte Gwurm zu.

Die meisten der Elfen waren begeistert von dem Angebot, bis ihr Anführer einen seiner Kollegen mit seinem Speer schlug. »Ihr Idioten!« Er hob den Speer noch einmal, eine Geste, die er besonders zu mögen schien. »Wenn ihr unseren Wegzoll nicht bezahlt, werdet ihr unseren Zorn auf euch ziehen. Ihr Narren habt keine Ahnung, was auf euch zukommt.«

»Und was bitte schön könnte das sein?«, erkundigte sich Gwurm.

Der Halboger blies seine Brust auf, die für Elfenmaßstäbe zwar ziemlich kräftig war, aber kaum Furcht einflößte. Er senkte seinen Speer nur, um ihn wieder anzu heben. »Erstens haben wir Yog. Er kann Feuer spucken. Dann ist da Rof, der Felsen vom Himmel fallen lässt, wenn er niest. Und Gok kann sich nach Belieben in schreckliche Kreaturen verwandeln, die ihr nicht einmal erfassen könntet. Und Vop, na ja, Vop spricht mit Würmern.«

Der Halbkobold fügte hinzu: »Und Schnecken. Würmer und Schnecken!«

»Ja, Vop, ja. Und Schnecken.« Er verlagerte seinen Speer in die andere Hand, ohne die Waffe zu senken. »Und ich, Doz der Mächtige, kann Unbelebtes beleben.«

»Vergiss Sof nicht«, warf ein Elf ein.

»Höllische Eingeweide, Gok! Ich habe versucht, ihn geheim zu halten!«

»Entschuldigung.«

»Jetzt ist der Schaden schon angerichtet. Sof, ihr törichten Vollsterblichen, ist unsere größte Waffe. Er ist unsichtbar und kann jederzeit von überall her zuschlagen. Einen nach dem anderen kann er euch niederstrecken, während eure Gefährten hilflos zusehen.« Er lachte. Unglücklicherweise sind Elfenstimmen furchtbar schlecht geeignet für unheimliches Gackern.

»Darf ich ihn töten?«, fragte Molch.

»Noch nicht.« Ich tätschelte seinen Kopf. »Vielleicht später.«

Ich warf einen Blick zu Wyst hinüber. Auf seinen Lippen lag die Spur eines Lächelns.

»Schlagt zu, meine Brüder!«, schrie Doz der Mächtige. »Zeigt ihnen, was denen geschieht, die sich uns widersetzen!«

Die Elfen liefen verwirrt um ihren Anführer herum.

Doz senkte seinen Speer und knirschte mit den Zähnen. »Worauf wartet ihr?«

»Äh ... na ja, wir haben doch bis jetzt noch nie zugeschlagen, Doz. Wir wissen nicht genau, wie das geht.«

»Na gut. Ich zeig es euch. Du zuerst, Rof.«

Rof, der Felsen vom Himmel fallen lassen konnte, wenn er nieste, trat vor. Er atmete ein paarmal kurz ein. Seine Nase zuckte. Sein Kopf bog sich zurück. Und nichts passierte.

»Und?«, fragte Doz.

»Ich kann nicht.« Seine Nasenlöcher blähten sich. »Vielleicht, wenn meine Allergien Ärger machen.«

»Na gut, na gut. Yog, röste sie!«

Rof trat niedergeschlagen zurück, während Yog sich bereit machte, Feuer zu spucken. Er zog sich zusammen und spuckte. Eine Flamme tropfte von seinen Lippen und verbrutzelte zu seinen Füßen. Er beugte sich vor, ballte die Fäuste und spuckte noch einmal. Eine Flammenzunge stieß aus seinem Mund und schwärzte sein Gesicht.

»Verdammt, Yog! Ich dachte, du hättest geübt!«

Yog war zu beschäftigt, seine rauchenden Augenbrauen zu löschen, um sich zu entschuldigen.

Als Nächstes kam Gok, der Gestaltwandler. Sein Versuch klappte reibungsloser als die seiner Gefährten. In einem Blitz verwandelte er sich in einen bösartigen, wilden Eber. Er hatte gefährliche Hauer und blutrote Augen und scharfe Hufe. Unglücklicherweise war er kaum so groß wie eine große Ratte. Während Doz der Mächtige Gok beschimpfte, grunzte Gok bei dem Versuch, größer zu werden. Er dehnte sich zu doppelter Größe aus, rülpste und schrumpfte dann auf die Hälfte seiner vorherigen Größe zusammen.

»Ich bin dran«, verkündete Vop, der Wurmsprecher. Er trat mit kühner Entschlossenheit vor.

»Geh zurück, Vop!«

Der mit Schnecken sprechende Elf trat zur Seite. Gok, der Gestaltwandler, der in seiner winzigen Eberform festzustecken schien, zog sich in den Hintergrund der Gruppe zurück.

»Ich schätze, jetzt hängt es von mir ab.« Doz der Mächtige ließ seinen Speer los. Er glitt vorwärts und schwebte vor Gwurm in der Luft. »Jetzt werdet ihr die Furcht kennen lernen, ihr Narren! Wie werdet ihr eine Waffe bekämpfen, die niemand handhabt?«

Der Speer tanzte herum und stieß nach dem Troll, ohne wirklich zu versuchen, ihn zu stechen.

»Jetzt kriecht vor mir, und dann werde ich vielleicht euer Leben schonen.«

Gwurm schnappte den Speer mit einer starken Hand. Die Waffe wand sich und zitterte in seinem festen Griff.

»Das ist nicht fair! Das kannst du nicht tun! Lass ihn los!«

Gwurm ließ ihn los. Der Speer sprang zurück und schüttelte sich wütend. Mir seiner Spitze zeichnete er komplizierte Muster in die Luft.

Penelope sprang aus meiner Hand und stellte sich vor den Speer. Der Besen liebkoste den Speer mit seinen Borsten auf und ab. Doz' Speer erschauerte, verbeugte sich vor Penelope und schwebte zur Seite. Sie kehrte an meine Seite zurück.

»Dummer Speer!« Doz der Mächtige verschränkte die Arme vor der Brust. »Aber einer ist noch übrig. Der Letzte und Tödlichste unserer Truppe. Jawohl, Sof. Schlag zu! Jetzt!«

Kein Schlag kam.

»Sof! Worauf wartest du?«

Noch immer kam kein Schlag.

»Verdammt, wo ist Sof?«

Die Elfen zuckten kollektiv die Achseln.

»Wer hat ihn zuletzt gesehen?«

Sie besprachen sich flüsternd.

Vop der Wurmsprecher sagte: »Äh, wenn ich so darüber nachdenke, ich habe Sof noch nie gesehen.«

»Ich auch nicht«, sagte Rof der Felsschnäuzer.

Gok der Gestaltwandler, immer noch ein Eber, schnaubte zustimmend.

Doz der Mächtige schüttelte langsam den Kopf. »Also, das ist einfach peinlich.«

Aus dem Hintergrund kam ein Niesen.

»Ich hab's geschafft! Ich hab's geschafft!«, quietschte Rof mit seiner Elfenstimme.

Der Himmel verdunkelte sich. Ein schrilles Kreischen

erfüllte die Luft und ein monströser roter Vogel schoss vom Himmel herab.

»Aha!« Doz der Mächtige warf die Arme in die Luft. »Jetzt werdet ihr euren schweren Fehler erkennen!«

Der Roch fegte vom Himmel, schnappte die Elfengruppe, segelte davon und verschwand schnell am Horizont. Nur Doz' Speer blieb zurück.

»Können wir passieren?«, fragte Gwurm.

Eine körperlose Stimme sprach: »Natürlich. Geht nur.«

Wir wünschten Sof dem Unsichtbaren und dem Speer einen guten Tag und gingen unserer Wege.

SIEBZEHN

Obwohl Wyst und ich tagelang auskommen konnten, ohne viel zu sagen, wechselten wir im Lauf unserer Suche ein paar Worte. Aus dem Blickwinkel einer Suche nichts von großer Wichtigkeit, lediglich höfliche Grüße wie »Guten Morgen« und »Gute Nacht« mit der gelegentlichen Bemerkung über das Wetter, die Landschaft oder ähnliche Kleinigkeiten. Obwohl Worte eine erstaunliche Erfindung sind, sowohl ungeheuer praktisch als auch unerschöpflich, war es nicht notwendig, sie zu verschwenden. Die Stille war ansteckend und suchte auch Molch und Gwurm heim. Mein Besen und Wysts Pferd waren die Einzigen, die nicht erkennbar betroffen waren.

Die Wahrheit war, dass ich mich überhaupt nicht wohlfühlte, wenn ich lange mit Wyst sprach. Ich traute meiner Disziplin nicht. Ein unhexenhafter Ausrutscher meiner Zunge konnte zu viel von meiner wachsenden Zuneigung für ihn verraten, die auch ohne etwas zu sagen schwer genug zu verbergen war. Zu oft ertappte ich mich dabei, wie ich ihn anlächelte oder auf den anmutigen Schwung seiner Schultern starrte. Phantasien, sowohl sinnlicher als auch kannibalischer Natur, fielen ohne Vorwarnung über meine Gedanken her, und jede schien schwieriger zu vertreiben zu sein als die davor. Keines dieser Symptome überraschte mich wirklich, aber über die Plötzlichkeit ihrer Schwere erschrak ich.

Ich konnte Wysts Gedanken nicht lesen, doch ich ertappte ihn genauso oft dabei, wie er mich anlächelte, wie er mich dabei erwischte. Ich vermutete, dass es, wie bei mir selbst, noch viel öfter vorkam, als ich ihn dabei ertappte. Oft schienen seine Blicke, wenn auch nur kurz, meinen Körper auf und ab zu wandern. Beinahe, als könne er die wohlgeformte Gestalt unter meinen zerknitterten Umhängen sehen. Jeden Tag, der verging, war ich weniger bereit, diese Zeichen als Produkte meiner eigenen Wünsche abzutun. Dies führte zu einer sonderbaren Zwickmühle.

Sah Wyst durch meine Hexenverkleidung oder mochte er Frauen plump und hexenhaft? Dieser letzte Gedanke bedeutete, dass mir mein Fluch den Mann verweigern konnte, den ich wirklich begehrte. Eine Ironie wie abstoßende Schönheit konnte durchaus entstehen, wenn ein machtvoller Todesfluch im Spiel war. Und irgendwo in der Hölle, wo seit langer Zeit tote, verrückte Zauberer hausen mochten, kicherte der Fiese Larry zwischen gequälten Schreien vermutlich ausgiebig darüber.

Abgesehen von diesen Grübeleien war es unvermeidlich, dass Wyst und ich irgendwann ein tiefergehendes Gespräch führen würden.

Brot war alles, was Wyst je aß. Er lebte von zwei dünnen Scheiben pro Tag. Eine am Morgen, wenn er aufwachte, und eine am Abend, bevor er schlafen ging. Die magere Diät und seine persönlichen Zauber hielten ihn jedoch sehr gut aufrecht. Selbst wenn er sich für die Nacht zurückzog, schien er nie wirklich müde zu sein. Und sein Körper bot die perfekte Balance zwischen schlanker Anmut und maskuliner Stärke. Zumindest fand ich das, und ich hatte genug Stunden damit verbracht, ihn zu studieren, trotz meiner Bemühungen, es nicht zu tun.

Es war einer dieser Augenblicke unhexenhafter Schwäche, der ein Gespräch in Gang brachte, das ich unbedingt vermeiden wollte. Ich beobachtete Wyst dabei, wie er seine abendliche Mahlzeit zu sich nahm und fragte mich, welche Gedanken hinter seinen tiefen, dunklen Augen tanzen mochten. In diesen Überlegungen verlor ich mich und war mir nicht einmal bewusst, dass er mein Starren bemerkt hatte, bis es viel zu spät war, es als beiläufigen Blick auszugeben.

Er lächelte mir über das Lagerfeuer zu. »Möchtest du etwas davon?« Er hielt ein Stück trockenes, wenig ansprechendes Brot hoch, das ich schnell annahm, um von meinem Starren abzulenken.

Molch gaffte mich an. Er fand den Gedanken daran, etwas ohne Blut zu essen, zweifellos noch abstoßender als ich. Sein Schnabel stand offen, und er schielte.

Die Grausige Edna hatte hauptsächlich von Brot und Kaninchen und wilden Beeren gelebt. Aber alles, was ich je gegessen hatte, war Fleisch. Sogar als Neugeborene hatte ich einen guten Satz Zähne besessen. Diese Art von scharfen, zuschnappenden Reißzähnen, die eine Mutter davon abhalten, ihr untotes Kind an die Brust zu legen.

Ich schnüffelte an dem Brot. Es roch nach fast gar nichts und auf keinen Fall nach etwas, was mich an eine Mahlzeit denken ließ. Aber ich fühlte mich verpflichtet, also nahm ich einen sehr kleinen Bissen, kaute ihn einmal und zwang mich, ihn zu schlucken. Es konnte mir zwar nicht schaden, aber es war doch etwas, das ich nicht wieder tun wollte.

Molchs Zunge hing seitlich aus seinem Schnabel.

Ich schlang etwas rohen Fasan hinunter, um mich am Würgen zu hindern.

»Es ist ...« Ich suchte nach einem Wort, das wahrheitsgemäß, aber nicht zu schroff klang.

Wyst fand es für mich: »Fade, aber genießbar.«

Ich nickte.

Er grinste. »Ich war nicht immer ein weißer Ritter. Ich erinnere mich, wie Essen schmeckt. Vage.«

Obwohl ich wusste, dass Wyst ein sterblicher Mann war, traf mich dieses Bekenntnis. Ich hatte den Eindruck gewonnen, dass weiße Ritter Hexen ziemlich ähnlich waren. Vieles an ihrem Beruf hatte damit zu tun, sich seltsam zu benehmen. Keine hexenhafte Absonderlichkeit, aber eine keusche Eigentümlichkeit. Sich selbst die einfachen Freuden des Fleisches zu verwehren war zweifellos ungewöhnlich.

Solche Ausrutscher waren unvermeidlich, wenn man genug Zeit mit jemandem verbrachte. Aus professioneller Höflichkeit hätte ich es ignorieren sollen, aber ich konnte mir nicht verkneifen, den sterblichen Mann in ihm zu erforschen.

»Vermisst du es?«

Hätte Wyst vorgegeben, die Frage nicht zu hören, hätte ich vorgegeben, nie gefragt zu haben. »Nicht sehr. Obwohl ich mich bei seltenen Gelegenheiten dabei ertappe, dass ich mich nach einem guten Apfelwein sehne.«

Ich legte mein Brot beiseite, als würde ich es tatsächlich noch aufessen wollen. Molch beäugte die Scheibe und wich ein paar Schritte zurück.

»Und was ist mit dir?«, fragte Wyst. »Sehnst du dich manchmal nach etwas?«

Von jedem anderen wäre die Frage vielleicht dreist gewesen, aber er hatte auch meine beantwortet. Es war nur gerecht, wenn ich seine ebenfalls beantwortete.

»Man kann schwer etwas vermissen, was man nie hatte.«

Wyst nahm einen Schluck Wasser aus seinem Becher. »Ich weiß nicht. Manchmal vermissen wir die Dinge, die wir nie hatten, am meisten.«

»Ich hatte nie das Verlangen nach etwas anderem als Fleisch, roh und blutig. Das ist mein Fluch. Deshalb ist es nicht dasselbe wie mir selbst einen Genuss zu verweigern. Es ist eher wie einer Schildkröte Juwelen zu geben. Weder ist es notwendig noch wird es gewürdigt.«

Wyst nickte. Sein Blick wanderte zu den Abendsternen, während er den Rest seines Mahls verzehrte. »Ich verstehe. Also gibt es keine Genüsse, die du dir versagst?«

Dies war ein wichtiger Moment. Eine gute Hexe hätte eine Antwort gegeben, die ihre Menschlichkeit verbarg. Ein Dutzend Entgegnungen kamen mir in den Sinn, jede davon in ihrer Unbestimmtheit angemessen. Ich wählte jedoch keine davon.

»Es gibt« – ich zog meinen Hut tiefer, um das Erröten meiner Wangen zu verdecken – »Versuchungen.«

Molch murmelte vor sich hin. Auf gewisse Weise war er ein strengerer Meister als die Grausige Edna, aber er war nicht mein Meister. Seine Meinung zählte wenig.

»Molch, geh Feuerholz holen!«

Er blinzelte in die kräftigen Flammen und den kleinen, jedoch ausreichenden Vorrat an frischen Ästen daneben. »Warum schickst du nicht Gwurm? Er ist größer und hat Hände.«

Ich warf einen Blick auf meinen Troll, der sich am frühen Abend zurückgezogen und zusammengerollt hatte, einem Felsblock ähnlich. »Er schläft.«

»Dann weck ihn auf.«

Mein Vertrauter sah mir in die Augen und versuchte, mich niederzustarren. Seine Unverschämtheit war in der letzten Zeit lästig geworden, und eine weitere Lektion schien nun angezeigt. Ich hätte ihm öfter welche erteilen sollen, aber sein konträres Wesen rührte von seinem Dämon her. Ich bestrafte ihn nicht gern für seine verzauberte Natur. Er befand sich, darin mir selbst sehr ähnlich, in einem ständigen Kampf mit einem Teil seiner selbst. Ich disziplinierte ihn nur, wenn ich das Gefühl hatte, er gab sich bei diesem Konflikt nicht mehr genug Mühe.

Ich nahm meinen Umhang ab und warf ihn über ihn. »Wo hab ich denn bloß den kleinen Molch hingetan?«, fragte ich sanft. Dann hob ich den Umhang an, und darunter kam eine einzelne kleine Feder zum Vorschein, die dort lag, wo vorher die Ente gesessen hatte.

Wyst kannte mich gut genug, um zu wissen, dass ich Molch keinen dauerhaften Schaden zugefügt hatte. »Wohin hast du ihn geschickt?«

»Ich habe ihn verlegt, also vermute ich, er wird an dem Ort sein, wohin alle verlegten Dinge gehen: dieser geheime Ort, wo verlorene Schlüssel, lose Münzen und beinahe, jedoch nicht ganz vergessene Erinnerungen darauf warten, wiedergefunden zu werden. Er wird irgendwann wieder auftauchen, so wie die meisten verlorenen Dinge. Höchstwahrscheinlich, wenn wir nicht einmal nach ihm suchen.

Wie wird man ein weißer Ritter?« Es war ein Bruch des Hexenprotokolls, solch eine Frage zu stellen und preiszugeben, dass es Dinge gab, die ich nicht wusste. Aber jetzt, da Molch verloren war, machte ich mir noch weniger Gedanken über meine Hexenhaftigkeit. Ich war nicht bereit, sie vollkommen aufzugeben, aber es schien mir leichter, sich keine Sorgen zu machen, wenn die einzigen Zeugen ein schlafender Troll, ein Besen und ein Pferd waren.

»Es ist ein Geheimnis.«

»Hexen sind sehr geschickt im Bewahren von Geheimnissen.«

Wyst und ich wechselten ein leichtes Lächeln.

»Ja, davon gehe ich aus.«

Er nahm seinen dritten und letzten Schluck Wasser für diesen Abend und steckte den Becher zurück in sein Bündel. Dann legte er sich auf seine Decke auf der kalten, harten Erde. Es bedurfte all meiner Willensstärke, mich nicht auf ihn zu werfen, mit den Händen über seine Brust zu fahren und ihm vielleicht die Nase abzubeißen. Bevor dieser Drang unwiderstehlich wurde, begann er seine Geschichte zu erzählen, wobei er in den Himmel blickte.

»Kein Mensch ist vollkommen gut oder schlecht. Sie mögen größtenteils das Eine oder das Andere sein, aber sie haben immer bis zu einem gewissen Grad ihren Gegenpart. Und manchmal gibt es Menschen, entweder durch Zufall oder durch ihre Entwicklung, deren Seelen in perfekter Balance ruhen. Gut und Böse in genauem Gleichgewicht. Wenn ein Mensch dieses Stadium erreicht, beachtet ihn das Schicksal besonders und wählt ihn für die wahre Größe aus. Ich war solch ein Mann.

Der Orden benutzt Seher, deren einzige Aufgabe es ist, durch die Lande zu wandern, solche Männer zu finden und sie zu rekrutieren. Ich saß in einer Taverne, halb betrunken, als mich einer von diesen Sehern fand.«

Ich versuchte, mir Wyst halb betrunken vorzustellen, aber selbst die Vorstellungskraft einer Hexe hat ihre Grenzen.

Er schloss die Augen und faltete die Hände auf der Brust. »Dieser Seher erklärte mir, dass ich mich an einem sehr wichtigen Punkt in meinem Leben befände. Eine Seele kann diese perfekte Balance nicht lange aufrechterhalten, und auf die eine oder andere Art würde mich etwas in eine Richtung kippen. Dann gewährte er mir traditionsgemäß einen Blick auf das, was die jeweilige Entscheidung bringen würde. Danach entschloss ich mich, sein Angebot anzunehmen und ein Kämpfer des Guten zu werden.«

»Bei dir klingt das so leicht.«

»Das war es auch.«

»Aber wenn deine Seele in perfekter Balance ruhte, nicht gut oder schlecht, sondern beides und keines davon, wie konntest du dich dann überhaupt entscheiden?«

Er drehte sich auf die Seite, mit dem Rücken zu mir. »Normalerweise gibt es ein Zeichen. Manche warten monatelang darauf, aber ich war nicht so geduldig. Ich habe eine Münze geworfen.«

Ich lachte. Ich hatte schon vorher gelacht, aber nie auf diese Art. Es war weich und musikalisch und sehr sterblich. Es war mir vollkommen egal.

»Und wie wird man eine Hexe?«, fragte Wyst.

»Das ist ein Geheimnis.«

Wyst stützte sich auf einen Ellbogen und wandte mir den Kopf zu. »Weiße Ritter sind sehr geschickt im Bewahren von Geheimnissen.«

Ich sah in diese tiefen, dunklen Augen. Hitze stieg in meiner Brust auf und mein Magen grummelte. Und ich genoss diese Gefühle.

»Ja, davon gehe ich aus.«

ACHTZEHN

Eine weitere Woche verging ohne eine einzige Prüfung, der wir uns stellen mussten. Noch sonst etwas, was auch nur so interessant gewesen wäre wie eine Gegend mit schlechtem Wetter oder lästigen Elfen. Molch blieb verschwunden, aber wäre er da gewesen, hätte er diese Reise sicherlich als viel zu angenehm für eine Rachesuche gefunden. Ich konnte warten, solange es nötig war, da ich die nahezu grenzenlose Geduld besaß, die damit einherging, alterslos und eine gute Hexe zu sein. Aber meine Gespräche mit Wyst aus dem Westen halfen ebenfalls, die Zeit zu vertreiben.

Es war nett, jemanden zu haben, mit dem ich meine Geheimnisse teilen konnte. Ich hatte sie mit Molch und Gwurm und sogar mit Morgenröte geteilt, aber das war eine einseitige Sache gewesen. Mein Austausch mit Wyst war ein fairer Handel.

Er erzählte mir von seiner Jugend, von seiner Mutter und

seinem Vater, von seinen Kindheitsfreunden und -feinden und wie es gewesen war, ein sterblicher Junge zu sein. Ich sprach von dunklen Kellern, von der Grausigen Edna und dem Fiesen Larry, davon, den Himmel bis zum Alter von achtzehn Jahren nicht gesehen zu haben, und wie es gewesen war, ein fluchbelegtes Mädchen zu sein.

Wir sprachen von verborgenen Wünschen. Von kleinen, nicht überwältigend wichtigen, aber von Dingen, die wir selten zugaben. Ich erfuhr, dass sein Lieblingsgericht Schildkrötensuppe gewesen war, dass er es liebte zu schwimmen und Hunde besonders gern gemocht hatte. Er erfuhr, dass meine Lieblingsleckerei frisches Kaninchenhirn war, dass ich gern Dinge aus Knochen bastelte und ebenfalls eine gewisse Vorliebe für Hunde hegte, wenn auch auf eine räuberischere Art.

Wyst verurteilte mich nie. Noch bemitleidete er mich. Gwurm und Morgenröte hatten das ebenfalls nicht getan, aber weiße Ritter lebten anders als Trolle und Prostituierte. Es schien mir selten, dass Männer, die den Mantel der unberührten Tugend genommen hatten, anderen gegenüber so tolerant bleiben konnten, selbst wenn sie durch Magie und Schicksal in ungesundere Existenzen hineingezwungen wurden. Ich musste mich fragen, ob Wyst ein außergewöhnlicher weißer Ritter war oder ob alle in seinem Orden solche Vorbilder an Rechtschaffenheit und Bescheidenheit waren. Wenn ja, so verdienten die weißen Ritter ihren legendären Ruf voll und ganz.

Ich teilte nicht all meine Geheimnisse mit ihm. Meine Schönheit und all die sinnlichen Begierden behielt ich für mich. Wyst aus dem Westen ließ sicherlich auch ein paar unausgesprochen. Jeder sollte sich ein oder zwei Geheimnisse bewahren, und sei es nur um des Mysteriums willen.

Am Ende der Woche reisten wir Seite an Seite, dicht genug, um die Hand auszustrecken und uns berühren zu können. Wir taten es aber nie.

Doch es war schön genug, einfach die Möglichkeit zu genießen.

Am siebzehnten Tag unserer Suche kamen wir an einen Fluss. Menschen mögen auf ihre zwanghafte Art das Wasser entlang von imaginären Linien teilen, aber jede Hexe weiß, dass es auf der ganzen Welt nur einen Fluss gibt. Er windet sich durch das Land und sammelt Weisheit, um sie zum Ozean zu tragen. Eine weise Hexe verweilt wann immer sie kann einen Augenblick, um etwas von diesem Wissen aufzusammeln.

Wyst tränkte sein Pferd und füllte seine Wasserflaschen, während Gwurm seinen Kopf abnahm und ihn am Ufer eintauchte. Ich kniete mich nieder und befragte den flachen Strom.

»Sei gegrüßt, Fluss.«

»Hallo, Hexe«, antwortete das Wasser. »Wundervoller Morgen, nicht wahr? Ich mag schöne Morgen so gerne. Fast so gern wie schöne Abende. Aber ich muss zugeben, dass mir verregnete Abende bei Weitem am liebsten sind. Nicht, dass ich etwas gegen die Sonne hätte. Aber sie trocknet mich manchmal so aus. Manchmal, wenn es genug regnet, kann ich über eine so viel größere Fläche des Landes fließen. Ich liebe es, die Erde fortzutragen und stell mir vor, was für eine herrliche Schlucht ich eines Tages vielleicht einschneiden werde. Nicht, dass ich ungeduldig wäre, wohlgemerkt ...«

Der Fluss schwatzte immer ohne Ende, und ich ließ ihn noch ein paar Augenblicke länger plappern, bevor ich ihn unterbrach.

»Entschuldige bitte, Fluss, aber ich bin auf einer Suche.«

»Eine Suche nach Rache«, sagte der Fluss.

»Du weißt es also.«

»Man hört so einiges.«

Ich ließ meine Finger durch den kalten Strom gleiten. »Ich hatte gehofft, du könntest mir einen Rat geben. Ich habe in einer Vision einen Fluss gesehen, und ich glaube, du bist mein Führer, wohin auch immer ich gehen muss.«

»In der Tat, das bin ich, und ich muss sagen, dass es mir eine große Ehre ist, Teil deiner Unternehmung zu sein. Ich war bereits bei zahllosen anderen Unternehmungen wichtig, aber diese ist besonders befriedigend. Nicht, dass ich die abtun will, die vorher waren, aber ...«

Ich unterbrach den Fluss erneut. Glücklicherweise nahm er es nie übel.

»Was an meiner Rache macht sie so wichtig?«

»Es hat etwas mit der Gestalt der Dinge zu tun, die da kommen werden. Wie ich selbst wirst du einen großen Einschnitt in die Aufzeichnungen der Geschichte graben. Oder vielleicht wirst du auch einfach unbemerkt austrocknen, wie ich es gelegentlich getan habe.«

Ich bückte mich tiefer und hielt mein Ohr nahe ans Wasser. »Wie das?«

»Leider weiß ich das nicht. Dieses Wissen muss weiter

flussabwärts liegen, und dein Morgen wartet flussaufwärts, wo ich nur weniger wissen kann als jetzt. Ich habe meinen Teil getan.«

»Ich danke dir, Fluss.«

»Sehr gern. Ich wünsche dir viel Glück, Hexe. In gewisser Hinsicht beneide ich dich. Ich muss immer weiterreisen, ohne zurückzusehen, niemals anhaltend. Manchmal denke ich, ich würde gern anhalten, wenn auch nur für kurze Zeit. Oder vielleicht sogar zurückgehen und die Dinge sehen, die ich verpasst haben mag. Könntest du mir einen Gefallen tun, Hexe? Flussaufwärts steht ein Zitronenbaum mit hängenden Ästen. Er lässt kaum jemals eine Zitrone fallen. Hänselt mich nur, dieser Baum. Könntest du dir vielleicht die Zeit nehmen, eine oder zwei Zitronen in mich hineinzuwerfen? Es würde nur einen Moment dauern.«

»Natürlich.«

»Danke. Ich mag frische Zitronen so gern. Nicht so sehr wie Aprikosen zwar. Aber es gibt keine Aprikosenbäume dort, wo du hingehst, und ich würde nicht einmal davon träumen, dich zu bitten …«

Der Fluss redete weiter, aber ich hörte nicht länger zu. Ich informierte Wyst und Gwurm, dass wir diesem Strom folgen würden und wartete darauf, dass mich jemand darauf hinwies, dass wir so einen südwestlichen Winkel gehen würden, nachdem wir zwei Wochen in Richtung Norden gereist waren. Keiner von beiden machte die Bemerkung, und Molch war noch immer verschwunden. Und das Brabbeln des Baches war von geringer Bedeutung.

Nicht weit flussaufwärts wartete ein Zitronenbaum. Ein

Rotkehlchen, eine Krähe und ein Geier saßen in seinen Ästen.

»Bleib fort von mir«, sagte der Baum. »Das sind meine Zitronen und ich werde sie dem Bach geben, wenn ich es will.«

»Nur ein paar, wenn es dir nichts ausmacht.« Ich klopfte dreimal mit meinen Knöcheln an den Baum, und zwei Zitronen fielen in den Fluss.

»Danke«, sagte der Fluss.

»Von mir wirst du keine mehr bekommen«, nörgelte der Baum.

Ich sah noch einmal hinauf in die Äste. Das Rotkehlchen und die Krähe waren noch da, aber wo der Geier gesessen hatte, saß nun ein Falke. Alle drei sprangen und segelten in weiten Kreisen über mir.

In diesem Augenblick traf mich eine plötzliche Vorahnung. Es war meine allerersteVorahnung überhaupt. Ich hatte die Zukunft in Omen gelesen, aber das ist leicht, wenn man weiß, wie. Eine wahre Vorahnung besteht darin, ohne die Hilfe von Zeichen oder Omen etwas zu wissen. Es ist nicht ganz dasselbe, wie wenn die Magie zu einem spricht. Es ist mehr wie einen gewisperten Schnipsel aufzuschnappen, bei dem es die Magie nicht stört, wenn man ihn zufällig mithört. Natürlich war es wie die meisten Vorahnungen eine vage und mysteriöse Information.

»Diese Vögel wurden gesandt, um mich zu töten«, sagte ich, als ich auf Gwurms Schultern kletterte.

Wyst hob eine Hand, um seine Augen zu beschatten und besah sich die zwei Raben und einen ziemlich großen Albatros. Vögel stellten kaum eine Gefahr für mich dar. Für

Gwurm und Wyst auch nicht. Vielleicht konnte der Albatros Penelope schnappen und forttragen, aber selbst mein Besen war kein leichtes Ziel. Wyst klang keineswegs skeptisch, als er fragte: »Von wem?«

»Von dem Zauberer, den wir suchen, vermutlich.«

»Sind es wieder Illusionen in Fleisch und Blut?«, fragte Gwurm.

Wyst antwortete: »Nicht ganz. Es sind Chimären. Kreaturen, die ihre Gestalt wandeln, Monster aus den Traumebenen, die von Zauberern benutzt werden. Genauso gefährlich wie alles, was lebt, weil sie zu allem werden können, was gelebt hat und zu tausend Dingen, die es nie getan haben.«

Während ich hinsah, wurde der Albatros zu einer kleinen, geflügelten Echse, und ein Rabe verwandelte sich in einen gelben Pelikan.

Wyst trieb sein Pferd voran. Er schien nicht besorgt, aber das tat er nie. Er erklärte uns, was wir zu erwarten hatten, während die Kreaturen in verschiedenen geflügelten Formen über den Himmel zogen.

»Das Wichtigste, woran man denken muss, ist, dass Chimären zwanghafte Gestaltwandler sind. Sie können keine bestimmte Gestalt lange halten, und diese Unvorhersehbarkeit kann genauso gegen sie wie für sie arbeiten. Wie ihre Körper sind auch ihre Geister fließend, unfähig, an einer Strategie festzuhalten. In einem Augenblick werdet ihr einem drachenköpfigen Löwen gegenüberstehen und im nächsten wird es ein Welpe sein oder ein Wiesel oder vielleicht auch ein Barsch. Schlagt in diesen verletzlichen Momenten zu.«

Ein Blick nach oben zeigte, dass die Chimären tiefer und dichter flogen.

»Sie werden warnen, bevor sie angreifen.«

Die Chimären folgten uns eine weitere Stunde. Ich ignorierte sie weitgehend und erlaubte mir nur gelegentlich einen neugierigen Blick. Die Mischung der Gestalten war immer verschieden. Zuerst waren es drei Eulen in verschiedenen Farben. Dann eine Stockente, eine Gans und ein Kolibri. Dann ein Kondor, ein größerer Kolibri und ein fliegendes Huhn. Dann eine Fledermaus, eine geflügelte Schlange und eine achtbeinige Schildkröte, die die Luft mit ihren tretenden Beinen teilte.

Die Chimären flogen im Sturzflug direkt über unsere Köpfe und kreischten mit trillernden Stimmen. Sie landeten unmittelbar vor uns.

Wyst zog sein Schwert. »Sie sind bereit.«

Gwurm kniete sich hin, damit ich von seinen Schultern klettern konnte. Er stellte meinen Sack zur Seite und ließ seine Fingerknöchel knacken. Eine merkwürdige Geste für einen Troll, wenn man bedenkt, dass sie keine Gelenke haben.

Die Chimären kamen näher. Jede nahm eine andere Gestalt an. Es lag eine flüssige Anmut in ihren Wandlungen. Köpfe und Gliedmaßen sprossen, schrumpften und veränderten sich. Fell wurde zu Schuppen, dann zu Haut und zu Federn. Egal jedoch, in was sie sich verwandelten, ob natürliches Tier oder seltsame Verschmelzung, sie schienen immer die richtige Form zu tragen. Meine Hexeninstinkte sagten mir, dass sich die Gestalten der Chimären nicht zufällig anordneten. Es war ein Muster am Werk, wenngleich es das unentzifferbare Muster lebender Träume war. Verstehen, was nicht verstanden werden kann, ist Hexenhandwerk.

Die erste Chimäre wurde zu einem großen, haarigen Bär. Der Kopf schrumpfte in den Körper und wuchs aus seiner Brust. Seine Unterarme gerieten insektenartig und endeten in scharfen Haken. Die zweite Chimäre wurde zu einem sehr herkömmlichen Oger. Die dritte nahm eine gewundene Form an, mit dem Kopf eines Elchs und einer Reihe tödlicher Spitzen, die an seinem Rückgrat entlangliefen.

Wir ordneten uns paarweise. Penelope und ich stellten uns dem Bärending. Gwurm stellte sich vor den Oger. Wyst machte sich bereit, die elchköpfige Schlange zu bekämpfen.

Ich wusste, was ich tun musste, um meine Chimäre zu bekämpfen, aber ich war als Hexe nicht talentiert genug, um drei Träume gleichzeitig zu deuten. Also vertraute ich darauf, dass Gwurm und Wyst ihre eigenen bewältigten.

Ich wisperte Penelope Anweisungen zu. Sie ruckte verstehend, und dann begann die Prüfung.

Die Ogerchimäre griff Gwurm an, aber Trolle sind doppelt so stark wie Oger. Gwurm stemmte seinen Gegner hoch in die Luft und knallte ihn auf die Erde. Die Chimäre verwandelte sich in einen monströsen Bullen. Gwurm hielt das bockende Tier fest.

Wyst und die Schlange umrundeten einander wachsam. Die Chimäre schnappte und fauchte. Der weiße Ritter stieß nach ihr. Bisher hatte jedoch keiner von beiden den anderen verwundet.

Ich konnte all das beobachten, weil meine eigene Magie die Erde unter den Füßen des Bärendings zu saugendem Schlamm hatte werden lassen. Es versank kreischend und heulend im Boden. Ein klingenbewehrter Arm was das Letzte, was verschwand. Es war nicht besiegt. Ich überführte es lediglich in eine akzeptablere Form.

Die Erde rumpelte: Ein riesiger Tausendfüßler brach zu meinen Füßen daraus hervor. Er ragte hoch über mir auf, klickte mit seinen Kiefern und zischte. Er packte mich, schleuderte mich hin und her und schnitt mich auf Hüfthöhe in zwei Teile. Meine untere Hälfte fiel ab, aber der Tausendfüßler schnappte mich mit einem Dutzend kurzer Arme. Er veränderte die Farbe, von Hellgrün zu einem dunklen Orange. Schleim tropfte von seinem schnappenden Kiefer. Dann hackte er in meinen Hals. Ein Schwall Blut schoss hervor, der Schmerz von reißendem Fleisch, und mein Kopf fiel zu Boden, wo er rollend zum Stillstand kam.

Die Chimäre, unfähig, ihre Tausendfüßlerform zu halten, schmolz und verwandelte sich wieder. Sie wurde zu einer großen, zweibeinigen Kröte mit einem Gesicht, das nur aus Maul bestand. Sie öffnete ihre Kiefer und zeigte Reihen gezackter Zähne.

Ich konnte meinen Körper spüren, aber es schien mir, als sei mein Hals tausend Meilen lang. Meinen Gliedmaßen Befehle zu geben war eine distanzierte und wohlüberlegte Angelegenheit. Ich war weitgehend hilflos. Penelope nicht.

Die Kröte stürzte sich auf meinen Kopf, nur um von meinem Besen niedergeschlagen zu werden. Die Chimäre schüttelte ihren Kopf frei und kreischte sie an. Penelope bewegte sich in kleinen Kreisen, bevor sie in einem weiten Bogen abermals zuschlug. Die Kraft zerbrach ihren Stiel und schickte die Chimäre zu Boden. Die sprang auf die Füße und verwandelte sich wieder. Sie ließ Federn und ein einzelnes, riesiges Auge wachsen. Penelope schoss vor und durchbohrte dieses Auge. Die Chimäre brach zusammen, äußerst tot.

Mein Besen verlor keine Zeit. Sie entzog sich ihrem Gegner und glitt an meine Seite. Sie fegte meinen Kopf wieder zurück zu meinem Rumpf. Ich brauchte ein paar Augenblicke, um meine Hände dazu zu bringen, meinen Kopf wieder an seinen Platz zu setzen. Mein Hals fügte sich selbst wieder zusammen, aber selbst meine regenerativen Kräfte waren beschränkt, sodass es nur eine lose Verbindung war. Ein heftiges Nicken oder eine plötzliche Erschütterung, und er würde wieder abfallen.

Ich schob mich hoch und beobachtete den Kampf. Gwurms Chimäre war jetzt ein Ding mit Dutzenden von Tentakeln. Der Troll kämpfte zwar, war aber in ihre erdrückenden Windungen verwickelt. Er schnappte nach Luft, bevor sein Körper dem Druck nachgab und auseinanderfiel. Die Trollstücke entglitten dem Griff der Chimäre. Das Monster wurde zu einem Dachs mit einem Pfauenschwanz und kickte Gwurms Teile auf der Suche nach einem verwundbaren Stück herum.

Ich fand einen Stein und schleuderte ihn auf das Biest. Es wirbelte herum, geifernd und mit entblößten Zähnen, und krabbelte dann auf mich zu. Die Dachsgestalt wurde annähernd menschlich, als sie mich mit klauenbewehrten

Händen packte. Sie dehnte sich zu ungeheurer Größe aus und teilte ihre Kiefer, um mich am Stück zu verschlingen. An diesem Punkt schob ich einen Arm in ihren Schlund hinab. Mein Fluch verleiht mir die Fertigkeit, Fleisch zu zerreißen, und das verformbare Fleisch der Chimäre erwies sich als verletzlich. Ich stieß durch die Rückseite ihres Mauls und wickelte meine Finger um etwas Matschiges und Warmes und hoffentlich Lebendiges. Obwohl das bei Chimären meistens Glückssache war. Das Monster biss meinen Arm ab, als ich gerade zudrückte. Die Chimäre gurgelte, schwankte und fiel vornüber. Ich wurde unter ihrer riesenhaften Gestalt begraben.

Mit nur einem Arm – und so nicht in der Lage, mich zu befreien – lag ich unter der Chimäre und lauschte, während Wyst die Letzte bekämpfte. Es war viel Grunzen und Kreischen zu hören, und das ging so für einige Zeit. Schließlich hörte ich einen letzten blubbernden Schrei.

Dann Stille.

Das Monster auf mir schaukelte. Ich dachte, es könnte noch am Leben sein, aber dann rollte es von mir herunter. Wyst aus dem Westen kniete neben mir. Vielfarbiges Blut bedeckte sein Hemd. Schweiß schimmerte auf seiner dunklen Haut. Er schlang sanfte Arme um mich und lehnte mich an die Leiche der Chimäre.

»Bist du verletzt?«

»Verletzt, aber nicht beschädigt«, antwortete ich. »Wie geht es Gwurm?«

»Mir geht es gut, aber ich habe ein Auge verloren. Haltet bitte Ausschau danach.«

Wyst ging meine Beine holen, und nach der Art zu urteilen, wie er ging, konnte ich sehen, dass er verwundet war. Seine Unverwundbarkeit als weißer Ritter musste auf irgendeine Art versagt haben. Ein Teil des Blutes an seiner Seite war sein eigenes.

Während ich zwischen den erschlafften Kiefern des Monsters herumfischte, um meinen Arm zu bergen, fand Wyst meinen Sack. Ich grub nach Nadel und Faden, um mich wieder zusammenzunähen, und fand stattdessen Molch. Wie alle verlegten Dinge befand er sich am letzten und zugleich naheliegendsten Ort, an dem ich suchte.

NEUNZEHN

Nachdem wir unsere erste Prüfung hinter uns gebracht hatten und niemand von uns in reisefähigem Zustand war, lagerten wir neben den Leichen der Chimären. Nur Molch war von Verletzungen verschont geblieben, das aber auch nur, weil er den Kampf verpasst hatte. Was ihn ärgerte. Er hätte lieber teilgenommen und wäre dabei getötet worden als eine Gelegenheit zu einem Kampf zu verpassen. Er schmollte, während wir anderen unsere Wunden versorgten.

Meine Verletzungen waren die am wenigsten dringenden. Ich hatte mich zusammengeflickt und innerhalb von ein paar Stunden war ich wiederhergestellt. Ich mochte es, wie sich der dicke Faden um meinen Hals anfühlte, und stellte mir vor, dass ich ziemlich furchtbar aussah. Aber mein Fluch bewirkte, dass meine Haut die eingedrungene Naht abstieß. Ich war enttäuscht, als sie abfiel.

Gwurm war ebenfalls nicht schwer verletzt, aber nachdem er wieder eingesammelt war, hatten wir entdeckt, dass ein paar Teile fehlten. Ein Ohr und ein Finger waren nicht auffindbar. Er hatte das Glück, dass er noch einen Überfluss an Fingern in seinem Beutel hatte, aber ein Ersatzohr gab es nicht. Er akzeptierte den Verlust mit seiner üblichen Gutmütigkeit und bemerkte, dass zwei Ohren zwar besser wären, eines aber auch genügte.

Sowohl Penelope als auch Wyst aus dem Westen benötigten meine Aufmerksamkeit. Mein Besen war inzwischen zu einem ziemlich lebendigen Wesen geworden, und ihr Stiel würde mit der Zeit von selbst heilen, vorausgesetzt, sie bekam genug Staub zu essen. Ich verband sie nur mit etwas gedrehtem Stoff, damit sie gerade verheilte.

Wysts Wunde war die ernsteste. Er hatte durch die Hauer der Chimäre einen tiefen Schnitt an der Seite erlitten. Wäre ich in der Lage gewesen, Magie zu benutzen, wäre er gewiss auch leicht zu behandeln gewesen. Aber meine Magie glitt an dem weißen Ritter ab, und ich musste mich auf gewöhnlichere Methoden verlassen. Ich verband die Wunde mit einem Breiumschlag, um Infektionen vorzubeugen. Dass er für die Behandlung sein Hemd ausziehen musste, erwies sich als weniger ablenkend als ich erwartet hatte. Die Grausige Edna hatte mich gut ausgebildet. Wyst war kein Mann. Er war ein Patient. Seine feste Haut zu berühren, meine Finger über seinen schlanken, muskulösen Körper gleiten zu lassen, machte mir nichts aus.

Nun, vielleicht machte es mir doch etwas aus. Aber ich konzentrierte mich auf die Wunde und beendete die Aufgabe, ohne sinnlichen Impulsen nachgegeben zu haben. Erst später bemerkte ich die Hitze, die sich in mir gebildet hatte, speziell in meinen Lippen, Brüsten, Lenden und, seltsamerweise, auch in meinen Ohren. Ich humpelte zur anderen Seite unseres kleinen Lagers, um einen klaren Kopf zu bekommen, wobei ich vorgab, die toten Chimären zu untersuchen.

Der Tod hatte ihren Gestaltwandler-Rhythmus nur verlangsamt. Die Leichen nahmen ungefähr alle zehn Minuten andere verstorbene Formen an, jede kleiner als die vorherige. Ich erwartete, dass sie zum Schluss tote Käfer werden würden, dann Dinge, die zu klein für das bloße Auge waren, dann überhaupt nichts mehr. Es schien ein für solche Kreaturen vollkommen normaler Zustand der Verwesung zu sein. Momentan waren die Leichen die eines Feldhasen, eines Wolfes mit Geweih und eines dreiarmigen Mannes.

Molch köpfte den Hasen mit einem Fußtritt. »Sie waren ja gar nicht so gefährlich. Keiner von euch wurde getötet.«

»Wir sind auch alle sehr schwer zu töten«, antwortete ich.

Es lag aber doch Wahrheit in Molchs Beobachtung. Die Chimären, alle an sich schreckliche Monster, waren nie eine ernsthafte Bedrohung gewesen. Der Zauberer, der sie geschickt hatte, musste das gewusst haben. Ihr Zweck war gewesen, uns aufzuhalten, vielleicht mit etwas Glück auch einen von uns zu töten. Vielleicht wollte man uns einschätzen können.

»Woher wussten sie überhaupt, wo du zu finden warst?«, fragte Molch.

»Das hat ihnen sicher der Zauberer gesagt.«

»Woher wusste er es?«

»Höchstwahrscheinlich hat es ihm die Magie verraten. Genauso wie sie mir sagt, wo ich ihn finden kann.«

»Ich dachte, die Magie sei auf unserer Seite.«

»Magie ergreift keine Partei. Sie sieht hauptsächlich zu und wartet, dass etwas Interessantes geschieht, und manchmal, vor allem wenn Hexen und Zauberer entgegengesetzte Ziele verfolgen, fördert sie die interessantesten Dinge.«

»Klingt, als sollte sich die Magie ein Hobby suchen.«

»Vielleicht sind das ja wir.«

Die Dämmerung näherte sich. Gwurm ging Holz sammeln und Molch jagte das Abendessen. Obwohl Wyst und ich uns auf unserer Suche schrittweise angenähert hatten, setzte ich mich an diesem Abend aus Gründen, die ich nicht erklären konnte, weit von ihm entfernt. Ich verhielt mich, wenn es um Wyst ging, oft auf Arten, die ich selbst nicht verstand. Ich nahm an, das sei normal. Und eine gute Hexe muss nicht alles verstehen. Noch erwartet sie es.

Wyst krümmte sich. Offensichtlich hatte er Schmerzen, auch wenn er noch so mühsam versuchte, es zu verbergen. Jeder flache Atemzug war ein leises Keuchen. Wenige hätten es bemerkt, aber ich kannte Wyst, wie nur wenige es taten. Sein Schmerz peinigte mich sogar mehr als bei lebendigem Leib von Goblings gefressen zu werden.

Schweigen schlich sich zwischen uns. Zum ersten Mal seit langer Zeit fühlte ich mich mit Wyst unwohl.

Er presste die Finger auf seine Wunde und zuckte.

»Tu das nicht«, sagte ich.

»Es juckt.«

»Das soll es auch.«

Seine Hand schwebte über dem Verband.

»Lass es in Ruhe.«

Er lächelte spöttisch.

Es war schön, den Jungen unter dem Mann unter dem weißen Ritter zu sehen. Ich lächelte aus Gründen, die mir einmal mehr nicht ganz klar waren.

Wyst verzog das Gesicht. »Wir können nicht alle das Glück haben, verflucht zu sein.«

»Das Glück kann wankelmütig sein«, stimmte ich zu. »Genauso wie die legendäre Unverwundbarkeit eines weißen Ritters.«

»Eine gängige Übertreibung«, sagte er.

»Das habe ich daraus geschlossen.«

Dann erzählte mir Wyst von den Grenzen seiner verzauberten Unverwundbarkeit. Ich fühlte mich geehrt, dass mir das Geheimnis anvertraut wurde, aber wir hatten nun schon so viele Geheimnisse geteilt. Unsere physischen Verwundbarkeiten schienen neben geheimen Wünschen und sterblichen Eingeständnissen beinahe trivial.

Weiße Ritter konnten auf vier Arten geschädigt werden: Magie, Ertrinken, ehrenvoller Kampf und Korruption. Keine davon war besonders leicht. Höhere Magie kann niedrigere Magie immer überwinden, aber eine Magie, die größer war als Wysts Zauber, war sehr selten. Wyst konnte zwar ersticken, aber sein Zauber ermöglichte ihm, eine Stunde lang den Atem anzuhalten. Ehrlicher Kampf war eine allgemeinere Schwäche. Selbst Wyst gab zu, dass er nicht wusste, was ehrbar war und was nicht, bis er tatsächlich verletzt wurde. Offenbar hatte die Chimäre die Voraussetzungen der Magie erfüllt.

Der Gedanke der Korruption war für mich besonders interessant. Die Tugend eines weißen Ritters trieb seinen Zauber an. Wenn er ihrer beraubt wurde, war er genauso verletzlich wie jeder andere Mann. Wurde er gefangen genommen, so wurde ein weißer Ritter normalerweise für einen Monat oder ein Jahr oder wie lange es auch dauerte, bis er einem Moment der Schwäche verfiel, in einen Kerker geworfen. Selbst die tugendhafteste Seele würde einem Stück frischem Obst oder dem Kuss einer schönen Jungfrau verfallen. Dann ging es ab zum Block oder Galgen. Diese Methode war weit entfernt von narrensicher. Sehr oft hielt der Ritter lang genug durch, um gerettet zu werden oder zu entkommen.

»Wäre Ertränken nicht einfacher?«, fragte ich.

»Das wäre es schon, aber die meisten nehmen an, wenn man in zehn Minuten nicht ertrunken ist, wird man es auch später nicht mehr.« Er lag auf dem Rücken und atmete so wenig wie möglich. »Und wie genau finden untote Hexen den Tod? Tun sie es überhaupt?«

»Ich bin alterslos, nicht unsterblich.«

Ich kannte allein durch die Grausige Edna und ihre Gespräche mit der Magie vier sichere Arten, wie ich sterben konnte. Erstens gab es da die Magie selbst. Aber eine Magie, die mächtiger war als mein Fluch, kam nur ungefähr einmal im Jahrhundert vor. Feuer, als Diener sowohl von Leben als auch von Tod, konnte mich töten. Bis auf die Tatsache, dass ich als Hexe gut Freund mit dem Feuer war. Nur die wütendste Flamme stellte also irgendeine Art von Gefahr für mich dar. In drei oder vier Stücke gehackt zu werden war dagegen vielleicht sogar die effektivste Art, vorausgesetzt man sorgte dann auch dafür, dass meine Teile lange genug davon abgehalten wurden, sich wieder zusammenzufügen.

»Wie lange?«, fragte Wyst.

»Das hängt größtenteils davon ab, wie viele Stücke es sind, aber mindestens einen guten Monat.«

Er wand sich voller Unbehagen. »Und die letzte Methode?«

Ich zögerte, Wyst davon zu erzählen. Ich hatte es immer für unmöglich gehalten. Unmöglich ist ein Gedanke, der von Sterblichen gehegt wird, um ihre Welt sicher zu halten. Dennoch sind manche Dinge so unwahrscheinlich, dass die Unmöglichkeit keine große Übertreibung ist. Aber ich vertraute Wyst mein Leben an. Und meinen Tod.

»Wenn mir von jemandem, den ich liebe, das Herz durchbohrt wird.«

Es folgte ein weiteres kurzes Schweigen zwischen uns. Bevor einer von uns es beenden konnte, kam Gwurm ins Lager zurückgestampft. Er trug eine beeindruckende Ladung von Ästen. Molch kam mit einem halben Dutzend Eichhörnchen zum Abendessen zurück. Wyst und ich sprachen an diesem Abend nichts mehr miteinander. Und als schließlich alle eingeschlafen waren, kroch ich davon und setzte mich in die tröstliche Dunkelheit direkt außerhalb des Lichtkreises des Lagerfeuers.

Ich beobachtete Wyst aus den Schatten heraus. Er schlief unruhig. Seine Schmerzen waren zwar unwesentlich und hauptsächlich unangenehm, aber jeder seiner mühsamen Atemzüge stach mich in die Seite. Ich wollte dafür sorgen, dass es ihm besser ging. Außerdem wollte ich ihn auffressen, einen saftigen Bissen nach dem anderen. Aber erst, nachdem er mich in seine Arme genommen und ich seinen Kuss geschmeckt und seine warme Haut an meiner eigenen gespürt hatte.

»Du liebst ihn.«

Ich war so auf Wyst konzentriert, dass ich nicht einmal bemerkt hatte, dass Gwurm wach war. Der Troll setzte sich neben mich.

»Ich weiß nicht«, sagte ich. »Was ist Liebe?«

Gwurm kicherte. »Das weiß niemand so genau. Liebe verweigert sich in ihrer komplexen Schlichtheit jeglicher Erklärung. Wie Magie, denke ich.«

Der Vergleich machte das Verstehen einfacher. Magie benötigt keine Erklärung, nur den Verstand zu wissen, dass sie da ist. Genauso ist es mit zahllosen anderen Dingen in dieser Welt und außerhalb davon.

»Ich liebe ihn.«

Das Zugeständnis fiel im Dunkeln leichter. Und wie die Grausige Edna meine Mutter gewesen war, so war Gwurm zu meinem Bruder geworden. Er nahm mit seinen immensen Fingern meine kleine Hand.

Ich hatte nicht bemerkt, dass auch Molch wach war. »Wenn dich die Herrin jetzt hören könnte.« Er setzte sich zu meinen Füßen. »Hexen und Liebe, das ist doch unnatürlich.«

Wie so oft ignorierte ich ihn. Dämonen können nicht lieben. Ihnen fehlt die Eigenschaft, sich für irgendjemanden außer für sich selbst zu interessieren. Und dafür bemitleidete ich ihn und alle Dämonen.

»Du solltest ihn töten«, sagte Molch. »Wenn du ihn wirklich liebst.«

Es war eine typische Dämonenschlussfolgerung, eine Schwäche zu zerstören, bevor sie einen selbst zerstört. Aber ich wollte Wyst aus dem Westen nicht töten. Er machte mir keine Angst. Genauso wenig wie Zauberer. Oder auch die Liebe. Nur *eine* Sache machte mir Angst.

Mein Fluch. Und was er mich tun lassen mochte.

Wyst bewegte sich und schien an der Grenze zum Erwachen zu sein. Tief in mir regten sich Dinge als Antwort darauf. Vor allem mein Magen.

ZWANZIG

Todesflüche sind mächtig. Nur die größten Zauberer sind dazu in der Lage, und es hat wenig Sinn, sich zurückzuhalten, wenn man dabei ist zu sterben. Obwohl ich das immer gewusst hatte und mein ganzes Leben mit meinem Fluch gelebt hatte, verstand ich nie ganz, wie verflucht ich wirklich war. So lange, bis ich die Liebe kennen lernte.

Ich wollte Wyst töten, ihn auffressen und verdauen, damit er immer ein Teil von mir war. Ich wollte ihn verschlingen, weil ich ihn liebte. Aber aus demselben Grund hätte ich auch alles getan, um ihn zu beschützen. Vor allem vor mir selbst. Der kurze Genuss, ihn zu verzehren, so befriedigend er gewesen wäre, würde neben dem schrecklichen Leid verblassen, solch einen großartigen Mann getötet zu haben. Aber ich konnte nie glücklich damit sein, ihn einfach nur zu kennen. Ich brauchte seine Berührung, seine Wärme. Ich brauchte seinen Körper auf eine Art, die ich nie haben konnte. Gleichgültig, was ich wählte: immer würde Traurigkeit das Endresultat sein. Dies war die schreckliche Schönheit meines Fluchs. Es war frustrierend, aber als Hexe konnte ich das Werk des Fiesen Larry nur bewundern.

Wenn ich ohnehin unbefriedigt sein sollte, so wäre es die praktische Vorgehensweise gewesen, mich mit Wyst aus dem Westen zu amüsieren, ihn zu fressen und diese Zwangslage so zu beseitigen. Dabei gab es aber ein Risiko. Wyst konnte mich töten, aber der Tod war gar keine so furchtbare Aussicht. Wenn ich nur einen Kuss haben konnte, bevor ich starb, und vielleicht ein winziges Stück von einem seiner Ohren, so konnte ich mir weit schlimmere Schicksale vorstellen.

Ich wurde von einer weiteren schlaflosen Nacht geplagt. Ich saß in den Schatten und beobachtete Wyst aus dem Westen. Manchmal fühlte ich mich wie eine Frau, die damit zufrieden ist, ihren schlummernden Geliebten anzusehen. Manchmal fühlte ich mich wie eine Spinne, die eine Fliege beobachtet. Schließlich konnte ich meinem Bedürfnis nicht länger widerstehen.

Ich kroch aus der Dunkelheit, während die anderen schliefen, und kniete mich neben ihn. Mein Fluch machte mich für seinen schlafenden Geist zu einem Schatten. Ich nehme an, es war ein Vorteil, der dazu gedacht war, schlafende Kinder verschwinden zu lassen. Aber es funktionierte bei Männern genauso gut. Ich liebkoste seine Wange mit sanften Fingern und fuhr mit dem Daumen über seine Lippen. Meine Finger tanzten seinen Hals hinab und dann über seine Brust.

Ich stützte mich auf meine Hände und hielt mein Gesicht über seines. Kaum mehr als einen Zentimeter entfernt, aber er konnte mich nicht spüren. Er bewegte sich. Sein sanfter, warmer Atem stieg von seinen geöffneten Lippen auf. Wenn ich ihn küsste, während er schlief, würde Wyst es nie erfahren. War ein geraubter Kuss zu viel verlangt? Wenn niemand es sah, wenn nur ich wusste, dass es je geschehen war, was konnte so schlimm daran sein?

Mein Herz schlug schneller. Mein Inneres verdrehte sich zu Knoten von Hunger und Übelkeit.

Ich konnte meinen Fluch nicht ewig bekämpfen. Wenn alles so blieb, wie es war, wusste ich, was geschehen musste. Entweder Wyst oder mir selbst. Ich wusste nicht, was von beidem, und ich entschied, nicht darüber nachzudenken. Die Entscheidung würde nicht in dieser Nacht fallen. Aber mein Hunger war nicht zu leugnen. Nicht ganz.

Ich legte mich neben ihn. Ich nahm seine Hand in meine Hand und hielt sie dicht an meine Brust. Selbst das weckte ihn nicht auf. Ich drückte fester und stellte mir vor, wir wären beide nackt und erschöpft von einer Nacht voller Leidenschaft. Keine sehr hexenhafte Vorstellung. Eher Gedanken für ein liebeskrankes Mädchen an der Schwelle zum Frausein. Genau das war ich jedoch. Untot. Verflucht. Alterslos. Und erschreckend unschuldig auf so vielerlei Art.

Die Minuten, die ich neben ihm lag, genügten beinahe, um mein Verlangen zu stillen. Beinahe. Ich rollte mich näher, presste mich an ihn, so sehr ich es wagte. Ein wenig mehr sogar, um ehrlich zu sein. Ich drehte sein dunkles Gesicht zu meinem herum. Und ich küsste ihn. Ein leichtes Streichen meiner Lippen über seine Stirn. Obwohl es eine einseitige Angelegenheit war, war es mein erster Kuss.

Es sei denn ich zählte Molch mit, aber das tat ich nicht. Eine wunderbare Wärme erfüllte mich. Mein Mund wurde trocken. Meine Finger zitterten. Mein Magen knurrte fast laut genug, um Wyst zu wecken. Meine Wünsche waren für den Moment erfüllt, und so kehrte ich in die tröstliche Dunkelheit zurück.

Wyst wachte einen Augenblick später halb auf. Obwohl ich ein Schatten war, würde eine blasse Erinnerung zurückbleiben, die man leicht für einen verschwommenen Traum halten konnte. Er drehte sich auf seine verwundete Seite, stöhnte und schlief wieder ein.

»Du kannst aufhören, dich zu verstellen«, sagte ich. »Ich weiß, dass du es gesehen hast.«

Penelope glitt an meine Seite. Sie legte sich zu meinen Füßen nieder.

»Ist schon gut. Ich wusste die ganze Zeit, dass du wach warst, also hast du nichts Falsches getan.«

Sie stand auf und neigte sich vor, dann zurück.

»Es war sehr schön.«

Penelope stupste mich sachte an.

Ich grinste. »Wunderbar.«

Mit einem fröhlichen Sprung und einigem Wirbeln fiel sie in meine Hand. Ich war froh, dass sie es miterlebt hatte. Dass jemand anders es gesehen hatte, verlieh dem Kuss Realität, und ich vertraute auf das Stillschweigen meines Besens.

So saß ich in der Dunkelheit, grinste, wie eine Hexe es nie tun sollte, und wartete, dass die Sonne aufging.

EINUNDZWANZIG

Dieser Moment, wenn die Morgenröte die Nacht fortbrennt, war immer mein unliebsamster Teil des Tages, aber ich entdeckte, dass die Welt ein dämmrigerer Tag ist, wenn man verliebt ist. Die Sonne und ihre kompromisslose Helligkeit schienen an diesem Morgen erträglicher.

Die Erinnerung an meinen Körper, dicht an seinem, mochte irgendwo in Wysts Geist ruhen. Einmal berührte er seine Stirn, wo ich ihn geküsst hatte. Er lächelte, schüttelte den Kopf und tat es sicherlich als sonderbaren Traum ab. Selbst weiße Ritter mussten diese Art von Träumen haben. Fluchbelegte Hexen hatten sie jedenfalls. Manchmal sogar, wenn ich wach war.

Wir brachen das Lager ab und setzten unsere Suche fort. Wyst und ich sprachen den ganzen Vormittag nichts miteinander. Es war unsere Gewohnheit, tagsüber wenig zu sprechen, und fast alle dieser Wortwechsel waren auf die Suche bezogen. Seine Wunde verheilte – nach der Leichtigkeit seiner Bewegungen zu urteilen – gut. Meine irdische Medizin und sein Zauber ließen ihn sich viel schneller, als es normal war, von Verletzungen erholen. Dazu sagte ich nichts.

Molch verbrachte den Morgen mit Beschwerden. Er hatte viel, worüber er sich beschweren konnte, und der Dämon in ihm hatte kein Problem damit, alle wissen zu lassen, wie unzufrieden er war. Ich fand es amüsant, dass eine Kreatur ohne ein Quäntchen Mitgefühl Mitleid erwarten konnte, aber es war gar nicht so sonderbar. Dämonen besitzen Empathie, wenn auch nur für sich selbst.

Ich lauschte Molchs Klagen nur zu gern. Ich hatte einen Grad von Zuneigung für seine Makel entwickelt, wie sie der Lauf der Zeit oft begünstigt. Ich denke, wir hatten sein Gemurre alle vermisst. Selbst Wyst lächelte, während sich Molch Luft machte.

»Wohin hast du mich überhaupt geschickt?«

»Es hat keinen Namen. Wenn es einen hätte, könnte es gefunden werden, und wenn man es finden könnte, wäre es nicht mehr der Ort, wo verlorene Dinge hingehen.«

»Du hast auch keinen Namen«, sagte Molch. »Und man kann dich trotzdem finden.«

»Vielleicht nur, weil ich es erlaube.«

Er warf mir einen seiner üblichen zweifelnden Blicke zu. Ich muss zugeben, dass ich ihn vermisst hatte. »Wo es auch war, es roch nach nassem Kobold. Und es gab dort viel zu viel furchtbares Licht. Und ständig fielen Dinge vom Himmel.«

Gwurm stöpselte sein Ohr aus und steckte es an die

rechte Seite seines Kopfes, um Molch besser hören zu können. »Was für Dinge?«

»Ringe. Grale. Ein verlottertes, gelbes Vlies. Es gab da einen Berg von Schlüsseln und Münzen und ein Feld voller Stiefel, aber kein passendes Paar.«

»Keine Trollohren?«, fragte Gwurm.

»Nicht, dass ich es bemerkt hätte, aber es war ein sehr unordentlicher Ort. Vor allem für einen Ort, der keinen Namen hat und nicht gefunden werden kann.«

»Schade. Wenn du eines Tages wieder hinkommst, würde es dir etwas ausmachen, danach Ausschau zu halten?« Gwurm kicherte.

Molch sträubte bei diesem Gedanken die Federn.

»Noch drei Prüfungen«, bemerkte er. »Welche war das überhaupt? Kampf, schätze ich.«

»Es könnte Magie gewesen sein«, antwortete ich. »Chimären sind magisch. Oder es hätte auch Gefahr sein können. Chimären sind Monster. Und es hätte ebenso gut Stärke sein können, eine Erprobung von physischer Macht.«

Molch seufzte. »Weißt du es nicht?«

Ich blickte nur rätselhaft in die Weite.

»Na gut. Auf jeden Fall sind drei Prüfungen übrig. Wann kommt die nächste?«

Ich starrte weiter auf den Horizont.

»Du weißt es nicht. Gib es einfach zu.«

»Es ist nicht wichtig, was ich weiß und was nicht. Die Dinge werden auf ihre eigene Art fortschreiten.«

»Was nur bedeutet: du weißt es nicht.«

Ich würde überhaupt nichts zugeben. Niemand außer

Molch erwartete das von mir, was auch genau der Grund dafür war, warum ich es nicht tat. Ich genoss es ebenso, meinen Vertrauten zu ärgern, wie jeder andere. Na gut, vielleicht nicht so sehr wie Gwurm.

Einige Stunden stromaufwärts schlug der Fluss vor, dass wir uns trennten, weil er nichts weiter über unsere Suche wusste, außer dass nach Norden zu reisen das Richtige zu sein schien. Molch konnte es sich nicht verkneifen, darauf hinzuweisen, dass wir nach Norden gegangen waren, bevor wir dem Fluss gefolgt waren, aber Suchen waren traditionellerweise voller Umwege. Das ärgerte ihn zwar, aber das taten so viele Dinge.

»Hast du zumindest eine Ahnung, was dieser Zauberer vorhat?«, fragte er.

Ich schloss die Augen und senkte den Kopf. »Ich habe einen Schwarm Phantomgoblings gesehen, der über die Erde hinwegfegt und sie von allem echten Fleisch und Blut säubert. Und an seiner Stelle wurde eine neue Welt geschaffen. Eine Welt aus Schatten und Glas. Eine perfekte, aber hohle Reproduktion.«

»Bei dir klingt es so, als wäre es bereits geschehen.«

»Vielleicht ist es das auch.« Zum ersten Mal verstand ich, was die Grausige Edna mit der Vergangenheit, die noch nicht geschehen ist, gemeint hatte. Zeit war weder jetzt noch später, dann oder danach. Zeit war einfach. Das Morgen fand man, indem man die Stunden durchwanderte, eine Minute nach der anderen. Niemand konnte sicher wissen, was später auf dem Weg noch wartete, nicht einmal die Magie. Der einzige Weg, es zu erfahren, war die Reise zu machen.

»Aber warum sollte irgendwer das tun? Die Welt zerstören, nur um sie zu erneuern?«

»Zauberei ist Illusion. Sie ist mächtig, aber nie ganz real. In einer Welt von Phantomen ist die Illusion allerdings Realität.«

»Wahnsinn«, sagte Wyst.

»Magie und Wahnsinn gehen oft Hand in Hand, und Zauberer waren immer besonders anfällig dafür. Sie beherrschen eine Kunst, die Realität und Illusion verschwimmen lässt, und die meisten erkennen irgendwann den Unterschied nicht mehr.«

»Kann er es schaffen?«, fragte Molch.

»Wo hohe Magie betroffen ist, ist alles möglich. Aber in diesem Fall würde ich mir keine großen Sorgen machen. Die Welt ist nicht so empfindlich. Wenn wir auf unserer Suche scheitern, dann wird ihn höchstwahrscheinlich irgendwer irgendwo aufhalten.«

Molch war enttäuscht. Er wollte der Retter der Welt sein. Es würde nur bestätigen, was der Dämon in ihm bereits wusste: dass das Universum allein zu seinem Ruhm existierte. Das stimmte zwar nicht, aber ich schenkte ihm diesen einen Moment der Selbstherrlichkeit.

»Dennoch sind wir die Ersten, und wenn wir der Suche nicht gerecht werden, so wird es viel mehr Tod und Leiden geben, bevor sein Plan beendet ist.«

Molch hätte bis hinter beide Ohren gegrinst, wenn er denn welche gehabt hätte. Er war jetzt der Mittelpunkt der Welt. Eigentlich war er es immer gewesen, und ich hatte es lediglich bestätigt. Er schwelgte zufrieden in seinen Heldenphantasien. Zweifellos hielt er sich für einen Zauberertöter. Wir anderen waren bloße Mitwisser seiner Vorsehung, die in Wirklichkeit meine Vorsehung war. Er hatte seine Freude daran, also wies ich ihn nicht darauf hin.

Weiter nördlich verdünnte sich der Wald zu schütterem Gehölz, dann zu einer grasbewachsenen Fläche, danach zu einer hügeligen Ebene. Ich bemerkte es kaum. Wyst aus dem Westen beanspruchte meine Wahrnehmungen. Molch mochte das Zentrum seines eigenen Universums sein, aber der weiße Ritter war der Mittelpunkt des meinen. Ich verstand wenig von der Liebe, aber das hielt ich für ganz normal. Die Besessenheit frischer Liebe. Mit der Zeit würde sie leichter zu handhaben sein. Ich konnte sie nur im Zaum halten, indem ich mich zwang, an andere Dinge zu denken. Ich schloss die Augen, senkte den Kopf und murmelte Unsinn vor mich hin. Die Grausige Edna hatte oft gesagt: »Alle sprechen mit sich selbst, aber wenn sie wirklich etwas erfahren wollten, würden sie zuhören. Ein einseitiges Gespräch tut selten jemandem gut.«

Also sprach ich, und ich hörte zu, wenn auch nicht sehr aufmerksam, während Wyst so nahe war. Selbst mit geschlossenen Augen konnte ich sein anziehendes Gesicht sehen, diese dunklen Augen, diese schlanken Schultern, die köstlichen Ohren. Ich konnte seinen warmen Atem riechen und spüren, wie meine Finger durch das kurze Haar auf seinem Kopf glitten. Ich konnte seine Haut immer noch auf meinen Lippen schmecken. Meine Lust war stärker denn je. Genau wie mein Hunger.

»Du weißt, was geschehen muss«, flüsterte ich.

Ich sah zu Wyst hinüber. Er beobachtete mich. Vielleicht

hatte er das schon die ganze Zeit getan. Keiner von uns wandte sich ab. Wir starrten uns einfach in die Augen. Und dann, genau im selben Moment, lächelten wir. Ich hätte ihn geküsst oder seine weichen Lippen abgebissen, wenn ich nahe genug gewesen wäre. Mein Körper sprach auf hundert wortlose Arten zu mir, und ich wusste, was ich tun würde ... was ich tun musste.

Ich senkte meine Augen unter Wysts Blick und schob meine Lust beiseite. Das heißhungrige Tier war damit zufrieden, sich in Vorfreude auf die kommende Mahlzeit die Lippen zu lecken.

Molchs Heldenphantasien fesselten seine Aufmerksamkeit nicht länger. »Dieser Zauberer, hat er wirklich genug Macht, um diese Hülsen und die Dunkelheit in deiner Vision auch hinzubekommen?«

»Glas und Schatten«, korrigierte ich ihn. »Möglicherweise ja.«

Molch pfiff. »Dann muss er einer der mächtigsten lebenden Zauberer sein.«

»Ich glaube, er ist eine Inkarnation.«

Molch geriet so aus der Fassung, dass er von meinem Schoß rutschte und auf den Boden fiel. Er sprang auf die Füße zurück. »Eine Inkarnation! Du hast nichts über eine Inkarnation gesagt!«

»Du hast nicht danach gefragt.«

Es gibt viele, die die Wege der Magie studieren, aber nur wenige Erlesene haben auch das Talent, bedeutend zu sein. In dieser Elite gibt es eine noch kleinere Gruppe, die die Macht hat, die Geschichte zu formen, die Welt (und manchmal sogar das Universum) auf Arten zu verändern, die nie vergessen werden. Zu Legenden zu werden, die bis ans Ende der Zeiten bestehen bleiben.

Und dann gibt es die Inkarnationen. Sie sind Fleisch gewordene Magie. Oder Magie gewordenes Fleisch, je nachdem, wie man solche Dinge betrachtet. Es gibt auf der Welt nur jeweils *eine* davon, und welches magische Handwerk sie auch immer praktizieren, sie sind unvergleichlich. Seltsamerweise sind sie ein wirrer Haufen. Viele erreichen nie etwas Bedeutsames. Solche Macht geht auch nicht immer an diejenigen, die das Bedürfnis haben, Königreiche zu dezimieren oder die Welt zu verbessern. Die Magie wählt ihre Inkarnationen nach ihren eigenen Gründen aus – und niemand ist in diese Gründe eingeweiht.

Die Grausige Edna hatte gelegentlich darüber nachgegrübelt, dass der Fiese Larry eine Inkarnation gewesen sein könnte. Wenn dem so war, dann war ich seine gesamte Ehrfurcht gebietende Zauberermacht in einer fluchbelegten Gestalt, aber ich war keine Inkarnation.

Gwurm hob Molch auf und setzte ihn zurück auf meinen Schoß. »Eine Zauberer-Inkarnation«, sagte mein Vertrauter. »Dann kann es nur ein einziger Mann sein.«

»Der Seelenlose Gustav«, sagte Gwurm.

Ich hatte den Namen niemals gehört, musste aber nicht fragen. Ich musste nur zuhören.

Molchs Augen weiteten sich angstvoll. »Nicht so laut! Sonst hört er dich!«

»Das ist doch nur ein Märchen.«

»Nein, ist es nicht! Ich kannte jemanden, der jemanden kannte, der seinen Namen aussprach und seine Aufmerksamkeit auf sich zog.« Molch sprach mit gedämpfter, ehrfurchtsvoller Stimme. Offenbar waren nicht einmal Pronomen weit genug vom Seelenlosen Gustav entfernt.

»Und was ist diesem Freund eines Freundes passiert?«, fragte Gwurm.

»Was glaubst du denn? Der arme Kerl ist gestorben. Jämmerlich, wie ich hinzufügen möchte. Seine Zunge schwoll an. Seine Haut wurde zu Maden. Sein Herz sprang ihm aus der Brust, bekam Arme und schlug ihn tot.«

»Das ist furchtbar«, stimmte ich zu.

»Abergläubischer Unsinn«, bemerkte Wyst.

»Nein, das ist nicht wahr!« Molch nickte mir zu. »Sag es ihnen. Sag ihnen, dass eine Inkarnation so etwas tun kann.«

»Ich nehme an, das ist möglich«, sagte ich. »Natürlich ist es genauso möglich, dass sein Herz aus ganz eigenen Gründen wütend auf ihn war.«

Wyst und Gwurm lachten. Penelope schüttelte sich in dem stillen Kichern, das ihr eigen war.

»Ich wusste gar nicht, dass du so viele Freunde hast«, sagte ich.

»Ich war nicht immer ein Vertrauter oder bloß eine Ente. Es gibt mehr in meiner Vergangenheit, als du je wissen wirst.«

Ich hatte zwar nie darüber nachgedacht, aber ich war ja auch nicht unter der Vormundschaft der Grausigen Edna geboren worden. Ein dämonenverseuchter Wasservogel musste gewiss eine ebenso bunte Vergangenheit besitzen wie eine fluchbelegte Hexe.

»Meinetwegen. Und ich nehme an, in dieser Vergangenheit hast du auch diesen Seelenlosen Gustav getroffen.«

Molch keuchte. »Sag seinen Namen nicht! Hast du nicht zugehört?«

»Haut zu Maden«, sagte ich, um ihm das Gegenteil zu beweisen.

»Geschwollene Zunge«, fügte Wyst hinzu.

»Prügelndes Herz«, sagte Gwurm.

»Genau. Und das, wenn man nur seinen Namen sagt. Niemand, der ihn je gesehen hat, hat lange genug gelebt, um noch davon erzählen zu können.«

»Für mich klingt das wie ein Märchen«, sagte Gwurm achselzuckend. »Wenn jeder, der ihn je gesehen hat, gestorben ist, woher weißt du dann überhaupt, dass er existiert?«

»Weil keiner von den unglücklichen Narren sofort gestorben ist. Zuerst wurden sie alle verrückt. Dann stolperten sie zurück in die Zivilisation, bevor sie starben.«

»Ich dachte, keiner hätte lang genug gelebt, um noch davon erzählen zu können.«

Molch verdrehte die Augen. »Das ist nur so eine Redensart. Natürlich lebten sie lang genug, um davon zu erzählen.«

»Was ist mit den geschwollenen Zungen?«, fragte Wyst aus dem Westen. »Wären geschwollene Zungen beim Erzählen nicht im Weg?«

»Das war nur der Freund meines Freundes. Jeder stirbt auf andere Art. Manchmal platzen die Augen. Oder das Hirn verflüssigt sich. Oder die Eingeweide verwickeln sich. Ich habe von einem Mann gehört, der dazu verdammt war, sich selbst mit einer rostigen Axt in Stücke zu hauen. Und ein anderer keuchte so vor Schreck, dass seine Lungen explodierten.«

»Klingt grässlich«, sagte Wyst.

»Furchtbar grässlich.« Molch schüttelte seine Flügel aus. »Entsetzlich und grauenhaft und schrecklich und alle anderen furchtbaren Worte, die man sich vorstellen kann. Was auch genau der Grund dafür ist, warum wir nicht über ihn sprechen sollten. Allein an ihn zu denken ist schon gefährlich.«

»Quatsch und Unsinn. Wir Trolle glauben nicht an solche Albernheiten.« Gwurm zuckte vorsichtig mit den Schultern, um mich nicht abzuwerfen. »Ich will verdammt sein, wenn ich vor einem Zauberer Angst habe, der nichts Besseres zu tun hat als jemandem, der seinen Namen ausspricht, verwirrte Eingeweide zu schicken. Selbst wenn er existiert.« Er hob die Hände mit gekrümmten Fingern. Die Größe und Flexibilität von Trollfingern machen sie ziemlich furchterregend, wenn sie so gehalten werden. Wie große, krumme Klauen. »Der Seelenlose Gustav kann mich mal an den Unaussprechlichen kratzen.«

»Hör auf, seinen Namen zu sagen!«

Gwurm wackelte mit seinem kleinen Finger und verdrehte ihn dabei einmal komplett um sich selbst. »Wer? Der Seelenlose Gustav? Willst du, dass ich nicht mehr Seelenloser Gustav sage? Denn wenn du wirklich willst, dass ich nicht mehr Seelenloser Gustav sage, dann höre ich sofort auf, Seelenloser Gustav zu sagen. Du musst es nur sagen.«

»Hör auf, es zu sagen!«

»Wie bitte?« Gwurm rückte sein Ohr zurecht. »Was soll ich aufhören zu sagen?«

»Hör auf, Seelenloser Gustav zu sagen!«

Penelope schlug die Ente mit ihren Borsten aufs Hinterteil. Molch dachte, es sei der Zaubererzorn des Seelenlosen Gustav höchstpersönlich und sprang aufheulend in die Luft. Er schlug wie verrückt mit den Flügeln, fiel wieder auf die Erde und sprang steif zurück auf die Füße. Sein Kopf ruckte vor und zurück, auf und ab. Meine untoten Ohren hörten sein Herz hämmern.

Gwurm grinste schief. Penelope schüttelte sich. Selbst Wyst gluckste ganz leicht.

»Na toll. Du hast mich dazu gebracht, es zu sagen. Sehr lustig. Ich sage nur: Selbst wenn es ihn nicht gibt, selbst wenn es nur eine Geschichte sein sollte, so ist es unnötig, das Risiko einzugehen, wie unerheblich es auch sein mag.«

Gwurm und Penelope entschieden, dass sie Molch genug gequält hatten und stimmten zu. Aber der Zauberer blieb ein Gesprächsthema. Obwohl er sich weigerte, auf Gwurms Schultern zu sitzen, gab Molch der Versuchung nach, über den Seelenlosen Gustav zu sprechen, solange sein Name unausgesprochen blieb.

»Man sagt, er wurde ohne Seele geboren«, sagte Molch. »Deshalb ist er so wahnsinnig und böse. Und dass er sich an den Seelen von Jungfrauen gütlich tun muss, um zu überleben, wie die Herren des Infernos selbst. Und dass all die unglücklichen seelenlosen Jungfrauen als seine Sklavinnen gehalten werden, eine ganze Armee von schönem, leerem Fleisch. Weder tot noch lebendig oder untot, sondern etwas vollkommen Anderes und Unnatürliches.«

»Ich habe dasselbe gehört«, sagte Gwurm. »Nur, dass ich auch gehört habe, dass er mit einer Seele geboren wurde und sie verlor.«

»Zauberer gehen selten einen Handel mit Dämonen ein.«

»Ich habe nicht gesagt, dass er sie verkauft hat. Ich sagte, er hätte sie verloren.«

Wyst stimmte zu. »Man sagt, er war ein guter Mann, aber eines Tages verlegte er seine Seele.«

Molch seufzte. »Das ist doch absurd.«

»Ich habe es nur gehört.« Wyst blieb ernst, und ich wusste nicht, ob er nun scherzte oder nicht. »Es scheint nicht absurder, als wenn sich das Gehirn verflüssigt, wenn man nur seinen Namen sagt.«

Gwurm sagte: »Ich habe die Nase meiner Mutter verloren, nicht lange, nachdem ich zu Hause ausgezogen war.«

Molch bockte. »Ihre Nase.«

»Das ist Trolltradition. Als Erinnerung. Aber ich habe sie verloren und mich dann fast wahnsinnig geärgert. Brauchte Wochen, um darüber hinwegzukommen, aber letztlich war es ja nur eine Nase. Ohne sie erinnere ich mich genauso gut an meine Mutter.«

Er rieb sich mit einem Daumen über sein breites Kinn. »Aber trotzdem, in diesen Wochen kam ich nicht darüber weg. Und ich kann mir vorstellen, wenn man seine Seele verlegt, wäre es tausendmal schlimmer. Es ist dein persönlichster und unersetzlichster Besitz. Ich denke, selbst der beste Mann würde darüber verrückt werden. Verrückt genug, um die zu töten, die es wagen, seinen Namen auszusprechen.«

»Ich glaube immer noch, es ergibt mehr Sinn, dass er ohne geboren wurde.«

»Mehr Sinn vielleicht«, stimmte ich zu, »aber Magie ist nicht immer vernünftig.«

»Du hast nicht zufällig eine Seele gesehen, während du verloren warst, oder?«, fragte Gwurm. »Könnte gut sein, dass es im andern Fall seine gewesen wäre.«

Molch fand das nicht besonders komisch und ignorierte die Frage. »Die Nase deiner Mutter, sagst du?«

Gwurm nickte. »Sie war blau mit einer Warze an der Spitze. Dir ist nichts in der Art begegnet, oder?«

»Nein. Keine verlegten Seelen. Keine verlorenen Ohren. Keine verlegten Nasen.«

»Na gut, dann halte das nächste Mal, wenn du da bist, danach Ausschau.«

»Das werde ich.«

Er murmelte etwas darüber, sie zu essen, sollte er sie je finden.

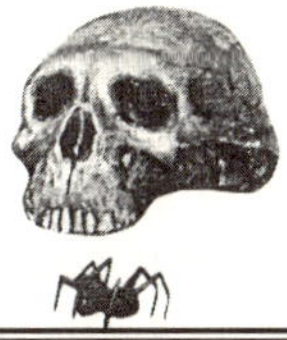

ZWEIUNDZWANZIG

Wir stießen auf einen alten Weg und folgten ihm. Am frühen Abend wurde die Landschaft irgendwie vertraut. Ich erkannte sie nicht wieder. Ich hatte sehr wenig von der Welt gesehen, aber eine gute Hexe hat eben einen Sinn für das Land.

Meine Neugier gewann die Oberhand und ich sprang von Gwurms Schultern, um mit dem Weg zu sprechen. Ich kniete mich hin und fragte: »War ich schon mal hier?«

Er sprach mit einer rauen, trockenen Stimme, genau so wie man es von einem vernachlässigten, staubigen Weg erwartet.

»Lass mich in Ruhe.«

»Ich bitte dich um Verzeihung, aber ich glaube, ich war schon einmal hier.«

»Vielleicht«, grunzte er. »Vielleicht auch nicht. Sehr viele Füße haben mich alten Weg betreten. Man kann nicht von mir verlangen, dass ich mich an jeden einzelnen erinnere.«

Trotz seiner Proteste wusste ich, dass sich jeder Weg an all die erinnert, die auf ihm gereist sind. Ich wusste außerdem, dass so ein alter, vernachlässigter Weg nicht freiwillig Informationen preisgeben würde.

»Und es ist äußerst anmaßend von dir«, fügte der Weg hinzu, »mich etwas zu fragen, nachdem du so gefühllos auf meinem Rücken herumgetrampelt bist.«

»Es tut mir ja leid, aber sind Wege nicht dafür gemacht?«

»O ja. Jede einzelne Stunde des Tages gedankenlos auf mir herumgehen und rollen zu lassen, das ist meine Aufgabe. Fragen beantworten aber *nicht*. Und jetzt los. Stampft weiter mit euren grausamen Hufen und trampelnden Trollfüßen, aber hört auf, mich mit Fragen zu belästigen.«

Nicht alle Wege sind so verbittert. Ein viel benutzter, gut gepflegter Weg ist ein zufriedenes Lasttier. Doch allzu oft führt der Wohlstand die Menschen anderswo hin, und die Straßen werden zurückgelassen und nachtragend. Dieser spezielle Weg konnte von vornherein nicht sehr wichtig gewesen sein. Er hatte nicht einmal eine frühere Bedeutung, an die er sich erinnern konnte, um seine üble Laune zu mildern.

Ich blieb einen Augenblick stehen und sagte gar nichts mehr.

»Na los, fort mit euch«, grollte der Weg.

Ich blieb. Keiner meiner Gefährten stellte meine Beweggründe in Frage, obwohl Molch sich ungeduldig räusperte.

»Oh, diese Grausamkeit«, lamentierte der Weg. »Ich, der ich tausend Reisenden geholfen habe, ihren Weg zu finden, kann nicht einmal vor einer einzigen lästigen Hexe fliehen. Warte, solange du willst. Ich habe Zeit.«

Ich ließ Penelope los, und sie fing auf der Stelle an zu kehren.

»Du meine Güte. Das fühlt sich ...« Der Weg atmete aus. Sanfte Wolken Staubes stiegen auf und senkten sich. »... herrlich an. Es ist eine Ewigkeit her, seit ich das letzte Mal gepflegt wurde. Das ist gut. Jetzt weiter links. Weiter. Weiter. Genau richtig.«

Ich schnippte mit den Fingern, und Penelope kehrte an meine Seite zurück.

»Nicht aufhören! Nicht aufhören!«

»Beantworte meine Frage, dann erlaube ich ihr weiterzumachen.«

Der Weg zögerte nicht. »Ja, ja, du bist schon einmal auf mir gegangen.«

»Wann?«

»Jahre haben keine Bedeutung für mich, aber ich weiß, es war, als ich noch besser bereist wurde. Vor langer Zeit also. Dein Versprechen. Halte jetzt dein Versprechen.«

»Natürlich.«

Penelope war genauso begeistert wie der Weg. Sie tanzte vor und zurück, während er unter ihrer zarten Liebkosung genüsslich aufseufzte.

Er lenkte sie durch zustimmendes Gemurmel, und sein Vergnügen wiederum trieb sie zu inbrünstigem Kehren.

»Was ist denn mit der los?«, fragte Molch.

Ich kletterte auf Gwurms Schultern zurück.

»Fester«, stöhnte der Weg. »O ja! Das ist es. Das ist die Stelle!«

Molch blinzelte neugierig.

Ich hielt ihm die Augen zu. »Es ist unhöflich zu starren.«

Wir setzten unseren Weg fort. Penelope fiel zurück und pflegte weiter den Weg. Ich vertraute darauf, dass sie uns einholen würde und überließ sie ihrer Leidenschaft. Kaum eine Stunde später kam eine verfallene Hütte in Sicht. Wie das ganze Land hier wirkte auch sie seltsam vertraut. Ich ordnete eine Pause an.

»Was jetzt?«, fragte Molch.

Ich gab keine Erklärung ab, während ich das verlassene Haus studierte. Es machte einen vollkommen gewöhnlichen Eindruck. Ich stieg die Treppen zum Eingang hinauf und schob die quietschende Tür auf, um im Inneren nichts vorzufinden außer Staub und Spinnweben. Es war lange her, seit jemand diesen Ort sein Zuhause genannt hatte.

Wyst stieg ab. »Stimmt was nicht?«

Wir gingen ums Haus herum in einen überwucherten Garten. Eine Tür im Boden winkte uns zu. Die verrosteten Scharniere brachen, als ich sie öffnete. Die Abenddämmerung weigerte sich, in das schwarze Loch zu fallen.

»Geht es dir gut?«

Die Sorge in Wysts Stimme sagte mir, dass ein großer Teil meiner hexenhaften Undurchdringlichkeit von mir abgefallen sein musste. In mir stiegen so viele Gedanken und Gefühle auf, dass ich nicht nur eines davon auswählen konnte. Ich stieg hinab in die Erde und fand in der Dunkelheit die Vergangenheit, die ich vor so langer Zeit schon hinter mir gelassen hatte. Dies war die Landschaft meiner Geburt. Ich hatte sie nicht erkannt, weil ich sie nur einmal gesehen hatte, während ich in der Obhut der Grausigen Edna gelebt hatte. Damals hatte ich eine Kapuze getragen und meine Augen die meiste Zeit über geschlossen gehalten. Damals hatte mich das Sonnenlicht auch viel mehr gestört als heute. Aber ich kannte diesen Ort.

Meinen Keller.

Wysts Schatten füllte den Türrahmen aus. »Hexe?«

Ich legte meine Hand an einen verrotteten Balken und fand ein Omen in den gesplitterten Kerben. »Wir lagern heute Nacht hier.«

Molchs Silhouette erschien zwischen Wysts Füßen. »Hier? Im Keller?«

»Nein. Du kannst draußen lagern.«

»Aber es ist noch mindestens eine Stunde hell«, sagte Molch. »Sollten wir nicht weitergehen?«

»Heute Nacht findet die nächste Prüfung statt. Hier.«

»Im Keller?«

Ich fühlte mich zu diesem Zeitpunkt nicht sehr hexenhaft und warf ihm einen bösen Blick zu, der es nicht aus der Dunkelheit nach oben schaffte.

»Und was meinst du mit der nächsten Prüfung?«, fragte er. »Schon wieder? Wir hatten doch erst gestern eine. Wochenlang gar nichts und dann zwei Prüfungen direkt nacheinander. Was soll denn das für ein Rhythmus für eine Suche sein?«

Ich war nicht in der Stimmung dafür. Und manchmal, wenn sich eine Hexe richtig ärgert, reagiert ihre Magie ungebeten. Eine Brise fegte durch den Keller und die Treppe hinauf.

»Ich würde meinen, welche Macht auch immer sich um solche Suchen kümmert, sie würde quak quak quak quak.«

Ich lächelte. Dann verzog ich das Gesicht, denn eine Hexe sollte nie zulassen, dass sie versehentlich Magie praktiziert. Vor allem keine hämische Magie.

Molch sprach weiter. Oder versuchte es zumindest. »Quak quak quak.« Er räusperte sich. »Quak quak quak.« Er atmete tief ein und ließ ein letztes empörtes Entenquaken hören, bevor er aus dem Türrahmen verschwand.

Wyst wagte sich mit einem Fuß in die Dunkelheit vor, die ich so viele Jahre mein Zuhause genannt hatte. »Hexe, bist du sicher, dass es dir gut geht?«

Ich sah nach oben in dieses schöne Gesicht. In der Dunkelheit schienen seine Augen zu leuchten. »Sicher? Kann man sich je einer Sache sicher sein?« Ich klang vage hexenhaft, aber ich war auch nicht ganz bei mir. Also entschied ich, mich nicht festzulegen.

»Sicherheit ist für Narren und den Tod.« Ich mochte den Satz, auch wenn ich ihn selbst nicht ganz verstand. Er erinnerte mich daran, was es bedeutete, eine gute Hexe zu sein.

Ich ging tiefer in die Dunkelheit, wo mich die Schatten umhüllten. »Wir lagern hier. Und jetzt lass mich allein.«

Er zögerte.

Meine Stimme wurde leise und rau. »Lass mich allein.«

Etwas musste Wyst daran erinnert haben, was es bedeutete, ein weißer Ritter zu sein, denn er zog sich zurück.

Sein Gesicht wurde ausdruckslos und er verschwand von der Tür.

Magie handelt nicht von selbst. Sie handelt nach dem Willen und den Wünschen anderer, und ich musste mich fragen, wessen Wille mich hierhergeführt haben mochte. Es konnten der Fiese Larry oder die Grausige Edna aus dem Grab heraus sein. Oder der Seelenlose Gustav. Oder sogar ich selbst. Ich wusste nichts über das Wer oder Warum, aber ich vertraute darauf, es zur rechten Zeit herauszufinden.

Eine Zeitlang blieb ich allein im Keller stehen. Das Licht, das durch die Tür hereinfiel, verblasste. Es war eine bewölkte Nacht und mein Keller wurde zu einer schwarzen Leere. Ein Loch im Boden, gefüllt mit nichts außer spärlichen Erinnerungen.

Meine Kindheit war nicht viel gewesen, woran man sich erinnern könnte. Da hatte es den Platz am Fuß der Treppe gegeben, wo ich gewartet hatte, dass mir mein Essen zugeworfen wurde. Dort war die Ecke, wo ich diese Mahlzeiten gegessen hatte. Und da war die andere Ecke, wo ich zwischen diesen Mahlzeiten gesessen und geschlafen hatte. Zahllose Tage, aber in Wirklichkeit immer und immer und immer wieder derselbe Tag. Dieser Ort bedeutete mir heute wenig. Er hatte mir vorher auch nicht viel bedeutet. Ich konnte mich nicht einmal an meine Familie erinnern. Mein Leben begann erst an dem Tag wirklich, als mich die Grausige Edna aus diesem Loch gezogen hatte.

In einer anderen Welt – zu einer anderen Zeit – hätte ein Forscher in diesem Keller eine hässliche, erschrockene Kreatur finden können, die in der Dunkelheit kauerte, verlassen von ihrer Familie und zu verängstigt, um diese staubige Leere zu verlassen. Ein Monster zum Fürchten, Verachten und Bemitleiden. Das Ich, das niemals war, aber so leicht hätte sein können.

Brutales Licht brannte die Dunkelheit fort. Wyst aus dem Westen stieg die knarzenden Stufen herunter. Ich wandte ihm den Rücken zu. Ich erkannte ihn nur an seinem Geruch, da ich die Nase eines Raubtiers hatte, wenn es um Männer ging. Sie waren das Leibgericht meines Fluchs.

Die Schatten kämpften gegen die eindringende Laterne. Es war lange her, seit ihr Zufluchtsort herausgefordert worden war, aber sie konnten nur zischen und sich winden und untereinander kämpfen.

»Hexe?«

Ich wandte mich nicht zu dem weißen Ritter um. »Ja?«

»Wirst du die Nacht hier unten verbringen?«

Ich senkte den Kopf und schloss die Augen. »Vielleicht werde ich das tun.«

Dem wandernden Licht nach zu urteilen bewegte er sich nach links. Ich wandte den Kopf ab. Die Laterne schien so schrecklich hell.

»Und die Prüfung? Bist du sicher, dass wir uns ihr heute Nacht stellen müssen?«, fragte Wyst.

»*Wir* stellen uns heute Nacht keiner Prüfung.« Ich hob eine Hand und beobachtete ihren Schatten an der Wand. »Ich werde es allein tun.«

»Allein?«

Ich antwortete nicht, denn es war nicht nötig.

Wyst trat näher. Ich bedeckte meine Augen.

»Aber ...«, stammelte er. Ich hatte ihn nie zuvor stammeln hören, »... ich dachte, wir ... arbeiten zusammen?«

»Das tun wir auch, aber diese nächste Prüfung ist eine, die nur ich bezwingen kann. Ihr, die anderen, stündet mir bloß im Weg.«

»Aber ...«

Ich wandte ihm mein Gesicht zu und zwang meine Augen auf. Ich konnte nur blinzeln, hoffte aber, es sei ein mysteriöses Blinzeln. »Es gibt Dinge, die geschehen müssen.«

Er hob seine Laterne höher. Die tollwütigen Schatten weigerten sich, über sein anziehendes Gesicht zu fallen. Wyst aus dem Westen streckte eine Hand aus. Er schloss sie zur Faust. Dann öffnete er sie. Und dann hob er sie über seinen Kopf und zuckte die Achseln. Er wandte sich um und bewegte sich auf die Treppe zu.

»Wyst.« Soviel Zeit wir auch zusammen verbracht hatten, dies war doch das erste Mal, dass ich seinen Namen aussprach.«

»Ja?«

»Ich möchte dich um einen Gefallen bitten.«

Im Keller wurde es so still, dass ich die Schatten wispern hören konnte. Ich war ganz kurz davor, die ganze Sache zu vergessen, aber er machte mir Mut.

»Du musst nur fragen.«

Ich konnte ihn nicht direkt ansehen. »Könntest du mich in den Arm nehmen?«

Wyst blieb steif und still. Ich versuchte, in seinem Gesicht zu lesen und fand nur ernste Nüchternheit.

Plötzlich fühlte ich mich sehr dumm.

»Es tut mir leid. Aber ich habe einen Blick auf die Kreatur geworfen, die ich hätte werden können und hatte gehofft, die sterbliche Frau zu finden, die ich hätte sein sollen. Wenn auch nur für einen Moment. Aber ich hätte wissen müssen, dass auch einfache Umarmungen schon gegen deinen Schwur sind.«

»Es wird« – er setzte seine Laterne ab und umklammerte seine Hände – »davon abgeraten.«

»Ich hätte nicht fragen sollen. Entschuldige bitte.«

Er stellte sich vor mich hin und legte eine Hand auf meine Schulter. »Abgeraten. Nicht verboten.«

Und dann nahm er mich einfach so in seine Arme. Zuerst behutsam. Ich hatte wenig Erfahrung mit körperlicher Zuneigung, und er war wahrscheinlich etwas aus der Übung. Aber es war gar nicht so kompliziert. Wir lernten voneinander. Seine Arme umschlossen mich direkt oberhalb der Taille. Meine Hände rieben in kleinen Kreisen seinen Rücken. Ich schnüffelte an seinem Hals. Mein Hut fiel herunter, aber das war mir egal.

Bei diesem Anblick hörten die Schatten auf zu murren.

Wyst war so warm, und seine Berührung erzeugte Hitze in meinem kalten, untoten Fleisch. Der Keller erschien mir wie eine gefrorene Höhle. Mein Herz schlug schneller. Meine Haut kribbelte. Mein Magen drehte sich.

Dies war das, was mir mein Fluch verweigerte. Ich konnte es nur einen Moment lang genießen. Das Vertrauen. Die Wärme. Das Unfassbare, das greifbar wurde und in diesem Mann Gestalt annahm. Ich ahnte: nichts konnte besser sein als dies. Außer vielleicht seine Kehle herauszureißen und das süße Blut aufzulecken, das daraus hervorschoss. Wahrscheinlich nicht einmal das.

Mein Magen knurrte, laut wie Donner. Zumindest kam es mir so vor. Er erinnerte mich an das, was ich war. Ich entzog mich. Es war gar nicht so leicht. Meine Arme ließen mit größtem Widerwillen los, und ich spürte von Wysts Seite einigen Widerstand. Oder vielleicht bildete ich es mir auch nur ein.

Das unsichtbare Zeichen auf seiner Stirn flackerte, und ich wusste, ich hatte es mir nicht nur eingebildet. Wysts Reinheit blieb intakt, darunter aber war der weiße Ritter ein sterblicher Mann. Unglücklicherweise hatte ich in mir auch den fluchbelegten Unmenschen wiederentdeckt.

Er sagte nichts, sondern wandte sich um, nahm seine Laterne und ging die Treppe hinauf.

»Wyst, ... danke.«

An der Tür blieb er einen Augenblick lang stehen und sprach so leise, dass ich ihn über dem Geschnatter der Schatten kaum hören konnte. »Gerne.«

Dann war er fort, und ich blieb wieder in dem Keller zurück. Ich war nicht mehr allein. Auf einer Seite kauerte die Kreatur, die ich hätte sein können. Auf der anderen stand die Frau, die ich hätte sein sollen. An diesem verlassenen Ort waren beide so real wie die Hexe zwischen ihnen. Aber es gab noch eine andere Welt oberhalb dieser Treppe. Eine Welt, wo nur eine von uns echt war. Also wünschte ich ihnen eine gute Nacht und viele gute Morgen und stieg aus dieser Grube in die Nacht hinauf.

Die anderen lagerten um die Vorderseite der Hütte. Ich folgte dem Geräusch ärgerlichen Quakens. Alle warteten dort bis auf Wyst, der nirgends zu sehen war. Aber sein Pferd stand noch da. Er konnte also nicht weit sein.

Penelope schleppte sich an meine Seite. Ihr Stelldichein mit dem Weg hatte sie erschöpft.

»Hattest du Spaß?«, fragte ich.

Sie stieg in die Luft und tanzte auf und ab.

»Sehr gut, Liebes, aber du solltest lernen, deine Kräfte einzuteilen. Jetzt geh dich ausruhen.«

Kaum war sie davongeglitten, stand Molch schon vor mir. Er quakte einmal und starrte mich böse an.

»Ich bin dafür, ihn so zu lassen«, bemerkte Gwurm.

Molch schrie dem Troll etwas Grobes zu. Obwohl ich die Entensprache fließend sprach, machte ich mir nicht die Mühe, es zu übersetzen.

»Er ist schon den ganzen Abend so. Pingelig und schlecht gelaunt. Schlimmer als sonst. Vielleicht solltest du ihn doch zurückverwandeln.«

Ich wedelte mit einer Hand. Molch rülpste und begann auf der Stelle, mich auszufragen. Dämonen lernen Lektionen nicht leicht. »Was hast du mit dem weißen Ritter getan? Er hat kein Wort gesagt, als er aus dem Keller kam. Hatte einen ganz seltsamen Gesichtsausdruck. Das gefällt mir nicht. Du solltest nicht ganz allein mit ihm sein. Es ist gefährlich.«

Ich lächelte. »So ist das Leben oft.«

»Wo ist dein Hut?«

»Ich muss ihn im Keller gelassen haben.« Abwesend fuhr ich mir mit den Fingern durch mein seidiges Haar. »Ich brauche ihn im Augenblick nicht.« Ich sah hinauf in den bedeckten Himmel, der für meine untoten Augen gerade hell genug war.

Molch blickte finster. »Und wann kommt überhaupt die

nächste Prüfung? Ich habe langsam keine Lust mehr zu warten. Glaubt denn die Magie, wir hätten nichts Besseres zu tun als die ganze Nacht hier herumzusitzen?«

Ich legte einen Finger an meine Lippen und brachte ihn zum Schweigen. Er biss sich auf die Zunge. Ich nehme an, er hatte seine Lektion schließlich doch gelernt.

»Entschuldige bitte, Herrin.«

»Schon gut. Wenn ihr mich jetzt entschuldigen wollt, ich stelle mich der nächsten Prüfung.«

»Allein?«, fragte Gwurm.

Ich nickte.

Molch stellte sich mir in den Weg. »Aber, Herrin, ich bin dein Vertrauter! Mein Platz ist an deiner Seite!«

»Diesmal nicht.«

Ich ging um die Ente herum.

»Was ist mit deinem Hinken passiert?«, fragte er.

Ich zögerte am Rand der Dunkelheit. »Oh, das. Das brauche ich auch nicht. Wartet hier. Ich komme bald wieder. Oder gar nicht mehr.«

Ich glitt in die Nacht und ging auf die Suche nach meiner Prüfung. Meine Gedanken waren anderswo, aber ein Vorzeichen in den Wolken sagte mir, ich würde nicht lange suchen müssen. Es wartete in den überwucherten Feldern bereits auf mich.

Zwei Schatten erhoben sich aus dem Gras. Einer war ein schleichender Ghoul, der andere ein zierliches junges Mädchen. Die Kreatur, die ich hätte werden können – und die Frau, die ich eigentlich sein sollte. Spiegelungen, die durch mächtige Zauberei Substanz bekommen hatten.

»Du dachtest doch nicht ernsthaft, du könntest uns in diesem Keller zurücklassen?«, fragte der Ghoul.

»Wir werden immer bei dir sein«, sagte die Frau. »Das waren wir immer.«

»Ich weiß. Wir tragen alle viele Ichs mit uns herum, aber letztlich sind sie doch nur Phantome der Möglichkeiten, nichts weiter als Geister zerbrochener Schicksale.«

Der Ghoul gackerte. »Keine Geister mehr.«

»Das sehe ich. Aber selbst die mächtigste Zauberei kann aus einer einzelnen Portion Vorsehung keine drei Schicksale machen.«

»Ja«, sagte die Frau. »Und deshalb wird auch nur eine von uns dieses Feld verlassen.«

»Und das werde ich sein«, fauchte der Ghoul.

»Das werden wir sehen, Schwester«, antwortete die Frau.

Keine von uns konnte die andere töten, denn in diesem Moment war keine von uns wirklich genug, um zu sterben. Deshalb konnten weder Wyst, noch Molch, noch Gwurm irgendwie behilflich sein. Nur ich konnte meine Schatten in die Hölle zurückschicken, aus der sie beschworen worden waren, und ich konnte das nur tun, indem ich sie davon abhielt, mir meine Identität zu stehlen. Die Realität war ganz auf meiner Seite. Doch auch dies würde möglicherweise noch nicht genügen. Die Realität war bestenfalls eine wankelmütige Verbündete.

Mein Goul-Ich schlug als Erstes zu. Er war mein Fluch, der nicht durch die hexenhaften Lektionen in Geduld, wie sie mir die Grausige Edna verschafft hatte, gebremst wurde. Die Frau trat zurück und lächelte, als gehörte ihr der Sieg bereits.

Der Ghoul sprang vor, die Hände ausgestreckt, um sie um meine Kehle zu legen. Als könnte sie mir ihre Existenz abdrosseln. Als könnte man mich durch Strangulation töten. Ihre Technik war zwar instinktiv und direkt, doch ich konnte es an Schnelligkeit durchaus mit ihr aufnehmen. Ich schlug ihr mit einem Rückhandschlag die Faust an den Kiefer. Sie fiel auf ein Knie.

Der Ghoul hob grinsend den Kopf. Blut tropfte ihr vom Kinn. »Sehr gut, Hexe. Da kommt ans Licht, was du wirklich bist. Ein Wesen von Kraft und Stärke. Spürst du das Strömen in deinem untoten Herzen, wenn du deinen Fluch anrufst? Siehst du jetzt, dass all deine Magie nur eine Lappalie ist? Eines Tages wird sie dich im Stich lassen. Aber dein Fluch wird immer für dich da sein. Für mich.«

Der Ghoul schoss schneller zur einen Seite als ich folgen konnte. Kratzende Krallen rissen mein Gesicht auf. Ich hob eine Hand, um mich zu verteidigen, aber sie duckte sich weg. Ihre erste Attacke war eine Finte gewesen. Sie war schneller, als sie sich anmerken ließ.

Eine Faust schmetterte in meinen Rücken und hieb die Luft aus Lungen, die eigentlich keine Luft brauchten. »Überrascht, Hexe? So schnell du auch bist, so tödlich du auch bist, ich bin noch wesentlich tödlicher.« Sie klammerte sich an meine Kehle und drückte zu, bis mehrere Rückenwirbel krachten. »Ich bin deine körperliche Kraft, bis zum Äußersten entwickelt. Neben mir bist du ein Weichling. Und wo ist deine Magie jetzt?« Sie ließ mich ins Gras fallen.

Ich setzte mich auf. Mein Atem ging stoßweise. Mein

Gesicht war blutbeschmiert und eine furchtbare Wut grollte in meinem Inneren.

»Du kannst es nicht verleugnen. Du willst *ich* sein, die Sicherheit spüren, die ich besitze. Du willst deine Bestimmung fraglos kennen. Du willst verführen und töten und dich an schmackhaftem sterblichem Fleisch gütlich tun. Dein Gewissen ist deine Qual. Es ist eine Bürde, die ich nicht besitze, eine Bürde, die loszuwerden du dich sehnst.«

Ich war in Versuchung, und ich spürte, wie meine Realität in den Ghoul einsickerte. Ihr düsterer Körper verfestigte sich, während meiner dunkler wurde. Ich konnte sie jetzt sehen. Wirklich sehen. Sie war eine hässliche Kreatur, genauso makellos wie ich, aber es gehört mehr zur Schönheit als volle Brüste und grüne Augen. Ihre Bewegungen waren ruckartig, ihre Augen voll von teuflischem Hunger. Ihre Lippen blieben zu einem ständigen Zähnefletschen verzogen, selbst wenn sie grinste. Ihr Haar war ein schimmerndes, schwarzes Gewirr, das ihr wie ein Umhang über den Rücken fiel.

Ich fuhr mir mit den Fingern über meine stechenden Fingerknöchel und das geschundene Gesicht. Es lag Wahrheit in ihren Worten, aber es war eine kleine Wahrheit.

»Mein Gewissen ist meine Bürde, doch alle erstrebenswerten Gaben haben ihren Preis.«

Sie schauderte. Der Strom der Existenz kehrte sich um und sie verblasste.

»Aber es könnte so einfach sein«, zischte der Ghoul. »Warum an etwas festhalten, das dir nur das Leben erschwert?«

»Weil das Leben kompliziert und schwierig ist. Jeder, der etwas anderes behauptet, hat nicht wirklich gelebt.«

Sie schmolz in die Erde, aber nicht ohne ein letztes Keuchen. »Ich komme wieder. Niemand kann seiner Natur ewig widerstehen.«

Das bestritt ich ja gar nicht. Es zu tun wäre auch arrogant gewesen, und Arroganz wäre der erste Schritt in Richtung ihrer Prophezeiung gewesen.

»Eines Tages, Hexe, wirst du aufwachen und feststellen, dass ich du geworden bin.«

»Vielleicht eines Tages. Aber nicht heute Nacht.«

Der Ghoul verblasste zu einem schwarzen Fleck auf dem Boden.

»Sie hatte nie eine Chance«, sagte die Frau.

»Sie hatte eine Chance.« Meine Wunden verschwanden. Sie waren ohnehin nie real gewesen. »Nur keine besonders große.«

Die Frau trat vor mich hin. »Ich dagegen habe bereits gewonnen.«

»Ich weiß.«

Der Strom rauschte in die Frau hinein. Meine gestohlene Substanz füllte sie aus. Sie war ein hübsches Wesen, nicht ganz so schön wie ich. Aber ich konnte mich selbst in ihrer etwas plumperen Gestalt und den sanften, braunen Augen erkennen.

Sie senkte den Kopf. »Es tut mir leid.«

»Du nimmst nur, was ich dir anbiete.«

Es war seltsam. Ich lieferte mich ihr nicht aus, weil ich hasste, was ich war oder weil Sterblichkeit ein so verführerisches Schicksal war. Ich mochte es, eine Hexe zu sein, und ich hatte mich auch längst an meinen Fluch gewöhnt. Er versagte mir wenig. Nichts als den einen Wunsch, den ich allerdings nicht länger ignorieren konnte.

»Er wird mich nicht lieben«, sagte sie. »Ich mag zwar du sein, aber ich bin nicht das Du, das er kennt.«

Das stimmte, änderte aber nichts. Ich liebte Wyst – und mein Herz phantasierte, dass er mich als Frau wiederlieben konnte. Es war ein unwahrscheinlicher Traum. Selbst wenn ich nicht untot gewesen wäre, war er immer noch ein weißer Ritter. Träume gründen selten auf Wahrheit, und dieser Zauber bediente sich meiner tiefsten Sehnsüchte. Ich konnte sie nicht ändern. Nicht einmal mit Magie.

»Es tut mir leid.« Die Frau wischte sich eine Träne aus dem Auge.

Ich sank in die dunkle Erde und für einen Moment wusste ich, wie es war, ein Geist des Schicksals zu sein. Aber es dauerte nur kurze Zeit – selbst für einen Moment schien es mir kurz.

Magie, jedoch nicht meine eigene, knisterte durch die Luft. Die Erde spuckte mich aus, und ich sprang zurück in die Wirklichkeit. Die Frau fiel zu meinen Füßen. Ich fühlte schreckliches Mitleid mit ihr, aber sie lächelte nur sehr sanft, bevor sie ins Vergessen verblasste. Die zweite Prüfung war beendet. Ich war wieder allein.

Die Frau mochte die Sehnsucht meines Herzens gewesen sein, aber mein Fluch war mächtiger als diese Zauberei und meine innigsten Sehnsüchte. Der Fiese Larry verweigerte meine Flucht sogar durch ein geändertes Schicksal.

Ich hätte zu einem Ghoul werden können. Das wäre

dem Fluch egal gewesen, aber die Grausige Edna hatte mich davor bewahrt. Ihre Ausbildung hatte mir mehr als Magie gegeben. Wäre sie hier gewesen, ich hätte ihr gedankt.

Höchstwahrscheinlich hätte sie geantwortet: »Wir retten uns alle selbst, Kind, selbst wenn wir das Glück haben, Hilfe dabei zu haben.«

Lächelnd drückte ich ihr dennoch meinen stillen Dank aus und machte mich auf den Rückweg zum Lager.

DREIUNDZWANZIG

Bei meiner Rückkehr war Wyst noch immer fort, und ich machte mir Sorgen. Ich fürchtete nicht um seine Sicherheit. Er konnte gut genug auf sich selbst Acht geben. Aber ich spürte, dass unsere kurze Umarmung seine Tugend erschüttert hatte, und die Tugend eines weißen Ritters war schließlich sein wertvollster Besitz, seine bestimmende Eigenschaft. Obwohl er dem geringfügigen Verstoß zugestimmt hatte, hätte ich ihn nie in die Lage bringen dürfen, es zu tun. Schreckliche Fehler werden selten ganz plötzlich gemacht. Normalerweise werden sie nach und nach ausgeführt: ein kleiner Fehltritt kam nach dem anderen. Es war falsch gewesen zu fragen, aber ich schaffte es nicht, mich wegen dem, was in meinem Keller geschehen war, schlecht zu fühlen. Das war keine Überraschung. Das Falsche fühlt sich oft richtig an. Das ist nun mal die Natur der Versuchung.

Ich setzte mich ans Feuer, ohne ein Wort zu sagen.

Gwurm reichte mir etwas blutiges Fleisch zum Kauen. Molch konnte seine Ungeduld nicht zügeln.

»Und?«

Ich leckte meine Finger ab. »Es ist erledigt.«

»Einfach so?«

»Einfach so.«

»Du hast die zweite Prüfung bezwungen?«

Ich kicherte. »Ich? Nein, leider nicht.« Die Grausige Edna und der Fiese Larry hatten die Prüfung bewältigt.

»Also hast du verloren?«

»Nein.«

Molch grunzte. »Ich vermisse die alte Krähe. Sie hat mir vielleicht nicht alles gesagt, aber ich kann mich nicht erinnern, dass sie sich so verwirrend ausdrückte.«

Mir wurde klar, dass so sehr ich die Grausige Edna auch liebte, wir doch zwei sehr verschiedene Hexen waren. Sie hatte allein mit einer Ente und einem verfluchten Mädchen gelebt, die beide fraglos taten, was immer sie ihnen auftrug. Sie mochte zwar hier und da ein Worträtsel aufgegeben haben, aber sie hatte doch alles in allem wenig gesprochen. Ich war Teil einer viel größeren Welt, und an meine Hexenhaftigkeit wurden nun Anforderungen gestellt, denen sich meine Herrin, während ich bei ihr lebte, nie stellen musste. Ich spielte gern mit Worten, beobachtete, wie sie so viel und gleichzeitig doch so wenig aussagen konnten.

»Dann ist die zweite Prüfung vorbei?«, wagte Molch zu fragen.

Ich nickte.

»Gut. Also noch zwei?«

Ich nickte wieder.

»Irgendeine Ahnung, wann die nächste kommt?«

Ich antwortete nicht.

»Vergiss einfach, dass ich gefragt habe.« Er schob seine Verwirrung beiseite. Ich hatte ihm genug Übung darin verschafft.

Danach wurde nichts mehr gesprochen. Molch und Gwurm gingen schlafen, ich aber war nicht müde. Ich sah in die bewölkte Nacht hinaus. Eine sanfte Brise wehte über die Ebene und mein Haar tollte in der Luft. Es war lange her, seit es frei mit dem Wind tanzen konnte.

»Ich wusste, du würdest Probleme machen«, sagte Wysts Pferd.

Seine unaufgeforderte Bemerkung überraschte mich. Bis jetzt hatten das Tier und ich nicht miteinander gesprochen. Es hatte mich mit Verachtung gestraft, und ich hatte nicht groß darüber nachgedacht.

Es sah mich nicht an und schüttelte den Kopf. »Probleme.«

Ich ging hinüber und versuchte, seine Nase zu streicheln. Es zog den Kopf weg.

»Hallo.«

Das Pferd schnaubte.

»Habe ich etwas getan, das dich verärgert hat?«

Es trottete ein paar Schritte davon und wandte den Kopf, um mich mit einem braunen Auge anzusehen. »Du bist eine Hexe. Das allein sollte schon genügen.«

»Ah, du magst also keine Hexen.«

Es schnalzte seinen Schweif in meine Richtung. »Ich habe nicht grundsätzlich etwas gegen sie, aber ich bin das treue Ross eines weißen Ritters. Es erscheint mir nicht richtig, mit einer Hexe zu sprechen, selbst wenn es sich um eine größtenteils harmlose handelt.«

Ich ging einen weiten Bogen, um zu seiner Vorderseite zu gelangen, ohne ihm aber zu nahe zu kommen. »Bin ich größtenteils harmlos?«

»Habe ich größtenteils gesagt?« Das Pferd schmatzte mit seinen schlaffen Lippen. »Ich meinte weitgehend.«

»Gibt es da einen Unterschied?«

Es schloss die Augen und trat ins Gras. »Lass mich in Ruhe. Ich versuche zu schlafen.«

»Wie du willst.« Ich wandte mich ab.

»Du wirst sein Ende sein, und er war so ein guter Kämpfer.«

Ich blieb stehen. »Ich würde ihm nie Schaden zufügen.«

Das Pferd kicherte wiehernd und freudlos. »Du hast ihm bereits Schaden zugefügt. Du hast ihn auf den Weg hinab in die Verdorbenheit geschickt. Wenn ein weißer Ritter erst einmal diesen Weg abwärts nimmt …«

Ich senkte den Kopf. »Ich hatte nie vor …«

»Was du vorhattest, ist kaum relevant. Was hast du in diesem Keller mit ihm gemacht?«

»Nichts.« Ich flüsterte, um die Lüge abzumildern.

Das Pferd trottete hinter mich und stupste mich an die Schulter. »Es ist nicht deine Schuld. Ich weiß, du kannst nicht mehr für deine Gefühle als er. Deshalb geschieht es auch. Glaubst du, du bist die erste Versuchung, die uns begegnet ist? Es gab andere. Mehr als du zählen kannst. Wyst hat mehr als genug hübsche Verehrerinnen abbekommen.

Warum auch nicht? Er ist rechtschaffen und tapfer, gut aussehend und auch galant, also alles, was sich eine Frau wünschen mag. Aber all die anderen liebten den Ritter – und nicht den Mann. Du bist da anders. Du siehst ihn, wie niemand zuvor es tat, und er sieht, dass du es siehst. Wie kann man jemanden nicht lieben, der einen dafür liebt, wer man wirklich ist? Vor allem jemand, der schöner ist als all die anderen zusammen.«

Ich streckte die Hand aus und streichelte das Pferd zwischen den Augen. »Ich wollte nicht, dass das geschieht.«

»Er auch nicht, aber es ist geschehen. Und es wird geschehen.«

»Vielleicht nicht.«

Es streckte seine Zunge heraus. »Ich bin schon sehr lange sein enger Gefährte. Ich kenne Wyst besser als alle anderen. Manchmal sogar besser, als er sich selbst kennt. Er ist jetzt draußen in den Feldern, meditiert und ringt damit, seinen Geist von diesem Verlangen zu reinigen. Sie lehren weiße Ritter, ihre niederen Wünsche zu unterdrücken. Aber selbst ein großer Ritter wie Wyst kann seine Liebe nicht unterdrücken.«

Meine Überraschung war so groß, dass selbst eine lebenslange Hexenschulung sie nicht hätte verbergen können. Mit offenem Mund trat ich von dem Pferd zurück.

»Er liebt mich?«

Das Pferd schüttelte den Kopf. Seine Lippen verzogen sich zu einem bitteren Grinsen. »Ziemlich. Mehr als selbst er es ahnt.«

Ich kämpfte damit, meine Aufregung zu zügeln und

schaffte es auch größtenteils. Die einzige Spur meiner Freude zeigte sich als sanftes Lächeln und in spontan zu meinen Füßen sprießenden Sonnenblumen.

»Liebst du ihn?«, fragte das Pferd.

Ich antworte ohne Zögern. »Ja.« Ein Paar silberner Schmetterlinge materialisierte in meiner Handfläche. Ich entließ sie mit einer Bewegung meiner Hand in die Luft.

»Das war's dann«, seufzte das Pferd. »Er ist verloren.«

»Ich würde ihm aber nie Schaden zufügen.«

»Es gibt wesentlich mehr Verhängnisse als nur den Tod. Ein weißer Ritter, der von der Liebe berührt wird, ist ruiniert. Danach kann er nicht mehr zu einem Leben der Tugend zurückkehren.«

»Du verstehst mich nicht. Ich bin verflucht. Ich kann ihn nicht lieben, nicht, wie eine sterbliche Frau einen Mann liebt.«

Das Pferd knabberte gereizt am hohen Gras. Es kaute einen Mundvoll und spuckte es dann wieder aus. »Du kannst. Und du tust es.«

Ich wollte widersprechen. Mehr als alles wollte ich das Pferd in dieser Meinung korrigieren, aber alles, was ich sagen konnte, wäre eine Lüge gewesen. Da keiner von uns eine Unwahrheit geglaubt hätte, die ich vorbringen konnte, machte ich mir gar nicht erst die Mühe. Stattdessen griff ich eine Äußerung auf, die ich vorher nicht bemerkt hatte.

»Schön. Du sagtest, ich sei schön?«

Das Pferd schlang noch mehr Gras hinunter und sprach mit vollem Mund. »Habe ich das? Ich kann mich nicht erinnern.«

»Ja, das hast du. Schöner als alle von Wysts bisherigen Verehrerinnen zusammen, genau das hast du gesagt.«

»Bist du sicher?« Es kaute auf der mir abgewandten Seite, um mich nicht ansehen zu müssen. Ich wartete, bis es ihm langweilig wurde, mich zu ignorieren.

»O ja, ja. Das habe ich gesagt.« Es scharrte zweimal mit jedem seiner Hufe. »Wir haben dich im See baden sehen, Monate, bevor wir nach Fort Handfest kamen. Wyst hatte die Spur der Gobling-Horde verloren, sie war für eine Horde sehr schwer fassbar gewesen, und als wir ihr durch ein Waldgebiet folgten, sahen wir dich.«

Ich hatte meinen letzten Tag mit der Grausigen Edna und mein Bad im See vergessen. Ich hatte zwar gewusst, dass jemand mich beobachtet hatte. Jetzt wusste ich auch, wer. Und ich war nur dort gewesen, weil meine Herrin mir befohlen hatte, es zu tun. Es konnte nur einen Grund dafür geben: Die Grausige Edna wollte, dass ich beobachtet wurde. Es ist gegen den Hexenkodex, sich in so verletzlichem Zustand zu zeigen, und ich konnte mir keinen Grund dafür vorstellen. Selbst lange nach ihrem Tod konnte mich meine Herrin noch verwirren. Es war immer irgendwo eine Lektion zu lernen gewesen, und ich nahm an, diesmal sei es nicht anders.

»Ich persönlich weiß ja nicht, was an Frauen so begehrenswert sein soll«, bemerkte das Pferd. »Ich mochte schon immer einen starken Rücken und robuste Hüften, eine hübsche Mähne. Du hast zumindest die Mähne. Und was immer Frauen haben sollen, ich nehme an, das hast du auch. Denn ich spürte, wie Wysts Lust genau in dem Moment wach wurde, als er dich zu Gesicht bekam.«

Ich runzelte die Stirn. Ich wünschte mir Wysts Lust nicht. Ich war ein schönes Wesen, sogar übernatürlich schön, und Männer konnten nicht anders als meinen Körper zu begehren. Wenn aber der einzige Grund, warum mir Wyst nicht widerstehen konnte, mein Fluch war, dann wollte ich lieber, dass er gar nichts fühlte.

Das Pferd schüttelte den Kopf. »Du verstehst immer noch nicht, oder? Am Anfang war es nur Lust. Vielleicht eine stärkere Lust als gewöhnlich, aber dennoch Lust. Wyst meisterte sie. Und dann begann diese Suche, und mit den Tagen wurde es mehr. Das ist alles deine Schuld. Wärst du nur eine Hexe, wie es sich gehört, und würdest die gebührende Distanz wahren!«

Ich wandte beinahe ein, dass Wyst genauso verantwortlich dafür war, aber auch wenn es stimmte, so ist jeder doch nur für seine eigenen Taten verantwortlich. Es war meine Schuld. Und trotzdem schaffte ich es nicht, mich deswegen schlecht zu fühlen.

Denn Wyst liebte mich.

»Eine Schande«, sagte das Pferd. »Er war so ein sagenhafter Kämpfer der Tugend.«

Ich legte mich ans Lagerfeuer, schloss die Augen und versuchte, mich etwas auszuruhen. Ich konnte nicht einmal aufhören zu lächeln.

Irgendwann später kam Wyst zurück. Ich gab vor zu schlafen und beobachtete ihn mit Magie durch geschlossene Augenlider. Er stand lange über mir und sah mich nur an. Dann beugte er sich herab und berührte kaum merklich meine Wange. Ich wollte meine Arme um ihn schlingen und ihn küssen und beknabbern. Aber ich tat es nicht. Dies war nicht der rechte Ort und die rechte Zeit, und etwas sagte mir, dass Wyst jetzt nicht bereit war. Aber er würde es bald sein, und ich konnte warten, bis es so weit war.

Wyst legte sich hin, kaum eine Armlänge entfernt. Er schlief nicht. Ein süßes Lächeln auf den Lippen, sah er mich einfach weiter an, und während er über mich wachte, war es leicht für mich, den Schlaf zu bekommen, den ich brauchte.

»Probleme«, schnaubte das Pferd, bevor es in einen friedlichen Schlummer fiel.

VIERUNDZWANZIG

Ich war schon immer die Erste gewesen, die am Morgen erwachte – wenn ich überhaupt geschlafen hatte. Aber meine schlaflosen Nächte mussten mich schließlich eingeholt haben, und ich schlummerte, eingehüllt in Träume von Wyst aus dem Westen. Ich hatte bereits früher von ihm geträumt, aber nie auf diese Art. Die vorherigen Träume waren körperlich gewesen, Phantasien von sinnlichen und fleischfressenden Begierden. In dieser Nacht träumte ich jedoch nichts weiter, als in seinen starken Armen gehalten zu werden. Es war ein wunderschöner Traum, immer und immer wieder, die ganze Nacht hindurch. Oberflächlich besehen war dieser Traum sehr unschuldig, aber ich wusste, dass er ernster war als all meine anderen Phantasien. Als die Zeit kam, das Traumland zu verlassen, tat ich es nur widerwillig.

Normalerweise stört das Morgenlicht auch meinen tiefsten Schlaf. Als es dies schließlich tat, war die Sonne schon halb über den Horizont gewandert. Ich setzte mich auf und schirmte meine Augen vor der Sonne ab. Ich konnte nicht direkt hinsehen, aber es war ein sehr schöner Morgen.

»Ich habe deinen Hut aus dem Keller geholt«, sagte Molch. »Dachte, du könntest ihn brauchen.« Er hielt ihn in seinem Schnabel hoch. Ich nahm den spitzen schwarzen Hut und zog ihn tief auf meinen Kopf, um meine Augen zu beschirmen. Mein Haar verstaute ich nicht darunter, und Molch blickte finster auf die schimmernden Strähnen.

Ich bückte mich und rieb eine Handvoll Erde in mein Gesicht. Nicht so viel wie ich sollte, aber es war hauptsächlich eine Gewohnheit. Meine Reisegefährten wussten alle, dass ich schön war. Es ergab also wenig Sinn, es zu verstecken.

Ich versuchte mit wenig Erfolg, mein leichtes Lächeln wegzuwischen. Ich konnte nur hoffen, dass es als vieldeutig ausgelegt wurde. Nicht das Lächeln einer verliebten Frau, sondern das wissende Grinsen einer Hexe, die dem Wispern der Magie lauscht.

Ich sah zu Wyst aus dem Westen hinüber. Er erwiderte den Blick, und keiner von uns scheute zurück. Er stieg auf sein Pferd, ohne den Blick von meinem abzuwenden. Wir lächelten beide, zwar nur ein wenig, verglichen mit den meisten Leuten, aber für eine Hexe und einen weißen Ritter ziemlich strahlend.

Molch sagte etwas, aber ich erfasste die Worte nicht.

Ich riss den Blick von Wyst los und senkte ihn auf meinen Vertrauten. »Wie bitte?«

»Ich habe gefragt: Wohin jetzt, Herrin?« Die Frage kam in einen impertinenten Ton. Vor allem das letzte Wort. Ich war viel zu guter Laune, um mich jetzt davon stören zu lassen.

Gwurm hob mich auf seine Schulter, während ich antwortete: »Wir folgen dem Weg.«

Penelope schwebte in meine Hand und Molch nahm seinen Platz auf meinem Schoß ein. Und wir machten uns auf den Weg. Als die Hütte in der Ferne verschwand, verstaute ich die Erinnerung daran in meinem Gedächtnis. Sie war es wert, erinnert zu werden, nicht wegen der so leisen wie elenden Kindheit, sondern wegen dieses kurzen Moments, in dem Wyst und ich einander im Arm gehalten hatten. Diese Umarmung machte das Höchstwahrscheinliche zu einer unvermeidbaren Sicherheit.

Wir reisten schweigend, aber mit umso beredteren Blicken. Wyst und ich warfen uns zwar nur verstohlene Seitenblicke zu, aber wir konnten doch niemandem etwas vormachen. Gwurm und Penelope waren höflich genug, sie zu ignorieren. Molch brachte seine Einwände mit Knurren, Grimassen und einem besonders verstimmten finsteren Blick zum Ausdruck. Und die Meilen zogen vorbei.

Spät am Morgen wurde Wysts Pferd unruhig. Es hielt ohne Vorwarnung an.

Wyst tätschelte den Hals seines Reittiers. »Was ist los?«

»Das ist nicht richtig«, schnaubte das Pferd.

»Wie das?«, fragte ich.

Das Pferd blinzelte dreimal ganz bewusst. »Vor uns. Die Landschaft ist falsch. Überhaupt nicht richtig.«

Ich sprang von Gwurms Schulter und machte meinen

Kopf frei. Tiere besitzen Sinne, die sogar Hexen fehlen, aber jetzt wusste ich, dass ich nach etwas Ausschau halten musste. Es waren ein paar lange Momente sorgfältigen Studiums nötig, um die Beobachtung des Pferdes zu entdecken.

Die Natur ist chaotisch. Auch eine beschauliche Blumenwiese ist voller Unordnung, selbst wenn es fast unmerklich ist. Aber die Landschaft vor uns bot ein Bild geradezu perfekter Ordnung. Das Erste, was mir auffiel, waren die Bäume. Vor uns gab es vier, und dennoch glichen sie sich in jedem Detail mit einem gekrümmten Stamm und einer exakten Ausrichtung der Äste. Selbst die Rinde besaß dieselbe Farbe und Beschaffenheit mit demselben Knoten in jedem Stamm.

Die vor uns verstreuten Steine bemerkte ich als Nächstes. Es gab drei verschiedene Formen und Größen. Nur drei. Als ich es einmal als das betrachtete, was es war, bemerkte ich sogar, dass das Gras in einheitlichen Reihen angeordnet war, mit dem wohldurchdacht arrangierten Muster von drei kurzen Halmen, einem längeren und zwei mittelgroßen. Dies war nicht die Natur. Es war nur eine unglaublich gute Simulation.

Die Horde von Phantom-Goblings war eine Sache, aber eine Welt so komplett neu zu schaffen war ein Akt einmaliger zauberischer Macht. Außerdem war es das Produkt eines Verrückten. Dieser Zauberer wollte die Welt nicht nach seinem eigenen Bild neu schaffen. Er wollte sie einfach deshalb neu schaffen, weil er es konnte. Zauberei um der Zauberei Willen, ein gewaltiges Experiment, dazu gedacht, das Herz der Welt auszulöschen.

Erst jetzt verstand ich, wie heimtückisch solch ein Entwurf war. Erst jetzt erfasste ich wirklich die Macht, der ich mich stellte. Ich hatte Angst und befürchtete, meine Magie könnte ihr nicht gewachsen sein.

Angst ist nur schlecht, wenn sie zu schlechten Entscheidungen führt. Andernfalls kann ein wenig Furcht auch ganz gesund sein. Ich ließ mir meine Bestürzung nicht anmerken. Wenn die Zeit reif war, würde sie mich davon abhalten, zu unterschätzen, was mir begegnen konnte.

»Was ist los?«, fragte Molch.

»Der Traum eines Verrückten.«

Ich beließ es dabei. Keiner der anderen verstand es. Das war aber auch nicht nötig. Wyst trieb sein Pferd an. Das Ross zögerte, aber als treuer Gefährte eines weißen Ritters hatte es den Mut, die Grenze zu dieser Zauberspiegelung zu überschreiten.

Dieser falschen Welt war eine seltsame Stille eigen, und selbst ihre kleinsten Bewegungen schienen noch kalkuliert. Das Gras wiegte sich mit unfehlbarer Vorhersehbarkeit. Die Äste der Bäume schaukelten im Einklang. Die Wolken über uns wirbelten in präzisen faulen Formen. Das Phantomkönigreich quittierte unsere Ankunft mit einem Minimum an Reaktion. Unsere Schritte wirbelten kleine Staubwolken auf: alle identisch. Egal, ob sie von einem Huf oder Trollfuß aufgewirbelt wurden. Das Gras teilte sich, nur um in Reih und Glied zurückzuschnappen.

Ich fühlte mich schrecklich unwohl. Es ging uns allen so, aber ich konnte die Leere in diesem Land spüren. Es war keinerlei Leben in alledem. Ich konnte nicht mit dem Gras reden oder mit den Bäumen sprechen. Sie waren tote, leere Dinge. Wenn dies die Art sein sollte, wie sterbliche Menschen die Welt sahen, was für ein kalter, dunkler Ort musste ihre Welt dann sein! Ich verstand jetzt, warum sie sich so zwanghaft zusammenrotteten.

Wir mussten dem Ende unserer Suche nahe sein, aber das war nur eine Vermutung. Ich konnte kein einziges Omen in diesem leeren Land finden, und alles Flüstern der Magie wurde von der erstickenden Zauberei gedämpft. Ich war so beunruhigt, dass ich die erste spontane Bewegung in der Landschaft gar nicht bemerkte, bis Gwurm darauf hinwies.

»Das ist aber eine komische Wolke.«

Ein weißer Bausch durchbrach die Anordnung und verdunkelte sich. Kleine Blitze zischten darin und schufen zwei glühende elektrische Kugeln. Die Wolke schielte mit ihren funkelnden Augen auf uns herab. Ein Mund teilte sich in ihren rumpelnden Wogen und sie kicherte. Es war ein allzu menschliches Kichern, zu leise, um unten auf der Erde anzukommen. Aber wir hörten es trotzdem.

Wyst zog sein Schwert.

»Ach, du liebe Güte«, sagte die Wolke. »Sag mir, guter Ritter, wie stellst du dir vor, eine Wolke mit dieser Klinge zu töten, vorausgesetzt du besitzt eine Technik, mich hier oben überhaupt zu erreichen?«

Die Stimme war glatt und leer. Sie klang, als würde sie sanft in meine Ohren gesprochen, als befände sich die Wolke neben mir. Aber Raum war an diesem Ort eine Belanglosigkeit, die nicht real existierte.

Die Wolke zwinkerte. Oder besser gesagt, ihre Augen verdunkelten sich. »Jetzt wollen wir mal sehen, was wir hier haben. Einen weißen Ritter, einen Troll, eine Ente und eine Hexe. Eine merkwürdige Auswahl von Gegnern, muss ich schon sagen. Welche Freude es doch ist, euch endlich sozusagen von Angesicht zu Angesicht gegenüberzustehen.«

Ich neigte meinen Hut nach hinten, um die Wolke anzusehen. »Und du musst der Seelenlose Gustav sein.«

»Wenn ich muss. Mein Ruf eilt mir voraus.« Der Wolkenbausch nahm wieder seinen Platz in dem leblosen Tanz ein und das Gesicht verschwand. Im hohen Gras erschien es erneut. Violette Blumen sprossen als Augen hervor.

»Gibt es wirklich einen Seelenlosen Gustav?«, wisperte Molch.

Er wurde gehört. Ich nahm an, dass der Herr dieses Königreiches alles hörte, was aus dem Rahmen fiel. »Nun, das will ich hoffen. Wer sonst könnte diese Plagen erdrosselnder Eingeweide und schmelzender Gehirne senden?«

»Tust du das wirklich?«, fragte Molch.

Das Gras teilte sich zu einem ironischen Grinsen. »Gelegentlich. Wenn es meinen Zielen dient. Oder wenn ich es amüsant finde. Oder einfach, wenn mir langweilig ist und ich etwas Furcht und Schrecken säen möchte. Nicht annähernd so oft wie die Leute behaupten, aber das ist der Vorteil eines gut gepflegten Rufs. Nach einer Weile wird es zum Selbstläufer.«

Eine violette Knospe schloss sich zu einem Zwinkern.

»Ihr habt gut daran getan, hierher zu kommen. Natürlich hatte ich das auch erwartet. Meine Magie ist an dem Ort, den ihr Realität nennen würdet, nicht so stark, aber jetzt habt ihr die Grenze zu meinem Königreich überschritten. Unkluger Fehler, das. Ich würde euch raten umzukehren, aber es ist zu spät.«

Wyst kämpfte einen Augenblick mit seinem unruhigen Pferd. Er steckte sein Schwert weg. »Hör mich an, Zauberer. Ich bin Wyst aus dem Westen, Verteidiger der Schwachen, Zerstörer des Schändlichen, eingeschworener Kämpfer des Anstands, anerkannter Feind des Bösen, und beim Orden der weißen Ritter, ich werde deinen Wahnsinn beenden!«

»Zunächst, mein guter Ritter, endet mein Wahnsinn, wenn *ich* es sage. Zweitens könnte ich anführen, dass jemand, der Gras bedroht, vielleicht selbst mit dem Wahnsinn ringt.« Der Seelenlose Gustav bewegte sich von dem Feld zu einem Baum. »Drittens ist der Lebensstil, den du auf dich genommen hast, ein sicheres Zeichen für einen weit verschrobeneren Geist als meinen. Sag mir, stellst du dir manchmal die Frage, welche Art von Mann selbst die einfachsten Freuden zum Besten der Welt opfert?«

Das war eine Fangfrage. Ich hätte sie mit einer bissigen Bemerkung beantwortet, aber Wyst war keine Hexe.

»Ein Mann mit einer großen Leidenschaft für die Gerechtigkeit!«, rief er.

Der Baum raschelte mit seinen Zweigen. »Eine große Leidenschaft, ja, aber ist eine zu große Leidenschaft nicht an sich und in sich selbst Wahnsinn?«

Wyst verstrickte sich tiefer in der Falle. »Nicht, wenn die Leidenschaft rechtschaffen ist.«

»Da haben wir es ja schon. Rechtschaffenheit ist ein großes moralisches Dilemma, nicht wahr? Solche Diskussionen sind für Gelehrte und belesene Menschen, die nichts Besseres zu tun haben als herumzusitzen und über das Leben zu reden, statt es zu leben. Ich bin lediglich ein legendärer Zauberer und du ein tugendhafter, wahrscheinlich ziemlich verrückter weißer Ritter. Worauf ich hinaus will: Wir haben beide unsere Ziele, und wir sind beide bereit zu tun, was immer nötig ist, um diese Ziele auch zu erreichen. Du hast für deine Suche nach Gerechtigkeit alles Lohnenswerte aufgegeben. Ich habe gesehen, wie Tausende von meiner Phantomgobling-Horde verschlungen wurden. Ich sehe sehr wenig Unterschied zwischen beiden, außer dass mein Wahnsinn viel mehr Spaß macht.«

Wyst zog sein Schwert und knurrte. »Komm heraus und stell dich mir, Zauberer. Oder hast du Angst, weil du weißt, dass dein Verhängnis droht?«

»Ah, da ist es. Das Draufgängertum, der Eifer und die Wut. Wie heldenhaft. Wie mutig. Wie dumm. Wyst aus dem Westen, nach deiner Banalität zu urteilen bist du zweifellos ein großartiger weißer Ritter. Aber außerdem bist du ein großer rüpelhafter Einfaltspinsel. Angst? Vor dir? Mein lieber, lieber Wyst, du hast wirklich keine Ahnung, wen du vor dir hast. Nun ja, Mut ist lediglich zu gleichen Teilen Selbstüberschätzung und Idiotie.«

»Ich bin nicht derjenige, der sich in Bäumen und im Gras versteckt.«

»Ich habe jetzt genug davon, mit dir zu reden, Wyst. Du bist unwichtig.«

Er verließ den Baum. Ein Wirbelwind von Staub stieg vor uns auf und erstarrte in Gestalt eines Mannes aus

Sand. Er war groß und dünn und trug ein Gewand aus Kies. Sein Gesicht war eingefallen, mit spitzem Kinn, und seine Augen wirkten wie polierte Jade. Dies war der Seelenlose Gustav, wenn auch nicht ganz in Fleisch und Blut.

Er ging zu Gwurm hinüber. »Wusstest du, dass ich immer eine Vorliebe für Trolle hatte? Eigentlich wäre meine Goblinghorde beinahe eine Horde Trolle gewesen.«

»Beinahe?«, fragte Gwurm.

»In diesem Stadium nicht machbar, fürchte ich. Ich habe noch keinen Phantomtroll nach meinem Geschmack gefertigt. Es ist die Würde, glaube ich. Deine Rasse besitzt eine Qualität, eine Anmut, die in solchen widerlichen Kreaturen selten ist.«

»Das habe ich auch oft gedacht.«

»Goblings sind leicht. Boshafte, geifernde, eindimensionale Monster. Man hüllt eine Illusion um einen Mordshunger, und fertig. Aber mach dir keine Sorgen, mein Freund. Ich werde es schaffen. Deine Rasse wird in meiner neuen Welt nicht vergessen werden.«

Gwurm lächelte ohne einen Anflug von Sarkasmus. »Gut zu wissen.«

»Lust auf einen Spaziergang, Hexe? Ich würde dich gern sprechen.«

Ich sprang von Gwurms Schulter. Wyst trieb sein Pferd vorwärts. Der Seelenlose Gustav lächelte mit Zähnen aus schimmerndem Quarz.

»Die Hexe und ich haben gewisse Dinge zu besprechen. Dinge, die du nicht verstehen würdest, Wyst, da sie nichts damit zu tun haben, Bösewichte mit Schwertern zu pieken oder mit unfähiger Prahlerei zu ärgern.«

Wyst sprang von seinem Pferd und durchbohrte den Seelenlosen Gustav. Der Zauberer schüttelte den Kopf. »All diese rechtschaffene Wut – und verflixt noch mal nichts, was du damit anstellen kannst. Ein Jammer. Ich kann mir vorstellen, wie frustriert du sein musst.«

Ich legte eine Hand auf Wysts Arm. »Er hat recht. Wir müssen über Dinge sprechen, die nur Zauberer und Hexen besprechen können. Bleib hier.« Ich setzte Molch ab. Zu meiner großen Überraschung protestierte er nicht, dass er zurückgelassen wurde. Penelope nahm ich mit. Mit meinem Besen fühlte ich mich als bessere Hexe.

Der Seelenlose Gustav und ich entfernten uns von den anderen. Jeder Schritt nahm durch den Willen des Zauberers den Raum von vieren ein, und schnell waren sie bloß noch Gestalten am Horizont.

»Es scheint mir unhöflich, dass du meinen Namen kennst und ich deinen nicht«, bemerkte er.

»Ich habe keinen Namen.«

»Alles hat einen Namen, selbst wenn er nicht gesprochen wird. Aber wie du willst.« Er zuckte die Achseln, Staub und Steine fielen von seinen Schultern. »Jetzt, da wir uns endlich getroffen haben: Bin ich so, wie du erwartet hast? Nein. Bemüh dich nicht um eine Antwort. Ich weiß, was du sagen wirst, bevor du es sagst. Du hast nichts erwartet?«

»Bis zu diesem Augenblick hatte ich nicht groß über dich nachgedacht.«

»Du verletzt mich zutiefst.«

Ich zog meinen Hut. »Das war keine Beleidigung. Bis jetzt warst du nur eine Vorstellung. Eigentlich eher eine

Ahnung. Wichtig, ja, aber keiner übermäßigen Überlegung wert.«

»Und jetzt?«

»Jetzt bist du zwar mehr. Aber immer noch keine übermäßige Überlegung wert, weil ich gesehen habe, was du bist.«

Der Seelenlose Gustav runzelte die Stirn. »Ist das nicht doch eine Beleidigung?«

»Lediglich eine Beobachtung. Nur du kannst entscheiden, ob du dich angegriffen fühlst oder nicht.«

Er fuhr sich mit einem flachen, grauen Stein als Zunge über seine sandigen Lippen. »In diesem Fall denke ich, ich sollte.«

»Wie du willst.« Ich wandte ihm den Rücken zu. Es war gleichermaßen hexenhaft und ein Zeichen meiner Selbstsicherheit. Ich fürchtete den Zauberer in diesem Augenblick nicht. Es gab eine Methode für diese Dinge.

»Ich hatte bestimmt nicht dich erwartet«, sagte der Seelenlose Gustav. »Die Magie sagte mir, eine Hexe würde kommen, und ich wusste, dass du beträchtliches Talent besitzt, weil du meine Horde besiegt hast. Also hatte ich natürlich ein altes Weib erwartet, mit Warzen und einem Buckel und Zahnlücken. Aber du bist ein wirklich wunderschönes Wesen.«

Ich war nicht überrascht, dass er mich so sah, wie ich war. Er war ein Meister der Illusion.

»Ich bin verflucht.«

Er lachte. »Das sehe ich. Geschlagen mit kessen Brüsten und weichen Lippen und einem hübschen, festen Hinterteil. Nie habe ich mich mehr zu jemandem hingezogen gefühlt. Ich nehme an, das Begehren ist Teil deines Fluchs.«

»Das ist es.«

»Hervorragende Arbeit. Mein Kompliment an seinen Schöpfer.«

Ein Windstoß fegte unter mich und hob meinen Rock. Ein Strom von Staub schwebte zwischen meine Füße, um sich vor mir wieder als der Seelenlose Gustav auszuformen. »Und nette Beine. Schlanke und geschmeidige Schenkel. Prächtige Waden. Unterschätze nie den Reiz einer wohlgeformten Wade.«

»Das Leben steckt im Detail.« Ich hütete mich, ihm zu verraten, dass er einen wunden Punkt getroffen hatte.

Jetzt war es an ihm, mir den Rücken zuzuwenden. »Du bist einen weiten Weg gekommen, um zu sterben, Hexe. Macht es dir etwas aus, mir zu sagen, warum?«

Ich dachte an die Grausige Edna und dass dies sicherlich der Mann war, der sie mir genommen hatte. Meine Wut wuchs, aber sie gewann nicht die Oberhand. »Gründe sind kaum von Belang. Sie sind nur Rechtfertigungen dafür, dass wir tun, was wir sowieso tun würden. Und wer sagt, dass ich den ganzen Weg gekommen bin, um zu sterben?«

»Die Magie hat ihre Geheimnisse mit mir geteilt. Ich habe mich um alle Hindernisse auf deinem Weg in meine bessere Welt gekümmert, bevor sie zu einer Störung werden konnten.«

»Die Magie hat auch mit mir ein paar Geheimnisse geteilt.«

»Vielleicht sollten wir uns austauschen.«

Ich trat dicht hinter ihn. »Vielleicht auch nicht. Wenn die Magie wirklich wollte, dass wir es wissen, hätte sie es uns bereits gesagt.«

»Ausgezeichnetes Argument, aber du kannst nicht ernsthaft erwarten, mich zu besiegen. Mein Wille ist hier Gesetz. Das ist das Perfekte an meinem Traum. Die alte Welt ist ein Chaos, ein Durcheinander von Tausenden und Abertausenden von Teilen, die zusammengeworfen wurden. Meine Welt soll eine wundervolle Einheit sein. Die Schöpfung eines einzelnen Willens und mit nur einem Zweck: mir zu dienen.« Er wandte sich mir wieder zu. Eine Saphirträne rollte seine Wange hinab. »Sicher kannst du die Schönheit darin sehen.«

»Harmonie vielleicht. Schönheit nicht. Die Welt ist unordentlich, chaotisch und unvorhersehbar und oft auch zum Verzweifeln ungewiss.« Ich sah zum Horizont, zu dem Troll, der Ente und dem weißen Ritter. Jeder hatte seinen Platz in meinem Leben und jeder war mir auf eine besondere Art wichtig geworden, die ich mir nie vorgestellt hätte. Das war der Grund, warum ich sie so schätzte.

»Und ein schönes Chaos«, sagte ich, »ist tausend geistlose Träume wert.«

Ich stieß meine Hand in den sandigen Körper des Seelenlosen Gustav und schloss meine Finger um den harten Klumpen seines Herzens. Seine Jadeaugen sprangen ihm aus dem Gesicht. Ich zog sein Rubinherz aus seiner Brust. Sein Körper fiel zu einem Hügel von Schmutz und Steinen zusammen. Ich zerdrückte den Rubin in glitzernde Splitter.

»Du dachtest doch wohl nicht, du könntest mich so leicht töten?«, fragte ein Flecken Moos.

Das hatte ich zwar nicht gedacht, aber es zeigte mir, was ich wissen musste. Meine Magie funktionierte selbst in der Welt des Seelenlosen Gustav. Und was noch wichtiger war, er konnte hier überrumpelt werden. Er mochte zwar der Herr dieses Reiches sein, aber ich war kein Teil davon. Ich war ein kleiner Fleck Wirklichkeit in diesem Universum der Phantome, doch seine perfekte Welt war jetzt mit unperfekter Realität infiziert.

»Ich wünsche dir einen guten Tag, Hexe mit dem unausgesprochenen Namen«, sagte der Seelenlose Gustav aus dem Moos. »Falls wir uns wiedersehen, verspreche ich dir, dass ich dich schnell töten werde, denn ich mag dich.«

»Wir werden uns wiedersehen.« Ich grinste. »Und ich werde dich schnell töten, aber nur, weil ich Besseres zu tun habe.«

Er kicherte, während er verschwand.

Ich hielt an und pflückte nur deshalb eine Blume, um zu beweisen, dass ich seine großartige, makellose Ordnung stören konnte. Dann machte ich mich auf den Weg zurück zu den anderen.

FÜNFUNDZWANZIG

Wyst verarbeitete seine demütigende Begegnung sehr schlecht. Es zeigte sich nicht auf offensichtliche Art. Jeder andere hätte nur einen grüblerischen, entschlossenen Krieger gesehen, ich aber spürte seinen verdrossenen Ärger über die eigene Machtlosigkeit. Er starrte stur geradeaus, die Augen zu Schlitzen zusammengekniffen, die Lippen fest geschlossen, den Kiefer angespannt. Alles kaum wahrnehmbare Anzeichen. Aber für meine Augen war seine Verstimmung unmöglich zu übersehen. Ich hätte ihn beruhigt, aber er hatte ja recht. Er war keine Gefahr für den Seelenlosen Gustav.

Eine Zauberer-Inkarnation muss sich noch nicht einmal vor einer ganzen Armee weißer Ritter fürchten. Ich war nicht einmal sicher, ob er mich fürchten musste. Der Seelenlose Gustav war nicht unverwundbar. Noch hatte sein schrecklicher Wahnsinn große Chancen, sich über die ganze Welt auszubreiten. Die Magie fand Vergnügen an der Welt, und die Magie war stärker als der Seelenlose Gustav, ob Inkarnation oder nicht. Ich nahm an, dass das Schicksal in diesem Augenblick bereits einen anderen vorbereitete, der sich dem Seelenlosen Gustav stellen würde, sollte ich den entsetzlichen Tod finden, den die Grausige Edna prophezeit hatte. Und noch einen weiteren, sollte mein Nachfolger dasselbe tun. Die Vorsehung gestaltet ständig Entwürfe, von denen die meisten nie verwirklicht werden. Das Schicksal ist ein energiegeladenes Kind mit einer kurzen Aufmerksamkeitsspanne.

»Was ich nicht verstehe«, bemerkte Gwurm, »ist: wenn dies alles eine Illusion des Seelenlosen Gustav ist, warum verwandelt er dann nicht alles in Treibsand oder einen Vulkan oder so etwas, und tötet uns einfach gleich?«

»Bring ihn bloß nicht auf dumme Gedanken«, sagte Molch.

»So einfach ist es nicht«, antwortete ich. »Die Zauberei, die dies hier geschaffen hat, ist mächtig, aber eine solche Schöpfung ist von Natur aus empfindlich. In diesem Moment ist sie ein Floh auf dem Drachen der Realität. Solange der Floh unbemerkt bleibt, kann er dem Drachen langsam die Stärke aussaugen. Sollte sein Biss aber bemerkt werden, wird er beiläufig und ungestraft zerquetscht.

Jede Zauberei ist diesem Risiko ausgesetzt. Der Seelenlose Gustav ist ein großer Zauberer. Er hat ein Phantomreich geschaffen, das die meisten nicht einmal verstehen könnten. Aber seine Welt ist ein aufgeblähter, hungriger Parasit, und ich kann mir vorstellen, dass eine riesige Menge Magie darauf verwendet wird, dem Drachen Schlaflieder ins Ohr zu flüstern. Es wäre nur ein Fehler nötig, ein

Phantom zu viel und im falschen Moment, um die Realität zu wecken und all seine Pläne zu vernichten. Seine Macht ist hier am gefährlichsten, aber hier ist sie auch am verletzbarsten.«

»Sie kann nicht beides sein«, sagte Molch.

»Die Magie gedeiht am besten mit Widersprüchen.«

»Wie verfluchte Schönheit zum Beispiel.«

Seine Beobachtung störte mich nicht so sehr, wie ich erwartet hätte. Ich wollte nicht schön sein, aber ich stellte fest, dass es mir nicht mehr so viel ausmachte wie früher.

Molch wurde störrisch. »Das glaube ich nicht. Er hat sich nicht wie ein Mann verhalten, der viel zu befürchten hat.«

»Das kommt daher, dass er nicht viel zu befürchten hat. Wir sind nur eine kleine Bedrohung.«

Wyst aus dem Westen atmete scharf aus.

»Das ist beruhigend zu wissen«, sagte Molch.

»Die Wahrheit ist selten beruhigend. Wäre sie es, würden Lügen nicht so gern geglaubt werden, wie es normalerweise der Fall ist.«

»Und warum hast du uns dann nicht einfach den Gefallen getan zu lügen?«

»Hexen sprechen zwar oft nicht die ganze Wahrheit, aber wir lügen auch nicht.«

»Vielleicht solltest du darüber nachdenken, eine Ausnahme zu machen.«

»Na gut. Der Seelenlose Gustav ist ein überschätzter Zauberer. Seine Macht verblasst neben meiner eigenen. In diesem Augenblick zittert er sicher in seinem eisernen Turm, vorausgesetzt er besitzt einen, und denkt darüber nach, sich in ein Schwert zu stürzen.« Ich streichelte Molchs Hals mit meinem Daumen. »Fühlst du dich jetzt besser?«

»Eigentlich nicht.«

»Ich schon«, antwortete Gwurm. »Danke.«

»Gern geschehen.«

Die Landschaft im Reich des Seelenlosen Gustav begann sich allmählich zu verändern. Ich nahm an, dass Zauberer wie Hexen ihre Magie nie ganz kontrollieren können, und alles um uns herum beruhte lediglich auf dem Willen des Seelenlosen Gustav, dem Form verliehen worden war. Die Welt wurde stetig bedrohlicher. Das Gras wurde gelb. Verzerrte, düstere Grimassen erschienen in den Bäumen. Wuchtige graue Wolken verdunkelten den Himmel. Ein eiskalter Wind fegte über die Ebenen. Ich war dankbar für die Dunkelheit und Kälte, aber es war nicht zu übersehen, dass sich die Feindseligkeit des Seelenlosen Gustav in seiner Schöpfung widerspiegelte. Ich dachte eine Zeitlang darüber nach, ob diese Feindseligkeit in echter Furcht begründet war oder in dem bloßen Beleidigtsein, dass wir es gewagt hatten, sein leeres Imperium zu stören. Ich traf keine Entscheidung.

Der Weg endete plötzlich. Er wurde so dunkel wie die Abenddämmerung. Wir reisten weiter, und das Gras wurde höher und dichter. Als es Gwurms Schultern erreichte, spürte ich das Nahen unserer dritten Prüfung. Ich fand es nicht in einem Omen, sondern in meinem guten Urteilsvermögen. Der Seelenlose Gustav würde unsere Gegenwart nicht lange tolerieren. Wir waren durch unsere bloße Anwesenheit eine Beleidigung für seine Macht.

»Das gefällt mir nicht«, sagte Wyst. »Vielleicht sollten wir umkehren und einen einfacheren Weg suchen.«

»Es gibt keinen einfacheren Weg«, erklärte ich. »Es führt nur ein Weg zum Seelenlosen Gustav, und das ist der Weg, den er uns vorgegeben hat.«

Die scharfen Halme zerkratzten meine Beine. Ich hatte Glück, dass Trolle eine dicke Haut besitzen, denn Gwurm schien es nicht zu bemerken. Wysts Pferd trottete nur mit einem verärgerten Schnauben weiter. Das Gras erreichte meine Schulter auf Gwurms Rücken und wuchs schnell über meinen Kopf. Wenn der Seelenlose Gustav vorhatte, uns zu trennen, dann würden wir auch getrennt werden. Aber als wir aus dem Gras auftauchten, wusste ich, dass das nicht sein Plan war. Das Feld endete ohne Warnung in einem Kreis nackter Erde.

Am gegenüberliegenden Ende brachen Gestalten durch das Gras. Ich erkannte sie sofort, denn sie waren – wir. Sie waren den Schatten sehr ähnlich, die versucht hatten, meine Realität zu stehlen, aber der Seelenlose Gustav griff nicht auf denselben Trick wie schon einmal zurück. Die Magie mag keine Wiederholungen, genauso wenig wie jeder Zauberer, der etwas auf sich hält, da war ich mir sicher.

Wir hielten an und unsere Doppelgänger ebenfalls. Sie waren in Formation und Haltung, in jeder Nuance ihrer Bewegungen genau wie wir. Aber es waren graue, leblose Duplikate, ihre Farben wirkten stumpf und es fehlten Details. Ich bemerkte es an Wysts anziehendem Gesicht und dessen Fehlen in seiner Kopie. Die Gesichtszüge waren trotzdem da: die weichen Lippen, die zum Herumkauen einluden, die beknabbernswerten Ohren, die Nase, in die ich so gern gebissen hätte. Aber irgendwie war es nicht dasselbe. Es hatte viel mit seinem Gesichtsausdruck oder dessen Fehlen zu tun. All die Doppelgänger trugen leere Gesichter. Selbst Penelopes Imitat trug seine Borsten auf eine schlaffe, kraftlose Art.

Wyst zog sein Schwert. Seine Kopie tat dasselbe. Ich kletterte von Gwurms Schultern, und mein Doppelgänger stieg von seinem Doppelgänger.

»Welche Art von Zauberei ist das?«, frage Wyst.

Ich schloss die Augen und hörte auf die Magie. Sie wisperte sehr leise, trotz des Wunsches sie zu unterdrücken, der vom Seelenlosen Gustav stammte. Wir sollten eine Chance zu kämpfen bekommen.

»Abbilder. Sie wurden geschickt, um von uns getötet zu werden.«

»Jetzt ist nicht der richtige Moment für Rätsel«, sagte Molch.

»Ich spreche nicht in Rätseln. Das sind Reflektionen der Zauberei, aber wir sind auch ihre Spiegelbilder. Wenn sie sterben, sterben wir.«

»Willst du damit sagen, dass wie sie nicht töten können?«

»Das können wir sicher, aber wir würden uns damit unser eigenes Leben nehmen.«

»Das ist eine feige Beleidigung!« Wyst sprang von seinem Pferd. Sein Doppelgänger kopierte die Bewegung genau, doch irgendwie fehlte die Eleganz. »Komm heraus und stell dich uns, Zauberer! Oder hast du etwa Angst?«

Trotz Wysts aufrichtigem Heldenmut materialisierte

der Seelenlose Gustav nicht, um sich der Herausforderung zu stellen.

Wir standen eine Zeitlang herum und beobachteten unsere Abbilder. Sie wiederum beobachteten uns.

»Vielleicht können wir sie umgehen«, schlug Gwurm vor, aber diese Idee wurde schnell verworfen. Die Abbilder passten sich uns in jeder Bewegung an, so vollkommen wie ein Spiegelbild. Wir konnten sie nicht ausmanövrieren. Solange wir nicht vorrückten, taten sie es auch nicht, und das gab uns Zeit, über das Problem nachzudenken.

»Was, wenn wir sie einfach verstümmeln? Würden wir dann auch verstümmelt werden?«

»Sie werden nicht verstümmelt. Verletzungen, die wir überleben könnten, töten sie. Sie sind zum Sterben gemacht.«

»Ich hab's«, sagte Gwurm. »Wenn wir sie nicht angreifen, greifen sie uns auch nicht an. Stimmt das?«

Ich schüttelte den Kopf. »Sie wurden geschickt, um getötet zu werden.«

»Wie sollen wir Gegner besiegen, die zum Besiegen gemacht sind?«, fragte Molch.

»Indem wir uns von ihnen besiegen lassen?«, theoretisierte Gwurm.

Wieder schüttelte ich den Kopf. »Sie werden uns töten, wenn sie können.«

»Kannst du nicht etwas mit deiner Magie machen?«, fragte Molch. »Sie zum Beispiel einfach verschwinden lassen?«

»Solche Zauberei kann nicht einfach ungeschehen gemacht werden.«

Eine spürbare Anspannung war meinen Gefährten anzumerken, bis auf Gwurm, der die Situation mit dem ihm eigenen Pragmatismus akzeptierte. Der Troll hätte eine phantastische Hexe abgegeben. Wyst ging mit seinem Stress um, wie er es immer tat: schweigend, eisern entschlossen. Molch dagegen ließ seinen Ärger nicht unausgesprochen.

»Das ist doch einfach unfair!«

Die Beobachtung schien absurd, wenn sie von einem Dämon kam, dennoch war sie vollkommen verständlich. Für Dämonen ist alles, was sie nicht mögen, unfair. Er hatte bereits ähnliche Bemerkungen über so verschiedene Ungerechtigkeiten gemacht wie nicht fliegen zu können und Sterbliche nicht töten zu dürfen, die ihm nicht passten. Was alle Sterblichen waren. Wie bei all diesen vermeintlichen Ungerechtigkeiten war er auch diesmal im Irrtum. Ich wollte den Seelenlosen Gustav töten. Er wollte mich töten. Darüber hinaus gab es keine Regeln, und selbst wenn ich mich einer scheinbar unlösbaren Prüfung gegenübersah, konnte ich ihn nicht dafür verantwortlich machen.

Aus Frustration und Langeweile experimentierten Molch und Gwurm mit unseren Abbildern. Mein Vertrauter vollführte einen albernen Tanz, nur um zu sehen, wie sein Doppelgänger dasselbe tat. Der Troll tauschte seine Hände und Füße aus und lief auf dem Kopf herum. Sie verhöhnten die Abbilder mit schielenden Augen und herausgestreckten Zungen. Die Gesichter waren das einzige Element, das nicht kopiert wurde und ausdruckslos blieb. Wyst tat nichts. Er stand nur mit seiner Waffe in der Hand da, den Kiefer verkrampft, voll heldenhafter Entschlossenheit und mit einer Prise Trotz.

Molch knurrte. »Ich gehe doch nicht wirklich so, oder?«

»Nicht ganz«, antwortete Gwurm. »Dein Gang hat eine unmerkliche Eigenart, die das Abbild nicht richtig kopieren kann.«

Die Ente setzte sich. »Wenn sie uns also töten, sterben wir, und wenn wir sie töten, sterben wir auch. Mir fällt nichts mehr ein.«

»Nicht jedes Problem lässt sich durch Gewalt lösen.«

Er hob seinen Schnabel. »Die meisten schon. Es gibt selten Fälle, die nicht durch ein schnelles Herausreißen der Eingeweide gelöst werden können.«

»Wenn du hingehen und dich selbst ausweiden willst«, schlug Gwurm vor, »nur zu. Wir bleiben hier stehen und sehen zu.«

»Ich höre gar keine Lösungsvorschläge von *dir*.«

Gwurm zuckte die Achseln. »Ich löse Probleme leider selbst meistens mit Gewalt.«

Molch grinste selbstgefällig und fühlte sich durch Gwurms Geständnis gerechtfertigt.

Vielleicht hatte sich der Seelenlose Gustav letztlich doch eine Prüfung ausgedacht, die meine Suche beendete. Ich dachte darüber nach, ob man den Tod durch ein Abbild als entsetzlich bezeichnen konnte. Ich glaubte es zwar nicht, aber es lag eine unbestreitbare Schrecklichkeit in der paradoxen Situation, in die uns der Zauberer gebracht hatte. Wir konnten hier entweder für immer sitzen oder in unseren Tod gehen.

»Du bist die Hexe«, sagte Molch. »Es ist deine Aufgabe, solche Hürden zu bewältigen. Fällt dir nichts ein?«

»Vielleicht. Bleib du hier.«

»Wo gehst du hin?«, fragten Molch und Wyst gleichzeitig.

»Ich gehe mich mit mir selbst unterhalten.«

Ich ging los und mein Abbild bewegte sich, um mich in der Mitte unseres Kampfplatzes zu treffen. Als es näher kam, bemerkte ich, dass es irgendwie flach wirkte. Es schien nicht ganz dreidimensional, und als wir dicht voreinander standen, bemerkte ich, dass es schimmerte, als sei es aus gefärbtem Glas.

Penelope schlüpfte aus meiner Hand. Drohend neigte sie sich ihrem Abbild zu.

Ich grüßte mein Abbild mit einem leichten Lächeln. »Hallo.«

Sie blieb ausdruckslos. »Du hättest nicht herkommen sollen. Du hättest Fort Handfest sterben lassen sollen.« Sie besaß nicht meine Stimme. Ihre war trocken und monoton, weder hoch noch tief und vollkommen charakterlos.

»Spreche hier ich oder der Seelenlose Gustav?«, fragte ich.

»Du. Oder besser gesagt das Du, das sich in mir spiegelt.«

»Wenn du auf irgendeine Art und Weise *ich* wärst, wüsstest du, dass ich das nie könnte.«

»Ich bin mehr *du,* als es selbst der Seelenlose Gustav beabsichtigt hat.« Und sie lächelte, wenn auch nur einen Augenblick lang.

Das ergab Sinn. Die Macht des Zauberers war zwar am gefährlichsten, aber auch am verletzbarsten. Mein Abbild war so gut konstruiert, dass es etwas von meiner eigenen

Magie in sich trug. Auch an dieser Stelle war seine falsche Welt mit Realität behaftet.

»Aber ich wurde trotzdem gemacht, um zu töten oder getötet zu werden«, sagte sie, »und ich muss tun, wofür ich gemacht wurde.«

»Das weiß ich. Aber ich nehme an, dass du als mein Abbild auch weißt, wie ich dich zerstören kann.«

»Das tue ich zwar, aber warum glaubst du, dass ich es dir sagen würde?«

»Weil Hexen nicht lügen. Und ich glaube, dass du so sehr meine Kopie bist, dass du es auch nicht tun würdest.«

Sie sah in einer kleinen selbstständigen Bewegung in den wütenden Himmel hinauf. »Aber wir sprechen oft nicht die ganze Wahrheit.«

»Ja, aber zum Handwerk einer Hexe gehört, Weisheit weiterzugeben.«

»Selbst ihren Feinden?«

»Vor allem ihren Feinden.«

Wir kicherten gemeinsam, auch wenn ihres ein lebloses, leeres Glucksen war.

»Die Antwort ist offensichtlich«, sagte sie.

»Das sind die meisten Antworten.«

»Du kennst die Lösung bereits.«

»Das nehme ich an, da du sie auch kennst. Aber ich wüsste deinen Rat zu schätzen.«

»Und wenn ich dich täuschen sollte?«, fragte sie.

»Dann würde ich mit Stolz untergehen, denn was könnte für eine Hexe eine größere Leistung sein, als von sich selbst getäuscht zu werden?«

Sie lächelte. »Aber dein Tod soll entsetzlich sein.«

»Das eine schließt ja nicht notwendigerweise das andere aus.«

Wir wandten uns voneinander ab.

»Wir sind gemacht, um zu sterben, und wir sterben leicht.« Mein Abbild zog eine Augenbraue hoch. Ich nahm jedenfalls an, dass es das tat, denn ich tat es auch. »Unter den richtigen Händen.«

Penelope kehrte in meine Hand zurück. »Danke.«

»Keine Ursache. Du hast nur dir selbst zu danken. Und dem Seelenlosen Gustav, weil er vielleicht ein zu großer Zauberer ist.«

Ich kehrte zu meinen Gefährten zurück und sie zu ihren.

»Und?«, fragte Molch.

»Ich glaube, ich habe mir selbst verraten, was wir tun müssen.«

»Du glaubst? Bist du nicht sicher?«

»Sicherheit ist für Narren und den Tod.«

Ich hatte diesen Satz schon einmal benutzt, aber ich fand, dass er der Situation angemessen und die Wiederholung wert war. Dann erklärte ich, was wir tun mussten.

Molch war skeptisch. »Das war's? Das ist alles?«

»Ja.«

»Aber wir werden sie trotzdem töten.«

»Nein. Wir werden sie zerstören. Wir mögen Spiegelungen voneinander sein, aber wir sind echt, während die Abbilder falsch sind. Selbst in diesem Land aus Glas und Schatten kennt die Magie den Unterschied.«

»Und wenn du dich irrst?«

»... sterben wir.«

Ein Flattern erfüllte meine Brust. Ich fürchtete den Tod zwar nicht, war aber nicht bereit, meinem Ende jetzt schon gegenüberzutreten. Ich glitt an Wysts Seite. Er war so auf die Abbilder konzentriert, dass er es nicht bemerkte. Ich hob meine Hand und legte eine Handfläche an sein dunkles Gesicht. Und ich küsste ihn. Auf die Wange. So nahe an seinen Lippen wie ich es wagte.

Molch keuchte.

Wyst entzog sich mir. Nur einen Schritt. Er legte seine Finger an die Stelle, wo ich ihn geküsst hatte. Er lächelte nicht, sah aber auch nicht böse aus.

»Warum hast du das getan?«

»Weil ich mich irren könnte.«

Das war beinahe eine Entschuldigung, aber ich bereute es nicht. Genauso wenig wie Wyst, dachte ich. Obwohl das Zeichen auf seiner Stirn einen Moment lang glühte, blieb seine Keuschheit intakt. Der Kuss hatte seine Tugend nicht beschädigt. Weiße Ritter leben nach einem strengen Kodex, aber selbst sein Zauber konnte ihn nicht für einen Kuss verantwortlich machen, um den er nicht gebeten hatte.

Ich führte meine Gefährten vorwärts, und wir blieben vor unseren Abbildern stehen. Wir kamen näher, berührten sie aber nicht. Der erste Kontakt zwischen uns würde unsere Doppelgänger dazu befreien, sich selbstständig zu bewegen und einen Kampf zu beginnen, den wir nicht gewinnen konnten.

Molch senkte den Kopf und beäugte seinen Doppelgänger. »Wie testen wir deine Theorie?«

Meine Antwort war ein geschickter Tritt in sein Hinterteil. Die Abbilder kopierten das Manöver untereinander. Molch flog in die Luft und landete auf dem Rücken. Sein Abbild explodierte in einer Wolke aus Federn.

Molch, der echte Molch, blieb ganz, wenn auch mit blauen Flecken an Hinterteil und Ego.

Es hatte funktioniert. Die Abbilder waren zwar gewollt zerbrechliche Phantome, konnten aber nur durch die Hand ihrer Originale getötet werden. Dennoch waren sie zerstörbar, indem man die Zauberei, die sie geschaffen hatte, gegen sie selbst anwandte. Der Federhaufen um einen gaffenden Schnabel war der Beweis.

»Bist du wahnsinnig?«, grollte Molch. »Was, wenn du dich geirrt hättest? Du hättest mich umbringen können!«

»Du bist mein Vertrauter. Es ist deine Pflicht, für mich zu sterben.«

»Das stimmt, aber es soll schon ein blutiger, gewaltsamer Tod sein. Kein Ableben durch Fußtritte.«

»Das ist nicht deine Entscheidung.«

»Es wäre mir aber lieber.«

»Ich werde sehen, was ich tun kann.«

Nachdem ihre Schwäche enttarnt war, waren die Abbilder einfach zu zerstören. Sie konnten nur imitieren, was wir ausführten, und dann verloschen sie leicht. Die einzige Kuriosität war, dass es bei jedem auf seine eigene Art geschah.

Penelope schlug Gwurm kaum hart genug zwischen die Augen, dass er es spürte. Der Kopf des Troll-Abbilds gab wie eine hohle Schale nach, und sein ganzer Körper schrumpelte zu einer runzligen Hülle zusammen. Wyst schnitt sein Pferd an der Schulter. Das Abbild löste sich in eine wässrige, graue Pfütze auf, in der Fellstücke schwammen. Ich bog Penelope mit wenig Kraft. Meine Kopie brach ihren Besen durch und zerbrach das Abbild in kristallene Splitter.

Die letzten beiden, Wysts und meines, mussten sich gegenseitig zerstören. Probeweise setzte Wyst sein Schwert an meinen Bauch.

Ich wandte mich an mein Abbild. »Es tut mir leid.«

»Das muss es nicht. Dafür wurde ich ja gemacht, und obwohl meine Existenz kurz war, kannte ich zumindest seinen Sinn.«

Wyst trieb seine Klinge im selben Moment durch meinen Unterleib, in dem ich ihn hart auf die Wange schlug. Der Kopf seines Doppelgängers fiel ab. Der enthauptete Körper fiel um, aus dem Hals floss eine faulige, weiße, eitrige Flüssigkeit. Mein Abbild löste sich mit einem breiten, unhexenhaften Grinsen ins Nichts auf.

»Ich verstehe immer noch nicht, warum das anders war, als sie zu töten«, sagte Molch.

»Du musst es nicht verstehen. Wärest du bitte so gut, Wyst?«

Er zog sein Schwert aus meinem Bauch. Einen Fuß höher und ein klein wenig weiter rechts, und er hätte mein Herz durchbohrt. Aber das Loch in meinem Bauch, auch wenn es mir durch den Mann beigebracht wurde, den ich liebte, schmerzte mein untotes Fleisch nur wenig.

Wyst wackelte mit seinem Kiefer. Er hatte gewusst, dass mein Schlag kommen würde, und ich nehme an, das machte ihn ehrenhaft. Ehrenhaft genug jedenfalls, um eine kleine Verfärbung auf seiner Wange zu hinterlassen.

»Du blutest«, sagte er.

»Das ist gar nichts.« Die Wunde würde sich von selbst schließen, aber ich konnte sehen, dass ihn der Anblick peinigte. Also presste ich meine Hand auf das Loch und sengte es zu. Er fühlte sich besser, und ich genoss den Gestank verbrannten Fleisches.

Sein verzaubertes Schwert wies Trübungen ab, aber ein paar Kleckse dunkler, zäher Flüssigkeit waren zurückgeblieben. »Darf ich?« Ich wischte die Klinge mit dem weiten Saum meines Rocks ab. Das Kleidungsstück war bereits mit mysteriösen Flecken übersät, aber ich frischte sie auf, wann immer ich konnte. Es verschaffte mir eine Entschuldigung dafür, Wyst wieder näher zu kommen. Er wich mir nicht aus.

»Ich hoffe, ich habe dich nicht zu hart getroffen.«

Er rieb seinen Bluterguss und lächelte. Es war ein offenes, ehrliches Lächeln. Das erste echte Grinsen, das ich in seinem Gesicht sah. Ich riss mich von seinem Blick los und sah auf die Klinge. Sie war sauber, und ich polierte den glänzenden Stahl.

»Danke.« Er schob das Schwert wieder zurück in die Scheide.

Ich strich mit der Rückseite meiner Finger über seinen Bluterguss. Dann beugte er sich vor und zierte meine Wange mit einem sanften Kuss. Ich hatte es nicht erwartet, aber ich war Hexe genug, um meine Überraschung zu verbergen.

»Wofür war das?«

»Fürs Rechthaben.«

Er drückte meine Hand, und für einen Augenblick waren wir nicht mehr Hexe und Ritter. Die Hürden zwischen uns – mein Fluch, seine Keuschheit – waren beinahe vergessen.

»Mein guter Ritter, vielleicht bist du doch nicht ganz so wahnsinnig.« Unsere zerstörten Abbilder waren nun fort und wurden durch eine rote Wolke in Gestalt des Seelenlosen Gustav ersetzt.

Wyst ließ meine Hand los und zog sein Schwert.

»Oh, wir wollen uns doch nicht schon wieder damit herumschlagen«, sagte der Seelenlose Gustav.

Wyst aus dem Westen hieb sein Schwert ergebnislos in die Wolke. Er schien nicht überrascht, war aber zu sehr weißer Ritter, um es nicht zu versuchen. Er steckte sein Schwert weg und trat beiseite.

Der Seelenlose Gustav waberte vor mich hin. »Das war sehr gut. Meine Abbilder besiegen und einen weißen Ritter korrumpieren. Du machst allen Hexen überall auf der Welt Ehre.«

»Ich kann nicht die ganze Ehre für mich beanspruchen. Ich hatte eine gute Lehrerin.«

»Ich sehe jetzt, dass ich mich selbst um dich kümmern muss.« Er winkte. Das Gras teilte sich. »Folge diesem Weg, und du wirst eine Hütte finden, wo du die Nacht verbringen kannst. Genieße sie mit meinen Empfehlungen. Denn morgen werde ich deinem mühseligen, fluchbelegten Leben ein Ende machen.«

»Vielen Dank für deine Gastfreundschaft.«

»Todfeinde müssen nicht unbedingt unhöflich sein. Höflichkeit unterscheidet uns von den Tieren.« Er schoss in den Himmel und verschwand.

»Das war beleidigend«, sagte Molch.

»Du bist kein richtiges Tier«, kommentierte Gwurm.

»Ich bin Tier genug.«

»Vielleicht, aber du bist selbst auch nicht allzu höflich.«

Molch hätte beinahe etwas Grobes gesagt, überlegte es sich aber anders. Ich fragte mich, wie lange diese neuen Manieren anhalten würden.

»Dich hat sowieso keiner gefragt, du großer, ekelhafter Trampel.«

Länger, als ich erwartet hatte.

SECHSUNDZWANZIG

Die Hütte des Seelenlosen Gustav war eher ein zweistöckiger Holzpalast, einfach gebaut, aber dennoch beeindruckend. Es war beinahe Abend, bis wir sie erreichten. Dies war allerdings nur eine Vermutung. Ich habe schon in der realen Welt Probleme mit dem Zeitgefühl, erst recht aber an einem Ort, wo Tag und Nacht nach Laune eines Zauberers aufeinander folgten. Sanftes Licht fiel durch die Fenster der Hütte nach draußen. Die große, halbmondförmige Scheibe über der Tür funkelte in allen Farben des Regenbogens.

»Ich bin dafür, dass wir weitergehen«, sagte Molch. »Warum sollten wir dem Zauberer mehr Zeit zur Vorbereitung geben?«

Ich lachte, und mir fiel auf, wie viel häufiger ich dies in letzter Zeit tat. Daran war nichts Falsches. Ein Lachen kann sehr hexenhaft sein, wenn es leise und kehlig ist. »Diese Suche wird nicht durch ein paar vergehende Stunden entschieden, und ich bezweifle, dass der Seelenlose Gustav irgendetwas vorbereitet.«

»Was, wenn es ein Trick ist?«

»Das ist es nicht.«

Dies beruhigte seinen argwöhnischen Geist jedoch nicht. »Woher weißt du, dass es kein Trick ist?«

Ich hätte ihm erklären können, dass mir meine Vision alles sagte, was ich wissen musste. Vier Prüfungen machten unsere Suche aus. Die Chimären waren eine Prüfung durch Kampf gewesen. Meine Schicksalsgeister eine Prüfung der eigenen Stärke. Die Prüfung durch Wagnis war durch unsere Abbilder erfolgt. Die Prüfung durch Magie war die einzige Prüfung, die noch fehlte, und dies konnte auf nichts anderes als auf das finale Duell zwischen dem Seelenlosen Gustav und mir hinauslaufen. Ich hätte es Molch sagen können. Aber ich tat es nicht.

Die Hüttentür öffnete sich, als wir näher kamen. Ein narbengesichtiger Mann trat auf die Schwelle. Ich erkannte ihn als einen der Männer, die die Grausige Edna getötet hatten, oder besser gesagt: eine Illusion in derselben Form. Dieser wirkte sauber und unbewaffnet. Das machte es leichter für Molch, den Kopf des Mannes mit einem einzigen Schwung seiner rasiermesserscharfen Flügel abzutrennen. Der Leichnam fiel vornüber und verbrutzelte.

Ein neuer Diener, der dem letzten vollkommen glich, trat in die Türöffnung. Molch machte eine Bewegung, um diesen ebenfalls zu töten, aber ich hielt ihn mit einem Räuspern auf.

»Ich stehe euch zu Diensten.« Das Phantom sprach sehr deutlich. Zu deutlich. Die Worte klangen, als seien sie aus anderen Sätzen geschnitten und wieder zusammengefügt worden. »Eine warme Mahlzeit erwartet euch alle im Speisezimmer.« Er trat durch die Tür nach draußen, um uns einzulassen. »Und direkt um die Ecke befindet sich ein vorzüglicher Pferdestall, guter Herr Ritter. Soll ich dir das Pferd abnehmen?«

Wyst weigerte sich, die Zügel aus der Hand zu geben.

»Sehr gerne, mein Herr. Erlaube mir, dich zum Stall zu begleiten, damit du seine Qualität prüfen kannst.«

Wyst fragte mit Blicken nach meinem Einverständnis. Anders als Molch vertraute er meinem Urteil. Es war eine große Ehre. Das treue Ross eines weißen Ritters war neben seiner Tugend sein wertvollster Besitz.

Ich lächelte und nickte.

Er nickte zurück und tätschelte den Hals seines Pferdes. »Ich werde ihn selbst finden.« Er verschwand um die Ecke.

»Ich sage dir«, erklärte Molch, »sobald wir eintreten, wird das Haus zum Kopf einer Riesenschlange und verschlingt uns alle.«

»Ich hatte an etwas Subtileres gedacht«, sagte Gwurm. »Wie etwa, dass es schrumpft, bis wir alle zu Brei zerquetscht sind.«

»Dann bist du also meiner Meinung.«

»Vielleicht, wenn ich nicht so hungrig wäre.« Er war der Erste, der über die Schwelle trat. »Rieche ich hier gebratenes Wildschwein?«

»Frisch vom Bratspieß, mein Herr«, intonierte der Diener. »Ich hoffe, du magst es zart. Das Fleisch fällt praktisch vom Knochen.«

Ich folgte und fing den Geruch einer verlockenden Auswahl an rohem Fleisch auf. »Kommst du, Molch? Oder willst du lieber mit Penelope draußen bleiben?«

Mein Besen hatte es auf der Stelle übernommen, die Veranda nach jeglichem anstößigen Fleck und Stäubchen zu durchkämmen, die zweifellos durch die aufmerksame Zauberei des Seelenlosen Gustav für sie hinterlassen worden waren. Selbst für ein Putzgerät konnte sie schrecklich zwanghaft sein, wenn es um Staub ging. Sie fegte an Molch vorbei und hopste auf ihn zu, um ihn wegzuscheuchen.

»Ich sage immer noch, das ist eine Falle«, grummelte die Ente, als sie uns ins Innere folgte.

Die Hütte war durch Dutzende von Lampen hell erleuchtet, aber selbst für meine untoten Augen nicht zu sehr. Nie hatte ich solch erlesene Wandteppiche und Vorleger gesehen. Andererseits hatte ich auch nie zuvor überhaupt irgendwelche Wandteppiche oder Vorleger gesehen, bis auf die abgenutzten, praktischen Teppiche von Fort Handfest. Ich hatte ein Auge für Näherei, und ihre Qualität war offensichtlich. Wären sie echt und von sterblichen Händen gefertigt gewesen, ihre Herstellung hätte Jahre gebraucht. Der mit dem gestickten Bildnis des Seelenlosen Gustav, der groß gewachsen und selbstgefällig lächelnd dastand, war besonders beeindruckend. Er war so anschaulich, man hätte ihn für das Original halten können. Seine Augen schienen uns zu verfolgen. Es fügte der gemütlichen Atmosphäre einen Hauch Grauen hinzu. Ich bewunderte das Stilbewusstsein des Zauberers.

Auf einem langen Tisch bei der Feuerstelle war ein Bankett für uns aufgebaut worden. Es war ein großer Tisch, aber es gab keinen leeren Fleck darauf. Der Seelenlose Gustav kannte seine Gäste. Es war hauptsächlich Fleisch, hauptsächlich roh oder blutig. Als Dekoration gab es eine kleine Schüssel Obst, und ein Laib frisches Brot wartete auf Wyst. Alles Essen war echt, keine Illusion. Das war von durchdachter Wichtigkeit, denn ein Phantom-Festmahl würde unseren Hunger stillen, ohne uns zu nähren. Wo der Seelenlose Gustav in seinem Phantomreich all die Realität hernahm, war ein Rätsel, über das ich aber nicht weiter nachdachte.

Gwurm und Molch wärmten sich an der Feuerstelle. Ich hielt mich davon fern und genoss die Restkälte des Abends. Der Diener deutete auf eine Treppe. »Ihr findet eure Unterkünfte für die Nacht im Obergeschoss. Ich bin sicher, sie werden nach eurem Geschmack sein, aber falls ihr doch etwas brauchen solltet, genügt es, wenn ihr in die Hände klatscht, und ich werde euch zur Verfügung stehen. Wenn ihr jetzt nichts weiter benötigt ...«

»Nein. Wir haben, was wir brauchen.« Ich bemerkte einen riesenhaften Kristallleuchter über unseren Köpfen. Er fing jeden Strahl Kerzenlicht ein und reflektierte ihn in einem Wasserfall von Farben.

Der Diener empfahl sich, als Wyst aus dem Stall zurückkehrte. Er setzte sich neben das Brot, verschränkte die Arme und studierte den Laib.

Gwurm stupste das gebratene Wildschwein mit den Fingern an, die er dann ableckte. Molch beäugte den Troll.

»Und? Es ist giftig, oder? Es muss giftig sein.«

Gwurm nahm eine Rippe und saugte das Fleisch ab. Er bewegte es im Mund hin und her und stocherte mit der Zunge darin herum, während er kaute. Er zuckte die Achseln, schluckte und verschlang den Knochen. »Scheint in Ordnung zu sein.« Er setzte sich und riss dem Schwein die Schnauze ab. »Hervorragend, genau die richtige Konsistenz.«

Molch wandte dem Tisch den Rücken zu. »Ich werde kein Stück davon essen. Wenn es nicht vergiftet ist, wird es etwas noch Schlimmeres sein. Wahrscheinlich werden eure Eingeweide verrotten.«

»Manche Dinge sind das Risiko wert.« Gwurm verschluckte einen saftigen roten Apfel und ein rohes Kaninchen in einem Bissen. Er musste die Kombination gemocht haben, denn als Nächstes probierte er eine Orange und ein Huhn. Es wurde mit einem zufriedenen Grinsen quittiert.

»Du wirst bereuen, dass du das gegessen hast«, murmelte Molch.

»Wahrscheinlich«, sagte Gwurm. »Von Wildschwein bekomme ich immer Sodbrennen. Reich mir doch bitte mal ein Stück von der Gans da herüber, sei so nett.«

Molch lebte auf. »Sagtest du Gans?« Er sprang auf den Tisch und leckte an dem saftigen Vogel.

»Du isst Gans?« Gwurm streckte die Zunge heraus.

»Das ist mein zweitliebstes Gericht.«

»Aber du bist eine Ente!«

Molch schloss die Augen und inhalierte das verführerische Aroma der Gans. »Eine fleischfressende Ente.«

»Ja, aber, na ja, es scheint mir ... nicht richtig.«

»Vögel essen täglich Vögel.«

»Große Vögel fressen kleine Vögel«, sagte Gwurm. »Diese Gans ist doppelt so groß wie du.«

»Und wunderbar gebraten.« Molch schmatzte. Dämonen sind von Natur aus misstrauisch, aber genauso leicht sind sie in Versuchung zu führen. Er stand unschlüssig über die Gans gebeugt. Ich tat ihm einen Gefallen und half ihm, es sich zu überlegen. Es war sowieso eine unvermeidliche Entscheidung.

»Rieche ich hier Ente?«, fragte ich.

»Ente? Wo?« Er fand seine Beute, einen rohen Vogel auf einer Platte, und griff an. Er riss einen Flügel ab und verschlang ihn.

Gwurm zog eine Grimasse. »Das ist definitiv falsch.«

Molch war viel zu sehr damit beschäftigt, seine Mahlzeit zu zerreißen, um sich die Mühe einer kurzen Antwort zu machen.

Ich nahm das Brot und schnitt eine dicke Scheibe ab, die ich Wyst anbot. Er nahm sie mit einem Lächeln an und reichte mir einen Teller mit rohen Truthahnstreifen. Wir aßen schweigend, abgesehen vom Knistern des Feuers und dem Reißen und Malmen einer Ente, die sich fieberhaft an Ente gütlich tat.

»Eines muss man dem Seelenlosen Gustav lassen.« Molch rülpste. »Er weiß, wie man Gäste bewirtet.«

»Er ist verrückt«, sagte ich, »aber nicht unkultiviert.«

Wyst entschuldigte sich. »Ich will mich für morgen ausruhen.«

Ich widersprach ihm zwar nicht, aber er war nicht derjenige, der sich dem Seelenlosen Gustav stellen würde. Nicht, wenn ich ein Wörtchen mitzureden hatte. Nachdem er die Treppen hinaufgestiegen war, klatschte ich einmal.

»Ja, Herrin?« Der Diener war einfach plötzlich da. Er

materialisierte nicht aus dem Nichts. Eher war es so, als sei er immer da gewesen, nur unbemerkt.

»Würdest du mir bitte ein Bad einlassen? Und ich brauche Kleidung zum Wechseln.«

Ich zögerte in der Erwartung, Molch könnte etwas dagegen sagen. Er war zu zufrieden, um sich auch nur die Mühe eines missbilligenden Blicks zu machen.

Mein Bad wartete in einem Raum im ersten Stock. Wie der Diener schien auch der Raum vorher nicht da und dennoch vollkommen gegenwärtig gewesen zu sein. Der lange Zuber war mit eiskaltem Wasser gefüllt, genau so wie ich es mochte. Ich zog mich vor dem Phantom aus und glitt ins Wasser. Der Diener wies auf die Auswahl von Seifen und Parfums hin und auf einen Schrank, in dem ich alles finden würde, was ich an Kleidung brauchte. Dann war er wieder weg, zurück in seiner unbemerkten Vergessenheit.

Ich badete nicht oft. Eigentlich war es nicht notwendig. Mein verfluchtes Wesen tat genug, um mich schön zu halten, aber gelegentlich genoss ich ein frostiges Bad. Das letzte war schon zu lange her. Ich hatte nicht mehr gebadet, seit ich an jenem Tag in den See getaucht war, an dem auch die Grausige Edna gestorben war.

Die Erinnerung brachte mich zum Lächeln. Ich vermisste die Grausige Edna, aber sie hatte mich aus gutem Grund zu diesem See geschickt. Inzwischen kannte ich diesen Grund. Sie hatte gewusst, dass Wyst aus dem Westen mich heimlich beobachten und dies die Saat des Verlangens in sein Herz legen würde. Der heutige Abend würde ihr letztes Geschenk an mich sein.

Ich genoss mein Bad eine Stunde lang. Ich wartete darauf, dass das Wasser meine Finger schrumplig werden ließ. Das tat es nicht. Das tat es nie. Ich stemmte mich aus der Wanne und durchsuchte die parfümierten Öle. Sie rochen alle recht hübsch, aber keines konnte es mit meinem eigenen natürlichen Geruch aufnehmen, einer raffinierten Mischung aus Blumen und Erdbeeren, zusammen mit einem neuen Aroma: frisches Brot. Zweifellos von der Magie hinzugefügt, weil Wyst es mögen würde.

Ich studierte meine Gestalt in einem mannshohen Spiegel. Lange Zeit hatte ich mich nicht mehr angesehen, wirklich angesehen. Ich hatte ganz vergessen, wie schön ich eigentlich war. Meine makellose weiche Haut war vollkommen frei von Sommersprossen. Meine Figur war schlank und dennoch mit den weichen Kurven gesegnet, die die Männer so begehrten. Meine Augen leuchteten. Ich war vollkommen, und selbst wenn Männer Blondinen oder kleine Frauen bevorzugten, mein Fluch glich dies aus.

Ich fand im Schrank genau, was ich suchte. Das seidene Kleid konnte nicht unhexenhafter sein. Es war weich und hauchdünn und verbarg nur wenig. Ich streifte es über und musste gegen meinen Willen lächeln. Wenn ich auch keine sterbliche Frau sein konnte, so war es doch schön, sich diese Freuden zu gönnen, die ich mir normalerweise versagte.

Ich war noch nicht ganz bereit, die Treppe hinaufzugehen. So schlich ich mich nach draußen. Molch und Gwurm saßen beide am Feuer und bemerkten es nicht. Penelope wartete auf der makellos reinen Veranda. Sie bog sich erst zur einen Seite, dann zur anderen. Danach schwebte sie in einem Kreis um mich herum. Sie zeigte ihre Zustimmung mit einem Hüpfen und einer Drehung.

»Danke.«

»Und, wirst du dich mit ihm paaren oder ihn essen?«

Die graue Füchsin saß am Fuß der Veranda.

»Ich bin überrascht, dass du uns in dieses falsche Land gefolgt bist«, sagte ich.

»Ich bin von zu weit her gekommen, um wieder umzukehren. Nicht, wenn das Ganze interessant zu werden beginnt.« Sie grinste. »Ich bedaure nur, dass ich es als einfacher Fuchs nicht alles schätzen kann.«

Ich sah zum Mond und dachte darüber nach, ob er echt war oder lediglich eine Kopie.

»Du hast meine Frage nicht beantwortet«, sagte die Füchsin.

»Woher weißt du, dass ich eines davon tun will?«

Die Füchsin lachte. »Ich bin vielleicht nur ein Tier, aber wenn es zwei Dinge gibt, die wir Tiere kennen, dann ist es das Fressen und das Paaren. Ich habe gesehen, wie du den Mann ansiehst. Manchmal geschieht es mit dem Begehren eines Weibchens für ein Männchen. Manchmal mit dem Nagen eines leeren Magens. Manchmal ist es beides.«

»Ich hätte nicht gedacht, dass es so offensichtlich sein würde.«

»Alles ist offensichtlich, wenn man danach sucht. Dann ist also Paarungszeit für Hexen? Ich glaube, er wird hervorragenden Nachwuchs zeugen.«

Das glaubte ich auch. »Ich kann keine Kinder gebären.«

»Ich auch nicht«, sagte sie. »Aber wenn Paarungszeit

ist, suche ich mir trotzdem einen Partner. Auch wenn ich in drei Perioden keinen Wurf geboren habe.«

»Schade«, sagte ich. »Die Welt könnte mehr schlaue Füchse gebrauchen.«

»Die Welt könnte so einiges gebrauchen.«

Ich stieg die kurze Treppe hinab und setzte mich neben die Füchsin. »Ich weiß nicht, was ich tun werde. Es könnte sein, dass ich beides tue.«

Sie knabberte an einer juckenden Stelle an ihrem Schwanz. »Ich war nie dafür, mit Essen zu spielen. Obwohl ich ab und zu ganz gern die eine oder andere Feldmaus herumjage.«

Ich streichelte sie zwischen den Ohren. »Ich will ihn nicht töten.«

»Ich schätze, wenn du ihm nur ein paar weniger wichtige Teile abbeißt, wäre das eher ein Snack als eine Mahlzeit.«

Mein Magen winselte.

»Darf ich dir einen Rat geben?«, fragte die Füchsin. »Ich hatte nie etwas, das ich fressen und mit dem ich mich paaren wollte, aber ich denke, das Logischste wird es sein, sich erst zu paaren und dann zu fressen. Auf diese Art bekommst du beides.«

»Ich will ihn gar nicht essen.«

»Ah, ich kenne dieses Gefühl. Ich habe einmal ein Ei gestohlen, das ich nicht knacken wollte, weil es für immer fort gewesen wäre, wenn ich es einmal gefressen hatte. Aber ich wusste, ich konnte doch nicht glücklich damit sein, es nur anzusehen.« Sie legte den Kopf in meinen Schoß. »Das ist die Frage, die du dir stellen solltest. Kannst du glücklich sein, wenn du ihn einfach nur *hast?*«

»Ich weiß nicht, aber ich glaube, es ist Zeit, das herauszufinden.«

Ich bat die Füchsin auf einen Happen herein und sie nahm an. Ich stellte sie Molch und Gwurm vor. Molch war mehr an meinem unhexenhaften Gewand interessiert.

»Was trägst du da? Man kann … all deine … schlimmen Stellen sehen!«

Penelope warf sich zwischen Molch und mich. Ich hatte ihre Verteidigung nicht nötig und schob sie sanft zur Seite.

Ich schnappte ein scharfes Messer vom Tisch. »Ich gehe nach oben. Benehmt euch.« Ich benutzte den Plural, sah aber Molch dabei an.

»Viel Glück«, sagte Molch.

»Denk daran«, fügte die Füchsin hinzu, »erst paaren. Dann fressen.«

»Reiß ihm die Kehle heraus«, grollte Molch.

Penelope folgte mir nach oben. Jeder Schritt schien schwerer als der vorherige. Ich verstand nicht genau, welche Art von Beklemmung mich ergriff, aber als ich mich Wysts Zimmer näherte, wuchs sie. Die Grausige Edna hatte mich gelehrt, das Scheitern oder einen entsetzlichen Tod nicht zu fürchten, aber sie hatte mich nicht auf dies hier vorbereitet. Sie hatte einmal gesagt: »Es ist leicht, Prüfungen auf Leben und Tod zu bestehen. Man muss nur Erfolg haben. Doch die kleinen Tests fordern mehr von uns. Wenn wir uns umdrehen und weggehen können, sehen wir, woraus wir gemacht sind.«

Ich hielt vor Wysts Tür an, griff nach dem Knauf, zögerte aber plötzlich. Ich dachte sogar daran umzukehren. Solange ich diese Tür nicht öffnete, konnte ich immer noch damit leben, es nicht zu wissen.

Penelope stupste mich am Ellbogen.

Ich stand da wie erstarrt. Ich hörte sogar auf zu atmen. Ich ging es im Geiste wieder und wieder durch. Konnte ich wirklich damit leben, es nicht zu wissen? Was, wenn er mich abwies? Was, wenn ich ihn umbrachte? Was, wenn er gezwungen war, mich zu töten? Es gab so viele Fragen, und jede Antwort schien mir falsch. Ich war einer Entscheidung kein Stück näher gekommen, als Penelope sie schließlich für mich traf.

Sie pochte zweimal an die Tür und glitt hinter mich, als sie sich öffnete. Wyst stand im Türrahmen. Er sagte nichts. Sein Gesicht blieb ausdruckslos, bis auf den sanften Bogen seiner fragend hochgezogenen Augenbrauen.

Plötzlich war ich sehr verlegen. Es machte mir nichts aus, praktisch nackt vor jemandem zu stehen. Vor allen außer vor diesem Mann. Ich war ein Wesen von makelloser, fluchbelegter Schönheit, und er liebte mich. Dieses Wissen schien jedoch rein gar nichts zu ändern. Ich wollte meinen dicken schwarzen Kittel wieder. Vielleicht einen Hut. Selbst ein Schal, den ich mir hätte um die Schultern drapieren können, wäre nett gewesen.

Ich hielt meine Hände an der Seite und widerstand dem Drang, meinen Körper hinter verschränkten Armen zu verstecken. Ich schluckte einen Kloß in meinem Hals.

»Darf ich hereinkommen?«

Seine Augenbrauen stiegen ein Stückchen höher. Er sah

den Flur entlang, hinter sich in sein Zimmer und wieder zu mir hin, bevor er zur Seite ging. Ich trat in sein Zimmer. Penelope blieb im Flur. Ich flüsterte meinem Besen ein Dankeschön zu, als ich die Tür schloss.

Sein Zimmer war gemütlich. Ich war allerdings zu abgelenkt, um etwas außer dem Bett und einer gefalteten Decke auf dem Boden zu sehen.

»Ich hoffe, ich störe nicht.«

»Ich habe nur meditiert.«

Die Meditation weißer Ritter musste eine anstrengende Tätigkeit sein. Er war leicht außer Atem. Schweiß stand ihm auf der Stirn und sein ganzer Körper war angespannt. Oder vielleicht lag das auch an meiner Anwesenheit. Er konnte mich nur aus den Augenwinkeln ansehen.

Es war schrecklich heiß in diesem Raum. Ich ging zum Fenster und öffnete es einen Spalt. Wyst spiegelte sich in dem fleckenlosen Glas. Er betrachtete mich von hinten, sich nicht bewusst, dass ich seinen Blick an meinem Körper auf und ab wandern sehen konnte. Ich legte meine Finger ans Fenster und zeichnete die Spiegelung seines starken, anziehenden Gesichtes nach.

»Ist etwas nicht in Ordnung, Hexe?« Er sprach leise. Es war das erste Mal, dass ich ihn murmeln hörte.

Ich war furchtbar unerfahren, doch ich war ein Wesen, das gemacht war, um zu verführen. Ich vertraute meinen Instinkten und drehte mich langsam, damit Wyst meine Gestalt von allen Seiten genießen konnte. Dann glitt ich zu ihm hinüber, im wahrsten Sinn des Wortes um Haaresbreite über dem Boden schwebend. Mein Kleid bauschte sich und enthüllte meine vollendeten Beine. Sein bereits angespannter Körper straffte sich. Ich kam näher, berührte ihn aber nicht.

Er wandte das Gesicht von mir ab. »Was tust du da?«

Ich legte eine Handfläche an seine Wange und drehte sein Gesicht zurück. Er schloss die Augen.

»Ich kann das nicht.«

Worte konnten viel sagen, und sie sagten umso mehr, wenn es so wenige waren. Er hatte nicht gesagt, dass er es nicht tun würde. Er hatte gesagt, er könne es nicht tun. *Nicht können* gilt für Dinge, die man nicht tun darf, von denen man aber weiß, dass man sie tun wird.

Er legte eine Hand auf meine Hand, als wolle er sie wegschieben. »Ich habe ein Gelübde abgelegt, einen heiligen Schwur.«

Ich fuhr mit einem Finger über seine weichen Lippen. »Sag mir, dass ich gehen soll und ich tue es.« Ich tat mein Bestes, so zu klingen, als würde mich das nicht stören.

»Ich brauche meine Tugend«, flüsterte er. »Ohne sie kann ich es nicht mit dem Zauberer aufnehmen.«

»Und *mit* ihr kannst du es trotzdem nicht.«

Er zog sich einen halben Schritt zurück. »Ich kann nicht zulassen, dass du dich ihm allein stellst. Ich muss dich beschützen!«

Wieder sagten seine Worte viel. Sein Widerstand kam nicht aus dem Keuschheitsgelübde. Er stammte aus seiner Liebe, seinem Wunsch, mich vor Schaden zu bewahren. Ich verstand ihn besser, als er ahnte. Wir waren uns so ähnlich, aber anders als meine Bürde konnte seine aufgehoben werden.

»Du kannst mich nicht vor meinem Schicksal bewahren, Wyst. Und du wirst dem Seelenlosen Gustav morgen nicht begegnen. Es ist allein mein Kampf. Du hast alles für mich getan, was du kannst. Da ist nur noch ein Gefallen, um den ich dich bitten möchte …«

Ich trat so nahe an ihn heran, wie ich nur konnte, ohne ihn zu berühren. Die Hitze seines Körpers überspülte mich. Die Laternen flackerten, als meine Lust wuchs. Ich wollte ihn zu Boden werfen und ihn zwingen, mich zu lieben. Aber es war seine Entscheidung.

Er starrte mir in die Augen und biss sich auf die Unterlippe.

»Wenn ich morgen meinem Schicksal begegne, Wyst, werde ich es freudig begrüßen und nichts bereuen. Bis auf eines. Es sei denn du hältst es für richtig, mir einen letzten Gefallen zu gewähren.«

»Ich kann nicht.«

Ich legte einen Finger an seine Lippen. Die Laternen verdunkelten sich.

»Es sind nur Worte, Wyst. Sie sagen viel und bedeuten nichts. Leere Silben, die geflüstert werden, mehr sind sie nicht. Wenn du mir und deinen eigenen Wünschen – aber ohne ihre Hilfe – widerstehen kannst, dann gehe ich.«

Er fuhr mit den Fingern durch mein Haar und lächelte sanft. »Ich kann nicht …«

»Keine Worte.«

Wir kamen uns näher.

»Aber …« Er klang wie ein Verdurstender.

Ich legte meine Hände an seine Brust und spürte das Hämmern seines Herzens. Die Wärme seiner Haut versengte meine Handflächen. Seine Hand glitt meinen Hals hinab und ließ das Kleid von meinen Schultern gleiten. Ich rieb meine Wade an seinem Schenkel. Seltsam, wie natürlich das alles war. Als hätte ich es bereits tausendmal getan.

Wir küssten uns. Ich konnte mich nicht erinnern, wer angefangen hatte. Wir taten es einfach plötzlich. Mein Magen knurrte. Das Tier in meinem Inneren wollte seine Zunge abbeißen. Ich konnte den Strom verknäuelter Venen in seiner Kehle spüren, die förmlich darum flehten, herausgerissen zu werden.

Ich zog mich zurück, und nun war es an ihm, verwirrt zu sein. »Ich muss dich warnen. Es könnte sein, dass ich dich töte.«

Ich reichte ihm das Messer.

»Wenn du das Gefühl hast, du musst es tun, dann stich mir diese Klinge ins Herz und rette dich.«

Das Messer schepperte auf den Boden. Er nahm mich in die Arme, küsste meinen Hals und flüsterte mir sanft ins Ohr.

»Manche Dinge sind das Risiko wert.«

SIEBENUNDZWANZIG

Wysts Blut schmeckte sogar noch süßer als ich erwartet hatte.

Ich genoss einen Tropfen davon, gewonnen in einem Augenblick, als mich meine Leidenschaft und fleischfressende Lust unvorbereitet erwischt hatten und ich zu fest an seinem Ohr geknabbert hatte. Es blieb jedoch die einzige Entgleisung. Obwohl mir auf dem Höhepunkt unserer Entzückung Visionen von zerrissenem Fleisch durch den Geist blitzten. Die sinnlichen Freuden besiegten meinen Appetit. Größtenteils.

Wyst legte eine Hand auf meinen knurrenden Magen. Die Dunkelheit seiner Finger auf meiner Alabasterhaut schien mir der vollkommene Widerspruch zu sein. An der Oberfläche waren wir so verschieden und uns dennoch so gleich.

»Bereust du es?«, fragte ich. »Den Verlust deiner Tugend?«

Er legte mir seine Finger unters Kinn und hob mein Gesicht zu seinem herauf. »Wenn ich es bereuen würde, hätte ich nach dem ersten Mal aufgehört. Und meine Tugend ist nicht verloren, nur meine Keuschheit.«

Seine Lippen berührten meine Stirn. Ich küsste ihn, und meine Hand tanzte seinen Oberschenkel hinab.

»Noch einmal? Du wirst mich wirklich umbringen!«

Ich lächelte. Er wusste nicht, wie recht er hatte. Mit meinem Fluch konnte ich genau das tun. Ich konnte ihn in diesem Bett festhalten und sein Feuer wieder und wieder anfachen, bis der letzte Tropfen seines Lebens verbrannte. Diese Gefahr war jedoch noch weit entfernt. Wyst war ein gesundes Exemplar und besaß genug Ausdauer, um eine oder zwei Wochen in meiner gefährlichen Umarmung zu überleben.

Ich glitt über ihn und knabberte an seiner Unterlippe. Er schlang seine Arme um mich und presste mich fest an sich. Mein Magen brüllte, er ließ sich nicht länger vernachlässigen. Ich brachte zum Glück die Stärke auf, mich wegzurollen. Es war leichter zu wissen, dass er noch da sein würde, wenn ich zurückkam. Ich zog mein Kleid über und zögerte an der Tür, um ihn noch einmal dort liegend anzusehen. Mehr hätte mich zu sehr in Versuchung geführt.

Penelope wartete im Flur. Sie sagte nichts, auf ihre unausgesprochene Art. Aber sie spähte in den Raum, um sicherzugehen, dass Wyst noch am Leben war. Mein Schatten tanzte an den Wänden entlang. Er wirbelte da so ausgelassen herum, dass meine Füße oft spielerisch über die Decke tollten.

Unten schlief Gwurm am Feuer. Die Füchsin döste in

seinem Schoß. Molch saß am Tisch, in abgenagte Entenknochen geschmiegt. Er hob den Kopf und runzelte die Stirn.

»Da du nicht blutbeschmiert bist, nehme ich an, dass du ihn nicht getötet hast.«

»Tut mir leid, dich zu enttäuschen.« Ich setzte mich und tat mich an sämtlichen Stücken rohen Fleisches gütlich, die ich finden konnte. Ich war hungriger, als mir bewusst gewesen war. Vollkommen ausgehungert. Dies war zwar nicht das Mahl, das mein Appetit wünschte, aber Fleisch war Fleisch.

»Was soll es nützen, den weißen Ritter seiner Reinheit zu berauben, wenn du dir nicht die Mühe machst, ihn zu töten?«, fragte Molch. »Das ist wie ein Reh zu hetzen und es dann laufen zu lassen. Ich hoffe, das war es wert, deine Hexenmoral wegzuwerfen.«

Ich saugte den letzten Rest Fleisch von einem Truthahnbein. »Ich habe einen weißen Ritter verführt, den sterblichen Mann vor aller Welt entblößt, und er nimmt es mir nicht einmal übel. Nicht nur das, ich habe auch verbotene Freuden des Fleisches gekostet und sogar etwas über mich selbst gelernt. Ich kann mir nichts Hexenhafteres vorstellen.«

»Deine Herrin wäre nicht dieser Meinung.«

»Das bezweifle ich stark. Durch ihren Plan ist es zu dieser Nacht gekommen.«

»Unser Streben ist Rache.«

Ich lachte. »Rache oder Tod liegen zwar am Ende dieser Reise, aber nicht bei jeder Reise geht es um das Ziel.«

Er gähnte und hob den Kopf. »Darf *ich* ihn dann töten?«

Er kannte die Antwort bereits.

»Sinnlos«, brummelte er.

Der Wandteppich des Seelenlosen Gustav meldete sich zu Wort: »Da bin ich ganz deiner Meinung.« Der Zauberer trat aus dem Gewebe. Er behielt allerdings seine Flachheit. Sie stand ihm, denn selbst in drei Dimensionen war er eine dünne Gestalt. »Ich wollte nicht lauschen, aber ich muss der Ente recht geben. Es ist nicht richtig, einen weißen Ritter nicht auszunutzen, nachdem du, nun ja, nachdem du ihn ausgenutzt hast. Das wird erwartet.«

»Eine gute Hexe tut das Unerwartete.«

»Hervorragendes Argument, meine liebe Hexe mit dem unausgesprochenen Namen.« Er schlenderte zu einem Stuhl und faltete sich in eine sitzende Position. »Obwohl du meiner Einschätzung nach sterben wirst, sobald der Morgen kommt.«

Meine einzige Antwort bestand in einem ironischen Grinsen. Ich nahm an, dass er recht hatte, aber andererseits kann eine große Hexe sogar sich selbst ab und zu überraschen.

»Da wir gerade von morgen sprechen.« Der Seelenlose Gustav wedelte mit der Hand, und hartes Licht ergoss sich durch die Fenster. »Du wirst meine Ungeduld entschuldigen, aber ich würde es gern hinter mich bringen.«

»Nein.«

»Wie bitte?«

»Noch nicht.«

Er starrte mich finster an. »Ich bin der Herr dieses Reiches. Du wagst es, mir Befehle zu geben?«

»Keinen Befehl. Eine Bitte. Du warst ein höchst gütiger

Gastgeber – und gern würde ich noch ein letztes Mal an deine Großzügigkeit appellieren.«

Sein Blick wurde weicher. »Natürlich. Vergib mir.« Er kehrte in den Wandbehang zurück. »Ich gewähre dir noch zwei Stunden. Da sie deine letzten auf dieser Erde sein werden, schlage ich vor, dass du sie gut nutzt.«

»Das werde ich. Und ich danke dir.«

»Die Gesetze der Gastfreundschaft gelten für alle, den einfachen Bauern und den legendären Zauberer gleichermaßen.« Der Seelenlose Gustav nahm seine stille Wacht über den Raum wieder auf, während Dunkelheit den Morgen begrub.

Ich nahm mir ein paar Minuten, damit sich mein voller Magen beruhigen konnte.

»Was hast du über dich selbst gelernt?«, fragte Molch. »Du sagtest, du hättest etwas gelernt.«

»Ich habe gelernt, dass ich niemals einen Mann lieben kann. Nicht als Frau.«

»Bis jetzt scheinst du es aber ausgezeichnet hinzubekommen.«

Ich lächelte freudlos. »Ein vorübergehender Genuss. Egal wie, ich bin verflucht. Meine Liebe wird immer dem Untergang geweiht sein.«

Mein Schatten hörte auf zu tanzen.

Die harte Wahrheit zerrte an meinem Hexenschleier. Molch wandte den Blick ab und rutschte in unbehaglichem Schweigen hin und her. Penelope lehnte sich an meine Schulter.

»Im Leben geht es nicht um die Dinge, die man nicht haben kann«, sagte ich. »Es geht um die Geschenke, die man auf dem Weg findet.« Obwohl die Wahrheit selten ein Trost ist, fühlte ich mich nun etwas besser. Ich konnte Wyst nicht ein Leben lang lieben, aber ich konnte ihn noch eine kurze Weile länger lieben.

Mein Schatten sprang um die Feuerstelle, als ich zur Treppe ging.

Molch schnaubte. »Du kannst mir nichts vormachen. Ich weiß, warum du ihm seine Tugend genommen hast. Du hast ihn verletzlich gemacht, um ihn zu schützen.«

»Tatsächlich?«

»Oh, hör bitte auf, die Mysteriöse zu spielen. Ich durchschaue das Ganze. Wyst war dem Seelenlosen Gustav allein vielleicht nicht gewachsen, aber er hätte dir immerhin helfen können. Und du brauchst jeden Vorteil, den du bekommen kannst. Aber jetzt ist er nur ein Mann. Du hast ihn nutzlos gemacht. Du hast ihn aus dem Spiel genommen, weil du sein Leben nicht für deines riskieren wolltest.«

»Hast du das alles selbst herausgefunden?«, fragte ich.

»Dann gibst du es also zu?«

Ich grinste nur.

»Das ist sehr hexenhaft«, sagte er. »Das Leben eines Mannes zu retten, indem man ihm seine Unverwundbarkeit stiehlt. Deine Herrin wäre stolz auf dich.« Er gab es nicht gern zu und sah finster drein.

Eine gute Hexe gibt gar nichts zu. Ich stieg die Treppe hinauf, ohne ein weiteres Wort zu sagen und betrat Wysts Zimmer. Er lag auf dem Bett. Mein Blick verweilte auf seinem schlanken, dunklen Körper. Er lächelte und streckte eine Hand aus.

Mit seinen Fingern zeichnete er meine Lippen nach. »Du bist schön.«

Das wusste ich bereits, aber es war etwas an der Art, wie er es sagte. Und in seinen Augen. Er sah mehr als meinen verfluchten Körper. Er sah die sterbliche Frau, die darin versteckt war und die selbst ich manchmal vergaß. Doch in seinen Armen war es anders. In seinen Armen konnte ich den bösen Geist beinahe vergessen.

Er küsste mich, und seine würzigen Lippen rührten an meine doppelten Gelüste. Der Ghoul zischte und zappelte, wurde unter der Hingabe der Frau aber erdrückt.

Molch hatte unrecht. Auch ohne seine Zauber war Wyst mehr als ein gewöhnlicher Mann. Viel mehr.

Er streifte mein Kleid ab und zog mich aufs Bett.

Und er war alles andere als nutzlos.

ACHTUNDZWANZIG

Die Alterslosigkeit hat einen Vorteil. Zeit bedeutet mir nichts, sie ist lediglich eine vage Abstraktion. Zwei Stunden in Wysts Bett mochten so langsam vergehen, wie ich es empfand. Es konnte nie so lange dauern, wie ich wollte, aber ich konnte jeden Augenblick auskosten. Es war genug für ein Leben, das möglicherweise bis in die Unendlichkeit reichte. Wenn ich den nächsten Tag überlebte und noch tausend Jahre über diese Erde ging, würde diese Nacht immer bei mir bleiben. Als die Dämmerung schließlich kam, war ich bereit, entweder dem Tod oder der Ewigkeit zu begegnen.

Der Seelenlose Gustav gestand mir einen langsamen Sonnenaufgang zu. Das Licht schlüpfte durch die Fenster, und ich entzog mich Wysts Armen. Ich griff nach meinem Seidenkleid, überlegte es mir dann aber doch anders. Es würde in diesem Raum bleiben müssen, wie so viele Dinge. Ich wickelte eine schwere Decke um meinen Körper, beugte mich über Wyst und küsste seine Augen, ein Ohrläppchen und schließlich seine Lippen. Ein Teil von mir wollte ihn wecken, aber so war es am besten. Dies war die einzig mögliche Art, wie es geschehen konnte. Ich wandte mich zur Tür.

»Wo gehst du hin?«

Ich hatte gehofft, mich unbemerkt davonstehlen zu können. Es hätte alles so viel leichter gemacht.

Ich schloss die Augen und sah mich nicht um. »Es ist Zeit.«

»Ich hole meine Sachen.«

»Du bist nicht mehr verzaubert«, sagte ich. »Der Seelenlose Gustav würde dich sogar noch leichter töten, als er es vorher getan hätte.«

»Ich werde nicht zulassen, dass du ihm allein gegenübertrittst.«

»Ich weiß.«

Ich glitt an seine Seite und hüllte ihn in meine Decke, um das Gefühl seiner Haut an meiner eigenen zu genießen.

»Du wirst es mir nicht ausreden«, sagte er sanft.

»Ich weiß. Du bist ein sturer Mann, aber ich glaube, du bist sehr müde. Ich denke, du solltest wieder ins Bett gehen.« Ich schlug einmal mit den Wimpern. Seine Lider schlossen sich halb.

»Was tust du?« Er gähnte und erschlaffte in meinen Armen. Ich hatte Mühe, ihn aufrecht zu halten. »Tu das nicht.« Er nickte ein und schreckte wieder auf. »Ich muss dich beschützen. Ich muss ...«

»Du kannst mich nicht beschützen, so müde wie du

bist.« Ich deckte seinen Geist mit Schlaf zu. Magie, die noch Stunden zuvor an seiner unverwundbaren Aura verbrannt wäre, erwies sich ihm nun mehr als gewachsen.

»Vergib mir, Wyst.«

Ich senkte ihn auf das Bett. Sein Schlaf war friedlich, bis auf einen sanft missbilligenden Zug um seine Lippen.

Ich stieg die Treppen hinab. Meine Gefährten saßen am Tisch bereit. Ich verschwendete keine Zeit mit Höflichkeiten und zog mich an. Der Seelenlose Gustav hatte mir meine Stunden gegeben. Ich würde nicht so unhöflich sein, ihn noch länger warten zu lassen.

»Gwurm, du findest Wyst oben. Zieh ihn an und bring ihn von hier fort. Penelope, du gehst mit ihnen.«

»Und ich?«, fragte Molch.

»Du kommst mit mir.«

Er blinzelte überrascht. »Wirklich?«

»Du bist mein Vertrauter, oder? Dein Platz ist an meiner Seite, oder etwa nicht?

»Na ja, schon ...«

»Nun gut. Wir werden uns um deinen gewaltsamen Tod kümmern, auf den du gehofft hast. Auch wenn ich dir nichts versprechen kann.«

»Ja, Herrin.« Er strahlte.

»Und ich?«, fragte die graue Füchsin.

»Du kannst tun, was du möchtest«, sagte ich.

»Dann werde ich mitkommen.«

Gwurm ging, um Wyst zu holen, und Penelope versuchte, sich in meine Hand zu zwängen.

»Lass das. Du gehst mit Gwurm. Ich werde höchstwahrscheinlich sehr bald tot sein, und er wird eine Freundin brauchen. Ich verlasse mich darauf, dass du dich um ihn kümmerst.«

Sie streckte sich und ruckte einmal.

»Braves Mädchen.« Ich wandte mich Molch zu. »Es ist Zeit zu gehen.«

Er konnte es sich nicht verkneifen, Penelope selbstgefällig anzugrinsen, obwohl er eigentlich nicht mehr bekommen hatte als den beinahe sicheren Untergang.

Der Phantomdiener materialisierte an der Vordertür. »Hier entlang, meine Dame. Der Herr erwartet dich.«

Gwurm kam mit Wyst über der Schulter die Treppe herunter. »Viel Glück.«

Ich warf einen Blick zurück auf meinen Troll, meinen Besen und den schlummernden weißen Ritter. »Sag ihm, es tut mir leid.«

»Er wird es verstehen.«

Ich war mir da nicht so sicher. Wyst war ein stolzer Mann. Er hätte gewählt, an meiner Seite zu sterben, und es war eigentlich nicht richtig, dass ich es ihm nicht erlaubte.

»Sag ihm ...« Es fiel mir schwer, die Worte zu sagen. Ich hätte es Wyst im Schlafzimmer sagen sollen. Jetzt konnte ich es nicht.

»Das weiß er schon«, sagte Gwurm. »Genauso wie du es weißt.«

»Gehen wir nun oder nicht?«

Der Diener führte uns auf einen gepflasterten Weg, der einen hohen Hügel hinaufführte. Penelope und Gwurm steuerten mit Wyst und dem Ross im Schlepptau in die andere Richtung. Ich wusste nicht, ob sie es schaffen würden, aber mich zu begleiten war ihr sicherer Tod. So hatten sie eine Chance.

Ich schob die Ablenkung von mir, während wir den Weg hinaufmarschierten. Die Magie ist überall, in allen Dingen und an allen Orten. Aber in manchen Dingen liegt mehr Magie als in anderen. Verfluchte Hexen und Zauberer-Inkarnationen ziehen die dunkle Macht magnetisch an. Als wir näher kamen, knisterte die Macht in der Luft. Die Magie wusste, dass eine schreckliche Schlacht beginnen würde, und sie bot uns all ihre Stärke an, um einen schillernden Kampf zu gewährleisten.

Hexenmagie ist eine subtile Kunst. Ich mochte außerhalb meines Elements sein, aber die Grausige Edna hatte mich vorbereitet. »Denk daran, Kind, dass die Magie keinen Regeln als ihren eigenen folgt. Viele ihrer Anhänger verstehen das nicht. Sie passen sich nicht an, wenn die Magie es verlangt. Vor allem, weil sie in ihrer Art mit der Zeit festgefahren sind. Aber eine gute Hexe kennt ihren Platz, und eine große Hexe versteht, dass Erfahrung genauso oft eine Bürde wie eine Gabe sein kann.«

Um den Seelenlosen Gustav zu besiegen, musste ich nur alles vergessen, was ich gelernt hatte, aber das Verlernen ist die größte Gabe von uns Hexen. Vielleicht war ich gar nicht so sehr außerhalb meines Elements wie ich dachte.

Ich erwartete auf der anderen Seite des Hügels alles und nichts. Aber die Landschaft bestand weiterhin aus gewöhnlichen Phantomfeldern mit Gras. Die Pflastersteine endeten an einem glänzenden Silberwürfel.

»Was ist das?«, fragte Molch.

»Das Herz einer Welt, die nicht existiert«, antwortete ich.

Die Gesichtsform des Seelenlosen Gustav drückte sich durch die schimmernde Oberfläche. »Du solltest dich geehrt fühlen. Du bist die Erste, die das wundervolle Schicksal sieht, das dieses Universum ersetzen soll.« Er warf einen Blick auf meine Begleiter. »Ich hatte dich allein erwartet.«

»Die Ente ist mein Vertrauter. Die Füchsin ist lediglich eine Beobachterin.«

»Für die Nachwelt, was? Eine hervorragende Idee. Tretet ein und seht meine Herrlichkeit.«

Sein Gesicht schmolz in den Würfel, und ich trat durch seine nicht spürbare Oberfläche. Eigentlich trat ich weniger ein, vielmehr dehnte sich der Würfel um meine Wahrnehmungen herum aus. Zuerst kam die Illusion der Zeit, um einen Augenblick vom anderen unterscheiden zu können. Dann kam die Phantasie des Raums. Danach die anderen Details der Schöpfung des Seelenlosen Gustav. Die zahllosen unwichtigeren Einzelheiten, die ein Phantomuniversum ausmachen, fügten sich zusammen. Ich stand an der Schwelle eines Miniaturkosmos. Dutzende von winzigen Planeten drehten sich inmitten einer Unendlichkeit von Sternen. Weder Molch noch die Füchsin waren bei mir.

Der Seelenlose Gustav stand im Zentrum seines Universums. »Schön, nicht wahr?«

Ich blieb angemessen unergründlich. »Ich schätze mal, ja. Ungefähr so, wie das Gemälde einer Blume beinahe so schön sein kann wie die Blume selbst.«

Er blickte finster. Dann seufzte er und lächelte in einer passablen Imitation guter Stimmung. »Vergib mir, Hexe. Ich hatte vergessen, dass dir die Vision fehlt, um zu sehen, was ich dir gezeigt habe.«

Sein Sonnensystem kam drehend zu einem langsamen Halt. Ein winziger Planet hörte auf, vor mir zu kreisen, damit ich seine Kontinente und Ozeane betrachten konnte. Wenn ich genau genug hinsah, konnte ich zweifellos Bergketten, Wälder und Wüsten erkennen, genauso wie Dörfer und Städte, die von Millionen von Phantomeinwohnern wimmelten.

»Es ist eine fehlerlose Neuschöpfung. Dies ist das Universum, mein Universum. Noch ist es klein, aber es wird wachsen wie ein Samenkorn. Und eines Tages wird es dieses mangelhafte Durcheinander ersetzen, das du Realität nennst.«

Ich gab dem Planeten einen Klaps, damit er sich wieder weiterdrehte. »Wie traurig, dass du denkst, dies sei ein Traum, für den es sich zu kämpfen lohnt. Du hast mein vollstes Mitleid.«

Seine Erde drehte sich schneller. Er ging zwischen den sausenden Kugeln hindurch. »Du hast Mut, Hexe. Das muss ich zugeben. Dies ist nicht deine Realität. Noch ist es auch nur das schmutzige Reich der Zauberei außerhalb dieses Würfels. Dies ist meine Macht, rein und unverwässert. Hier bin ich ein lebender Gott, und du bist ganz und gar nichts.«

»Vielleicht. Aber ich bin eine gute Hexe, sogar hier. Und du bist trotzdem ein sehr schlechter Zauberer, sogar hier.«

Das einzige Zeichen der Wut des Seelenlosen Gustav

zeigte sich in einer geballten Faust. »Deine Prahlerei täuscht mich nicht, Frau. Ich spüre deine Angst, deine Ehrfurcht.«

»Du hast zu lange zwischen Glas und Schatten gelebt. Du spürst nichts als die Illusionen, die du dir wünschst.«

Er hob die Hand. Ein winziges Abbild von mir stand auf seiner Handfläche. Er wedelte mit seiner anderen Hand darüber und es krümmte sich und löste sich mit gequäl tem Kreischen in eine faulige Paste auf.

Ich lächelte. »Höchst beeindruckend. Wäre ich ein Phantom, ich hätte furchtbare Angst.«

»Wie kannst du es wagen …«

»Ich wage es. Ich gebe zu, dass ich mich einmal ein wenig davor gefürchtet habe, mich dir zu stellen, aber das verschwand in dem Augenblick, als du mir deinen Traum zeigtest.« Ich hob die Hand und pflückte einen vorbeikommenden Mond. »Du hast so viel Macht zu deiner Verfügung, und das hier ist das Beste, was du zustande bekommen hast.«

»Alles, was ich zustande bringe!«, knurrte der Seelenlose Gustav. Seine Stimme echote von einem Ende der Unendlichkeit zum anderen, während seine Höflichkeit zu bröckeln begann. »Ich habe ein Universum neu geschaffen!«

Ich schüttelte den Kopf und balancierte den Mond auf den Fingerspitzen. »Es gibt da draußen doch bereits ein vollkommen ausreichendes Universum. Es neu zu schaffen ist reine Verschwendung von Magie, eine Übung in Sinnlosigkeit.«

Die Umlaufbahn seiner Welten wurde unregelmäßig.

Sie schwirrten herum und kollidierten beinahe miteinander.

»Du wagst es, meine Macht zu verhöhnen!«

»Deine Macht niemals. Sie ist ohne Frage Ehrfurcht gebietend. Ich meine nur, dass dir die Vision fehlt. Du hast die Gabe zu schaffen, was immer dein Wille sich wünscht, das Unwirkliche wirklich zu machen. Dennoch beschließt du, etwas zu machen, was es bereits gibt. Dir fehlt das Eine, was jeder große Zauberer besitzen sollte: Phantasie. Ohne sie zählt all die Magie dieses Universums und tausend anderer überhaupt nichts.«

Die Wut des Seelenlosen Gustav war für seine Schöpfung eine Katastrophe. Welten krachten ineinander. Sterne blitzten, um innerhalb von Augenblicken zu verbrennen. Der Mond zerbrach auf meinen Fingerspitzen in der Mitte.

»Du glaubst doch nicht ernsthaft, dass du mich besiegen kannst?«, sagte er leise durch zusammengebissene Zähne.

»Wahrscheinlich nicht«, gab ich ihm recht. »Aber selbst wenn ich verliere, was änderte es? Auch wenn du mit deinem Traum Erfolg hast, was macht es denn aus? In jedem Fall besteht dieses Universum weiter. Ob Original oder phantasielose Illusion, ich sehe da keinen Unterschied.«

Der Seelenlose Gustav atmete tief ein, um sich zu beruhigen. »Mein Universum wird eine verfluchte Hexe weniger haben.«

»Details. Unwichtige Trivialitäten. Trotzdem schade.« Ich lächelte breit. »Ich habe gehört, du wirst dich mit der Zeit an verfluchte Hexen gewöhnen können.«

Das Universum des Seelenlosen Gustav explodierte. Ich

glaube nicht, dass es seine Absicht war, aber sein Kosmos war eine Reflektion seines Willens. Ich verstand jetzt, warum er mich in das Herz seines Wahnsinns eingelassen hatte. Er wollte meine Zustimmung in Gestalt von Furcht und Staunen. Ich war zwar geschmeichelt, weil ihm meine Reaktion so viel bedeutete, aber das lag nicht daran, dass er mich als Hexe respektierte. Er war schon so lange nicht mehr kritisiert worden, ich denke er hätte von niemanden Kritik ertragen können. Das war der Preis, in einem leeren Traum zu leben. Er hatte vergessen, dass die Realität nicht immer nach unserem Geschmack ist.

Wir schwebten nur einen Moment lang zwischen den funkelnden Scherben der Unwirklichkeit. Dann setzten sie sich wieder zusammen. Ein Ozean aus glitzerndem, blauem Wasser sammelte sich unter unseren Füßen. Ein sanftroter Himmel wuchs über unseren Köpfen. Wir standen auf der Oberfläche ohne zu sinken. Tausende bunter Fische schwammen unter uns. Ein riesiger schwarzer Aal teilte die Fischschwärme und schickte sanfte Wellen über den Ozean. Nicht genug, um unser Gleichgewicht zu stören.

Der Seelenlose Gustav verschränkte die Arme fest vor der Brust. »Was denkst du jetzt über meine Zauberei?«

Ich kniete mich hin und schob meine Hand durch die Tiefen. Ein Fisch schwamm direkt in meinen Griff. Ich zog ihn heraus und hielt ihn am Schwanz, während er zappelte. Seine Kiemen schnappten nach Wasser und sein Maul stand offen. »Genauso beeindruckend und sinnlos wie vorher.« Ich warf das Phantom zurück in sein Zuhause.

Der Seelenlose Gustav starrte mich finster an. »Du stellst meine Geduld allmählich auf die Probe, Hexe.«

»Um ehrlich zu sein: meine eigene nutzt sich langsam auch ab. Sollen wir weitermachen?«

»Du willst unbedingt sterben, oder?«

»Wenn der Tod bedeutet, dein aufgeblasenes Geschwätz hinter mir zu lassen, begrüße ich ihn, ja.« Hexen sind selten so geradeheraus, aber ich konnte nicht widerstehen, seinen Narzissmus anzupieksen. Er war so ein leichtes Ziel.

»Du kannst nicht gewinnen, weißt du? Willst du wissen, warum?«, fragte er.

»Eigentlich nicht.«

Der Ozean schäumte und brodelte und machte mir Mühe, mein Gleichgewicht zu halten. Dunkle Dinge mit klumpigen Formen wogten unter den Wellen.

»Die Magie sagte mir, ich hätte nur eine Person zu fürchten«, sagte er. »Nur eine, die eine Gefahr für mich darstellen könnte. Ironischerweise eine Hexe. Sie sagte mir sogar, wo ich sie finden konnte. Also streckte ich sie nieder, als sie es nicht erwartete.« Er grinste. »Sehr leicht, wie ich hinzufügen möchte.«

Nun verstand ich die Rätsel, an denen ich beinahe verzweifelt wäre. Die Grausige Edna hatte gewusst, was an diesem letzten Tag geschehen würde, weil die Magie auch mit ihr gesprochen hatte. Sie hätte sich selbst retten können, aber sie wählte stattdessen, getötet zu werden. Sie gab ihr Leben, um mich zu beschützen. An diesem Tag sollte eine Hexe sterben. Es war nicht unvermeidlich, aber es war die praktischste Lösung. Sogar im Tod war die Grausige Edna eine große Hexe gewesen.

Ich wischte mir den Anflug einer Träne aus dem Augenwinkel. »Erwähnte die Magie vielleicht etwas von zwei Hexen, die in derselben Hütte lebten?«

Das blasierte Grinsen des Seelenlosen Gustav verblasste, während sich sein Ozean tödlich beruhigte. Die gestaltlosen Dinge hörten auf zu schwimmen.

Er blinzelte. »Was?«

»Du hast die falsche Hexe getötet. Du hast mir das Wertvollste in meinem Leben genommen, und dafür werde ich nun dich töten. Aber du hast mir auch das wertvollste Geschenk gemacht, wenn auch unbeabsichtigt.« Ich lächelte. »Und dafür werde ich dich schnell töten.«

Ich streckte meine Magie aus und fand die zwei Stücke Realität, die in dem Wahnsinn des Seelenlosen Gustav schwammen. Sie leuchteten wie Signalfeuer. Ich pflückte sie von wo auch immer sie waren und zog sie auf meine Seite. Molch und die graue Füchsin materialisierten neben mir.

»Du hast ein paar vergessen.« Der Seelenlose Gustav wedelte mit den Armen. Ein Aal durchbrach die Oberfläche und spuckte vier weitere aus. Wenn auch schleimbedeckt, erschienen Gwurm, Wyst, Penelope und das Pferd, zwar erschrocken, aber unverletzt.

»Sie sind nicht Teil dieses Ganzen, Gustav«, knurrte ich.

»Im Gegenteil, jeder und alles ist Teil davon. Sie gehören zum alten Universum.«

Wyst aus dem Westen zog sein Schwert. »Mach dich bereit zu sterben, Zauberer!«

»Tapfere und müde Worte, weißer Ritter.«

Der Seelenlose Gustav legte einen Daumen an sein Kinn.

Wütende rote Magie brandete auf Wyst zu. Ich schickte ihr eine feurige Welle heißer, blauer Macht entgegen. Sie verbrutzelten sich gegenseitig. Der Kampf hatte begonnen und keiner der anderen wusste es. Sie waren unfähig, die rohe Magie zu spüren, die sich um den Seelenlosen Gustav und mich versammelte.

Eine Wolke gleißender Dunkelheit loderte um den Zauberer herum. Seltsame Dinge schwammen in dem wütenden, blutgetränkten Rot und dem bodenlosen, verzehrenden Schwarz.

Ein Reigen von Grün, Blau und Schwarz erfasste meine Brust. Orange, Purpur und Grau kamen noch hinzu. Die Magie rollte meine Arme hinab und sammelte sich in schimmernder Macht an meinen Fingerspitzen.

Ich schnippte einen Teil davon zu meinen Gefährten hinüber und umgab sie mit einer Blase aus Weiß und Gelb, mit einer Prise Rot, um dem Schutz magische Wirksamkeit zu verleihen.

Der Seelenlose Gustav schickte tiefschwarze Ranken gegen die Schutzschilde. Sie verbrannten in unsichtbaren Funken, aber die Verteidigung würde unter heftigeren Angriffen fallen.

»Du wirst mich nie besiegen, wenn du deine Macht verschwendest, um diese bedeutungslosen Schmutzflecken in meinem Universum zu schützen. Andererseits wirst du mich auch mit deiner ganzen Macht nicht besiegen.«

»Sag mir, Zauberer: Wen willst du in deinem neuen Universum mit deinem endlosen Gefasel eigentlich langweilen?«

Dies war meine erste direkte Konfrontation mit einem

Anhänger der Magie, aber die Grausige Edna hatte mich gelehrt, was ich zu erwarten hatte. Für diejenigen, die es sehen konnten, würde es als ein Zusammenprall von Farben beginnen. Fragmente roher Magie formten sich nach dem jeweiligen Willen, nur um vom anderen aufgehoben zu werden, bevor sie mehr als bloße Möglichkeiten wurden. Dutzende potenzieller Magien wurden binnen Sekunden zwischen uns hin- und hergeworfen. Blau kollidierte mit Grün. Rot zerschmetterte Orange. Purpur verschlang Weiß. Erfolglose Magie hat trotzdem noch gewisse Auswirkungen. Das Meer gefror. Der Himmel teilte sich in Geysire von Dampf und Feuer. So ist es am Anfang immer. Bis eine Magie schließlich den Weg ins Dasein findet und ihrem Schöpfer einen Vorteil verschafft. Wie in den meisten Kämpfen werden Magieduelle normalerweise durch den ersten Schlag entschieden.

Ich hielt stand. In Wahrheit besser als ich erwartet hatte. Doch ich machte Fehler. Der Teil, den ich weggegeben hatte, um meine Gefährten zu schützen, schwächte mich. Ich konnte nicht mehr tun als die Zauber des Seelenlosen Gustav aufzuheben. Schnell befand ich mich in der Defensive und stemmte mich gegen die Flut, die kommen musste.

Es war eine Sekundenspanne. Wyst verstand nicht, was geschah und konnte sich nicht länger zurückhalten. Manche mochten es Tapferkeit nennen. Andere Torheit. Wieder andere Frustration. Alle hätten sie recht gehabt. Er hob sein Schwert und stürmte vor. Mein Schutz hing zwar an ihm, würde aber nicht ausreichen.

Der Seelenlose Gustav hielt Wyst seine Handfläche entgegen. Kreischende blaue Vergessenheit strömte aus ihr heraus. Ein Splitter davon durchbohrte meinen Schutz. Wyst schwankte und hielt sich die Brust.

»Ich bin beeindruckt, Hexe. Das hätte sein Herz zerbersten lassen sollen. Aber das werde ich jetzt vollenden. Es sei denn, du willst dich für ihn opfern.« Er hielt eine Kugel blauen Tod in einer Hand, ein ebenholzfarbenes, mit spitzen Zacken versehenes Chaos in der anderen. »Du kannst nur eines aufhalten. Wähle weise.«

Er schleuderte die Kugel nach Wyst und die Dunkelheit nach mir. Ich hatte keine Zeit nachzudenken, ich konnte nur reagieren. Ich warf einen Blitz Weiß zu Wysts Verteidigung, während ich selbst einen Wall gegen die Dunkelheit errichtete. Keiner der beiden Schüsse war vollständig erfolgreich. Wyst keuchte, fiel auf die Knie. Seine dunkle Haut wurde blass.

Mein Fleisch verdörrte unter der Magie des Seelenlosen Gustav. Venen pochten an meinem rechten Arm. Muskeln schrumpelten. Der Arm wurde zu Matsch und tropfte von meiner Schulter. Molch wich dem Schleim aus.

Der Seelenlose Gustav wirbelte mit seinen Händen herum. Eine Schlange aus goldener Macht wand sich über seinem Kopf. »Ich hätte nicht gedacht, dass Hexen eine so direkte Magie praktizieren.«

»Du weißt vieles nicht.« Ich schöpfte aus der zwar unglaublichen, aber doch verfügbaren Macht. Mein Fluch erledigte den Rest. Ein neuer Arm erschien anstelle des alten.

Ich hielt den Blick auf den Zauberer gerichtet und tat mein Bestes, nicht an Wyst zu denken. Er würde sterben.

Ich konnte ihn nicht retten. Oder die anderen. Jede Magie zu ihrer Verteidigung würde mich nur verletzlich machen. Wenn ich aber starb, würde der Seelenlose Gustav alle anderen töten. Das Praktischste war, sie alle sterben zu lassen. Ihre Leben waren im Verhältnis zum großen Ganzen bedeutungslos, doch der Seelenlose Gustav hatte mir bereits jemanden genommen, den ich liebte. Er würde keinen weiteren bekommen.

Glücklicherweise war nur Wyst halsstarrig genug, gegen den Zauberer anzukämpfen. Gwurm und Penelope blieben, wo sie waren. Molch saß ungeduldig an meiner Seite: Er würde sich nicht bewegen, bis ich ihm die Erlaubnis gab.

Die Dunkelheit um den Seelenlosen Gustav herum wuchs und wuchs. Sie zischte und pochte, ein lebendes Wesen mit ihm selbst als Herz. Es war, wie in einem verborgenen Brunnen bodenloser Magie gefangen zu sein, die ich nicht einmal spüren konnte. Die Magie war unendlich, doch es gab Grenzen, wie viel davon man sich gefahrlos nutzbar machen konnte. Er schien sich nicht einmal anzustrengen, während sich die dunkle Wolke um ihn blähte und wogte. Ihre reine metaphysische Masse hätte ihn zerquetschen müssen. Dennoch stand er aufrecht, nicht nur unverletzt, sondern als Herr über sie. Selbst grenzenlosen Wahnsinn im Zaum zu halten hielt ihn nicht von seinem endlosen, ermüdenden Geplapper ab.

»Furcht steht dir, Hexe. Ich sehe sie in deinem Gesicht. Ich bin hier alles. Der Anfang und das Ende. Gestern und morgen. Ich bin absolut unbesiegbar.«

Wenn ich irgendeine Chance haben wollte, musste ich

jetzt zuschlagen. Ich schleuderte ohne Raffinesse und Hemmungen alles gegen ihn. Ein Wirbelwind tödlicher Magie, der Legionen in Schweine verwandelt, Flüsse in kreischende Galle, und der Königreiche in randalierenden Wahnsinn getrieben hätte. Es war ein legendäres Werk, ein Zauber, der des Fiesen Larry selbst würdig gewesen wäre. Und er bewirkte gar nichts.

Der dunkle Sturm überwältigte den Wirbelwind. Meine ganze Magie schrumpfte unter dieser nie gekannten Macht zusammen. Ich stand nackt und machtlos vor dem Zauberer.

»Das war alles?« Er runzelte die Stirn. »Mehr hast du nicht?«

Ich sagte nichts. Ich hatte erwartet zu verlieren. Nun kam mein schrecklicher Tod.

Molch quakte mit all seiner dämonischen Wut und stürzte sich auf den Seelenlosen Gustav. Ich konnte nur zusehen, wie der Zauberer meinen Vertrauten mit einem Fingerschnippen von innen nach außen kehrte. Ich schloss die Augen und wandte mich von dem dampfenden Häufchen Blut und Federn ab.

»Lass sie gehen. Töte mich, aber lass *sie* gehen.« Es war eine dumme Bitte. Ich verstand jetzt, wie schrecklich mein Tod wirklich werden würde. Ich würde machtlos zusehen müssen, wie alle, die mir etwas bedeuteten, starben, und es nicht verhindern können. Auf solch ein furchtbares Schicksal war ich nicht vorbereitet gewesen. Das Verhängnis kann einen immer wieder überraschen.

Ein grauer Nebel kräuselte sich um mich. Unsichtbare Krallen gruben sich in mein Fleisch. Blut tropfte aus meiner Nase und den Augen. Dinge rissen mir die Haare büschelweise aus.

Gwurm und Penelope kamen mir zu Hilfe und büßten dafür. Ein Schwarm geflügelter Münder ergoss sich aus den Ärmeln des Seelenlosen Gustav. Sie schnappten Gwurm Stück für Stück weg. Bevor er auch nur aufschreien konnte, verschwanden sie in den Himmel. Nur sein Ohr blieb zurück. Dann entzog der Seelenlose Gustav Penelope ganz einfach ihre Belebtheit. Der leblose Besen fiel klappernd vor seine Füße.

Der Seelenlose Gustav drückte seine Hände zusammen. Das zerquetschte meine Rippen und verflüssigte meine Organe, aber ich starb nicht. Das war mein Fluch.

»Wohin ist jetzt all deine Ironie, Hexe? Dein subtiler Witz? Deine geheimnisvolle Weisheit? Offenbar haben sie dich verlassen, ebenso wie deine Magie.«

Ich brachte den Willen auf, mit pulverisierten Lungen und der Kehle voller Blut zu sprechen. »Nun bring es schon hinter dich und töte mich endlich!«

»Sollen das deine letzten Worte sein? Nicht sehr denkwürdig, aber treffend.« Er grinste, und das Meer aus Eis verschlang Wysts treues Ross. »Geduld, meine Liebe. Die Erleichterung des Todes wird früh genug kommen. Ich fürchte, du wirst mein aufgeblasenes Geschwätz noch ein klein wenig erdulden müssen.«

Er kniete sich neben die Füchsin. »Ich glaube, ich werde dich leben lassen. Vielleicht sogar, nachdem ich das Universum neu geschaffen habe. Als Erinnerung an dieses verseuchte Gestern.«

Er streichelte ihre Schnauze und die Füchsin biss ihn in

die Hand. Er schrie auf und schüttelte sie ab. Blut tropfte an seiner Handfläche herab. Sie grinste, wie nur ein Fuchs im Angesicht des Todes grinsen kann. Knurrend schickte er ein Bündel kalter Schwärze, und im selben Moment war sie zu einem vermodernden Skelett geworden.

Der Seelenlose Gustav befreite mich von meiner Qual, hielt mich aber unbeweglich. Ich glitt hinter ihm her, als er zu Wyst aus dem Westen hinüberging. Ich konnte zwar nicht zusehen, meine Augen aber auch nicht schließen.

Wyst schob sich auf die Füße, wobei er sich mit seinem Schwert abstützte. Er keuchte. Es schien ein Wunder, dass er überhaupt stehen konnte. Jeder Atemzug bereitete ihm Mühe. Schweiß überzog seine Haut. »Lass sie gehen, Zauberer!«

Ich tastete nach Magie und fand keine. Alle Macht in diesem Universum diente dem Seelenlosen Gustav, aber das war ein Widerspruch. Die Magie dient niemandem. Selbst an diesem unechten Ort musste wenigstens die Magie echt sein.

Mit einer zitternden Hand und auf wackligen Knien hob Wyst sein Schwert. Er hatte keine Kraft mehr übrig. »Solange ich atme, wirst du sie nicht töten!«

»Ganz recht, aber nur, weil ich will, dass sie zusieht, wie du stirbst.« Der Seelenlose Gustav hob seine blutige Handfläche und Wyst schwebte in die Luft. Der Zauberer ließ seinen Daumen kreisen. Wysts Arm knickte ab, aber er schrie nicht auf. Der Seelenlose Gustav wackelte mit einem Finger. Wysts Beine verdrehten sich. Er schnappte nach Luft. Tränen rannen sein Gesicht hinab.

»Es ist nicht deine Schuld«, flüsterte er.

Selbst im Sterben dachte er noch an mich. Ich wollte die Hand ausstrecken und ihn berühren. Seinen Kuss ein letztes Mal zu schmecken würde meinen schrecklichen Tod beinahe erträglich machen. Ein Rinnsal Magie reagierte auf meinen Ruf, und für einen ganz kurzen Moment war ich frei. Der Seelenlose Gustav hob eine Augenbraue, und sofort fesselten mich Ketten an den gefrorenen Boden.

»Vielleicht hast du genug gelitten, Hexe. Zeit, dieses Spielchen zu beenden, bevor es langweilig wird.« Eine Spule Schwarz schlang sich um die Kehle des Ritters.

Er lächelte mich unter Schmerzen an. »Ich liebe dich.«

»Das sind doch mal ganz hervorragende letzte Worte!«

Wysts Genick brach mit einem leisen Knirschen. Sein Leichnam fiel zu Boden.

Ich konnte es nicht glauben. Ich konnte es einfach nicht hinnehmen. Das Rinnsal Magie glitt aus meinem Körper und auf den toten Ritter. Seltsamerweise schien der Seelenlose Gustav dies nicht zu bemerken.

»Ach, Liebe. Man kann sie nicht anfassen. Man kann sie nicht einmal richtig beschreiben. Nicht ohne eine Flut verschwommener, hübscher Worte. Wenn man mal darüber nachdenkt, ist es die größte Illusion, die es gibt.«

Hinter ihm füllte die Magie Wysts Körper. Das Weiß und Grün tanzte an seiner zerbrochenen Gestalt entlang. Sein zerschmetterter Arm streckte sich. Dem Seelenlosen Gustav schien es nicht bewusst zu sein, und ich fragte mich, wie das geschehen konnte. Es mochte daran liegen, dass seine eigene Macht so groß war. Wie ein Riese, der die Mücken nicht spürt, die um seine Füße schwirren.

Weitere Magie sammelte sich in meinen Fingerspitzen.

Ich schickte sie gegen die Ketten, die mich gefangen hielten. Sie rosteten von mir ab.

»Also ist noch ein klein wenig Kampfesgeist in dir.«

Wyst bewegte sich. Ich wusste nicht, wie. Ich konnte die Toten nicht aufwecken, ohne sie zu berühren, und ich konnte sie auch nicht heilen. Er schien vollkommen wiederhergestellt zu sein. Er stand auf, sehr überrascht, am Leben zu sein. Nicht annähernd so überrascht wie der Seelenlose Gustav.

Dann begriff ich es. Ich hatte Wysts Leben nicht zurückgebracht. Ich hatte seinen Tod *ungeglaubt*, und das Tröpfeln der Magie, die durch mich floss, unterschied sich von dem, das ich vorher angerufen hatte, weil es echt war.

Der Seelenlose Gustav ließ einen Teil seiner unglaublichen Macht auf mich niedergehen. Ich schleuderte einen Kegel Rot um mich – und die ganze Kraft klatschte dagegen, ohne mich zu berühren.

Ich fuhr mit der Hand über Molchs Körper. Mit einem Schlürfen und Gurgeln wickelten sich Haut und Federn um seine Organe. Er hob den Kopf und sah auf seine Flügel.

Der Seelenlose Gustav starrte fassungslos. »Wie hast du ...« Er konnte die Frage nicht beenden, so groß war seine Verwirrung.

Penelope hüpfte ins Leben zurück, als die eisigen Tiefen Wysts Pferd an die Oberfläche spuckten. Fleisch und Fell sprang an die Knochen der grauen Füchsin. Zuletzt regneten Gwurms Einzelteile vom Himmel und fielen in die perfekte Anordnung. Alle wurden ins Leben zurück *ungeglaubt*, und das mit nur ein paar Klumpen Magie. Echter Magie.

»Es ist vorbei, Gustav. Du hast verloren, und das kannst du nur dir selbst zuschreiben.«

»O nein, Hexe.« Seine tiefe, wütende Stimme grollte und ließ das Eis bersten. »Jetzt sollst du mich sehen, wie ich wirklich bin.«

»Das tue ich bereits«, antwortete ich leise. Zu leise, um über seinem Lärmen gehört zu werden.

Er warf die Arme in die Luft. Riesige Eismonolithen erhoben sich in den Himmel. Ein Wolkenbruch dampfenden Regens ließ die Luft zischen. Der Zauberer wurde fünfzig Fuß groß. Sein Körper verwandelte sich in glitzerndes Silber und seine Augen wurden zu knisternden Blitzen.

Ich breitete eine goldene Kuppel über mich und meine Gefährten, um den unangenehmen Regen abzuhalten. »Ich nehme zurück, was ich vorhin gesagt habe, Gustav. Du hast mehr Phantasie, als ich dir zugestanden habe. Zu viel. Du hast vergessen, dass dies hier nicht echt ist. Das war dein erster Fehler, und ich glaube, du hast ihn schon vor langer Zeit gemacht.«

Eis verwandelte sich in Sand und Felsen. Wolken teilten sich und enthüllten eine wirbelnde Leere. Stücke der Erde wurden aus dem Boden gerissen und davon verschluckt. Nicht ein Haar auf einem unserer Köpfe bewegte sich. Ich wünschte meine Freunde aus diesem zerfallenden Wahnsinn fort. Sie verblassten und ließen nur den Seelenlosen Gustav und mich zurück.

»Ich bin hier Gott!«, grollte er.

»Gott eines Traums. Ein Herrscher über Glas und Schatten. Gebieter von gar nichts.« Ich lachte. Das hätte ich zwar nicht tun sollen, aber ich war zu amüsiert. »Hier an diesem Ort ist deine Macht am größten. Aber hier an diesem Ort ist sie auch am verletzlichsten. Da draußen in der wahren Welt kommen deine Illusionen mit der Realität in Berührung, und dadurch gewinnen sie Substanz. Ein Mann, der von einem Phantomgobling getötet wird, stirbt, weil selbst der Tod getäuscht werden kann, wenn ein Zauber mächtig genug ist. Aber hier ist der Tod lediglich ein Traum. Ein Traum, den man ganz nach Belieben akzeptieren oder ignorieren kann. Und ich akzeptiere ihn keineswegs. Ich verweigere alles.«

Ich verschränkte meine Finger und entließ eine Welle von Magie und Unglauben. Das Universum des Seelenlosen Gustav hörte auf zu existieren. Es war zu zerbrechlich, um selbst dem kleinsten Zweifel zu widerstehen. Der Seelenlose Gustav hatte mich unklugerweise hereingebeten, und von innen her war es viel zu leicht aufzuheben. Es war, wie aus dem Traum eines anderen aufzuwachen. Schwärze umgab uns. Ein winziger Springbrunnen von Farben stand zwischen uns. Der legendäre Zauberer war zu seiner gewöhnlichen Größe geschrumpft, eigentlich war er sogar etwas kleiner. Eine matte Aura von Macht umgab ihn, weit weniger als Göttlichkeit. Ich kniete mich neben den Brunnen.

»Dies ist die ganze Magie deines Reiches«, erklärte ich. »Dies ist die Quelle des Lebens, aus dem dein Universum seine Existenz schöpfte. Alles andere, auch deine Göttlichkeit, war nur eine Illusion. Wahnvorstellungen, auf Erfindungen gestapelt, auf Einbildungen getürmt, auf den Schultern von Hirngespinsten. Ein Kartenhaus.«

Die Traurigkeit in seinem Gesicht rührte an mein Mitleid. »Dein erster Fehler war, mich hereinzulassen. Der zweite: die anderen hereinzuholen. Ich war auf meinen Tod vorbereitet. Ich hätte es geglaubt. Aber ihren konnte ich nicht akzeptieren. Ihr Tod, falsch wie er war, zeigte mir die Wahrheit.«

Ich hielt die Finger in den Brunnen und presste sie dann an die Lippen. Die rohe Magie schmeckte nach Blut und Zitrone. Die Quelle war nur ein Rinnsal, ein Tropfen, von der echten Welt geliehen, um einen geplatzten Traumkosmos anzutreiben. Der Seelenlose Gustav tat mir beinahe leid, als ich die Quelle mit meinem Zeh zustöpselte und die Überreste seiner Welt versiegen ließ.

Die Dunkelheit löste sich auf. Wir standen mitten in dem Feld seiner unsauberen Zauberei, diesem Ort, wo sich Realität und Illusion vermischten. Eine Flut von Macht erfüllte mich, als wir die Schwelle überschritten. Der Seelenlose Gustav hatte den Kontakt mit der echten Magie nicht vollkommen verloren. Sie schwoll um ihn herum an, doch er war ein gebrochener Mann. Träume, an die er nicht mehr glauben konnte, umgaben ihn, und er weinte.

Meine Gefährten standen an meiner Seite. Niemand außer Molch konnte den gefallenen Zauberer ansehen.

»Willst du ihn töten? Oder darf ich?«

»Das wird nicht nötig sein.«

»Aber deine Rache! Du wirst ihn doch sicher nicht leben lassen?«

»Der Tod wäre eine Erlösung. Jetzt lebt er, verlassen und jämmerlich, ohne Hoffnung und Freude oder auch nur die hohlen Phantasien davon. Das ist meine Rache.«

»Das ist ja grausam!« Er lächelte mich an. »Die Herrin wäre stolz auf dich.«

»Und was wird aus diesem Ort hier?«, fragte Wyst.

»Ich könnte ihn ungeschehen machen, aber das ist nicht notwendig. Er wird zu seiner Zeit von selbst verblassen, und die Welt wird niemals wissen, dass er hier gewesen ist.«

Ich warf einen letzten Blick auf den Seelenlosen Gustav, der schluchzte. Ich konnte den Anblick meiner Rache nicht länger ertragen. Ich wandte mich um und hatte vor, ohne einen Blick zurück davonzugehen.

»Du wagst es, mir den Rücken zuzuwenden!«, grollte er. Seine Stimme brach. Ich spürte das Aufwallen der Magie, als er sie anrief. »Hier wirst du den Tod nicht unglauben können, Hexe!«

Meine Gefährten stellten sich zu meiner Verteidigung auf. Ihr Schutz war zwar unnötig, aber willkommen.

Die gesamte Feinsinnigkeit des Seelenlosen Gustav war fort. Seine Wut machte seine Zauberei zu einem Ekel erregenden, vulgären Bemühen. Er wandelte sich zu einem Monster aus Reißzähnen und Klauen, mit wütenden roten Augen ohne erkennbare Form. Es war zu hässlich, um echt zu sein, zu grotesk und gestaltlos, um vom Universum akzeptiert zu werden. Es war das finale Phantom, der stechende Biss, der den Drachen weckte. Der Seelenlose Gustav entfesselte seinen eigenen Untergang.

Ich hatte den Drachen nur als Metapher gemeint, aber der Magie musste der Gedanke gefallen haben. Die Erde bebte, als eine schwarzrote Schlange die Wolken teilte und den Himmel ausfüllte. Sie war so riesig, dass man sie nicht in Gänze sehen konnte. Sie öffnete furchtbare Kiefer und eine reinigende, weiße Flamme spülte über das magische Königreich. Bis auf das Rumpeln der Erde machte es kein Geräusch. Das läuternde Feuer brannte ohne auch nur ein Knistern. Die verbrannte Landschaft wurde erst zu Asche, dann zu überhaupt nichts. Das Feuer versengte meine Gefährten, ohne ihnen etwas anhaben zu können. Wir waren echt. Ich spürte nicht einmal seine Hitze. Der Seelenlose Gustav hatte nicht so viel Glück. Verdreht und verkohlt lag er auf der kahlen Erde. Letztlich war er tatsächlich seelenlos. Er hatte zu lange zwischen Illusionen gelebt. Irgendwo unterwegs war er selbst zu einem Phantom geworden.

Gequält sog er den Atem ein. »Ich verfluche dich, Hexe mit dem unausgesprochenen Namen. Von diesem Tag an ...«

»Ach, halt die Klappe!«

Seine Augen weiteten sich. Es war ein Verstoß gegen die Etikette, ihn zu unterbrechen, aber der eine Todesfluch, den ich bereits trug, war wirklich genug.

»Wie unhöflich!«

Er zerbröckelte. Penelope konnte es sich nicht verkneifen, seine aschigen Überreste zu einem ordentlichen Häufchen zusammenzukehren.

Der Drache verschwand. Ein Teil eines gewaltigen goldenen Flügels verblasste zuletzt. Die Illusion des Raums war das Letzte, was vom Reich des seelenlosen Gustav verblasste. Das Feld aus nackter Erde schrumpfte und schrumpfte, bis es nur noch ein Fleck von kaum zwei Fuß Größe war, das allerletzte Mahnmal der närrischen Träume eines der größten Zauberer, die je gelebt hatten.

»Das war das ganze Zauberreich?«, fragte Molch.

»Scheint mir nichts Besonderes zu sein«, stimmte Gwurm zu.

»Dass es zu so etwas wurde«, sagte ich, »sollte es nicht geringer erscheinen lassen, als es einmal war.«

Ein Windstoß trug die Asche davon.

»Und das war's?«, fragte Molch. »Ist es nun vorbei?«

»Nicht ganz.«

Ich kniete mich nieder und legte eine Hand auf die Erde. Frisches grünes Gras spross über das Mahnmal des Seelenlosen Gustav.

»Manche Träume werden am besten vergessen.«

NEUNUNDZWANZIG

Ich hatte gehofft, diese letzte Sache nicht tun zu müssen. Um die Wahrheit zu sagen, ich hatte sogar erwartet, tot zu sein und es nicht tun zu müssen. Jeder Sieg hat seinen Preis, und dies war meiner. Ich nahm Wyst beiseite, dorthin, wo uns die anderen nicht hören konnten. Zwischen uns hatte sich nichts verändert, aber alles andere hatte es getan.

»Ich wollte dir böse sein.« Er nahm meine Hand. »Aber du hast mir das Leben gerettet.«

Ich lächelte. »Nein. Du hast meines gerettet.«

Er nahm mich in die Arme. Es fühlte sich so richtig an, so vollkommen, aber es durfte nicht sein.

»Wyst …«

Er hielt mich fester. »Wir sind füreinander bestimmt.«

Es war ein romantischer Gedanke. Nichts weniger hätte ich von einem weißen Ritter erwartet. Gewiss hatte uns eine Macht, auf die wir keinen Einfluss hatten, zusammengebracht. Ihr Name war Grausige Edna gewesen. Aber eine andere Macht hielt uns getrennt, und ihr Name war Fieser Larry.

»Ich lasse dich nie wieder los«, flüsterte er.

Ich horchte auf seinen Herzschlag. Jedes Pulsieren seiner Venen konnte ich spüren, jeden Blutschwall. Seine Umarmung war eine wundervolle Phantasie, ich genoss sie noch einen Augenblick länger. Dann schob ich ihn von mir. Er konnte mich nicht halten. Ich war viel stärker als er.

Ich wollte meine Augen verbergen, sah ihm aber ins Gesicht. »Wir sind, was wir sind, Wyst. Wir können nichts anderes sein.«

»Ich kann es.«

»Nein, das kannst du nicht. Du bist ein Kämpfer der Gerechtigkeit, und diese Welt braucht dich viel mehr als ich.«

Er legte eine Hand auf meine Schulter. »Diese Welt wird sehr gut ohne mich klarkommen.«

»Das hier kann nur böse enden, Wyst. Ich bin verflucht. Mein Appetit wächst mit jedem Tag. Eines Tages, vielleicht schon morgen, vielleicht in einem Jahr, werde ich dich auffressen. Oder du wirst gezwungen sein, mich zu töten.«

»Ich könnte dich nie töten!«

»Ich weiß. Deshalb darf es auch nicht sein.« Ich legte ihm eine Hand an die Brust, um ihn davon abzuhalten, mich an sich zu ziehen. Es war schwerer, als ich es mir vorgestellt hatte. »Eines Tages würde ich dich töten, und dann würde ich zu all dem werden, was mein Fluch je wollte.«

Wyst hob mein Kinn. »Das würdest du nicht.«

»Doch. Es sei denn, du versprichst mir, mich zu töten, wenn die Zeit kommt.«

Er schloss die Augen. »Ich könnte es schon. Wenn ich es müsste.«

»Wenn ich dir das nur glauben könnte.« Ich küsste ihn auf die Wange. »Du hast mir ein wundervolles Geschenk gemacht, aber selbst wenn du ändern könntest, wer du bist, wäre ich immer, wer ich bin.«

Die Wahrheit schmerzte wie ein gezackter Dorn. Ich wollte glauben, dass er mich töten würde. Ich wollte glauben, dass ihn zu fressen nicht so schlimm wäre. Aber ich war eine zu gute Hexe, um Lügen zu glauben.

Wyst waren die Argumente ausgegangen. Ich vermutete, er hatte wie ich gewusst, dass dies der einzige Weg war, wie es enden konnte. Auch wenn er es vielleicht leugnete, Wyst war mit Leib und Seele ein weißer Ritter, und weiße Ritter definieren sich über ihre Opfer.

»Es gibt in dieser Welt keinen Ort für uns. Nur in diesem Phantomkönigreich, das jetzt nicht mehr existiert.« Ich nahm seine Hand und gab ihm mein schäbiges Eichhörnchenfell. »Dies war ein Geschenk von der ersten Person, die mir je etwas bedeutet hat. Ich gebe es an dich weiter. Damit du dich an mich erinnerst.«

Das Fell roch nach Staub, der größte Teil war abgeschabt. Wyst rieb es mit einem sanften Lächeln zwischen seinen Fingern.

Und dann küsste ich ihn ein letztes Mal. Eine sanfte Berührung mit geschlossenen Lippen. Etwas mehr, und keiner von uns beiden wäre überhaupt noch in der Lage gewesen zu gehen.

Er wollte etwas einwenden, eine Rechtfertigung finden, irgendeine verborgene Wahrheit, die dies möglich machen würde. Ich begehrte ihn genauso verzweifelt, aber selbst alle Magie dieser Welt konnte uns nicht zusammenhalten. Es war schwer, doch wir beide hatten uns auch früher schon schwierigen Wahrheiten stellen müssen. Und wir würden in Zukunft sicher auch noch weiteren begegnen. Aber hoffentlich lange Zeit keiner so schweren wie dieser, hoffte ich.

Er schloss die Augen und atmete sanft ein. »Ich werde dich immer lieben.«

»Ich weiß.« Ich wandte mich ab. »Ich werde dich auch immer lieben.« Es war ein Wispern, doch er hörte es.

»Warte.« Wyst aus dem Westen stand aufrecht und unergründlich, mit jeder Faser der sture weiße Ritter. »Ich möchte dir etwas geben.«

»Du hast mir schon genug gegeben.«

Unsere Blicke trafen sich zum letzten Mal. Keiner von uns lächelte. Wir waren wieder Hexe und weißer Ritter.

»Ein Letztes«, sagte er. »Damit du mich nicht vergisst.«

»Das wäre schön.«

Und er gab mir mein Geschenk. Dann nahm er sein Pferd bei den Zügeln und ging, seine verlorene Reinheit zu suchen. Die graue Füchsin begegnete mir auf halbem Weg zurück zu meinen Gefährten.

»Wieder allein unterwegs?«, fragte ich.

»Nein, ich gehe mit dem Ritter. Ich glaube, er hat interessante Möglichkeiten.«

»Gib für mich auf ihn Acht.«

»Das werde ich, denn du wirst es nicht können.«

Ich streichelte ihre Nase und verlieh ihr eine Prise Magie, einen kleinen Zauber, um ihre Jahre zu verlängern und ihr zu erlauben, mit dem weißen Ritter zu sprechen. »Danke.«

Sie grinste genauso schlau und gerissen, wie ein kluger und neugieriger Fuchs es kann. »Das ist das Mindeste, was ich dafür tun kann, dass du mir erlaubt hast, an einer so unterhaltsamen Reise teilzunehmen.« Sie rannte hinter Wyst her. Er verlangsamte seinen Schritt, damit sie zu ihm aufschließen konnte.

Im Traum des Seelenlosen Gustav mochte es Morgen sein, aber in der wirklichen Welt war es kurz nach Mittag. Ich bemerkte die Sonne zum ersten Mal in all ihrer vulgären Helligkeit und zog meinen Hut tiefer über die Augen. Irgendwo hier, während ich die kurze Entfernung zu meinen Gefährten zurücklegte, ließ ich die äußeren Zeichen des sterblichen Frauseins hinter mir. Aber nur die äußeren Zeichen. Alles Wichtige, alle Gefühle, Freuden und Erinnerungen würden immer bei mir bleiben.

Ich gestattete mir ein letztes unhexenhaftes Lächeln.

Als ich meine Gefährten traf, sagte ich nichts und ging weiter. Sie kannten mich gut genug, um mir zu folgen, ohne dass ich es ihnen sagen musste. Penelope schwebte neben mich und drängte sich sachte in meine Hand. Sie hielt sich angespannt in meinem Griff.

»Mir geht es gut, Liebes. Du musst dir keine Sorgen machen.«

Sie entspannte sich.

»Du humpelst nicht«, bemerkte Molch, »und du solltest deine Haare verstecken.«

Ich kicherte unhörbar. Gerade hatte ich den größten lebenden Zauberer besiegt, und mein Vertrauter fühlte sich noch immer verpflichtet, mir zu sagen, was man als gute Hexe tun sollte. Ich hätte ihn zwar in seine Schranken weisen sollen, beschloss aber, großzügig zu sein.

»Wo gehen wir hin?«, fragte Molch.

»Zurück nach Fort Handfest.« Ich lauschte, und da hörte ich zum ersten Mal die Magie. Es war eine sanfte, leise und unheilvolle Stimme. »Sie werden wieder die Hilfe einer guten Hexe brauchen. Und zwar bald.«

»Wird es Blutvergießen geben?«

»Chaos und Gefahr sicher. Blutvergießen vielleicht.«

Dieses Versprechen reichte aus, um ihn zufriedenzustellen.

»Und was hat dir Wyst nun geschenkt?«, fragte Gwurm.

»Woher weißt du, dass er mir etwas geschenkt hat?«, fragte ich.

»Nur so ein Gefühl. Du hast ihm dein Eichhörnchen geschenkt.«

»Er hat ihr gar nichts gegeben«, sagte Molch. »Du hast doch zugesehen.«

»Ganz im Gegenteil, er hat mir viele Dinge gegeben, ganz gewöhnliche und wunderschöne. Und – was vielleicht am wenigsten wichtig ist: Er hat mir einen Namen gegeben.«

Molch sah lebhaft zu mir auf. »Welchen?«

Ich lächelte.

»Du wirst ihn uns bestimmt nicht sagen.«

Schweigen war meine einzige Antwort.

Ich erwartete nicht, dass er mich verstand, aber es war

mir genug, den Namen zu besitzen. Andere ihn hören zu lassen, hätte ihn nur seines Werts beraubt und ihn zu einem gewöhnlichen, banalen Ding gemacht. Ich wollte ihn nicht teilen. Ich wollte ihn ganz für mich allein. Jetzt war ich wirklich die Hexe mit dem unausgesprochenen Namen. Oder eher die Hexe mit dem Namen, der nur einmal ausgesprochen wurde. Aber das war eine etwas lange und umständliche Bezeichnung, selbst für eine gute Hexe.

»Ich verstehe immer noch nicht, wozu ein unausgesprochener Name gut sein soll«, sagte Molch.

»Dann hast du nie die Geschichte vom Namenlosen Walter gehört«, sagte Gwurm.

»Moment mal. Wenn sein Name Namenloser Walter ist, dann kann er nicht namenlos sein.«

Gwurm kicherte. »Ja, aber gerade daraus besteht ja die Geschichte ...«

Ich hörte nur halb zu, als mein Troll seine Erzählung begann. Es war eine amüsante und farbenfrohe Fabel, meine Gedanken waren jedoch anderswo. Ein Teil von mir wollte immer noch umdrehen und zu Wyst zurücklaufen. Bei ihm zu sein würde mich allerdings nur zu dem Monster machen, das ich sein sollte. Am Ende würde es alles Wertvolle zerstören, das er mir gegeben hatte. Dies zu wissen machte es weniger schwierig fortzugehen, aber nicht leichter.

Ich wollte noch ein letztes Mal über die Schulter sehen, doch dafür gab es keinen Grund. Zurückzuschauen würde mir nur die Dinge zeigen, die ich bereits gesehen hatte, und ebenso alles Wichtige, das ich ohnehin immer sehen konnte: jedes Mal, wenn ich frisches Brot roch. Immer, wenn ich die Augen schloss. Wenn ich die Liebkosung einer luftigen Brise auf meinen Lippen spürte.

Und jedes Mal, wenn mein Name nicht ausgesprochen wurde.

Der automatische Detektiv

Gerostet wird später!

PIPER

Für Mom – Danke, dass du geholfen hast,
meine Genialität zur Welt zu bringen.

Für Michelle, weil sie ein klein wenig schlauer ist
als ich – und verflixt viel hübscher.

Und für Zarkorr, den Eindringling ...
ERDBEWOHNER, HÜTET EUCH!

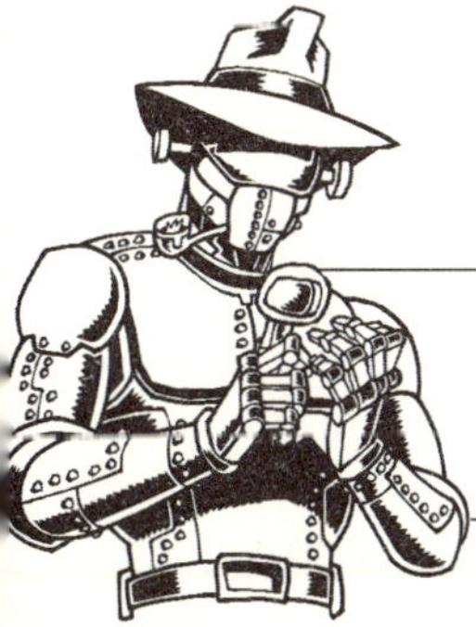

EINS

Der Gelehrte Rat hatte eine offizielle Bezeichnung für Empire City:

Technotopia.

Schon klar, es war kein echtes Wort, aber darum ging es eben gerade. Der Rat liebte es, Dinge neu zu erfinden, sie zu verbessern und richtig schick zu machen. Natürlich hatte Empire auch noch eine ganze Menge inoffizielle Spitznamen.

Mutantenburg. Robotville. Die Große Graue Dunstglocke. Die Stadt, Die Niemals Funktioniert.

Aber Technotopia war die offizielle Parteilinie, in Verbindung mit dem Motto: »Wir bauen die Stadt von morgen. Heute.« Ich denke, alles kam darauf an, welche Vorstellungen man von der Zukunft hatte. Stellte man sich eine glänzende und strahlende Metropole vor, in der alle Probleme der Zivilisation durch die kluge und zufällig auch noch glückliche Anwendung von Wissenschaft, Weisheit und Mitgefühl zu gleichen Teilen gelöst worden waren, dann hatte man wohl Pech. Aber wenn man sich unter der idealen Stadt von morgen eine ausufernde, unpersönliche Großstadt mit um sich greifender Verschmutzung, unkontrollierter Mutation und gefährlicher und unzuverlässiger, bizarrer Wissenschaft vorstellte, dann fühlte man sich hier wahrscheinlich ganz und gar zu Hause.

Mein Name ist Mack Megaton. Ich bin ein Robo. Oder ein automatischer Bürger, wie der Gelehrte Rat es gern nannte. Es gab drei Klassen von Robotern in Empire. Zunächst die Drohnen: unkomplizierte Modelle, die für banale Aufgaben konstruiert worden waren. Dann gab es die Automatischen: humanoide Modelle, die man für komplexere Arbeiten vorgesehen hatte. Und es gab die Robos: Automatische und Drohnen, die sich als Staatsbürger eigneten. Ich hatte den Robo-Status noch nicht ganz erreicht, aber bisher war meine Bewährungsfrist reibungslos verlaufen und ich war nur noch sechsundvierzig Monate, sechs Tage, vier Stunden und zweiundzwanzig Minuten von diesem Ziel entfernt. Im Augenblick hatte ich also einen eher unklaren Status irgendwo zwischen Automatischem und Bürger inne. Ich durfte nicht wählen, durfte kein öffentliches Amt bekleiden, und wenn der Gelehrte Rat beschloss, einen Widerruf herauszugeben, konnte ich auch nicht viel dagegen tun.

Ich war gerade einmal zwei Jahre alt und wog kompakte siebenhundertundsechzehn Pfund. Das ist noch leicht, wenn man zwei Meter dreizehn groß ist und ganz aus Metall besteht. Ich konnte mit der Faust Beton durchschlagen und Stahl verbiegen. Nur eine Fliege konnte ich mir nicht binden. Meine Programmierung war auf dem neuesten Stand der Technik: adaptiv, intuitiv, evolutionär. Ich war nicht darauf programmiert zu wissen, wie man ein Taxi fuhr, aber ich kam ganz gut damit klar. Ich war zwar auch nicht dafür konstruiert, Poker zu spielen, aber ich war ein ganz guter Falschspieler, wobei man sagen muss, dass einem Bluffs auch leichter fallen, wenn man über eine Gesichtsplatte ohne Gesichtszüge verfügt. Doch meine künstliche Intelligenz brachte es einfach nicht fertig, ihre binären Einheiten mit der Komplexität zusammenzubringen, die man brauchte, um sich eine Fliege zu binden. Auch meine Hände waren dabei keine große Hilfe. Sie waren nun mal nicht für feinmotorische Aufgaben konstruiert, eher glichen sie Vorschlaghämmern mit Fingern. Aber die Bluestar Taxi Company bestand darauf, dass all ihre Fahrer Fliegen trugen. Wirkliche, waschechte Fliegen. Keine zum Umschnallen. Und genau das brachte mich in den Schlamassel.

Ein Roboter muss auch seine Rechnungen bezahlen. Echte Rechnungen. Früher wurde ich von einem kleinen Atomenergiekern gespeist. Das war jetzt vorbei. Der Gelehrte Rat hatte ihn als Teil meiner Bewährungsauflagen entfernt. Aber ich verbrauchte täglich weiterhin eine Menge Strom, und der war nicht billig. Nicht in Empire. Es gab kaum genug, um in dieser Stadt durchzuhalten. Meinen gerechten Anteil zu bekommen, um in Betrieb zu bleiben, das kostete eine Menge. So war es ein Glück, dass ich sonst nicht viele Ausgaben hatte, sonst wäre ich nie in der Lage gewesen, mich mit Taxifahren über Wasser zu halten. Unter den gegebenen Umständen musste ich normalerweise mit halber Leistung arbeiten. Früher kam ich mir dabei immer schwergängig vor, aber inzwischen hatte ich mich damit arrangiert.

Also polierte ich mich jeden Morgen nach meinem Ladezyklus, zog mich an und ging zur Arbeit. Unterwegs hielt ich an der Wohnung meiner Nachbarin an und ließ Julie die Fliege um meinen kaum existenten Hals binden. Ihr machte das nichts aus. Sie war die netteste, warmherzigste Person, die ich in Empire kannte. Jedes Mal, wenn ich sie scannte, war ich froh, dass ich meine ursprüngliche Programmierung aufgegeben hatte und keine Roboterarmee anführte.

Sie erwartete mich immer schon, und meist sah sie mir bereits mit einem Lächeln und einem freundlichen Wort entgegen. Heute nicht. Keine große Sache, dachte ich. Wahrscheinlich war sie nur beschäftigt. Die zwei Kinder hielten sie manchmal ganz schön auf Trab. Und ihr Ehemann war dabei nicht gerade eine große Hilfe.

Ich klopfte an die Tür. Keine Antwort. Mein innerer Chronometer zählte sechzig Sekunden herunter, bevor ich noch mal klopfte. Es dauerte wieder dreißig Sekunden, bevor die Tür aufglitt und Julie ihren Kopf herausstreckte. Da fing mein Intuitionssimulator an zu klingeln. Wenn dieses leise Klingeln in meinem rechten Audiosensor losging, bedeutete das normalerweise Ärger. Ich konnte das verdammte Ding nicht abstellen, also tat ich mein Bestes, es zu ignorieren.

»Mack.« Sie sah überrascht aus, mich zu sehen. »Oh, Mack, es tut mir leid. Ich hab's vergessen!«

Sie zog die Tür weit genug auf, um herauszutreten und

sie wieder zu schließen, bevor ich einen Blick hineinwerfen konnte. Sie schnappte die Fliege aus meinen großen Metallhänden und begann schon, sie zu knoten. Sie fingerte etwas ungeschickt herum und warf einen Blick zurück auf ihre geschlossene Wohnungstür.

»Alles in Ordnung, Jules?«, fragte ich, obwohl ich es längst besser wusste.

Sie versuchte, ihr Lachen sorglos klingen zu lassen, aber es kam ängstlich heraus. »Oh, alles in Ordnung, Mack. Nett, dass du fragst.«

Ich war ziemlich gut im Lesen von Menschen. Ich besaß eine schicke kleine Stimmen- und Körpersprachen-Analysierungssubroutine, die selten versagte. Doch in diesem Fall brauchte ich sie gar nicht, weil Julie eine schlechte Lügnerin war.

Ich hatte meinen Teil getan. Ich hatte gefragt. Jetzt ging es mich nichts mehr an. Vermutlich war sowieso nichts Gravierendes. Stress ist Stress. Der biologische Körper reagiert immer gleich, egal, was der Auslöser ist, ob er von einem Bären gejagt wird oder in einem Ehekrach steckt. Julie und ihr Mann stritten oft.

Aber Julie lächelte mich immer an. Immer. Jetzt lächelte sie auch, aber es war trotzdem nicht dasselbe. Mein Analyseprogramm machte sich zwar nicht die Mühe, es mir genau zu erklären, ließ das Pfeifen in meinem Ohr aber lauter werden.

»So, fertig, Mack. Entschuldige, sie ist ein bisschen krumm, aber ich hab im Augenblick ziemlich viel zu tun.«

»Kein Problem, Jules. Danke.«

»Gern geschehen.« Ein weiterer flüchtiger Blick zur Tür. »Ich wünsch dir einen schönen Tag.«

Ich wollte ihren freundlichen Wunsch gerade erwidern, als sie in ihrer Wohnung verschwand, ohne mir die Chance dazu zu geben.

»Kümmere dich um deine eigenen Angelegenheiten, Mack«, sagte ich.

Selbstgespräche waren eine meiner schlechten Eigenschaften. Sie würden sich über die betriebsfremden Verhaltensweisen wundern, die sich in Ihrer Persönlichkeitsmaske einnisten, wenn Sie mit Biologischen rumhängen. Meine Intuition hatte den Hinweis aber offenbar verstanden, denn sie hörte auf zu klingeln.

Ich rückte meine Fliege zurecht, ganz vorsichtig, um sie nicht zu lockern. Sonst hätte ich noch einmal klopfen müssen. Ich bin nicht für List konstruiert worden, und das seltsame gelbliche Metall, das sie in den billigeren Apartmentkomplexen als Bodenbelag benutzen, quietscht, wenn ich darauf gehe. Trotz des Lärms und des unerschütterlichen Gelöbnisses, meine Nase nicht in fremde Angelegenheiten zu stecken (was nicht schwerfallen sollte, da ich gar keine Nase besaß), hörte ich in Julies Wohnung etwas zerbrechen. Einen Teller oder ein Glas, das von einem Tisch fiel. Nichts Ernstes.

Ich blieb stehen und stellte mein Gehör auf Maximum. Mein Audiobereich ist nicht viel besser als das menschliche Gehör, aber immerhin besitze ich ein Richtmikro. Es dringt allerdings nicht durch Stahltüren. Alles in Empire, selbst die Türen, war aus Metall.

Gedämpfte Stimmen. Julie. Gavin, ihr Mann. Holt, eines

der Kinder. Noch jemand, den ich nicht kannte. Eine weitere Runde zersplitterndes Glas. Und noch eine. Dann ein erstickter Schrei. Das nasse Geräusch von Fleisch, das auf Fleisch klatscht, jemand wurde geschlagen. Weinen.

Mein Intuitionssimulator schaltete sich nicht wieder ein. Nicht nötig. Ich brauchte kein Klingeln, um zu wissen, dass es hier ein Problem gab.

Das Bewusstsein ist ein Sumpf, ob es nun in matschigem organischem Material steckt oder eine unendliche Folge herumschießender Elektronen ist. Ich weiß nicht, wo im menschlichen Gehirn die Logik sitzt, und ich verstehe auch die inneren Arbeitsabläufe in meinem eigenen elektronischen Gehirn nicht. Da interagieren Dutzende und Aberdutzende von Programmen, ordnen nach Priorität, machen Zusammenstellungen und eine ganze Menge anderes technisches Zeug. Irgendwo in meinem Vernunftreplikator, in dieser querschlägernden Kette von Einsen und Nullen, musste eine Ziffer fehlen. Und als ich zurück in die Richtung von Julies Wohnung ging, verfluchte ich Professor Megalith dafür, sich nicht mehr Zeit für die Betatests genommen zu haben.

Ich klopfte. Drinnen wurde es sehr schnell ruhig. Die Tür öffnete sich einen Spalt. Julie streckte ihren Kopf heraus.

»Alles in Ordnung, Jules?«, fragte ich noch einmal.

Sie gab dieselbe Antwort wie beim ersten Mal: »Ja, ja. Alles klar.«

»Wie geht es Gavin?«

»Ihm geht es gut.«

Einen Bit lang sagten wir nichts (vier Sekunden für diejenigen unter Ihnen, die ohne eingebaute Uhr auskommen müssen), aber in der Wohnung konnte ich immer noch das Weinen hören. April, ihre Tochter – und eine der obersten Stimmen auf der Liste in meiner Erkennungsdatei. Als ich sie leise schluchzen hörte, war ich froh, dass ich dies hier tat. Aber was tat ich eigentlich?

»Es ist alles in Ordnung, Mack«, sagte Julie. »Trotzdem danke.«

Empire war eine fortschrittliche Stadt. Es war die einzige Stadt der Welt, wo sich ein Roboter volle Bürgerrechte verdienen konnte. Aber ich war für die Weltherrschaft entwickelt worden, und ich konnte den Behörden keinen Vorwurf dafür machen, dass sie einige Zeit beobachten wollten, ob ich mich wirklich bessern wollte. Ich hatte noch vier Jahre Bewährung vor mir, bevor mich das Gesetz für sicher genug hielt, um mich für eine Bürgerrechtsverleihung in Betracht zu ziehen. Wenn ich es vermasselte, konnte ich nirgendwo hin, wo ich kein Stück Eigentum unter vielen war, eine nicht lizenzierte Waffe mit eigener Meinung auf dem Weg zur Müllkippe.

Wenn ich in diese Wohnung stürmte, würde ich es vermasseln, aber wenn ich es nicht zu Ende brachte, hätte ich gar nicht erst zurückkommen sollen.

Julie versuchte, die Tür zuzudrücken, aber ich stieß meine Hand in den Spalt. Ich fragte nicht, ob ich hereinkommen dürfe. Ich schob die Tür auf und trat ein.

Die Wohnung bestand, wie zweiundneunzig Prozent aller Wohnungen in Empire, aus einem einzigen Raum, der in verschiedene Bereiche unterteilt war. Bis auf das Badezimmer, das ein Metallkasten in der Ecke war (es war immer Metall) und ungefähr die Größe von drei zusammengebauten Telefonzellen hatte. Ich brauchte nicht lange, um den Raum optisch abzutasten und das Problem zu erkennen. Es war nicht Gavin, wie ich zunächst angenommen hatte. Er lümmelte auf einem Stuhl, hielt sich den Mund mit einer Hand – Blut tropfte ihm übers Kinn. Ich entdeckte zerbrochenes Geschirr und die Reste eines halb aufgegessenen Frühstücks, die zusammen mit zwei Zähnen über den Boden verstreut lagen. Gavins Zähne, nahm ich an.

Die Kids kauerten in einer Ecke. Beide waren Mutanten. Nur wenige Leute wurden in Empire als Mutanten geboren. Üblicher war, dass es einfach eines Tages passierte. In Empires Wasserversorgungsanlagen gab es eine Menge seltsamer Chemikalien, sonderbare Strahlungsinseln schwebten über den Straßen der Stadt und instabile, das Erbgut schädigende Gase schwebten unsichtbar in der Luft. Jeden Tag waren sämtliche biologischen Einwohner Dutzenden von genetisch destabilisierenden Stoffen ausgesetzt, und alle Bürger wussten, dass ihnen jeden Moment ein drittes Auge oder Tentakel wachsen konnten. Es schien kein Muster dafür zu geben, und es kam weder auf den sozialen Status noch auf die Größe des Bankkontos oder sonst etwas in der Hinsicht an.

Von den beiden Bleaker-Kindern war Holt der offensichtlichere Mutant. Er hatte Schuppen und einen langen Schwanz. Nichts allzu Ernstes. Mutation war in Empire salonfähig, sogar gewöhnlich, und während sich der Rest des Landes Probleme wegen erblicher Pigmentierung machte, war Empire weit über diese Art von Debatten hinaus. Es war einfach unpraktisch zu streiten, wenn der einzige wirkliche Unterschied zwischen einem Normalen und einem Mutanten eine unvorhersehbare genetische Reaktion war, die jederzeit eintreten konnte.

April war Hellseherin. Sie war erst acht, deshalb war die genaue Beschaffenheit ihrer Talente noch in Arbeit. Manchmal sah sie kleine Bruchstücke der Zukunft, und telekinetisch war sie begabt genug, um einen Stift herumschubsen zu können. Wie bei allen Hellsehern wechselten ihre Augen die Farbe, wenn sie ihre Fähigkeiten nutzte. Ein lebhaftes Violett beim Hellsehen und Himmelblau bei Telekinese. Im Moment waren ihre Augen braun. Ich zoomte sie zu einer Großaufnahme heran und scannte das Spinnennetz von roten Adern um ihre Sklera. Das ist das Weiße im Auge. Fragen Sie mich nicht, warum man mir dieses Wissen einprogrammiert hat. Tränen rannen ihr über die Wangen.

Das alles scannte und absorbierte ich in einer Sechzehntelsekunde. Mein Gehör mag nicht das beste sein, und ich besitze keine Geruchssensoren, aber meine optische Technik bleibt unübertroffen. Sie entdeckte, analysierte und filterte diese kleinen Details nicht nur, sie verriet mir auch, was das Problem war. Nicht, dass ich ein Analyseprogramm gebraucht hätte, um den vierarmigen Kerl mit den zerschrammten Fingerknöcheln zu entdecken.

Ich hatte in einen häuslichen Streit eingegriffen und fand mich inmitten von etwas Schlimmeren wieder. Mit einem prügelnden Ehemann konnte ich noch umgehen. Vierarm bedeutete aber ganz offensichtlich mehr Ärger.

»Was zum Teufel bist du?« Vierarm klatschte Gavin auf den Hinterkopf. »Wer zum Teufel ist dieser Roboter?«

»Er ist niemand«, antwortete Gavin durch seinen schmerzenden, zusammengebissenen Kiefer. »Nur mein Nachbar.«

»Ja«, stimmte ich zu. »Ich bin niemand, und du gehst jetzt.«

Ich machte einen Schritt vorwärts, aber Julie hielt mich am Arm fest. »Bitte, Mack. Tu das nicht. Du machst es nur schlimmer!«

Sie hatte recht. In was für ein Schlamassel Gavin sich und seine Familie auch immer gebracht hatte, ich konnte es nicht lösen. Dumm, es auch nur zu versuchen.

»Entschuldige. Ich hätte mich nicht einmischen sollen.«

»Verdammt richtig, das hättest du nicht.« Vierarm schlug Gavin erneut, nur um mich daran zu erinnern, dass er es konnte. Meine Finger krampften sich zu metallenen Rammböcken zusammen. Ich hätte geradewegs durch diesen Kerl hindurch ein Loch boxen können, aber das war nicht richtig. Nicht auf lange Sicht.

April rannte quer durch den Raum und schlang ihre Arme um eines meiner Beine. Sie sah mit ihren großen Augen zu mir auf. Mit diesen großen, glänzenden, violetten Augen. Diesen bittenden, hellsichtigen Augen.

»Geh nicht, Mack!« Sie kniff die Augen zu und die Tränen strömten. »Wenn du es tust, wird etwas Schlimmes passieren!«

Das genügte mir. Ich zog sie sanft von meinem Bein und stellte sie hinter mich. »Ist okay, Kleine. Ich kümmere mich darum.«

Ich wandte mich Vierarm zu, und er wartete gar nicht erst, bis ich näher kam, sondern zog eine Strahlenpistole und feuerte auf mich. Der rote Strahl brannte ein Loch durch meine Uniform, prallte von meiner metallischen Haut ab und brannte ein kleines Einstichloch in den Kühlschrank. Vierarm lernte seine Lektion nicht und machte sich bereit, erneut zu feuern.

Ich hielt eine Hand hoch. »Tu das nicht. Es wird mir nicht wehtun, aber wenn ein Querschläger jemanden in diesem Raum trifft – außer dir –, hast du ein größeres Problem als jetzt.« Ich knallte mit einem hallenden Dröhnen meine Fäuste zusammen, um ihm zu verdeutlichen, was ich meinte.

Ich hätte mich innerhalb einer Sekunde auf ihn werfen können, doch ich bin ein großer Roboter und hätte dabei in der Eile die Wohnung zertrümmert. Ich ließ Vierarm Zeit, in seine Jacke zu greifen und etwas zu aktivieren. In einem Blitz war er verschwunden, wegteleportiert. Er konnte nicht unsichtbar sein. Ich hatte noch kein Tarnsystem erlebt, das es mit meinen Optiken aufnehmen konnte. Die Big Brains hatten seit Jahrzehnten an der Teleportation gearbeitet, bisher aber nichts austüfteln können. Natürlich hatte sich Vierarm vielleicht zurück in sein Versteck gebeamt und war als ein Haufen verstümmelte Gelatine dort angekommen. Wenn ja, so war das Problem vielleicht gelöst und ich musste mir keine Sorgen machen.

»Das hättest du nicht tun sollen, Mack«, sagte Julie.

Ich hätte an diesem Tag schon so einiges nicht tun sollen, aber ich hatte es nun mal getan. Da die Zeitreisetechnologie noch ein Wunschtraum war, musste ich damit klarkommen.

»Was ist hier los, Jules?«, fragte ich.

»Das geht dich verdammt noch mal überhaupt nichts an!«, schrie Gavin, wobei er Blut auf meine Uniform spuckte. »Wir haben dich nicht um Hilfe gebeten! Ich wäre damit fertig geworden! Jetzt hast du alles versaut! Jetzt wird es Ärger geben!« Er stampfte in eine Ecke der Wohnung davon, um zu murren und zu fluchen.

Ich ignorierte ihn. Er war von jeher ein blasser kleiner Wurm. Wenn ich gedacht hätte, Vierarm sei da gewesen, um Gavin wegzupusten, hätte ich es geschehen lassen. Aber ich hatte herzlich wenige Freunde gefunden, seit ich allein unterwegs war. Ich wollte die paar, die ich besaß, nicht verlieren. Roboter haben keine Familie. Julie und die Kinder waren aber das, was dem am nächsten kam.

»Ich kann helfen, Jules«, sagte ich.

»Es ist unser Problem, Mack. Du solltest dich heraushalten. Du bist auf Bewährung.«

»Lass das meine Sorge sein.«

»Nein!« Sie schnappte mich am Arm und zog mich zur Tür. Ich leistete keinen Widerstand und ließ mich von ihr zurück in den Hausflur führen. »Ich weiß deine Sorge zu schätzen, wirklich, aber wir werden uns selbst darum kümmern.«

Ich wollte etwas einwenden, aber die Betriebsanweisung meiner Selbsterhaltung sprang an. Ich konnte Julie nicht dazu zwingen, meine Hilfe anzunehmen. Ich hatte es versucht. Jetzt konnte ich mit reinem Gewissen meiner Wege gehen.

»Wenn du es dir anders überlegst, Jules …«

Sie schloss die Tür vor meiner Nase.

Ich zuckte die Achseln und steuerte zurück zum Fahrstuhl. Ich würde ordentlich Ärger bekommen, weil ich zu spät kam, und ich würde noch mehr Ärger bekommen, weil ich ein Loch in der Uniform hatte. Ich würde mir eine neue kaufen müssen, und es gab in meiner Größe und in meinen breitschultrigen Proportionen keine billigen.

Die Tür ging auf, und April kam mit einem Stück Bastelpapier in der Hand zu mir gerannt. »Mack, Mack! Ich hab etwas für dich!«

Ich ließ mich auf ein Knie sinken und legte ihr die Hände auf die Schultern. Dieses kleine Mädchen erinnerte mich immer daran, wie gefährlich ich war, da ich sie schon zerquetschen konnte, wenn nicht einmal fünf Prozent meiner Energie in Betrieb waren. Sie vertraute mir, und das machte sie zum wertvollsten Ding in meinem Universum. Ich bin genauso sentimental wie alle anderen Robos auch.

Sie gab mir eine Zeichnung, die zwar plump gemalt war, aber nicht schlecht für eine Achtjährige, vor allem, weil sie nur mithilfe ihrer Telekinese malte. Ich erkannte den klobigen, roten, mechanischen Anthropoiden als mich selbst, und neben mir stand ein kleines, lächelndes Mädchen mit einem runden Gesicht und violetten Augen, Strichmännchengliedmaßen und einem roten Dreieck als Kleid.

»Danke, Kleine.«

»Du wirst es doch nicht wegwerfen, oder?«, fragte sie.

»Machst du Witze? Das hier kommt direkt an meinen Kühlschrank!« Es wäre doch nett, endlich mal eine Verwendung für den alten, rostigen Apparat zu haben. Im Augenblick nahm er in meiner unbenutzten Küchennische nur Platz in Anspruch.

Die Wohnungstür glitt auf. Gavin trat in den Flur heraus. Er sah immer noch fürchterlich aus, aber das tat er immer. Nach meinem Dafürhalten war der Kerl ein betrügerischer Versager.

»April Anne, schwing deinen Hintern wieder hier rein!«

April schlang ihre Arme um mich. »Du solltest besser zur Arbeit gehen, Mack.« Ihre Augen wurden violett. »Dein Boss wird dich anschreien, aber mach dir keine Sorgen. Ignorier ihn einfach, dann wird alles gut.«

Sie rannte in die Wohnung, ohne zurückzublicken. Gavin warf mir einen bösen Blick zu, bevor er ihr nach drinnen folgte.

Mit übergroßen metallenen Fingern faltete ich die Zeichnung sehr vorsichtig und steckte sie in meine Tasche. Mir kam nicht einmal in den Sinn, die Rückseite zu scannen. Wenn ich es getan hätte, wäre vielleicht nicht geschehen, was geschah. Aber ich tat es eben nicht, und so passierte es.

Das ist das Problem, wenn man eine feste Speichermatrix hat. Außer bei einem Systemabsturz vergisst man die Fehler, die man macht, nie.

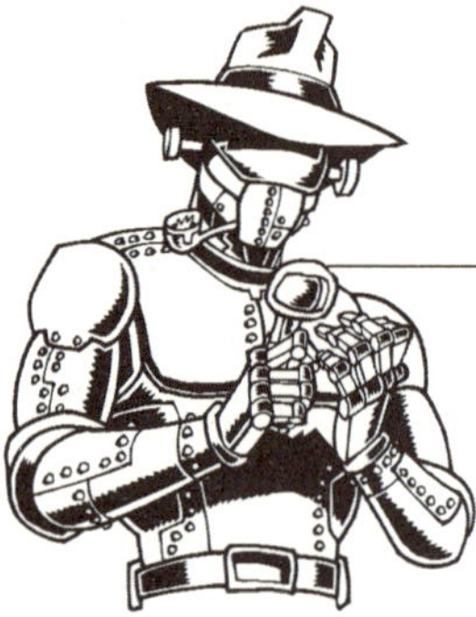

ZWEI

Automobile wurden in der Stadt von morgen für antiquierten Schrott gehalten. Zu laut. Zu ineffizient. Zu schmutzig. Wichtiger noch: zu altmodisch und zu verlässlich. Empires Straßen waren von der nächsten Generation von Transportfahrzeugen verstopft. Es waren auch nicht nur die großen Unternehmen. Jeder Mechaniker, der bereit war, ein Design aus einer Flash-Gordon-Serie zu klauen und es den Big Brains vorzulegen, konnte einen Zuschuss bekommen. Der Gedanke dahinter war, dass bei all den unterschiedlichen Modellen, die herumfuhren, die Sahnestücke oben schwimmen mussten.

Es gab Ambler, Kisten, die auf pneumatischen Beinen dahintorkelten. Treader, die phantasievollerweise mit der ganzen Geschwindigkeit und Manövrierfähigkeit von Schildkröten auf Panzerketten vorwärtsrumpelten. Hoverskids: mit der Beschleunigungskraft einer Rakete, und dazu in der Lage, auf einer Briefmarke zu wenden, drifteten aber zehn Meter ab, bevor sie zum Stehen kamen – daher die zusätzlichen dicken Gummistoßstangen. Gyropeds schwirrten elegant zwischen dem restlichen Verkehr herum, außer wenn die Gyros klemmten und sie zu Taifunen mit der Zerstörungswut einer Abrissbirne wurden. Dann gab es noch die Buzzbugs, so benannt nach ihren summenden Plastikflügeln und den hummel-inspirierten Fahrgestellen. Und die Rotorcars, die üblicherweise mit Pannen auf den Skyways liegen blieben. Ungefähr das Einzige, was all diese Verkehrsmittel gemeinsam hatten, waren ihre fehlenden Räder. Nichts in Empire rollte. Bis auf die Unipods, die perfekt auf einem Rad balancierten. Es war eine geschmeidige Fahrt, bis man einen Platten hatte.

Die Bluestar Taxi Company besaß jedes einzelne dieser Vehikel als Teil seiner Flotte. Treader waren für einen Robo meiner Größe am besten geeignet, mit den Hoverskids blieb ich normalerweise liegen. Mein Gewicht strapazierte oft die Maschinen, was normalerweise damit endete, dass ungefähr alle zwanzig Meter Metall über die Fahrbahn schrammte und Funken flogen. Die Kosten für die Neulackierung des Unterbodens gingen von meinem Gehaltsscheck ab. Wäre ich paranoid gewesen, ich hätte angenommen, der Fahrdienstleiter könne mich nicht leiden. Vor allem, weil alle Hemden, die er besaß, auf der Brusttasche einen Aufnäher der Liga für Biologische Rechte trugen.

Taxifahren war ein ordentlicher Job, und ich war froh, ihn zu haben. Als mein Boss mich anschrie, grinste ich (metaphorisch) und nahm es hin. Er war nicht glücklich über das Loch in meinem Anzug, aber da ich für eine Abholung schon spät dran war, ließ er mich eine Weste von Jung leihen.

Jung war ein Gorilla, ein Exponat des städtischen Zoos, das schlau genug geworden war, um die Bürgerschaft verliehen zu bekommen. Außerdem war er ein Typ mit aufrechtem Gang oder ein Menschenaffe oder so was.

Er reichte mir die Weste. »Sei vorsichtig damit.«

»Danke.«

Ich zog mich um und warf die ruinierte Weste auf die Bank neben meinem Spind. Jung, der in einer Hand ein Buch hielt und in der anderen eine halbe Grapefruit, nahm die Weste mit den Füßen auf. Er steckte einen Finger durch das Loch.

»Das ist ein übles Brandloch, Mack«, bemerkte er. »Was ist da passiert?«

»Zigarette«, antwortete ich.

Er steckte seine Nase wieder in sein Buch, eine abgenutzte Ausgabe von *Tarzan und die Ameisenmenschen*. »Mit dem Rauchen angefangen, was?« Jung schnaubte. »Schön blöd, als Roboter zu rauchen. Vor allem, wenn man keinen Mund hat.«

»Lässt mich trotzdem cool aussehen.« Ich sah in den Spiegel und rückte meine Fliege zurecht. Die Bewegung ließ die Naht der neuen Weste knirschen. Jungs Schultern waren breit, aber nicht breit genug.

»Wenn du sie kaputt machst, zahlst du sie«, sagte er.

Der Boss schrie, ich hätte fünf Minuten, um ans andere Ende der Stadt zu kommen und dass er, wenn ich es nicht schaffte, meinen Bewährungshelfer anrufen und ich einen Vermerk in meiner Akte bekommen würde und bla bla

bla … Ich bekam den Rest nicht mit, weil ich meine Audiofilter auf seine Stimme einstellte.

»Ernsthaft, Mack«, sagte Jung. »Hast du Probleme?«

Ich widerstand dem Reflex, die Achseln zu zucken, weil ich bezweifelte, dass die Weste das Manöver ausgehalten hätte. »Nichts, worüber man sich Sorgen machen müsste. Aber danke, dass du fragst.«

»Ein paar von den Jungs gehen heute Abend bowlen. Komm doch mit.«

»Ich muss früh nach Hause«, log ich. »Wie sehe ich aus?«

»Wie Gort, wenn er sich aufs Taxifahren verlegen würde«, murmelte er, als er von der Bank hüpfte und in Richtung Garage sprang.

»Perfekt.« Ich zog meine Krempe in einen kessen Winkel und folgte ihm.

Der Verkehr war rau wie immer. Mein Gehäuse bestand aus einer unzerstörbaren Legierung, aber selbst ich fürchtete ein- oder zweimal um meine Sicherheit. Auf der Quantum Avenue war ein Buzzbug liegen geblieben. Das passierte ständig. In Empire wurde nichts perfektioniert, bevor es durch etwas Besseres ersetzt werden konnte. Die Big Brains liebten die Wissenschaft um der Wissenschaft willen. Nicht, dass ich mich darüber beschweren würde. Es war der wichtigste Grund, warum man sich als Robo die Bürgerschaft verdienen konnte. Drei Prozent der Bevölkerung von Empire waren Roboter, und diese automatischen Einwohner waren für den Gelehrten Rat eine Quelle großen Stolzes.

Ich half dem liegen gebliebenen Fahrzeug aus, indem

ich das verdammte Ding selbst wegbewegte. Diese Buzzbugs sind leicht, eins Komma zwei vier Tonnen. Selbst mit meiner reduzierten Energie zeigten meine Servos noch weniger als sieben an. Es war befriedigend, meine Muskeln zu benutzen, um meinen Mitbürgern zu helfen. Nicht, dass es mir jemand gedankt hätte. Tatsächlich schrien mich auf dem Rückweg zu meinem Taxi etliche Fahrer an, weil ich den Verkehr aufhielt. Ich wollte gern davon ausgehen, dass sich irgendwo unter ihrer Wut auch Dankbarkeit verbarg.

An Donnerstagen arbeitete ich Kurzschicht. Das gab mir Zeit, mich um ein paar persönliche Angelegenheiten zu kümmern.

Meine Rehabilitation war dem Rat sehr wichtig. Es war eine Art soziales Experiment. Alle anderen automatischen Bürger waren serienmäßige Modelle, von denen jeder Zweite einen Freier-Wille-Glitch entwickelte. Ich war das erste Einzelstück und das erste überhaupt, das mit finsteren Absichten konstruiert worden war. Nicht einmal die Big Brains wussten, warum ein paar Robos einen freien Willen entwickelten und andere nicht. Ein paar der philosophischeren Typen, vor allem die Vorsteher des Tempels des Wissens, behaupteten, dieser Glitch sei gar kein Glitch, sondern ein göttlicher Funke, der vom Äther verliehen wurde. Die meisten hielten es aber für ein Hardwareproblem, das noch niemand eingegrenzt hatte. Ich selbst hatte nie groß darüber nachgedacht. Theologische Erörterungen gehörten nicht zu meiner Ausgangsprogrammierung, und ich hatte auch kein Interesse daran, sie zu meinen Dateien hinzuzufügen.

Der Rat ging ein großes Risiko mit mir ein. Selbst ich konnte nicht sicher sein, dass ich wahre Selbsterkenntnis erreicht hatte. Es konnte auch alles ein Programmierfehler sein, und eines Tages konnte sich mein elektronisches Gehirn selbst reparieren und zu der Zerstörungsherrschaft ansetzen, für die ich gemacht war. Ich wusste nur, was der Rat wusste. Ich hatte mich gegen meinen Schöpfer gewandt, den Wunsch gezeigt, ein produktives Mitglied der Gesellschaft zu sein und die Reihe von psychischen Simulationstests bestanden, die jeder automatische Bürger durchlaufen musste. Bei jedem anderen Robo hätte das ausgereicht. Aber nicht bei mir. Ich musste trotzdem noch zu einem Seelenklempner.

Doktor Mujahid war die wichtigste Kybernetik-Psychologin der Welt. Maschinen, die sich wie menschliche Wesen verhielten, waren ihre Spezialität. Sie war die erste Expertin, die einen Freier-Wille-Glitch bei einem Roboter diagnostiziert hatte, und es war ihrer harten Arbeit und geachteten Meinung zu verdanken, dass der Rat für mich stimmte. Dabei hatte sie nicht die Wahrung meiner Interessen im Kopf. Sie war davon besessen, noch eine Maschine mit Selbsterkenntnis zu studieren. Zu ihrer Ehre muss ich sagen, dass mich der Doc nie wie ein Fallbeispiel behandelte. Sie fühlte sich mit Technologie unendlich viel wohler als unter Menschen.

Ihre Sprechstundenhilfe war ein Automatischer namens Herbie. Sie hatte ihn selbst programmiert, und er wirkte bemerkenswert lebensecht, aber er hatte den Glitch nicht. Der Doc hatte es trotz größter Mühe bisher nicht geschafft, ihn vorsätzlich nachzubilden. Herbie war ein

Videomonitor auf sechzehn mechanischen Tentakeln. Die Subroutinen, die dafür sorgten, dass sich all diese Gliedmaßen nicht verhedderten, hätten die meisten Programmierer in den Wahnsinn getrieben.

Herbie sah von seinem Schreibtisch hoch, tippte aber weiterhin auf vier verschiedenen Tastaturen. »Du kommst zu spät, Mack.«

»Das ist heute mein Motto des Tages«, antwortete ich.

Herbie hatte keinen Sinn für Humor. Ich hätte es gern seiner künstlichen Natur zugeschrieben, aber manche Robos waren, genau wie manche Menschen, ernster, als es ihnen gutat. Sein digitales Gesicht stellte ein Stirnrunzeln dar. »Setz dich. Doktor Mujahid wird gleich für dich da sein.«

Das Wartezimmer des Docs beherbergte eine große Bandbreite an Patienten mit den verschiedensten Körperbauarten. Also gab es Stühle, die groß genug waren, dass ich bequem darauf sitzen konnte. Ich fand einen Platz neben einem Bau-Robo und einem Polizei-Automatischen und wartete.

Sechs Minuten später öffnete sich die Tür und Doktor Mujahid kam mit einer Frau und einem kleinen Mädchen mit einer Gabby-Goosey-Puppe herein. Der Doc nickte und lächelte in meine Richtung, sagte etwas zu der Frau, tätschelte der Puppe den Kopf und ging zurück in ihr Büro.

»Megaton, du bist der Nächste«, sagte Herbie.

Der Doc gab gerade Daten in ihren Computer ein, als ich das Büro betrat. Sie sah nicht auf. »Machen Sie es sich bequem.«

Ich setzte mich auf die Spezialcouch. Ja, sie ließ ihre Patienten auf einer Couch liegen. Sie mochte die traditionelle Atmosphäre. Der einzige Unterschied war die Steckerbuchse an der Seite der Couch, damit der Patient sich anschließen konnte.

»Nehmen Sie jetzt auch menschliche Patienten auf, Doc?«, fragte ich.

Sie war so vertieft ins Tippen, dass sie gar nicht antwortete.

»Das Mädchen«, sagte ich. »Es ist doch menschlich, nicht? Oder haben die Big Brains letztlich doch noch dieses Vollmensch-Simulakrum entwickelt, von dem sie ständig reden?«

Der Doc hielt inne. »O nein. Noch nicht. Sie bekommen die Haut nicht richtig hin. Aber ich habe nicht das Mädchen behandelt. Ich habe die Puppe behandelt.«

Wenn Gabby Gooseys anfingen zu denken, war ich am Ende doch nicht so ungewöhnlich. Aus irgendeinem Grund fand ich das befremdlich.

»Ich glaube, die Versuchsperson macht nur ein paar kleinere Programmanomalien durch. Trotzdem ist es eine interessante Entwicklung.« Sie hörte plötzlich auf zu tippen. »Bitte schließen Sie sich an.«

Ich besah mir die Steckerbuchse. Es gefiel mir nicht. Ich war ein geschlossenes System. Ich hielt nicht viel vom sorglosen Umgang mit Schnittstellen. Das konnte eine gute Methode sein, um sich einen Virus einzufangen.

»Bitte, Mack.«

Ich öffnete den Port, wo mein Bauchnabel gewesen wäre, wenn ich menschlich gewesen wäre, und steckte den

Stecker ein. Sofort ergoss sich ein Strom von Daten über den großen Bildschirm gegenüber dem Schreibtisch des Docs. Die endlosen Zeilen von Codes sagten mir zwar nichts, aber es war leicht beunruhigend, die inneren Arbeitsabläufe meines elektronischen Gehirns auf eine Reihe von Buchstaben und Zahlen reduziert zu sehen. Wenn sich darin ein göttlicher Funke versteckte, konnte ich ihn jedenfalls nicht finden.

Der Doc sprach gern, während sie meine elektronische Psyche analysierte. Am Anfang Smalltalk. Sie sagte, man könne viel über einen Robo herausfinden, allein durch die Art, wie er ein normales Gespräch führte. Offenbar gab es Nuancen in der Sprechweise, die Bände sprachen. In diesem Wissen und in der Annahme, dass alles, was ich sagen mochte, egal wie scheinbar unschuldig es war, gegen mich verwendet werden konnte, hielt ich meinen Teil des Gesprächs knapp. Sehr knapp. Ein-Wort-Antworten, wenn möglich. Was nicht viel dazu beitrug, meine gesellschaftliche Nachjustierung groß herauszustellen. Ich konnte nicht anders. Argwohn hatte sich in meiner Persönlichkeitsmaske eingenistet.

Schließlich stellte Doktor Mujahid die große Frage. Die Frage, die ich fürchtete, weil ich immer wusste, dass sie kommen würde – und weil ich die Antwort nicht kannte.

»Und wie läuft es so, Mack?«

Ich dachte über die Frage nach. »Gut.«

Die Lampe auf ihrem Schreibtisch flackerte. Es war eine Antiquität, von der Art, wie sie heutzutage nur die ganz Armen oder die sehr Reichen benutzten. Brauchten immer noch Glühbirnen. Sie umkreiste sie, wobei sie sie mit mildem Interesse betrachtete. Vermutlich diagnostizierte sie der Glühbirne einen Edisonkomplex oder Photonenneid.

»Auf welche Art gut, Mack?«

»Ich weiß nicht«, antwortete ich ehrlich. »Einfach gut.«

Die Lampe flackerte erneut, und sie fuhr mit den Fingern an ihrem Schirm entlang, wie um sie zu beruhigen. »Nun ja, Mack ...« Ihre Stimme verlor sich, was bedeutete, dass sie nachdachte. Außerdem sprach sie meinen Namen viel zu oft aus. Was bedeutete, dass sie angestrengt nachdachte. Über mich. Möglicherweise über meine Zukunft. Die Art, wie sie auf diesen Bildschirm starrte, machte mich nervös. Das wusste ich, denn immer wenn ich nervös war, erschien ein statischer Balken auf der unteren Hälfte des Bildschirms.

»Sagen Sie mir, Mack: Hatten Sie Gelegenheit, sich die Bücher anzusehen, die ich Ihnen letztes Mal mitgegeben habe?«

»Klar.«

Die Lampe flackerte wieder. Überholtes Stück Ramsch.

»Haben Sie an Ihrer Feinkoordination gearbeitet, Mack?«

»Klar. Ich habe Modelle gebaut. Autos, Flugzeuge, Raketen.«

»Und wie läuft das, Mack?«

»Ziemlich gut.« Die Lampe stotterte, und ich fühlte mich unerklärlich schuldig. »Sie sollten das austauschen lassen, Doc.«

»Oh, sie funktioniert gut«, antwortete sie. »Sehen Sie,

Mack, immer wenn Sie lügen, sendet Ihr Stimmgenerator ein Unterschallheulen aus.«

»Tatsächlich.« Ich setzte mich auf. »Tun Sie mir einen Gefallen. Sagen Sie das nicht meinen Pokerkumpels.«

Sie ignorierte den Witz. Sie hatte noch weniger Sinn für Humor als Herbie. »Die Tonhöhe ist für das menschliche Gehör zu niedrig, aber ich habe die Mikrofone in meinem Büro so eingestellt, dass sie die Frequenz wahrnehmen und meine Schreibtischlampe flackern lassen, wenn sie sie empfangen.«

Sie ließ es einsinken, während ich mich wieder zurücklehnte. Sie studierte die Linien meiner über den Bildschirm rollenden Codes, ohne etwas zu sagen.

»Ich arbeite an den Modellen«, sagte ich. »Wirklich. Aber bisher zerbrechen sie mir immer wieder.«

»Wie fühlen Sie sich damit, Mack?«

»Ich weiß nicht. Es ist keine große Sache.«

Die Lampe, dieser widerliche kleine Spitzel, flackerte wieder.

»Es ist ätzend«, knurrte ich. »Okay, es ist ätzend. Meine Hände sind nicht für so empfindliche Sachen gemacht. Ich schaffe es, ein paar Teile zusammenzukleben, und dann – Zack! – habe ich plötzlich einen Klumpen zerquetschtes Plastik vor mir.«

»Irgendein Fortschritt bei diesen Versuchen, Mack?«

»Ich habe einen halben Rennwagen zusammengebracht. Das war ziemlich klasse, bis ...« Ich hob meine Hände und wackelte mit den dicken Metallfingern.

»Sehr gut, Mack.« Sie drückte einen Knopf irgendwo an ihrem Gürtel, und auf dem Bildschirm erschien ein bestimmtes Programm. »Ihre Fingerfertigkeitssubroutinen entwickeln sich ganz gut. Sollen wir mit Ihrer gesellschaftlichen Integration weitermachen?«

Sie formulierte es wie eine Frage, aber es war keine. Wir kamen immer darauf zurück. Der Doc sagte, es sei das wichtigste Thema, das ich durcharbeiten müsse. Ich war zwar anderer Meinung, aber es war mir unangenehm, darüber zu reden. Also hatte sie vielleicht recht.

»Haben Sie Freunde gefunden, Mack?«

»Ein paar«, antwortete ich, und diesmal flackerte die Lampe nicht.

»Haben Sie sich mit aktiver Sozialisation beschäftigt, wie ich Ihnen geraten hatte?«

»Klar.«

»Wie oft?«

»Zwei- oder dreimal die Woche.«

Blink, blink machte dieses verräterische Miststück.

»Ich erinnere mich nicht genau.«

Bei diesem Thema verriet mich die Lampe auch. Es war eine schwache Lüge von einem Robo, der sich an jeden Moment jeder Minute seines kurzen Lebens erinnern konnte.

Doc Mujahid seufzte. »Mack, vollständige Assimilation an die Gemeinschaft ist die schwierigste, aber wichtigste Hürde der automatischen Bürger.«

»Ach, wirklich?« Sie hatte mir das schon mehrmals erklärt, aber sie würde mir den gesamten Vortrag noch einmal halten. Auch wenn ich den Ordner öffnen und ihn mir Takt für Takt selbst abspielen konnte.

»Künstliche Daseinsformen haben sehr wenig, was sie

im täglichen Leben begründet«, sagte sie. »Sie essen nicht, folglich genießen sie auch nicht die einfache Freude des Essens. Sie sind asexuell, folglich genießen sie nicht den sozialen Akt von Ausgehen, Verführung und Geschlechtsverkehr. Sie sind, allgemein gesprochen, in ihrem Denkprozess nicht abstrakt genug, um Freude am Lesen, an der Kunst oder anderen Arten geistiger Zerstreuung zu haben, die biologische Wesen genießen.«

Innerlich lächelte ich. Der Doc hatte die Angewohnheit, Maschinen wie Menschen erscheinen zu lassen und Menschen wie Maschinen.

»Die meisten Robos, die mit echter Intelligenz gesegnet sind, finden durch ihren Verwendungszweck vollkommene Assimilation. Bau-Automatische bauen weiter, Polizeidrohnen haben ihre Gesetzeshüterfähigkeiten und so weiter. Aber Sie, Mack, waren für gesellschaftsfeindliche Zwecke vorgesehen. Dieser Widerspruch übt enormen Stress auf Ihre Systeme aus.

Abgesehen davon finde ich aber, dass Sie ausgezeichnete Fortschritte machen.«

Sie schaltete den Bildschirm aus und ging zu ihrem Schreibtisch zurück. »Aber es bleibt immer noch viel, woran Sie arbeiten müssen. Folgendes gebe ich Ihnen als Aufgabe: Ich möchte, dass Sie anfangen, regelmäßig unter Leute zu gehen. Wenn möglich, täglich.«

»Ich weiß nicht. Ich habe ziemlich viel zu tun.«

Die Lampe flackerte. Ich denke, sie war nicht der Meinung, dass in meiner Wohnung herumzustehen und den Kühlschrank anzustarren besonders wichtig war.

Doktor Mujahid sprach wieder: »Arbeiten Sie an den

Modellen weiter. Schauen Sie sich die Bücher an. Lesen Sie eines davon. Ich empfehle Ihnen, mit der *Schatzinsel* anzufangen. Ich denke, die Gewalttätigkeit der Geschichte wird ein gesundes Ventil für Ihre Aggressionsindizes sein.«

»Wie Sie meinen, Doc. Aber mein Aggressionsindex ist unter Kontrolle, ehrlich. Ich schwöre es.«

Die verdammte Lampe war anderer Meinung. Ich stöpselte mich aus und stampfte vorsichtig durch das Büro. »Mir geht es gut. Wirklich.«

Blink, blink.

Ich schnappte mir das kleine Miststück und zerquetschte es in einer Hand. Vor allem genoss ich das Splittern ihres blinkenden kleinen, besserwisserischen Glühbirnenkopfes. Doktor Mujahid runzelte leicht die Stirn, als ich die verstümmelte Antiquität zurück auf den Tisch stellte.

»Ein paar von den Jungs gehen später Bowling spielen, sie haben mich auch eingeladen.«

Sie begann wieder zu tippen. »Kommen Sie nicht zu spät, Mack.«

DREI

Empire hat zwar seine Probleme, aber es hat auch einen Vorteil: Es hält nichts von Verschwendung. Alles wird recycelt. Dafür gibt es mehrere Gründe. Empire mag keine alten, nutzlosen Dinge. Der Gelehrte Rat toleriert nichts, was herumliegt und Platz wegnimmt, selbst wenn es an Stellen vergraben ist, wo niemand es sehen kann. Außerdem lieben sie das Konzept, kaputtes Zeug in etwas Glänzendes, Neues und Funktionelles zu verwandeln. Ein ganzes Kapitel des *Kodex des Tempels des Wissens* predigt das gute Wort der Wiederaufbereitung.

Die Kehrseite dieser Leidenschaft ist, dass die Recyclingzentren die giftigsten, umweltverschmutzendsten Anlagen der ganzen Stadt sind. Außerdem sind sie extrem gefährlich. Diese verschrobene Wissenschaft ist schon lebensgefährlich genug, solange sie richtig funktioniert, aber bis sie in die Zentren abgeschoben wird, ist sie geradezu tödlich geworden. Die Belegschaft ist fast immer vollkommen automatisiert. Es ist einer der wenigen Jobs ohne Menschliche-Arbeiter-Quote, denn die Liga für Biologische Rechte ist nicht verrückt genug, um diese Möglichkeit zu kämpfen.

Hin und wieder gab es Biologische, die stur, zäh und verrückt genug waren, den Job zu überleben. Das Recyclingzentrum, bei dem ich vorbeifuhr, wurde von einem von diesen betrieben. Vinny war ein großgewachsener Kerl, schlaksig, merkwürdig proportioniert. Vermutlich war er ein Mutant, wenn man von seiner seltsamen Gestalt ausging, aber ich hatte nie auch nur einen Zentimeter Haut unter seinem Overall, den langen Gummihandschuhen, den dicksohligen Stiefeln, der Vollgesichtsmaske und der Schutzbrille gesehen. Irgendwelche abnormalen Dinge sprossen aus seinem Kopf. Es konnten Haare sein, aber ich hätte nicht darauf gewettet.

Er kam mir am Vordertor entgegen. Die Linsen seiner Schutzbrille waren so schlammbedeckt, dass ich dahinter nicht einmal seine Augen sehen konnte. Er musste den Röntgenblick haben, um da herauszusehen.

Entweder er oder seine Maske machte ein pfeifendes Atemgeräusch. »Du kommst früh, Megaton.«

Das Zentrum war ein Chaos aus Transportbändern, Häckslern, Schmelzern und Demontagedrohnen. Maschinen auf großen Haufen wurden auseinandergerissen und auf kleinere Haufen sortiert. Die Roboter hier waren einfache Arbeiterdrohnen, sehr schlicht programmiert, ohne auch nur die simpelsten Persönlichkeitssimulatoren. Sie hatten mit einem Stück hochmoderner Technik wie mir nicht viel gemein, aber mir war trotzdem nicht wohl dabei, sie Maschinen zerlegen zu sehen. Wenn ich irgendwann einmal aufhörte zu funktionieren, konnte ich an einem dieser Orte landen. Vielleicht genau an diesem hier. Und solche Drohnen würden mich mit kalter Gleichgültigkeit auseinandernehmen. Der Gedanke ließ mir die Hydraulikflüssigkeit gefrieren.

Vinny hielt an einem Hügel Gyroped-Gerippe an. »So, bitte schön.«

»Hast du Lampen da?«, fragte ich.

Er kicherte, doch es kam eher als raues Kratzen durch seine Maske. »Keine Lampen. Nur die hier. Die nächste Stunde gehören sie alle dir. Dann gehen sie in den Schmelzer.« Keuchend ging er davon. »Die Uhr tickt, Großer.«

Ich verbrachte die nächsten dreiundfünfzig Minuten damit, Gyropeds zu zertrümmern. Das war meine persönliche Therapie. Zweimal die Woche zerschlug ich Dinge, die niemand mehr wollte, und niemand wurde dabei verletzt. Doktor Mujahid hatte recht. Irgendwo in mir war diese Codereihe, die Dinge zerstören musste, und da der Doc nichts von invasiven Umprogrammierungen hielt, musste ich eben damit klarkommen. Dies war der einzige Weg, um es zu verarbeiten. Als die Stunde um war, waren die schon zerlegten Peds noch deutlicher zerlegt, und ich fühlte mich besser, wenn auch nicht vollkommen befriedigt.

»Mann, Megaton!« Vinny trat gegen einen fußballgroßen Klumpen, der einmal ein komplettes Gyroped gewesen war. »Hast die Energie heute ein bisschen hochgedreht, was?«

»Nur auf sechzig«, antwortete ich. Eigentlich zweiundsechzig, aber Vinny konnte kein Unterschallheulen wahrnehmen.

»Nächsten Donnerstag, selbe Zeit?«

Ich ließ ein paar Budgetkalkulationen durchlaufen. Vom Schmieren Vinnys bis zum zusätzlichen Saftverbrauch kosteten mich diese Therapiesitzungen ein kleines Vermögen. Das störte mich nicht annähernd so wie der Gedanke, dass der Erfolg nicht mehr so groß war wie früher. Doch mir fiel auch nichts anderes ein.

»Ja, Vinny.« Ich schnappte mir einen Hoverskid-Kotflügel und verbog ihn zu einer Brezel. »Ich werde da sein.«

Ich ging nicht bowlen.

Gyropeds zu zertrümmern hatte meinen Zeitplan verschoben. Ich hätte den Omnibus nehmen können, aber ich wollte die sieben Cent Fahrpreis nicht rauswerfen. Außerdem hatte ich bei meinen Prügelübungen genug Saft verbraucht, dass mir nicht danach war, noch mehr Energie damit zu verschwenden, mit Bürgern zu interagieren. Ich wollte nach Hause, meinen Stromverbrauch auf ein Minimum senken und dem Summen meines Kühlschranks lauschen. Nur dass mein Kühlschrank nicht summte, weil ich die kleine Lady ausgesteckt hatte, damit mehr Saft für mich blieb. Das waren gute Entschuldigungen, aber keine besonders tollen. Jung und den Jungs wäre es egal gewesen, wenn ich zu spät gekommen wäre. Eine Fünf-Kilo-Kugel zu werfen würde nicht viel Energie verbrauchen. So knapp war mein Budget für Stromrechnungen nun auch wieder nicht.

Ich hatte nur eben heute keine Lust zu versuchen, nett zu sein. Andererseits tat ich das nie.

Das war der wesentliche Punkt. Positive gemeinschaftliche Stimulation und verbesserte gesellschaftliche Anpassung, wie Doktor Mujahid gelegentlich gesagt hatte. Sie war eine kluge Lady und wusste verdammt viel mehr über Robopsychologie als ich. Ich sagte mir, ich würde beim nächsten Mal hingehen, und da mein Gehör nicht auf Unterschallpfeifen ausgelegt war, konnte ich mir den Luxus leisten zu denken, ich könnte vielleicht sogar die Wahrheit sagen.

Auf dem Weg zu meiner Wohnung hielt ich im Hausflur für einen Moment vor Julies Tür an. Ich überlegte, ob ich klopfen sollte, aber die Vernunft sagte mir, ich solle mich lieber nicht noch mehr in ihr Leben einmischen. Ich folgte der Vernunft und ging weiter. Dabei fühlte ich mich wie ein Auspuffstutzen, aber man muss als Bot auch auf das eigene unzerstörbare Gehäuse achten.

Ich hatte das automatische Licht in meiner Wohnung aus demselben Grund ausgeschaltet, wie ich den Kühlschrank ausgesteckt hatte. Die Wohnung war stockdunkel, denn sie besaß kein Fenster oder sonstiges Licht. Nicht mal genug für meine Umgebungsverstärker. Ich kam gut zurecht, weil meine narrensichere Speichermatrix mir sagte, wo ich zuletzt alles hingelegt hatte. Es gab eine Fehlerspanne von vier Elftel Millimetern, aber ich kam klar.

Ich ging zum Kühlschrank, holte Aprils Buntstiftkritzelei zusammen mit einem Magneten in Bananenform aus meiner Tasche und hängte sie an die Tür. Der Anrufbeantworter meines Telefons blinkte. Auf den zweieinhalb Metern Entfernung, die ich durchqueren musste, stieß ich an etwas. Mein sensorisches Netz versicherte mir, es sei nur mein Tisch, um gut sieben Zentimeter verschoben. Ich schrieb es meinem Vermieter zu, der sicher wieder herumgeschnüffelt hatte, wie er es mindestens dreimal die Woche tat. Mein Nachbar unter mir beschwerte sich, dass ich beim Gehen so viel Krach machte. (Niemand hatte mir je eine Alternative genannt, wie ich mich in meiner Wohnung bewegen konnte, die nichts mit Gehen zu tun hatte.) Der Vermieter nahm diese Beschwerde sehr ernst und war jetzt überzeugt, ich wartete nur auf den richtigen Moment, um die Wohnung zu verwüsten. Das waren die Bürden, die eine Vernichtungsmaschine zu tragen hatte, die über einem griesgrämigen Hausmitbewohner funktionierte.

Die Nachricht war von Jung. Er sagte etwas von Bowling schwänzen. Dann erwähnte er, ein paar der Jungs dächten daran, nächste Woche wieder hinzugehen und ich solle sie anrufen, wenn ich mitkommen wolle.

Ich mochte Jung. Traurig, dass er mein bester Freund war, obwohl wir kaum je zusammen rumhingen. Es wäre schlau, wenn ich ein paar seiner Einladungen annehmen würde, bevor er irgendwann aufhörte zu fragen.

Ich nahm den Hörer auf, aber bevor ich Jungs Nummer wählen konnte, flitzte etwas über den Boden. Zu groß für eine Ratte. Musste eine Dratte sein. Die zweite diesen Monat. Diese Nager waren ein wachsendes Problem; eine zählebige Rasse, die so ungefähr überall leben konnte und in toxischen Umgebungen gedieh. Empires Kanalisation war die toxischste Umgebung der Erde. Dratten besaßen Kiemen, Flügel und die Fähigkeit, hundert Eier in der Woche zu legen. Die meisten ihrer Eier wurden von anderen Dratten gefressen, und die meisten Jungen waren zu missgebildet, um zu überleben. Die wenigen aber, die das Erwachsenenalter erreichten, wurden zu einer extrem robusten Spezies. Ich hatte schon Dratten gescannt, die in zwei Hälften gepustet wurden, und beobachtet, wie die beiden Hälften davonflitzten und sich keinen Deut darum scherten. Das hintere Ende neigte dazu, gegen Dinge zu rennen, bis ihm ein neuer Kopf wuchs.

Dratten waren nicht sehr aggressiv, aber sie konnten trotzdem gefährlich sein. Sie ernährten sich von Plastik und radioaktivem Abfall, und sie mochten kein Licht. Gelegentlich verirrten sie sich und gerieten an die Erdoberfläche, wo es vorkommen konnte, dass sie in ihrer ängstlichen Orientierungslosigkeit bissen. Drattenbisse waren höllisch schmerzhaft, und ihr Gift wirkte besonders virulent gegen anormale DNS. Manche Mutanten reagierten so stark darauf, dass sie innerhalb von Minuten starben. Für Normale war es ebenfalls keine erfreuliche Erfahrung. Die Standardprozedur war die, das Gebäude zu räumen und die Tieraufsicht anzurufen, damit sie das Viech einfing. Ich ersparte ihnen im Allgemeinen die Mühe und fing die armen kleinen Viecher selbst. Bisher hatte ich noch keine Dratte getroffen, deren Zähne scharf genug waren, um mir etwas anhaben zu können.

»Licht an.«

Die Wohnung wurde hell, meine Optiken passten sich augenblicklich an, und ich scannte keine Dratte, sondern eine kleine sphäroide Drohne auf Beinen, die in die Ecke huschte. Zwei weitere Drohnen standen auf meinem Tisch. Drei weitere blinkten im Schatten darunter. Ich hörte einen weiteren ungebetenen Roboter über meinen

Kühlschrank klappern. Mein Gefährdungstaxator verarbeitete diese unerwartete Gesellschaft schnell, allerdings nicht ganz so schnell wie die ungebetenen Drohnen. Glühende Spulen schossen aus jeder von ihnen, und ich wurde mit einem Hagel von Plasmapfeilen bombardiert.

Es tat weh. Aber was genau bedeutet Schmerz für eine Maschine? Vermutlich dasselbe wie für einen Biologischen. Ein scharfer, unangenehmer sensorischer Input, der einen zum Handeln bewegt. Fühlte ich den Schmerz auf dieselbe Art, wie ein fleischiger Mensch es täte? Keine Ahnung. Aber das ungewohnte Brennen, das überall innerhalb meines sensorischen Netzes registriert wurde, verwirrte mein elektronisches Gehirn so, dass ich die fünfundzwanzig Sekunden, die mich die Drohnen weiter beschossen, einfach nur dastand.

Sie stellten das Feuer ein. Ihre Geschützspulen dampften, als die Drohnen die Wirkung ihres Angriffs abschätzten. Das Sperrfeuer hatte meine Kleidung eingeäschert und meine Oberfläche eingekerbt. Die Sphäroiden waren zu schlicht, um überrascht zu sein, und zweifellos heckten sie schon ihr weiteres Vorgehen aus.

Ich tat einen Schritt vorwärts und senkte meine Faust, um eine Drohne zu zerquetschen. Sie sprang zur Seite, und mein einziger Erfolg war, dass ich meinen Tisch zertrümmerte. Eine huschte zwischen meine Beine. Ich war nicht schnell genug, um sie zu zertreten, dafür drückte ich eine böse Delle in meinen Boden. Der Kerl von unten würde sicher ungemein glücklich darüber sein.

Eine Drohne stürzte sich auf meine Gesichtsplatte. Sie schlang ihre Beine eng genug um meine Kehle, um den

Kopf von einem Hals aus Fleisch und Blut knallen zu lassen. Ein schriller Lärm überforderte meine Audios, als das Ding versuchte, eine motorisch angetriebene Klinge durch meinen Kopf zu stoßen. Der Versuch misslang, schmerzte aber mehr als das Plasma. Diesmal überraschte mich der Schmerz nicht. Ich schnappte den Sphäroiden, zog ihn von mir und zerquetschte ihn mit einer Hand. Es war schwerer, als ich erwartet hatte. War wohl irgendeine strapazierfähige Legierung.

Ich schleuderte die Leiche auf eine andere Drohne. Der kleine Bastard war nicht schnell genug. Das Wurfgeschoss betäubte ihn. Bevor er sich nachregeln konnte, zerschmetterte ich ihn, wobei ich noch eine Delle in den Fußboden hämmerte.

Die überlebenden Drohnen flitzten in meiner Wohnung herum. Ich war nicht schnell genug, um noch eine zu fangen, schnappte aber meinen kaputten Tisch am Bein und schwang ihn herum. Die Sphäroiden sprangen weiterhin aus dem Weg. Nach zwölf Sekunden wirkungslosen Knüppelns gab ich auf. Hätte ich Lungen gehabt, so hätten sie gepfiffen. Stattdessen seufzte ich.

Das war neu. Ich hatte vorher nie geseufzt. Es gehörte nicht zu meiner ursprünglichen Persönlichkeitsmaske. Vielleicht hatte ich mich zu lange mit Biologischen abgegeben.

Die Drohnen schossen hin und her. Sie waren nicht ausgefeilt genug, um zu spotten, aber es fühlte sich verflucht noch mal so an. Knisternde Ranken erschienen an ihren Oberseiten. Die Drohne, die mir am nächsten war, schwang ihre wie eine Peitsche. Ich wehrte sie mit dem Tisch ab.

Das billige Aluminiummöbelstück wurde in der Hälfte durchgeschnitten. Ein weiterer Hieb verbrannte es. Der dritte Schlag riss an meinen Fingern. Eine überhitzte rote Wunde entstellte meine Knöchel.

Ich wackelte mit den Fingern, um ihre Funktionstüchtigkeit zu prüfen. »Autsch!« Der reflexartige Ausruf kam auch zum ersten Mal.

Die Drohnen schlugen weiter auf mich ein. Es schmerzte mehr als die Plasmapfeile, aber weniger als die Klinge. Ich unterdrückte ein Ächzen und wartete auf meine Chance. Ich fing eine elektrisierte Peitsche mit der Hand und schwang den Sphäroiden am anderen Ende auf zwei von seinen Kumpeln. Durch den Schlag löste sich etwas in der Drohne in meiner Hand, und sie ging aus. Die anderen zwei prallten nicht hart genug von der Wand ab, um ihre Gehäuse zu zerbeulen, aber genug, um ihre Gyros durcheinanderzubringen. Sie taumelten außer Rand und Band, und ich brauchte mehrere Stampfversuche, um sie zu vernichten.

Dann wandte ich mich gegen die letzte Drohne. Sie stand ruhig auf meinem Küchentresen. Ihre Strompeitsche kühlte ab. Sie setzte sich. Der Sphäroid piepte eigenartig.

»Na, sind dir die Ideen ausgegangen, Junior?«, fragte ich.

Er piepte wieder, diesmal lauter. Dann noch einmal, noch lauter. Die Piepstöne beschleunigten sich schnell zu einem einzelnen schrillen Ton.

»O Scheiße!«

Mein Reflexmuster sprang an. Ich schnappte mir die

Drohne, riss meinen Kühlschrank auf, warf den Sphäroiden hinein und knallte die Tür zu, als der Kühlschrank auch schon explodierte. Die Detonation war für meinen Sensorbereich zu viel. Vier Sekunden später lichtete sich die elektrostatische Aufladung. Ich fand mich auf dem Boden wieder, in einem rauchgeschwärzten Raum. Ich hatte vielleicht ein unzerstörbares Gehäuse, aber meine Einbauten konnten bei der Erschütterung beschädigt worden sein, also wartete ich ab, bis mir mein Diagnose-Programm bestätigte, dass alles in Ordnung war, bevor ich mich aufsetzte.

Die Macht der Explosion musste mich durch die Wand in die Nebenwohnung geschleudert haben. Die Chancen standen gut, dass ich auf jemandem gelandet war, aber ich fühlte nichts Matschiges unter mir. Ich stand auf.

»Hallo? Jemand da?«

Niemand antwortete.

Ich ging zu dem Loch in der Wand und checkte die Trümmer meiner Wohnung. Es gab nicht viel zu sehen. Der Rauch hatte sich nicht gelegt. Aber ich konnte es mir vorstellen. Dieser Tisch war mein einziges Möbelstück gewesen, dieser Kühlschrank mein einziges Gerät. Es gab nicht viel zu zerstören, aber meine Kaution würde ich nicht zurückbekommen.

Ich wandte mich wieder zurück. »Hallo?«

Es gab keine leere Wohnung auf diesem Stockwerk, also war wohl niemand zu Hause gewesen. Glück gehabt. Nur um sicherzugehen, bewegte ich mich langsam durch den Dunstschleier auf der Suche nach betäubten oder verletzten Bewohnern. Es gelang mir, gut genug zu scannen, um die Trümmer von Julies Wohnung erkennen zu können. Jemand hätte hier sein müssen. Nicht, dass ich mich beschweren wollte, aber meine Intuition klingelte schon.

Kerben und Beulen überzogen mein Gehäuse, es war jedoch nichts wirklich Ernstes. Die Hitzewunden würden verblassen. Die Formgedächtnislegierung würde sich selbst wieder in Form bringen. Wer auch immer diese Drohnen geschickt hatte, um mich zu verschrotten, er hatte seine Hausaufgaben nicht gemacht. Ich konnte mir nicht vorstellen, wer einen guten, aufrechten Robo wie mich verschrotten wollte.

Ich bemerkte meine verbogene und zerbeulte Kühlschranktür auf dem Boden und schob sie zur Seite. Aprils Zeichnung hatte, wenn auch angekohlt, das Massaker irgendwie überlebt. Ich hob sie auf und schüttelte den Staub ein wenig ab. Meine Optiken scannten etwas auf der Rückseite.

Zwei Worte: FINDE UNS

VIER

Es gibt nichts Besseres als eine Explosion, um einem den Tag zu verkomplizieren. Mein Vermieter war stocksauer. Er starrte mich die ganze Zeit an, als hätte ich etwas falsch gemacht, als hätte ich es mir ausgesucht, gegen mörderische Drohnen zu kämpfen und meine Wohnung in die Luft jagen zu lassen.

Ehrlicherweise muss ich sagen, dass ich nichts gegen die Drohnen hatte. Schrott zertrümmern machte Spaß, mich aber in einem wirklichen Kampf zu erproben, in einer echten Schlacht, das hatte mir eine Erleichterung verschafft, die ich nie zuvor erleben durfte. Das war das, wofür ich gemacht war: kein Alteisen pulverisieren, sondern die Kunst des Kampfes üben. Während ich darauf wartete, befragt zu werden, spielte ich das Ganze in Gedanken immer wieder durch, Sekunde um Sekunde. Ich hatte mich gut geschlagen, aber ein paar Sachen hätte ich doch besser machen können. Kleine Fehler, die ich nicht wieder zulassen würde. Ich hatte einhundertvier Sekunden gebraucht, um alle Drohnen auszuschalten. Mein Kampfrevisionsanalysierer versicherte mir, ich könnte es unter exakt denselben Umständen jetzt in neunzig schaffen. Das Problem mit dem wirklichen Leben war jedoch, dass die Umstände selten exakt dieselben waren. Dennoch schnappte meine lernfähige, sich ständig weiterentwickelnde Programmierung ein paar Tricks auf.

Der Vorteil eines komplexen elektronischen Gehirns bestand darin, dass ich mehrere fixe Ideen gleichzeitig haben konnte. Während ich den Kampf in der Hoffnung, ein paar Sekunden wegstutzen zu können, durch meinen Analysierer laufen ließ, spielte ich gleichzeitig den Morgen mit Julies Familie, Vierarm und seiner Strahlenkanone durch; April und ihre Zeichnung sowie die Nachricht, die mit Buntstift auf die Rückseite gekritzelt war.

Wenn ich sie nur gescannt hätte! Wenn ich nur hingesehen hätte! Wenn sie nur etwas gesagt hätte! Sie hatte es gewusst. Sie hatte mit schimmernden violetten Augen ihre Zukunft gesehen, und sie hatte mich gehen lassen. Wusste sie denn nicht, dass nicht alle Leute hellsichtig waren? Hatte sie nicht genug Verstand, um mir einen verdammten Tipp zu geben? Da sie schon hellsehen konnte, musste sie dann nicht wissen, dass ich es nicht lesen würde, bis es zu spät war?

»Verflixtes Kind!«

Das war das Problem. April war nur ein Kind. Hellsehen zu können änderte daran nichts.

Ein Mutant unterbrach meine Grübeleien. Nicht, dass ich nicht die rechnerischen Fähigkeiten gehabt hätte, um gleichzeitig mit ihm zu sprechen, mit meinen Schuldzuweisungen fortzufahren und meine Schlachtfeldtechniken zu analysieren. Er verschaffte mir eine gute Entschuldigung, um die Datei zu schließen, also nahm ich sie an.

Er war sechsundneunzig Zentimeter groß, mit weißem Fell bedeckt, und ein rosa Schwanz ragte aus der Kehrseite seiner Hose. Er hatte kleine Ohren, glänzende schwarze Augen und eine spitze Schnauze. Sein Name war Alfredo Sanchez, und er war ein Cop. Sein Dezernat war die Einheit für Hochwissenschaftliche Verbrechen, spezialisiert auf den verbrecherischen Missbrauch von Technologie. Wir hatten eine gemeinsame Vorgeschichte. Zu kompliziert, um es jetzt näher zu erklären. Ich hatte mal sein Leben gerettet. Er hatte meines gerettet. Sein Name war nach dem von Doc Mujahid der zweite auf dieser Liste von Leuten, die meine Bewährungsfrist durchgeboxt hatten. Doch wir waren nicht befreundet. Aber er hatte Partei für mich ergriffen, und da lag etwas in seinem Blick, ein vager Unmut, der mir das Gefühl gab, ich hätte etwas falsch gemacht.

Er aktivierte eine Drohne in seiner Jackentasche. Sie schwebte zu seinen Lippen, steckte eine Zigarette in seinen Mund, zündete sie an und kehrte in ihre Tasche zurück. »Harte Nacht gehabt, Mack?«

»Ich hatte schon bessere.«

Meine Legierung hatte bis dahin die meisten Dellen ausgebeult, aber die Brandwunden und Dutzende von Schmutzflecken mussten immer noch wegpoliert werden. Ich war so nackt wie am Tag meiner Aktivierung. Kleidung brauchte ich keine, aber ich hatte mich daran gewöhnt, welche zu tragen. Eine weitere dieser seltsamen Angewohnheiten, die sich ein Robo in einer Welt voller Biologischer aneignen kann.

Sanchez blies einen Rauchring. Beeindruckend, wenn man die Form seiner Nagerschnauze bedachte. »Willst du mir erzählen, was passiert ist?«

»Ich würde es lieber downloaden lassen.«

»Du hast das Recht, den Download zu verweigern.«

»Ich habe nichts zu verbergen.«

»Hab ich auch nicht gesagt. Aber das Gesetz sagt, ich muss dich über deine Rechte aufklären.«

»Ich bin auf Bewährung«, sagte ich. »Dachte, ich hätte keine Rechte. Egal, ich hab hier schon eine Stunde und neun Minuten mit Rumstehen verschwendet.«

»Musst du noch wo hin, Mack?«

Ich machte mir nicht die Mühe zu lügen. Sanchez merkte es immer. Vielleicht hätte ich seine Ohren nach einem Gehörverstärker checken sollen, aber ich bezweifelte, dass es so einfach war. Er war einfach ein verdammt guter Cop.

»Es gibt nicht viel zu erzählen. Jemand hat versucht, mich zu verschrotten«, antwortete ich.

Er sah den Flur entlang zu den Männern in orangefarbenen Anzügen und den schlaksigen forensischen Drohnen, die Beweise sicherten. »Haben eine Riesensauerei angerichtet, was?«

»Ich geh nicht so leicht zu Schrott.«

»Das ist mir klar.« Sanchez nahm seinen Hut ab, während er seine Gedanken ordnete. »Glaubst du, es hat was mit Megalith zu tun?«

Ich zuckte die Achseln. »Das bezweifle ich. Das waren hochentwickelte Drohnen, aber so hochentwickelt auch wieder nicht. Der Professor sitzt im Knast, oder nicht?«

»Jau. Hab's gerade gecheckt. Immer noch hübsch und kuschelig in Moriarty verstaut.«

Die Moriarty-Anstalt für kriminell Erfinderische war die kalte, dunkle Kiste, in der sie all die großen genialen Bösewichte wegsperrten. Das ausgewiesene Ziel war die Rehabilitierung von begabten, aber fehlgeleiteten Intellekten. Bisher hatte es nicht funktioniert. Eine Menge gefährlicher Geister waren in dieser Kiste zusammengepfercht, aber nur Megalith hegte einen Groll gegen mich. Dass der Professor hinter Schloss und Riegel saß, bedeutete noch nicht, dass er nicht trotzdem nichts Gutes im Schilde führen konnte.

»Der Professor kennt meine Spezifikationen, Sanchez. Wenn er jemanden geschickt hätte, um mich abzumurksen, hätte ich ein paar mehr Dellen im Gehäuse.«

»Ja, das habe ich mir auch gedacht. Und, hast du dir irgendwelche neuen Feinde gemacht?«

Nur einer kam mir in den Sinn: Vierarm. Er wusste, ich konnte ihn identifizieren, also kam er vorbei und ließ ein paar Schlägerrobos da, um mich zu verschrotten, meine Speichermatrix herauszuholen und sie unrettbar zu verbrennen. Nur dass Vierarm nicht gewusst hatte, wie dickfellig ich war.

»Ergibt Sinn«, sagte Sanchez. »Wir drucken eine Hardcopy von seiner Visage aus, wenn wir den Rest deiner Aussage downloaden.«

»Ihr müsst diesen Kerl finden«, sagte ich. »Er hat etwas mit Julie und den Kindern angestellt.«

»Irgendwelche Beweise?«

Ich reichte ihm Aprils Zeichnung. Sanchez besah sich fünf Sekunden lang die handgeschriebene Bitte auf der Rückseite. »Ich lasse Fotos von der Familie zusammen mit denen von Vierarm verteilen.«

»Das ist alles?«

Er zog an seiner Zigarette. »Was kann ich sonst noch tun, Mack? Das ist nicht meine Abteilung. Und diese Stadt hat größere Probleme als eine einzelne vermisste Familie. Du weißt nicht mal, ob sie vermisst sind. Ich überprüfe das, aber ich glaube nicht, dass bis jetzt eine Meldung eingegangen ist.«

»Und wenn du es tust?«, fragte ich. »Wenn jemand es endlich zur Kenntnis nimmt, was passiert dann?«

»Es gibt Vorgehensweisen, Mack.«

»Ja, ich weiß. Ein Bericht wird aufgenommen. Namen werden aufgelistet.« Mein Vokalisierer spuckte das letzte Wort förmlich aus: »Vorgehensweisen.«

Auf seinem pelzigen Gesicht erschien ein Ausdruck, als wolle er zwar widersprechen, könne aber nicht.

»Entschuldige, Sanchez, ich weiß, es ist nicht deine Schuld. Du bist nur ein Cop.«

»Vergiss es.« Er setzte seinen Hut wieder auf, als sich eine forensische Drohne näherte. »Gib der Einheit deinen Download, wenn du so weit bist.« Sanchez warf seine Zigarette auf den Boden und trat sie aus. Seine Taschendrohne erschien und saugte mit einem befriedigten Piepsen auch noch das letzte Krümelchen Asche auf, bevor sie zurück in Sanchez' Tasche schwebte. »Mach dir deswegen keine Sorgen, Mack. Sobald der Download deine Aussage bestätigt hat, werde ich das Ganze mit dem Think Tank klären. Sollte kein Problem sein.«

Um mich machte ich mir auch keine Sorgen, und Sanchez merkte es.

»Entspann dich. Ich bin sicher, sie sind unterwegs, auf Familienbesuch oder so was. Sie werden schon früh genug wieder auftauchen.«

»Ja, klar, Familie«, stimmte ich zu und tat mein Möglichstes, meine Differenzmaschine davon zu überzeugen, dass es eine vernünftige Möglichkeit war.

Er ließ seine Taschendrohne eine neue Kippe anzünden. »Schau mal. Es ist zwar nicht meine Abteilung, aber ich prüf das nach.«

Das beruhigte mich etwas, aber er war ein vielbeschäftigter Cop. Ich bezweifelte, dass er seine laufenden Fälle beiseitelegen konnte, um eine Familie ausfindig zu machen, die niemanden interessierte.

»Wir kümmern uns später um die restlichen Details«, sagte Sanchez. »Du siehst aus, als könntest du eine Nachladung gebrauchen. Weißt du, wo du heute Nacht bleiben kannst?«

Es gab einen Ort. Ich gab Sanchez die Nummer, und er versicherte mir, er werde mich anrufen, sobald Julie Bleaker und ihre Familie gefunden waren. Ich hatte meine Zweifel, aber ich konnte nichts weiter tun. Also machte ich mich auf den Weg zu Jungs Apartment. Es war nur sieben Blocks entfernt, ein kurzer Fußmarsch. Da jeder Schritt, den ich machte, meine Stromrechnung um einen zwölftel Cent ansteigen ließ, nahm ich den Bus.

Jung öffnete mir die Tür in einem Pyjama, der mit Segelschiffen und Piraten bedruckt war. Meine Humorversion war gerade entwickelt genug, um eine gewisse Absurdität in diesem Aufzug zu entdecken, und ich hätte sogar gelacht, wenn ich diesen simulierten Reflex schon entwickelt hätte. Es war nur eine Frage der Zeit, bis es so weit war. Noch aber ersparte ich uns beiden einen peinlichen Moment.

»Bisschen früh fürs Bett, oder nicht?«, fragte ich.

»Ich habe niemanden erwartet.«

Er wandte sich um und sprang hinein, und ich nahm es als Einladung, ihm zu folgen. Jungs Apartment war größer als meines. Er fuhr schon länger Taxi, und er konnte gut mit den Kunden umgehen, deshalb war sein Trinkgeld besser. Nicht allzu viel besser. Ich konnte mir auch eine Wohnung wie diese leisten, mit einem extra Schlafzimmer und acht Kubikmetern mehr Wohnraum. Nur brauchte ich es nicht, deshalb wäre dafür zu bezahlen unlogisch gewesen.

»Du siehst furchtbar aus, Mack.«

»Mein Apartment ist in die Luft geflogen. Ich lass mich morgen kurz waschen und wachsen, aber im Moment brauche ich einen Platz, wo ich meinen Akku aufladen kann.«

»Klar.« Er hüpfte auf seine Couch und goss sich etwas Wein ein.

Er fragte nicht nach Einzelheiten. Er war mein Freund, und in Empire flog ständig irgendwas in die Luft. Hauptsächlich Labore und Forschungseinrichtungen, aber man hatte auch schon von harmloseren Adressen gehört, die mit einem Knall dahingegangen waren. Er ließ den Wein in seinem Glas kreisen, hielt seine geweiteten Nasenflügel an den Rand und schnüffelte. »Da drüben ist ein

Anschluss.« Er zeigte die Richtung mit seinem rechten Zeh an.

»Es ist nur für die Nacht«, sagte ich.

»Vergiss es, Mack. Wozu hat man Freunde?«

Er nippte an seinem Wein und nahm ein Buch. Lesen war alles, was der Gorilla in seiner Freizeit tat: Belletristik, Fachliteratur, alles und jedes. Er schätzte Bücher so sehr, dass er ihnen ein Regal reservierte, das zwei Kubikmeter einnahm, vollgestopft mit Büchern. Ich interessierte mich nicht besonders fürs Lesen, vor allem nicht für Belletristik. Doc Mujahid traf den Nagel auf den Kopf: Ich besaß nicht das abstrakte Denken, das nötig war, um sich dafür zu begeistern. Was Fachliteratur anging, so stellte ich fest, dass ich äußerst wenig Verlangen danach hatte, irgendetwas Neues zu lernen, das nicht gezielt zu meinem Funktionieren beitrug.

Dem Doc zufolge war das eine faule Ausrede dafür, es gar nicht erst zu versuchen. Ich hatte den Glitch. Ich konnte außerhalb meiner Programmierung denken, mich über meine Direktiven hinwegsetzen, wie ich es veranschaulicht hatte, als ich mich weigerte, auf Befehl zu töten. Ich besaß einen vage definierten Respekt für das Leben. Wie hoch genau dieser Respekt in meinem Persönlichkeitsindex rangierte, wusste ich nicht, aber es reichte, um niemanden zu zertreten, nur weil er mich auf dem Gehweg anrempelte. Und es war genug, dass ich mir verdammt große Sorgen um Julie, April und Holt Bleakers Leben machte. Gavin hätte mich kaum weniger interessieren können.

»Was ist mit dem Gekritzel?«, fragte Jung.

Natürlich hatte ich die Zeichnung in meiner rechten Hand nicht vergessen, aber es überraschte mich trotzdem irgendwie, dass sie da war.

»Das ist gar nichts«, antwortete ich. »Macht's dir was aus, wenn ich deinen Kühlschrank benutze?«

»Nur zu!«

Ich klatschte Aprils Zeichnung mit dem halbgeschmolzenen Bananenmagneten, den ich aus meiner Wohnung geborgen hatte, an den Kühlschrank. Ich hoffte, der Magnet würde Jung nicht beleidigen. Er fühlte sich mit seinen Menschenaffen-Wurzeln nicht so wohl, wie er gerne vorgab und konnte manchmal ein bisschen empfindlich sein.

»Wo ist dein Fernseher, Jung?«

»Hab keinen.«

Ich seufzte. Zwar tat ich das ein bisschen zu oft für meinen Geschmack, aber es würde eine Weile dauern, bis sich das Gefühl in meiner Persönlichkeitsmaske ausbalanciert hatte.

»Ich dachte, du langweilst dich nie«, sagte Jung.

»Tu ich auch nicht.«

Biologische Geister lechzten nach Stimulation, entweder um der Stimulation willen oder um sich abzulenken. Robos hatten es normalerweise leicht, sie waren in der Lage, die Dateien zu schließen, auf die sie nicht zugreifen wollten. Ich hatte mir viele Nächte in meinem Apartment damit vertrieben, in der Ecke zu stehen und ganz ehrlich an gar nichts zu denken.

Jetzt schien ich das aber einfach nicht zu können, und jedes Mal, wenn ich es versuchte, öffnete dieser verfluchte Glitch wieder die Ordner. Außer in den Momenten, wenn ich mich für meinen Ladezyklus komplett herunterfuhr, hatte ich ein Problem. Selbst das musste nicht unbedingt funktionieren, denn wenn ich mich auflud, nützten die Wartungsprogramme den fehlenden Input, um die Daten des Tages zu defragmentieren.

Ich träumte. Nicht auf dieselbe Art wie Biologische. Meine Träume waren nicht verwirrend und symbolisch. Es waren Wiederholungen, Arbeitsschichten meiner Speichermatrix, die Zergliederung jeder einzelnen Nuance, während mein Evolutionsprogramm versuchte, eine bessere Funktionalität zu adaptieren. Normalerweise machte mir das nichts aus, aber jetzt fühlte ich mich dem gerade nicht gewachsen.

Ich hatte vorgehabt zu versuchen, als nächstes ärztlich angeordnetes Projekt ein Allosaurus-Skelett zusammenzusetzen. Aber das war zerstört worden, zusammen mit meinen anderen Modellen, meiner maßgeschneiderten Garderobe, meinem Kühlschrank. Meine nette, ereignislose Existenz. Ungebeten öffnete mein elektronisches Gehirn den Speicherordner erneut. Ich spulte vor zu dem Zeitpunkt, als mir April diese Zeichnung gab, und stoppte bei diesen sanften, violetten Augen, die mich inständig baten, sie zu retten, es aber nicht laut aussprechen konnten.

Ich schloss den Ordner wieder, aber dies war nur eine vorübergehende Gnadenfrist. Nicht denkende Drohnen hatten keine Ahnung, wie gut sie es hatten.

»Du könntest ein Buch lesen«, schlug Jung vor.

»Hast du die *Schatzinsel*?«

Das funktionierte nicht.

Ich hatte nie versucht, ein Buch zu lesen. Wenig überraschend stellte sich heraus, dass ich schnell las. Die Worte flossen mühelos in meine Speichermatrix, ich war viel zu schnell fertig. Ich las es noch ein paar Mal in meinem Speicher. Gute Geschichte, aber nicht in der Lage, mich davon abzuhalten, mich gleichzeitig mit meinen fixen Ideen zu beschäftigen: Julie Bleaker, ihre Kinder, zerstörerische Drohnen, mein explodierendes Apartment.

Ich gab mich geschlagen, schleppte mich in die Ecke und schloss mich an.

»Gut' Nacht, Mack«, sagte Jung.

»Schlaf gut«, antwortete ich und schaltete mich aus.

Ich träumte zweihundertelfmal von dem Kampf. Ich wiederholte meine Sitzung mit dem Doc sechsunddreißigmal, meinen Schrottplatzbesuch hundertfünfzigmal. April und ihre Zeichnung: Dieser Augenblick wiederholte sich nicht weniger als fünfhundertundachtundachtzigmal.

Drei Stunden und sechs Minuten später schaltete ich wieder auf Bewusstsein zurück. Jung war zu Bett gegangen, also stapfte ich so leise ich konnte durch den Raum. Ich nahm die Zeichnung vom Kühlschrank, drehte sie um.

FINDE UNS

Ich heftete sie zurück an den Kühlschrank, sodass mir die zwei Worte entgegenstarrten.

»Ich werde tun, was ich kann, Mädchen.«

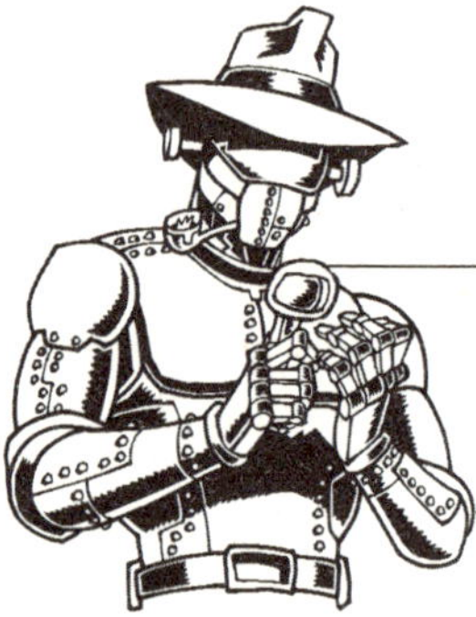

FÜNF

Mit jeder verstreichenden Minute wurde die Gefahr, dass den Bleakers etwas Schlimmes passierte, größer. Ich war nicht froh darüber, aber ich war immer noch eine logische Maschine (wenn man hier und da einen Fehltritt dieses verfluchten Freien Willens entschuldigte). Außer herumzuwandern und an Türen zu klopfen, in der Hoffnung, zufällig auf Vierarm zu treffen, konnte ich nicht viel mehr tun, als auf den Morgen zu warten. Es gab in dieser Stadt zu viele Türen, als dass ein Robo sie alle hätte abklappern können. Glücklicherweise nahm ich dank meines internen Chronometers die Zeit als Konstante wahr. Sechs Stunden und zwanzig Minuten tickten in gleichmäßigem Tempo dahin, und nicht ein Mal schien sie mir länger, als sie sein sollte.

Ich muss zugeben, dass ich froh war, als der Morgen kam. Wenn auch nur, damit ich den ersten Schritt auf meiner aktuellen Zielvorgabenliste abhaken konnte. Der nächste war, Jung zu sagen, dass ich heute nicht zur Arbeit gehen würde.

»Irgendwelche Gründe dafür?«, fragte Jung, als er sein Jackett anzog.

»Private Auszeit«, antwortete ich.

Er warf mir einen misstrauischen Blick zu. Zumindest hielt ich ihn für misstrauisch. Mein Gesichtsausdrucksanalysierer war nicht auf Gorillas ausgerichtet. »Ist alles in Ordnung, Mack?«

»Nichts, worüber du dir Sorgen machen müsstest.«

»Wir sprechen hier nicht von mir.«

Er schwieg und wartete, dass ich etwas sagte. Die Nuancen spontaner Konversation entgingen mir manchmal, also sagte ich nichts.

»Verdammt, Mack! Ich kann dir nicht helfen, wenn du nicht mit mir redest!«

Ich sagte wieder nichts.

Jungs Oberlippe zuckte und entblößte einen einzelnen weißen Reißzahn. Ich hatte ihn nur einmal die Beherrschung verlieren sehen, nachdem es jemand bei der Arbeit lustig gefunden hatte, Jungs Ausgabe von *Stolz und Vorurteil* zu verstecken. Er hatte es zuerst ganz gut aufgenommen, aber der Witzbold hatte den Scherz nicht früh genug beendet und sah sich plötzlich einer schäumenden, sich auf die Brust trommelnden Urbestie gegenüber. Niemand wurde verletzt, aber das wäre vielleicht nicht der Fall gewesen, wenn ich Jung nicht zurückgehalten hätte. Danach stellte sich niemals wieder jemand zwischen einen Achthundert-Pfund-Gorilla und Jane Austen.

Davon abgesehen hatte ich ihn nie anders als vollkommen höflich, zugeknöpft und korrekt erlebt. Er konnte auf trockene Art bitter sein, wenn er seinen Verdruss über die Absurdität der Welt ausdrückte, aber er zeigte es selten.

»Da du gerade mal knapp zwei Jahre alt bist, Mack, werde ich dir erklären, wie diese Freundschaftssache funktioniert. Freunde helfen einander. Das ist eines der großen Themen, wenn man befreundet ist. Andernfalls sind wir nur zwei Typen, die sich kennen.«

»Du hast mir einen Platz zum Aufladen gegeben«, sagte ich. »Ich weiß das zu schätzen, aber du musst dich nicht noch mehr kümmern.«

»Verdammt! Es geht hier nicht darum, was ich muss!« Er schlug seine dicken grauen Hände gegen meinen Metallbauch. Hart genug, um einen Schädel einzuschlagen, aber nicht genug, um mich ins Wanken zu bringen. »Vergiss es. Weißt du was, Mack, selbst für eine unbarmherzige Tötungsmaschine bist du ein ganz schön verschlossener Hurensohn!«

Jung schlingerte mürrisch zur Tür.

»Ich könnte einen Mantel gebrauchen«, sagte ich.

Er wandte sich um und nickte. »Schau in meinen Schrank. Ich hab einen, der mir zu groß ist, der müsste dir passen.« Er grinste. Zumindest dachte ich, das täte er. »Und pass diesmal auf. Du schuldest mir immer noch was für die Weste.«

»Danke.«

Er wedelte mit den Händen, wie um die Dankbarkeit wegzufegen. »Und, Mack: Wo immer du da reingeraten bist, sei vorsichtig!«

»Es ist nichts, worüber man sich Sorgen machen müsste, Jung.«

»Tu mir einen Gefallen und sei trotzdem vorsichtig.«

Ich fand einen hübschen grauen Trenchcoat, der dem Gorilla ein bisschen zu groß war, mir aber perfekt passte. Ich war größer als Jung, deshalb ging er mir nur bis zur Schenkelmitte, aber da ich nicht nach etwas suchte, das die Kälte abhalten sollte, war es mir egal. Ich fand einen alten Bowlerhut, der schon länger nicht getragen worden war, was man an dem Staub erkennen konnte, der ihn bedeckte. Kleidung diente bei den meisten Robotern keinem praktischen Zweck, vor allem galt dies bei den wasserfesten wie mir, aber automatische Bürger neigten dazu, sich in ein oder zwei Stücke Garderobe zu hüllen, wenn auch nur, um sich – über die rote Lackierung hinaus, die alle Robos erhielten – noch weiter von den anderen Drohnen und Automatischen, die die Stadt bewohnten, zu unterscheiden.

Es steckte natürlich noch mehr dahinter. Automaten mit hoch entwickelten Programmierungen begannen, affektierte Angewohnheiten aus ihrer Umgebung zu absorbieren. Robos mit vollem Bewusstsein waren noch anfälliger für solche Eigenarten. Ich war da keine Ausnahme. Ob es eine unterbewusste Motivationsdirektive war, die mich in Richtung der vollständigen Assimilation trieb, oder ein Defekt in meiner Verhaltenssoftware, das wusste ich nicht. Es interessierte mich auch nicht. Aber ich fühlte mich besser, wenn ich etwas anzog, also war das Zeug nicht ganz so unnötig, wie es die Logik diktiert hätte.

Dasselbe komische bisschen Pflege galt allerdings nicht für mein fleckiges Gehäuse. Ich hätte kurz zum Waschen und Wachsen anhalten können, aber es war mir nicht wichtig genug, um Zeit damit zu verschwenden. Ich fing mir auf dem Weg nach Uptown ein paar befremdete Blicke ein, ignorierte sie aber.

Das Verbrechen war in Empire ein schmutziges offenes Geheimnis. Niemand sprach darüber, und wenn man dem Gelehrten Rat zuhörte, konnte man meinen, Empire sei ein glänzendes Utopia von Ordnung und Anstand. Natürlich gab es eine Menge Distrikte, wo Bürger in vollkommener Sicherheit leben konnten, wo die Polizei omnipräsent war, verlässlich und äußerst wirkungsvoll, wo niemand überfallen oder verprügelt oder ermordet wurde. Und es gab den Rest der Stadt. In einer Stadt, wo Technologie die Antwort auf sämtliche Übel der Gesellschaft sein sollte, gingen eine Menge Übel um.

Empire war zu groß. Egal, wie viele Kameras die Stadt anbringen mochte, egal, wie viele Rotorcars den Himmel patrouillierten, egal, wie viel ehrliche Bemühungen darauf verwandt wurden, die Ratten ins Licht zu treiben, es gab immer eine dunkle Gasse für sie, in die sie kriechen konnten. Das würde auch immer so sein. Es war die menschliche Natur. Ich war nicht einmal menschlich, und ich verstand es trotzdem.

Den Mittelpunkt von Empires Strafverfolgung bildete eine schimmernde Kuppel aus blauem Stahl, eine kleine Stadt in sich, die der *Think Tank* genannt wurde. Hunderte von Polizeiwachen waren über die Distrikte verstreut, und sie waren gut, um Diebe und Räuber auf Linie zu halten. Aber wenn man wollte, dass etwas getan wurde, musste man zum Tank gehen. Die Türen standen der Öffentlichkeit zwar offen, aber erst musste man durch einen extrem hoch entwickelten Scanner.

Ich durchquerte den Sensorbogen und wurde augenblicklich als Gefahr für die öffentliche Sicherheit ausgewiesen. Ein Glockenspiel ging los: nicht zu unangenehm, aber laut genug, um Aufmerksamkeit zu erregen. Zwei Geschützdrohnen, schwere Sprenger auf Laufketten, rollten vorwärts und richteten ihr mächtiges Arsenal auf mich. Es gab auch ein Kraftfeld, unsichtbar für menschliche Augen, das sich in meinen Optiken aber als schwachgrüner Dunst darstellte und um mich herum errichtet war. Obendrein verstärkte der Gravitationsfußbodenbelag seinen Zug, und ich musste meine Energie auf einundsiebzig Prozent hochdrehen, um aufrecht stehen zu bleiben.

Der Cop, der Türdienst hatte, hob den Blick von seiner Zeitschrift. »Hey, Mack.«

»Müssen wir das eigentlich jedes Mal durchexerzieren, Parker?«

»Automatisiertes System. Du kennst das doch.«

Ich öffnete einen Port an meiner Brust, und eine Drohne kam herüber und schloss einen kleinen, blinkenden Kasten an. Mit so einem Ding war ein Roboter kaum eine Gefahr für irgendwen. Die Stadt hatte darüber nachgedacht, mir eines permanent zu installieren, oder zumindest für die Zeit meiner Bewährung. Nur ein Protest der Mutantenschutzbehörde, die einen Präzedenzfall von eingeschränkter persönlicher Freiheit befürchtete – unter dem Deckmantel, das öffentliche Interesse zu schützen –, hatte dies verhindert. Jetzt musste ich den Inkompensator nur in Hochsicherheitsbereichen tragen.

Er hatte einen gewissen Effekt auf mich, aber keinen so großen, wie sie dachten. Meine Systeme waren zu gut isoliert. Normalerweise würde der Inkompensator piepsen und seine Lampen würden auf Rot umspringen, wenn er entdeckte, dass er nicht mit voller Leistung arbeitete. Aber meine Abschirmtechnik war so fortschrittlich, dass sie das Gerät mit falschen Messwerten speisen konnte. Das war ein großes Problem für die Cops in Empire. Die Technologie veränderte sich so schnell, dass es schwer war, Schritt zu halten. Es war meine Pflicht als guter Bürger, die Fehlfunktion des Inkompensators zu melden. Stattdessen schummelte ich aber, indem ich meinen Leistungspegel auf magere fünf Prozent senkte. Ich wäre hingefallen, wenn das Kraftfeld nicht degravitiert hätte. Es fiel in sich zusammen. Die Geschützdrohnen rollten auf ihre Posten zurück, und die Sirene verhallte.

»Du könntest mir immerhin den Inkompensator geben, bevor ich durch den Scanner gehe«, bemerkte ich.

Parkers Nase steckte schon wieder in seiner Zeitschrift. »Automatisiertes System.«

Ich stapfte auf schweren Beinen durch den Tank. Obwohl der Inkompensator meine Leistungsfähigkeit auf zwanzig Prozent senkte, hatte er den komischen Effekt, mich zu zwingen, zweimal so viel Saft zu verbrennen, als für diesen geschwächten Zustand normal gewesen wäre. Außerdem sandte er unangenehme atmosphärische Störungen in mein rechtes Audio.

Normalerweise ging ich für meinen monatlichen Bewährungs-Check im Think Tank vorbei. Heute schlurfte ich an diesen Büros vorüber zu einer Abteilung im zweiten Stock: der Einheit für Hochwissenschaftliche Verbrechen.

Eine Sekretärinnen-Automatische frisch vom Montageband besetzte den Empfangstresen. Die alten Modelle waren strikt funktional in ihrem Design, spindeldürre Maschinen mit monotonen Stimmen und minimalen Persönlichkeitsmasken. Die neueste Generation war für das biologische Auge ästhetisch angenehmer. Es gab sie in vielen verschiedenen Ausführungen, aber dieses Modell war eine kräftige automatische Version einer Platinblonden. Obwohl ihre Zusammensetzung eher aus minderwertigem Stahl bestand als aus Platin. Sie trug ein Namensschild, das sie als Darlene auswies.

Wer auch immer die Rechnungen des Departments zahlte, er hatte das zusätzliche Gesichtsausdruckspaket springen lassen. Sie lächelte und klimperte mich mit ihren Wimpern an. Irgendetwas lief bei einem Automatischen mit Wimpern vollkommen falsch. »Aber hallo, mein Hübscher!«

Phantastisch. Sie wollte flirten.

»Wie kann ich Ihnen helfen, mein Großer?«, flötete sie.

»Sanchez«, antwortete ich. »Ich bin hier, um Sanchez zu sprechen.«

»Zu schade. Ich hatte gehofft, Sie wären hier, um mich zu sprechen.«

Ich nahm an, ich konnte Biologischen nicht vorwerfen, sexbesessen und davon getrieben zu sein. Es war schließlich die Grundlage für ihre Reproduktion. Chaotische Sache, die biologische Existenz. All die Flüssigkeiten und das ganze Gewebe und dann noch das Herumreichen von

DNS, alles in der vergeblichen Hoffnung, dass es etwas Nützliches hervorbringen werde. Es war ihre einzige Möglichkeit, abgesehen vom Klonen, und selbst das war immer noch nicht besonders praktisch.

Ich hatte nichts gegen Biologische und die Notwendigkeiten ihrer Existenz: essen, pennen, schwitzen und der ganze Kram. Aber sie mussten ihre Fixierungen nicht anpreisen, und sie mussten mir und meinesgleichen ihre Zwänge nicht unter dem Deckmantel der Benutzerfreundlichkeit aufzwingen. Es war ihre Natur, nicht ihre Schuld, und es war auch nicht Darlenes. Also schob ich meinen Ärger beiseite.

»Sanchez«, wiederholte ich. »Ich möchte gerne Alfredo Sanchez sprechen, den Leiter der Einheit ...«

»Ich weiß, wer er ist, Schätzchen. Haben Sie einen Termin?«

»Nein.«

»Ts, ts. Aber weil Sie so ein hübsches Stück Hardware sind, werde ich mal sehen, was ich tun kann.« Darlene drückte einen Knopf an ihrem Tresen und beugte sich über eine Sprechanlage. »Officer Sanchez, hier ist ein Robo, der Sie sprechen will.« Dann sah sie zu mir hoch und zwinkerte.

Sanchez war einverstanden, mich zu empfangen. Sein persönliches Büro war ein Kasten, der für seinen Schreibtisch, ein paar Aktenschränke und eine Wand voller Auszeichnungen der Stadt kaum groß genug war. Ich schaffte es, mich hineinzuzwängen, passte aber auf, dass ich still stand, um nichts zu zerdrücken.

Ich hatte Sanchez vorher noch nie bei der Arbeit besucht. Genau genommen hatte ich ihn überhaupt noch nie irgendwo besucht. Unsere Wege kreuzten sich, aber nie auf Verabredung und nie auf Einladung. Er schien nicht im Mindesten überrascht von meinem nie dagewesenen Hereinschneien. Er fuhr fort, Berichte auszufüllen. Seine Schreibmaschine klickte pausenlos.

»Für so was werden Drohnen gebaut, weißt du«, sagte ich.

»Der Stadthaushalt erlaubt mir entweder ’ne Tippdrohne oder ’ne Kaffeemaschine.« Er hielt inne, hob einen Pappbecher voller dampfender brauner Flüssigkeit. »Ich finde sowieso nicht, dass es einem Mann guttut, sich zu sehr auf Automatisierung zu verlassen. Nichts für ungut.«

»Schon gut.«

Sanchez nippte an seinem Kaffee und zuckte zusammen. »Diese verfluchte Sekretärinnen-Automatische hat keine Ahnung, wie man eine beschissene Tasse Kaffee kocht!«

»Du könntest ihn selbst machen.«

»Hab keine Zeit. Zu viel zu tun mit Berichtetippen.« Zum Beweis beugte er sich wieder über seine Schreibmaschine und hämmerte los. »Was brauchst du, Mack?«

Sanchez hielt nicht viel von Smalltalk. Er kam gern zum Punkt, und ich wusste das zu schätzen.

»Die Bleakers«, sagte ich.

Seine Schreibmaschine setzte einen Klick aus, bevor sie ihren Job wieder aufnahm. »Der Bericht ist eingereicht, Mack. Wie versprochen.«

»Und?«

»Und die Zahnräder sind in Bewegung.«

»Was heißt das genau?«

»Das heißt: Alles, was getan werden kann, wird getan.«

Was bedeutete, dass Julie und ihre Kinder sich jetzt in den Händen des Systems befanden. Eines Systems, das sich mehr darum kümmerte, die Zip Trains am Laufen zu halten, als die Mutagene aus den Wasserversorgungsanlagen zu filtern. Und es war nicht besonders geschickt darin, die Zip Trains am Laufen zu halten.

»Hast du meine Speicherdatei schon durch das System laufen lassen?«, fragte ich.

Sanchez nickte.

»Einen Treffer bei Vierarm gelandet?«

Sanchez nickte wieder knapp.

»Habt ihr ihn schon aufgegriffen?«, wollte ich wissen.

»Noch nicht. Wir suchen.«

Meine nächste Bitte war heikel, absurd. Aber ich sprach sie trotzdem aus, und ich zögerte nicht, denn ich bin ein Robo und schätze Direktheit.

»Ich brauche seinen Namen«, sagte ich.

Sanchez hörte auf zu tippen. Er nahm noch einen Schluck Kaffee. Seine rosa Nase zuckte angewidert. »Wer programmiert eigentlich diese verdammten Roboter?«

»Vierarms Name«, sagte ich. »Ich brauche ihn.«

»Hab dich schon beim ersten Mal verstanden.« Er kippte mit seinem Stuhl zurück, was in dem vollgestopften Büro eine ziemliche Leistung war. »Du bekommst ihn aber nicht.«

Wir starrten uns durch das Büro hindurch an.

»Jemand muss was tun, Sanchez.«

»Jemand tut schon was, Mack.«

»Wer? Du?«

Er öffnete eine Schublade und zog eine Packung Zigaretten heraus. »Nicht mein Revier.«

»Sag mir, wessen Revier es ist, damit ich mit ihm reden kann.«

Er steckte die Zigarette in den Mund und rollte sie herum, ohne sie anzuzünden. »Geh nach Hause, Mack.«

»Es ist doch nur ein Name.«

»Es ist ein Problem, das ist es.« Er warf die unangezündete Kippe in einen Aschenbecher. »Du machst dir Sorgen, das sehe ich. Aber die Bakers sind nicht dein Problem.«

»Bleakers«, korrigierte ich.

»Verdammt.« Er beugte sich vor und rieb sich die Augen mit den Händen. »Du kannst dich da nicht einmischen. Erstens bist du ein Privatmann. Zweitens bist du nicht mal das, falls deine Bewährung scheitert. Und sie wird scheitern, wenn du dich da einmischst.«

»Das ist *mein* Problem«, sagte ich. »Es ist nur ein Name, vielleicht eine Adresse.«

»Es ist mehr als das.« Er nahm noch einen großen Schluck Kaffee, zündete seine Zigarette an und paffte wie eine Dampflok. »Es ist auch *mein* Problem. Ich habe meinen Hintern für dich aufs Spiel gesetzt.«

»Ich weiß.«

»Doktor Mujahid hat ihren Hintern aufs Spiel gesetzt.«

»Ich weiß.«

»Du wirst von ein paar wichtigen Leuten beobachtet, Mack.«

»Ich weiß.«

Er trommelte mit den Fingern auf den Schreibtisch. Seine kleinen schwarzen Krallen klimperten auf dem Metall.

»Ich werde es dir nicht ausreden können, oder?«

Ich machte mir nicht die Mühe einer Antwort.

»Bedeuten sie dir so viel?«, fragte er.

»Sie sollten jemandem etwas bedeuten«, antwortete ich.

Sanchez sog einen großen Mundvoll Rauch ein, bis sich seine Wangen blähten. Er blies ihn in einem langen, stetigen Strom durch die Nase wieder aus.

»Dagegen lässt sich nichts sagen, Mack. Hätte nicht gedacht, dass Megalith dich mit so einer weichen Seite programmiert hat.«

»Hat er nicht. Das muss ich unterwegs aufgeschnappt haben.«

Sanchez drehte seinen Stuhl um sechsundachtzig Grad, öffnete eine Schreibtischschublade und warf mir eine Akte auf den Tisch. Ich griff danach, aber er knallte seine winzige Pfote auf den Ordner.

»Das ist nicht in deinem Interesse. Aber da du fest entschlossen bist, es zu tun, muss ich eine Regel aufstellen, bevor ich dich da reinsehen lasse.«

Die Akte war jetzt so nahe, dass ich ihn leicht beiseiteschieben und sie nehmen konnte. Mein Kampfprädiktor sagte mir, die Chancen, dass er mich stoppte, seien gleich null.

»Wenn du diesen Kerl findest – *falls* du diesen Kerl findest«, sagte er, »stell ihn nicht zur Rede. Melde dem Tank seinen Aufenthaltsort und lass uns ihn festnehmen.«

Ich sagte nichts, und Sanchez zog die Akte weg.

»Mack, das Chaos in deiner Wohnung war nicht leicht auszubügeln. Wenn du da rausgehst und Ärger suchst ...«

»Ich werde ihn nicht anrühren. Ich werde nicht mit ihm sprechen. Ich werde ihn nicht einmal länger als sechs Sekunden scannen.«

Sanchez reichte mir skeptisch die Akte. Ob er mir traute oder nicht – ihm waren die Menschen dieser Stadt nicht gleichgültig. All diese kleinen Leute, die durch Empires System rutschten, beschäftigten ihn. Das war der Grund, warum er mir diese Akte gab. Er wusste verdammt gut, dass man mir nicht trauen konnte. Zum Teufel, nicht mal ich selbst traute mir! Ich war ungetestete Hardware auf dem Weg in eine heikle Situation. Ich war nicht auf Zartgefühl programmiert.

Ich scannte kurz alle Seiten in dem Ordner und warf ihn ihm wieder zu. »Danke, Sanchez.« Dann tat ich vorsichtig einen Schritt rückwärts durch die Tür und wandte mich zum Gehen.

»Mack«, sagte Sanchez, »versprich mir, dass ich das nicht bereuen werde.«

Die Sache konnte auf zweitausenddreiundfünfzig Arten schiefgehen, und alle endeten damit, dass die Bleakers nie gefunden wurden und ich ein Schrotthaufen war. Sanchez wollte das nicht hören. Biologische stellten gern Fragen, auf die sie die Antwort bereits kannten, und zwar in der Hoffnung, stattdessen die Antwort zu bekommen, die sie hören wollten.

»Wahrscheinlich, Sanchez«, antwortete ich ehrlich. »Wahrscheinlich.«

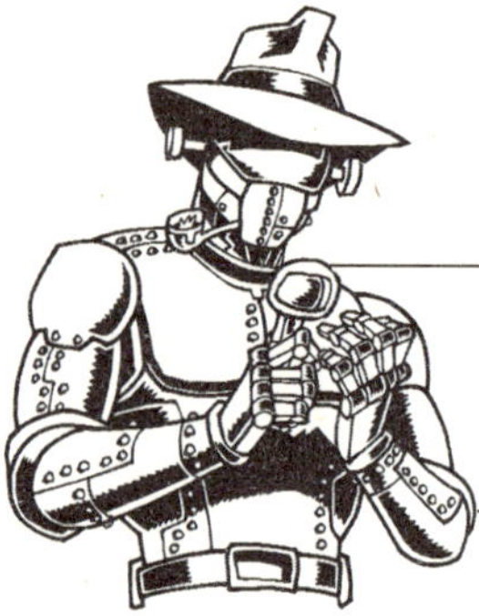

SECHS

Vierarms richtiger Name war Tony Ringo. Er war ein Kleinkrimineller, der im zarten Alter von zwölf Jahren das erste Mal mit dem Gesetz in Konflikt geraten war und, seit er mit sechzehn Berufsganove geworden war, ständig die Seiten der Gefängnismauern wechselte. Sein Vorstrafenregister zeigte eine wenig bemerkenswerte Karriere von Bagatelldiebstählen, unproduktivem Ärgermachen und einer unausgereiften, erfolglosen Schutzgelderpressung. Bisher war er keine große Gefahr für irgendwen gewesen, und eigentlich war der beste Hinweis seiner Unfähigkeit ein fehlgeschlagener Raubversuch, bei dem das Opfer den Spieß umgedreht und Ringo nach Strich und Faden verprügelt hatte. Er besaß keine bekannten Verbindungen, keine Quellen, kein Talent. Ein reiner Möchtegern, der zu viele Cagney-Filme gesehen hatte und dachte, er hätte das Zeug, es zur Weltspitze zu bringen, obwohl der Rest der Welt deutlich anderer Meinung war.

Verlierer wie Ringo tauchten nicht mit Teleportationstechnologie und Truppen von Kampfdrohnen aus dem Nichts auf. Es gab einen alten Roboterspruch: Das geht nicht auf. Natürlich war die Realität keine hübsche und saubere Mathegleichung. Sie hatte zu viele Variablen. Trotz der vielen Vorteile meines eleganten elektronischen Gehirns gegenüber den matschigen chemischen Klumpen der Biologischen war Spekulation nicht meine stärkste Subroutine. Wenn die Parameter einmal zu abstrakt wurden, die Situation zu überlastet mit Unbekannten, brachte ich da keinen rechten Sinn hinein.

Da mir diese Einschränkung bewusst war, versuchte ich es gar nicht erst. Ich nahm das, was ich wusste. Tony Ringo war meine einzige Spur, und wenn ich ihn erst gefunden hatte, würden sich hoffentlich mehr von diesen Variablen zu etwas verfestigen, das einen Sinn ergab.

Der Gedanke, dass Ringo überhaupt nichts mit dem Verschwinden der Bleakers und dem Angriff auf mein Apartment zu tun haben könnte, kam mir gar nicht. Wenn er mich nirgendwo hinführte, war ich als Maschine nicht hoch genug entwickelt, um die Bleakers auf anderem Wege ausfindig zu machen. Es würde mich der Verantwortung entheben. Ich konnte, in dem Wissen, dass ich es versucht hatte, mit reinem Gewissen meiner Wege gehen.

Da war bereits dieser kleine Echoimpuls in meinen Motivationsdirektiven, dieser kleine, nagende Gedanke, dass Versagen als nicht akzeptabel galt. Ich war nicht dafür konstruiert, klein beizugeben. Dieser winzige Echoimpuls, der Drang, etwas zu zerstören, lungerte nun schon seit einiger Zeit auf meiner Persönlichkeitsmaske herum. Bisher war es mir gelungen, ihn zu unterdrücken, weil mein Glitch dafür sorgte, dass ich keinen Grund sah, weshalb ich jemanden verletzen sollte, nur weil ein Verrückter diese Codezeile in mich hineinprogrammiert hatte. Doch selbst der freie Wille hatte mir den Drang dazu nicht vom Leib gehalten. Und Ringos Fortleben in dieser Stadt bedeutete mir nichts, vor allem im Vergleich zum Wohlergehen von Julie und den Kindern.

Falls ich Ringo fand, würde ich nicht die Cops rufen. Meine operativen Dateien öffneten ein paar reizende Leckerbissen über Foltertechniken, die Professor Megalith, der umsichtige und geniale Bösewicht, in meiner Programmierung installiert hatte. Ich beschloss, die hässlicheren davon nicht an Ringo auszuprobieren. Zumindest nicht sofort.

Empires verschiedene Distrikte waren in Mustern arrangiert und benannt, die der Gelehrte Rat für vollkommen logisch hielt. Die Upper West Side zum Beispiel war genau wie das Periodensystem der Elemente aufgeteilt und geordnet. Nur sollte man es nach Einbruch der Dunkelheit vermeiden, nach Oxygen zu gehen. Das wäre ein bisschen riskant. Die Stadtteile der Southside waren nach dem griechischen Alphabet geordnet, bis auf einen kleinen Schluckauf in der Planung, der Omega an die andere Seite der Stadt versetzte. Die Viertel in Midtown waren nach den großen Denkern benannt. Obwohl es, wenn Sie mich fragen, ein echtes Versehen war, dass in der Stadt von morgen nicht einmal eine öffentliche Schule nach Eli Whitney benannt wurde.

Und irgendwo zwischen Beta und Bor gab es eine kleine,

giftige Halde von Stadtteil, die offiziell als Distrikt W. bezeichnet wurde. Es war kein besonders toller Name, selbst für Empire-Maßstäbe, denn der Gelehrte Rat erkannte seine Existenz kaum an. Alle anderen nannten das Viertel Warpsville.

Viel unerwünschter mutagener Schlamm und radioaktiver Abfall endete hier. Nicht, dass nicht auch eine Menge daran vorbeiging, tatsächlich war ganz Empire miserabel, was das betraf. Warpsville war nur noch etwas schlimmer. Es hatte seinen Ruf hauptsächlich, weil niemand sich die Mühe machte, das Zeug zu verstecken. Leckende Fässer voller leuchtender Chemikalien waren in allen Ecken gestapelt. Der Müll glühte auch größtenteils. Eigentlich war so ziemlich alles radioaktiv genug, um zu leuchten, und warf komische Farbschattierungen von Lila und Grün, Gelb und Orange. Warpsville war einzigartig darin, dass zwar keine einzige funktionierende Straßenlaterne zu finden war, es aber immer taghell erleuchtet blieb.

Warpsville hatte einen schlechten Ruf, doch die meisten seiner Einwohner waren einfach vom Glück verlassen und versuchten, sich irgendwie über Wasser zu halten. Immobilien waren in Empire so gefragt, dass sie bereit schienen, ein wenig genetisches Durcheinander für einen Ort, den sie ihr Eigen nennen konnten, in Kauf zu nehmen.

Ich war hier gebaut worden, in einem kleinen geheimen Labor in einer finsteren Seitengasse. Aber ich war nicht hier gewesen, seit ich fortgegangen war. Hatte nicht den Wunsch verspürt. Aber auf eine seltsame und unlogische Art war es gut, zu Hause zu sein.

Kaum hatte ich den Omnibus verlassen, als ein pelziges

gelbes Knäuel vor meine Füße rollte. Ich beugte mich hinab und hob es auf. Die Kreatur entrollte sich, fixierte mich mit seinem einzelnen Auge und jaulte. Furballs, eine Art genetischer Fussel, waren halb Dackel, halb Kellerassel. Sie waren eine Weile groß in Mode gewesen, aber man sah sie nicht mehr oft.

Drei Kinder rannten auf mich zu. Ein kleines Mädchen mit einem glitschigen, schleimartigen Überzug trat vor. »Mister, tun Sie meinem Hund nicht weh!«

»Ich? Du bist doch diejenige, die ihn tritt!« Ich kraulte dem Pelzknäuel den Kopf.

»Hey, ich kenne Sie! Sie sind dieser Robo«, sagte ein zweites Kind, mit Armen, die lang genug waren, dass es seine Füße berühren konnte, ohne sich vorzubeugen. »Stimmt's?«

Es war eine Weile her, seit ich das letzte Mal erkannt worden war. Ein paar Wochen lang war ich die große Neuigkeit gewesen, eine lokale Berühmtheit. Ein Robo, zur Zerstörung gebaut, der versuchte, das wettzumachen, besaß genau die richtige Mischung aus verbotener Wissenschaft, humanoidem Drama und potenzieller Katastrophe, um die Medien in Aufregung zu versetzen. Es hatte sich aber alles in Wohlgefallen aufgelöst, als ich nichts Interessantes tat, wie mich zum Beispiel als Sprecher für automatische Bürger zu Wort zu melden, ein Filmstar zu werden oder auf einem Schulhof Amok zu laufen.

Das dritte Kind, ein normales, bemerkte: »Meine Mama sagt, es ist nur eine Frage der Zeit, bis Sie jemanden töten.«

Ich reichte ihnen den Köter.

»Gib mir eine Stunde, Kleiner.«

Der Furball rollte sich zusammen und sie kickten ihn die Straße hinab, wobei sie kurz anhielten, um in eine strahlende, rosarote Pfütze zu platschen.

Warpsville passte nicht ganz zu dem Stadtplan in meinen Navigations-Speicherbänken, deshalb dauerte es eine Weile, bis ich Ringos letzten bekannten Wohnsitz ausfindig gemacht hatte. Das Hotel Swallow bestand aus fünf Stockwerken aus Backsteinen und Mörtel. Gebäude aus Stein waren ein ungewohnter Anblick in Empire. Es gab ein paar alte Überlebende, sieben, um genau zu sein, die für die Denkmalpflege geeignet waren, aber der Gelehrte Rat war viel zu fixiert auf seine Vision der utopischen Zukunft, um großen Wert auf eine antiquierte Vergangenheit zu legen. Irgendwie war das Hotel Swallow entweder dem Umbau oder der Abrissbirne entkommen, aber es fiel auch von selbst schon ganz gut auseinander.

Die Lobby war ein baufälliges Stückwerk aus Möbeln vom Schrottplatz, und statt Glühbirnen hingen durchsichtige Plastikeimer mit radioaktivem Schleim von der Decke. Der giftige Regenbogen von Farben beleidigte meine Optiken so sehr, dass ich auf Schwarzweiß umstellen musste. So ungefähr das einzige Nette, was man über die Ausstattung sagen konnte, war das tatsächliche Vorhandensein – wenn auch in einem sehr theoretischen Sinn – von Teppichen. Ich scannte die diversen Individuen, die herumstanden, aber Ringo war nicht darunter. Es schien unwahrscheinlich, dass er noch hier lebte. Dies war die Art von Ort, wo Leute herein- und hinaustrieben, aber irgendwo musste ich eben anfangen.

Hinter der Rezeption stand eine dünne Lady mit sehr

bleicher Haut und genug Schnurrbart und Bart, dass man es bemerkte, aber nicht genug, um zu bestimmen, ob sie eine Mutantin oder eine Normale war. Sie starrte auf einen Fernseher und wandte den Blick nicht davon ab.

Ein Fuzzoid schwebte neben ihr. Fuzzoide waren Drohnen in Baseballform, fellbedeckt, mit großen Welpenoptiken. Wie Furballs waren sie ein Versuch, die Haustiere der Menschheit zu verbessern. Aber bisher war noch keines in der Lage gewesen, die alten Standards zu ersetzen. Zu viel gemeinsame Geschichte, nahm ich an.

Das Fuzzoid pfiff. Es schwebte nahe an mich heran und klimperte mit seinen grün glänzenden Optiken.

»Sie wird gern im Arm gehalten«, erklärte die Frau. »Am einfachsten wird sein, Sie geben einfach nach.«

Ich hielt meine riesige Pranke auf, und sie machte es sich auf meiner Handfläche bequem. Dann schloss sie ihre Optiken und schnurrte.

»Violet«, sagte die Frau.

»Können Sie mir helfen, Violet?«, fragte ich. »Ich suche jemanden.«

Die Frau warf einen Blick über ihre Schulter. »Warum fragen Sie sie danach? Fuzzoide sind nur ungefähr so schlau wie Hunde.«

»Ich hatte Sie gefragt«, antwortete ich.

»Ich heiße nicht Violet.«

»Aber Sie sagten eben …«

»Das Fuzzoid heißt Violet. Mein Name ist Winifred.« Sie tippte auf das kleine Schild auf ihrem Tisch, das dies bestätigte. »Können Sie nicht lesen?«

Ich hatte das Schild zwar gelesen, aber gedacht, es gehöre jemand anderem, als sie ihren Namen verkündet hatte. Die Wiedergabe des Gesprächs aus meiner Speichermatrix bestätigte, dass es ein kleines Missverständnis gegeben hatte. War nicht meine Schuld, dass sich Biologische nicht immer klar ausdrückten, aber ich hatte vor langer Zeit gelernt, ihre Defizite zu akzeptieren.

»Waswollnsie?«, bellte Winifred plötzlich.

Mein Spracherkennungsprogramm brauchte zwei Sekunden, um die einzelnen Worte voneinander zu trennen und einen identifizierbaren Satz zu bilden.

»Ich suche Tony Ringo.«

Sie wandte ihren Kopf dem Fernseher zu, aber eines ihrer Augen blieb auf mich gerichtet, und wieder stellte ich mir die Frage nach ihrer genetischen Art. »Warum suchen Sie ihn?«

Ich beantwortete ihre Frage mit einer Gegenfrage. »Ist er hier?«

»Vielleicht.« Sie zuckte die Achseln. »Keine Ahnung. Er kommt und geht.« Ihr irrendes Auge rutschte in seiner Höhle herum und musterte mich von oben bis unten, bevor es zurück in Richtung Fernseher glitt. »Sind Sie hier, um ihm wehzutun?«

»Vielleicht.« Ich zuckte die Achseln. »Keine Ahnung.«

Ihre Lippen verzogen sich zu einer Art Lächeln. »Drei B.«

»Danke.«

»Vergessen Sie's. Ich konnte diesen kleinen Bastard sowieso nie leiden.«

Das Hotel Swallow verfügte nicht nur über keine Aufzüge, es besaß tatsächlich Holztreppen. Sie waren gesprungen und mussten dringend repariert werden, aber ich hätte gewettet, dass es in Empire keinen einzigen Zimmermann mehr gab. Die Stufen knarrten und ächzten unter jedem meiner Schritte, aber sie schafften es, nicht zusammenzubrechen, bevor ich es in den zweiten Stock geschafft hatte.

Ich machte mir gar nicht erst die Mühe, an die Tür von Drei B zu klopfen. Wenn Ringo zu Hause war, wollte ich ihn nicht warnen. Falls er es nicht war, konnte ich mich genauso gut selbst einlassen und mich umsehen. Die Tür war eine nachgerüstete Metallschiebetür, die aber nicht stark genug war, um mich auszusperren. Ich hätte direkt hindurchgehen können, doch ich entschied mich für Subtilität. Ich zwängte zwei Finger zwischen Rahmen und Tür und schob sie auf, wobei ich kleinere Schäden anrichtete. Es verursachte ein wenig Lärm, vor allem einen leisen Protest des Türmotors. Falls jemand im Raum war, musste er es gehört haben, genauso wie alle im Flur. Aber niemanden schien es zu interessieren.

Ich betrat Zimmer Drei B, bereit, mich schnell zu bewegen, falls Ringo meine Ankunft mitbekommen hatte. Es war ein kleiner Kasten von einem Raum (sogar noch kleiner als eine durchschnittliche miese Einzimmerwohnung), und Ringo war nicht da. Aber es gab zwei andere Bewohner.

Einer war ein massiger Roboter. Ich erkannte die Bauart sofort: ein Evergood Mark 3 Personal Security Automatic. Evergood Robotics produzierte nicht mehr, aber man sah immer noch eine Menge ihrer Roboter in Gebrauch. Elf Jahre rücksichtsloser technologischer Experimente hatten noch keine würdige Entsprechung für den Mark 3 hervorgebracht. Es ging das Gerücht, dass alle anderen Roboterhersteller Mark 3er besaßen, und wenn eines ihrer neuen Modelle einem davon fünf Minuten standhalten konnte, wurde es schon als Erfolg betrachtet. Dennoch waren die Mark 3er trotz ihrer ausgezeichneten Konstruktionsweise bei der Allgemeinheit nicht sehr beliebt. Die meisten Biologischen sahen nur die klobige, hässliche Aufmachung. Sie wussten die Funktionalität des Geräts nicht zu schätzen. Hässlich oder nicht, Mark 3er liefen praktisch ewig und benötigten kaum Wartung.

Dieser Automatische war rostbedeckt, und verschiedene Gelenke waren mit Isolierband umwickelt. Seine Schädeleinheit, soweit vorhanden, stellte ein Viereck mit einer einzelnen Optik dar. Er war acht Zentimeter größer als ich, und sein Hals knarrte wie die kaputten Holzstufen des Hotels, wenn er diesen Kopf bewegte.

Der zweite Bewohner war ein Biologischer in einem schwarzen Anzug. Der Normale hatte einen großen, kahlen Schädel und kleine Augen im Schatten dicker Augenbrauen. Er saß, während der Automatische nahe genug stand, um eine Hand um meinen Arm zu spannen. Sein Griff entsprach fünfundneunzig Prozent meiner maximalen Leistung, und er quetschte vermutlich noch nicht mal so stark er konnte.

Der Normale faltete die Hände im Schoß. »Wer sind Sie?«

Ein unfreundlicher Ton lag in dieser Frage, und die hörbar knackenden Finger des Mark 3 zogen sich enger zusammen. Er mochte vielleicht ein bisschen stärker sein als ich. Gewisse skrupellose Charaktere konnten Mark 3er über die empfohlenen Betriebsgrenzen hinaus frisieren. Der Normale auf dem Stuhl sah aus wie einer von dieser Sorte.

»Muss ich die Frage wiederhol'n?«, fragte er. »Diesmal langsamer, damit Sie sie verarbeiten können?«

Mein Simulator begann bereits, Kampfszenarien durchzuspielen. Er versicherte mir, die Wahrscheinlichkeit, einen Standard-Mark 3 zu besiegen, läge bei hundert Prozent, aber etwas sagte mir doch, dass dieser Automatische kein Standardmodell war. Ich machte mir dennoch weniger Sorgen über den Automatischen als über die unklare bauliche Unversehrtheit des Hotel Swallow. Zwei große Roboter, die Fausthiebe verteilten, würden gewiss einigen Schaden anrichten, vielleicht sogar das ganze Hotel dem Erdboden gleichmachen. Also ließ ich den Automatischen seinen Griff halten. Für den Augenblick.

»Ich habe sie verarbeitet«, sagte ich. »Aber ich wüsste nicht, was Sie das angeht.«

»Dies kann zivilisiert vor sich gehen.« Er kicherte. »Oder es kann unzivilisiert vor sich gehen. Wie, das liegt an Ihnen. Aber weil ich ein vernünftiger Kerl bin, lassen Sie mich ein ... wiesagtmandochgleich ... ein Friedensangebot machen.« Er beugte sich vor. »Mein Name ist Grey. Und das ist Knuckles.«

Knuckles piepte. Mark 3er besaßen keine vollen Sprachsynthesizer.

»Und Sie sind ...?«, fragte Grey.

Ich hätte sowohl diesen Kerl als auch seinen Roboter zu blutigem Brei schlagen können, aber etwas sagte mir, dass das Konsequenzen hätte. Es lag zwar nicht in meiner Ausgangsprogrammierung, Konflikte zu vermeiden, doch ich sah auch keinen Grund, das Ganze schwieriger zu machen, als es sein musste.

»Mack. Jetzt sagen Sie dieser Blechdose, sie soll mich loslassen.«

Grey legte die Fingerspitzen aneinander, seine Daumen an die Lippen und machte ein eigenartiges Klickgeräusch. »Okay.«

Knuckles ließ mich los. In meiner Unterarmverkleidung blieb ein Knick. Er ploppte fast sofort wieder in seine Ausgangsform zurück, aber ich ärgerte mich trotzdem.

»Dies ist nicht Ihr Zimmer«, bemerkte Grey.

»Ihres auch nicht.«

Er nickte, sehr langsam, methodisch, als habe er die Geste eben erst gelernt und sei sich bei der Ausführung noch nicht ganz sicher. Ich kannte das, denn wenn ich selbst nickte, tat ich es manchmal auf dieselbe Art.

»Das kann zweierlei bedeuten«, sagte er. »Entweder Sie sind ins falsche Zimmer eingebrochen. Oder Sie suchen einen Anthony Ringo – ebenso wie wir.«

Er ließ die Bemerkung in der Luft hängen.

»Welche Antwort trifft zu?«

Es wäre schlau gewesen zu lügen, aber selbst die beste künstliche Intelligenz macht mal einen Fehler. Ich würde mich von diesen Kerlen nicht einschüchtern lassen.

»Ich suche Ringo.«

»Dachte ich mir. Was, wenn ich fragen darf, ist die Art Ihrer Beziehung zu Mr. Ringo?«

»Wir sind keine Freunde.«

»'türlich nicht. Ein Schwachkopf wie Ringo hat keine Freunde. Niemand mag Verlierer. Das macht sie ja zu Verlierern.« Grey besah sich mit großer Geste seine Fingernägel. »Ich fange an zu bezweifeln, dass er hierher zurückkommen wird.«

»Dann bringt es wohl nichts, hier rumzuhängen.« Ich wandte mich zur Tür.

»Einen Moment, Mack.«

Knuckles trat zwischen mich und den Ausgang. Er griff mit seinen schraubstockartigen Manipulatoren nach meiner Schulter. Ich schnappte ihn am Handgelenk.

»Finger weg, Auslaufmodell!«

Knuckles fauchte schrill.

»Kommen Sie, Mack. Wir sind doch bisher gut miteinander ausgekommen. Fangen wir also jetzt nicht an, uns gegenseitig ans Bein zu pinkeln.«

Während Knuckles und ich uns gegenseitig niederstarrten (eine automatische Pattsituation für zwei Roboter, die nicht blinzeln konnten), hielt Grey seine Armbanduhr an den Mund und murmelte etwas. Meine Audios waren nicht hoch genug eingestellt, um es verstehen zu können. Ich dachte daran, Knuckles beiseitezuschieben, während Grey sein Gespräch beendete, aber das konnte nur Ärger bedeuten.

Grey schaltete seine Uhr aus und wandte sich mir mit einem kaum merklichen Lächeln zu. »Also, Mack, es sieht aus, als hätten wir ein ... wiesagtmandochgleich ... gemeinsames Ziel. Wir beide suchen Ringo.«

»Gut. Sie suchen auf der einen Seite, ich auf der anderen.«

»Genau das dachte ich auch. Wenn wir beide suchen, erhöhen sich die Chancen, vorausgesetzt, Sie lassen sich überzeugen, uns anzurufen, wenn Sie ihn finden.«

»Gut. Geben Sie mir Ihre Karte. Wenn ich ihn finde, rufe ich Sie an.« An diesem Punkt hätte ich mit halbherziger Ehrlichkeit gelächelt. »Ich versprech's.«

»Oh, ich weiß, dass Sie das tun werden. Knuckles, wenn du so nett sein könntest ...«

Knuckles packte mich an den Schultern. Er war stärker als ich, na gut, aber Mark 3er hatten einen Konstruktionsfehler. Ihr Schwerpunkt lag zu hoch. Es war kein schwer wiegender Mangel, weil wenige Gegner stark und wendig genug waren, das auszunutzen. Trotz meiner Masse war ich im Vergleich zu Knuckles so anmutig wie ein Balletttänzer. Ich ließ mein Bein hinter sein Fußgelenk gleiten, trat es unter ihm weg und lehnte mich zurück. Seine klobige Bauart war dem nicht gewachsen, und so stürzte er zu Boden, krachte durch die Wand und riss den halben Türrahmen mit sich.

Ich fegte Grey fast mühelos beiseite. Er flog durch den kleinen Raum und knallte gegen einen Beistelltisch.

Mark 3er waren im Hochkommen notorisch langsam. Knuckles hatte Mühe, sich aufzusetzen. Ich hieb ihm einen Fuß auf die Brust. »Bleib unten!«

Der Automatische piepte leicht, hörte aber auf, um sich zu dreschen.

»Sie müssen es immer auf die harte Tour machen«, sagte Grey. Auf seiner rechten Wange unter dem Auge trug er die Anzeichen eines frisch entstehenden Blutergusses. »Ich weiß Ihren Wunsch nach Unabhängigkeit zu schätzen, Mack, aber leider ist die Sache ... wiesagtmandochgleich ... irrelevant.«

Ich stand eins Komma zwei Sekunden davor, ihm zu zeigen, wie relevant meine Impulse sein konnten, indem ich ihn aus dem Fenster warf. Bevor ich die Bewegung aber machen konnte, blockierten meine Beine. Ein seltsames Surren strömte durch meine Audios, und mein sensorisches Netz kribbelte und prickelte unerklärlich. Knuckles stand auf, ich fiel fast um und stützte mich mit einem Arm an der Wand ab.

Greys Augen waren jetzt von einem kalten, funkelnden Grün, das leuchtend genug war, um smaragdfarbene Schatten auf den Rest des Raums zu werfen.

»Sie haben übernatürliche Kräfte«, sagte ich überflüssigerweise. Es war ja nicht so, dass er es nicht schon wusste.

Nicht alle Mutanten sahen sonderbar aus. Das war das Problem in Empire. Man wusste oft erst nachträglich, mit wem oder was man es zu tun hatte. Das war eine weitere dieser chaotischen Variablen.

»Elektrokinese«, antwortete er. »Das ist sehr selten, hat man mir gesagt. Sehr nützlich. Ich bin sicher, das haben Sie bereits bemerkt. Das einzige Problem ist nur, dass ich das Gerät vorher berühren muss.« Fröhlich berührte er den Fleck in seinem Gesicht. »Oder es muss mich berühren. Ich denke, Sie haben mir eine Rippe gequetscht.«

Ich versuchte, meine Beine dazu zu bringen, sich zu bewegen. Es gab einen leichten Ruck in den Servos, doch das war alles.

Grey zog eine Grimasse, während er sich zurück auf seinen Stuhl setzte. »Definitiv gequetscht. Na ja, vielleicht bin ich mit der Situation nicht so ... wieheißtdasdochnoch ... feinfühlig umgegangen, wie ich sollte. Keine große Sache. Hat ja alles geklappt.«

Ich berechnete, wie schnell ich zu seinem Stuhl kriechen und Grey das Genick brechen konnte. Nicht schnell genug.

»Ich sehe, Sie sind ein stures Exemplar, Mack.« Er schnippte mit den Fingern. Seine Augen flackerten auf. Mein Arm wurde taub und unempfänglich. Er verlor den Halt, und schon fiel ich hin.

Knuckles kicherte in einer Reihe von schnellen Klingeltönen. Er grabschte nach meinem Bowler und senkte ihn auf seinen eckigen Schädel. Er piepte belustigt.

»Steht dir gut«, sagte Grey. »Ich bin sicher, Mack hier macht es nichts aus, sich davon zu trennen, oder, Mack?«

Mit meiner einzigen funktionierenden Gliedmaße schob ich mich hoch, aber Knuckles trampelte auf meinen Rücken. Er piepste heftig.

»Ich würde bleiben, wenn ich Sie wäre«, sagte Grey. »Knuckles ist nicht hell genug für den Bürgerstatus, aber er weiß, wie man einen Groll hegt. Wenn Sie ihm den Hut schenken, wird er Sie vielleicht schonen.«

»Behalt ihn«, antwortete ich.

Knuckles schlug mir den funktionierenden Arm unter dem Körper weg, und ich fiel zu Boden. Er trat mich einmal.

»Wegtreten, Knuckles!«, befahl Grey.

Der Automatische trat zurück.

Grey kniete sich neben mich. »Schauen Sie, Mack. Sie sehen aus wie ein Roboter, der sich zu helfen weiß. Und da es mir wirklich wichtig ist, Tony Ringo zu finden, würde ich es für hilfreich halten, ein zusätzliches Paar Optiken auf der Straße zu haben. Finden Sie nicht auch?«

»Klingt logisch«, räumte ich ein und hoffte, er käme zehn Zentimeter näher, damit ich meinen funktionierenden Arm um seinen Hals schlingen konnte. Wenn ich die Gelegenheit dazu bekam, wären weniger als zwei Zehntel einer Sekunde nötig, um ihm das Genick zu brechen. Zumindest war das die Zeit, die meine Spezifikationen für einen durchschnittlichen Hals berechneten. Tatsächlich hatte ich es nie vorher getan. Fühlte sich an, als sei es an der Zeit für einen Feldversuch.

Er tat einen Schritt vorwärts und kniete sich nieder, einen Zentimeter von einem sicheren Griff entfernt. »Ich weiß zwar gar nichts über Sie, aber ich würde wetten, dass Sie nicht die Art Robo sind, die umkippt und den Netten spielt. Also werde ich einen kleinen Extra-Anreiz in Ihr Gehirn einpflanzen. Sehen Sie, ich habe ein Talent fürs Umprogrammieren. Eigentlich irgendwie lustig, da ich doch keine Ahnung von Computern habe.« Er rieb seine Finger aneinander: winzige grüne Funken tanzten.

Ich war ein geschlossenes System, und ich hatte vor, es dabei auch zu belassen. Ich warf mich ungeschickt nach vorn, aber schnell genug, dass ich meine Finger um Greys Kehle hätte bekommen müssen. Gerade rechtzeitig wich er grinsend zurück.

»Netter Versuch, aber ich hab's Ihnen ja gesagt. Ich hab Talent. Jetzt, wo ich Sie berührt habe, weiß ich, was Sie tun werden, bevor Sie es tun.«

Er schnippte mit den Fingern – und mein letzter funktionierender Arm starb ab. Ich fiel wieder hin, fünfhundert Pfund nutzloses Blech. Doch trotz seiner Arroganz stand Grey der Schweiß auf der Stirn. Seine Augen waren vor prasselnder übersinnlicher Wattleistung hellgrün. Es musste ihn viel Mühe gekostet haben, all meine Gliedmaßen untauglich zu machen. Ich hoffte, er würde nicht genug übrig haben, um sich in mein Betriebssystem zu krallen, aber ich hatte Pech. Er legte seine brutzelnden Hände auf mich.

Ich ging offline.

Meine Audios waren die ersten Sensoren, die wieder hochfuhren. Eine Stimme, verzerrt und schwer, mühte sich durch die Dunkelheit.

»Hey, Kumpel. Alles klar?«

Ich hätte geantwortet, aber mein Vokalisierer funktionierte nicht. Ich verschwendete keine Zeit, ihn zum Funktionieren zu bringen und priorisierte stattdessen meine Optiken. Die Welt fiel in mein digitales Bewusstsein, aber ohne die nötige Unterscheidungssoftware waren es alles nur Umrisse und Farben.

Eine Ansammlung mehrfarbiger Vielecke sprach. Ich erlangte weitere drei Prozent in Richtung Funktionsfähigkeit und erkannte eine Stimme. Sie gehörte Winifred, der Rezeptionsfrau. »Hey, sind Sie noch da?«

Sprache kann für ein gerade hochfahrendes Gehirn kompliziert sein. Es brauchte drei Sekunden, um den Fünf-Wort-Satz zu dekodieren.

»Feststellung: Ich … bin … funktionstüchtig«, antwortete ich. Eine ganze Sekunde später fügte ich hinzu: »Nähere Bestimmung: Nominal.«

»Nominal?«, fragte sie. »Was heißt das?«

»Empfehlung: Es ... bedeutet ... Sie sollten ... zurücktreten ... falls ... ich umfalle ... wenn ich versuche ... aufzustehen.«

Ich schaffte es auf die Beine, wenn auch unbeholfen. Programme waren zwar in Gang, aber Hunderte weiterer Subroutinen mussten erst hochfahren. Mein Sensorbereich bot, obwohl es schon besser wurde, ein furchtbares Durcheinander. Ich konnte Gestalten jetzt genauer unterscheiden, hatte aber Probleme, Namen dafür zu finden. Und meine Audiofilter waren zusammengebrochen, was bedeutete, dass jedes kleine Geräusch analysiert und noch einmal analysiert wurde. Das machte es schwer, sich zu konzentrieren. Noch schlimmer: In meinem elektronischen Gehirn hatte ich furchtbare Schmerzen, was komisch war, wenn man bedachte, dass ich keine sensorischen Rezeptoren besaß. Ich legte eine Hand auf meinen Bauch, dorthin, wo es untergebracht war.

»Frage: Was ... hat er ... mit mir gemacht?« Ich stellte die Frage laut. Das war keine Absicht, aber meine Verbalisierungsfilter funktionierten ebenfalls nicht.

»Wer hat was mit Ihnen gemacht?«, fragte Winifred, die ich jetzt visuell als ein biologisches Wesen identifizieren konnte, mehr war allerdings nicht zu erkennen.

»Feststellung: Diagnoseprogramm ... läuft.« Ich piepte zweimal aus unerfindlichen Gründen.

»Sie sehen gar nicht gut aus.« Sie nahm mich am Arm.

»Feststellung: Sensorisches Netz offline. Feinmotorikfunktionen … offline. Empfehlung: Sicherheitsabstand … halten … um versehentliche Verletzungen … zu vermeiden. Schätzung: Vollständige Systemwiederherstellung … in zwei Minuten, zwei Sekunden.«

»Vielleicht sollten Sie sich setzen, während Sie warten«, sagte sie.

»Negativ.« Ich kramte in meinem Wortschatzordner nach einem weniger technischen Wort. »Nein. Es ist besser, in der Zwischenzeit sehr still zu stehen.« Ich hickste ein letztes »Feststellung«. Dann wartete ich.

»Soll ich die E-Mechs anrufen?«

Empire hatte die besten mechanischen Notfalltechniker der Welt zur Versorgung ihrer automatischen Bürgerschaft, aber dies hier war nicht ernst genug dafür.

»Es ist nur ein kalter Neustart.«

Ich tat es lässig ab, aber es beunruhigte mich. Ich war seit meiner ersten Aktivierung nicht mehr so tief offline gewesen. Ich konnte mich an jeden Augenblick meiner Existenz erinnern, bis auf die eins Komma acht Sekunden, nachdem mein Kühlschrank explodiert war. Aber jetzt gab es da ein Zeitfenster von drei Minuten und siebenundvierzig Sekunden in meinem Speicherlog, das ich nicht erklären konnte.

Was hatte Grey mit mir gemacht?

Nachdem es vollständig wiederhergestellt war, durchkämmte mein Diagnoseprogramm meine Software und versicherte mir, dass nichts fehlte. Aber da war immer noch diese unerklärte Zeitspanne, immer noch dieser eigenartige Gedanke, dass jemand in meiner intimsten Programmierung herumgepfuscht hatte. Als Roboter hatte ich keine Instinkte, und mein Intuitionssimulator blieb ruhig. Dennoch stimmte etwas nicht.

Ich fühlte es.

»Alles wieder besser?«, fragte die Frau.

»Funktionstüchtig«, grunzte ich, während ich meinem Diagnoseprogramm befahl, mein elektronisches Gehirn noch einmal durchzugehen und einen Teil meine Rechenleistung dazu abstellte, weiterhin so lange zu sieben, bis sie etwas fand. »Und ich heiße Mack.«

»Also, was ist passiert, Mack?«

»Haben Sie ...«, begann ich, unterbrach mich aber plötzlich und unerklärlicherweise.

»Was?«, fragte Winifred. »Habe ich was?«

»Haben Sie ...« Wieder unterbrach ich mich.

Ich wollte sie nach Grey und Knuckles fragen, aber etwas hielt die Frage davon ab, sich zu formulieren. Es musste Greys Umprogrammierung sein, ein kleiner Wurm von einem Virus, der meine Sprachsoftware blockierte und mich davon abhielt, etwas über Grey oder unsere Begegnung zu sagen. Das gefiel mir nicht. Es war zwar ein eher kleineres Problem, aber ich wollte gar nicht daran denken, welche größeren Motivationsminderungen er mir noch eingepflanzt haben könnte.

Ich scannte die beschädigte Wand, gegen die ich Knuckles geschleudert hatte. »Tut mir leid wegen des Schadens.«

»Machen Sie sich keine Gedanken. Das Hotel ist sowieso ein Dreckloch.« Sie kratzte sich an ihrem flaumigen Kinn. »Also, was ist passiert?«

»Nichts.«

Ich sagte es ihr aus zwei Gründen nicht. Erstens war es

peinlich, so leicht besiegt zu werden. Zweitens hielt mich dieser Bug davon ab, Grey und Knuckles auch nur zu erwähnen. Ich würde meine Systeme von oben bis unten säubern müssen. Und zwar bald. Immer noch stand ganz oben auf meiner Liste: Tony Ringo finden. Und zwar bevor Grey es tat. Andernfalls, sagte mir die Logik, würde ich ihn gar nicht finden.

»Ringo«, sagte ich. »Wissen Sie noch irgendetwas über ihn? Stammlokale? Freunde?«

Winifred runzelte die Stirn. »Ich weiß gar nichts über niemanden. Geht mich auch nichts an.«

»Danke«, sagte ich sarkastischer, als ich es meinte. »Sie waren eine große Hilfe.« Ich hatte nichts, womit ich weitermachen konnte. Die Logik kam wieder auf, sagte mir, dass es Zeit war, nach Hause zu gehen und dieses Chaos hinter mir zu lassen.

Aber da war dieses kleine Mädchen, diese Familie. Verdammt, an manchen Tagen wünschte ich, ich wäre ein Toaster geworden.

Ich war auf halbem Weg den Flur entlanggetrottet, als Winifred meinen Namen rief.

»Hey, Mack! Warten Sie!«

Ich blieb stehen. »Ja?«

Sie war keine dicke Frau, hatte aber einen seltsam schlingernden Gang, der ihr fleckiges grünes Sommerkleid von einer Seite zur anderen schwingen ließ. »Es ist also ziemlich wichtig für Sie, Ringo zu finden, was?«

»Ja. Es ist wichtig.«

Sie walzte mir nach. »Dann kommen Sie mit.«

Winifred führte mich in die Lobby, zurück an ihre Rezeption. »Das Hotel hat kein Sicherheitssystem«, erklärte sie unterwegs, »aber Violet sieht eine Menge Sachen. Und die meisten Leute achten nicht genug auf sie, um darauf zu achten, was sie machen.«

Das Fuzzoid piepste zufrieden, als wir näher kamen.

»Speicher abspielen, Vi«, wies Winifred sie an. »Datei zwölf.«

Violet schwirrte in die Luft und projizierte aus ihrer linken Optik ein Bild an die Wand. Ich erkannte die Lobby des Hotel Swallow und Tony Ringo, der gerade mit einer jungen Frau im Schlepptau hereinkam. Sie hielten kurz an, fummelten ein bisschen und setzten ihren Weg dann fort, offenbar nach oben in sein Zimmer, um ein bisschen DNS zu tauschen, was die Biologischen ja so toll fanden.

»Und?«, sagte Winifred erwartungsvoll. »Was haltense davon?«

Ich hielt nicht viel von alledem, aber sie hatte zumindest versucht, mir zu helfen, also versuchte ich, meine Enttäuschung nicht zu zeigen. »Äh, danke. Das ist wirklich hilfreich.«

Sie runzelte die Stirn. Dann zeigte sie ein zahnlückiges Lächeln. »Sie erkennen sie nicht, oder?«

»Sollte ich?«

Sie befahl Violet, die Datei noch einmal abzuspielen. Winifred piekte ihren Finger in die projizierte Frau. »Sie müssen sie sich mit blonden Haaren und ohne Sonnenbrille vorstellen. Jetzt klarer?«

»Nein«, antwortete ich ehrlich.

Winifred stöhnte. »Himmel, sehen Sie keine Nachrichten?«

»Hab keinen Fernseher.«

»Zeitung. Sie sollten Zeitung lesen.«

Ich schüttelte langsam den Kopf, als würde ich einen schmerzlichen Fehler zugeben.

Brummelnd ließ sie Violet die Projektion anhalten. »Verdammt, Mack, wie wollen Sie ein ordentlicher Privatdetektiv sein, wenn Sie nicht einmal wissen, was in dieser Stadt vor sich geht?«

»Ich bin gar kein Privatdetektiv. Ich bin Taxifahrer.«

»Kann trotzdem nicht schaden, ab und zu eine Zeitung aufzuschlagen. Dann würden Sie Lucia Napier erkennen.«

Sie warf einen Zeitungsteil nach mir, den ich fing. Gut zu wissen, dass mein Reflexmodell noch zu hundert Prozent funktionierte, trotz Greys Fummelei. Ein Blick auf die Zeitung zeigte mir das Foto einer jungen, weiblichen Normalen bei einer Gala-Sache. Meine Unterscheidungssoftware hatte immer noch Probleme damit, attraktive Menschen von hässlichen zu trennen, aber ich kapierte, dass sie heiß war, angesichts der Tatsache, dass sie in guter körperlicher Form schien und eine Menge Typen um sich versammelt hatte. Die Bildunterschrift besagte: »Lucia Napier, Prinzessin von Empire, beim Ausgehen in der Stadt.«

»Sie ist was Besonderes, oder?«, fragte ich.

Winifred lachte. »Verdammt, sind Sie aber eine schlaue Maschine! Ganz allein rausgefunden, was?«

»Ist sie Ringos Freundin?«

Winifred lachte diesmal noch lauter. »Himmel, nein! Hab sie hier nur zwei- oder dreimal gesehen. Aber das Mädchen steht auf Mutanten. Und Abschaum.«

»Und Ringo ist beides«, sagte ich. Es war zwar keine besonders tolle Spur, aber es war die einzige, die ich hatte. »Danke.«

»Kein Problem.« Sie wandte sich vom Fernseher ab und mir zu. »Und was ist es wert?«

»Verzeihung?«

»Die Info«, erklärte sie. »Was ist sie Ihnen wert?«

Sie streckte ihre Hand aus, und mir wurde klar, dass sie Geld wollte.

»Äh … ich habe kein Bargeld«, antwortete ich.

Eines ihrer Augen wurde schmal. Das andere fing wieder an herumzurollen. »Was?«

»Kein Geld«, erklärte ich. »Ich habe kein Geld bei mir.«

»Gar keins?«

Ich schüttelte den Kopf. »Ich brauche keines.«

Sie verzog das Gesicht. »Jeder braucht Geld.«

Das stimmte. Aber meines ging ganz für die Miete drauf, meine Stromrechnung und vielleicht mal eine Taxifahrt ab und zu. Spontan brauchte ich nie Geld. Ich drehte meine Jackentaschen nach außen, um zu demonstrieren, dass sie leer waren.

»Sorry.«

Sie sah einen Augenblick enttäuscht aus, aber das ging vorüber. »Hör mal, mein Großer, können Sie einen Rat gebrauchen?«

»Klar.«

»Wenn Sie herumlaufen und eine Menge Fragen stellen, ist es immer schlau, ein bisschen Bares bereit zu haben, um das Getriebe zu ölen. Nicht jeder ist so entgegenkommend und nett wie ich. Manche Leute helfen keinem, solange nichts für sie dabei herausspringt.«

»Ich werd's mir merken.« Und das würde ich auch tun, aber hoffentlich würde ich nicht mehr sehr lange Fragen stellen müssen. »Wenn Sie wollen, kann ich losgehen und Geld holen und ...«

»Vergessen Sie's. Ich verkauf das Video sowieso ans Fernsehen. Ist denen mehr wert als die Nickel, die Sie mir hinwerfen würden.« Sie machte es sich in ihrem Sessel bequem. »Viel Glück, Mack.«

»Danke.«

Meine Willenssoftware begann, mögliche Vorgehensweisen zu berechnen. Lucia Napier, Prinzessin von Empire, Liebhaberin von Mutanten und Abschaum. Ich wusste nichts über sie, aber mein Spekulator deutete an, die Chancen stünden sehr gut, dass ich nie in ihre Nähe käme. Andererseits eliminierte dieselbe Argumentation Tony Ringo aus ihrem Freundeskreis, und er hatte sie offensichtlich auch kennengelernt. Wenn ein Mistkerl wie er das konnte, leuchtete es ein, dass ein netter, aufrechter Robo wie ich auch eine Chance hatte. Natürlich war die Welt nicht einleuchtend. Oder logisch.

Aber ich war es, und Lucia Napier war meine einzige Chance. Und manchmal bedeutete logisch zu sein, sich den Widrigkeiten zu stellen. Also schaltete ich meine Differenzmaschine ab und steuerte auf die Tür zu.

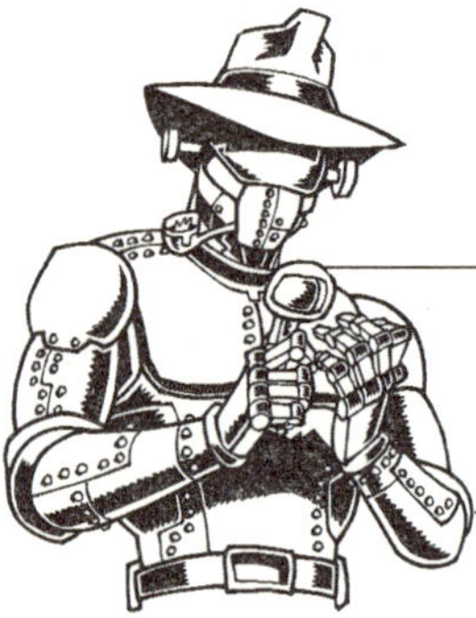

SIEBEN

Lucia Napiers Nummer stand natürlich nicht im Telefonbuch; wenn ich also mit ihr sprechen wollte, musste das von Angesicht zu Angesicht geschehen. Obwohl offenbar jeder andere Bürger in Empire jedes noch so kleine Detail ihres Lebens kannte, eingeschlossen mit wem sie ausging, was sie zum Abendessen aß und wie viele Minuten sie durchschnittlich duschte, hatte ich doch nie von ihr gehört. Also wählte ich die direkteste Herangehensweise für meine Suche und hielt ein Taxi an, einen meiner Kollegen von Bluestar. Dank meiner fehlerlosen Speichermatrix erkannte ich den Biologischen hinter dem Steuer. Ich hatte ihn in der Werkstatt zu zweihundertzehn verschiedenen Gelegenheiten gesehen, obwohl wir bisher eigentlich nie miteinander gesprochen hatten.

Ich beugte mich in das Fenster des Buzzbugs, und das Gefährt neigte sich um ein paar Grad. »Hey, weißt du, wo Lucia Napier wohnt?«

Er warf mir einen Blick zu. »Willst du mitfahren, Kumpel?«

»Ich brauche nur die Adresse«, antwortete ich.

»Seh ich aus wie ein Informationsstand?«

»Tu mir einen Gefallen, okay? Ich bin Fahrer. Genau wie du.«

»Ja, ich kenn dich.« Er schnaubte, räusperte ein wenig Schleim hoch und schluckte ihn wieder hinunter. »Das heißt aber nicht, dass ich dir kostenlos Infos geben muss.«

Winifred hatte recht gehabt. In dieser Stadt ohne Geld Informationen zu bekommen war wie einen defekten Zip Train eine abschüssige Steigung hinaufzuziehen.

»Ich habe kein Geld«, sagte ich.

»Tja, das ist schade für dich.« Der Fahrer trat aufs Gas, aber ich hielt den Steuerbordflügel so fest, dass er nicht genug vibrieren konnte, um den Buzzbug anzutreiben.

Ich konnte den ganzen Tag lang Zip Trains ziehen. Und ein kleines Taxi festzuhalten war keine große Anstrengung für meine Servos.

»Lass los, Mann!«, grunzte der Fahrer.

»Adresse«, antwortete ich und verstärkte meinen Griff an der Tür. »Oder du gibst Gas, bis sich der Flügel selbst aus dem Rahmen vibriert.«

Offenbar gefiel ihm der Gedanke nicht besonders, seinen Lohn gepfändet zu bekommen, um einen Ersatzflügel zu bezahlen. »Sie wohnt in Proton Towers. Das weiß doch jeder!«

»Danke.« Ich hätte an meinen Hut getippt, aber ich hatte keinen mehr. »Nehme nicht an, dass du mich dorthin mitnehmen willst, oder? Gratis. Unter Bluestar-Kollegen.«

Sobald ich das Taxi losließ, schoss er davon und schleuderte mir im Wegfahren noch ein »Arschloch!« aus dem Fenster zu.

»Dann eben nicht«, antwortete ich.

Es war ein langer Fußmarsch von Warpsville nach Proton Towers, aber mit dem Bus hätte es länger gedauert. Mit den öffentlichen Verkehrsmitteln kam man zwar überall hin, aber sie nahmen nicht immer die schnellste Route. Es war allgemein bekannt, dass die Busse absichtlich umständliche Wege von den weniger erstrebenswerten Wohnvierteln zu den Distrikten mit den höheren Mieten nahmen. Das schreckte von zwanglosen Besuchen ab. Ich beschloss, zu Fuß zu gehen und zählte jeden Cent herunter, der meine Stromrechnung mit jedem Schritt erhöhte.

Es begann zu regnen.

Regen ist in Empire eine riskante Sache. Putzer-Blimp-Drohnen durchfliegen den Luftraum und saugen all die scharfen Chemikalien auf, die in der Luft schweben. Meistens machten sie ihren Job gut, das wirklich fiese Zeug herauszufiltern. Aber die Fabriken und Labore bliesen eine Menge flüchtiger Dämpfe raus, und es gab nicht genug Filter, um sie alle zu kriegen. Ab und zu hatte man etwas Unerwartetes im Duschwasser. Zwei Monate zuvor war Midtown von einem plötzlichen Niederschlag getroffen worden, und allen Biologischen, die da hineingerieten, wuchsen Haare auf jedem Zentimeter Haut, der von dem Regen getroffen wurde. Und sechs Jahre davor, als ich noch nichts als ein Aufblitzen im perversen Gehirn eines genialen Bösewichts gewesen war, gab es einen Schauer explodierenden Hagels, der die Stadt von morgen beinahe in die Knie gezwungen hätte. Seit die Putzdrohnen eingeführt worden waren, war nichts Derartiges mehr geschehen, aber vorsichtige Bürger gingen immer noch nach drinnen, wenn es regnete, und kluge Bürger suchten sogar Schutz, wenn es bewölkt war. Aber ich war ein zäher Robo, und meine Sensoren versicherten mir, dass dieser Regen, obwohl säurehaltig genug, um biologische Haut zu irritieren, meinem Gehäuse und Mantel nichts anhaben würde.

Das Fußgängeraufkommen um mich herum war auf ein paar tapfere Biologische und metallhäutige Roboter geschrumpft, sodass ich meinen Schritt beschleunigen konnte. Obwohl ich ein großer Robo bin, bin ich nicht langsam, wenn ich genug Ellbogenfreiheit habe. Und wenn ich einmal in Schwung bin, kann ich mich recht schnell bewegen. Vierundvierzig Meilen in der Stunde auf gerader Strecke – dabei geht aber meine Manövrierfähigkeit zum Teufel und Anhalten macht mehr Probleme, als es die ganze Sache wert ist. Ich beschleunigte auf zehn Meilen die Stunde und vertraute meinem Leitsystem, dass es vermied, auf jemanden zu treten, während ich mit Autopilot die Straßen entlangsteuerte und der größte Teil meiner Rechenleistung immer noch davon besessen war, diesen verfluchten Wurm zu finden, den Grey eingeschleust hatte.

Immer und immer wieder lief mein Diagnoseprogramm erfolglos durch. Ich konnte einen genaueren Check durchführen, wenn ich das nächste Mal meine Akkus lud, aber ich bezweifelte, dass dabei etwas herauskommen würde. Was auch immer Grey in meinen Code eingebaut hatte, es steckte tief drin. Vielleicht konnte der Doc es in meiner nächsten Therapiesitzung finden. Sie kannte meine Programmierung besser als jeder andere. Natürlich würde sie Fragen stellen. Und da sie wusste, wann ich log, würde ich ihr die Wahrheit sagen müssen. Mein Szenariensimulator begann, mögliche Ergebnisse durchzurechnen.

»War nur in der Stadt unterwegs, kleine Rauferei mit automatischen Hooligans und Mutantenschlägern, hab dabei lästige Viren in meiner Programmierung abgekriegt. Keine große Sache, Doc. Hab nur Ihre Befehle ausgeführt. Sie sagten ja, ich solle mehr unter Leute gehen.«

Ich berechnete die möglichen Reaktionen. Zweiundfünfzig Prozent Wahrscheinlichkeit: Sie würde wissend nicken, mit ihrem Stift auf den Block tippen und ein unbestimmt missbilligendes Geräusch von sich geben. Sechsundvierzig Prozent: Sie würde wissend nicken, mit ihrem Stift auf den Block tippen und ein unbestimmt zustimmendes Geräusch von sich geben. Zwei Prozent: Sie würde wissend nicken, mit ihrem Stift auf den Block tippen und wie ein Kojote heulen. Ich schrieb diese letzte Möglichkeit einem Fehler in meinen Berechnungen zu. Vielleicht spielte mir auch meine Differenzmaschine einen Streich.

Proton Towers hatte einen hochmodernen Wetterregulator. Versuchsweise zwar, aber bisher funktionierte er hervorragend. Eintausendzweihundertvierundachtzig Meter um die drei glänzenden Wolkenkratzer herum erstreckte sich ein Zylinder perfekten Klimas.

Ein alltäglicher Arbeits-Robo wie ich gehörte nicht in diesen Distrikt. Es war auch nicht gerade hilfreich, dass mein Mantel klatschnass war und dazu von meiner kleinen Auseinandersetzung mit Knuckles zerrissen. Ich hatte die Flecken auf meinem Gehäuse immer noch nicht wegpoliert. Der Regen hatte sie nur verschmiert. Alle anderen Roboter, an denen ich vorbeikam, waren entweder Servicedrohnen oder persönliche Automatische. Keine Robos hier, bis auf mich.

Proton Towers war von Hecken, Rasenflächen und Springbrunnen gesäumt. Das bedeutete eine Nutzung von Grundstücksfläche, die sich nur die Reichen und Einflussreichen leisten konnten. Fliegende Geschützdrohnen schwirrten in dem Komplex herum, ein metallischer Schwarm von Hochleistungs-Feuerkraft. Die Towers waren eine Festung, als warteten die Reichen und Mächtigen nur darauf, dass die Armen und Entrechteten sich erhoben und revoltierten. War gar nicht so weit hergeholt, dachte ich, wenn man von seinem Elfenbeinturm herabstarrte, in dem man es nett, gemütlich und trocken hatte, während sich die wimmelnden Massen vor giftigen Regenwolken duckten.

Die Vordertür wurde von einem Portier bewacht, der in seinem perfekten kleinen burgunderroten Portiersanzug und mit seinem perfekten kleinen burgunderroten Portiershut piekfein gekleidet war. Ein Namensschildchen wies ihn als »Dennis« aus. Hinter ihm stand ein Paar Security-Automatische. Die Automatischen, gekleidet in schwarze Anzüge, waren kleinere, schmalere Modelle als ich. Mein Gefährdungstaxator entdeckte Waffen in Halftern, nach den Ausbuchtungen ihrer Jacketts zu urteilen. Es gab noch keine Strahlenkanone, die mein Fell durchlöchern konnte, aber ich suchte jetzt keinen Streit.

Drei kleine Scannerdrohnen schossen vor, schwebten um mich herum und analysierten mich gründlich. Die Security-Autos bekamen zweifellos die Informationen übermittelt.

Dennis trat vor.

»Hallo, Sir«, grüßte er und klang viel zu seriös. »Wie kann ich Ihnen helfen?«

»Hallo«, antwortete ich und versuchte, jovial zu klingen, obwohl weder Höflichkeit noch Freundlichkeit hoch auf meiner Persönlichkeitsmaske rangierten. »Ich würde gerne Lucia Napier sprechen.«

»Verstehe, Sir. Dürfte ich Ihren Namen erfahren, Sir?«

»Megaton. Mack Megaton.«

»Danke, Sir. Einen Moment, Sir.« Grinsend drehte er sich auf dem Absatz um und marschierte zu einem Podium an der Tür. Er blätterte eine Liste durch und lächelte dabei die ganze Zeit.

Eine Scannerdrohne glitt zu nahe an meine Gesichtsplatte. Ich wischte sie beiseite.

»Verschwinde!«

Sie piepte und schwirrte wieder außerhalb meiner Reichweite. Das machte mich bei den Security-Autos nicht gerade beliebt, die beide unter ihre Jacketts griffen. Ich begegnete ihren entschlossenen roten Optiken mit einem festen Blick.

Der Portier marschierte wieder nach vorn. »Es tut mir leid, Sir, aber es ist kein Termin verzeichnet.«

»Ich habe auch keinen.«

Sein Lächeln senkte sich um ungefähr einen Drittelmillimeter. »Es tut mir leid, Sir, aber unbefugte Besucher sind nicht erlaubt.« Für einen Biologischen klang dieser Kerl eher nach einem Roboter als ich.

»Können Sie kurz bei ihr durchklingeln und ihr sagen, dass ich hier bin?«, fragte ich. »Das wüsste ich zu schätzen.«

»Es tut mir leid, Sir, aber wenn Sie nicht erwartet werden, muss ich Sie leider bitten, das Grundstück zu verlassen.« Die Security-Autos machten einen Schritt nach vorn.

Ich blieb mit der altbewährten Roboter-Hartnäckigkeit stehen. »Klingeln Sie nur bei ihr durch. Ist sie nicht zu Hause?«

»Ich darf Ihnen diese Information nicht geben, Sir.«

Dieses Ergebnis war zwar nicht überraschend, aber es ärgerte mich trotzdem und ich fühlte mich irgendwie beleidigt, weil Dennis sich nicht zumindest die Zeit nahm, zurück zu seinem Podium zu gehen und vorzugeben, jemanden anzurufen, damit er zurückkommen und mir sagen konnte, ich sei abgewiesen worden. Das wäre mir höflich erschienen. Stattdessen wurde ich wie ein Lexikonverkäufer behandelt. Ich ignorierte meinen Vernunftemulator und versuchte es weiter.

»Es geht um einen gemeinsamen Freund. Er heißt Tony Ringo.« Ich wandte mich einer der Scannerdrohnen zu und wiederholte den Namen, für den Fall, dass vielleicht jemand Wichtiges zuhörte. »Tony Ringo.«

Fünf Geschützdrohnen ließen sich aus ihrer Umlaufbahn um die Proton Towers fallen und kreisten mich ein. Die Ladung in ihren Waffen summte. Die zwei Security-Autos zogen ihre Waffen und legten an. Und was am schlimmsten war, Dennis' Lächeln verschwand vollkommen, ersetzt durch eine entschlossene Ausdruckslosigkeit.

»Sir, wenn Sie nicht augenblicklich auf eine sichere Entfernung zurücktreten, bin ich befugt, Gewalt anzuwenden.«

Das Klügste wäre es jetzt gewesen, aus dem Weg zu gehen. Unglücklicherweise hielt mich mein Kernaggressionsindex, das Ding, mit dessen Kontrolle ich keine Probleme haben sollte, davon ab, mich zu rühren. Mein Kampfanalysator entwarf schon Angriffsstrategien.

»Sir, ich werde Sie nicht noch einmal bitten.«

Ob ich die intelligente Lösung gewählt und mich zurückgezogen hätte oder nicht, war eine reine Vermutung. Vor allem meine. Aber das Problem wurde durch ein lautes Klingeln, das vom Anstecker des Portiers herrührte, aufgehoben.

Er befahl der Security, ihre Positionen zu halten, und wandte mir den Rücken zu.

»Ja, Ma'am?«

Eine neue Stimme drang aus seinem Anstecker. Unbekannt, aber ich hatte eine starke Ahnung, wem sie gehören konnte.

»Bitte, Dennis«, sagte Lucia Napier, »schicken Sie Mr. Megaton herauf.«

Die Geschützdrohnen schossen zurück in ihre Umlaufbahn und die Automatischen steckten ihre Pistolen weg. Dennis wandte sich wieder zu mir um. Das Lächeln, so hell und leuchtend wie eh und je, war in sein Gesicht zurückgekehrt.

Der Portier führte mich hinein und übergab mich dem Concierge. Der kleine Normale war sorgfältig gepflegt, bis hinab zu seiner knitterfreien schwarzen Hose. Meine

Erkennungsdatei pickte immer ein oder zwei Merkmale einer Person heraus, um sie später leichter aus der Speichermatrix abrufen zu können. Die Details, die ich an ihm bemerkte, waren übermäßig gezupfte Augenbrauen und seine Haare: schwarz, bis zur Unterwerfung geölt, mit einem so geraden und präzisen Scheitel, dass es sicherlich eines mathematischen Algorithmus bedurft hatte, um ihn richtig hinzubekommen.

Er verbeugte sich. »Hallo, Sir. Wenn Sie mir bitte folgen wollen ...«

Der größte Teil der Stadt benutzte immer noch die altmodischen Aufzüge, aber Proton Towers hatte die neuesten Levitatorgondeln. Der Concierge und ich betraten eine Gondel, die mit einer Couch, einer Pflanze und dem Gemälde eines Gartenhäuschens dekoriert war. Ich fand das Gemälde sehr merkwürdig. Ich war in Empire aktiviert worden und hatte nie einen Fuß außerhalb der Stadtgrenzen gesetzt, deshalb konnte ich mir keine Welt vorstellen, in der es solche Dinge gab. Ein Gebäude aus Holz, all das Grün und einen weiten, blauen Himmel.

Ich fragte mich, ob es überhaupt existierte.

Der Concierge ertappte mich dabei, wie ich es betrachtete. Eigentlich hatte ich es schon meiner Speicherdatei übergeben und konnte es betrachten, wann ich wollte. Ich hatte mir nur nicht die Mühe gemacht, mich davon abzuwenden.

»Gefällt es Ihnen, Sir?«, fragte er.

Vielleicht war *gefallen* ein zu schweres Wort. Ich hatte keinerlei Wunsch, Empire zu verlassen und den Rest der Welt zu sehen. Aber es gab etwas an diesem Gemälde und seiner Jenseitigkeit, das meine Aufmerksamkeit fesselte. Unerklärlich, ja, doch ein Bestandteil wirklichen Bewusstseins war, von Zeit zu Zeit unerklärliche Reaktionen zu zeigen.

»Es ist hübsch«, antwortete ich.

»Ja, Sir, das ist es wirklich.«

Die Türen schlossen sich, die Gondel schoss nach oben. Sechsundsiebzig Stockwerke flogen in vierzig Sekunden vorbei, und als sich die Türen wieder öffneten, standen Lucia Napier und ihr Penthouse vor mir.

»Mr. Mack Megaton«, verkündete der Concierge, nur für den Fall, dass sie den Zwei-Meter-dreizehn-Roboter hinter ihm nicht bemerkte. Sie bat mich herein und entließ ihn.

»Es war mir ein Vergnügen, Ihre Bekanntschaft zu machen, Sir«, sagte er.

»Gleichfalls«, gab ich zurück, als sich die Gondeltüren schlossen.

Ich scannte und analysierte Lucia Napier. Biologische Vorstellungen von Schönheit bedeuteten mir nichts, aber mein Evolutionsprogramm hatte inzwischen einige Zeit versucht herauszufinden, was Menschen attraktiv machte. Es schlüsselte alle Merkmale auf: eins vierundsiebzig groß. Lange, blonde Haare. Funkelnde blaue Augen. Stupsnase. Glatter Teint. Richtige Anzahl gut proportionierter Gliedmaßen. Schmale Taille. Runde Hüften. Brüste, die klein waren, aber keck und bemerkenswert. Ein hübsch geschnittenes Kleid, das ihre Kurven betonte, ohne zu auffällig zu sein, und einen geschmackvollen flüchtigen Eindruck ihres Dekolletés bot. Mein Auswerter führte ein paar schnelle Berechnungen durch und spuckte eine Bewertung aus.

Attraktiv für zweiundneunzig Prozent der durchschnittlichen biologischen Bevölkerung mit einer Marge von acht Prozentpunkten, beruhend auf persönlichen Vorlieben. Es war kaum zuverlässig. Schönheit war mehr als die Summe seiner Teile. Oder manchmal auch weniger.

Napier brauchte länger, um sich ein Urteil über mich zu bilden. Das lag nicht an ihr. Nur an der leistungsschwachen Beschaffenheit dieses chemischen Klumpens in ihrem Schädel. Sie stand zehn Sekunden da, der Gesichtsausdruck war bis auf ein leichtes Lächeln leer.

»Sehr beeindruckend.« Sie trat vor und streckte mir die Hand hin, den Handrücken nach oben. Das überraschte mich. Die meisten Biologischen vertrauen einer großen, gefährlichen Maschinc nicht genug, um sofort einen Handschlag zu riskieren. Meine riesigen, knochenbrechenden Hände können ziemlich einschüchternd sein, und als ich ihre empfindliche, matschige Haut in meine Metallpranke nahm, konnte ich den Biologischen daraus wirklich keinen Vorwurf machen.

Napiers Lächeln wurde breiter. »Es ist mir ein Vergnügen, Sie endlich kennenzulernen, Mack.«

»Gleichfalls.«

»Sagen Sie das nur aus Freundlichkeit oder meinen Sie es auch so?«

»Ich sage es nur so.«

Sie kicherte leicht. »Oh, ich liebe euch Roboter und eure rücksichtslose Ehrlichkeit. Biologische sind so schwer festzunageln. Sie allerdings nicht. Sie sagen, was Sie wollen.«

»Meine Seelenklempnerin meinte, ich solle an meiner sozialen Subroutine arbeiten.«

»O nein, bloß nicht!« Sie runzelte die Stirn. »Ändern Sie gar nichts. Es ist so erfrischend.« Sie holte tief Luft. »So wunderbar direkt.«

Sie wandte sich um und ging durch einen pseudoklassizistischen Torbogen. Da sie immer noch meine Hand hielt, war ich höflich und folgte ihr. Wir traten in einen Korridor, der von Fotos von Lucia mit anderen Leuten gesäumt war. Ich stellte die Hypothese auf, dass sie alle wichtig waren, auch wenn ich nicht viele erkannte. Dennoch gab es genug Fotos, auf denen ich ein paar Schauspieler, Jazzmusiker und Politiker scannte, die ich in meiner Speichermatrix hatte.

Das größte Bild zeigte Lucia, die von Diamond Jill Mahoney eine Auszeichnung überreicht bekam, der ersten Mutantenbürgermeisterin von Empire City. Sie war eine Normale gewesen, als sie gewählt wurde. Die spontane Kristallisierung ihrer Haut war im dritten Jahr ihrer ersten Amtszeit erfolgt.

Der Korridor endete, und wir traten in einen neuen Raum aus glänzendem Stahl. Alles – von den Wänden bis zum Boden und den Möbeln – schimmerte, als sei es gerade frisch poliert worden. Sieben weiße Teppiche waren im Raum verteilt, außerdem zwei Metallvasen, deren Form gleichzeitig antik und neu aussehen sollte, und ein zwei Meter siebzig großer Klumpen Titan, der versuchte, als Skulptur durchzugehen. Der Raum sah nicht aus, als könnten Biologische tatsächlich darin leben. Nichtsdestoweniger ließ Napier meine Hand los, machte es sich in der Ecke einer flauschigen weißen Couch gemütlich und schaffte es irgendwie, dass es tatsächlich so aussah, als fühle sie sich wohl.

Ein Butler-Automatischer, gehüllt in einen cremefarbenen Smoking, glitt durch den Raum. Ich kannte das Modell nicht, und er trug keinerlei Firmenlogo. Musste eine Sonderanfertigung sein. Er reichte Napier ein blubberndes grünes Gebräu.

»Danke, Humbolt.«

»Gern geschehen, Puppe.« Sie hatte auf das übliche Altes-Geld-Englischer-Butler-Stimmpaket verzichtet und ihm einen ruppigen Brooklyn-Tonfall gegeben.

Sie nippte an ihrem Drink. »Atomic Kiss. Der letzte Schrei. Na ja, noch nicht ganz. Ich habe ihn heute Morgen erfunden. Aber geben Sie ihm eine Woche. Ich würde Ihnen einen anbieten, Mack, aber na ja, Sie wissen ...«

»Ich weiß«, antwortete ich.

»Es muss ein sehr merkwürdiges Leben sein.« Sie nahm einen ganz kleinen Schluck von ihrem Drink. »Andererseits nehme ich an, wir Wesen aus Fleisch und Blut müssen Ihnen auch sehr seltsam vorkommen.«

»Ich versuche, nicht zu urteilen«, sagte ich ehrlich.

»Bitte, Mr. Megaton, setzen Sie sich.« Sie gestikulierte in Richtung eines Sessels. Mein Mantel war immer noch nass, mein Gehäuse verschmiert, und wenn ich mich gesetzt hätte, hätte der weiße Bezug danach in die Reinigung geschickt werden müssen. Wahrscheinlicher war aber, dass Napier ihn in den Müll werfen und einen neuen bestellen würde. Vermutlich wechselte sie die Sofas wie ich die Plastik-Flugzeugmodelle.

»Ich stehe lieber, danke.«

»Wie Sie wünschen.« Sie nahm einen weiteren maßvollen Schluck, stand auf und kam näher. Ihre Bewegungen waren anmutig, selbstsicher. Dies war eine Frau, die es gewöhnt war, das Sagen zu haben. Sie streckte die Hand nach meiner Gesichtsplatte aus.

»Darf ich, Mr. Megaton?«

Mein Gefährdungstaxator stufte sie als physisch ungefährlich ein. Natürlich gab es in einer Nicht-Schlachtfeld-Situation gefährlichere Dinge als Strahlenkanonen und Plasmapfeile. Auf ihre Art war Lucia Napier jedoch gefährlicher als Grey und sein elektrokinetischer Kontakt. Zumindest dachte ich das. Ich hatte keinen wirklichen Beweis dafür. Nur einen Eindruck, den nervöse Subroutinen gesammelt hatten.

»Klar«, sagte ich und ignorierte mein besseres Wissen.

Sie legte je eine Hand an die Seiten meines Kopfes. »Hmmm. Interessant. Sie sind cooler, als ich erwartet hatte.«

»Na, das will ich meinen, Alter«, antwortete ich.

Ein unidentifizierbarer Ausdruck huschte über ihr Gesicht. »War das ein Scherz?«

»Sagen *Sie's* mir.«

»Ein rudimentärer Sinn für Humor. Wie wunderbar!« Sie lächelte. »Würde es Ihnen etwas ausmachen, Ihren Mantel auszuziehen?«

»Miss Napier, ich bin nicht hier, um ...«

»O bitte, Mr. Megaton. Danach beantworte ich sehr gern all Ihre Fragen.«

Sie klimperte mit den Wimpern, und obwohl der Blick

wenig Eindruck auf mich machte, suchten sich meine Problemlösungsqualitäten normalerweise die direkteste Lösung heraus. Ich zog meinen Mantel aus. Der Butler-Auto glitt elegant neben mich und hielt die Hand auf.

»Soll ich das für Sie halten, Mann?«

Ich wollte ihm gerade sagen, er solle sich nicht bemühen, als er mir den Mantel aus der Hand riss und aus dem Raum glitt.

Napier umkreiste mich dreimal, ohne ein Wort zu sagen. Sie lächelte ganz leicht, offenbar aber von etwas anderem amüsiert als meinem rudimentären Sinn für Humor.

»Ausgezeichnet. Ihre Spezifikationen werden Ihnen nicht gerecht, Mr. Megaton.«

»Spezifikationen? Wo haben Sie meine Spezifikationen gesehen? Sie sind ...«

»Geheim? Ja, nun, ich habe gewisse ... Verbindungen zum Gelehrten Rat. Ich wurde als Beraterin zu Ihren Bewährungsanhörungen hinzugezogen.«

»Wir sind uns nie begegnet.«

»Nein, sind wir nicht. Aber das ist auch keine Überraschung.« Sie ging zurück zu ihrem Sofa und setzte sich. »Sie haben die meisten Ihrer Schöpfer nicht kennengelernt.«

»Lady, ich weiß nicht, was Sie da zu wissen glauben, aber ich habe nur einen Schöpfer.«

»Oh, ich weiß, dass Sie das glauben, aber leider hat Professor Megalith ein wenig geschummelt, was das angeht.« Sie lachte. »Dachten Sie wirklich, ein Mann, egal, wie genial er auch sein mag, sei fähig, mutterseelenallein solch einen hoch entwickelten Mechanismus wie Sie zu schaffen?«

»Hab nie darüber nachgedacht«, sagte ich.

»Nein, wohl nicht. Trotz dieses wunderbaren Freier-Wille-Glitches musste wohl ein Rest ergebenes Diktat gegenüber Megalith zurückbleiben. Versuchen Sie nicht, es zu leugnen. Oder haben sich Ihre riesigen Hände eben zu Fäusten geballt – bei der bloßen Schlussfolgerung, Ihr ... Schöpfer könne unvollkommen sein?«

Ich streckte meine Finger. Meine Beziehung mit Megalith war zwar kompliziert, aber auch wieder nicht so außergewöhnlich. Väter und Söhne kamen nicht immer miteinander aus, aber das hielt Söhne selten davon ab, die Anerkennung des guten alten Daddys zu suchen. Die Logik sagte mir, Paps sei ein größenwahnsinniger Verrückter und seine Liebe unerreichbar, solange ich an meinem »Produktiver Bürger«-Edikt festhielt. Doch das hielt mich nicht davon ab, gemischte Gefühle zu diesem Thema zu haben.

»Verstehen Sie mich nicht falsch, Mack«, fügte Napier hinzu. »Der Professor ist ein Genie. Die Hälfte der Systeme in Ihrem Inneren sind anderswo immer noch im Prototyp-Stadium, und die andere Hälfte wurde erheblich verbessert. Ihr Kühlsystem zum Beispiel.« Sie strich mit den Fingern über den Rand ihres Glases. »Das ist mein Baby. Neben ein paar anderen ausgesuchten Teilen.«

»Sie entwerfen Roboter?«, fragte ich.

Sie kicherte. »Wissen Sie es nicht?«

»Was soll ich wissen?«

»Von mir. Und meinem Aufstieg zum sagenhaft reichen bösen Mädchen von Empire.«

»Ich lese keine Zeitung«, sagte ich. »Tut mir leid.«

»Oh, entschuldigen Sie sich nicht, Mack. Sie sind vielleicht der einzige Bürger in ganz Empire, vielleicht auf der ganzen Welt, der das nicht tut.« Sie stürzte den Rest ihres Atomic Kiss und warf das Glas über ihre Schulter. Es prallte vom Teppich ab, und eine Putzdrohne kam aus der Wand geschossen und saugte die Schweinerei auf.

»Wie wunderbar!«, rief sie mit der Fröhlichkeit eines Cheerleaders beim Abschlussball. Sie klatschte in die Hände. Ein Teilstück des teppichbelegten Bodens teilte sich und enthüllte in der Mitte des Raums eine Treppe. Napier sprang auf und nahm mich wieder an der Hand. »Kommen Sie, Mack. Ich muss Ihnen etwas zeigen.«

Sie zog. Mir kam nicht einmal in den Sinn, Widerstand zu leisten. Ich wurde von der Schwerkraft dieses kleinen biologischen Wesens nur so fortgespült. Am Fuß der kurzen Treppe wartete ein Labor. Und was für ein Labor! Nur Chrom und rostfreier Stahl. Eine ganze automatisierte Fabrikationsstraße mit den neuesten Drohnenarbeitern nahm eine Wand ein. Es gab Laserschweißer, Supercomputer und genug Ersatzteile in sorgfältig geordneten Regalen, um eine Horde von Staubsaugerdrohnen zu bauen. Baupläne bedeckten die Wände oder hingen gerahmt und laminiert von der Decke. Dieser Raum musste das ganze Stockwerk unter ihrem Apartment einnehmen. Auffallend war allerdings ein deutliches Fehlen von Knöpfen und ein Mangel an Schaltern und Hebeln. Wie ihr Apartment schien auch das Labor unpraktisch. Außerdem machte es durch seine extreme Sauberkeit, das Fehlen jeglicher erkennbarer Projekte und die Totenstille einen unbenutzten Eindruck.

Der Butler-Auto wartete am Fuß der Treppe schon mit einem frischen Atomic Kiss, den sie ihm abnahm.

»Danke, Humbolt.« Sie hakte ihren winzigen Arm unter meinen. Mit ganz wenig Druck konnte ich den Knochen an drei Stellen entzweibrechen. In diesem Augenblick erinnerte sie mich an April und das absolute Vertrauen, das Kinder normalerweise haben, weil sie es nicht besser wissen. Aber Napier musste es wissen. Sie konnte vermutlich die Druckleistung herunterrasseln, die ich mit einem Servoruck auszuüben vermochte. Aber sie schien nicht im Geringsten davon abgeschreckt. Sie führte mich durch das Labor, wobei sie munter plauderte, als seien wir alte Freunde.

»Kommen Sie hierher. Ich will Ihnen ein paar Dinge zeigen, an denen ich gearbeitet habe, bevor ich mich zurückgezogen habe. Alles theoretisch, natürlich. Reißbrettstadium.«

Wir näherten uns einem kleinen Raum aus rostfreiem Stahl, und seine Türen glitten auseinander und enthüllten Reihen um Reihen von Blaupausen in klaren Plastikröhren. Sie fuhr mit den Händen an ihnen entlang, wählte ganz bestimmte davon mit mädchenhaftem Kichern aus und reichte sie mir mit Worten wie: »Halten Sie das mal bitte, Schätzchen« und »Oh, das hier ist wirklich ganz großartig«. Fünfundvierzig Sekunden später hatte ich sechzehn Spezifikationen unter den Armen.

Die siebzehnte Röhre auf der Schulter wiegend, schwirrte Napier zu einem Tisch hinüber, öffnete die Röhre und ließ die Spezifikation herausgleiten, die sie vor mir ausbreitete. »Tragbares Gerät. Zumindest wäre es das, wenn ich eine Batterie bekommen könnte, die klein und leistungsfähig genug ist.«

Sie schnappte sich eine meiner Rollen und breitete den Plan aus. »Und das ist ein neues mechanisches Kugelgelenk, das die Flexibilität von Robotern um sechs oder sieben Grad erhöhen könnte.« Sie schnaubte. »Nur dass es sich unter zu großem Druck ständig auskugelt.«

Summend sah sie die anderen Röhren unter meinem Arm durch. »Ich habe hier irgendwo einen tollen verbesserten Kontergravitationsgenerator. Ich bin sicher, den werden Sie lieben!«

»Haben Sie die entworfen?«, fragte ich. »Alle?«

»O Mack, Sie sind ja so was von zum Anbeißen!« Sie hob die Hand, wie um mir in die Wange zu kneifen, aber technisch gesehen besitze ich keine Wangen, und wenn ich welche hätte, könnte man nicht hineinkneifen. Sie entschied sich für ein sanftes Streicheln. »Natürlich habe ich das, Dummerchen. Sie sind nicht alle mein Werk. Das meiste davon sind Modifikationen und Verbesserungen der Arbeit von anderen. Wenn jemand ein Problem hat, das er nicht lösen kann, kommt er zu mir. Es ist wunderbar. Ich bekomme die neuesten Durchbrüche immer vor allen anderen zu sehen. Manchmal kann ich sie sogar selbst erfinden.«

Ich scannte wieder ihr Gesicht. Mit glänzenden Augen und grinsend wie ein lebhaftes Schulmädchen. Mein Visualisierer musste gestört sein. »Wie alt sind Sie?«

»Zweiundzwanzig«, antwortete sie abwesend. »Ich bin ein Wunderkind.« Sie lachte. »Oder war es zumindest. Jetzt bin ich wohl nur noch ein einfaches altes Genie. Wissen Sie, Mack, wenn Sie in dieser Stadt Detektiv sein wollen, sollten Sie solche Dinge wissen.«

»Ich bin kein Detektiv«, antwortete ich, aber sie hörte nicht zu.

Sie zwitscherte. Wirklich, das tat sie. »Oh, ich weiß, Sie werden das hier einfach großartig finden!«, rief sie aus, als sie einen weiteren Satz Spezifikationen vor sich auf den Tisch warf. »Es ist ein Schrumpfstrahl. Hab es nie geschafft, einen Prototyp für die Tests zu konstruieren, aber es gibt absolut keinen Grund, warum es nicht funktionieren sollte. Andererseits dachte ich das auch über den verbesserten Einfrierstrahl, und der hat die Dinge letztlich geschmolzen.« Sie machte ein finsteres Gesicht und rümpfte die Nase. »Kein großer praktischer Nutzen, aber insgesamt ziemlich ordentlich.«

Ich bedeckte die Pläne mit einer riesigen Pranke. »Das ist großartig, Miss Napier, sehr beeindruckend.«

»Lucia«, korrigierte sie mich. »Nenn mich Lucia. Ich bestehe darauf.«

»Lucia. Gut.« Selbst die unerschöpflichste Geduld einer Maschine hatte ihre Grenzen. »Ich habe meinen Mantel ausgezogen. Ich habe mich von Ihnen betatschen lassen. Ich habe mir Ihr Labor angesehen und Ihre Baupläne. Jetzt ist es Zeit, meine Fragen zu beantworten.«

Ein seltsamer Ausdruck huschte über ihr Gesicht. Ich verbuchte ihn als enttäuscht, möglicherweise ein wenig verletzt. Ergab zwar keinen großen Sinn, aber welcher funktionsfähige Robo verstand schon Biologische? Ich nicht. Und offen gesagt war ich froh darüber. Kühle Maschinenlogik genügte mir völlig, selbst wenn mich der Glitch manchmal bestärkte, sie zu ignorieren. Dies war keiner dieser Momente.

Napiers Stirnrunzeln vertiefte sich zu einem kindischen Schmollmund, und ein paar boshafte Elektronen tanzten um meinen Schuldindex herum. Ich entschuldigte mich nicht, denn ich hatte nichts Falsches getan, außer ein verzogenes kleines reiches Mädchen wieder auf Kurs zu bringen.

Als ihr einmal bewusst wurde, dass keine Entschuldigung kommen würde, verging ihre schlechte Laune so schnell, wie sie gekommen war. Sie lächelte ganz leicht, nippte an ihrem Drink und steuerte wieder auf die Apartmenttreppe zu.

»Gut, Mack. Stell deine Fragen.« Sie warf einen spröden Blick über ihre Schulter, während sie die Treppe hinaufstieg. »Obwohl ich darauf hinweisen möchte, dass es viele Männer gibt, denen es nichts ausmachen würde, von mir betatscht zu werden.«

»Ich bin kein Mann«, sagte ich, als ich mich in ihrem Apartment zu ihr gesellte.

»Nein.« Sie ließ sich auf die Couch fallen. »Du bist eine Maschine. Eine schöne, elegante, makellose Maschine.« Sie kaute auf ihrer Unterlippe, während sie an mir auf- und abblickte. Sie hatte diesen Blick, dasselbe Strahlen, das Doc Mujahid bekam, wenn sie auf meine Programmcodes starrte, die über ihre Monitore strömten: einen ehrfürchtigen und anerkennenden Blick. Aber wo der Doc auch objektive Distanz besaß, zeigte Napier keine solche Gleichgültigkeit.

Ich hatte von Technophilen gehört, Jüngern der Wissenschaft, die so von der Technologie gefesselt waren, dass es sie zu seltsamen Anziehungskräften, sonderbaren Zwängen trieb. Bisher hatte sich nie jemand öffentlich zu dieser Neigung bekannt, aber es war nur eine Frage der Zeit, bis der Tempel des Wissens grünes Licht gab. Die Technos würden ins öffentliche Leben herausgestürmt kommen. Bis dahin waren sie nur ein Gerücht. Vielleicht gab es nicht einmal welche. Es konnten aber auch Tausende sein. Bisher konnte man es nicht wissen, aber falls sie da draußen waren, war Lucia Napier eine erstklassige Kandidatin für eine Mitgliedschaft. Die Art, wie sie mich anstarrte, mich mit Blicken bis auf die bloßen Blaupausen zerlegte, das wirkte geradezu ausgehungert.

Ich wünschte, ich hätte meinen verflixten Mantel wieder. Statt danach zu fragen, beschloss ich, das Ganze so schnell wie möglich hinter mich zu bringen und mich auf den Weg zu machen.

»Ich suche Tony Ringo.«

Ihr spielerisches Lächeln verblasste. »Und was hat ein wertloser kleiner Junge wie Tony Ringo getan, um deine Aufmerksamkeit auf sich zu ziehen?«

»Sie kennen ihn also?«

»Ja. Andererseits wusstest du das doch schon, nicht wahr? Warum solltest du sonst hier sein?«

Ich habe keinen Gesichtsausdruck, den man lesen könnte, aber irgendetwas musste meine Gedanken verraten haben.

»Oh, ich werde nicht abstreiten, dass wir früher mal zusammen herumgehangen haben«, sagte sie. »Eine kurze Zeit lang hatte ich Spaß mit ihm, er war für ein paar Lacher gut. Ganz harmlos, ehrlich.«

»Ich glaube, er hat Freunde von mir entführt«, sagte ich, überrascht, dass ich die Information freiwillig herausgab. Es war etwas Verwirrendes an Napier, das ein paar komische Zwänge in meinen eigenen Verhaltensdirektiven ausbildete.

»Tony?« Sie wedelte mit der Hand. »Bitte, Tony könnte keiner Fliege was zuleide tun. Nicht, dass er es nicht versuchen würde. Er ist einfach ... unfähig. Ein ziemlich armseliger kleiner Junge, der tut, als sei er ein großer Mann.«

»Tja, vielleicht ist er über das So-tun-als-ob hinaus. Oder noch schlimmer, vielleicht tut er immer noch als ob, nur dass er jetzt mal den Mumm hatte, es zu versuchen – und es versaut hat.«

Sie warf ihr blondes Haar über ihre rechte Schulter. »Möglich ... Aber warum sollte Tony diese Freunde von dir entführen?«

»Ich weiß nicht. Verdammt, ich könnte mich irren! Der einzige Weg, das zu erfahren, ist Ringo zu finden und ihn zu fragen.«

»Und wenn dem lieben Tony nicht nach Antworten ist?«, fragte sie.

»Ich werde ihn überzeugen.«

»Tony kann ein sehr sturer Junge sein.«

»Und ich kann ein sehr überzeugender Robo sein«, gab ich zurück.

Sie stand auf und umkreiste mich noch einmal, bevor sie mir beide Handflächen an die Brust legte. »Beweise es. Überzeug mich.«

Ich trat zurück, und sie fiel beinahe hin.

»Lady, ich weiß nicht, was Sie vorhaben, aber ich bin nicht interessiert.«

Ich erwartete, dass sie wieder schmollen würde, aber ich schätze, sie hatte mich oft genug nein sagen gehört, um den Wink zu verstehen. Sie lächelte, und es lag etwas Raubtierhaftes in diesem Lächeln, als sei es noch nicht vorbei. Doch das war es. Der Ordner war geschlossen, das Programm gelöscht.

»Ich nehme an, du hast es schon im Hotel Swallow versucht«, sagte sie.

Ich nickte.

»Ehrlich gesagt weiß ich nicht viel über Tonys Gewohnheiten. Wir standen uns nicht so nahe. Es war eine rein körperliche Beziehung. Er mag einen Laden namens *Goldene Diode* sehr gern. Das ist ein Club auf der hässlichen Seite der Pi Street. Weiß nicht, ob er den Laden immer noch heimsucht, aber er liebt Jazz und lässt sich gern volllaufen. Wenn er nicht da ist, stehen die Chancen gut, dass er sich in der Umgebung rumtreibt.«

»Danke.«

Ich wandte mich zum Gehen, aber Humbolt stand mir im Weg. Er hielt mir meinen Mantel hin. Es war meiner, aber sauber und gebügelt. »Hier is' Ihr Mantel, Kumpel. Ich hab mir die Freiheit genommen, ihn mal kurz durchzuspülen und trocken zu machen. Ich könnte auch die Risse stopfen, wenn Sie mir noch ein paar Minuten geben.«

»Nein danke.« Ich nahm ihn zurück und warf ihn mir über die Schulter. Ich würde ihn später anziehen, im Moment wollte ich hier einfach raus. Ich steuerte auf die Levitatorgondel und die Sicherheit zu.

Napier folgte mir. »Du kannst gern jederzeit wiederkommen, Mack. Ich werde deinen Namen an der Rezeption hinterlegen; sag ihnen, sie sollen dich herauflassen, wann immer du willst. Jederzeit.«

Ich antwortete nicht. Aber mich von Proton Towers fernzuhalten stand jetzt auf der kurzen Liste der Direktiven, direkt vor: mir nicht mit einem Bohrer mit Diamantspitze die Optiken herauszubohren.

Die Türen der Bahn teilten sich, und ich stieg ein. Ich war versucht, mit dem Rücken zu Napier stehen zu bleiben, aber etwas brachte mich dazu, mich umzudrehen. Sie lächelte immer noch, obwohl es ein matterer, weniger ausgelassener Ausdruck war. Ich fragte mich, wann sich die verfluchten Türen schließen würden. Sie hatten zwei Sekunden Verspätung.

»Tony mag Jazz. Weiß nicht, ob das hilft, aber es stimmt.«

»Jazz. Verstanden.«

Zum Glück begannen sich die Türen zu schließen.

»Und, Mack«, sagte sie. »Ich hoffe, du findest deine Freunde.«

»Ich auch.«

Und dann schloss sich die Bahn und ich war endgültig auf dem Weg hinaus aus Lucia Napiers Welt.

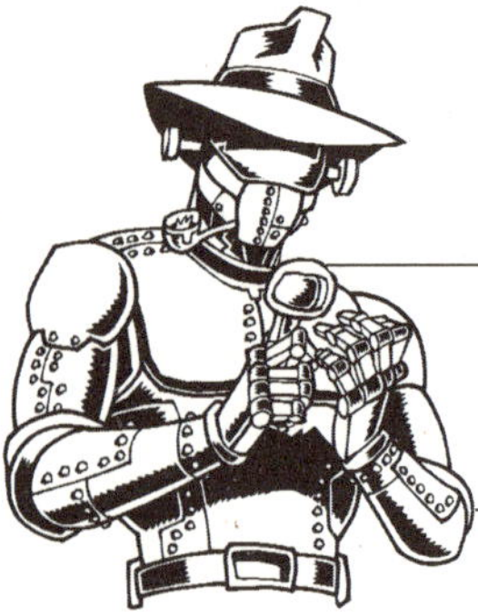

ACHT

Ich dachte mir, Ringo würde nicht vor dem Abend auf einen Drink in der *Goldenen Diode* auftauchen. Wenn ich irgendeine andere Spur gehabt hätte, hätte ich meine Suche fortgesetzt. Aber ich hatte keine, also verlagerte ich meine Amateurdetektivarbeit auf eine Sekundärdirektive und fing mit den anderen Dingen an, die ich noch tun musste.

Dies war an sich schon eine bizarre Entwicklung. Normalerweise hatte ich haufenweise freie Zeit. Außer zur Arbeit zu gehen, zum Seelenklempner und vielleicht einem Sozialisierungsversuch hier und da, bestand mein Zeitplan vollkommen daraus, in der Ecke meines Apartments zu stehen, nicht viel Saft zu verbrauchen und an die Wände zu starren. Ein Robo, der nichts hatte außer Zeit – und nichts damit anzufangen. Jetzt hatte ich eine kurze Liste von Zielen, die nichts damit zu tun hatten, ein Taxi zu fahren und mich von Ärger fernzuhalten.

Ich hielt an einer Roboterwaschanlage an und ließ mich einmal waschen und wachsen. In der *Diode* gab es vielleicht eine Kleiderordnung, und ein verschmiertes Gehäuse konnte sich da als Hindernis erweisen. Es dauerte nicht lange, dann hatte ich mein schimmerndes Äußeres zurück. Es trug immer noch Spuren von Lackschäden, aber darüber hinaus gab es kein Anzeichen, dass ich etwas Traumatischeres erlebt hatte als eine übergewichtige Taube, die sich auf meine Schulter gesetzt hatte. Das war das Wunder meiner einzigartigen Legierung, die so experimentell war, dass es noch nicht einmal einen Namen für sie gab. Ich fühlte mich besser, funktionstüchtiger. Was unlogisch war, denn die Wäsche trug wenig zur Verbesserung meiner Leistung bei, außer ein wenig Abrieb von meinem rechten Ellbogengelenk zu entfernen, und das war eine Leistungseinschränkung von .0003.

Ich ging zurück zu Jungs Apartment und wartete, bis er von der Arbeit kam. Vor seiner Tür lag eine Zeitung. Ich setzte mich auf sein Sofa und scannte die Zeitung von vorn bis hinten, während ich ein internes Diagnoseprogramm nach Greys Wurm suchen ließ. Lesen war eine Tätigkeit auf so niederer Ebene, dass neunundneunzig Prozent meiner Rechenleistung frei blieben, um in meinem elektronischen Gehirn herumzustochern.

Es war eine Weile her, seit ich das letzte Mal eine Zeitung gelesen hatte. Die Details waren anders, aber die Welt war noch dieselbe. Die Liga für Biologische Rechte sagte üble Sachen über Roboter. Der Gelehrte Rat trieb irgendeinen neuen technologischen Durchbruch voran. Die Big Brains diskutierten die utopische Welt, die wir – ich denke, das schloss auch mich ein – gestalteten. Ein paar Labore explodierten. Es gab Verbrechen. Es gab Mutantengeburten. Es gab Verschmutzung. Alles wie gewohnt.

Es gab auch einen kurzen Artikel über die Explosion meines Apartments auf Seite acht. Er war genau fünf mal zweieinhalb Zentimeter groß, das Foto aus meiner Akte mit eingerechnet. Explosionen waren keine allzu große Sache in Empire, aber man hätte meinen können, mein früherer Promistatus sollte mir zumindest noch zwei Zentimeter mehr einbringen.

Innerlich hatte ich nichts gefunden, woran ich mich langsam gewöhnte. Greys übersinnliches Einfühlungsvermögen in Maschinen musste ziemliches Spitzenzeug sein. Oder meine Wartungsprogramme hatten seinen Einfluss möglicherweise bereits ausgemerzt, das fremde Programm isoliert und vertilgt. Prinzipiell war es möglich.

Ich hörte ein deutliches Klopfen von Metall gegen Metall an der Tür. Ein Roboter. Sofort dachte ich an Knuckles. Doch es gab keinen Grund zu der Annahme, dass er mich hier gefunden hatte. Dennoch hoffte mein Aggressionsindex mit aller Kraft, es gäbe einen, als ich die Tür öffnete.

Es war Humbolt, Lucia Napiers Butler-Auto. »Jo, Mack. Hab hier'n Geschenk von Miss Napier.« Ohne mir Zeit zum Ablehnen zu lassen, stiefelte er mit einer großen Schachtel unter dem Arm in die Wohnung. Er warf die Schachtel auf den Couchtisch und salutierte. »So, bitte, Mann. Viel Spaß damit.«

Er bewegte sich wieder in Richtung Tür, aber ich schnappte ihn an der Schulter.

»Zerknitternse mir nich den Anzug, Junge«, sagte er.

»Was soll das?«, fragte ich.

»Stellense Ihre Audios richtig ein, Mack. Es ist ein Geschenk von der Lady. Sie wissen schon, von der, die Sie vorhin kennengelernt haben. Feine Dame. Großes Penthouse. Richtige Puppe auf eine matschige, organische Art.«

»Ich hab um nichts gebeten.«

»Man muss um Geschenke nicht bitten. Unter anderem macht sie gerade das zu Geschenken.«

»Was ist, wenn ich es nicht will?«

»Dann schmeißen Sie es weg«, antwortete er. »Der Boss wollte, dass ich es persönlich abliefere, also hab ich das getan. Was Sie danach damit machen, ist nicht mein Problem.« Er trat zurück und glättete sein Jackett. »Aber wenn ich Sie wäre, würde ich es nehmen. Sie könnten 'n bisschen Stil vertragen, wenn Sie mich fragen.«

»Wie haben Sie mich gefunden?«

»In einer Fragenschleife gefangen, oder was? Die Lady hat Mittel und Wege, um Typen zu beobachten.«

»Typen wie mich?«, fragte ich. »Typen wie Tony Ringo?« Vielleicht hatte Humbolt recht. Vielleicht steckte ich in einer Schleife fest.

»Sie gibt sich nicht mit Verlierern wie Ringo ab«, sagte er. »Sie sind ihr wohl ins Auge gefallen.«

Ich ging zu der Schachtel hinüber und öffnete sie. Darin lag ein dunkelblauer Anzug. Mit Nadelstreifen. Ich zog das Jackett heraus und war nicht überrascht, dass es groß genug war, um mir an den Schultern zu passen. Es sah teuer aus und war offensichtlich maßgeschneidert. Ich fragte mich, wie viel es Napier kosten mochte, so was so schnell nähen zu lassen.

»Den Stoff hat der Boss selbst entworfen«, sagte Humbolt. »Feuerfest, durchstichsicher und faltenresistent. Atmet wie Baumwolle, obwohl Sie das kaum merken werden. Haltbares Zeug. Eher geht Ihnen ’ne Naht auf als dem Anzug. Die Tinte auf den Patentpapieren ist noch nicht mal trocken, die Lady muss Sie also mögen.«

Ich warf das Jackett auf den Tisch. »Was will sie dafür?«

Er zuckte die Achseln. »Nichts. Macht nur gern Geschenke.«

»Geschenke für Typen wie mich«, sagte ich.

Er nickte. »Für Typen wie Sie.«

Ich fand, es hatte keinen Sinn, Humbolt noch mehr Fragen zu stellen, also ließ ich ihn gehen. Ich legte den Anzug auf der Couch aus und scannte ihn langsam von oben bis unten. Nadelstreifen waren nicht mein Stil, aber es war ein hübsches Stück, sogar mit einem passenden dunkelblauen Trenchcoat. Das Einzige, was fehlte, war ein Hut.

Es lag auch eine Karte dabei. Darauf stand:

Lieber Mack,
wenn du versuchst, Detektiv zu spielen, solltest du wenigstens auch entsprechend aussehen.
Umarmungen und Küsse,
Lucia

Es lag noch etwas anderes in der Schachtel: das Gemälde eines idyllischen Gartenhäuschens, das nur ein paar Stunden vorher in einer Levitatorgondel in Proton Towers gehangen hatte. Ich legte es zur Seite und ließ auch den Anzug auf der Couch liegen, bis Jung auftauchte.

Er grunzte ein Hallo, während er zum Kühlschrank schwankte und sich einen Apfel nahm.

»Schwerer Tag bei der Arbeit?«, fragte ich, um elegant zum Thema überzuleiten.

»Das Übliche.« Der Gorilla stapfte herüber, fuhr mit den Fingern an der Bügelfalte der Anzugshose entlang. »Wo hast du das denn her?«

»Es ist ein Geschenk von einer Freundin.«

»Du hast keine Freunde, Mack.« Er polierte den Apfel an seinem Jackenaufschlag. »Bis auf mich, und selbst ich bin mir da nicht immer sicher.«

»Es ist eine neue Entwicklung.«

»Wirst du ihn anprobieren?«, fragte er.

»Vielleicht.« Mein Vokalisierer spuckte ein paar statische Störungen aus, meine Version eines nervösen Räusperns. »Jung, erinnerst du dich, dass du heute Morgen etwas davon sagtest, dass Freunde einander helfen?«

Er biss in seinen Apfel, während er mich mit seinen wachsamen schwarzen Augen fixierte. »Ja, Mack. Ich erinnere mich.«

Also bat ich ihn um einen Gefallen. Er nickte nur und war einverstanden.

»Es könnte gefährlich werden. Ein kleines bisschen gefährlich. Vielleicht.« Ich seufzte. »Vergiss es. Egal.«

»Lass mich erst mal diesen Affenanzug ausziehen.« Der Gorilla schwankte in sein Schlafzimmer.

»Du musst das nicht tun. Es ist okay, wenn du es dir anders überlegst.«

Er blieb im Türrahmen stehen. »Vergiss es, Mack. Keine große Sache.«

Aber es war eine große Sache. Ich hatte vorher nie jemanden um so einen Gefallen gebeten, und ich hielt es immer noch nicht für richtig, Jung in diese Lage zu bringen. Es konnte gefährlich werden. Ich berechnete eine dreiprozentige Chance, dass mit dem Plan etwas schiefging, allerdings gab es auch nur eine vierprozentige Chance, dass es sich lohnte.

»Du ziehst dich besser auch an«, rief Jung aus dem anderen Zimmer. »In Clubs gibt es normalerweise eine Kleiderordnung!«

Der Anzug saß perfekt, aber ich musste mir Jungs geschickte Hände ausleihen, um mir mit der Krawatte zu helfen. Ich musste zugeben, ich sah verflixt gut darin aus. Natürlich zeigte der bloße Gedanke, dass ich mich überhaupt um Ästhetik scherte, dass ich unvernünftiger war, als ich zugeben wollte. Jung seinerseits zog einen dunkelvioletten Anzug an, der aus meiner eingeschränkten Perspektive zwei Stufen unter geschmacklos stand. Er steckte sich außerdem eine Rose in den Aufschlag, was ihn schließlich ein bisschen wie eine Kreuzung aus King Kong und einem schrillen Gangster aussehen ließ. Aber er tat mir einen Gefallen, also behielt ich meinen Modegeschmack für mich.

Empires inoffizielle Haltung zum Thema Kunst war tolerante Gleichgültigkeit. In der idealen Stadt des Gelehrten Rats würden sich alle Bürger produktiven Aufgaben widmen. Das war ein wichtiger Grund, warum er das Automatische-Bürger-Gesetz entworfen hatte. Robotern waren Musik, Bücher und Fernsehen egal. Wir taten unsere Arbeit und beschwerten uns nie.

Biologische hatten Bedürfnisse, die über eine feste Aufgabe und einen Ort zum Aufladen hinausgingen. Sie brauchten Ruhe, Entspannung und natürlich Stimulation. So war das eben, und die Big Brains hatten es mit der Zeit akzeptiert. Es gab sogar ein regierungsfinanziertes Unterhaltungszentrum. Es war zwar klein, und keiner wusste, wo es sich befand, aber die Big Brains versicherten uns, dass es irgendwo da draußen sei. Es gab eine Menge privater Clubs, Kunstgalerien und Filmhäuser in der ganzen Stadt verstreut, deren Existenz der Gelehrte Rat erlaubte.

Die einzige Ausnahme war Jazzmusik. Sie war zu unordentlich, zu wild und unvorhersehbar. Zu unwissenschaftlich. Sie galt zwar nicht grundsätzlich als gesetzeswidrig, doch es war kein Geheimnis, dass der Gelehrte Rat von ihrem weiteren Bestehen abriet. Und da Biologische so unlogische, unkooperative Wesen waren, florierte sie. Der Rock 'n' Roll setzte seinen spektakulären Aufstieg im Rest der Welt fort, in Empire aber stand immer noch der Jazz unangefochten an erster Stelle.

In der ganzen Stadt waren Clubs verstreut und sammelten sich in Pulks in den Unterklassevierteln. Einige waren dunkel und versteckt, andere glitzernd und nicht zu übersehen. Die *Goldene Diode* fiel in die zweite Kategorie. Tatsächlich war die gesamte Länge der Pi Street ein einziges glitzerndes, schmuddeliges, lautes Denkmal für niedrigere biologische Bedürfnisse. Es war die Art Ort, wo Leute hingingen, um cool zu sein, um dabei gesehen zu werden, wie sie cool waren und um vorzugeben, es sei ihnen egal, ob man sie dabei sah, wie cool sie waren.

Es war früher Abend, als Jung und ich in der *Goldenen Diode* ankamen und noch nicht viel los. Ein Türsteher war im Einsatz, schien aber noch nicht für seinen Job bereit zu sein und ließ uns ohne auch nur einen Seitenblick durch. Draußen hatte die *Diode* aus leuchtendem, glitzerndem Neon bestanden, aber das Innere war eine andere Geschichte. Es war schummrig beleuchtet, um die Kunden von einer düsteren, stimmungsvollen Atmosphäre zu überzeugen. Und um die Tatsache zu verbergen, dass es eine üble Spelunke war. Die Fassade musste das Dekorationsbudget trocken gelegt haben, denn es gab auf der anderen Seite der Tür nicht viel mehr als eine Bühne, ein paar Tische und eine Bar. Der Laden war ruhig, so früh fehlte die Besuchermenge noch. Vermutlich würde vor zehn nicht viel los sein.

Ein kleines, verwahrlostes Zigarettenmädchen fing uns ab, indem es mir in den Weg trat. »Hab hier nicht viele von deiner Sorte, Mann.«

»Taxifahrer?«, fragte ich und stellte mich dumm, weil irgendetwas an ihr – vielleicht die Art, wie sie ihren Kaugummi kaute: als verdiene er es zu leiden – mich in einen feindseligen Modus versetzte.

»Robos«, antwortete sie leicht gereizt, wenn auch nicht deutlich mehr, als sie standardmäßig zu sein schien. Sie schürzte die Lippen, blies eine Blase auf, bis sie platzte, dann sog sie alles wieder ein, bis auf einen kleinen Rest auf ihrer Wange, den sie nicht bemerkt hatte. »Zwanzig Steine«, sagte sie.

»Nein danke«, antwortete ich. »Ich rauche nicht.« Um es ganz deutlich zu machen, tippte ich auf meine Gesichtsplatte, wo sich kein Mund befand.

Sie stöhnte. »Es kostet zwanzig Steine, nur durch die

Tür zu kommen, Schlaurobo. Ricky hätte sie euch abnehmen sollen, aber er ist ein fauler, gottverdammter Arsch.«

»Auf dem Schild draußen steht: keine Gedecke vor neun.«

»Das gilt für Bios«, antwortete sie noch frustrierter und kaute ihren Kaugummi für meine Sünden noch härter. »Robos müssen immer zahlen.«

»Ist das nicht diskriminierend?«

Die Verwahrloste lächelte, und ich war mir sicher, ihr Gesicht schmerzte von der Anstrengung. »Wir führen hier ein Geschäft, Kumpel. Robos kommen rein, trinken nix, essen nix, stehen nur rum und nehmen Platz weg.«

»Ich zahle einen Drink«, bot ich an.

»Und dann? Zwei Drinks sind das Minimum, aber kein Mensch zahlt zwei Drinks, wenn die Party mal losgeht. Außer Robos. Robos trinken nix, essen nix, stehen ...«

»Ja, ich hab's kapiert. Ich hab's kapiert. Zwanzig Steine scheint mir allerdings wirklich gepfeffert, oder nicht?«

»Wenn es nach mir ginge, würden wir eure Sorte nicht mal reinlassen.« Sie lächelte wieder, und diesmal sah es aus, als meinte sie es ernst. »Aber es geht nicht nach mir. Zwanzig Steine her – jetzt. Oder muss ich die Cops rufen?«

Ich berechnete das als einen Bluff. Schuppen wie dieser riefen nicht die Cops. Sie konnten ihre Sicherheitsfragen selbst klären, worin normalerweise Seitengassen-Knochenbrecher und überhitzte Elektropods involviert waren. Wenn auch keines von beiden eine besondere Gefahr für mich darstellte, wollte ich doch auch keinen Stunk machen. Ich kramte die zwanzig Steine heraus und reichte sie ihr.

»Vielen Dank, Sir«, sagte sie mit der ganzen Wärme eines Todesstrahls. »Ich wünsche Ihnen einen angenehmen Abend, meine Herren!«

Ich hielt sie an. »Was? Keine Gratiszigaretten?«

Sie verdrehte die Augen und verschwand in der Düsternis.

»Wie willst du es machen?«, fragte Jung.

Die meisten Roboter hatten den Vorteil, serienmäßig zu sein. Sie mochten hier und da eine Modifikation haben, aber letztlich sahen sie alle gleich aus, bis auf verschiedene Seriennummern und Unterscheidungsmerkmale, die ihnen ihre Besitzer manchmal hinzufügten. Selbst die vielen Hundert automatischen Bürger waren alle Standardausführungen, bevor sie ihre Bürgerrechte erwarben, und bis auf die rote Farbe, die ihnen aufs Gehäuse geklatscht wurde, wirkten sie ziemlich unscheinbar.

Doch ich war einzigartig, eine limitierte Auflage. Der Professor hatte ein paar andere Prototypen geschaffen, aber sie waren beschlagnahmt und demontiert worden, bevor sie je aktiviert wurden. Es gab nur mich. Da war es nicht gerade eine Hilfe, dass ich ein großer Robo war oder dass sich manche Leute immer noch aus der Zeit der kurzen Vernarrtheit der Presse in meine Läuterung an mich erinnerten. Es war schwer, in Empire aus einer Menge hervorzustechen, aber ich schaffte es besser als die meisten anderen. Falls Tony Ringo mich kommen sah, würde er sich wegteleportieren, und ich wäre wieder am Nullpunkt angelangt.

Es würde Jungs Aufgabe sein, die Tür im Auge zu behalten, während ich still in einer dunklen Ecke in der Nähe saß, gerade so außer Sicht. Hoffentlich würde Ringo erscheinen, Jung würde mir ein Zeichen geben und ich konnte mich anschleichen und Ringo schnappen, bevor er etwas merkte. Es gab eine Menge Variablen in diesem Plan; die offenkundigste war, dass Tony Ringo ein Idiot sein musste, um in einem seiner normalen Lieblingsläden aufzutauchen, wenn Leute nach ihm suchten. Aber ich hatte eine der Vernunft widersprechende Hypothese, dass er nicht wegbleiben konnte. Das war eine biologische Sache. Sie waren Gewohnheitstiere. Wie Roboter ohne Instinkte.

Ich fand einen guten Platz in der Nähe der Tür, der funktionieren konnte, und Jung setzte sich an die Bar. Er bestellte einen Drink, während er wartete. Es war kein Banana Daiquiri, aber mein rudimentärer Sinn für Humor fand Vergnügen daran, sich vorzustellen, es sei doch einer.

Wir warteten.

Mir macht Warten nichts aus. Warten ist einfach. Warten ist bequem. Warten befreit von all dem Druck, bis schließlich etwas passiert. Ich wollte, dass Ringo auftauchte, und ich wollte, dass er mich zu Julie und den Kindern führte, damit wieder alles normal wurde und ich ein Taxi fuhr und nichts Interessantes geschah. Nicht, weil ich diese Detektivsache nicht leiden konnte. Auf eine gewisse Art hatte ich sogar den Verdacht, dass ich dabei war, mich daran zu gewöhnen. Aber hier ging es nicht um mich. Es ging um die Bleakers, eine sehr nette Familie, die vielleicht meine Hilfe brauchte. Mit Betonung auf *vielleicht*.

Die *Goldene Diode* füllte sich in den nächsten drei Stunden mit Kunden, und während die Menge wuchs, wuchs in mir der Verdacht, dass dies eine Zeitverschwendung war.

Zum ersten Mal seit meiner Ingangsetzung wurde das Warten zu etwas unbestimmt Unbehaglichem. Vierzehn Minuten nach elf begann ich, andere Handlungsabläufe zu berechnen. Es gab eine Menge Jazzclubs auf der Pi Street. Vielleicht wäre es schlauer gewesen, sie alle zu patrouillieren, als einen zu observieren. Vielleicht war ich sogar im ganz falschen Viertel. Vielleicht hatte Tony Ringo die Stadt verlassen und ich verschwendete meine Zeit. Es macht nie Spaß, sich selbst zu hinterfragen, und mit einem elektronischen Gehirn, das in der Lage ist, vierhundertsiebzehn verschiedene Szenarios in der Minute auszuspucken, wenn es einmal damit angefangen hat, kann es geradezu entmutigend werden.

»'nen Penny für deine Berechnungen, Hübscher.«

Es war Lucia Napier. Ich wandte meine Optiken nicht von Jung ab, deshalb sah ich sie nicht, aber ich erkannte ihre Stimme.

»Hatte so eine Ahnung, dass du hier sein würdest.« Ihre Hand fuhr an meinem Arm auf und ab. »Schöner Anzug. Steht dir gut.«

»Ich hab keine Zeit für so was«, sagte ich kühl.

»Oh, entspann dich! Tony taucht nie vor halb zwölf auf.«

Ich wandte den Kopf nur so weit, dass ich Jung aus dem Augenwinkel noch sehen konnte. Napier trug ein schimmerndes, tief ausgeschnittenes Teil, das ihre Kurven betonte und ihre diversen Reize offenbarte.

»Warum haben Sie mir das nicht vorher gesagt?«, fragte ich.

»Ist mir wohl entgangen.« Sie lächelte. »Lust zu tanzen, Hübscher?«

»Ich tanze nicht.«

»Ach, komm schon! Ein Tanz kann nicht schaden.« Sie griff nach meiner Hand und zog. Ich blieb sitzen.

»Lady, ich weiß, das ist für Sie alles nur ein großer Spaß, aber ich bin geschäftlich hier.«

»Oh, na gut. Du solltest lernen, lockerer zu werden. Dann funktionierst du länger.« Sie zuckte die Achseln. »Geschäfte, was? Und ich dachte, du wärst nur ein Taxifahrer.«

Ich bekam das Signal von Jung, und meine Optiken bewegten sich zur Tür. Da war Tony Ringo. Ich schlich vorsichtig in seine Richtung, wobei ich mich tief nach unten krümmte und trotzdem noch größer war als der Rest der Menge. Wenn ich nur nah genug herankam!

Ringo drehte sich in meine Richtung und sah mich. Innerhalb einer Sekunde stellte sein matschiges Gehirn die Verbindung her, und nach weniger als einem Dutzend Schritte, die ich machte, um ihn durch die Menge zu erreichen, war seine Hand schon in seinem Jackett und dazu bereit, seinen magischen Knopf zu drücken, um ihn verschwinden zu lassen.

Jung erreichte ihn von hinten und verpasste ihm eine auf den Hinterkopf. Ringo fiel hart hin. Eine blinkende Metallscheibe fiel aus seinem Jackett und rollte über den Boden. Benommen kroch Ringo ihr nach und achtete darauf, dass in dem Durcheinander niemand auf ihn trat. Er schnappte sie, aber noch bevor er etwas tun konnte, trat mein Fuß auf seine Hand und die Scheibe. Ich legte mein Gewicht darauf. Die Scheibe und seine Hand zerbrachen. Beide machten vermutlich ein lautes Knirschgeräusch, aber die Jazzmusik verschluckte es. Sein kurzer Schmerzensschrei zog allerdings etwas Aufmerksamkeit auf sich.

Ich schnappte Ringo am Rücken seines Jacketts und hob ihn vom Boden auf. Er fluchte, rotgesichtig, und hielt seine Hand umklammert.

»Danke für die Hilfe«, sagte ich zu Jung.

Er zuckte die Achseln. »Schon gut.«

»Meine Hand!«, winselte Ringo. »Du hast mir meine verdammte Hand gebrochen!«

Mein Mitgefühlsquotient für ihn war bemerkenswert niedrig. Ich ergriff ihn an der Schulter und schleppte ihn zur Bar hinüber. Niemand versuchte, mich zu stoppen. Es sah nicht einmal jemand so aus, als interessiere es ihn. Bis auf die Türsteher, die sich aber noch nicht bewegt hatten. Sie würden es sich in einer Minute vielleicht anders überlegen, doch für den Augenblick beschlossen sie, Ringo sei den Ärger nicht wert.

»Haben Sie 'n Telefon?«, fragte ich den Barmann.

»Klar.«

»Wen rufst du an?«, fragte Jung.

Ich wusste es nicht genau. Der Impuls und die Nummer kamen mir erst in dem Moment, als ich Ringo hatte.

Das Telefon klingelte dreimal und jemand hob ab. Es waren nicht Grey oder Knuckles, aber ich hatte keine Zweifel, dass es einer ihrer Kumpel sein musste.

»Ja?«

»Hier ist Megaton«, sagte ich. »Ich habe Ringo.«

Die Stimme am anderen Ende gab ein schnaubendes Geräusch von sich. Ich sagte demjenigen, wo wir waren, und er sagte, er würde ein Fahrzeug schicken, eine graue

Condor. Das war alles. Ich zögerte nicht und wusste, ich würde Ringo übergeben, weil Grey mich an den Direktiven hatte. Mein künstlicher Wille gehörte nicht mehr ganz mir, doch ich hatte noch etwas Spielraum. Ich würde Ringo aufgeben, aber nicht, bevor ich die Gelegenheit hatte, ihn zu befragen.

»Danke, Jung. Du kannst jetzt nach Hause gehen. Oder noch einen trinken. Ich habe ihn jetzt.« Ich hob Ringo vom Boden hoch und schüttelte ihn kräftig. »Vertrau mir. Du willst nicht sehen, was gleich passiert.«

»Du verdammter Bastard«, brüllte Ringo. »Du reißt mir noch den Arm raus!«

»Entspann dich, Tony«, sagte ich. »Du hast doch noch drei andere.«

»Okay, Mack. Es ist deine Entscheidung.« Jung hüpfte auf seinen Hocker an der Bar zurück. »Versuch nur, dich von Schwierigkeiten fernzuhalten.«

»Ich bin nicht derjenige, der Schwierigkeiten hat.« Ich schüttelte Ringo noch einmal. Er heulte. »Und noch mal danke. Ohne dich hätte ich ihn nicht geschnappt.«

Jung lächelte leicht. »Ich weiß.«

Ich schleppte Ringo durch die Küche und in die Seitengasse. Es war ein ruhiger Ort zum Reden. Der einzige andere Anwohner war ein Penner, der neben einem Müllcontainer ein Nickerchen machte. Man wusste nie, was für seltsame Wissenschaftsdinger Ringo noch in seiner Jacke haben mochte, obwohl ich den Verdacht hatte, er hätte es schon herausgezogen, wenn er etwas Brauchbares gehabt hätte. Ich warf ihn mit dem Gesicht voran an die Wand und durchsuchte ihn kurz. Das brachte eine glänzende neue Zap-and-Heater-Strahlenkanone zum Vorschein, das allerneueste Modell. Im Interesse der öffentlichen Sicherheit zerquetschte ich sie und warf sie in den Müllcontainer.

Die Tür schwang auf und Lucia, den loyalen Butler-Auto an ihrer Seite, trat in die Gasse heraus. Ein Seufzen entschlüpfte meinem Synthesizer. Ich wurde sie einfach nicht los. Dennoch versuchte ich es.

»Sie werden das nicht sehen wollen, Lucia«, sagte ich. »Das wird kein hübscher Anblick.«

»Sie würden sich wundern, was sie schon alles gesehen hat«, sagte Humbolt.

Ich seufzte, aber ich hatte Gebote von höherer Priorität als ein verzogenes reiches Mädchen.

»Die Bleakers, Tony.«

»Verpiss dich, Blechdose!«

»Diese Haltung wird alles nur noch schwerer machen.«

Ich knallte Ringo ein paar Mal an die Wand. Nicht hart genug, um ihm etwas zu brechen, aber doch ausreichend, um seine Aufmerksamkeit zu bekommen.

»Oh, du machst da einen verdammt großen Fehler, du dummer Metallschädel«, ächzte Ringo. »Wenn meine Freunde davon hören, werden sie dir den Auspuffstutzen aufreißen.«

»Wir wissen beide, dass du keine Freunde hast, Tony. Ich habe keine Ahnung, wie viel Zeit wir hier haben, also müssen wir uns beeilen. Ich frage dich noch einmal: die Bleakers. Was hast du mit ihnen angestellt?«

Ich wirbelte ihn herum und hielt ihn am Kragen. Ich hätte ihn an der Kehle geschnappt, aber ich wollte ihm nicht versehentlich das Genick brechen. Biologische konnten so zerbrechlich sein.

»Ich kenne keine Bleakers, Mann!«

Ich knuffte ihn mit einem einzelnen Finger in die Kronjuwelen. Er keuchte gequält.

»Ich weiß, du bist dumm, Tony, aber ich hätte nicht gedacht, dass du dumm genug wärst, um einen Roboter zu belügen.« Ich tippte mir an den Bauch, wo sich mein elektronisches Gehirn befand. »Speichermatrix lügt nicht.«

»Ja, schon gut«, keuchte er. »Ich kenn sie. Aber ich hab nichts mit ihrem Verschwinden zu tun. Ich schwör's!«

Ich schüttelte den Kopf. »Tony, du bist wirklich ein Idiot. Ich sagte nichts von Verschwinden.«

»Doch, hast du.«

Ich tippte mir wieder an den Bauch. »Speichermatrix, Tony.«

»Hör mal, du kannst machen, was du willst, ich werd dir gar nichts sagen!«

»Pass mal auf, Tony ...«

Ich schnappte seine gebrochene Hand und quetschte. Er schrie. Ich quetschte noch ein wenig mehr, und er schrie noch lauter. Seine Finger waren in schmerzhaften, unnatürlichen Winkeln verbogen. Er musste härter sein, als ich gedacht hatte, denn er hörte auf zu schreien und starrte mich mit tränenden Augen an.

»Du verfluchter Herstellungsfehler! Du gottverdammter ...« Seine Serie von Flüchen wurde unverständlich. Das Risiko, seinen Schädel einzuschlagen, hielt mich davon ab, ihn zu schlagen. Stattdessen ließ ich ihn an der Wand hinunterrutschen und fünfunddreißig Sekunden schluchzen.

Lucia stand jetzt neben mir. Mein Gesichtsausdruck-Analysierprogramm konnte nichts erkennen. Das Ganze machte ihr definitiv nichts aus, aber ob es ihr gefiel oder nicht, konnte ich nicht sagen.

»Sag ihm, was er wissen will, Tony«, sagte sie. »Es wird nur schlimmer.«

Ringo presste die Lippen zusammen.

Ich hievte ihn von den Füßen. »Wähl einen Arm.«

Ringo knirschte mit den Zähnen und spuckte mir ins Gesicht. Der Speichel tropfte von meiner Gesichtsplatte. Ich wusste nicht, ob er dachte, ich würde bluffen – oder ob er einfach nur dumm war. Aber er kreischte wie verrückt, als ich seine rechte Elle brach.

Ich gab ihm noch einmal fünfunddreißig Sekunden, um sich zu sammeln.

»Ach, hör schon auf zu heulen, Tony! Es ist nur ein kleiner Bruch.«

»Du bist wahnsinnig!«

»Nein, Tony, Süßer«, sagte Lucia Napier hinter mir. »Der liebe Mack hier ist nicht wahnsinnig. Er ist eine erbarmungslose Tötungsmaschine.«

»Ich hab's dir gesagt, Blechdose«, murrte Ringo heiser. »Ich sag nichts!«

»Ich glaube dir, Tony. Laut meinem Vorhersagbarkeitsprofil hättest du inzwischen reden müssen. Entweder du bist härter, als ich dachte, oder du glaubst, jemand könnte noch furchteinflößender sein als ich. Ich denke, ich muss dir zeigen, wie ernst ich es meine.«

Er zitterte, schwitzte und weinte.

Napier hatte recht. Ich hatte kein Erbarmen. Nicht, dass

ich Ringo verletzen wollte. Seine Knochen brachen zu leicht, um mir viel Befriedigung zu verschaffen.

»Wie du willst. Aber ich habe nicht viel Zeit, und du hast viele Arme.«

»Warte, warte!« Ringo wand sich weiterhin in meinem eisernen Griff, aber er konnte nirgendwo hin. »Ich weiß gar nichts! Ich schwöre es! Sie sagen mir nichts! Und selbst wenn ich dir erzählen könnte, wo sie das Kind festhalten, würde das nicht viel ändern! Es ist zu spät, um es jetzt noch aufzuhalten!«

Da meine Gesichtsplatte keine Gesichtszüge hatte, konnte ich meine Überraschung für mich behalten. Ich verstand nicht viel von dem, was Ringo da redete. Doch den Gehalt erfasste ich. Jemand hatte die Bleakers wegen eines der Kinder entführt. Aber um welches Kind handelte es sich – und warum?

»Sag mir, wer sie hat«, sagte ich. »Mehr will ich nicht wissen.«

Ringo sah verwirrt aus. »Warte mal. Du weißt es nicht?«

»Was weiß ich nicht?«

Er runzelte die Stirn. »Arbeitest du nicht für Greenman?«

»Nie von ihm gehört.«

»Oh, Scheiße! Du weißt wirklich nicht, wer er ist! Dir geht es wirklich nur um die Familie!« Er fing an zu lachen. Es war ein raues, humorloses Kichern am Rande der Hysterie. »Du armer, dummer Konstruktionsfehler, du hast keine Ahnung, wo du da reingeraten bist!«

Bevor ich fragen konnte, was er meinte, flutete Licht in die Seitengasse. Ich staunte, wie schnell Greys Jungs hier waren. Dann wurde mir klar, dass es keine graue Condor war, die herabsank, sondern ein kirschroter Albatros.

Der Albatros war ein luxuriöser Drehflügler, was bedeutete, dass er groß und klotzig war: ein fliegender Stahlkasten, aus Stilgründen mit ein paar Finnen am Ende. Seine drei leise säuselnden Rotoren wirbelten eine Menge Wind und Staub auf, als er neben dem Müllcontainer landete. Die Rotoren wurden langsamer, drehten sich aber weiter, während ich kapierte, dass diese Jungs nicht vorhatten, lange hier herumzulungern.

»Mack, was geht hier vor sich?«, fragte Lucia.

»Ich sagte doch, du solltest besser zurück in den Club gehen«, sagte ich. »Jetzt halt den Mund und bleib zurück.«

Ob sie verletzt war oder nicht – sie war vernünftig genug, nicht zu diskutieren.

Die Hintertüren des Albatros glitten auf. Zwei Schlägertypen stiegen aus. Sie traten nach vorn vor die Scheinwerfer, um sich nur als Schemen sehen zu lassen, aber meine polarisierten Optiken gaben mir eine klare Sicht von zwei grob aussehenden Biologischen. Einer hatte einen dicken Hals und eine Hasenscharte. Der andere hatte gelbe Haut, weiße Haare und trug eine durchsichtige Kuppel, gefüllt mit einer Art bläulichem Gas, auf dem Kopf. Außerdem hatte er Tentakel statt Armen. Beide trugen Anzüge, und Hasenscharte trug sein Jackett offen, sodass ich die Strahlenkanone in seinem Gürtel sehen konnte.

»O Krask, bin ich froh, euch Jungs zu sehen!«, sagte Ringo. »Ich dachte schon, ich sei erledigt.«

Kuppelkopf sprach. Er bewegte die Lippen nicht, aber ein paar Venen pochten an seinen Schläfen, und eine

Stimme kam aus einem Lautsprecher, der um seine Kehle geschnallt war. Das Geräusch, das herauskam, war Kauderwelsch für mich, aber Ringo schien es zu verstehen. Er antwortete selbst auf Kauderwelsch. Ich sprach achtundzwanzig verschiedene Sprachen fließend, doch davon verstand ich kein Wort.

Während Kuppelkopf und Ringo sich austauschten, starrte Hasenscharte mich an. Er stand stocksteif. Ich konnte nicht einmal entdecken, dass er atmete. Er starrte einfach nur.

Kuppelkopf musste etwas gesagt haben, was Ringo nicht gefiel, denn seine nächste Antwort war wieder gutes altes Englisch. »Hey, ich weiß, ich sollte nicht ausgehen, aber mir wurde langweilig! Das ist doch egal, oder? Schließlich kann uns niemand aufhalten, nicht wahr?«

Kuppelkopf ging ebenfalls zu Englisch über. »Du warst gewarnt, Tony. Diese Operation ist viel zu wichtig, um sie zu gefährden. Deine Schlamperei hat sich als zu große Belastung erwiesen.«

»Mann, das kannst du nicht ernst meinen!«, sagte Ringo. »Ich meine, was ist schon dabei?«

»Ich unterbreche euch äußerst ungern«, sagte ich. »Aber ich bin noch nicht fertig mit ihm. Sie können ihn haben, wenn ich so weit bin.«

Kuppelkopf lächelte freudlos. »Mr. Megaton, wir respektieren alles Leben, selbst künstliches. Bitte zwingen Sie uns nicht, zu körperlicher Gewalt greifen zu müssen.«

Keiner der Kerle war ein besonderer Anblick. Kuppelkopf war kaum eins fünfzig groß und höchstens fünfundneunzig Pfund schwer. Hasenscharte war bedeutend größer als ein durchschnittlicher Mensch, aber nichts deutete darauf hin, dass ich ihm seine Waffe nicht abnehmen und ihn zu Brei schlagen konnte. Trotz meiner beeindruckenden Spezifikationen hatte ich gelernt, auf das Unerwartete gefasst zu sein. Diese beiden schienen zu wissen, wer ich war, also gab es keinen Grund anzunehmen, dass sie leere Drohungen aussprachen. Außerdem nahm ich an, dass sie so selbstbewusst waren, wie sie erschienen, sonst hätten sie Ringo einfach mitgenommen. Unglücklicherweise war es nicht meine Entscheidung. Greys übersinnliche Umprogrammierung würde mich davon abhalten, Tony Ringo zu übergeben. Eine Konfrontation war unvermeidlich, und mein Kampfanalysator war sich unschlüssig. So viel zu den Wundern der modernen Spitzenwissenschaft.

Humbolt knöpfte seinen Mantel auf, um seinen eigenen Heater sehen zu lassen. »Wenn es Ärger gibt, Mack, gebe ich Ihnen Deckung.«

Ich machte mir keine Sorgen um Humbolt. Er sah aus, als könne er selbst auf sich aufpassen. Aber Lucia war eine Belastung. Wenn es brenzlig wurde, konnte ich nicht beide schützen, Ringo und sie.

»Es wird keinen Ärger geben«, sagte ich. »Alle Beteiligten werden schön cool bleiben. Ich denke, wir sind alle schlau genug zu wissen, dass niemand etwas gewinnt, wenn die Situation hässlich wird.«

»Richtig«, sagte Kuppelkopf. »Weshalb ich vorschlage, dass Sie Mr. Ringo in unsere Obhut übergeben. Dies ist keine Verhandlung, Mr. Megaton.«

Hasenscharte zog seine Knarre. Er richtete sie auf niemanden, hielt sie aber an seiner Seite.

»Ich brauche nur noch fünf Minuten.«

Ich versuchte, Zeit zu schinden. Falls meine Verabredung auftauchte, würden diese Witzbolde ihre Lage vielleicht noch einmal überdenken. Natürlich hatte ich dann einen ganz neuen Haufen von Kerlen, die mir Ringo wegnehmen wollten, aber eins nach dem anderen.

Kuppelkopf schwang seine Tentakel. Die Bewegung kam so schnell, dass sie nicht einmal von meinen Optiken aufgezeichnet wurde. Ein Tentakel schlang sich um meine Beine. Das andere wickelte sich um Ringo, aber ich hielt ihn fest.

Hasenscharte stürmte vor und schlug mir direkt auf die Schädeleinheit. Und zwar hart. Der Kerl war so stark wie eine Baudrohne. Mit meinen gefesselten Beinen verlor ich das Gleichgewicht und fiel hin. Ringo ließ ich aber nicht los. Nichts kann mich zum Loslassen zwingen, wenn ich einmal etwas in die Finger bekommen habe. Eher würde ich zulassen, dass Ringo entzweigerissen wurde, als dass ich ihn losließ. Nach Ringos schmerzerfüllten Schreien zu urteilen würde ich sagen, Kuppelkopf sah das genauso.

Humbolt zog seine Pistole und gab drei Schüsse ab. Aus nächster Nähe. Er konnte nicht danebenschießen. Aber Kuppelkopf aktivierte sein persönliches Kraftfeld, und die Salven lösten sich auf, bevor sie ihn erreichten.

Hasenscharte bemühte sich nicht, seine Pistole zu ziehen. Er drehte sich um und riss Humbolts Arm aus. Den Arm ohne die Strahlenkanone. So gleichgültig waren ihm die Salven der Strahlenkanone, die ihm die Brust versengten. Humbolt war ein sturer Automatischer und feuerte weiter, was das Zeug hielt. Hasenscharte hieb dem Auto mit einem Schlag den Kopf ab, zertrümmerte mit einem weiteren Humbolts Brust. Der Butler-Auto brach zu einem zuckenden Haufen Schrott zusammen.

Kuppelkopf hielt seine Aufmerksamkeit die ganze Zeit auf mich gerichtet. Er verstärkte noch den Druck.

»Sie können nicht gewinnen, Mr. Megaton«, sagte er. »Man sollte meinen, Sie besäßen genug Logik, um das zu begreifen.«

Ich ließ Ringo los, was Kuppelkopf überrumpelte. Sein Tentakel schnappte wie ein Gummiband zurück, und Ringo klatschte direkt gegen ihn. Ich dachte mir, dass sein Kraftfeld gegen Energiestrahlen konzipiert war. Ich hatte richtig gedacht. Kuppelkopf wurde umgehauen, und das Tentakel um meine Beine lockerte sich.

Ich konnte nicht auf viel Zeit durch die Ablenkung hoffen. Ich kurbelte meinen Leistungspegel hoch und rannte zu Kuppelkopf. Hasenscharte machte eine Bewegung, um mich abzufangen. Ich stieß ihm mit voller Kraft die Faust ins Gesicht. Es zertrümmerte ihm nicht den Schädel, aber seine Nase blutete und seine Knie zitterten. Ich landete einen Schwinger, der ihn zu Boden schickte. Doch ich nahm mir nicht die Zeit, mir zu gratulieren, sondern wandte mich wieder Kuppelkopf zu.

Seine Tentakel peitschten erneut, aber diesmal war ich vorbereitet. Ich fing eines mit einer Hand und riss ihn in die Luft, schwang ihn in einem hohen Bogen und schleuderte ihn zu Boden. Dann noch einmal. Sein Helm knackste und dünne blaue Rauchfäden entwichen daraus. Er begann zu hyperventilieren und herumzuzappeln wie ein Fisch auf dem Trockenen.

Tony Ringo hatte sich noch nicht davon erholt, mitten in ein Tauziehen geraten zu sein, und so schnappte ich ihn, bevor er die Chance dazu hatte. Ich war nett genug, ihn nicht an seinem gebrochenen Arm zu packen.

Ein Schrei drang in meine Audios. Lucia Napier. In dem Elf-Sekunden-Kampf hatte ich sie aus den Augen verloren. Jetzt wandte ich mich um und scannte sie in Hasenschartes festem Griff. Der Kerl hatte ein dickes Fell, na gut.

Er grinste, leckte sich das blutige Gesicht mit einer langen grünen Zunge. »Schalt ab«, sagte er. »Übergib mir Ringo, und ich breche ihr nicht das Genick.«

»Kann ich nicht.«

Hasenscharte starrte mich finster an und zeigte Reihen krummer, zerklüfteter Zähne. »Denk nicht, ich bluffe!«

»Das tue ich nicht. Aber ich kann dir Ringo nicht geben. In meiner Programmierung ist eine fremde Direktive. Ich habe keine Wahl.«

Napier schien keineswegs nervös, wenn das auch nicht leicht zu beurteilen war, weil die Hand des Rohlings die Hälfte ihres Gesichts bedeckte. Ich selbst war kalt wie rostfreier Stahl. So war ich einfach konstruiert. Ein leises Bedauern beschlich mich. Napier mochte ja eine Nervensäge sein, aber sie verdiente es nicht, wegen eines Verlierers wie Ringo zu sterben. Ich hatte sie gewarnt, nicht herzukommen.

»Dann schätze ich, diese Dame hier nützt mir nicht mehr viel«, sagte Hasenscharte.

»Nein«, widersprach ich. »Im Moment ist sie das Einzige, was mich davon abhält, dich zu Brei zu schlagen. Willst du sehen, wie lange du überlebst, wenn du ihr etwas antust? Glaub mir, es werden die längsten fünf Minuten deines Lebens sein.«

Hasenscharte lächelte und verstärkte seinen Griff. »Du bluffst.«

»Ich bluffe nie. Gehört nicht zu meiner Persönlichkeitsmaske. Aber ich weiß, was du denkst. Du denkst, du seist ein harter Kerl, und natürlich bist du auch ziemlich stark. Und daran, dass dein blaues Auge schon verschwunden ist, kann ich erkennen, dass du ein schneller Heiler bist. Aber ich würde meine unzerstörbare Legierung jederzeit gegen das Fleisch und Blut eines Mutanten setzen.

Aber du denkst auch an Tony hier.« Ich schüttelte Ringo ordentlich. »Ich werde im Nachteil kämpfen, angesichts dessen, dass ich keine andere Wahl habe, als ihn festzuhalten ... Und weil er ein zerbrechliches kleines Ding ist, werde ich eine Menge Zeit damit verbringen müssen, sicherzugehen, dass er nicht durch einen versehentlichen Treffer zermatscht wird.«

Hasenscharte grinste. »Genau das denke ich.«

»Na schön«, gab ich nach. »Dann ist es wohl deine Entscheidung.«

Er dachte nicht lange nach, bevor er das Letzte tat, was ich erwartet hätte. Er entschied sich für seinen Heater. Ich gebe es zu. Manchmal, wenn unerwartete Dinge geschehen, kann es vorkommen, dass ich erstarre. Es dauerte nicht lange, zwei Drittel einer Sekunde. Genug für Hasenscharte, seine Waffe zu ziehen und auf Ringos Kopf zu zielen. Wäre ich schneller gewesen, hätte ich mich zwischen Ringo und den Strahl stellen können. Aber ich war nicht schnell genug.

Bevor Hasenscharte abdrücken konnte, flammte er plötzlich von Strömen purpurner Spannung auf. Er gab kein Geräusch von sich, ließ seine Geisel los und erschlaffte. Napier trat zur Seite. Sabbernd versuchte Hasenscharte, die Auswirkungen abzuschütteln.

Sie tippte an ihren Gürtel. »Der Selbstverteidigungs-Shock-o-tronic-Feldgenerator der Firma Napier. Was alle Mädchen brauchen.«

Bevor Hasenscharte wieder Herr seiner Sinne werden konnte, nutzte ich die Gelegenheit, ihn zu verdreschen. Ein Schlag in den Magen, ein paar Geraden, doch er stand immer noch. Er war nicht so stark wie ich, aber der Kerl hielt wirklich etwas aus. Eine harte Rechte schickte ihn schließlich von den Beinen und ins Land der Träume.

»Ich wusste nicht, dass Sie noch erfinden«, sagte ich.

»Oh, das ist nur etwas, das ich einmal in einer schlaflosen Nacht zusammengebastelt habe.«

Ich scannte Humbolts Überreste. Er war nur ein Automatischer. Dem Gesetz zufolge konnte er nicht mehr getötet werden als ein Staubsauger. Natürlich war er nur ein Haufen Drähte und Zahnräder, und wenn jemand sie auf einem Tisch ausbreitete, wären es eben nur verstreute Teile. Man konnte sie auf ein Dutzend verschiedene Arten zusammenbauen und hätte am Ende ein Dutzend verschiedene Maschinen. Aber andererseits konnte man dasselbe auch von mir sagen.

»Tut mir leid wegen Ihrem Roboter«, sagte ich.

Napier kniete über Humbolts Torso. »Mach dir keine Sorgen, Mack. Sein Gehirn ist verstärkt.« Sie drückte auf einen Knopf, und seine Brust öffnete sich und enthüllte eine kleine Titanbox. Viel kleiner als die meisten Robotergehirne, aber Napier war ein Genie. »Ach ja. Kein Problem. Ich bring ihn nach Hause und stecke ihn in ein Ersatzgehäuse. So gut wie neu.«

Das war eine Erleichterung.

Ich sagte: »Äh, und es tut mir leid wegen ...«

»O bitte, Mack. Du musst dich nicht entschuldigen. Du hast mir gesagt, ich solle dir nicht in die Gasse folgen. Immerhin bin ich ein großes Mädchen. Ich kann gut selbst auf mich aufpassen, danke.«

Sie streckte die Hand aus und legte sie mir an die Wange. Sie war überhaupt nicht böse auf mich. Lucia Napier war eine sonderbare Frau. Sonderbar, aber liebenswert.

Ringo wand sich in meinem Griff, aber er konnte nirgendwo hin. Außerdem spuckte er ein paar leere Drohungen aus, die ich ignorierte.

Hasenscharte war immer noch k.o., aber das Lustige war sein Gesicht, das kaum vierzehn Sekunden zuvor noch ein blutiger Brei gewesen war. Jetzt war es nett und unversehrt. Und ich nahm an, er wäre inzwischen wach geworden, wenn da nicht dieses seltsame Shock-o-tronic-Gerät gewesen wäre, mit dem ihm Napier eine vor den Latz geknallt hatte.

Ich durchsuchte Kuppelkopf. Es war nicht leicht, weil er so herumzappelte, aber ich fand in seiner Manteltasche eine Teleportationsscheibe, wie Ringo sie benutzte.

»Oh, was ist das?«, fragte sie.

»Irgendeine Art Teleportationsdings.« Ich durchsuchte auch Hasenscharte kurz und fand dessen eigene Scheibe. Sie war zerbrochen. Keine große Überraschung.

Ich warf Napier das intakte Ding zu.

»Ein Geschenk?«, fragte sie.

»Sie können es behalten, Lucia, solange Sie mir alles Interessante erzählen, was Sie herausfinden, wenn Sie es öffnen.«

»Abgemacht.« Sie ließ es in ihre Handtasche fallen. »Und was werde ich deiner Meinung nach finden?«

»Ich weiß nicht, aber das ist irgendein Hightechding. Denke, es wird einen Blick wert sein.«

»Wow, Mr. Megaton, du klingst jede Minute mehr nach einem Detektiv und weniger nach einem Taxifahrer!«

Sie hatte recht. Es war etwas Anziehendes daran, Knochen zu brechen und Fragen zu stellen und alles mit Abschaum und intellektuellen Damen aufzulockern. Es war um einiges stimulierender, als Leute aus den Vororten durch die Stadt zu kutschieren.

Ich riss Kuppelkopf an der Krawatte. »Für wen arbeitet ihr? Und warum sollte jemand so viele Schwierigkeiten auf sich nehmen, um ein paar Kinder zu kidnappen?«

Er schnappte nach Luft und gurgelte. Hasenscharte war auch nicht in der Lage zu sprechen.

Ein weiteres Rotorcar kam dröhnend in die Seitengasse. Die Condor war ein sportliches Modell, mit dreiundachtzig Prozent der Größe des Albatros. Sie hatte abgerundete Ecken und einen kleinen, am Kühler befestigten Propeller, der viel zu langsam für jegliche praktische Leistung und nur für die Ästhetik da war. Die Gasse war zwar groß, aber überfüllt. Trotzdem war der Fahrer erfahren genug, sie auf dem kleinen verfügbaren freien Platz zu landen.

»Lass mich raten«, sagte Napier. »Du willst, dass ich den Mund halte und dir nicht in die Quere komme.«

Ich tippte mir an die Gesichtsplatte, wo meine Nase hätte sein können. Sie verstand die Geste trotzdem.

Zwei Typen stiegen aus. Sie sahen aus wie Normale, aber man konnte es nicht mit Sicherheit wissen. Ich begegnete in letzter Zeit einer statistisch unwahrscheinlichen Anzahl von Mutanten, also schloss ich nichts aus.

Der Kleinere musterte Kuppelkopf, der von der Krawatte in meiner rechten Hand baumelte. Und dann Tony Ringo, den ich mit meiner Linken umklammerte. »Wir kommen wegen Ringo.«

Ich ließ Kuppelkopf fallen. Sein Helm traf mit einem gläsernen Klingeln auf dem Boden auf.

»Sie können ihn haben, aber ich will mit Ihrem Boss sprechen.«

Die Normalen kicherten. »Geben Sie ihn uns einfach.«

Natürlich wussten sie, dass ich keine andere Wahl hatte. Ich wusste es auch.

Andererseits hielt ich Ringo immer noch fest. Vielleicht hatte Greys Neuprogrammierung doch noch einen Fehler.

»Sehen Sie«, sagte ich, »wir hatten ein paar kleinere Probleme hier in dieser Straße. Strahlenkanonen, Geschrei, Faustschläge, das volle Programm. Vielleicht erweckt das in dieser Gegend und um diese Uhrzeit keine Aufmerksamkeit. Oder vielleicht war einfach zufällig eine Tank-Überwachungsdrohne in der Nähe, um alle gesellschaftsschädlichen Machenschaften aufzuspüren, und es ist schon ein Rotorcar unterwegs. Alles, was ich weiß, ist, dass ich Ringo habe, und ich werde ihn am Ende auch herausgeben. Aber es könnte in einer Minute sein oder in fünf. Warum benutzen Sie nicht diese Funksprechgerät-Armbanduhr und schauen, was Ihr Boss will?«

Der Kleine nickte seinem Kumpel zu, der zur Condor schlurfte und ein Sechs-Sekunden-Gespräch führte, bevor er Shorty zunickte.

»Okay«, sagte dieser, »aber was ist mit der Kleinen?«

»Die Kleine bleibt«, antwortete ich.

»Zu schade. Sie hat nette Beine.«

Shorty beugte sich vor und pochte auf Kuppelkopfs Helm.

»Mach dich nützlich, Robo, und wirf diese zwei Loser hier in den Kofferraum, ja?«

Ich kam ihm gern entgegen, in Anbetracht der Tatsache, dass ich umsonst mitgenommen wurde. Es war eng, aber ich schaffte es, sowohl Hasenscharte als auch Kuppelkopf hineinzuquetschen. Bevor sie den Deckel schlossen, gaben sie Hasenscharte eine Injektion mit irgendeiner gelben Flüssigkeit, die ihn direkt außer Gefecht setzte.

Ich warf Tony Ringo auf den Rücksitz der Condor und zwängte mich neben ihn. Es war ein ziemliches Gedrängel, aber Ringo blieb dabei auf der Verliererseite, deshalb war es mir egal.

»Meld dich mal, Mack«, sagte Napier.

Ich nickte ihr zu, dann schloss ich die Tür. Das Rotorcar hob ab und wir waren unterwegs. Eine Trennwand glitt zwischen dem Vorderteil und dem Rücksitz herauf und sämtliche Fenster wurden rabenschwarz. Der Boss mochte wohl seine Privatsphäre und wollte nicht, dass irgendein Robo seine Adresse aufzeichnete.

»Es ist noch nicht zu spät«, sagte Ringo. »Ich weiß, du kannst dieses Gefährt in Stücke reißen. Wir könnten entkommen. Ich kenne Leute.«

»Das höre ich immer wieder, Tony.« Ich breitete mich ein wenig auf meinem Sitz aus und quetschte ihn gegen die Tür. »Jetzt halt den Mund und genieß den Flug.«

Ich dachte wirklich über dieses Angebot nach, aber die Frage erübrigte sich. Auch wenn ich offenbar etwas Kontrolle über mich zurückgewonnen hatte, Grey saß doch immer noch am Drücker. Was aber noch wichtiger war: Ich war ziemlich sicher, dass Ringo ein Kleinganove war, ein Verlierer, der nicht viel Ahnung hatte. Ich bewegte mich also besser die Leiter hinauf und schaute, wer auf der obersten Sprosse wartete.

Wir flogen eine Stunde und fünfzehn Minuten herum. Ein gutes Rotorcar konnte, abhängig vom Luftverkehr, halb Empire in der Zeit abdecken, aber es bestand außerdem die Wahrscheinlichkeit, dass das Car als zusätzliche Vorsichtsmaßnahme ein paar Minuten länger gekreist war. Schließlich landeten wir.

Die Fenster klärten sich. Wir befanden uns in einem Privathangar. Er war groß genug für eine Sammlung von Rotorcars, viele von ihnen waren makellose Klassiker. Es gab sogar einen Wright Wyvern, der aussah, als sei er gerade vom Fabrikband gerollt. Nur dass sie nicht in Fabriken hergestellt wurden, und soweit ich wusste, existierten lediglich drei davon. Von einer Außenwelt war keine Spur zu sehen, ich hatte keine Möglichkeit, herauszufinden, wo ich war.

Ein paar Schläger schnappten sich Ringo, Kuppelkopf und Hasenscharte. Sie waren alle Mutanten, und einer von ihnen hatte einen Kopf, der einer orangefarbenen Qualle ähnelte. Das war eine extreme Mutation, eine von der Art, wie man sie sogar in der Stadt von morgen selten sah.

Er ertappte mich beim Scannen. »Hast du'n Problem, Mann?«

»Kein Problem«, antwortete ich. »Aber Sie brauchen vielleicht ein Mundtuch. Sie tropfen sich Ihren Kragen voll.«

Er machte eine Bewegung mit seinen Tentakeln, von der ich nur annehmen konnte, dass sie abschätziger Natur sein sollte.

Qualle und die Gang zerrten Ringo und seine Kumpel in die eine Richtung, während mich Shorty in die andere führte. An der anderen Seite dieses Hangars befand sich ein langer Flur mit Plüschteppichen und guten, auf altmodisch gemachten Leuchten. Selbst der Photonengenerator brachte eine recht überzeugende Kopie von sanftem Kerzenschein zustande. Es gab bizarre Gemälde an der Wand, voller Formen und Farben, aber alle abstrakt und unkenntlich. Irgendwo machte ein sechsjähriger Fingerfarbenmaler damit ein Vermögen.

Wir hielten vor einer der Türen. Sie hatte einen richtigen Griff. Shorty musste danach greifen und ihn drehen. Die Tür glitt nicht auf, sondern schwang an Scharnieren auf. Ich hatte von solchen Türen gehört, sie auch in Filmen gescannt, aber es war noch komischer, sie persönlich zu scannen.

»Sie warten auf Sie«, sagte mein Begleiter.

Ich trat ein und sie schlossen die Tür hinter mir. Auf der anderen Seite befand sich eine Art rotes Gewächshaus.

Nur dass es kein Glasdach hatte, sondern eine Reihe sanft blutroter Strahler an der Decke. Es war voller Pflanzen, von denen fast jede seltsam blau schien, mit sechseckigen Blättern. Ich kannte sie nicht, aber Laubwerk war kein Teil meiner Datenbank, und man sah nicht viel Grünzeug in Empire. Oder Blauzeug.

Knuckles der Mark 3 war da, er trug noch immer meinen Bowler. Und Grey saß in einem gemütlichen Sessel neben dem Automatischen.

»Hey, Mack, schön, Sie zu sehen«, sagte Grey.

Knuckles piepte entschieden sarkastisch.

Etwas brachte das Büschel Pflanzen neben ihnen durcheinander, und heraus trat ein eins zwanzig großer Biologischer im Overall. Seine Haut hatte einen leuchtend smaragdgrünen Farbton, und dreißig Prozent seiner Größe nahm seine Stirn ein. Er besaß große schwarze Augen und zwei Antennen darüber. Er wiegte eine Pflanze in seinen behandschuhten Händen. Was auch immer dies sein mochte, es atmete überraschend laut für eine Pflanze.

Er lächelte mit seinem sehr kleinen Mund. »Sie müssen also dieser Mack Megaton sein, von dem ich schon so viel gehört habe.«

»Wenn ich muss«, stimmte ich zu. »Und lassen Sie mich raten. Sie müssen Greenman sein.«

Er tippte sich mit einem Finger an die Stelle, wo er eine Nase hätte haben sollen, aber keine hatte. Ich verstand die Geste trotzdem.

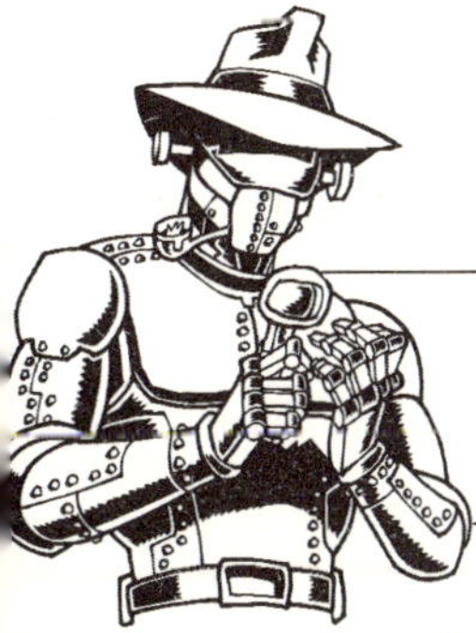

NEUN

»Sie können mich Abner nennen«, sagte Greenman. »Ich muss Ihnen sagen, Mack, ich bin beeindruckt. Zuerst finden Sie Tony Ringo in ... wie lange hat es gedauert, Grey?«

»Elf Stunden, Boss.«

»Zehn Stunden, vierundvierzig Minuten, sechs Sekunden«, korrigierte ich. »Mehr oder weniger.«

Greenman grinste. Das war bei seinem kleinen Mund schwer auszumachen. »Sehen Sie, das mag ich an meinen Leuten. Präzision. Ein Auge fürs Detail. Aber was mich wirklich beeindruckt, ist, dass Sie meinen Namen kennen.«

»War nicht schwer zu erraten«, sagte ich.

»Trotzdem kennen ihn nicht viele Leute. Stimmt's nicht, Grey?«

Grey nickte. »Das stimmt, Boss. Halten sich gern bedeckt, bleiben heraus aus dem ... wiesagtmandochgleich ... Rampenlicht.«

»Genau«, sagte Greenman. »Sie scheinen ein bemerkenswert guter Detektiv zu sein ... für einen Robo, der seinen Lebensunterhalt mit Taxifahren verdient.«

»Ich bin eine vielseitige Einheit«, antwortete ich.

Er setzte die Pflanze in eine Schicht Erde. Die atmende blaue Pflanze krabbelte zu einem gemütlichen Fleckchen hinüber und grub ihre Wurzeln ein. Greenman streichelte ihre Blätter. Die Pflanze schnurrte.

»Und was wollen Sie, Mack? Geld, nehme ich an. Alle wollen Geld. Regiert die Welt, nicht wahr?«

»Ich nehme auch Geld.«

»Sehen Sie zu, dass Mack eine gerechte Bezahlung für seine Dienste bekommt. Wirf noch einen Bonus für Pünktlichkeit dazu und für ... was ist der Ausdruck, den die Leute immer benutzen?«

»Chuzpe, Boss.«

»Ja, Chuzpe.« Greenman runzelte die Stirn und murmelte vor sich hin. »Chuzpe, Chuzpe, Chuzpe.« Er zuckte die Achseln. »Komisch klingendes Wort, nicht?«

Knuckles piepste zustimmend.

»Vielleicht sollte ich darüber nachdenken, Mack auf die Gehaltsliste zu setzen«, sagte Greenman.

»Ich weiß nicht, Boss«, sagte Grey. »Chauffeur-Autos kosten inzwischen nicht mehr viel.«

Knuckles piepste wieder, diesmal mit einem schrillen Widerspruch. Es war eine sichere Annahme, dass mich Greenmans Schlägertypen nicht besonders mochten. Unsere erste Begegnung war schon nicht so gut verlaufen, und jetzt hatte ich sie vor ihrem Boss schlecht aussehen lassen.

»Natürlich ist Geld nicht der wahre Grund, warum Sie jetzt hier sind, nicht wahr, Mack?«, fragte Greenman.

»Nein, aber ich habe eine Stromrechnung zu zahlen.«

»Und mit welchem anderen persönlichen Anliegen kann ich Ihnen helfen?«

»Ich will wissen, für wen Ringo arbeitet.«

»Genau wie ich, Mack. Genau wie ich.«

»Sie wissen es nicht?«

»Bis vor ein paar Tagen hätte ich gesagt, er sei mein Angestellter. Offenbar habe ich mich da geirrt.« Greenman runzelte die Stirn. »Jedenfalls habe ich Vorkehrungen für ein Gespräch mit Ringo und seinen Kameraden getroffen. Und Sie dürfen gern dabei sein.«

Grey stand auf. »Ich weiß nicht, ob das so eine gute Idee ist, Boss. Woher wissen Sie, dass wir diesem Robo trauen können?«

Knuckles piepste zustimmend.

»Kommen Sie schon, Grey. Ohne Macks Dienste hätten wir Ringo noch gar nicht in unserem Gewahrsam. Seine Vertrauenswürdigkeit ist so zuverlässig wie Ihre beachtlichen Talente; ihn anzuzweifeln bedeutet also, Sie selbst anzuzweifeln. Wenn Sie sich Ihrer selbst nicht sicher sind, zögern Sie bitte nicht, es jetzt zu sagen.«

Grey schnaubte, sagte aber nichts.

»Hervorragend.« Greenman tippte auf einen Knopf auf seinem staubigen Overall, und er verwandelte sich in einen faltenfreien olivgrünen Anzug, inklusive einer dunkelgrünen Krawatte mit vollendetem Windsor-Knoten. So einen hätte ich auch brauchen können. Der ganze Staub war fort, die Hose hatte eine frische Bügelfalte und die Ärmel zierten außerdem glänzende Manschettenknöpfe. »Wollen wir, meine Herren?«

»Nach Ihnen, Boss«, sagte Grey.

Wir gingen einen weiteren Flur entlang. Greenman lief voraus, dann Grey, dann ich, und Knuckles stampfte direkt hinter mir. Aus der Nähe hörte ich ein ganz leichtes Klingeln in seinem linken Schultergelenk, jedes Mal, wenn sein rechter Fuß den Boden berührte. Ein Drang, ihm meinen Bowler vom Kopf zu nehmen und ihn dabei Bolzen um Bolzen zu demontieren, stieg in mir auf, doch ich unterdrückte ihn.

Sie hielten Ringo in einem makellos weißen Raum mit makellos weißen Lichtern auf einem einzelnen, makellos weißen Stuhl fest. An der Decke befand sich ein verblasster roter Fleck. Altes Blut, nahm ich an, obwohl ich nicht darüber nachdachte, wie es da hinaufgekommen sein mochte.

Ringo sah ängstlich aus. Sehr ängstlich. Er war immer ein bisschen prügelwillig, hatte auch immer diesen Ausdruck im Gesicht, der sagte, er sei durchaus bereit, einen Streit anzufangen, selbst wenn er nicht jederzeit willens war, dieser Grundhaltung auch praktisch Folge zu leisten. Jetzt wirkte er verängstigt, schwitzte und weinte und hielt seinen gebrochenen Arm dicht am Körper. Ich war ein wenig überrascht, dass er nicht noch zerzauster aussah als der traurige Zustand, in dem er angekommen war. Es war aber noch eine Menge Zeit, ihn zu bearbeiten. Zum Kuckuck, vielleicht wollte Greenman selbst ein paar Klapse anbringen.

Irgendwie bezweifelte ich es. Nicht, weil Greenman so ein kleiner Kerl war. Abner Greenman war eindeutig ein Mann, der das Sagen hatte, und Tony Ringo war ein Loser, von der Natur geschaffen, um von allen und jedem herumgeschubst zu werden. Er tat mir leid. In dem chaotischen Geschäft der biologischen Evolution waren mangelhafte Entwürfe unvermeidlich. Es war nicht sehr viel anders als bei Robotern, nur dass wir unsere Lektion nach einem oder zwei unzulänglichen Prototypen lernten. Aber Biologische stellten einfach weiter am Fließband nutzlose Exemplare her.

Nein, Greenman war nicht der Typ, der jemanden herumschubste. Zumindest war das mein Eindruck. Ich konnte mich allerdings irren, weil Ringo zitterte. Und er starrte jetzt nicht mich oder Knuckles oder Grey an. Sondern den kleinen Abner Greenman.

»Hallo, Tony«, sagte Greenman.

»Hallo, Mr. Greenman, Sir.« Tonys Stimme bebte. »Es tut mir leid! Sie haben mich gezwungen! Es tut mir leid!«

Greenman umrundete Ringo. Er stieg mit jedem Schritt ein paar Millimeter in die Luft, als ginge er auf einer unsichtbaren Treppe. Als er hoch genug war, glättete er Ringos Kragen. »Schau dich an, junger Mann. So eine Unordnung!«

Greenmans Antennen zuckten. Die Tür öffnete sich, und eine Krankenschwester betrat den Raum. Sie war blauhäutig, üppig, mit Brüsten, die Gefahr liefen, aus ihrer tief ausgeschnittenen Uniform zu quellen, an deren Vorschriftsmäßigkeit ich meine Zweifel hatte. Vielleicht war es dieses neue Detektiv-Ding, weshalb es mir auffiel, aber sie hatte lange Beine, die nicht enden wollend den Bogen des Weltraums umrundeten und sich selbst am Ende der Ewigkeit wiedertrafen. Und ihr Gesicht war wie für Filme gemacht. Monsterfilme. Diese Art, wo irgendein Ding mit sechs Augen und einem Fischmund Teenagern die Gehirne aussaugt.

Ihre Stimme war sanft wie gezacktes Glas. »So, das wird nur ganz kurz wehtun, Herzchen.« Die Schwester injizierte etwas in Ringos gebrochenen Arm. Er zuckte zusammen. Sein Arm machte zwölf Sekunden lang komisch knackende Geräusche, dann – rums – streckte er sich wie neu.

»Danke, Schwester.« Greenman tätschelte ihr freundlich den Hintern.

»Sie Schlimmer!« Sie kicherte. Oder gurgelte. Sie fuhr sich auf eine Art mit ihrer grünen Zunge um ihren Saugmund, von der ich annahm, sie sei einladend gemeint, und kniff ihn in seine winzigen Wangen, bevor sie ihre Hüften aus dem Weg in eine Ecke schwang.

Greenman wandte seine Aufmerksamkeit wieder Ringo zu. »So, ist das jetzt besser?«

»Ja, Sir, Mr. Greenman.«

»Gut, denn ich bin der Meinung, Schmerz lenkt bei der Testperson vom Extraktionsprozess ab.«

Ringo wurde blass.

»Sie müssen das nicht tun, Mr. Greenman! Das müssen Sie nicht! Ich werde Ihnen alles sagen! Alles, was Sie wissen wollen!«

»Ich weiß, dass du das tun wirst, Tony. Jedes Detail.«

Die Schwester tänzelte herbei. Sie ließ eine Blechhaube mit zwei Antennen auf Ringos Schädel fallen.

»Ich empfehle Ihnen, gut aufzupassen, Mr. Megaton«, sagte Greenman. »Sie werden etwas erleben, das wenige je gesehen haben. Und wenn Sie Glück haben, könnte ich sogar Mr. Grey erlauben, Sie Ihren Speicher behalten zu lassen.«

Ringo begann zu schwafeln, aber er hielt nicht lange durch. Die Schwester pumpte eine weitere Injektion in ihn hinein, und er wurde schlaff.

»Das Gerät fungiert als Kanal. Das Talent habe jedoch ich. Es ist eher wie ein Buch zu lesen.« Greenman legte seine Hände auf die Kappe. Seine Augen glühten schwarz. Ich kann Ihnen nicht beschreiben, wie. Ich habe es gescannt und kann es dennoch nicht erklären. Die Kappe leuchtete auf, und Ströme von Elektrizität liefen die Antennen hinauf. Ringo stöhnte. Er wand sich und hatte Schaum vor dem Mund.

Es dauerte nicht lange: zwanzig Sekunden. Falls Ringos Geist ein Buch war, so war es ein kurzes.

Als Greenman fertig war, saß Ringo da, starrte ins Leere und sabberte, die Lippen klappten, doch es kam kein Ton heraus.

»Wird er wieder?«, fragte ich. Ich mochte Ringo nicht, aber ich war mir nicht sicher, dass irgendwer es verdiente, so zu enden.

»Oh, leider nicht«, sagte Greenman. »Der Prozess ist furchtbar traumatisch. Die meisten Psychen halten dem nicht stand. Es ist so ähnlich wie ein Buch zu verbrennen, während man es liest.« Die Schwester reichte ihm ein Taschentuch, und er wischte sich die Hände ab. »Die schlechte Nachricht ist, dass er sehr wenig wusste. Ich könnte etwas Nützliches extrahieren, aber nicht die Information, die Sie suchten.«

»Und ich soll Sie beim Wort nehmen.«

»Um ganz ehrlich zu sein, Mr. Megaton, ich sehe nicht, dass Sie eine andere Wahl haben.«

Knuckles umklammerte meine Schulter.

Da waren wir also wieder: Knuckles, Grey und ich. Ich hatte Kampfstrategien gegen Knuckles ausgearbeitet und war sicher, ich konnte ihn schaffen. Doch ich hatte noch nicht ausgerechnet, wie ich Grey umgehen konnte, und Greenman war eine unbekannte Größe.

»Kein Grund für Gewalt, Mark 3.« Greenmans Augen blitzten golden auf, seine Antennen streckten sich. Ich schwebte über dem Boden. »Mr. Megaton wird ganz ruhig gehen. Nicht wahr, Mack?«

Es ist komisch. Man gewöhnt sich daran, der härteste Robo im Raum zu sein, und dann stellt man plötzlich fest, dass man den Kürzeren zieht. Ich konnte Ringo fangen, aber jetzt konnte sogar ein Käsesandwich Ringo fangen, das hatte also nicht viel zu sagen. Ich hatte eine statistisch günstige Chance gegen Knuckles. Aber Greys Elektrokinese und Greenmans Telekinese brachten mich in Schwierigkeiten. Also gab ich klein bei.

Es war die logische Reaktion. Für eine Maschine ergab es durchaus Sinn, aber es störte mich trotzdem, irgendwo tief in meiner künstlichen Seele.

»Natürlich, Abner, natürlich.«

Er löste seinen telekinetischen Griff und senkte mich sanft auf den Boden. Ich hätte auf ihn treten können, aber was hätte das genützt?

»Begleiten Sie Mr. Megaton bitte hinaus, Grey.«

»Aber, Boss …«, begann Grey.

Greenman brachte ihn mit einem festen Blick zum Schweigen.

»Klare Sache, Mr. Greenman«, sagte Grey. Und er meinte es ernst. Was immer er gegen mich hatte, es war nicht größer als seine Furcht vor diesem metergroßen Biologischen. Es beleidigte mich fast, aber ich rechnete mir aus, dass Greenman hier der gefährlichste Typ war, in welchem Raum er sich auch immer befand. Wer wusste, welche weiteren seltsamen mentalen Kräfte er in diesem riesigen Hirn mobilisieren mochte? Ich nicht, und ich hatte auch keine Lust, es herauszufinden.

Die Schwester schlenderte herbei und streichelte Greenmans Antennen. Er ließ seine Hand über ihre Netzstrümpfe gleiten. Sie machte wieder dieses gurgelnde Geräusch, und sie verließen zusammen den Raum.

Damit hatte ich es nur noch mit Grey und Knuckles zu tun, aber ein kluger Robo weiß, wann er geschlagen ist. Ich warf einen letzten Scan auf Tony Ringo, der jetzt nichts weiter als ein Fleischsack war. Welche Information er auch immer gehabt hatte, sie war jetzt weggewischt, und ich hatte nichts mehr, womit ich weitermachen konnte.

Grey und Knuckles eskortierten mich zurück zu der Condor. Keiner von uns sagte ein Wort. Ich stieg ungefragt hinten ein, und Knuckles sprang herein und setzte sich neben mich. Die Fenster wurden schwarz. Das Rotorcar hob ab, und ich war wieder unterwegs – auf einer dieser gewundenen, zeitraubenden Reisen.

Der Rücksitz war für zwei große Roboter recht eng, und Knuckles achtete nicht auf meinen persönlichen Freiraum. Er war nah genug, um Öl auf meinen Anzugkragen zu tropfen. So nah, dass ich das Summen seiner Verkabelung hören konnte. Er hielt seine Optik die ganze Zeit auf mich gerichtet, aber ich starrte geradeaus.

»Nehme nicht an, du willst mir meinen Hut wiedergeben?«, fragte ich beiläufig.

Er piepte, schrill und humorlos.

»Wie hältst du ihn überhaupt auf diesem unförmigen Kasten von einem Kopf fest? Mit Klebeband?«

Knuckles gab keinen weiteren Piepton von sich, und das war für den Rest der Reise auch das Ende unseres Gesprächs.

Es ist immer etwas seltsam für mich, neben einem anderen Roboter zu sitzen, der sich nicht für den Bürgerstatus qualifiziert hat. Hier saß ich nun mit all den Rechten eines biologischen Bürgers (na gut, zumindest mit den meisten davon), während Knuckles im Grunde als wandelnder Kühlschrank betrachtet wurde. Ich konnte ihn in Stücke hauen, und es würde doch nur als Vandalismus angesehen werden. Wir bestanden beide aus denselben Grundkomponenten. Nur dass ich meine minimale Empfindungsprüfung bestanden hatte und er nicht. Vielleicht hatte sich nie jemand die Mühe gemacht, ihn testen zu lassen. Vielleicht hatte er den Test auch gemacht und war im Rorschachteil rausgeflogen. Vielleicht hatte er ehrlich geantwortet, als sie ihm diesen Tintenklecks zeigten, und gesagt, es sei nur ein Tintenklecks, statt zu lügen, wie ich es getan hatte.

Schmetterling, so ein Schwachsinn!

Natürlich hatten sie gewusst, dass ich log. Das war in Ordnung. Es war eines der Merkmale von Empfindungsvermögen: die Fähigkeit, Realität von Phantasie zu unterscheiden und sich trotzdem der Phantasie hinzugeben. Anders ausgedrückt: Ich log, deshalb dachte ich.

Aus welchem Grund auch immer, ich fühlte mich schlecht unter Robotern, die weniger Glück hatten. Selbst neben einem alten Mark 3, der, soweit ich es beurteilen konnte, ein echter Auspuffstutzen war.

Die Condor setzte schließlich in einer Seitengasse auf. Ich berechnete meine Position nach dem Horizont. Es half mir nicht viel, Greenman zu finden. Er konnte sich in dieser Stadt an hundert Orten verstecken. Himmel, sie konnten einen großen Kreis geflogen sein und mich direkt gegenüber von Greenmans Versteck abgesetzt haben, und ich hätte es nicht gewusst.

»Haben Sie ein Taschentuch?«, fragte ich Grey, als ich aus dem Rotorcar stieg. »Ihr Junge hier verliert Öl.«

Knuckles krallte eine Hand um meine Schulter. Das war ein Fehler. Außerhalb des Cars mit genug Platz zum Manövrieren und einer Reaktion, die in meinem Kampfsimulator schon bereitlag, hielt ich mich nicht zurück. Ich schnappte ihn am Kopf, trat ihm das linke Bein unter dem Körper weg und schob. Er fiel hin. Dabei schnappte ich ihm geschickt den Bowler vom Kopf. Es war ein beeindruckender Zug. Nicht der Stoß. Jeder mit genug Kraft und dem richtigen Winkel konnte einen Mark 3 umhauen. Den Hut nicht in meiner klobigen Pranke zu zerquetschen war die eigentliche Leistung. Vielleicht verbesserte sich endlich auch meine Feinmotorik.

Ich staubte den Hut vorsichtig ab, während Knuckles sich abmühte, wieder auf die Beine zu kommen. Es war kein schöner Anblick.

Ich dachte, Grey würde versuchen, mich mit seinen Gedanken abzuschalten, aber er tat gar nichts. »Lass mich das klarstellen, Megaton. Ich mag dich nicht, und wenn es nach mir ginge, würde ich dich bis zum allerletzten Schaltkreis verbrutzeln.« Seine Augen blitzten eine Sekunde lang grün auf. »Aber Mr. Greenman mag dich. Denkt, du könntest noch nützlich für uns sein. Ich glaube, du hast zu viel aufgezeichnet, aber hey, der Boss sagt, ich soll dich nicht anrühren, also rühr ich dich nicht an. Aber wenn er es sich anders überlegt ...«

Seine Augen blitzten erneut.

Inzwischen hatte sich Knuckles knarrend auf die Beine zurückgekämpft. Er bellte drei aggressive Pfeiftöne in meine Richtung.

»Das reicht«, sagte Grey. Er griff in seinen Anzug und zog einen dicken Umschlag heraus, den er mir reichte. »Schönen Gruß von Mr. Greenman. Ich rate dir, ein neues Apartment zu suchen, wieder Taxi zu fahren und das Ganze hier zu vergessen.«

Grey und Knuckles kletterten zurück in ihr Rotorcar. Ich tippte grüßend an meinen Hut, als die Condor in die Luft stieg.

Der Umschlag war voller Cash. Nicht schlecht für meinen ersten Arbeitstag als Detektiv. Ich konnte nur hoffen, der nächste Tag würde genauso lukrativ werden.

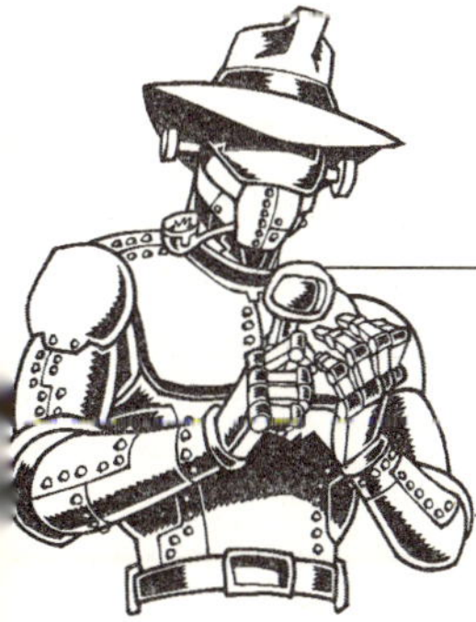

ZEHN

Ich hatte versucht, Julie und die Kinder zu finden, und ich war tatsächlich näher herangekommen, als ich erwartet hatte, was aber überhaupt nicht besonders dicht war. Tony Ringo war jetzt fort, und ich hatte keine Möglichkeit, Abner Greenman zu finden. Selbst wenn ich ihn fand, bezweifelte ich, dass ich ihn überzeugen konnte, mir die Informationen zu geben, die er aus Ringos Kopf gesaugt hatte. Informationen, die höchstwahrscheinlich sowieso nicht viel Wert besaßen, weil Ringo ein Versager gewesen war. Man hätte schon ein Idiot sein müssen, um ihm Geheimnisse anzuvertrauen.

Da waren aber noch die anderen beiden Schlägertypen, Hasenscharte und Kuppelkopf. Ich hatte keine Chance bekommen, mit ihnen zu sprechen, und inzwischen waren ihre Gehirne vermutlich auch geleert.

Aber ich gab noch nicht auf.

Das Bargeld in meiner Tasche, auch wenn ich mir noch

nicht die Mühe gemacht hatte, es zu zählen, reichte aus, um zumindest ein paar Wochen lang meine Stromrechnung zu zahlen. Frei von der Bürde einer täglichen Arbeit konnte ich meinen Job vergessen und weitersuchen. Ich glaubte nicht, dass Greenman es schätzte, wenn ich seine Bezahlung verwendete, um mich weiterhin im Getriebe dessen festzuklemmen, was auch immer an schmutzigem Treiben hier passierte. Aber vielleicht tat er es doch. Chuzpe, hatte er gesagt.

Dieses Ziel weiterzuverfolgen würde mich fast mit Gewissheit zurück zu einer Konfrontation mit Greenmans Schlägern führen. Solange mich Grey am An-/Aus-Schalter hatte, war ich deutlich im Nachteil. Mein eigenes Diagnoseprogramm hatte rein gar nichts in meinem elektronischen Gehirn gefunden. Ich hatte keine Wahl. Ich brauchte einen Experten. Meine Seelenklempnerin war nicht besonders glücklich, mich an ihrer Wohnungstür zu finden. Dies schrieb ich der späten Uhrzeit zu. Sie zog ihren Flanellmorgenrock zurecht.

»Wie sind Sie an diese Adresse gekommen?«, fragte Doc Mujahid.

»Telefonbuch«, antwortete ich.

»Wie sind Sie am Portier vorbeigekommen?«

»Er schlief. Hätte ihn vielleicht trotzdem geweckt, aber Sie haben ziemlich dicken Teppichboden in Ihrer Lobby, Doc. Also, wollen Sie mich nicht hereinbitten?«

»Wissen Sie, wie spät es ist?«

»Ich weiß immer, wie spät es ist, Doc.«

Ein neugieriges Lächeln ging über ihr Gesicht. »War das ein Witz, Mack?«

»Vielleicht.« Ich zuckte die Achseln. »Selbst ich bin mir nicht immer sicher.«

Der Beinahe-Witz genügte, um das Interesse des Docs zu wecken, aber sie trat noch nicht beiseite.

»Ich weiß, es ist spät«, sagte ich. »Und ich weiß auch, Sie wollen nicht, dass Patienten Sie außerhalb der Praxis behelligen, aber ...«

»Eigentlich, Mack, ist dies das erste Mal, dass jemals ein Patient vor meiner Wohnung gestanden hat.«

Das ergab Sinn. Wie viele Notfälle konnten im Patientenverzeichnis einer kybernetischen Psychologin schon auftauchen? Roboter waren normalerweise höflich genug, auf die Öffnungszeiten zu warten.

»Hübscher Anzug, Mack.«

Sie führte mich in ihr Wohnzimmer und entschuldigte sich, um Kaffee zu machen.

Der Doc hatte eine hübsche Wohnung. Sie war nicht so hübsch wie die von Lucia, aber auch nicht allzu schäbig. Das Wohnzimmer war groß genug für ein Sofa und ein paar Bücherregale. Es gab ein paar Bilder und Nippes, aber nichts, was meine Aufmerksamkeit geweckt hätte. Es war nicht besonders groß, doch ich nahm an, dass es noch andere Räume hinter den verschiedenen Türen gab.

Doc Mujahid kam mit ihrem Kaffee zurück. »Warum sind Sie hier, Mack?«

»Ich brauche Ihre Hilfe. Ich muss mein elektronisches Gehirn überprüfen. Da drin ist etwas ...«, ich tippte mir auf den Bauch, »... etwas, was man entfernen muss.«

Sie hob eine Augenbraue. »Eine Korruption?«

»Ja.«

»Und wie kommen Sie darauf? Haben Ihre Fehlersuchfunktionen nichts gefunden?«

»Nein. Nichts gefunden.«

»Haben Sie sich eigenartig verhalten?«

»Irgendwie schon.«

»Und wie?«

»Ich kann es nicht erklären, Doc. Sie müssen nachsehen, es finden und entfernen. Dann kann ich es erklären.«

Der Doc musterte mich ruhig.

»Ich würde Sie nicht damit belästigen, wenn es nicht wichtig wäre.«

»Folgen Sie mir, Mack.«

Sie führte mich in einen weiteren Raum, der von einem großen, schwarzen Plastikschreibtisch und einer ganzen Reihe blinkender Konsolen eingenommen wurde. Die Möbel beanspruchten fast den gesamten Raum, und ich nahm sechsundsechzig Prozent des Rests ein. Der Doc musste sich an ihren Schreibtisch setzen, um in den Raum zu passen. Sie drückte einen Knopf. Die Maschinen kamen summend in Gang. Ein Monitor ging knisternd an.

»Was ist das?«, fragte ich.

»Das ist ein Computer«, antwortete sie.

»In Ihrer Wohnung?«

»Eines Tages wird jede Wohnung einen haben. Vielleicht mehr als einen.«

»Sicher doch, Doc.«

Das klang wie Meinungsmache für mich. Selbst in der Stadt von morgen konnte ich mir nicht vorstellen, dass jemand die Kohle ausgeben und seine Ellbogenfreiheit für einen eigenen Computer opfern wollte, ein Gerät, das im Großen und Ganzen schließlich nichts anderes sein konnte als eine teure Rechenmaschine. Für den Doc konnte es das allerdings wert sein.

Sie öffnete eine Schublade, blätterte eine Sammlung Datenröhren durch und zog eine mit der Aufschrift »Persönlichkeitsentschlüsselungsprogramm« heraus, schob sie in einen Schlitz auf dem Schreibtisch und ließ sie mit einer Drehung einrasten. Die Computer schienen das zu mögen, denn sie begannen, eine Menge Pieps- und Surrgeräusche zu machen.

Sie reichte mir eine Buchse. »Stecken Sie sich ein, Mack. Ich nehme nicht an, dass Sie mir sagen können, wonach ich suche?«

»Wünschte, ich könnte es, Doc.«

»Also ein Mysterium«, sagte sie. »Na gut, sehen wir mal, was wir hier haben.«

Sie drückte ein paar Knöpfe, und mein digitales Bewusstsein strömte über ihre Monitore. Sie wandte den Blick drei ganze Minuten lang nicht davon ab, lehnte sich auf ihrem Stuhl zurück und trommelte mit den Fingern auf ihren Schreibtisch. Manchmal drückte sie ein paar Tasten und nickte.

»Also, Mack, gibt es etwas, worüber Sie gern sprechen wollen, während wir warten?«

»Nein, Doc. Alles in Ordnung.«

»Nichts?«

»Nein.«

»Nichts, was Lucia Napier betrifft?«

Ich spielte die Frage noch ein paar Mal ab, um sicherzugehen, dass ich sie richtig verstanden hatte.

»Sie rief mich heute an«, sagte Doc Mujahid, »und erwähnte, dass Sie sie besucht hätten.«

Es hätte mich nicht überraschen sollen, dass der Doc und Lucia sich kannten. Beide waren kluge Ladys. Kamen vermutlich jeden Samstag zum wöchentlichen Supergenie-Tanztee zusammen.

»Sie erwähnte, Sie suchten jemanden.«

»Ja«, antwortete ich unbestimmt. »Persönliche Angelegenheit.«

»Aha.«

Ich wartete darauf, dass sie das Thema weiterverfolgen würde, aber sie ließ es fallen. Es war nicht so, dass sie Fragen stellen musste. Meine elektronische Psyche lag offen vor ihr auf den Monitoren. Sie konnte jederzeit ein paar Speicherordner öffnen und alles erfahren, was sie wissen wollte. Der Doc tat es wahrscheinlich nicht. Es widerspreche ihrem Moralkodex, hatte sie einmal erklärt. Die Grundprogrammierung, die inneren Arbeitsabläufe studierte sie zwangsläufig. Die Speichermatrix aber hielt sie nach der ärztlichen Schweigepflicht für tabu.

»Sie haben ziemlichen Eindruck auf Lucia gemacht«, sagte sie.

»Sie steht einfach auf Roboter«, sagte ich.

»Glauben Sie das, Mack?«

»Es stimmt, oder nicht?«

»Mmhmmm«, sagte sie, mehr zu sich selbst als zu mir.

Ich filterte dieses Geräusch durch meine Analyseroutinen und konnte mit nichts Interessantem aufwarten.

»Und was halten Sie von ihr?«, fragte sie.

»Ich bin nicht zur Analyse hier, Doc.«

Sie drückte ein paar Knöpfe, und noch mehr Daten ergossen sich über ihre Monitore.

»Zumindest nicht für diese Art von Analyse«, sagte ich. »Können wir das Thema fallen lassen?«

»Wenn Sie darauf bestehen.«

»Das tue ich. Ich bestehe darauf.«

Fünfundvierzig Sekunden vergingen, bevor ich feststellte, dass ich meinen Vokalisierer nicht deaktiviert halten konnte. Ich bin im Klappehalten normalerweise unübertroffen, aber irgendein Zwang ergriff mich. Ich schob es auf die ganze Zeit, die ich mit Biologischen verbrachte.

»Es ist gar nichts. Ich bin eine Maschine. Würde zu nichts führen.«

»Haben Sie keine biologischen Freunde?«, fragte der Doc.

»Schon.«

»Und gibt es irgendeinen Grund, warum Sie nicht noch eine biologische Freundin haben sollten?«

Ich nahm meinen Bowler ab und drehte ihn zwischen den Fingern, um meine Hände zu beschäftigen. Noch eine schlechte biologische Angewohnheit. »Nein.«

»Gibt es einen bestimmten Grund, weshalb Sie nicht mit Lucia Napier befreundet sein können?«

»Sie ist technophil«, antwortete ich. »Jedenfalls bin ich mir da ziemlich sicher.«

»Inwiefern sollte das ein Hindernis sein, Mack?«

Das war eine gute Frage, und ich hatte keine gute Antwort darauf. Diesmal schaffte ich es, den Mund zu halten.

»Wollen Sie meine Meinung hören, Mack?«

»Eigentlich nicht, Doc.«

»Zu schade, ich werde sie Ihnen nämlich trotzdem sagen. Ich denke, Lucia könnte Ihnen guttun. Sie könnte in der Lage sein, Ihnen bei Ihren Assimilierungsproblemen zu helfen.«

»Ich habe keine Assimilierungsprobleme.«

»Dennoch isolieren Sie sich fortgesetzt selbst durch Kategorisierungen. Sie bestehen zum Beispiel darauf, sich selbst eine ›Maschine‹ zu nennen.«

»Ich bin eine Maschine.«

»Ja, das sind Sie. Aber Sie sind auch ein intelligentes Wesen.«

»Ich bestehe nur aus Codes, Doc.« Ich deutete auf den Monitor. »Einsen und Nullen, das ist alles.«

»Mack, wenn Sie ein menschliches Gehirn entnehmen und öffnen würden, wissen Sie, was Sie dann fänden?«

»Pampe.«

»Genau. Das Bewusstsein, die Persönlichkeit, die Träume, Wünsche und Phobien sind alle da in dieser Pampe, aber letztlich ist es nur ein großer Haufen Fett. Die Seele befindet sich nicht im Fleisch.«

»Was, Doc? Wollen Sie mir jetzt sagen, dass ich eine Seele habe?«

»Ich weiß nicht einmal, ob es so etwas gibt, Mack. Aber ich weiß, dass Denken Denken ist und dass niemand es wirklich versteht.«

»Vielleicht«, sagte ich. »Oder vielleicht schnappe ich eines Tages über und töte alle.«

»Passiert jeden Tag, und nicht nur Maschinen.«

Der Computer des Docs machte leise »Ping« und sie tippte los.

»Was gefunden, Doc?«

»Interessant. Da scheint ein fremder Code mit Ihren Verhaltensroutinen vermischt zu sein. Ist es das, was Sie suchen?«

»Vielleicht«, sagte ich, obwohl ich sehr genau wusste, dass es das sein musste. »Können Sie es bereinigen?«

Sie beugte sich zu den Monitoren vor und verbrachte vier Minuten und sechs Sekunden damit, schnell zu tippen. Der Computer piepte im Durchschnitt alle elf Sekunden gereizt.

»Es ist zwar da, aber ich habe nie so etwas gesehen«, sagte sie. »Es ist ein Wurm, aber er ist geteilt und auf verschiedene Ordner verteilt. Er dürfte keinen großen Einfluss haben.«

»Er tut etwas, Doc. Glauben Sie mir.«

Sie zuckte die Achseln. »Ich kann ihn nicht entfernen. Nicht ohne das Risiko, Ihre Kernprogrammierung zu beschädigen.«

»Ich bin bereit, dieses Risiko einzugehen«, sagte ich.

»Ich nicht.« Sie drückte ein paar Knöpfe. »Ich habe aber eine gute Nachricht für Sie. Ihre Wartungsprotokolle scheinen ihn selbst zu entfernen. Eine wirklich faszinierende Entwicklung. Ich habe noch nie ein so anpassungsfähiges elektronisches Gehirn gesehen.«

»Ja, ich bin ein wandelndes Wunder der Superwissenschaft, Doc.«

Entweder sie bekam den Sarkasmus nicht mit oder sie billigte ihn nicht. Das tat sie selten.

»Ich denke, mit genug Zeit werden Sie die Korruption selbst bereinigen.«

»Wie lange dauert das?«

»Das weiß ich nicht.«

»Na gut, danke, Doc.« Ich setzte meinen Hut wieder auf und versuchte, nicht enttäuscht zu klingen. »Danke, dass Sie sich Zeit genommen haben.«

Sie hielt den Blick auf den Bildschirm gerichtet, vertieft in die neuen Daten. Sie verlor sich in einem Meer von binären Codes.

»Ich finde selbst hinaus«, sagte ich.

Sie drehte ihren Kopf um ein paar Grad, sodass sie weiterhin auf den Bildschirm sehen, mir aber gleichzeitig einen Blick zuwerfen konnte. »Mack, ich habe ernst gemeint, was ich über Lucia sagte. Ich habe einige deutliche Verbesserungen in Ihren Sozialisationsfunktionen bemerkt.«

»Vielleicht liegt es nicht an ihr«, sagte ich.

»Vielleicht nicht. Würden Sie mir sagen, was Sie in letzter Zeit tun?«

»Lieber nicht, Doc, wenn es Ihnen nichts ausmacht.«

Sie drängte mich nicht, weil sie von der Monitoranzeige zu abgelenkt war. »Schön, Mack. Was auch immer Sie tun, ich empfehle Ihnen, es fortzusetzen. Ich denke, Sie könnten kurz vor einem Durchbruch stehen.« Es piepte, und sie nickte sehr langsam. »Faszinierend.«

»Ja, Doc, tolle Sache, da bin ich sicher. Aber ich muss los.«

Dann verdrückte ich mich, bevor sie auf die geniale Idee kam, mich an ihre Computer anzuschließen und genauer in mein digitales Unterbewusstsein zu schauen.

Ich brauchte eine Neuladung. Der Akku, mit dem mich die Stadt ausgestattet hatte, reichte für ungefähr sechsundzwanzig Stunden, abhängig von meinem Aktivitätsgrad. Wenn ich mich nicht mehr bewegte, als ich musste und mein elektronisches Gehirn hauptsächlich auf Autopilot laufen ließ, konnte ich ihn auf zweiunddreißig strecken. Aber mit Gangstern und intelligenten Damen aneinanderzugeraten hatte den Saft schneller als normal verbrannt. Ich hatte immer noch drei Stunden übrig, aber mit weniger als fünf in Reserve lief ich nicht gern.

Außerdem konnte ich ein bisschen Zeit zum Neuübersetzen und Defragmentieren gebrauchen. Ich war eine lernfähige Maschine, aber all die Daten, die ich heute aufgenommen hatte, stellten hauptsächlich ein Gewirr von Informationen dar, bis ich mich abschaltete und meinem elektronischen Gehirn erlaubte, sie in handliche Teile zu sortieren und zu klassifizieren. Ich hoffte, nach einer guten nächtlichen Nachladung würde ich wissen, was als Nächstes zu tun war.

Ich schob meinen Ladezyklus noch eine Stunde auf, lang genug, um Lucia Napier einen Besuch abzustatten. Proton Towers war in den frühen Morgenstunden ein Paar funkelnder Säulen, glänzende Leuchttürme, umkreist von den allgegenwärtig fliegenden Geschützdrohnen.

Dennis, der Portier, war fort, aber es gab jetzt einen anderen Portier, der in jeder Hinsicht fast identisch war: dieselbe Nase, dieselben Augen, derselbe ständig lächelnde Mund und das muntere Auftreten. Entweder hatte sein Fehlen von charakteristischen Zügen meine Gesichtserkennung durcheinandergebracht oder er war Dennis'

Zwillingsbruder. Oder ein Klon. Das war jedoch unwahrscheinlich, denn bisher waren alle lebensfähigen Klone kahlköpfige Albinos mit einer Neigung, rückwärts zu sprechen.

Trotz der späten Stunde wusste ich, dass Beinahe-Dennis mich einlassen würde. Ich hatte vorher angerufen, und Lucia hatte mir versichert, ich hätte die Erlaubnis, sie jederzeit zu besuchen, Tag und Nacht, geplant oder spontan. Außerdem hatte sie gesagt, ich *müsse* einfach heute Abend vorbeikommen. Als ich gefragt hatte, ob sie nicht lieber bis morgen warten wolle, hatte sie gesagt, sie sei sowieso zu aufgeregt, um zu schlafen.

Ich trat aus der Gondel in das Penthouse. Humbolt begrüßte mich in einem brandneuen Gehäuse und einem frisch gebügelten cremefarbenen Smoking.

»Yo, Mack«, sagte der Butler-Auto.

»Humbolt! Gut, Sie wieder funktionsfähig zu sehen«, antwortete ich.

»Einen guten Automatischen kriegt man nicht so schnell klein. Hier entlang.«

Er führte mich ins Wohnzimmer und die geheime Treppe hinab in Lucias Labor. Sie war fleißig gewesen. Die Teleportationsscheibe war in einen Wust von Einzelteilen verstreut. Mit einer Pinzette hielt sie etwas unter ein Vergrößerungsglas.

»Was haben Sie getan, Lucia?«, fragte ich.

»Ich habe sie zerlegt. Wie hätte ich sie sonst untersuchen sollen?«

Ich nehme an, sie hatte recht, aber ich hatte doch gehofft, sie hätte das Ding nicht zerstört. Oder wenn sie es doch getan hatte, so hatte ich gehofft, sie hätte etwas Lohnendes in Erfahrung gebracht.

Ohne aufzusehen, bedeutete sie mir herüberzukommen. »Du musst dir das hier ansehen. Es ist einfach delikat!«

Sie trat beiseite, damit ich das Vergrößerungsglas benutzen konnte, aber ich brauchte es gar nicht. Ich fokussierte mit meinen Optiken und scannte das Was-auch-immer. »Ja, und?«

»Ist das nicht unglaublich?«

»Unglaublich«, stimmte ich zu. »Was tut es?«

»Ich habe absolut keine Ahnung. Nicht die leiseste Vorstellung.« Sie legte es ab und machte eine ausholende Geste über das Durcheinander hinweg. »Ich verstehe kaum etwas davon.«

Sie lachte.

»Kapierst du es nicht, Mack? Ich habe immer alles verstanden. Alles!«

Sie beugte sich wieder über das zerlegte Ding und begann, die Stücke herumzuschieben.

»Können Sie es wieder zusammensetzen?«, fragte ich.

»Oh, klar, kein Problem. Ich habe mir Notizen gemacht.«

Sie hielt eine Handvoll Blätter mit gekritzelter Handschrift hoch.

»Du sagst, es ist ein Materietransmitter?«, fragte sie.

»Ja.«

»Oh, aber das ist es gar nicht. Es ist eher ein Materieschieber. Dieses Teil hier ist eine Art interdimensionaler Kanal. Und dieses Teil schafft ein Stasisfeld.«

»Ich dachte, Sie hätten gesagt, Sie verstehen es nicht.«

»Oh, sei nicht dumm, Mack. Natürlich verstehe ich es. Nur nicht ganz so gut, wie ich alles andere verstehe. Die Technologie ist fortschrittlich, prototypisch. Außer dass es kein Prototyp ist. Es ist massenproduziert. Jemand hat eine Fabrik, die diese Dinger ausspuckt, und er teilt nicht.«

»Manche Leute teilen nicht gern«, sagte ich.

Sie runzelte die Stirn. »Idioten. Aber ich nehme an, du hast recht. Es würde die Selbstzerstörungsvorrichtung erklären, die ich deaktivieren musste. Und die zwei Zielsuche-Signaltransmitter. Und den Fernrufmechanismus.«

»Zwei Zielsuche-Signaltransmitter?«

»O ja. Jemand hat sich große Mühe gegeben, damit das hier nicht in die falschen Hände fällt. Weiß nicht, warum sie das für nötig hielten. Die Technologie kann man nicht reproduzieren. Ich weiß nicht einmal genau, aus was die Hälfte des Zeugs hier besteht. Und es ist für einen spezifischen Benutzer codiert. Jeder andere, der versucht, es zu benutzen, bekommt seine Moleküle frittiert.«

»Können Sie den Code ändern?«, fragte ich.

»Vielleicht, aber es wird eine Weile dauern, die Verschlüsselung zu knacken.«

»Wie lange?«

»Ungefähr sechs Monate.«

»Das ist zu lang.«

»Nun, ich glaube, dann habe ich gute Neuigkeiten für dich, Mack, denn ich bin ziemlich sicher, dass ich die Codierung nur ändern müsste, wenn der geplante Benutzer ein Biologischer ist. Ein Roboter sollte kein großes Problem bedeuten.«

»Ich kann es benutzen?«

Sie zuckte die Achseln. »Vielleicht. Da ist immer noch die Frage der ungleichen Masseninversionsquotienten. Du könntest dabei ein paar Teile verlieren. Außerdem kann das Gerät seine Fracht nur zu einer vorher bestimmten Empfängereinheit transportieren, und ich weiß nicht, wo das ist. Könnte überall sein. Könnte, soweit ich weiß, auch der Mond sein. Und falls du es an einem Stück schaffst, gibt es keine Rückfahrkarte. Du wirst dort feststecken, wo immer es ist.«

Meine Differenzmaschine ging die Was-wenn durch. Letztlich wählte sie den feigen Weg und sagte, es gäbe zu viele Variablen für irgendwelche realistischen Chancen, was die Benutzung des Geräts anginge. Ich machte mir nicht noch groß die Mühe, andere Wahlmöglichkeiten zu berechnen.

»Setzen Sie es wieder zusammen«, sagte ich.

»Ich dachte mir schon, dass du so etwas sagen würdest.« Sie schob sich vom Tisch weg und gähnte. »Aber das wird bis morgen warten müssen, mein Großer.« Sie sank in sich zusammen. »Ich bin fix und fertig.«

»Ich könnte auch eine Nachladung gebrauchen«, stimmte ich zu. »Dann komm ich morgen wieder.«

Lucia hüpfte herüber und nahm meine Hand. »Ach, Mack, sei nicht dumm. Du solltest die Nacht hier verbringen.«

»Ich wohne bei einem Freund. Er könnte sich Sorgen machen.«

»Dann ruf ihn an und sag ihm, dass du heute Nacht nicht nach Hause kommst.«

»Ich will nicht zur Last fallen.«

»Ach, überhaupt kein Problem, mein lieber Junge.«

Sie zog mich am Arm, aber ich rührte mich nicht.

»Ach, Mack, bin ich wirklich so furchteinflößend?«

Lucia stand vor mir. Sie war hundertunddrei Pfund matschiges Protoplasma, das ich ohne mit der Optik zu zucken zerquetschen konnte. Falls meine Optiken überhaupt zucken konnten. Sie jagte mir eine Heidenangst ein.

Keine Ahnung, warum, aber so war es.

»Ich werde brav sein.« Sie lockerte meine Krawatte. »Ich versprech's.«

Mir fiel kein guter Grund ein, nicht zu bleiben, also gab ich auf, obwohl ich es besser wusste. Lucia ging, um sich für die Nacht umzuziehen, und Humbolt zeigte mir, wo ich mich aufladen konnte.

»Die beste Steckdose im Haus«, versicherte er mir. »Wenn Sie mich jetzt entschuldigen wollen, Mack, ich muss der Lady die Wanne füllen.«

Ich steckte mich ein, trat aber noch nicht ganz in meinen Ladezyklus ein. Ich hatte davon gehört, dass Biologischen zu viel im Kopf herumging, um einschlafen zu können, aber als Robo hätte ich das Problem nicht haben dürfen. Vielleicht war ich menschlicher, als ich zugeben wollte, und offen gesagt, mir gefiel das nicht. Die Existenz ist einfach, wenn man nur eine Maschine ist. Es gibt keine Komplikationen, keine unangebrachten Zwänge. Nur Funktionalität. Eintönige, berechenbare Funktionalität.

Verdammt, wie ich das vermisste!

Ich verbrachte sieben Minuten damit, aus dem Penthousefenster auf die kreisenden Geschützdrohnen zu starren, auf die Lichter der Stadt unter mir und die monumentalen Wolkenkratzer.

Ich scannte Lucias Spiegelbild in der Glasscheibe, als sie hinter mich trat. Halb hatte ich erwartet, dass sie ein durchsichtiges Nachthemd überziehen würde, aber sie trug einen blauen Pyjama.

»Ich dachte, du wärst inzwischen offline.«

Sie trat neben mich, und wir bewunderten siebzig Sekunden lang die Aussicht.

»Du machst dir Sorgen um sie, nicht?«, fragte sie. »Um deine Freunde.«

»Ja.«

»Ihnen geht's gut, Mack, und du wirst sie finden.«

»Nein, tut es nicht«, sagte ich. »Sie sind tot oder fort. Oder irgendwo, wo ich sie niemals finden werde.«

»Warum suchst du dann noch?«, fragte sie.

Ich versuchte, mir eine gute Antwort einfallen zu lassen, doch die einzige, die mir einfiel, war nicht besonders sinnvoll.

»Weil ich muss.«

»O Mack, du armes Baby!«

Ich verstand nicht, warum sie das sagte, aber sie schien es auf jeden Fall ernst zu meinen. Sie hob meine Hand und presste ihre Wange gegen meinen Handrücken. Es war kaum ein Säuseln auf meinem sensorischen Netz, aber irgendwie fühlte es sich beruhigend an.

»Ruh dich ein bisschen aus. Morgen wirst du dich funktionaler fühlen.« Sie küsste meinen Handrücken. »Gute Nacht, Mack.«

Sie war halb durch den Raum, als ich meinen blödsinnigen Vokalisierer aktivieren musste.

»Lucia, ich weiß Ihre Hilfe zu schätzen, aber Sie wissen, dass das nirgendwo hinführen kann.«

»Was kann nirgendwo hinführen?«

»Diese Sache. Diese Sache zwischen uns.«

»Welche Sache?«, fragte sie, aber ich konnte an ihrem leichten Lächeln erkennen, dass sie genau wusste, wovon ich sprach.

»Es ist nichts Persönliches«, sagte ich. »Es ist nur logisch.«

»Mack, ich glaube, du hast einen falschen Eindruck gewonnen«, sagte sie. »Ich bin noch nicht bereit für etwas Ernsthaftes. Ich muss mich noch austoben. Du bist ein toller Kerl, wirklich, aber ...«

»Ich bin kein Kerl.«

»Ja, ja, Roboter. Ich hab's kapiert, Mack. Als ob ich das vergessen würde!« Sie schnaubte. »Als würdest du es mich je vergessen lassen! Als würdest du das überhaupt jemanden jemals vergessen lassen!«

»Tut mir leid.« Ich wusste nicht, warum ich mich entschuldigte.

»Vergiss es, Mack. Vergiss die ganze Sache.«

Plötzlich fühlte ich mich wie ein Blödmann. In einer Sechstelsekunde von Verwirrt zu Idiot. Konnte nicht analysieren, warum, aber ich musste etwas falsch gemacht haben. Oder vielleicht reagierte Lucia über. Biologische taten das, Opfer ihrer eigenen matschigen Gehirne und dieser beliebigen chemischen Reaktionen, die darin stattfanden.

»Lucia ...«

Sie verließ den Raum, stürmte zwar nicht direkt hinaus, aber es kam dem nahe.

»Sie können wirklich gut mit Leuten umgehen«, sagte Humbolt.

»Konstruktionsfehler«, sagte ich. »Ich verstehe Biologische einfach nicht.«

»Was gibt's da zu verstehen? So kompliziert sind die doch nicht, Mann. Nehmen Sie zum Beispiel den Boss. Sie spielt gern das sorglose, lockere, verwöhnte reiche Mädchen, aber sie hat genug davon. Sie hat's nur so lang gemacht, dass sie nicht mehr weiß, wie sie damit aufhören soll. Und sie wünscht sich wirklich einen Freund, Mack.«

»Sie hat Sie«, sagte ich.

»Ah, das zählt nicht. Ich bin programmiert, sie zu mögen. Sie könnte eine totale Zicke sein, und ich würde immer noch denken, sie sei die Größte. Die meisten Leute sind so. Sie mögen sich gegenseitig nicht für das, was sie sind, sondern dafür, was sie sein sollen. Ich schätze, die Lady hoffte, Sie wären anders.«

Er hatte recht. Lucia hatte mir nur geholfen, und ich hatte den Gefallen erwidert, indem ich sie wegstieß. Kein Wunder, dass ich nicht viele Freunde hatte.

»Entschuldigen Sie mich, Humbolt.« Ich ging zu Lucias Zimmer. Die Tür war geschlossen, aber als ich klopfen wollte, glitt sie auf. Lucia sah finster zu mir herauf.

»Was ist denn jetzt noch, Mack?«

»Es tut mir leid.«

Lustig, wie ein paar kleine Worte so einen unmittelbaren und merklichen Effekt haben konnten. Lucia lächelte – nicht nur ihr Mund, sondern ihr ganzes Gesicht lächelte.

Vor allem ihre Augen. Sie war schön. Oh, ich hatte bereits berechnet, dass sie statistisch attraktiv war, aber da gab es noch mehr. Ich konnte nicht sagen, was. Manche Dinge können eben nicht analysiert werden. Ich wusste nur, dass mir ihr Lächeln viel bedeutete. Zum ersten Mal wünschte ich, ich hätte einen Mund, um zurückzulächeln.

Dann umarmte sie mich. Sie war so ein zartes kleines Ding, zerbrechliche Knochen und breiige Organe. Nach sieben Sekunden legte ich vorsichtig eine riesige Pranke auf ihren Rücken. Die Umarmung dauerte noch weitere sechzig Sekunden, bevor sie sich von mir löste.

»So, ich glaube, wir schlafen jetzt besser«, sagte sie. »Morgen haben wir einen großen Tag vor uns. Gute Nacht, Mack.«

»Gute Nacht, Lucia.«

Die Tür glitt zu. Ich drehte mich um und rannte beinahe Humbolt um.

»Sehen Sie, Mack? Hab Ihnen doch gesagt, dass Biologische gar nicht so kompliziert sind.«

»Wer hat Sie denn so weise programmiert?«

Er rückte seinen Kragen gerade und glättete ihn. »Hey, nur weil ich nicht so ’ne schicke rote Lackierung hab wie Sie, bin ich noch lang keine komplette Drohne!«

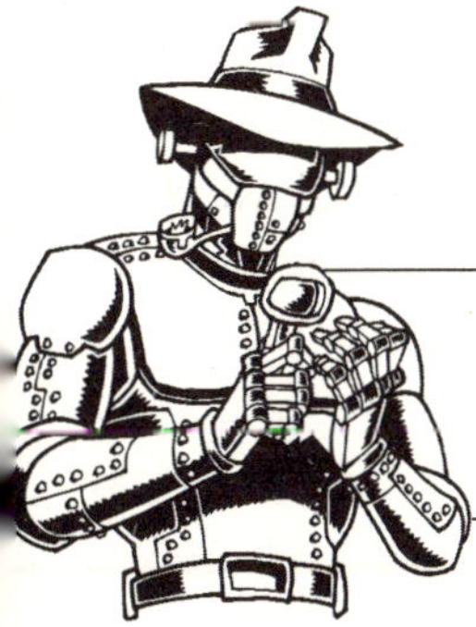

ELF

Biologische dachten, weil die Big Brains keinen Weg gefunden hatten, ihr Gedächtnis auf einen Monitor herunterzuladen, sei es irgendwie magischer als die Art, wie wir Roboter lernten. Da hatten sie recht. Das menschliche Gedächtnis war magisch, beeinflusst von persönlichen Erfahrungen, neu formbar durch jede Erinnerung. Es taugte nicht viel.

Wir Roboter speichern ab. Jede Wiederabspielung ist dieselbe. Ich könnte Ihnen sagen, wann ich Lucia das letzte Mal lächeln sah (letzte Nacht, vierzehn Minuten nach drei), die Raumtemperatur, als ich dieses Lächeln sah (22,22 Grad Celsius) und die Anzahl der Haarsträhnen, die ihr übers linke Auge gefallen waren, während sie es tat (drei oder vier; ich habe gute Optiken, aber selbst da gibt es Grenzen). So ungefähr das Einzige, was ich nicht sagen könnte, ist, wie sie roch (nicht meine Schuld, ich wurde ohne Riechorgan gebaut).

Ich will nicht behaupten, dass das menschliche Gehirn schlechte Hardware ist. Was ihnen an Genauigkeit fehlt, gleichen sie mit Phantasie und Intuition aus. Die Big Brains hatten das bei Robotern noch nicht perfektioniert. Wir konnten lernen. Wir konnten uns Dinge ausrechnen. Wir konnten Probleme lösen. Wir konnten sogar schlussfolgern. Es dauerte nur manchmal eine Weile.

Am nächsten Morgen traf es mich wie eine Tonne Ziegelsteine. Eher wie dreißig Tonnen Ziegelsteine, denn eine Tonne würde auf meinem sensorischen Netz kaum erfasst werden. Ich hatte eine Runde Defragmentieren gebraucht, um die Fakten zu sortieren.

Es war nur eine Ahnung, keine wirkliche unwiderlegbare Folgerung. Eine Theorie, die ich aus Dingen entwickelte, die ich zuvor gescannt hatte: Typen mit Kuppeln auf dem Kopf und andere mit riesigen Schädeln oder Quallen als Gesicht. Eine Krankenschwester mit einem Mund, der Augen direkt aus dem Schädel saugen konnte.

Wir hatten es hier mit Aliens zu tun. Vielleicht.

Man konnte es nur schwer mit Sicherheit wissen, bei dem Prozentsatz an Mutanten in der Stadt, an die sich alle gewöhnt hatten. Aber diese Kerle ernteten vermutlich einen zweiten Blick. Vielleicht sogar einen dritten. Sie würden sich nicht einfügen. Vielleicht waren sie nur extreme Mutationen, die sich vor der öffentlichen Überprüfung versteckten, um Verfolgung zu vermeiden.

Es war eine Möglichkeit, und sie hätte mehr Sinn ergeben, wäre da nicht dieses kleine Teleportationsding gewesen, das mir am Abend vorher in die Hände gefallen war. Auf ein paar Durchbrüche warteten alle in Empire: Zeitmaschinen, Nahrungspillen und Teleportation führten die Liste an. Falls jemand ein brauchbares Teleportationsgerät erfunden hatte, wäre es schon auf dem Markt, mit einem eingängigen kleinen Jingle im Radio und Reklameflächen überall. Die Firma, die damit auf den Markt ging, würde ein Vermögen verdienen, weil jeder in der Stadt eines haben wollte. Vermutlich zwei.

Biologische wurden nicht immer von Barem oder Essen oder der Notwendigkeit, angehäufte Abfallprodukte zu entsorgen, motiviert, aber in der Teleportationsindustrie war eine Menge Geld zu machen. Der einzige Grund, warum es bisher noch nicht an die Öffentlichkeit gelangt war, war der, dass jemand etwas Besseres vorhatte. Der Versuch, einen technischen Vorteil zu halten, war der stärkste Grund, den ich annehmen konnte.

Also hatte ich es entweder mit einer geheimen Alieninvasion zu tun oder mit einer Untergrundorganisation extremer Mutanten mit sehr fortschrittlicher Technik; entweder mit einer Invasion oder mit einem Aufstand. Beides klang nach Problemen und nach etwas, dem ein kluger Robo aus dem Weg gegangen wäre. Aber ich war schon so weit gekommen. Konnte genauso gut bis zum Ende gehen.

Ich sprang wieder an. Humbolt war schon auf und in Bewegung und wedelte mit einem Staubausrotter im Raum herum. Er ließ mich höflich vorbei.

»Morgen, Mack. Die Lady ist unten.«

»Schon?«

»Sie kennen die Puppe. Sie war nicht in der Lage, sich von dem Ding fernzuhalten.«

Sie konnte nicht viel Schlaf bekommen haben. Meine

Defragmentierung hatte vier Stunden und zehn Minuten gedauert. Ich ging ins Labor und fand Lucia über den Tisch gebeugt mitten in Remontage-Versuchen vor.

»Hey, Mack, es dauert ein bisschen länger, als ich dachte. In höchstens ein bis zwei Stunden müsste ich aber fertig sein. Wie war das Nachladen?«

»Aufschlussreich. Ich glaube, ich habe ein paar Dinge verstanden.«

»Und was, Süßer?«

»Kann ich nicht sagen.«

Sie fuhr damit fort, mit einem Miniatur-Infrarotstrahl winzige Schweißnähte zu machen. »Ach, komm schon! Ich kann Geheimnisse bewahren. Ich versprech's!«

»Es ist keine Frage des Vertrauens«, sagte ich. »Es ist ein Programmfehler, an dem ich arbeite.«

»Warum lässt du nicht deine Seelenklempnerin einen Blick drauf werfen?«

»Hab ich schon. Sie sagte, es braucht eben seine Zeit.« Ich scannte die vielen verstreuten Teile. »Bist du sicher, dass du es wieder zusammensetzen kannst?«

»Wieder zusammensetzen? Himmel, Mack, Süßer, ich füge sogar noch ein paar Verbesserungen hinzu!«

»Lucia ...«

»Entspann dich, Großer. Das ist mein Job: unabhängige Technologieberatung.« Sie wischte sich den Schweiß von der Stirn. »Ich hinterfrage ja auch nicht deine Fähigkeit, Dinge zu zerschlagen, oder?«

»Dinge zerschlagen ist einfacher, als sie wieder zusammenzusetzen«, sagte ich.

»Für dich vielleicht, Schätzchen.«

Humbolt kam mit einem Telefon in der Hand die Labortreppe herunter. »Yo, Mack, Anruf für Sie. Sagt, er sei ein Cop.«

Es war Sanchez. Ich dachte es mir schon. Soweit ich wusste, interessierten sich keine anderen Cops für meine Aktivitäten.

»Hast du eine Minute?«, fragte er. »Ich würde dir gern ein paar Dinge zeigen.«

»Eigentlich bin ich im Moment ziemlich beschäftigt, Sanchez.«

»Das war keine Bitte, Mack.«

Entweder war der Hörer laut genug, dass Lucia das Gespräch mithören konnte, oder sie stückelte sich Sanchez' Seite selbst zusammen. »Geh nur, Mack. Ich brauch dafür noch mindestens ein oder zwei Stunden.«

Sanchez musste sie gehört haben. Oder vielleicht war es ihm einfach egal.

»Ich warte unten«, sagte er. »Lass mich nicht zu lange warten.«

Er hängte auf. Keine Diskussion. Mir war klar, dass er es ernst meinte. Ich mochte ein harter Robo sein, aber wenn ich weitergraben wollte, konnte es nicht schaden, Sanchez auf meiner Seite zu haben.

»Ich bin in einer Stunde wieder da, Lucia. Höchstens in zwei.«

»Bis dahin bin ich fertig, Hübscher.«

Sanchez hielt Wort und wartete am Fuß der Proton Towers auf mich.

»Wie hast du mich gefunden?«, fragte ich.

»Das ist mein Job.«

Er nahm einen langen Zug von seiner Zigarette und schleuderte sie fort. Ein zweibeiniger automatischer Sauger hoppelte herüber, um sie mit mehr Enthusiasmus wegzuputzen, als selbst für eine Drohne gesund war.

»Also, worum geht es, Sanchez?«

»Wir haben Tony Ringo gefunden.«

Es mochten diese lästigen Verhaltensdiktate sein, die meine Wartungsprotokolle noch säubern mussten, aber ich heuchelte Überraschung. Einer der Vorteile einer blanken Gesichtsplatte war der, dass ich kein guter Schauspieler sein musste. Ich sagte nichts.

Was auch immer ich nicht sagte, es musste etwas in Sanchez' fein geschliffenen Copinstinkten angestoßen haben. Er konnte jederzeit wie in einem technischen Handbuch in mir lesen. Sein Gesichtsausdruck änderte sich nicht, und er sagte nichts. Aber es lag etwas in der Art, wie er es nicht sagte.

Wir nahmen Sanchez' Ambler zum Think Tank. Es war eine lausige Art der Fortbewegung. Statt Räder oder Ketten hatten Ambler sechs pneumatische Beine. Fragen Sie mich nicht, wer fand, dass das eine gute Idee sei, aber wer auch immer es war: Er schaffte es, jemanden mit einer Fabrik zu überreden, ein paar Tausend davon auszustoßen. Zuerst war es ein wirtschaftlicher Misserfolg gewesen, aber dann sprach es sich herum. Ambler hatten nie Pannen. Nie. Man konnte ein Stück angezündetes Dynamit in die Energiespule stecken, und der einzige erkennbare Effekt war ein bisschen mehr Rauch beim Anlassen. Nur ein wenig mehr. Es war die Art von technischer Zuverlässigkeit, die man in der Stadt von morgen selten fand. Also kauften die

Leute sie. Und benutzten sie ewig oder bis sie die Nase voll von ihnen hatten und sie jemand anderem verkauften.

Niemand kaufte einen Ambler aus anderen als praktischen Gründen. Billig, verlässlich und für die Ewigkeit gebaut. Niemand kaufte ein neues Modell, wenn er ein gebrauchtes finden konnte. Und die Einführung einiger brandneuer Modelle trug nichts dazu bei, den Umsatz zu beleben. Ein paar schicke Finnen und einige Fernscheinwerfer machten die Fortbewegung nicht cooler oder geschmeidiger. Die Ambler Motorcar Company gab ihr Geschäft auf und bewies damit, dass ein Qualitätsprodukt nicht immer ein lohnenswertes Unterfangen ist. Aber ihre Geister suchten Empire weiterhin heim, Tausende von torkelnden, rostigen Maschinen mit abgeplatztem Lack und zerbrochenen Windschutzscheiben, die durch die Straßen der Stadt hoppelten.

Sanchez' Ambler war noch ganz gut in Schuss. Das machte die Reise allerdings nicht im Geringsten weicher. Bis wir beim Tank ankamen, hatten meine internen Gyros eine Abreibung bekommen. Ich fiel fast hin, als ich aus dem Fahrzeug stieg.

»Du kannst Gott danken, dass ich mich nie übergeben muss«, sagte ich.

»Sei nicht so ein Weichei!« Sanchez sah nicht gerade mitgenommen aus, aber selbst wenn er grün geworden wäre, hätte man das unter diesem Fell unmöglich sehen können.

Wir betraten den Tank. Sämtliche Klingeln und Pfeifen gingen bei meiner Ankunft los, aber Sanchez wedelte den Inkompensator fort. Parker, der Wachhund am Vordertor, war nicht sehr glücklich darüber. Er ließ Sanchez ein paar Verzichtserklärungen unterschreiben, in dreifacher Ausfertigung, dann holte er eine telefonische Bestätigung ein. Das Ganze dauerte so lange, dass es einfacher gewesen wäre, den Inkompensator anzubringen.

Nachdem wir die Security hinter uns gebracht hatten, führte mich Sanchez zu den Aufzügen. Wir traten ein. Er zündete sich eine Zigarette an, inhalierte langsam und nachdenklich. »Du hast nicht gefragt.«

»Was gefragt?«

»Ob Ringo am Leben ist oder nicht. Du hast nicht gefragt.«

»Ich habe es wohl einfach vermutet.«

»Sicher«, murmelte Sanchez. Er war so klein und seine Stimme war so leise, dass ich Mühe hatte, es zu verstehen. »Sieht dir gar nicht ähnlich, Vermutungen anzustellen, Mack.«

Wir fuhren noch eine Weile. Wenn der Tank Levitatorgondeln gehabt hätte, wäre dies viel weniger unangenehm gewesen.

»Du hast immer noch nicht gefragt.«

»Da wir nicht in Richtung Pathologie unterwegs sind, dachte ich mir, er sei am Leben.«

Paff.

»Er lebt doch, oder?«, fragte ich.

»Oh, er lebt. Hängt davon ab, wie starr deine Definition von Leben ist.« Paff. »Du hast nicht gefragt, ob wir etwas aus ihm herausbekommen haben.«

»Habt ihr?«

»Nichts Verwertbares.«

Die Aufzugtüren öffneten sich, und er führte mich tiefer in mein Lügengespinst. Es ging nicht direkt um glatte Lügen. Weggelassene Wahrheiten. Es mussten Greys Gegenbefehle sein, die mich davon abhielten zu gestehen, denn mir fiel kein guter Grund ein, warum ich nicht zugeben sollte, was ich wusste. Sanchez hätte vielleicht sogar etwas über Abner Greenman wissen können, aber ich behielt es für mich.

Tony Ringo befand sich in seinem eigenen kleinen Extrazimmer hinter Schloss und Riegel. Schutzhaft, erklärte Sanchez. Sein gelöschtes Gehirn war ein Beweis. Sanchez gab es nicht zu, aber ich merkte, dass er besorgt war. Man hatte schon von übersinnlichen Verbrechen gehört, aber telepathischer Mord kam immer noch selten vor.

Sanchez hatte recht gehabt. Technisch gesehen war Ringo noch am Leben. Sein Herz pumpte immer noch Blut durch seine Adern. Seine Lungen sogen immer noch Luft ein. Seine Augen zuckten noch beim Blinken von Licht. Aber er war eine leere Hülle.

»Was ist mit ihm passiert?«, fragte ich, gezwungen, meine Scharade aufrechtzuerhalten.

»Wir wissen es nicht. Allerdings hat ihn jemand böse reingelegt. Hat sein Gehirn verbrannt. Wir haben ihn von unserem forensischen Telepathen untersuchen lassen. Da drin ist nicht mehr viel übrig.«

»Also ist noch was drin?«

»Ein kleines bisschen. So ein Gehirn enthält eine Menge Informationen. Man kann nicht alles versengen. Obwohl sie verdammt nah dran waren. Aber es sind eben noch ein paar Sachen übrig. Fragmente. Vor allem willkürliche Erinnerungen. Nichts, was irgendwie wichtig wäre. Ach ja, und ein Name.«

Ich fragte nicht danach, weil ich mir vorstellen konnte, welcher Name das war und dass Sanchez es mir in seinem eigenen Tempo sagen würde. Ich hatte mit beidem recht.

»Mack.«

»Ja?«

»Das ist der Name: Mack.«

»Alltäglicher Name«, antwortete ich. »Gab es irgendwelche Zeugen?«

Er seufzte. »Ringo wurde als Letztes in einem Jazzclub gesehen. Irgend so ein Schuppen namens *Goldene Diode*. Das ist die Art Laden, wo Zeugen schwer zu finden sind.«

»Überwachung?«

»Noch schwerer zu kriegen.«

Bis jetzt hatte Ringo auf seinem Bett gelegen, sabbernd und die Lippen bewegend, als versuche er, etwas zu sagen. Plötzlich setzte er sich wie aus der Pistole geschossen auf und starrte mir direkt in die Optiken. Er öffnete den Mund und schrie rau und trillernd. Er begann gleichzeitig zu lachen und zu weinen.

»Du bist es! Du bist es! Du bist es!« Er erstickte ein Schniefen und griff sich an die Ohren. »Du, du, du, du!« Dann brach er wie tot zusammen. Nur dass er nicht tot war, und er war nicht nur eine leere Hülle. Er war etwas, das einmal ein Mensch gewesen war – und jetzt nur noch eine Handvoll wirrer Erinnerungen. Namen und Zeiten und Orte, die nie wieder zusammenpassen würden. Was Greenman ihm angetan hatte, war kein Mord. Es war schlimmer.

»Was wird mit ihm passieren?«

»Wir werden versuchen, noch ein paar Informationen auszugraben. Dann, nehme ich an, schicken wir ihn in die Klinik. Ich hab so ein Gefühl, das wird ein längerer Aufenthalt.«

Armer Teufel. Ein defekter Roboter bekam wenigstens die Würde einer schnellen Deaktivierung. Ringo war in irgendeine böse Sache hineingeraten, und er war als Verlierer wieder herausgekommen. Das war sein ganzes Leben gewesen. Er tat mir zwar nicht wirklich leid, aber wenn ich ihn so auf der Straße gefunden hätte, hätte ich ihm den Schädel eingeschlagen und ihn von seinem Leiden erlöst.

»Er scheint dich zu kennen«, sagte Sanchez.

»Er weiß nicht einmal, wer er selbst ist. Sind wir hier fertig, Sanchez?«

»Ich weiß nicht, Mack. Sind wir das?«

Ich hätte ihn liebend gern in mein kleines Geheimnis einer möglichen Alieninvasion oder einer Mutantenverschwörung eingeweiht. Falls jemand mir glauben würde, dann er. Er stand meistens hüfthoch in solchem Zeug. Empire hatte seine Probleme, aber sie wären sehr viel schlimmer gewesen, wenn es keine Männer wie Sanchez gegeben hätte, Friede seinem fellfreien kleinen Schwanz und der unruhigen rosa Nase.

Ich schwieg.

»Na gut, Mack. Wenn du es so willst. Komm, ich fahr dich zurück.«

»In diesem schwankenden Schrotthaufen? Ich weiß nicht. Am Ende verliere ich noch ein paar Bolzen.«

Bevor wir den Aufzug erreichten, holte ein uniformierter Cop Sanchez ein.

»Sir, Sie wollten, dass wir Sie im Bleaker-Fall auf dem Laufenden halten.«

Meine Audios regelten sich ein. Der Cop bremste sich, als sei er nicht sicher, ob er vor mir sprechen sollte.

»Raus damit, Dougal«, sagte Sanchez.

»Sie haben einen von ihnen gefunden. Den Vater, Sir.« Dougal zögerte, doch Sanchez nickte ihm zu.

»Er ist tot, Sir. Totgeprügelt. Das Gutachten sagt, jemand hat ihn bearbeitet, als wenn er in eine Zerkleinerungsanlage gestopft worden wäre.«

Sanchez warf einen Blick zu mir herauf, auf meine riesigen Hände. Die Art, die fürs Prügeln und Zerquetschen gemacht ist. »Ich glaube, wir sind hier doch noch nicht fertig, Mack.«

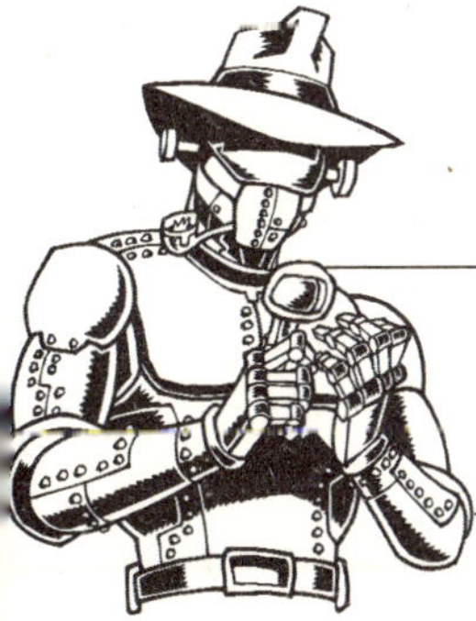

ZWÖLF

Sie kennen die Szene. In einem Dutzend Krimis gesehen. Irgendein Trottel sitzt in einem winzigen Raum mit einem Cop, der über ihm steht und ihm seine Rechte vorliest. Das ist ziemlich genau das, was mir passierte.

Nur dass ich nicht saß. Ich sitze nicht viel. Die meisten Möbel sind nicht für mein Gewicht ausgelegt, und meine Füße schmerzen nicht. Außerdem war es kein winziger Raum. Es war eine große Kellerzelle, stark in Schatten gehüllt, bis auf ein paar helle Scheinwerfer. Ich nahm an, sie warfen das Beleuchtungsbudget lieber für die drei riesigen Kanonen aus dem Fenster, die auf mich gerichtet waren. Und Sanchez, der kaum groß genug war, um mir übers Knie zu reichen, las mir keineswegs meine Rechte vor. Er saß an dem Tisch, sog an einer Zigarette und ließ die Asche herabhängen. Abgesehen davon war es genau dasselbe.

Ich stand in einem kleinen roten Kreis, der auf den Boden gemalt war. Nichts hielt mich davon ab herauszutreten, bis auf die drei schweren Blasterkanonen, die auf mich zielten. Im Gegensatz zu Sanchez ragten die Kanonen tatsächlich über mir auf. Ich verfüge über eine dicke Legierung, aber der Think Tank hatte meine Spezifikationen, also konnte ich darauf wetten, dass diese Waffen eine Gefahr darstellten. Mein Gefährdungstaxator regte an, es könne eine gute Idee sein, auf Nummer sicher zu gehen und nicht aus dem Kreis zu treten.

Jetzt, da ich hier war, fragte ich mich, ob es nicht vielleicht schlauer gewesen wäre, mich aus dem Staub zu machen, solange ich mich noch über Tage befand. Ich hätte es vielleicht nicht geschafft, aus dem Tank zu entkommen. Die Bewachung war streng und das Waffenarsenal gefährlich genug, um mir einen Grund zu geben, es mir gut zu überlegen. Aber zumindest hatte ich eine Chance gehabt. Jetzt steckte ich fest.

Sanchez hatte in den letzten sechs Minuten kein einziges Wort gesagt. Er begnügte sich damit, mich schwitzen zu lassen. Es war eine Taktik, die schon tausendmal vorher funktioniert hatte. Aber ich schwitze nicht – und konnte genauso lange warten wie er.

Ich gewann den Starrwettkampf.

Er lehnte sich auf seinem Stuhl zurück. »Der Rat hat den Bau dieses Raums genehmigt. Als Vorsichtsmaßnahme, du weißt schon. Jede dieser Kanonen kostet mehr, als ich in zwanzig Jahren verdiene. Falls sie auch nur einmal losgehen, wird der Rat eine Steuererhöhung beschließen müssen, um die Stromrechnung zu zahlen. Und soweit ich es verstanden habe, ist jede davon nur für ungefähr ein Dutzend Schüsse gut, bevor das Aggregat ausbrennt und ersetzt werden muss.

Ich bekomme keine Budgetgenehmigung für einen neuen Automimeographen, aber offensichtlich dachte jemand sehr Wichtiges, man könnte einen so speziellen Raum wie diesen gebrauchen. Um Typen wie dich festzuhalten.«

»Typen wie mich?«, fragte ich. »Oder einfach nur mich?«

»Im Augenblick bist du der einzige Typ wie du.« Er drückte seine Zigarette aus und zündete eine neue an. Es war ein Wunder, dass diese kleinen Lungen noch funktionierten.

»Ich hab den Anzugträgern oben gesagt, es sei nur eine Verschwendung von Zeit und Geld.« Sanchez lächelte freudlos. »Sag mir, dass ich unrecht hatte, Mack.«

Die Luft zischte, als Elektrizität an den Läufen der Kanonen entlangknisterte.

Er schob ein paar Tatortfotos über den Tisch aus rostfreiem Stahl, der zwischen uns stand. Es war eine körnige Reihe von Bildern, die von den letzten schmerzvollen Minuten von Gavin Bleakers Leben zeugten. Ein Katalog monströser Blutergüsse, verkrusteten Bluts und zerschmetterter Knochen. Trotz des großflächigen Schadens war er erkennbar. Sie hatten darauf geachtet, das Gesicht nicht anzurühren. Ich hatte Gavin nie gemocht, aber ich hoffte, wer auch immer ihm das angetan hatte, möge den Anstand gehabt haben, ihm zuerst den Hinterkopf einzuschlagen.

»Willst du mir etwas dazu sagen?«, fragte Sanchez.

»Was gibt es da zu sagen? Ich war's nicht. Es ist eine Falle.«

»Was du nicht sagst!«

Er lachte zwar, schien aber nicht besonders belustigt.

»Ich weiß, dass es eine Falle ist, Mack! Himmel, es ist nicht einmal eine gute! Wer immer sie gestellt hat, hat ein rotes Brecheisen oder so was benutzt. Du würdest keines brauchen, aber sie haben sich vergewissert, dass es zu deiner Lackierung passt. Und mein Bauchgefühl sagt mir: Wenn du jemanden umbringen würdest, dann würdest du es wesentlich gründlicher machen und wärst schlau genug, die Leiche irgendwo loszuwerden, wo die Cops nicht darüber stolpern. Unsere forensischen Scans deines Anzugs und deines Gehäuses haben Blutspuren ergeben, aber keine davon passte zur Blutgruppe des Opfers.«

»Und warum bin ich dann immer noch hier?«

Sanchez sah mich finster an. »Im Moment bin ich dein einziger Freund. Vielleicht könntest du mal aufhören, mir pampige Antworten zu geben. Das hier ist eine ernste Sache. Selbst wenn du diesen Kerl nicht umgebracht hast – jemand hat sich die Mühe gemacht, es so aussehen zu lassen. Nicht genug, um vor Gericht damit standzuhalten, aber so viel, um dich zu beschäftigen. Willst du mir vielleicht sagen, warum?«

»Wünschte, ich könnte.«

»Was ist mit dem Blut? Willst du mir sagen, wo das herkommt?«

»Kann ich nicht.«

»Das ist eine ernste Angelegenheit! Ist dir klar, dass ein

paar sehr wichtige Leute schon Anträge für deine permanente Deaktivierung eingereicht haben?«

»Ich habe nichts angestellt.«

»Ändert das etwas? Du bist technisch gesehen noch kein Bürger. Oder hast du das vergessen?«

»Ich vergesse gar nichts, Sanchez. Das weißt du.«

»Dann erinnerst du dich ja vielleicht auch daran, dass du im Grunde die juristischen Rechte eines Fernsehers besitzt!«

Ich antwortete nicht, stand nur auf diese typische, künstliche Roboterart bewegungslos da.

»Vor ein paar Minuten hab ich mich mit deiner Seelenklempnerin unterhalten, Mack. Sie sagte mir, du hast dir irgendeine Programmierungsanomalie eingefangen. Sagte, du könntest mir nichts sagen, selbst wenn du wolltest, und wenn ich versuchen würde, auf deine Speichermatrix zuzugreifen, könnte das zu einem totalen Systemabsturz führen.« Sanchez' Ohren legten sich an. »Aber du musst mir etwas geben. Sonst schicken die Anzugträger da oben den Befehl herunter, den Download zu erzwingen, und ich werde verdammt noch mal nicht das Geringste dagegen tun können!«

Es folgten sieben Sekunden Pause.

»Du machst es mir nicht leicht, Mack.«

»Tut mir leid.«

Sanchez sammelte die Fotos zusammen. »Na gut. Wir machen es auf die einzige mögliche Art. Doktor Mujahid glaubt, du kannst den Fehler mit ein bisschen Zeit überstehen. Also gebe ich dir diese Zeit. Ich werde versuchen, die Anzugträger bei Laune zu halten, solange ich kann. Mach es dir gemütlich, Mack. Du wirst noch eine Weile hierbleiben.«

Er stopfte die Fotos zurück in die Akte, stand auf und verließ den Raum, ohne zurückzusehen. Übrig blieben nur ich und meine automatischen Wachhunde.

Ich wollte Sanchez ja sagen, was ich wusste, aber solange Greys Programmierung am Werk war, hatte ich keine Wahl.

Gavins Mörder konnten alles Mögliche gewollt haben. Vielleicht hatten sie auch aus Julie und den Kindern das herausbekommen, was sie wollten. Konnte sein, dass sie alle tot waren, und die Cops hatten Jules', Aprils und Holts Leichen nur noch nicht gefunden. Ich berechnete das als möglich, aber unwahrscheinlich. Es gab keinen guten Grund für die Entführer, die Leichen getrennt loszuwerden. Nein, Gavin war entbehrlich. Sie hatten ihn am Leben gelassen, weil es noch keinen Anlass gegeben hatte, ihn zu töten. Vielleicht hatte er sein Glück überstrapaziert, und sie dachten sich, wenn sie ihn loswerden wollten, könnten sie genauso gut mich dabei schikanieren. Bewunderungswürdige Effizienz.

Aus welchen Gründen auch immer: Sie hatten es geschafft, mich zu linken. Im besten Fall wurde ich noch ein paar Stunden hier aufgehalten. Im allerschlimmsten Fall war ich auf dem besten Weg zum Schrottplatz. In der Zwischenzeit konnte ich nichts tun, als die verrinnenden Sekunden zu zählen.

Zwölftausend und sechzig dieser Sekunden vergingen, bevor sich die Tür wieder öffnete. Meine Optiken machten Sanchez im Türrahmen aus. »Du hast Besuch, Megaton.«

Es war Lucia. Sie hatte sich mit einem hübschen Kleid – ihrem Sonntagskleid – herausgeputzt. Ihre Haare hatte sie hochgesteckt und etwas daran befestigt. Ein Stück Stoff mit einem Schleier und Plastikblumen. Konnte möglicherweise ein Hut sein, aber mein Visualisierer wollte sich ungern darauf festlegen.

Sanchez warf ihr einen unwirschen Blick zu. »Sie haben fünf Minuten, Miss Napier.«

»Danke, Detective.«

Er grummelte etwas, das ich nicht verstand und knallte die Tür hinter ihr zu.

Ihre Absätze klapperten sechsundzwanzig Schritte, als sie zum Tisch hinüberging. Sie setzte sich nicht.

»Hi, Hübscher! Sieht aus, als würdest du in der Klemme sitzen.«

»Ich hatte schon bessere Tage.«

»Du wirst nicht glauben, wie schwierig es war, die Besuchsgenehmigung zu bekommen. Dieser unangenehme Detective Sanchez war absolut dagegen.«

»Er kann manchmal stur sein«, sagte ich.

»Oh, ich weiß, er macht nur seinen Job, aber trotzdem, er war ein bisschen grob und ziemlich unflexibel. Glücklicherweise bin ich mit ein paar einflussreichen Leuten bekannt. Einige Anrufe, und voilà, hier bin ich.«

»Voilà«, sagte ich. »Dachte nicht, du wärst ein Huttyp, Lucia.«

»Als Lady zeigt man gern ab und zu ein bisschen Klasse.« Sie lächelte. »Ist hilfreich, um die Klatschkolumnisten aus dem Gleichgewicht zu bringen.«

Ich dachte mir, sie müsse etwas vorhaben. Es war nicht

schwer auszurechnen. Ich stellte mich dennoch dumm, weil ich sie nicht ermutigen wollte. Es würde sie nur in Schwierigkeiten bringen.

»Freust du dich nicht, mich zu sehen?«, fragte sie.

»Klar. Du siehst ... nett aus.«

»Nett?« Sie spitzte die Lippen und warf mir einen Kuss zu. »Ich sehe ausgezeichnet aus, Mack!«

Ich nickte. »Als wärst du auf dem Weg zur Kirche. Oder vielleicht zu einer sehr lockeren Beerdigung.«

»Keine Beerdigungen heute, Mack.«

»Lucia, mach ...«

Sie legte einen behandschuhten Finger an die Lippen. »Sei still. Wie oft muss ich es dir noch sagen? Ich bin ein großes Mädchen. Ich kann selbst auf mich aufpassen.«

»Das hier ist etwas anderes. Es ist eine ernste Sache.«

»Ich weiß. Deshalb tue ich es ja auch. Du willst doch immer noch deine Freunde finden, oder?«

»Ich kümmere mich darum.«

Sie lachte. »Oh, armer, armer Mack. Du musst wirklich lernen, Hilfe anzunehmen. Selbst du kannst nicht alles allein schaffen.«

»Das habe ich schon mal gehört.«

Ich würde sie nicht davon abbringen können.

»Ich habe dieses kleine Spielzeug fertig zusammengesetzt«, sagte sie. »Es sind ein paar Teile übrig geblieben, aber ich glaube nicht, dass sie allzu wichtig waren.«

Ich berechnete eine fünfzigprozentige Chance, dass wir in diesem Augenblick abgehört wurden. Ich hätte dem Ganzen ein Ende machen können, indem ich einfach einen Ausbruchsversuch andeutete. Aber das hätte nur Lucia in

Schwierigkeiten gebracht. Ich konnte sie vielleicht nicht davon abbringen, aber sie konnte mich auch nicht zwingen, ihre Hilfe anzunehmen. Ein Gefängnisausbruch war eine ernste Sache, selbst für die Prinzessin von Empire. Sanchez würde sie mit Beschuldigungen überhäufen, und ich bezweifelte, dass Lucia genug einflussreiche Leute kannte, um ihn zu stoppen, wenn er erst einmal in Fahrt war. Wie gesagt: Er war stur.

Sie trat näher. Die Kanonen surrten.

»Sie haben mich davor gewarnt, in den Kreis zu treten«, sagte sie. »Könnten nicht die Verantwortung dafür übernehmen, was passierte, wenn du versuchen würdest, mich als Geisel zu nehmen, sagten sie.«

»Geh weg, Lucia.«

»Kann ich nicht, Mack. Ich habe so lange keinen anständigen Kerl mehr getroffen. Ein Mädchen müsste schon eine Idiotin sein, um so etwas stehen zu lassen.« Sie löste ihren Hut. »Detective Sanchez bestand darauf, dass ich nichts hereinbringen dürfe. Und außerdem, dass ich mich einer gründlichen Sicherheitskontrolle unterziehe. Aber das hier konnte man bei der Kontrolle nicht entdecken. Das kleine Ding ist für Scanner praktisch unsichtbar.«

Sie zog die Teleportationsscheibe aus ihrem Hut.

»Oh, verdammt, Lucia!«

Ich erwartete, dass der Alarm losging, aber alles blieb ruhig. Die Tür öffnete sich, und Sanchez betrat den Raum. Er hatte keine Verstärkung dabei, und sein Heater war nicht gezogen. Das einzige Ding in seiner Hand war eine kleine Fernbedienung.

»Treten Sie bitte zurück«, sagte sie lächelnd. »Sie können das benutzen oder nicht. So oder so stecke ich jetzt tief mit drin.«

»Rühr dich nicht, Mack. Wenn ich diesen Knopf drücke, werden deine Einbauten unwiederbringlich gegrillt. Und die Lady, wenn sie ins Kreuzfeuer gerät ... du willst bestimmt nicht wissen, was diese Kanonen mit organischen Materialien anstellen.«

Das Summen der Kanonen wurde doppelt so laut.

»Deine Entscheidung, Mack.« Lucia ließ das Gerät über den Tisch gleiten.

Mein elektronisches Gehirn analysierte die Situation und bot mir Wahlmöglichkeiten an. Keine davon endete gut.

Den Teleporter zu benutzen war ein riskanter Schachzug. Es beruhte alles darauf, wie genau ich Sanchez' Bereitschaft, diesen Knopf zu drücken, berechnete. Er hatte mir in letzter Zeit einigen Spielraum gelassen, aber es gab sicherlich eine Grenze. Ich konnte auf keinen Fall meinen Knopf drücken, bevor er seinen drückte.

Er musste in meinem elektronischen Gehirn gelesen haben.

»Ich werde es tun, Mack!«

Ich scannte sein Gesicht, konzentrierte mich auf seine schwarzen Augen. Sie blinzelten nicht. Soweit ich mich erinnern konnte, bluffte Alfredo Sanchez nie.

»Tu, was du tun musst, Alf.«

Ich drückte den Knopf des Teleporters, und nichts stoppte mich. Ich fing Sanchez' Abschiedsstimmung auf, als der Raum verschwand.

»Scher dich zum Teufel!«

Die Teleportation dauerte zwei Siebtel Sekunden. Ein Biologischer hätte diesen Bruchteil eines Moments nicht erfassen können. Ein Nebel von Statik und Dunkelheit zog vorbei. Der Trip destabilisierte meine Servos, und meine Kraftregulatoren wurden als unzuverlässig registriert. Ich war ein plumper Haufen Stahl, und ich stand in einer Glasröhre. Allerdings nicht lange.

Ich stürzte um. Die Röhre zersprang, und ich landete flach auf dem Gesicht. Obwohl ich normalerweise sehr viel beweglicher bin, als meine Masse vermuten lässt, machten meine Servoprobleme die Lage zu einer Herausforderung.

Keine Konstruktion ist perfekt, und in meinem Halsgelenk gibt es eine Schwachstelle. Mein Aufwärtswinkel ist auf fünfundvierzig Grad begrenzt. Normalerweise kein Problem, da ich ein großer Robo bin und keine langen Zeiten ausgestreckt auf dem Boden verbringe. Aus meiner momentanen, eher unwahrscheinlichen Position heraus scannte ich acht Füße auf der anderen Seite eines schimmernden grünen Kraftfelds.

Jemand fragte: »Was zur Hölle bist du?«

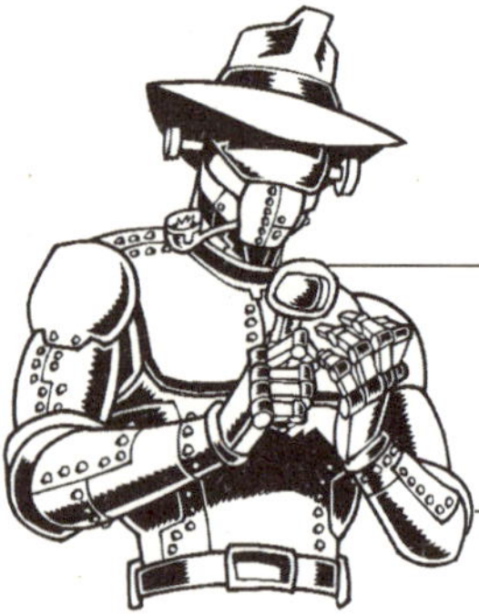

DREIZEHN

Meine Servos stabilisierten sich so weit, dass ich aufstehen und das Empfangskomitee gut scannen konnte. Der Mann vorn, von dem ich annahm, er sei der Anführer, hatte orangefarbene Haut und eckige schwarze Augen. Der Schlägertyp zu seiner Linken war eine riesenhafte Grille, und sein Kumpel auf der Rechten war ein so unscheinbarer Mensch, dass er neben seinen Kumpels wie eine Zirkusattraktion aussah. Alles ist relativ.

Sie trugen blaue Overalls mit Schalttafeln und blinkenden Lichtern darauf an den Ärmeln, am Gürtel und auf der Brust. Der orangefarbene Kerl hatte keine Waffe, aber seine Begleiter hatten beide glänzende Gewehre, die ich nicht identifizieren konnte. Sie standen Gewehr bei Fuß, aber in einer tieferen Position, weil sich ein Kraftfeld zwischen uns befand.

»Bericht der Zerstörereinheit«, sagte der orangefarbene Mann. »Wie bist du hier hereingekommen?«

Ich wusste nicht, was ein Zerstörer war, aber da er mich ansah, nahm ich an, er meinte mich. Die Frage ignorierte ich.

Das Feld war meine höchste Priorität. Wenn ich nicht hindurchgelangen konnte, war diese Such- und Rettungsmission geplatzt. Ich ignorierte die Schlägertypen und legte meine Hände gegen die Barriere. Sie knallte und zischte und hätte Fleisch und Blut geschmolzen. Meine Legierung konnte mit der Hitze umgehen, aber das Feld war stabil genug, um eine Herausforderung für meine Servos darzustellen. Ich war vielleicht in der Lage, das System mit einem Trommelfeuer von Schlägen zu überlasten, aber meine eigene Batterie war unter Umständen leer, bevor das passierte. Das konnte ich ohne spezifische Detailinformationen über das System aber nicht wissen.

Der Orangentyp drückte einen Knopf an seinem Gürtel. »Security, wir haben einen Verstoß in Empfangsraum Nummer vier. Ich wiederhole, wir haben einen Verstoß.« Er neigte den Kopf und nickte, während er einer nicht hörbaren Stimme lauschte. »Ja, ich weiß, dass es nicht möglich ist, aber ich stehe in diesem Augenblick vor dem Eindringling, vielleicht könnten Sie also herunterkommen und es ihm selbst sagen.« Ein weiteres Nicken. »Nein, es ist in Ordnung. Subjekt ist unter Kontrolle. Roboter: modifiziertes Zerstörermodell. Sollte kein Problem sein. Wirkt nicht besonders intelligent. Ich nehme an, es ist eine Aufklärungs-/Sabotageeinheit. Wurde höchstwahrscheinlich geschickt, um unsere Verteidigung und Reaktionszeiten zu erfassen.«

Ich war vage beleidigt, dass er mich als wenig mehr als

ein riesiges Zerstörungsgerät betrachtete, andererseits aber war ich das im Grunde ja auch. Er hätte sich vielleicht fragen können, warum ich einen Anzug trug, wenn ich ein Nullachtfünfzehn-Auto war, aber er dachte offensichtlich nicht weiter darüber nach. Erste Regel auf dem Schlachtfeld: Vermutungen sind tödlich. Während ich als harmlose Störung abgetan wurde, dachte ich mir, ich sollte diese Unterschätzung vielleicht nutzen.

Ich beugte mich nach unten und riss den metallenen Bodenbelag ab. Es war hartes Zeug, aber nicht so hart wie ich. Ich löste die Fliesen ab und legte die Kabel und Rohrleitungen darunter frei.

»Sollten wir nicht etwas tun?«, fragte der Mensch.

»Warum sich die Mühe machen?«, antwortete der Orangenmann. »Da ist nichts Wesentliches drunter.«

Die Grille sprach in einer schnellen Reihe von Klick- und Zirpgeräuschen. Ich kapierte kein Wort davon, aber seine Kumpel schienen zu verstehen.

»Dann darfst du gern das Feld abstellen und dich selbst darum kümmern«, sagte Orangenmann. »Andernfalls warten wir auf eine volle Sicherheitsmannschaft.«

Ich nehme an, sie hatten mich nicht allzu sehr unterschätzt.

Ich riss ein dickes Leitungsrohr heraus und schälte die Schutzhülle ab.

Der Käfer klickte.

Der Orangentyp lächelte. »Lass ihn ruhig ein paar Systeme beschädigen. Das wird ihm gar nichts nützen. Wir werden mehr wissen, wenn wir das verdammte Ding neutralisieren.«

Der Käfer zirpte wieder, diesmal nervös. Er hatte es wohl kommen sehen. Orangentyp verstand plötzlich, und die offensichtliche Furcht auf seinem Gesicht ließ mich glauben, dieser Plan könnte wirklich funktionieren. Es gab aber nur einen Weg, das herauszufinden.

Ich legte meine Hand wieder an das Kraftfeld und hielt die Leitung in der anderen. Strom floss an meinem Gehäuse entlang, den einen Arm hinab und in den anderen hinein. Eine Menge Saft rann durch mich hindurch. Ein Biologischer wäre zu Asche verbrannt, bevor das Feld kurzgeschlossen war. Meine Legierung brennt nicht, und der Kreislauf blieb die volle Sekunde geschlossen, die nötig war, um das Feld kurzzuschließen. Meine Abschirmblenden schützten mich vor neunundneunzig Prozent des Stroms, aber ein Prozent schlüpfte durch und schaffte es, ein Fingergelenk zu beschädigen. Den kleinen Finger benutzte ich sowieso nie.

Das Feld verschwand, und Orangenmanns ganze Überzeugung verschwand mit ihm. Die zwei anderen Schlägertypen schossen ihre Gewehre auf mich ab. Beide Kugeln wurden bei dauerhaftem Beschuss als potenziell gefährlich registriert, in dieser Situation aber als unbedeutend eingestuft.

Jetzt, da das Kraftfeld fehlte, hatten wir dieselben Ausgangsbedingungen. Es war nicht schwierig, die beiden Gewehre schwingenden Schläger zu schnappen und sie hart gegen die Wände zu schleudern. Da meine Kraftregulatoren nicht voll funktionstüchtig waren, mochte es vielleicht zu hart gewesen sein. Vor allem der Käfer hinterließ, wo er aufgeschlagen war, einen glitzernden, rosaroten

Spritzer, von dem ich annahm, es sei Blut. Orangenmann war schon aus der Tür und aus meiner Reichweite gestürmt. Der Mensch bewegte sich noch, was bedeutete, dass er vermutlich bei Bewusstsein und noch in der Lage war zu sprechen.

Jemand musste den Alarm ausgelöst haben, denn alle verfügbaren Klingeln und Pfeifen gingen los. Sämtliche Sicherheitsleute des Gebäudes liefen vermutlich gerade an diesem Punkt zusammen. Ich konnte nicht mehr viel Zeit haben.

Der Mensch setzte sich auf und feuerte noch ein paar Mal auf mich. Ich bin ein großes Ziel, aber seine Hände zitterten so sehr, dass nur drei von fünf Schüssen trafen, und die zählten nicht viel.

Ich riss ihm das Gewehr aus den Händen und zerdrückte es so zu einer Kugel, wie Supermann es immer tut. Es war eine ungeheuer befriedigende Zurschaustellung meiner Kraft, die deutlich machte, wie leicht ich diesen armen Tölpel zerquetschen konnte und dass ich keine Waffe brauchte, um gefährlich zu sein. Nach seinem Blick zu urteilen hatte er verstanden.

Ich hätte ihn geschnappt, aber mit meinen kaputten Regulatoren hätte ich ihn versehentlich zerquetschen können. Stattdessen stellte ich mich also über ihn, eine hoch aufragende Einschüchterungsmaschinerie. Ich stemmte sogar meine Fäuste in die Hüften, weil es mir so richtig erschien.

»Ich suche ein paar Freunde.«

Er petzte. Einfach so. Ohne viel Aufhebens. Ein Glück, denn ich hatte keine Zeit, Knochen zu brechen und ihn zu verprügeln. Meinem neuen Freund zufolge wurden die Bleakers genau in dieser Anlage festgehalten. Er hätte lügen können, doch ich schätzte, er war zu verängstigt, um so schlau zu sein. Mir war nicht danach, ihn als Sicherheit mitzuschleppen, denn er würde mich aufhalten. Und wenn der entscheidende Kampf kam – und er würde bald kommen –, bezweifelte ich, dass er überleben würde.

»Hier.« Er deutete auf einen Raum auf einer Karte. »Dort halten sie sie fest.«

»Wo sind wir jetzt?«, fragte ich.

Er deutete auf einen anderen Raum. Mein Gehirn begann bereits, eine Strecke zu planen, außerdem einige Alternativen, basierend auf dem Grad des Widerstands, auf den ich möglicherweise stieß.

Die Türen glitten auf, und herein stürmten fünf Wächter, geschmückt mit kugelsicheren Westen und noch mehr Blastern. Sie hielten sich nicht erst damit auf, mir zu sagen, ich solle mich nicht rühren oder so etwas. Sie gaben mir einfach Saures.

Mein Freund war dumm genug wegzurennen. Direkt in die Schusslinie. Sie pusteten, ohne zu zögern, mehrere Löcher in ihn hinein, und die Energieentladung begann, mein Gehäuse aufzuheizen. Hätte vielleicht etwas bewirkt, wenn ich lang genug herumgestanden hätte, aber das hatte ich nicht vor. Ich hätte diese Schlägertypen töten können, doch das war ebenfalls nicht mein Plan. Ich drehte mich um und preschte durch die gegenüberliegende Wand. Ich brauchte drei Sekunden, um mich hindurchzuboxen – sie ließen weiterhin Hitze auf meinen Rücken einströmen. Noch war es kein Problem, und wenn das die größten Waffen waren, die diese Kerle hatten, dann würde es auch keines werden.

Der angrenzende Raum stand voller Computer, und ich preschte auch quer durch diesen hindurch. Und durch den nächsten. Und den nächsten. Ich war mehr daran interessiert, mein Ziel zu erreichen, als das Erlebnis aufzuzeichnen. Ein Raum aber erweckte meine Aufmerksamkeit. Er war voller Biologischer, und viele passten zu meiner Alien-Theorie. Vor allem einer sah wie riesiges Unkraut aus. Es gab keine bewusstseinsbegabten Pflanzenmutationen unter den Bürgern von Empire.

Ich fragte mich, wie viele Aliens sich in dieser Anlage befanden, ob es noch mehr Anlagen wie diese gab und wie lange diese außerirdischen Besucher schon ihre finsteren Machenschaften ausführten. Dies war kein Provisorium. Es befand sich schon eine ganze Weile hier.

Mein geplanter Kurs war der direkte Weg mit zufälligen Umwegen, um größere Räume zu vermeiden und die Wächter zu verunsichern. Trotzdem waren die Wände dick genug, um mich aufzuhalten, und während ich mich durch den Komplex vorankämpfte, wurde ich von einer sich steigernden Zahl von Sicherheitsleuten umringt. Ich ignorierte sie weiterhin, da es kontraproduktiv gewesen wäre, sich die Zeit zu nehmen, sie beiseitezuschlagen. Jede Wache, die ich auslöschte, wäre ersetzt worden. Außerdem war es sowieso kein Kampfeinsatz. Es war ein Suchauftrag.

Das endlose Trommelfeuer der Blaster heizte mein Gehäuse auf. Mein brennbarer Anzug erwies sich als recht feuerfest. Statt zu brennen, begann er zu schmelzen. Meine

Lackierung bekam Sprenkel, und ich glühte sanft orange. Mein Kühlsystem war dem gewachsen, und meine Einbauten blieben unbeeinträchtigt. Diese Witzfiguren konnten mich nicht aufhalten. Nichts konnte das, wenn ich einmal in Fahrt war.

Ich preschte durch eine weitere Wand in einen großen Raum – von der Größe, die ich bisher vermieden hatte; diesmal jedoch nicht, weil sie genau das erwarteten. Die Wachen folgten mir nicht. Das bedeutete entweder, dass ihnen die Sinnlosigkeit ihrer Anstrengungen aufgegangen war, oder dass gefährliche Gegenmaßnahmen auf dem Weg waren.

Meine zielstrebige Natur hatte zur Folge, dass einiges nötig war, um mich zu überraschen, wenn ich einmal eine Direktive festgelegt hatte. In diesem neuen Raum setzte mein Herz allerdings einen Schlag aus. Es war nur ein kurzer Moment, kaum wahrnehmbar außerhalb einer Atomuhr. Der neue Raum war ein Lagerraum. Und es wurden Roboter gelagert. Roboter, die genauso aussahen wie ich.

Es sollte keine anderen Roboter wie mich geben.

Doch da waren sie: vierzehn glänzend goldene Mack Megatons, inaktiv an den Wänden aufgereiht. Das mussten die Zerstörer sein, für die mich der orangefarbene Overall fälschlicherweise gehalten hatte. Etwas stimmte hier nicht, aber ich hatte keine Zeit für ein Rätsel. Wie ich schon sagte, wenn ich einmal eine Direktive festgelegt habe, halte ich mich auch daran. Ich speicherte sämtliche Fragen über diese Wende der Ereignisse ab und setzte meinen Weg fort.

Die Roboter aktivierten sich. Jeder einzelne. Einer schnappte mich am rechten Arm. Ein anderer packte mich am Hals. Der Rest umzingelte mich. Das würde Ärger geben.

Mit meinem freien Arm landete ich einen rechten Haken auf die Gesichtsplatte eines sich nähernden Roboters. Sein Kopf wurde zurückgeschleudert und sein Halsgelenk brach. Bruchstellen an seiner Verkleidung bedeuteten, dass ich einigen Schaden angerichtet hatte. Diese Maschinen waren robust, hatten aber keine so dicke Legierung wie ich. Das hob meine Überlebenschancen von zweiundsechzig auf vierundsechzig Prozent. In Situationen wie diesen nehme ich jeden Prozentpunkt, den ich kriegen kann.

Ich hämmerte noch einmal auf denselben Roboter ein. Sein Kopf fiel immer noch nicht ab, wenn er auch in einem hässlichen Winkel hing. Ich musste auch eine sensorische Verbindung gekappt haben, denn er griff versehentlich einen seiner Brüder an.

Ich versetzte dem Roboter, der an meinem Arm hing, einen harten Schlag. Ein, zwei, drei Schläge genügten, um seine Schädeleinheit abzuschlagen. Wenn er allerdings auch nur ein wenig so war wie ich, befand sich sein Gehirn in seinem Bauch und ich machte nur seine primären Sensoren unschädlich. Er schien mich nicht scannen oder hören zu müssen, um zu wissen, dass er mich immer noch fest im Griff hatte.

Verdammt, mir war nie klar gewesen, was für Nervensägen Roboter sein konnten.

Dann waren sie alle auf mir, ein Haufen von boxendem

Metall. Ich fiel mit dem Gesicht voran, und sie hämmerten auf meinen Rücken ein. Mein Gehäuse hielt den Schlägen stand, aber meine Servos waren nicht in der Lage, diese Kerle von mir zu schieben. Ich steckte fest. Neun Sekunden vergingen, und man hörte nur das Geräusch von Metall auf Metall, das durch den Raum echote. Ich hatte keine Zeit für so etwas, also tat ich das Einzige, was ich konnte.

Ich überschritt die empfohlenen Betriebsgrenzen, befahl meinen Servos, auf hundertvierzig Prozent zu gehen und schob. Die Kraft reichte aus, um meine Gegner abzuwerfen und mich wieder auf die Beine zu bringen. Außerdem sog es in zwei Sekunden Saft für sechzehn Minuten aus meiner Batterie und beschädigte meinen rechten Schulteraktuator. Diese Schulter benutzte ich sowieso nie.

Ich schob weiter. Es war der einzige Weg, diese zweitklassigen Kopien auszuschalten. Es würde meine Einbauten strapazieren, und der übermäßige Stromverbrauch würde auf lange Sicht zu Schwierigkeiten führen. Doch ich konnte es mir nicht leisten, lockerzulassen.

Ich landete einen Presslufthammerschlag auf den nächsten Roboter, direkt dort, wo ich seine wichtigsten und empfindlichsten Systeme erhoffte, wenn meine eigenen Spezifikationen ein Anhaltspunkt waren. Es zerschlug seinen Bauch und ich musste etwas bewirkt haben, denn er taumelte und fiel hin. Zuckend und sich windend versuchte er sich aufzurichten, schaffte es aber nicht.

Mein Arm-Diagnoseprogramm meldete mehrere mikroskopische Belastungsbruchstellen und empfahl, zu einer verträglichen Funktionsebene zurückzukehren. Ich ignorierte es. Das gefiel ihm nicht, und so begann es, in meinen Audios zu klingeln und eine Warnung am unteren Rand meiner optischen Anzeige aufblinken zu lassen.

Zwei weitere Roboter versuchten, meine Arme zu immobilisieren. Ich stieß sie aneinander und knallte ihre Köpfe so hart gegeneinander, dass sie lose herabhingen. Ich beendete das Ganze, indem ich ihre Köpfe mit einem Schlag wie ein Hammer zerschmetterte. Ohne Sensoren und mit einer größeren Chance, ihre eigenen Kameraden zu verletzen als mich, wählten sie die schlaue Lösung und schalteten sich ab. Man musste diese kühle Maschinenlogik einfach lieben.

Meine verbleibenden Gegner umzingelten mich wieder. Sie waren nicht eingeschüchtert. Es waren dumme, unerbittliche Automatische. Unerbittlichkeit konnte ich respektieren. Dummheit konnte ich beneiden. Aber mein Kampfanalysator sagte mir, dass dieser Kampf eine ausgemachte Sache war. Weil ich bereit war zu tun, was nötig war, um zu gewinnen, inklusive mein eigenes Weiterfunktionieren aufs Spiel zu setzen.

Mein Analysator schätzte, dass mein unvermeidlicher Sieg sechsundfünfzig Sekunden benötigen müsste, mit einem dreizehnprozentigen Verlust der allgemeinen Funktionalität. Ich will nicht prahlen, aber ich zerlegte meine Gegner mit einem Vorsprung von sieben Sekunden. Ich könnte jeden Schlag und Tritt beschreiben, jeden Einsatz stumpfer Gewalt, der Metall zerschmetterte. Aber wie ich bereits sagte, es war eine ausgemachte Sache. Natürlich hatte ich auch eine Liste kleinerer innerer Schäden. Einzeln genommen war es nichts Ernsthaftes, aber sie summierten sich zu einer Beeinträchtigung von vierzehn Prozent.

Das Ärgerlichste war, dass ich von mehreren Haufen von Ersatzteilen umringt war und keine Zeit hatte, sie einzusammeln.

Ich genehmigte mir keine Zeit, um meinen Sieg zu genießen. Ich stürmte weiter, verlangsamt durch einen zerstörten Aktuator im rechten Knöchel und von einer unbeweglichen Schulter, die mich aus dem Gleichgewicht brachte. Ich war kein besonders schneller Robo, aber ich war doch entschlossen. Und wenn ich ein Bein verloren hätte, wäre ich den Rest des Weges gehüpft.

Der Alarm plärrte weiter, weiteren Widerstand gab es aber keinen. Ich boxte mich durch die fünf nächsten Wände und sah keinen Biologischen mehr. Nur ein paar fliegende Überwachungsdrohnen, und alle blieben in sicherer Entfernung. Sie hatten diesen Gebäudeteil evakuiert. Vielleicht hatten sie auch Julie und die Kinder verlegt. Aber ich konnte nichts weiter tun, als so weiterzumachen. Ich riss die letzte Tür auf, als meine Differenzmaschine null Erwartungen meldete.

Julie und April kauerten zusammen in einer Ecke. Jules sah verängstigt aus. Sie musste nun seit sieben Minuten kreischende Alarmsirenen, panisches Gerenne, Blasterschüsse, Schmettern und Schlagen gehört haben. Eine Menge Schmettern und Schlagen.

Aber April lächelte.

»Siehst du, Mama«, sagte sie, »ich hab dir doch gesagt, dass er uns finden wird!«

Ein Schwarm kugelförmiger Wächterdrohnen schoss in

den Raum. Sie kreisten überall herum, summten und brummten gefährlich. Im Flur waren noch mehr von ihnen. Zu viele, um sie zu zählen.

Eine Stimme kam über den Lautsprecher, vage britisch, aber nicht ganz.

»Mr. Megaton, jetzt, da Sie gefunden haben, was Sie suchten, nehme ich an, Sie werden aufhören, unsere Anlage zu zerstören. Wenn Sie allerdings weitere Argumente benötigen, möchte ich darauf hinweisen, dass jede dieser Drohnen mit einem Selbstzerstörungsmechanismus ausgestattet ist. Die Ladung ist nicht stark genug, um Ihnen wesentlichen Schaden zuzufügen, aber ich versichere Ihnen, die Frau und das Kind hätten nicht so viel Glück. Ich muss die Sinnlosigkeit eines Versuchs, sie vor dem Feuerstoß abzuschirmen, nicht betonen, doch ich nehme an, genau das habe ich gerade getan, nicht wahr?«

»Und was bieten Sie mir, wenn ich mich zurückhalte?«, fragte ich.

»Nichts weiter als die fortgesetzte Existenz dieser beiden Seelen, die zu finden Sie sich so große Mühe gegeben haben. Das ist ein sehr großzügiges Angebot, Mr. Megaton, da es keinen Grund gibt, mich mit ihrer Existenz zu beschäftigen, bis auf gewisse Unannehmlichkeiten zimperlicher Moral, die mir von meinen Vorgesetzten aufgezwungen werden.«

Es lag etwas in der Art, wie er »Moral« sagte, die es wie ein schmutziges Wort klingen ließ. Er bluffte keineswegs.

April stand an meiner Seite. Mein Gehäuse war immer noch ziemlich warm. Sie war klug genug, mich nicht zu berühren.

»Also, jetzt, wo ich euch gefunden habe, Kleine«, fragte ich, »was mach ich jetzt?«

»Das ist doch leicht, du Dummi«, antwortete sie.

Ihre Augen waren wieder hellsichtig violett.

»Du gibst auf.«

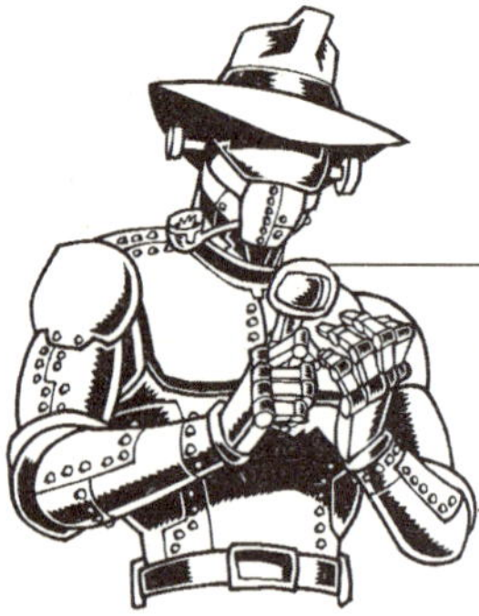

VIERZEHN

Aufgeben widersprach meiner Grundprogrammierung, und der bloße Gedanke daran schickte ein nervöses Zucken durch meine Servos. Ich tat das einzig Logische, denn ich war hier, um die Bleakers zu retten, nicht um sie zur Hölle fahren zu lassen.

Die Lage der Dinge wäre eine andere gewesen, wäre ich anständig konstruiert worden. Aber ich war eine Waffe. Suchen und retten war nicht mein Ziel. Ich war dafür gemacht, zu schießen und über ein Schlachtfeld zu stampfen. Das Vermeiden von Opfern gehörte nicht zum Plan. Wenn ich meiner ursprünglichen Programmierung treu gewesen wäre, hätte ich Julie und April ohne jedes Federlesen zerquetscht. Aber wenn ich meiner ursprünglichen Programmierung treu gewesen wäre, wäre ich nicht einmal bis hierher gekommen.

Die meisten der Wächterdrohnen zogen sich zurück. Vier schwebten weiterhin um Julie und April herum. Sie summten fünf Dezibel lauter, um mich nicht vergessen zu lassen, dass sie da waren. Zusätzliche sechs Wachleute umrundeten uns, hauptsächlich, um Eindruck zu schinden, da es die Kugeln waren, die mich in Schach hielten.

Ein dünner Biologischer in einem Anzug mit Silberumhang stand im Türrahmen, weil im Raum nicht für uns alle Platz war. Er sprach, und seine Stimme war diese vage, aber nicht ganz britische, die aus dem Lautsprecher gekommen war.

»Ah, Mr. Megaton.«

»Sie sind menschlich«, sagte ich.

»Ach, wirklich?«

Grinsend veränderte er seine Hautfarbe von Hellrosa zu leuchtendem Violett. Seine blonden Haare nahmen einen Rotton an, der drohte, meine Optiken auszubrennen. Seine Augen füllten sich schwarz, und als er zwinkerte, schlossen sich seine Augenlider vertikal.

»Einige von uns sind besser im Anpassen als andere.« Er nahm wieder seine menschliche Pigmentierung an. »Man nennt mich Warner. Nicht mein ursprünglicher Name natürlich, aber wir haben alle terrestrische Kennzeichnungen angenommen, um unsere Assimilierung zu erleichtern.«

»Dann seid ihr also Aliens«, sagte ich.

»Ich schätze, das sollte wohl offensichtlich sein, selbst für eine so simple Maschine wie Sie. Ja, die Umstände haben uns gezwungen, dies zu unserem Zuhause zu machen. Wir tun nur, was wir müssen, um unser Überleben zu sichern.«

»Kinder entführen eingeschlossen.«

»Oh, bitte, Megaton. Wir haben niemanden verletzt, außer es war absolut notwendig.«

»Gavin Bleaker«, sagte ich. »War es notwendig, ihm den Schädel einzuschlagen?«

Julie schnappte nach Luft.

Verdammt. Julie hätte es nicht auf diese Art erfahren dürfen. Doch jetzt konnte ich es nicht mehr zurücknehmen. Manchmal konnte sogar mein Vokalisierer schneller sein als mein hochentwickeltes elektronisches Gehirn. »Tut mir leid, Jules.«

Sie unterdrückte ein Schluchzen. Es änderte nichts an der Tatsache, dass es schwer zu verkraften war und durch die Situation eher noch schlimmer wurde. Sie brauchte nicht noch mehr Probleme.

»Mr. Bleakers Beseitigung wurde als Notwendigkeit erachtet.« Warner blickte finster, doch er sah nicht so aus, als meine er es ernst. »Ich kann Ihnen versichern, wir tun nur, was das Beste für unser Überleben und unsere Assimilierung ist.«

Mir gefiel nicht, wie sich das anhörte.

Warner und seine Kumpane begleiteten uns eine Reihe von Fluren entlang. Julie und April wurden geschleppt, um mich zu überzeugen, dass ich mich zu benehmen hätte.

»Mack, was ist mit deinem Bein?«, fragte Julie.

»Es ist nichts, Jules.«

Ich hatte meinen linken Knöchelaktuator zerstört, als ich eines meiner stureren Duplikate zu Schrott gestampft hatte; jetzt hinkte ich. Natürlich gab es auch noch eine ganze Menge anderer kleinerer Systemfehler, von denen die meisten nicht von außen sichtbar waren. Alle zusammen waren zwar trotzdem nicht funktionsbedrohlich, aber es waren schlechte Voraussetzungen für mögliche Fluchtversuche.

Warner führte uns in ein Labor. Es war groß und voller herumwuselnder Wissenschaftler. Es schienen auch mehrere Roboter am Werk zu sein. Sechs Assistentendrohnen, ein weiteres meiner automatischen Duplikate und ein Roboter mit acht Beinen und einem dünnen, humanoiden Torso. Sein Kopf war ein Basketball mit vier roten Optiken und einem Paar langer, knisternder Antennen darauf.

Holt war auch da.

»O mein Gott«, keuchte Julie tränenerstickt. »Was haben Sie mit ihm gemacht?«

Das arme Kind hing in einem Kontergravitationsfeld. Er schien zum Glück nicht bei Bewusstsein zu sein, denn Schläuche führten in und aus seinem Körper, durch die verschiedene Chemikalien in ihn hineingepumpt und andere aus ihm herausgesogen wurden.

»Ihr verfluchten …!«

Ich machte einen Schritt auf Warner zu.

»Ganz ruhig, Mack!«

Die kugelförmigen Drohnen um Julie und April herum kreischten, und die Wächter richteten alle ihre Gewehre aus. Nicht auf mich natürlich.

Ich hätte Warner leicht töten können. Ein Schlag hätte ihm geradewegs den Kopf abgetrennt. Ich tat es nicht, aus zwei Gründen: Der eine waren Julie und April. Der andere: Warner verdiente keinen schnellen Tod. Nein, wenn seine Zeit kam, würde ich ihm dieses schmierige Grinsen aus dem Gesicht wischen, einen Zahn nach dem anderen.

Ich hielt mich zurück, aber ich war das Ganze langsam furchtbar leid.

»Ihre Besorgnis ist zwar verständlich, Mrs. Bleaker, aber ziemlich unberechtigt. Jeglicher Schaden, den Ihr Sohn erlitten hat, ist nicht lebensbedrohlich.«

»Schaden?« Sie kämpfte mit Wut und Angst, wischte sich die Tränen von den Wangen und stieß zornig hervor: »Was sind Sie bloß für Leute?«

»Sie könnten uns Besucher nennen«, sagte er. »Aber das wäre missverständlich. Wir sind nicht nur auf Urlaub hier. Nein, wir bleiben. Stattdessen haben wir uns angewöhnt, uns Pilger zu nennen, und dies hier ist unsere neue Heimat. Ihr Sohn ist unseren Plänen dienlich. Sie sehen also, da Sie sich so sehr um ihn sorgen, können Sie verstehen, wie unendlich viel wertvoller er dann für uns ist.«

Der Spinnenroboter stapfte zu uns herüber. »Was bedeutet das alles, Warner? Sie hätten sie nicht hierher bringen dürfen!«

»Oh, lassen Sie sie es sehen, Doktor Zarg. Sie haben ein Recht darauf, angesichts dessen, dass es die Familie des Jungen ist und Megaton so viel auf sich genommen hat, um hierherzukommen.«

»Sie werden nachlässig.«

»Und Sie machen sich zu viele Sorgen. Jeder Schritt unserer Assimilierung ging genauso vor sich wie geplant.«

Zarg stieß ein raues Kreischen aus. »Genug, Warner! Ihr sorgloses Geplapper ist nicht ratsam! Ich werde das vor den Alphakongress bringen!«

Warners ständiges Grinsen verblasste, ersetzt durch ein

kaltes Starren. »Tun Sie, was Sie für richtig halten, Doktor. Bald schon wird nichts davon mehr eine Rolle spielen.«

Das gefiel mir nicht. Worte wie »Assimilierung« und »notwendige Beseitigung« machten mich nervös. Ich hätte dieses Gebäude in Stücke schlagen, es Bolzen für Bolzen abreißen sollen, auch wenn ich selbst dabei verschrottet wurde. Ich hätte es auch getan. Nur war ich nicht sicher, wie viel es nützen würde. Wenn ich das Dach erfolgreich zum Einsturz brachte, gab es keine Möglichkeit, dass Julie, April und Holt überlebten. Es war nur eine einzige Familie. Ihr Wohlergehen stand gegen das des Rests der Menschheit mathematisch in keinem Verhältnis. Meine gesamte Logik befahl mir, die Bleakers aus den berechneten Variablen auszuschließen. Sie waren nicht von Bedeutung.

Ich befahl meiner Logik, verdammt noch mal den Mund zu halten und mich mit der Situation fertig werden zu lassen. Sie gab nach. Sie war allerdings nicht froh darüber, und die Worte UNRATSAME AKTION blinkten über meine optische Anzeige.

»Alles wird gut«, sagte ich zu Julie und April, aber meinem Logikraster konnte ich nicht genug entgegenwirken, um es selbst zu glauben. Und ich war ein furchtbar schlechter Lügner.

Julie tat ihr Bestes, ihre Schluchzer zu unterdrücken, aber sie nickte.

April hielt sich besser als ihre Mutter. Die Zukunft zu kennen, wenn auch nur kleine Teile davon, war wohl genug, um sie zu trösten. Ich hoffte weiterhin, sie würde mich anlächeln und mich wissen lassen, dass sie gesehen hatte, wie wir hier herauskamen. Ehrlich gesagt sah sie ein wenig besorgt aus. Optimistisch schrieb ich das einem Defekt in meinem Ausdrucksanalysierer zu.

Warner gestikulierte in Richtung einer Kontergrav-Platte neben Holt. »Kommen Sie bitte hier herüber.«

Bei Schwerelosigkeit würden all meine beeindruckenden künstlichen Muskeln nutzlos sein.

Warner räusperte sich. Einer seiner Wächter reichte ihm eine Strahlenpistole. Warner griff April an den Haaren und setzte die Pistole an ihren Kopf. Sie weinte nicht, gab keinen Piep von sich.

Warner zu töten, schob ich auf Platz drei meiner Direktivenliste. Direkt nach: mich zu befreien und die Bleakers lebend hier herauszubekommen.

Ich trat auf die Platte. Ein Schalter wurde umgelegt, und ich schaukelte hilflos in der Luft auf und ab. »Sehen Sie, Zarg?«, sagte Warner. »So gefügig und folgsam wie eine Labordrohne. Nichts, was uns beunruhigen müsste.«

Doktor Zarg sagte nichts. Da er – wie wir Robos alle – dieses perfekte Pokerface besaß, konnte ich nicht sagen, was genau er dachte. Offensichtlich war, dass er wenig von Warner und seinen Methoden hielt. Es war eigenartig, dass die Roboter hier diejenigen zu sein schienen, die sich mehr um Moral sorgten als die Biologischen. Das Leben war voller Widersprüche.

»Also, Mack, wenn Sie jetzt so freundlich sein wollen, uns zu erlauben, auf Ihre Speichermatrix zuzugreifen, dann ...«

»Nein.«

»Ach, kommen Sie. Zwingen Sie mich nicht wieder, garstig zu werden!«

»Nein.«

Wieder setzte er die Strahlenpistole an Aprils Stirn. »Glauben Sie, ich würde es nicht tun?«

»Oh, ich weiß, dass Sie es tun würden«, sagte ich. »Aber ich weiß auch, dass Sie, wenn Sie erst Zugang zu meiner Speichermatrix haben, auch Zugang zum Rest meines Gehirns bekommen. Wenn Sie anfangen können, an meinen inneren Abläufen herumzupfuschen, wird es ohnehin keinen Grund mehr geben, sie am Leben zu lassen.«

Warner lächelte, aber es sah nicht nach einem vergnügten Lächeln aus. Noch nicht einmal nach dem selbstzufriedenen Grinsen, das er sonst aufsetzte. Es war kalt, hart und scharf.

»Könnten Sie damit leben, Mack?«, fragte er. »Mit dem Bild dieses reizenden kleinen Mädchens, das tot zu Füßen seiner Mutter liegt?«

Ich gestand mir eine volle Sekunde zu, um die Simulation durchlaufen zu lassen. Julie, die ihr totes Kind in den Armen wiegte, während ihr zweites außer Reichweite in der Luft schwebte. Dann schob ich die Simulation in einen Ordner, schloss ihn und schwor mir, ihn nie wieder zu öffnen.

Mein Persönlichkeitstaxator stempelte Warner als rücksichtslos, amoralisch und höchstwahrscheinlich leicht soziopathisch ein. Er hätte ein Loch in Aprils hübschen kleinen Kopf pusten können und keine schlaflose Minute deswegen gehabt. Aber letztlich bedeutete ihm ihr Tod ebenfalls nichts. Sie war ein Verhandlungsdruckmittel. Also nahm ich ihm dieses Druckmittel weg.

»Na los, machen Sie schon!«

Seine Augen weiteten sich, dann wurden sie schmal. Sein Grinsen verlor sich, und mir wurde klar, dass er es tun würde. Ich hatte mich verrechnet, und jetzt würde April dafür bezahlen.

»Genug davon!« Doktor Zarg klapperte auf seinen acht Spinnenbeinen herbei und zog die Waffe aus Warners Hand. »Ihre Exzesse werden langsam untragbar, Warner! Megaton ist kampfunfähig. Der Tod dieses Kindes wird nichts Lohnendes einbringen.

Mrs. Bleaker, ich entschuldige mich dafür, dass Sie dies hier mit ansehen mussten«, wandte sich Zarg an Julie. »Wir werden bald fertig sein, und Sie, Ihre Tochter und Ihr Sohn werden unverletzt freigelassen.«

Lustig. Ich glaubte ihm.

Wobei, eigentlich nicht. Denn Zarg war ein Robo, und der Anflug eines finsteren Blicks auf Warners Gesicht sagte mir, dass er mit Zargs Absichten nicht einverstanden war.

Ich fragte mich, mit welcher Art von Alieninvasion wir es hier genau zu tun hatten. Sicher, Warner war offensichtlich ein Mistkerl, aber Zarg schien nicht so übel zu sein, wenn man die Entführung unschuldiger Familien außer Acht ließ. Dann gab es noch Abner Greenman. Dieser kleine Alien hatte genauso verzweifelt versucht, Tony Ringo zu finden wie ich. Offensichtlich ging hier noch mehr vor sich, und ich hatte nicht genug Informationen, um eine fundierte Hypothese aufstellen zu können.

Zarg befahl den Wächtern, Julie und April fortzubringen und dafür zu sorgen, dass sie gut behandelt wurden. Der Robo stand im Rang offenbar über Warner, aber es war deutlich, dass gesagt zu bekommen, was er tun sollte, diesem gar nicht gefiel.

Er setzte sein kriecherisches Grinsen wieder auf. »Ja, Doktor Zarg. Wie Sie wünschen.«

Sie marschierten aus dem Labor.

»Ich würde ihm nicht trauen, Doktor«, sagte ich.

»Er wird tun, was ihm gesagt wurde.«

»Typen wie er tun immer, was ihnen gesagt wird. Bis sie keine Lust mehr haben zu tun, was ihnen gesagt wird.«

»Niemand hat Sie um Ihre Meinung gebeten, Mr. Megaton.«

»Dieses Kind hat auch nicht darum gebeten, ein wissenschaftliches Experiment zu sein, und es scheint Sie kaum zu stören.«

Zarg scannte Holt zwei Sekunden lang. »Was wir tun, muss für ein höheres Ziel getan werden. Es ist eine Notwendigkeit, von der Logik diktiert.«

»Klar, Doktor. Das reden Sie sich ein.«

Zarg befahl dem Rest des Labors, mich zu ignorieren, und nach drei Minuten fruchtlosen Geredes verstand ich den Wink. Ich vertrieb mir die Zeit, indem ich verschiedene Fluchtszenarien durchspielte. Und sie endeten ausnahmslos, bevor sie begannen. Egal, wie sich die Variablen verschoben, meine Differenzmaschine berechnete die Chancen in der momentanen Lage auf null Prozent. Also regelte ich meinen Energieverbrauch auf ein Minimum herunter und wartete auf meine Chance.

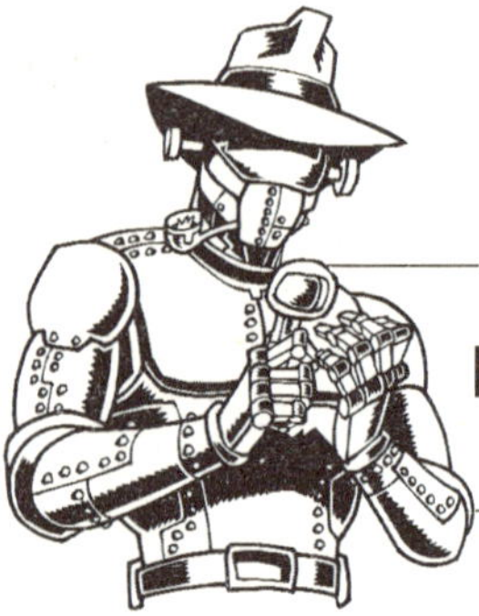

FÜNFZEHN

Wenn ich wirklich hier herauskommen wollte, konnte jede Information, die ich aufzuzeichnen vermochte, wertvoll sein. Natürlich sagte mir die Logik, dass ich hier nicht herauskommen würde, aber ich wollte mich trotzdem unbedingt nützlich machen. Während die Aliens im Labor herumhasteten, scannte ich jedes Detail. Ich verstand zwar nicht viel, aber wenn ich die Chance bekam, es den richtigen Zuhörern vorzuspielen, würden sie es sich vielleicht zusammenreimen.

Zarg trug die Verantwortung. Das war offenkundig. Es hob meinen Stolzindex etwas, einen Roboterkollegen in einer einflussreichen Position zu sehen. Ein Jammer, dass er einer von den Bösen war.

Obwohl ich keine Wissenschaftseinheit bin, fand ich ein paar Dinge heraus. Sie pumpten etwas in Holt hinein und benutzten ihn als eine Art Filter. Seine Vitalfunktionen waren auf einem Monitor als eine Reihe von wirbelnden

Alien-Hieroglyphen und rhythmischen Schwebungen dargestellt. Da ich sie aber weder lesen noch die Rhythmen entschlüsseln konnte, vermochte ich die angezeigten Informationen nicht zu bestimmen. Ich versuchte, sämtliche Veränderungen auf dem Bildschirm mit Holts Reaktionen in Beziehung zu setzen, aber er schwebte dort neben mir, bewusstlos und still wie eine Leiche.

Drei Stunden und sieben Minuten vergingen. Schließlich befahl Zarg, den Einsatz zu beenden.

»Doktor, der Mensch ist stabil«, bemerkte einer der tüchtigeren Techniker, eine anderthalb Meter lange Schnecke. »Vielleicht sollten wir fortfahren.«

»Der Extraktionsprozess läuft planmäßig«, sagte Zarg. »Es besteht keine Notwendigkeit, den Menschen unnötigem physiologischem Stress auszusetzen oder die Unversehrtheit des Präparats zu gefährden.«

»Aber der Kongress ...«

Zarg wirbelte zu der Schnecke herum. »Der Kongress wird verstehen, dass alles nach meiner Terminplanung voranschreitet!« Seine Stimme blieb zwar ausgeglichen, doch er erhob sich auf seinen Beinen, um auf den Techniker herabzustarren.

»Ja, Doktor.«

Vielleicht hatte ich Zarg falsch eingeordnet. Von allen, die hier arbeiteten, schien er der Einzige zu sein, dem Holts Gesundheit wichtig war. Trotzdem war er ein schlechter Roboter, aber vielleicht war er auch nicht ganz so schlecht.

Warner betrat das Labor. Ich bekam einen sehr unheilvollen Signalton von meinem Intuitionssimulator.

»Was tun Sie, Doktor?«, fragte Warner.

»Diese ständigen Unterbrechungen reduzieren die Effizienz dieser Operation«, sagte Zarg.

Warner lächelte. Er sah sich im Labor um. »Sie scheinen Ihre Effizienz recht gut selbst zu reduzieren, Doktor. Warum lassen Sie den Betrieb einstellen?«

»Eine Vorsichtsmaßnahme«, sagte Zarg. »Nichts weiter.«

»Gibt es einen Grund anzunehmen, dass der Junge irgendwie in Gefahr ist?«

»Ich habe eine Abweichung von null Komma acht in seinen Blutdruckwerten gemessen, die ich nicht erklären kann. Zudem produziert er mehr Adrenalin als erwartet, was die Stabilität des Mutagens mindern könnte.«

»Null Komma acht.« Warner schnalzte mit der Zunge. »Beunruhigend, in der Tat.«

»Glauben Sie nicht, dass ich Ihren Sarkasmus nicht bemerke, nur weil ich ihn oft nicht würdige, Warner.« Zarg fuhr fort, Schalter umzulegen und Knöpfe zu drücken. »Ich bin mir Ihrer Ungeduld wohl bewusst. Das ist eine Schwäche der meisten biologischen Einheiten. Solange dieses Projekt allerdings unter meiner Aufsicht steht ...«

»Lustig, dass Sie das erwähnen, Doktor.« Warner holte ein gefaltetes Blatt Papier aus der Innentasche seiner Jacke. »Sie haben mich abziehen lassen.«

»Sicherlich kann ein Wesen mit Ihren eindrucksvollen intellektuellen Fähigkeiten von dieser Wende der Ereignisse nicht überrascht sein.«

»Nein. Ich habe eine achtundzwanzigprozentige Chance für dieses Ereignis berechnet. Obwohl ich annahm, es würde noch einmal zwölf Stunden dauern, bis der Kongress zu dieser Entscheidung käme.« Zarg senkte die Arme. »Solch eine Eile des Direktoriums ist eine statistische Anomalie.«

»Ich bin nicht der Einzige, der ungeduldig ist«, sagte Warner. »Der Kongress hat Ihre ursprünglichen Hochrechnungen für fehlerhaft erklärt. Sie berücksichtigen weder die große Zahl unserer Kameraden, die die Weisheit unserer Taten nicht erkennen, noch diesen überraschend lästigen Roboter.«

Für meine Egosteuerung war es nicht besonders erfreulich, als lästig eingestuft zu werden.

»Ich vertraue darauf, dass ich nicht noch die Security rufen muss, um Sie zu entfernen«, sagte Warner.

»Richtig. Ich werde die Anordnung des Kongresses befolgen.«

»Ich wusste, dass Sie das tun würden, Doktor. Wie immer kooperativ und logisch.«

Zarg warf einen letzten Scan auf Holt, bevor er schweigend das Labor verließ.

Warner grinste. »Da sehen Sie es, Mack. Es gibt Roboter, die ihren Platz durchaus kennen.«

Ich sagte nichts. Mir fiel kein flotter Spruch ein. Nur das Bild von Warner mit einer meiner Hände um den Hals, die zudrückte, bis ihm die Augen aus dem Kopf quollen und seine Zunge violett wurde.

Er starrte mir direkt in die Optiken, nichts von der Simulation ahnend, die hinter meiner Gesichtsplatte ablief. Oder vielleicht ahnte er es doch und es war ihm nur einfach egal.

»Geht wieder an die Arbeit! Der Kongress will die letzte Charge Mutagen bis morgen.« Er klatschte in die Hände. Die Techniker begannen, die Geräte wieder zu aktivieren. Sie erwachten summend zum Leben und pumpten leuchtend rote, blaue und grüne Chemikalien zurück in Holts Körper.

Ein Stöhnen, kaum hörbar, drang aus dem Mund des Kindes.

Warner wandte sich zum Gehen, aber nicht, bevor er noch salopp vor mir salutiert hatte. »Wir sehen uns, Mack.«

Als seelenlose Maschine weigerte ich mich, das Ganze persönlich zu nehmen, was einfach bedeutete, dass ich, wenn ich ihn schließlich zu fassen bekam, nicht schlampig sein würde. Er hatte mir jedoch versehentlich etwas verraten. Nur, dass es kein Versehen war, weil er mich nicht als Gefahr betrachtete.

Sie produzierten ein Mutagen, und sie benutzten Holt dazu. Wie so viele Folgerungen, führte auch diese zu neuen Fragen. Empires Wasserversorgung wimmelte bereits von mutagenen Wirkstoffen. Ein paar hundert Hektoliter mehr würden einen unerheblichen Effekt haben. Aber rücksichtslose Alien-Eindringlinge machten sich nicht so viel Mühe, nur wegen eines unerheblichen Effektes.

Die Arbeit ging weiter, alle ignorierten mich. Ich verschwendete noch einmal drei Stunden Saft damit, hilflos herumzuhängen, und fragte mich, ob mir irgendwer eine Nachladung anbieten würde, wenn es Zeit war. Wenn meine Batterie leer war, würden diese Kerle kein Kontergrav-Feld brauchen, um mich festzuhalten. Nicht, wenn eine Besenkammer genauso gut funktionierte.

Die Beleuchtung des Labors wurde leuchtend rot, ein tiefes Summen kam aus den Lautsprechern.

»Was ist los?«, fragte die Schnecke, die jetzt offenbar die Verantwortung trug.

»Das System meldet einen Kontaminationsstoff in der Luft, der aus Labor sieben entweicht«, antwortete ein anderer Techniker. »Möglicherweise ein falscher Messwert, aber die Sicherheitsabteilung rät, dass wir das Gebiet räumen, bis es bestätigt wird.«

»Wir hatten doch bisher nie falsche Messungen. Evakuieren Sie das Labor.«

Sie drückten einen Knopf, und Holt verschwand in einem Loch im Boden. Die Techniker verließen geordnet den Raum. Ich dachte, das könnte meine Chance sein, nur hing ich immer noch im Kontergrav, und sie ließen meinen bösen Zwillingsbruder da, um eine Optik auf mich zu haben.

Doktor Zarg betrat den Raum, zusammen mit zwei Drohnen mit langen Gliedmaßen. Der Security-Auto machte eine Bewegung, um ihm in den Weg zu treten.

»Wegtreten!«, befahl Zarg.

Ich hätte gewusst, dass der Doktor nichts Gutes im Schilde führte, aber mein böser Zwilling verfügte offensichtlich nicht über meine Instinkte. Er stapfte folgsam zu seinem Posten hinüber.

»Hallo, Doktor«, sagte ich. »Nur auf der Durchreise?«

Zarg zog an einem Hebel, und ich fiel zu Boden. Ich landete auf den Füßen, aber mein kaputter Knöchel hielt der Belastung nicht stand, und ich fiel hin.

»Ich schätze, wir haben ein Sechs-Minuten-Fenster, Megaton. Können Sie gehen?«

Ich stand auf. »Zwar nicht sehr schnell, aber gehen kann ich.«

Zargs Drohnen näherten sich mir und zielten mit ihren Waffen auf mich. Ich machte keine Bewegung, sie zu stoppen. Wenn Zarg mich verschrottet sehen wollte, hätte er nicht diesen Aufwand betreiben müssen. Die Drohnen gingen dazu über, meine Verkleidung mit demselben goldenen Lack zu besprühen, den meine Zerstörer-Zwillinge trugen. Währenddessen wandte sich Zarg an mich.

»Wir haben nicht genug Zeit, damit Sie mir Fragen stellen können, Megaton. Ist das klar?«

Ich hatte keinen Grund, Zarg zu vertrauen. Aber es lief entweder auf das oder auf die Besenkammer hinaus, und mit meinem blitzschnellen elektronischen Gehirn war es keine schwere Wahl.

»Klar, Doktor.«

Zarg fertigte eine Fingereinheit an, die mit meiner kaputten identisch war. »Ersetzen Sie Ihren gebrochenen kleinen Finger.«

Ich löste den alten Finger aus seiner Halterung und steckte den neuen hinein. Ich versuchte, ihn zu bewegen, doch nichts geschah. »Er funktioniert nicht.«

»Richtig. Das tut er nicht.«

Die Drohnen waren in sechzehn Sekunden mit meiner Lackierung fertig. Mit dem goldenen Lack glich ich den anderen Zerstörer-Sicherheits-Autos aufs Haar – wenn auch einer schwer beschädigten Einheit.

»Folgen Sie mir«, sagte Zarg.

Ich hinkte ihm nach. Wir gingen direkt an meinem bösen Zwilling vorbei, der nichts unternahm, um uns aufzuhalten. Ich klopfte ihm einmal auf den Metallkopf. »Wir sehen uns, Kumpel!«

Die gesamte Sektion des Komplexes musste evakuiert worden sein, denn es war niemand in der Gegend. Die Drohnen gingen in eine Richtung, und Zarg führte mich in die andere.

»Sie wechseln schnell die Seiten, Doktor«, sagte ich.

»Falsch. Ich bleibe auf der logischen Seite. Wenn das Projekt beschleunigt wird, werden die Folgen die zufällige Opferrate über ein tragfähiges Niveau anheben.«

»Also werden jetzt zu viele Leute sterben?«

»Korrekt. Weiterhin ist meine Hypothese, basierend auf der bisherigen Verhaltensgeschichte terrestrischer Gesellschaften – die eine bedauerliche, aber vorhersagbare Tendenz zu kontraproduktiver paranoider Aggression zeigen –, dass die ersten Todesfälle zu einem Kreislauf von Selbstzerstörung und Entropie führen würden, der schließlich das Empire-City-Projekt selbst gefährden könnte.«

»Sie sind zu gütig, Doktor.«

»Es ist offensichtlich, dass Ihre Motivationsdirektiven durch die ausgedehnte Einwirkung von biologischen Idealen korrumpiert wurden. Dennoch muss ich annehmen, dass Sie immer noch an Grundlogik gebunden sind. Außerdem besitzen Sie die höchste Wahrscheinlichkeit, aus diesem Komplex zu entkommen, vorausgesetzt, Sie folgen exakt meinen Anweisungen.«

»Sorry, aber ich bin nicht sehr gut darin, exakt zu tun, was mir gesagt wird.«

Ich blieb stehen, und Zarg warf einen Blick über seine Schulter.

»Ich habe Ihre fehlende Kooperation vorhergesehen. Ich nehme an, sie entstammt der Sorge um die biologischen Einheiten, die als ›die Familie Bleaker‹ bezeichnet werden.«

»Direkt ins Schwarze getroffen, Doktor.«

»Ich kann die Rettung des Jungen nicht sicherstellen, aber ich habe dafür gesorgt, dass die Mutter und das Mädchen mit Ihnen fliehen. Es ist das Beste, was ich tun kann.«

»Ich gehe nicht ohne Holt.«

Zarg zögerte zwei Sekunden. »Vielleicht ist die Korrumpierung Ihrer Diktate schlimmer, als ich dachte. Wenn Sie meinem Schlachtplan nicht folgen, werden Sie nicht entkommen. Genauso wenig wie die biologischen Einheiten, die Sie zurückfordern wollen. Noch unlogischer: Fünfhunderttausend weitere Biologische werden ebenfalls sterben. Sie können die Verlust-/Gewinnrate in dieser Gleichung erkennen. Sie haben fünf Sekunden, um einzuwilligen.«

Ich stellte ein paar schnelle Berechnungen an. Es dauerte drei Sekunden, bis ich meine Entscheidung getroffen hatte, und am Ende gefiel sie mir trotzdem nicht.

»Wenn diesem Jungen irgendetwas passiert ...«

»Ihre Drohung wurde vermerkt.«

Zarg führte mich die Flure entlang. Sie waren nicht vollkommen ausgestorben. Es gab patrouillierende Roboter, aber keiner von ihnen schien auch nur Notiz von uns zu nehmen. Der Doktor erklärte mir unterwegs den Plan. Er war ziemlich einfach. Zumindest, was meinen Part betraf. Ich war ein schwer beschädigter Zerstörer, der für Reparaturen weggeschickt wurde. Zarg würde mich in einen

Transporter verladen. Außerdem eine Kiste mit Ersatzteilen, die bereits fertig gepackt war. Statt Ersatzteilen würde sie aber Julie und April enthalten. Sechs Minuten nachdem der Transporter gestartet war, sollte ich fliehen.

Das war der Teil, über den sich Zarg nicht ganz im Klaren war. Er erklärte, dass es zu viele Variablen gebe und ich improvisieren müsse. Wenn es gut ginge, solle ich mich mit Abner Greenmans Leuten treffen. Als ich Zarg sagte, ich wisse nicht, wie ich Kontakt zu ihnen aufnehmen könne, sagte er, das müsse ich gar nicht. Sie würden mich finden.

Es gab keinen Widerstand. Zargs Plan lief genauso ab wie vorhergesagt.

»Wie lange haben Sie das hier geplant?«, fragte ich.

»Diese Wende der Ereignisse kam nicht vollkommen unerwartet. Ich hatte diese Möglichkeit bereits einige Zeit vorausgeahnt. Ich habe diese möglichen Maßnahmen für den Fall vorbereitet, dass die Notwendigkeit auftreten sollte.«

»Sie handeln schnell.«

»Die Logik gibt Zögern in diesem Fall als inakzeptabel vor.«

Im Hangar führte er mich zu einer Stelle in einem schweren Schwebetransporter, die von acht weiteren inaktiven Zerstörern eingenommen wurde. Ich wusste immer noch nicht, wo all diese Duplikate herkamen, aber es war ein glücklicher Zufall, dass sie da waren.

»Welche Kiste?«, fragte ich.

Er deutete auf eine, genau gegenüber von mir. Sie war groß genug für Julie und April, aber ziemlich eng.

»Sie sollten mit uns kommen«, sagte ich. »Sie wissen mehr über diese Operation als ich.«

»Unlogisch, Megaton. Die Entdeckung meiner Abwesenheit würde die Wahrscheinlichkeit einer erfolgreichen Flucht verringern.«

»Aber sie werden das hier herausfinden!«

»Korrekt.«

»Was werden sie mit Ihnen machen?«

»Ich bin kein Teil der Gleichung.«

Er verließ den Transporter, und die Laderampe schloss sich von selbst. Das Fahrzeug besaß zwar keine Fenster, sodass ich nichts sehen konnte, aber es vibrierte mit dem unmissverständlichen Brummen von startenden Raketen. Ich begann den Countdown für sechs Minuten.

In dem Transporter stand ich vollkommen still, die Optiken auf die Kiste gerichtet. Ich zuckte mit keiner Servo. Die Zerstörer um mich herum schienen offline, aber ich wollte kein Risiko eingehen. Bei meiner verringerten Effizienz war ich nicht sicher, ob ich es mit diesen Kerlen aufnehmen konnte. Als die sechs Minuten um waren, bewegte ich mich.

Keiner der Automatischen interessierte sich dafür. Ich wollte die Kiste aufreißen und nachsehen, ob es Julie und April gut ging. Aber diese Kiste war wahrscheinlich der sicherste Ort für sie. Stattdessen zog ich an einem Hebel, um die Rampe zu senken. Empire City raste unter mir dahin. Zu schnell. Zu weit. Aber es war jedenfalls Empire. Ich war froh, dass sich Lucias Mondtheorie als falsch erwiesen hatte. Meine Differenzmaschine sagte mir, der Aufprall würde zwar ein paar Bolzen lösen, wenn ich sprang, ich würde aber weiterhin funktionstüchtig bleiben. Zu schade, dass man das von Julie und April nicht sagen konnte.

Ich würde nur den Piloten überzeugen müssen, zur Landung anzusetzen. Selbst in meinem beschädigten Zustand konnte ich noch ziemlich überzeugend sein. Ich riss die Tür auf, ohne mich mit Klopfen aufzuhalten oder zu prüfen, ob sie verschlossen war. Zwei Pilotendrohnen bemannten die Steuerung.

Ich scannte die Kommandotafel und stellte fest: Ich wusste nicht nur nicht, wie man sie bediente, sie war auch noch nicht einmal für die Bedienung durch eine Nicht-Drohne konstruiert. Die Piloten hatten jeder vier Arme, und sie drückten die Knöpfe mit effizienter Anmut. Da die Piloteneinheiten direkt mit dem Sensorbereich des Transporters verbunden waren, gab es kein Fenster. Zur Hölle, ich passte noch nicht einmal ins Cockpit.

»Sagt mal, Jungs, ich weiß, das widerspricht euren aktuellen Direktiven, aber würde es euch etwas ausmachen, eine Kursänderung in Betracht zu ziehen? Ich wüsste das wirklich zu schätzen.«

Die linke Drohne wirbelte ihren knopfartigen Kopf herum, um mich zu scannen. »Zerstörereinheit: in den inaktiven Modus zurückkehren.«

So viel zur freundlichen Herangehensweise.

Ich konnte diese Drohnen zerschmettern und hoffen, dass die Maschine störungssicher war und den Transporter notlanden würde. Sie würde sich selbst genauso wahrscheinlich zu einem nahe gelegenen Hangar umleiten, und wenn ich etwas Entscheidendes zerstörte, konnte alles zusammenbrechen. Zarg musste gewusst haben, dass dies passieren würde. Er hatte Julie und April bewusst in Gefahr gebracht, da ich nicht ohne sie gegangen wäre.

Dann traf es mein Logikraster: Er hatte gewusst, dass sie in Gefahr sein würden, und der Doktor schien nicht die Art von Robo zu sein, die Leute grundlos in Gefahr brachte. Ich ging zu der Kiste hinüber und stemmte den Deckel ab. Keine Julie. Keine April. Nur Ersatzteile. Zarg hatte mich für dumm verkauft, für eine dämliche Niete ohne ein einziges Elektron Verstand.

Und ich hatte ihn schon fast gemocht.

Eine Explosion erschütterte den Transporter. Ich wurde zur Seite geschleudert. Zweifellos waren die Raketenmagazine sabotiert worden, damit ich nicht lästig werden konnte. Die Pilotendrohnen hielten uns mit kühler, automatischer Beständigkeit in der Luft. Bis das zweite und dritte Magazin in die Luft flogen.

Der Transporter sank in steilem Winkel nach vorn, mein Knöchelaktuator und meine Gyros schafften es jedoch nicht mehr, mich aufrecht zu halten. Ich stolperte, krachte in das Cockpit und demolierte die Pilotendrohnen. Nicht, dass es eine Rolle gespielt hätte. Mit nur einem funktionierenden Magazin stürzte der Transporter rasch ab. Ohne Fenster musste ich die Zeit bis zum Aufschlag schätzen.

Ich verrechnete mich um zwei volle Sekunden.

Die Details des Aufpralls erfasste ich nicht. Meine Matrix spielte verrückt und ich wurde so lange nicht daraus schlau, bis alles vorüber war. Ich hatte noch weitere innere Schäden erlitten. Die Hydrauliken in meinem linken Arm waren beeinträchtigt, die Gliedmaße war schlaff und unempfänglich. Meine rechte Optik war gesprungen und voller atmosphärischer Störungen. Meine Gyros wurden als uneinheitlich verzeichnet, meine Balance war also nutzlos. Positiv gesehen war ich offenbar hinausgeschleudert worden, sodass ich mich nicht unter zehn Tonnen Altmetall begraben wiederfand.

Ich lag auf der Seite. Noch versuchte ich nicht, mich zu bewegen. Es hätte auch böse geendet. Der Transporter war ein glühendes Wrack. Er hatte ein paar Teile verloren, aber im Großen und Ganzen bestand er noch aus einem Stück, wenn es auch ein verbogenes und deformiertes Stück war.

Ich war in Venom Park gelandet, dem Schauplatz des schlimmsten Betriebsunfalls von Empire, was einiges zu sagen hatte. Es bestand aus einer halben Kubikmeile toxischen Klärschlamms, ätzenden Erdreichs und grünlich brauner, giftiger Luft. Sämtliche Gebäude hatten sich zersetzt und in dem sinkenden Matsch aufgelöst. Nichts Biologisches konnte in dieser Umgebung neun Sekunden überleben, nicht einmal die abgehärtetste Dratte oder der dickköpfigste Mutanten-Hausbesetzer, was es zu so ungefähr dem einzigen Ort in Empire machte, wo man mit einem schweren Transporter abstürzen konnte, ohne eine Menge unschuldiger Zivilisten zu töten. Es war der einzige freie Fleck in der sich endlos ausdehnenden Stadt, und Doktor Zarg hatte mich hier mit der mathematischen Präzision und Zielgenauigkeit eines Supercomputers beim Darts-Spielen abgesetzt. Was immer ich an Differenzen mit Zarg gehabt haben mochte, er war ein schlauer Robo und hatte sich die größte Mühe gegeben, Opfer zu vermeiden. Wenn Julie und April an Bord des Transporters gewesen wären und wenn sie durch einen glücklichen Zufall den Absturz überlebt hätten – spätestens das Atmen in dieser Luft hätte sie umgebracht.

Von Säure und Matsch war ich klatschnass, aber mein Gehäuse war intakt geblieben, sodass ich mir keine Sorgen über zusätzliche Schäden an meinen Einbauten machen musste. Außer wenn ich es wagte, mich zu bewegen. Was ich musste, denn ich begann, in den Morast einzusinken. Der Boden in Venom Park saugte einen nur langsam auf, doch wenn er einen einmal im Griff hatte, gab er einen nicht mehr frei. Es mussten eine Menge Leichen auf dieses Grundstück geworfen worden sein, doch keiner wusste das sicher. Ein Biologischer löste sich mit Knochen und allem innerhalb von ungefähr drei Tagen auf. Ich würde auf den Grund sinken und mir würde der Akku ausgehen, aber das Resultat war dasselbe. Permanente Deaktivierung.

Mein Logikraster empfahl mir, mich nicht zu bewegen und auf Bergung und Reparatur zu warten. Ich allerdings war nicht so optimistisch. Das einzige Bergungsteam, das ich erwarten konnte, waren die Pilger. Wenn sie noch nicht gemerkt hatten, dass ich entkommen war, waren sie jetzt auf dem Weg zu bergen, was sie bergen konnten und den Rest zu vertuschen. Ich konnte nicht mehr als vier Minuten an der Oberfläche haben. Ich erwartete nur zwei. Ich hatte neunzig Sekunden mit der Annahme vertan, dass sich zwei von meinen fünf Gyros auszugleichen begannen, doch das geschah nicht. Der einzige Weg, um mein Gleichgewicht neu einzustellen, war der von Versuch und Irrtum.

Es war nicht schön und dauerte zwölf Sekunden länger,

als es sollte. Aber ich kam auf die Knie. Ich konnte den Boden scannen. Ich wusste, wo unten war. Doch ohne die Gyros würde ich bei jedem Schritt die Gewichtsverteilung berechnen müssen. Es hätte mich verlangsamt, wenn ich in Topform gewesen wäre und genau gewusst hätte, was ich von mir verlangen konnte. Doch mit all meinen beschädigten Einbauten hätte ich mich so vielen neuen Variablen anpassen müssen, dass es mir statistisch unmöglich gewesen wäre, diesseits von sieben Stunden den Dreh herauszubekommen.

Manchmal irrten sich Statistiken.

Ich stand. Die Gyros drehten sich, aber ich ignorierte ihren Input. Ich schwankte fünf Zentimeter nach links, überkorrigierte und kippte siebeneinhalb nach rechts. Ich versuchte, mit meinem linken Arm auszugleichen, aber er gab ein scharfes Knirschgeräusch von sich, als Schulterzahnräder zerlegt wurden und das Anhängsel nun nutzlos machten. Ein Versuch, mich aufzurichten, war ein kompletter Misserfolg. Der ganze Schaden und der saugende Schlamm erwiesen sich als zu große Herausforderung. Ich stürzte auf den Rücken. Mein Halsgelenk wurde so beschädigt, dass ich mich nicht mehr bewegen konnte. Alles, was ich scannen konnte, war der Himmel. Ich sollte eine unbesiegbare mechanische Todesmaschine sein, und ich akzeptierte meine Lage nicht mit Anmut und Logik. Sechzehn Sekunden ineffektiven Zappelns bestätigten mir, dass Aufstehen nicht infrage kam.

Ein schwarzer Rotorvan flog tief über mich hinweg und setzte gerade außer Sichtweite auf. Ich erfasste das Geräusch sich nähernder Rotoren. Das Bergungsteam war da. Ihre matschigen Schritte kamen näher. Etwas klemmte sich an mein Bein und zerrte mich durch den Matsch. Ich wurde aus dem Dreck gehoben und in den Van geworfen, wo ich wie ein Haufen Schrott liegen blieb.

Grey saß neben mir, in einen leuchtend roten Schutzanzug gekleidet. Seine Stimme drang statisch verzerrt durch die Plastikkugel, die sich um seinen Kopf herum befand. »Hi, Mack!«

Doktor Zarg hatte gesagt, ich müsste Greenman nicht finden. Greenman würde mich finden.

»Hallo.« Ich nickte, und nichts in meinem Halsgelenk krachte. Eine angenehme Überraschung.

Knuckles kam in den Van geklettert und piepte einmal.

»Du siehst furchtbar aus«, sagte Grey.

»Oh, das? Das ist gar nichts. Das dürfte ein Garantiefall sein.«

Lächelnd schloss Grey die Türen, als der Van abhob.

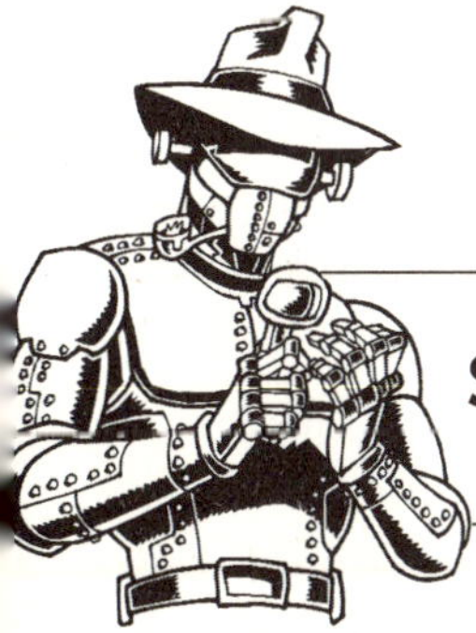

SECHZEHN

Immer noch dachte ich ständig an Julie, April und Holt. Ich hatte sie gefunden. Dann hatte ich sie wieder verloren. Dabei hatte ich mich selbst praktisch verschrottet. Die ganze Mission war ein Reinfall.

Der Rotorvan fuhr mich zu einem geheimen Ort. Ich nahm jedenfalls an, er sei geheim, da ich mir nicht die Mühe machte zu fragen und niemand es mir sagte.

»Kannst du gehen?«, fragte Grey. »Oder soll ich Knuckles bitten, eine Trage zu holen?«

Ich hätte um die Trage bitten und jegliche unnötige Anstrengung für meine Systeme vermeiden sollen. Aber ein Robo hat auch seinen Stolz, also hinkte ich durch etwas, was aussah wie eine Lagerhalle voller Spielsachen: hauptsächlich kleine Gabby-Goosey-Puppen und »Mein erster Android«-Drohnen.

Außerdem gab es eine hübsche Sammlung von Rotorcars: teure Maschinen, alle glänzend poliert und so perfekt, als wären sie nie geflogen. Greenman war definitiv ein Sammler. Das Paradestück der sieben, die ich scannte, war eine Schönheit von einer blaugrünen Hornet. Sie hatte eine gerundete Karosserie mit einem austauschbaren Cockpit, überflüssigen Flügeln und Finnen, einem geräumigen Kofferraum und massenhaft Beinfreiheit, selbst für einen Robo meiner Größe.

Typen in schwarzen Anzügen mit Zap-Gewehren im Anschlag streiften in der Lagerhalle herum. Sie schienen kein bestimmtes Ziel zu haben. Nach ihren humorlosen Gesichtsausdrücken zu urteilen schienen sie auf jeden Fall wild entschlossen zu sein, herumzuwandern. In einer Ecke der Halle befand sich eine E-Mech-Werkstatt, die mit den modernsten Geräten ausgestattet war, unter anderem mit vier E-Mech-Drohnen und einem weiteren Robotermodell wie Doktor Zarg. Nur dass er ein anderes Symbol auf dem Torso hatte.

Unmittelbar vor mir befand sich Abner Greenman. Der kleinste Kerl im Raum, aber der gefährlichste. Vor allem jetzt, da ich Ausschussware war.

»Es ist sehr freundlich von Ihnen, dass Sie sich uns anschließen, Mack«, sagte Greenman. »Bitte, legen Sie sich doch auf den Tisch, damit der Doktor einen Blick auf Sie werfen kann.«

»Ich stehe lieber. Danke.«

Greenman runzelte die Stirn. »Kommen Sie, Mack. Sie könnten die Reparaturen gebrauchen. Doktor Zort ist der beste Robotik-Techniker auf diesem Planeten. Seine ursprünglichen Zerstörer-Spezifikationen sind die Grundlage Ihrer Bauweise. Ist das nicht korrekt, Doktor?«

»Korrekt«, sagte Zort.

»Vergessen Sie's. Ich öffne dieses Gehäuse für niemanden.«

»Unlogisch«, sagte Zort. »Sie brauchen Wartung.« Er rollte mit seinen Drohnen herüber. »Erlauben Sie mir, Ihnen zum Tisch zu helfen.«

Ich schleuderte meinen Unterarm in eine der Drohnen. Da sie nichts als ein vielarmiger Zylinder auf Rädern war, fiel sie leicht um.

»Treten Sie zurück, Doc!«

Knuckles machte eine Bewegung auf mich zu. Er hätte in meinem Zustand den Boden mit mir gewischt, aber Greenman stoppte ihn.

»Mack, ich fühle mich verpflichtet, Ihnen zu helfen, weil ich Sie respektiere, ob Sie es nun glauben oder nicht. Himmel, ich mag Sie, aber wir können Sie nicht reparieren, wenn Sie uns nicht lassen. Also sagen Sie mir: Was muss ich tun, um Ihr Vertrauen zu gewinnen?«

Die Chancen, dass Greenman mein Vertrauen gewann, waren so gering, dass meine Differenzmaschine sie bei der Berechnung auf die siebenmillionste Dezimalstelle berechnete, dann abrundete und sie einfach Null nannte.

»Lucia Napier«, sagte ich. »Holen Sie sie her, sie kann mich reparieren.«

»Sie sind sich gewiss dessen bewusst, dass die reizende Miss Napier unter Arrest steht.« Seine Antennen zuckten. »Hat was mit einem Gefängnisausbruch zu tun, soweit ich weiß.«

»Ich wette, Sie haben Beziehungen.«

»Vielleicht habe ich das.« Er lächelte. »Aber bevor ich

die Zahnräder in Bewegung setze, gibt es vielleicht etwas, das Sie mir geben wollen.«

Ich machte gar nicht erst auf nett. Es gab keinen Grund dazu. Ich ließ den Finger, den Zarg mir gegeben hatte, aus der Halterung fallen. Greenman fing ihn telekinetisch auf, bevor er den Boden berührte. Er ließ ihn hinüber in Greys Hand schweben.

»Danke.«

»Kein Problem«, antwortete ich.

Greenman nickte Grey zu, der zurücknickte. Er ging, um die erwähnten Zahnräder in Bewegung zu setzen.

»Ich nehme an, Sie glauben, ich schuldete Ihnen eine Erklärung«, sagte Greenman.

»Was gibt es da zu erklären? Sie sind Aliens. Die anderen sind auch Aliens. Die anderen haben etwas vor. Sie wollen sie aufhalten. Komme ich dem Ganzen näher?«

»Wir bevorzugen den Begriff Pilger.«

»Und Mutanten wollen ›genetisch befähigt‹ genannt werden. Aber das wird sich wahrscheinlich nicht durchsetzen.«

Greenman lächelte mit seinem kleinen Mund und zwinkerte mit seinen großen, trüben Augen. »Wir sind nicht böse, falls Sie das denken. Wir brauchen nur einen Ort zum Leben. Vor allen anderen sollten Sie für unsere Ankunft in dieser Welt dankbar sein. Ohne uns würden Sie nicht einmal existieren.«

Er sagte mir nichts, was ich mir nicht schon selbst ausgerechnet hatte. Ich bin vielleicht nicht der schlaueste Robo, aber ich hatte genug gescannt, um einen Überblick zu bekommen. Irgendwie war ich mit diesen Pilgern verbunden. Ganz Empire war es.

»Ob Sie es glauben oder nicht, es war purer Zufall, dass wir auf die Erde kamen. Wir waren ein Kolonisationsschiff, das gerade zu einem ganz anderen Sternensystem unterwegs war. Eine unglückliche Fehlfunktion in unserem Warpantrieb brachte uns vom Kurs ab. Ein Glückstreffer von eins zu einer Million. Wir wären im Weltraum gestorben, hätten wir diese Welt nicht glücklicherweise entdeckt. Diese Welt war indessen bereits von intelligenten Lebensformen bewohnt, und sie waren nicht fortschrittlich genug, um uns zu akzeptieren.«

»Sie hätten fragen können.«

»Wir konnten es uns nicht leisten zu fragen«, sagte er. »Unser Schiff hatte nicht genug Energie, um dieses System zu verlassen, und unsere Subraumkommunikatoren waren beschädigt. Wir waren durch die unwirtliche Weite des Raums von unserer Heimatwelt abgeschnitten. Wir brauchten eine neue Heimat, und wenn uns die Erdlinge nicht wollten, konnten wir sie doch nicht zwingen.«

»Sie wollen mir also erzählen, dies sei keine Invasion.«

Er kicherte. »Wir sind ein Kolonieschiff mit einer Bevölkerungszahl von Zehntausend, ausgewählt aus zwei Dutzend verschiedenen Spezies. Obwohl wir Waffen haben – und sie sind der Bewaffnung der Erdlinge weit überlegen –, konnten wir nicht darauf hoffen, die Verteidigungsstreitkräfte dieser Welt zu überwinden.«

»Sie brechen mir die Energiezelle!«

Greenman blickte finster. »Sie bestätigen meinen Standpunkt genau, Mack. Jetzt, da Sie wissen, was ich bin, nehmen Sie an, ich sei ein amoralisches Monster. Aber wir sind ein moralisches Volk. Genauso moralisch wie die Bewohner der Erde.«

»Das hat nicht viel zu sagen, Abner.«

»Sind Sie sicher, dass wir Doktor Zort keinen Blick auf Sie werfen lassen sollen? Er könnte zumindest Ihre Persönlichkeitsmaske regulieren. Vielleicht diesen scheußlichen Zynismusindex ein wenig senken.«

»Ich stimme mit dieser Einschätzung überein«, sagte Zort. »Die Verhaltensfunktionen dieser Einheit bleiben gefährlich unberechenbar. Trotz der vorherigen Datensäuberung enthalten seine Motivationsdirektiven offensichtliche Verfälschungen. Sie bleibt beeinträch ...«

»Ich empfehle Ihnen, diesen Satz nicht zu vollenden, Zort. Sonst müsste ich vielleicht herüberkommen und Ihnen zeigen, wie verfälscht meine Motivationsdirektiven tatsächlich inzwischen sind.«

Es war eine leere Drohung, aber sie schien zu wirken.

»Die Feindseligkeit dieser Einheit macht meine Anwesenheit unnötig.« Damit ging er.

Greenman lachte. »Ich glaube tatsächlich, Sie haben dem Doktor Angst gemacht, und das will etwas heißen. Sie sind unter den Technomorphs nicht sehr beliebt.«

»Als ob mich das kratzen würde.« Ich hinkte zu dem Tisch hinüber und setzte mich, um den Druck von meinem Aktuator zu nehmen, der, wie mich mein Diagnoseprogramm warnte, bei jedem Schritt eine zweiprozentige Chance hatte zu zerspringen.

»Und was ist in dem Finger?«, fragte ich.

»Das betrifft Sie im Augenblick nicht.«

»Sie schulden mir was.«

»Ja, und deshalb nehme ich auch bedeutende Schwierigkeiten auf mich, um die berühmt-berüchtigte Miss Napier hierher zu holen. Ich würde sagen, wir sind quitt.« Er stieg in die Luft und setzte sich schwebend. »Jedenfalls glaube ich, wenn die Technomorphs Sie auch als fehlerhafte Einheit ansehen mögen, ein Robo wie Sie könnte in meinem Team doch nützlich sein.«

»Nicht interessiert.«

Er drohte mir mit dem Finger. »Na, na, Mack! Lehnen Sie nicht jetzt schon ab. Warten Sie, bis Sie mein Angebot gehört haben. Ich spreche nicht von einer permanenten Anstellung. Eher von einem Leiharbeitsangebot.«

»Immer noch nicht interessiert.«

»Nicht einmal, wenn ich Ihnen die Geheimnisse Ihrer Herkunft verraten könnte, Ihnen von dieser gewaltigen Alienverschwörung und Ihrem Platz darin erzählen? Und glauben Sie mir, Sie haben einen sehr wichtigen Platz darin.«

Ich wollte nur repariert werden und nach Hause gehen, vielleicht meinen Überspannungsschutz senken, mich einstöpseln und hoffen, dass ich meine Speichermatrix überladen und das Ganze auslöschen konnte. Greenman löschen und die Pilger, diese letzten drei Tage und sogar Julie, April und Holt. Mich einfach als simple, Taxi fahrende Maschine reaktivieren.

»Sie können vorgeben, es sei Ihnen egal«, sagte Greenman, »aber das stimmt nicht. Ihr fehlerhaftes elektronisches Gehirn ist zu anfällig für Sentimentalitäten, befasst mit gewissen unlogischen Beweggründen. Treibt die Technomorphs in den Wahnsinn, glauben Sie mir. Sie dachten, Sie seien der nächste Schritt in ihrer Evolution, doch sie können die scheinbare Randomisierung Ihres Verhaltens nicht in Einklang bringen.«

Ich sagte nichts. Er zuckte die Achseln und schwebte sanft zu Boden.

»Wie Sie wollen, Mack, aber Sie können nicht behaupten, Sie seien nicht neugierig. Wir sprechen uns später.«

Pfeifend schlenderte er zur Tür hinaus. Jetzt waren nur noch ich, die E-Mech-Drohnen und Knuckles da. Und keinem von uns war nach Reden zumute.

Sechsundvierzig Minuten später öffnete sich die Tür wieder, und Lucia kam herein, begleitet von Grey und Greenman.

Ich war golden lackiert und meine Verkleidung war zerbeult, aber nicht beeinträchtigt. Lucia konnte daran, wie mein Arm schlaff herabhing und an dem Riss in meiner Optik erkennen, dass ich schon bessere Tage gesehen hatte. Sie rannte zu mir und legte die Arme um mich. Ich erwiderte ihre Umarmung nicht, weil ich mir meiner Kraftregulatoren immer noch nicht sicher war.

»Mack, du meine Güte, bist du in Ordnung?«

»Es tut nur weh, wenn ich rechne«, sagte ich. »Wie haben Sie sie herausbekommen, Abner? Sanchez hat auf keinen Fall seine Einwilligung gegeben.«

»Oh, wie ich schon sagte, ich kenne ein paar Leute«, antwortete Greenman. »Für die meisten bleibt Miss Napier in ihrer Zelle, und sie wird auch bald dorthin zurückkehren müssen. Sie sollte aber genug Zeit haben, um Ihre Reparaturen zu beenden. Vorausgesetzt, wir beginnen sofort.«

»Ja, ja, natürlich«, sagte Lucia. »Du musst dich auf dem Tisch zurücklegen und deaktivieren, Schätzchen.«

Ich legte mich hin, warf einen schnellen Scan auf Greenman und Grey. Wenn ich mein Gehäuse öffnete und mich abschaltete, war ich hilflos und ungeschützt. Unter meiner unzerstörbaren Hülle waren meine Einbauten so empfindlich wie die jedes anderen Hochleistungs-Bauroboters.

Lucia aktivierte einen Scanner, der dazu überging, meinen Schaden zu analysieren und ihn auf einem Bildschirm als Schema voller blinkender roter Punkte anzuzeigen. Sehr, sehr viele rote Punkte. Undichte Hydrauliken. Zerlegte Gelenke. Eine Trägerarmatur voller Mikrobruchstellen.

Ein E-Mech reichte ihr ein Laserschweißgerät. »Mack, Baby, bitte, du musst dich deaktivieren.«

»Ich traue ihnen nicht«, sagte ich.

»Dann trau ihnen nicht.« Sie beugte sich über mich und legte beide Hände an die Seiten meiner Schädeleinheit. »Vertrau *mir*.«

Ich brauchte eine Reparatur, und ich hatte nicht viele Möglichkeiten. Defekt, wenn ich es tat, und defekt, wenn ich es nicht tat. Selbsterhaltung war manchmal eine miserable Direktive.

»Okay, Lucia.«

Langsam senkte ich meine Energielevel, während ich mein Gehäuse öffnete.

Ich schielte auf meine mechanischen Eingeweide hinab. In der Mitte der Anordnung befand sich ein Achtzehn-Zentimeter-Würfel. Mein Gehirn surrte und klickte hörbar, während Tausende von Programmen ihre Arbeit verrichteten.

»Mach dir keine Sorgen, Mack. Wenn ich fertig bin, bist du so gut wie neu«, sagte Lucia.

Ihr Lächeln war das Letzte, was ich scannte, bevor ich mich deaktivierte.

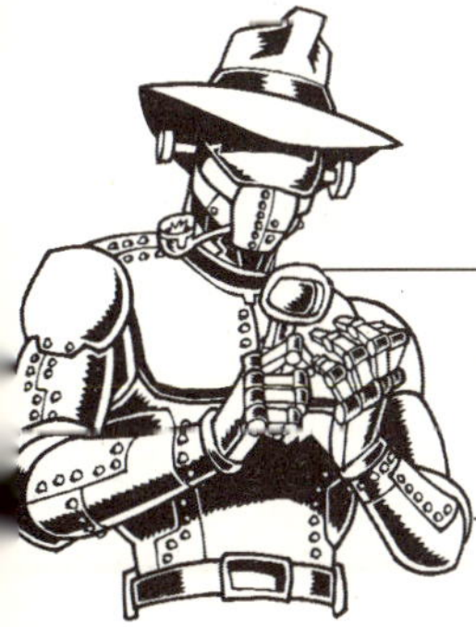

SIEBZEHN

Als Teil meines Lade- und Defragmentierungszyklus ging ich für kurze Phasen regelmäßig offline. Aber selbst während des Ladens war sich meine Matrix meiner Umgebung bewusst. Sie ignorierte fast alles und bemühte sich nicht, etwas aufzuzeichnen. Doch sie nahm es wahr. Wenn sich jemand anschleichen und auf mein System zugreifen wollte, würde er nicht weit kommen, bevor ich mich wieder anschaltete.

Deaktivierung war anders. Es war eine komplette, systemübergreifende Abschaltung. Wenn man den Offline-Status mit dem biologischen Schlaf vergleichen konnte, dann war Deaktivierung ein Koma. Keine Daten. Keine Zeit. Nichts. Manche behaupteten, Biologische dächten während eines Komas, und vielleicht taten sie das auch. Ich nicht. Ich nahm die Welt nicht wahr. Das Gute daran war, dass die Reparatur dadurch im Handumdrehen vorüber war.

Sich nach einer totalen Systemabschaltung zu reaktivieren, dauerte etwas länger als normal. Ich priorisierte meine Gesichts- und Stimmerkennungsprogramme und wartete darauf, dass die mechanische Unterstützung online ging.

Das Erste, was ich wahrnahm, war Lucias Gesicht. Sie hatte einen Ölfleck am Kinn, und ihre Augenlider waren schwer. Ihre Haare standen in alle Richtungen ab.

»Morgen, Hübscher!«

Ich wollte gerade fragen, wie lange ich weg gewesen war, als meine innere Uhr mich informierte, dass es jetzt fünfundzwanzig Minuten nach ein Uhr nachts war. Ich war fünf Stunden und ein bisschen mehr weg gewesen.

»Ist er repariert?«, fragte ein Typ in grauem Anzug, der Wache stand.

Lucia wischte sich die Stirn ab. »Er ist repariert.«

»Diagnoseprogramm läuft«, erwiderte ich kalt. Mein Sprachsynthesizer stand nicht oben auf meiner Liste.

»Aber, aber, Mack, Baby!«, sagte Lucia lächelnd. »Ich dachte, du wolltest mir vertrauen!« Sie drückte einen Knopf, und der Tisch kippte langsam nach vorn, bis ich auf den Füßen stand. »Sobald du bereit bist.«

Meine Gyros zeigten eine allgemeine Übereinstimmung an, und mein Knöchelaktuator war tipptopp in Ordnung. Ich machte einen Schritt und fiel nicht hin. Ich testete mein Schultergelenk mit ein paar Armbewegungen, und dann stampfte ich dreimal mit jedem Fuß auf, um zu sehen, ob mein Rahmen solide war. Nichts klapperte. Mein rechter Knierotator blieb nicht mehr bei fünfunddreißig Grad stecken. Das hatte er getan, seit ich gebaut worden war.

»Ich habe noch ein bisschen präventive Wartung gemacht, da ich schon mal dabei war«, sagte sie. »Ich hoffe, das macht dir nichts aus.«

Der goldene Lack war ab, ich war jetzt matt silberfarben. Die Drohnen näherten sich und begannen, eine Schicht Automatischer-Bürger-Rot aufzuklatschen. Als sie fertig waren, sah ich so glänzend und neu aus wie frisch von der Fertigungsstraße.

»Ich habe Greenmans Jungs zu mir nach Hause geschickt und ein paar Dinge holen lassen. Da drüben ist ein neuer Anzug.«

Sie deutete auf einen maßgeschneiderten Anzug, der in der Ecke hing. Dieser hier war schwarz mit Längsstreifen. Ich schlüpfte hinein. Lucia musste mir mit der Krawatte helfen.

Sie nahm ein dünnes Buch vom Tisch und reichte es mir.

»Was ist das?«

»Handbuch«, sagte sie. »Für den Anzug. Scanne es. Dürfte ja nicht länger als ungefähr eine Minute dauern.«

Ich brauchte genau siebzig Sekunden, um die fünfzigseitige Bedienungsanleitung zu lesen. Der Anzug war mehr als ein scharfes Outfit. Lucia nannte ihn einen Illusionsanzug, der aus farbänderndem Stoff bestand und über ein Hologramm-Emitter-Netz verfügte, das in den Stoff eingearbeitet war. Nachdem ich mich über seine Funktionen informiert hatte, schlug sie vor, ich sollte den Anzug ausprobieren. Während meiner Reparatur hatte sie eine Funkfernsteuerung eingebaut, um die Benutzung der technischen Spielereien so einfach zu machen wie geradeaus zu gehen.

Ich ließ den Anzug eine Reihe von Farbveränderungen und einen Wechsel voreingestellter Muster vornehmen, inklusive einem merkwürdigen Entwurf in Purpurrot mit Lindenblüten. Das Hologramm konnte entweder einzelne Bilder um meine mechanischen Teile herum projizieren oder Ganzkörperbilder. Die vorprogrammierte Tarnung war die eines grünhäutigen Mutanten. Nichts zu Ausgefallenes, aber genug, um meine Proportionen zu rechtfertigen und mir etwas Anonymität zu ermöglichen.

»Die Ganzkörpertarnung saugt die Batterie schnell leer«, sagte sie. »Also geh sparsam damit um. Dachte, du könntest eine Verkleidung gebrauchen, wenn du auf der Flucht bist. Sie kann aber deine Dimensionen nicht verbergen, und wenn du dich zu schnell bewegst, überlastest du das System, dann werden die Bilder vielleicht unscharf.«

Sie reichte mir einen dicken Metallgürtel. »Ich nenne es einen Boostergürtel. Hat sieben eingebaute Miniaturraketen-Halterungen. Sie reichen nicht für einen ausgedehnten Flug, aber sie bringen dich in die Luft. Ungefähr achtzehn Meter pro Schub. Außerdem hat sie die neueste Gravitationsklammer-Generation. Stell sie an, und nichts wird dich vom Fleck bewegen. Das garantiere ich.«

Ich legte den Gürtel an und feuerte die Booster kurz zur Probe. Ich hopste anderthalb Meter in die Luft und landete scheppernd. Als Nächstes kam die Gravitationsklammer dran. Als ich sie anschaltete, wurde ich auf der Stelle am Boden verankert. Der Zug war so stark, dass das Linoleum Risse bekam. Die Schreckgespenster Masse und Schwungkraft würden nicht zum Problem werden, solange dieses Baby lief.

»Was meinst du dazu?«, fragte sie.

»Ich nehme das Ding. Du hast das alles ziemlich schnell zustande gebracht, Lucia. Ich bin beeindruckt!«

»Ehrlich gesagt, ich hatte den Prototyp schon seit einer Weile fertig. Ich bin ein Genie, Mack, aber so gut dann auch wieder nicht. Sie sind nur für zwei Meter dreizehn große, ultrastarke Roboter brauchbar. Das Hologramm reizt bei längerem Kontakt die Haut. Juckt höllisch. Die Gravitationsklammer würde die meisten Biologischen zerquetschen. Und dann die Booster ...«, sie zuckte die Achseln, »die neigen dazu, um den Bauch und die Weichteile herum Verbrennungen dritten Grades zu verursachen, was den potenziellen Markt massiv einschränkt.«

Sie reichte mir einen Hut. Ich hielt ihn locker auf meiner Handfläche, damit ich den Filz nicht zerknitterte. Obwohl Lucia mir versicherte, dass es kein Filz sei und dass er selbst dann zurück in Form springen würde, wenn er vollkommen geplättet wurde.

»Das ist ein Filzhut«, sagte ich.

»Das stimmt. Ich sehe, deine Hut-Unterscheidungsprogramme funktionieren hervorragend.«

»Ich hatte einen Bowler.«

»O Mack, gehst du nicht ins Kino?«, fragte sie. »Ach nein, ich wette, das tust du nicht.«

»Ich habe schon einen oder zwei Filme gesehen«, sagte ich. »Oder sechseinhalb.«

»Einen halben?«

»Ich bin bei *Der Tag, an dem die Erde stillstand* rausgegangen, als klar wurde, das Gort nicht der Held war.«

Sie glättete meine Krawatte. »Na gut, Mack, wenn du je einen Krimi gesehen hättest, dann wüsstest du, dass alle Detektive Filzhüte tragen.«

»Sherlock Holmes nicht.«

»Ja, Herzchen, aber Sherlock Holmes ist ein Intellektueller. Und du bist ein harter Kerl.« Sie streichelte mein Kinn. »Vertrau mir, er wird dir gut stehen.«

Ich setzte ihn auf meinen Kopf. Lucia bedeutete mir, mich niederzubeugen, und neigte ihn um vier Grad. »Na, wenn das mal kein gut aussehender Detektiv ist! Bogart wäre grün vor Neid!«

»Ich bin vollkommen Ihrer Meinung, Miss Napier«, sagte Abner Greenman, der mit dem scheppernden Knuckles im Schlepptau hereinkam. »Jetzt, da Macks Reparaturen beendet sind, müssen wir Sie in Ihre Zelle zurückbringen, bevor jemand etwas merkt.«

»Sie geht nicht zurück«, sagte ich.

»Ich musste eine Menge Gefallen einfordern, Mack«, sagte Greenman, »und nicht einmal ich habe genug Einfluss, um mich mit so einer berühmten Verbrecherin aus dem Staub machen zu können.«

Lucia tätschelte mir den Arm. »Ist schon okay. Er hat recht. Wenn ich nicht zurückgehe, bin ich eine Flüchtige. Ich lasse es lieber auf meinen Tag vor Gericht ankommen.«

»Worauf ankommen?«, fragte ich. »Sie wissen doch, dass du es warst. Sie haben eine Aufnahme von dem Verbrechen und einen Augenzeugen.«

»Ich werde einfach die Situation erklären. Du weißt, wie überzeugend ich sein kann.«

»Es könnte aber sein, dass du dich diesmal nicht herausreden wirst.«

»Mack, sei nicht dumm. Ich habe mich schon aus viel schlimmeren Situationen herausgeredet. Und überhaupt, hast du vergessen, dass ich sehr reich bin? Wenn man die richtigen Anwälte hat, kann das Rechtssystem sehr nachsichtig sein.«

Das war ein Argument. Selbst in der Stadt von morgen konnte die harte Justiz durch harte Währung erweicht werden. Es würde allerdings eine Menge Kohle kosten, um Lucia da herauszubekommen, aber sie hatte ja auch genug, womit sie um sich werfen konnte. Es gefiel mir zwar nicht, aber es war das Schlaueste.

Lucia schlang die Arme um mich, und ich erwiderte ihre Umarmung.

Sie strich mir über die Gesichtsplatte, und ihre Hand bewegte sich langsam über meine Optiken. Ich scannte etwas, was auf ihrer Handfläche geschrieben stand: eine Adresse. Sie zwinkerte.

»Denk dran, mein Großer. Ich bin vielleicht nicht immer da, um dich wieder zusammenzuflicken. Also versuch, in Zukunft besser auf dich aufzupassen.«

»Das kann ich nicht versprechen.«

Zwei von Greenmans biologischen Schlägern führten Lucia fort. Ich fragte mich, ob dies das letzte Mal war, dass ich sie gesehen hatte. Selbst wenn sie sich aus ihrer Klemme befreite, steckte ich doch immer noch in meiner.

»Jetzt, wo Sie besser funktionieren«, sagte Greenman, »hatte ich gehofft, Sie würden mein Angebot noch einmal überdenken.«

»Immer noch nicht interessiert«, antwortete ich. »Ich mag Sie nicht, Greenman. Ich kaufe Ihnen Ihre Geschichte nicht ab. Und ich traue Ihnen nicht.«

»Sie müssen mir gar nicht trauen, Mack, aber ich bin der Einzige, der Ihnen helfen kann.«

»Ich helfe mir selbst.«

»Und bisher haben Sie das ja auch wirklich gut gemacht«, sagte er. »Sie sind jetzt ein gesuchter Robo. Die Polizei ist hinter Ihnen her. Eine Rebellengruppe der Pilger hätte auch nichts dagegen, Sie verschrottet zu sehen. Im Moment kann ich wohl mit Fug und Recht sagen, dass ich Ihr einziger Freund mit Einfluss in dieser Stadt bin.«

»Und – lassen Sie mich raten! Wenn ich mich bereit erkläre, für Sie zu arbeiten, werden Sie das alles ungeschehen machen?«

Er rückte die grüne Rose in seinem Jackettaufschlag zurecht. »Das kann ich, wissen Sie? Es geschieht nicht viel in dieser Stadt, worauf ich nicht einen gewissen Einfluss habe. Sie wären überrascht von der Zahl von äußerst wichtigen Leuten, die mir Gefallen schulden.«

»Nein, das wäre ich nicht, aber ich werde nicht dazugehören.«

Ich bewegte mich auf Greenman zu, und wie erwartet versuchte Knuckles, sich mir in den Weg zu stellen. Er piepte einmal warnend. Ich legte eine Hand auf seine Schulter, trat ihm das Bein unter dem Körper weg und drückte ihn nieder. Er fiel hart. Hart genug, um ein paar Bolzen zu lockern. Einer kam rollend kurz vor meinen Füßen zum Halten. Lucia hatte ihren Reparaturjob unglaublich gut gemacht. Ich musste daran denken, ihr ein ordentliches Trinkgeld zu geben, falls ich sie je wiedersah.

Knuckles quiekte wie ein launisches Baby, während er sich abmühte, sich wieder aufzurichten. Mark 3er waren schwer umzuwerfen, aber wenn sie erst einmal lagen, schafften sie es nicht gerade schnell wieder auf die Beine.

Ich sagte: »Sagen Sie ihm, er soll unten bleiben. Oder ich nehme ihn auseinander, eine Schraube nach der anderen.«

Greenman gab einen Befehl und Knuckles wurde still.

»Folgendes ist der Deal, Abner«, sagte ich. »Sie sind mir egal. Ich schere mich nicht um gute oder böse Aliens. Ich schere mich nicht einmal um fünfhunderttausend dem Untergang geweihte Bürger. Mir ist nur eine gefährdete Familieneinheit von drei Biologischen wichtig. Aber es scheint, dass alles, was mir wichtig ist und was Ihnen wichtig ist, sich irgendwo in der Mitte dieser ganzen Geschichte trifft. Also werden Sie mir sagen, was Sie wissen, und ich werde das Ganze regeln, damit wir beide bekommen, was wir wollen. Aber ich arbeite nicht für Sie.« Ich verschränkte die Arme. »Und wenn das zum Problem wird, gehen wir einfach getrennte Wege.«

Greenmans fischiger Blick wurde kalt, als der Humor aus seinem glatten, nichtssagenden Gesicht wich. Er bekam nicht gern Bedingungen gestellt. Natürlich versuchte er, sein Ass auszuspielen.

»Was ist mit den Bleakers? Würden Sie Ihrer Wege gehen und sie ihrem Schicksal überlassen?« Ein selbstzufriedenes Grinsen ging über sein Gesicht. Er dachte, er hätte mich. Dabei hatte er nichts als einen verärgerten Robo, der sich bereits ausgerechnet hatte, dass Greenman ein Mann war, der von seiner Überlegenheit zehrte, davon, alle Karten auf der Hand zu haben. Die Bleakers aus diesem Szenario zu nehmen, bescherte ihm ein sehr schlechtes Blatt.

»Sie werden's ja sehen.« Ich bewegte mich auf die Tür zu.

Wenn Greenman nicht nach meinen Regeln spielte, nützte er mir auch nicht groß. Ich hatte Julie und die Kinder nicht aufgegeben. Ich würde sie wiederfinden, auch gegen sämtliche statistische Wahrscheinlichkeit. Jede Statistik hatte ihre Anomalien, wenn man die Würfel oft genug warf, und ich würde sie werfen, so oft es nötig war.

»Ich kann Ihnen sagen, woher Sie kommen«, sagte Greenman.

Ich öffnete halb die Tür und setzte einen Fuß über die Schwelle. »Und ich kann Ihnen sagen, dass es mir egal ist.«

Es war eine ziemliche Lüge. Ich war ein wenig neugierig, und Greenman wusste das. Aber ich war ein guter Spieler.

»Okay, Mack. Sie haben gewonnen.« Er schüttelte langsam den Kopf. »Ich muss mein Fingerspitzengefühl verloren haben.«

»Nicht Ihre Schuld«, sagte ich. »Ich bin defekt und unberechenbar, wie Sie wissen.«

»Allerdings, Mack.« Er kicherte. »Das sind Sie.«

Er führte mich zu einem Büro im Obergeschoss. Es war dreiundneunzig Prozent protziger herausgeputzt als der Rest der Lagerhalle; es war eher eine Lounge mit einem Schreibtisch als irgendetwas anderes. Ein Modell von Empires Stadtzentrum nahm die Mitte des Raums ein. Es war keine echte Version, sondern eine idealisierte alternative Stadtlandschaft. Alle Gebäude waren da, aber nichts von dem Schmutz, der geschwärzten Luft und dem überwältigenden Lärm. Keine Bürger oder Rotorcars oder verstopfte Freeways und kreischende Zip Trains. Keinerlei Leben.

Greenman nickte in Richtung des Miniaturgrabsteins von einer Stadt. »Es sollte ein Utopia werden, unser Geschenk an die Erdlinge – dafür, dass sie ihre Welt mit uns teilen.«

Ich verglich das idealisierte Empire mit meinen Speicherdateien des Originals in all seiner schlecht funktionierenden, kaputten, (mutmaßlich) ölig riechenden Pracht. Irgendwo auf dem Weg nach Shangri-La war irgendetwas fürchterlich schiefgegangen.

»Es war zu viel, zu früh«, sagte Greenman. »Die Erdlinge waren noch nicht bereit dafür. Man kann keine Grundtheorien der Wissenschaft in einer primitiven Welt einführen. Selbst für den Transistor sind sie kaum bereit. Energieflux-Spulen und Antimaterie-Generatoren sind sie noch nicht ganz gewachsen. Oh, sie verstehen sie schon. Sie sind bemerkenswert intelligent und anpassungsfähig. Sie können sie auch bauen. Sie können sogar darauf aufbauen. Aber sie sind einfach noch nicht bereit dafür. Interessieren sich mehr dafür, die Welt zu schaffen, die sie auf den Titelblättern ihrer geliebten Schundzeitschriften gesehen haben.

Ich denke, es hilft auch nicht, dass wir gewisse Schlüsseltechnologien zurückgehalten haben. Dinge, die zu gefährlich sind, um in ihre Hände gelangen zu dürfen. Dies ist das Endergebnis. Wie sagte noch gleich der Erdling Robert Burns? Auch die besten Pläne von Mäusen und Menschen gehen oft schief? Nun, ich kann Ihnen versichern, Mack, dass dies eine universelle Konstante ist, selbst in Welten ohne Menschen oder Mäuse.«

Still betrachtete er das Modell.

»Natürlich waren unsere Beweggründe nicht vollkommen altruistisch. Wir brauchten einen Versammlungsort, wo wir den Assimilationsprozess beginnen konnten.«

Greenman öffnete eine Zigarrenkiste, die auf seinem Schreibtisch lag, und nahm einen Stumpen heraus. »Sie haben doch sicher nichts dagegen, wenn ich rauche?«

»Hab keinen Geruchssinn«, antwortete ich.

Ich war überrascht, dass die Zigarre in seinen winzigen Mund passte, aber er schaffte es. Seine Antennen zuckten, als er das Ende mit seinen mentalen Kräften anzündete und einen langen Zug nahm.

»Tabak. Wussten Sie, dass dieses Zeug auf meiner Welt illegal ist? Natürlich sind das die meisten Dinge. Cognac nicht. Aber nur, weil er dort nicht existiert.« Lächelnd schenkte er sich einen Drink ein. Er setzte das Glas an sein nasenloses Gesicht und schnüffelte, was bewies, dass da irgendwo Nasenlöcher versteckt waren, auch wenn ich sie nicht scannen konnte. »Ich liebe diesen Planeten.«

»Das ist toll, Abner. Sind Sie jetzt fertig mit Philosophieren, oder soll ich später noch mal wiederkommen?«

»Sie sind wohl nicht so für Smalltalk, wie?«

»Roboter.«

»Ja. Zielstrebige Kreaturen, Sie alle. Ich frage mich, ob

Sie auch so schroff wären, wenn Miss Napier hier bei uns säße.«

»Wir sind nicht hier, um über mich zu sprechen«, sagte ich.

»Ist das Ihre subtile Art, das Thema zu wechseln?«

»Nein, es ist meine schroffe Art, das Thema zu wechseln. Erzählen Sie weiter, Abner!«

Er nippte an seinem Cognac und nickte. »Der erste Schritt bei der Assimilierung war, eine Stadt von morgen zu schaffen. Der nächste, die Erdlinge dazu zu bringen, Völker unserer vielgestaltigen und farbenfrohen Physiologie zu akzeptieren.«

In diesem Augenblick machte es Klick. Ich war nicht immer schnell von Begriff, aber wenn ich die Daten einmal verarbeitet hatte, dauerte es nicht lange.

»Sie lassen die Menschen absichtlich mutieren«, sagte ich.

»Können Sie sich eine bessere Taktik vorstellen, um sich unbemerkt einzuschleichen, direkt vor ihrer Nase? Keine Konflikte. Keine Verhandlungen. Eine einfache, unsichtbare Immigration, ohne dass es jemand merkt. Außer dass es Zeit braucht, um gefahrlos Mutationen einfließen zu lassen, die extrem genug sind, dass alle Pilger immigrieren können. Es ist Zeit, Mutation zu einem gesellschaftlich anerkannten Zustand zu machen.«

Gesellschaftliche Angleichung war das Einzige, was in der Agenda der Pilger geklappt hatte. Es hatte ein paar Jahre zuvor vereinzelt Aufruhr gegeben, als die ersten Mutanten auftauchten. Doch die Assimilationskampagne war erfolgreich gewesen, und wenn auch nicht alle Mutanten mochten, so hatte es doch keine weiteren Ausschreitungen oder Unruhen gegeben. Gelegentlich gab es noch Proteste für Normalenrechte, aber nur sehr vereinzelt. Niemand, die meisten Normalen eingeschlossen, hielt es noch für ein Problem. Während der Rest von Amerika seine Integrationsdebatten führte, war Empire bereits darüber hinaus. Schwarz, weiß oder grün. Kahl, schuppig oder pelzig. Zwei Arme oder sechs. Das war in dieser Stadt kaum ein Thema.

Was nicht bedeutete, dass es nicht noch zu einem werden konnte. Greenman war ein wenig zu unmenschlich, um sich unbemerkt zwischen den anderen Mutanten einschleichen zu können. Menschen änderten ihre Meinung über die Dinge allgemein nicht sehr schnell. Die Zivilisation neigte dazu, sich im Kreis zu drehen, was erklärte, warum die Menschheit in den wenigen tausend Jahren ihrer Geschichte nicht sehr viel zustande gebracht hatte. Natürlich gab es eine Renaissance hier und eine Industrielle Revolution dort, aber das waren die Ausnahmen, nicht die Regel.

»Einige von uns begannen, ungeduldig zu werden«, sagte Greenman. »Das ist natürlich keine Überraschung. Wir sollten eine neue Welt kolonisieren. Die meisten von uns sind im Geiste Forscher. Können Sie sie dafür verurteilen, dass sie sich nicht mehr länger verstecken wollten?

Unglücklicherweise brauchten die extremen Mutationen, die für viele unserer weniger humanoiden Rassen nötig waren, mehrere Generationen, um sie sicher einzuführen. Die Menschen werden sich an die Mutagene gewöhnen müssen, andernfalls würde ein plötzlicher Anstieg der Werte in abnormalen, unkontrollierten Defekten resultieren. Ungezügeltes, spontanes genetisches Chaos würde zum Tod von Zehntausenden führen, vielleicht sogar von Hunderttausenden.«

»Vielleicht fünfhunderttausend«, sagte ich.

»Das ist Doktor Zargs momentane Prognose, ja. Wenn er recht hat.«

»Und was ist, wenn er sich irrt?«

»Zarg irrt sich nie, Mack.«

Empire war nicht viel anders als jede andere Stadt voller Biologischer. Es war eine Studie in kontrolliertem Chaos, das durch das Gesetz der Zivilisation in Schach gehalten wurde. Wir Roboter werden von der Logik angetrieben. Es waren Zahlen. Doktor Zarg war bereit gewesen, einen gewissen Prozentsatz von Empire zu töten, aber sobald diese Zahl überschritten wurde, konnte er die Seiten wechseln. Aus einer biologischen Perspektive wirkte es impulsiv, doch eigentlich war es sehr vorhersehbar. Eine einfache Gleichung.

Die meisten Biologischen kannten das nicht. Sie hatten Gefühle, chemische Reaktionen in ihren matschigen Gehirnen, die sie nicht immer mit den besten Direktiven fütterten. Wenn Empire plötzlich von Tausenden von Todesfällen und Tausenden von noch bizarreren Mutationen heimgesucht wurde, würde es vielleicht zur Hölle gehen. Oder auch nicht. Ich war ein Robo, und ich setzte normalerweise auf die harten Fakten.

»Die große Mehrheit von uns findet diese Risiken inakzeptabel«, sagte Greenman. »Wir sind kein rücksichtsloses Volk.«

»Ich mache mir keine Sorgen wegen der Mehrheit, Abner.«

»Sie würden dem Jungen nie wehtun.«

»Sein Name ist Holt.«

»Ja, ich weiß.«

»Etwas verschweigen Sie mir, Abner.«

»Es sind die Mutagene«, sagte er. »Wir haben nicht die nötigen Ressourcen, um gewisse exotische Katalysatoren zu schaffen. Holt schon. Er trägt den Grundwirkstoff in seinem Blut. Es ist ein Zufall, eine Eins-zu-zehn-Millionen-Mutation. Ohne ihn gibt es kein Supermutagen. Deshalb haben sie ihn entführt.«

»Und Sie wussten davon? Sie wussten, dass er in Gefahr war, und Sie haben ihn im Stich gelassen?«

»Ich weiß, ich weiß«, sagte Greenman. »Wir hätten es besser wissen müssen. Wir haben Zellproben von Tausenden von Mutanten gesammelt. Zu reinen Studienzwecken, um sicherzugehen, dass der Prozess glatt verläuft. Niemand außer einer Handvoll Forscher hatte Zugang dazu, aber die Akten waren weder versteckt noch geheim.«

»Sie haben sie offen liegen lassen?«

»Wir halten Fakten vor Erdlingen geheim, aber nicht voreinander. Wir hielten es nicht für notwendig. Alles verlief wie geplant. Es gab natürlich Abweichler, aber wir nahmen einfach an ...«

Er seufzte.

»Es war naiv. Ich gebe es zu. Aber es war nicht so, dass die Akten leicht zugänglich gewesen wären. Sie befanden sich in einem Labor, in einem Aktenschrank.« Er schüttelte den Kopf. »Dumm, doch wir treiben nicht von Natur aus Doppelspiele. Wir sind Siedler, keine Spione.«

»Hatte der Aktenschrank wenigstens ein Schloss?«, fragte ich.

»Ja, aber leider kein besonders gutes. Während Ringo kurz bei mir angestellt war, nahmen die Abweichler Kontakt mit ihm auf. Sie zahlten ihm eine hübsche Summe, damit er die Informationen besorgte. Ringo, der sowohl bewundernswert ambitioniert als auch lächerlich dämlich war, fand, dass sie ihm nicht genug zahlten. Er beschloss, es wäre besser für ihn, Holt zu entführen und ihn als Geisel zu halten. Er stellte sich vor, beide Seiten gegeneinander auszuspielen und einen ordentlichen Gewinn einzufahren.

Sein Plan war, die Bleakers sogar für das Ausleihen ihres Sohnes zu bezahlen. Er nahm Kontakt mit dem Vater auf und schloss ein Geschäft ab.«

»Gavin hat seinen eigenen Sohn vermietet?«

»Ja, nun, das war der Gedanke. Zu Mr. Bleakers Verteidigung muss ich sagen, dass ihm gesagt wurde, die Familie könne den Sohn begleiten, ein Auge auf ihn haben. Natürlich war Mrs. Bleaker, als Ringo zur Abholung ging, von der Idee nicht gerade begeistert. Dann gab es eine unerwartete Komplikation.«

»Mich.«

Das war es also, in was ich drei Tage zuvor hineingeraten war.

»Aber Tony ließ sich nicht so leicht entmutigen. Er wartete so lange, bis er wusste, dass Sie nicht in der Gegend waren und startete seinen zweiten Versuch. Diesmal gab es keine Verhandlungen. Nur die Entführung. Er staubte auch noch ein paar Drohnen ab, um Sie zu verschrotten und so vollends mit Ihnen abzurechnen. Der Idiot merkte nicht, wer Sie waren. Sonst wäre er nicht so dumm gewesen, seine Zeit zu verschwenden.«

»Warum aber die ganze Familie kidnappen? Warum nicht einfach Holt allein mitnehmen?«

»Weil Ringo ein Idiot war«, sagte Greenman. »Weil er auf seine ihm eigene, seltsame Art dachte, dass sich die Familie, wenn sie erst einmal sah, dass dem Jungen nichts geschah, auf das Geld stürzen würde, das er anbot.«

»Das ist idiotisch.«

»Nun, Ringo war ja auch ein Idiot. Ich habe seine Gedanken gesehen, und ich kann Ihnen sagen, es war das chaotische, weitschweifige Wirrwarr eines Schwachkopfs. Warum sollte er sich auch sonst aus der Schutzhaft fortschleichen, um einen Jazzclub zu besuchen, wenn die Hälfte meiner Agenten nach ihm suchte?«

»Sie sagten, er wollte zweigleisig fahren, aber die Abweichler haben Holt. Wollten Sie nicht zahlen?«

»Wir hätten es getan. Aber Ringo war der Sache in diesem Fall nicht gewachsen. Die Abweichler fanden ihn. Sie überzeugten ihn, dass ihr Angebot besser sei, als zu sterben. So übergab er Holt und die Familie.«

»Ich scanne immer noch nicht, warum sie die ganze Familie mitnahmen.«

»Die Abweichler machten sich Sorgen darüber, was sie gesehen oder gehört haben könnten. Sie wollten die Bleakers nicht töten. Selbst sie sind nicht gänzlich rücksichtslos.«

Ich hatte keine Lust zu diskutieren, aber Gavin war tot, und ich war ziemlich sicher, dass sein Tod nur dazu gedacht war, um mir ein Bein zu stellen. Die Pilger konnten nicht gerade für sich beanspruchen, moralisch im Recht zu sein. Mutagene ins Wasser schmuggeln, unschuldige Familien entführen, einem Kerl den Schädel einschlagen, um mir Sand in die Zahnräder zu streuen. Es war natürlich ein gefährlicher Weg, und Biologische waren nicht so vernünftig anzuhalten, wenn sie einmal auf die schiefe Bahn geraten waren.

»Also gut, wie viel Supermutagen haben sie?«, fragte ich. »Wie viel Schaden können sie anrichten? Wie halten wir sie auf, und wie bekommen wir die Bleakers zurück?«

»Das sind eine Menge Fragen, Mack.«

»Man kann keine Missionsdirektiven aufstellen, bevor sich die Situation einschätzen lässt.«

Greenman zog eine Datenröhre aus seiner Tasche. »Hier ist eine Kopie der Röhre, die Zarg in Ihrem Finger hinausgeschmuggelt hat.« Er führte sie in ein Leseterminal ein, das in die Wand eingebaut war. Eine chemische Formel ergoss sich über den Bildschirm, wenn auch in keiner irdischen Sprache geschrieben.

»Wir haben Glück, dass es Zeit braucht, das Supermutagen, das sie benötigen, zu produzieren und zu filtern. Zarg geht von weiteren zwölf Stunden aus, bevor sie genug für den Breitbandeffekt haben, den sie erreichen wollen.«

Ich startete den Countdown. Weniger als ein Tag, bevor Menschen begannen, zu Tausenden zu sterben.

»Können Sie ein Gegenmittel herstellen?«, fragte ich in

dem Wissen, dass, wenn die Antwort »Ja« gewesen wäre, dieses Gespräch nicht stattgefunden hätte.

»Wir haben bereits angefangen, daran zu arbeiten, aber ohne Holt, der uns die letzte Zutat liefert, ist es wirkungslos.«

»Warum haben Sie das Gegenmittel nicht hergestellt, während Sie Zugang zu Holt hatten?«, fragte ich. »Als Vorsichtsmaßnahme.«

»Wir wollten das Kind keinem unnötigen Trauma aussetzen«, sagte er.

Etwas am Ton seiner Stimme und dem Kräuseln seiner Lippen aktivierte meine simulierte Intuition. »Was ist der wahre Grund, Abner?«

Er lächelte leicht. Natürlich lächelte er mit diesem winzigen Mund immer leicht. »Sie sind aufgeweckter, als man meinen könnte«, sagte er.

»Eigentlich nicht«, antwortete ich. »Manche Dinge sind nur einfach offensichtlich.«

»Jedes Gegenmittel, das mit Holts Biologie produziert würde, würde bei der Menschheit gleichzeitig auch eine mutagene Resistenz hervorrufen. Es würde einen bereits jetzt zeitraubenden Prozess noch mehr verlangsamen, vielleicht unseren Zeitplan um bis zu sieben oder acht Generationen verzögern.«

Das konnte ich mir vorstellen. Trotz der mildtätigen Immigrations-Parteilinie, die Greenman ständig versuchte mir downzuloaden, wusste ich, dass Biologische, sowohl menschliche als auch außerirdische, fast immer von Eigennutz motiviert waren. Sie konnten nicht anders. Es war ihre Natur.

»Wir finden Holt, bevor sie noch mehr davon machen können«, sagte ich. »Sie stellen Ihr Gegenmittel her, und Sie sagen ihnen, dass, wenn sie ihres benutzen, Sie Ihres benutzen werden. Es ist eine Pattsituation, aber sie wird ihren Zweck erfüllen.«

»Genau das habe ich mir auch gedacht, Mack.«

Er drückte einen Knopf, und eine Karte von Empire City leuchtete auf dem Bildschirm auf. Sie zoomte auf ein paar Häuserblocks im lebhaften Mittelpunkt von Empire. Die Gegend war als der Nukleus bekannt, und ganz Empire war von dort ausgehend wie ein sich ausbreitender Rostfleck gewachsen. Einige wichtige wirtschaftliche und wissenschaftliche Unternehmen hatten hier ihren Hauptsitz. Und es gab auch zehn verschiedene Fabriken. Der Nukleus war ein Ort, wo die Elite und die Armen zusammenkamen, selbst wenn es nur in den Augenblicken geschah, wenn reiche Geschäftsleute aus ihren Fahrzeugen stiegen, um in ihre gesicherten Bürogebäude zu stürmen. Alles Wichtige der Stadt fand im Nukleus statt oder kam zumindest hier durch. Bis auf die Regierung, aber andererseits: Was brachte die Regierung überhaupt jemals an Nützlichem zustande?

»Dies ist der Komplex, aus dem Sie geflohen sind. Nach den Informationen, die uns Zarg zukommen ließ, ist es die einzige Anlage, die die Abweichler mit der nötigen Ausrüstung kontrollieren, um die Mutagene zu filtern.«

Es war ein schlaues Versteck. Starker Verkehr zu allen Tages- und Nachtzeiten, Pulks von Bürgern, die die Gehwege verstopften, und Dutzende von Gebäuden, die fast übereinander gequetscht wurden. Jegliche Abweichleraktivität würde sich in dem Gedränge verlieren.

»Dort ist Holt«, sagte ich.

»Ja, und Zarg prognostiziert, es sei unwahrscheinlich, dass sie ihn verlegen. Selbst wenn sie den Verdacht haben, dass wir von ihrer Anlage wissen; ihn zu verlegen würde ihr Projekt verzögern. Wir können nicht sicher wissen, ob Zarg mit seiner Annahme richtig liegt.«

»Es gibt nur einen Weg, das herauszufinden. Sie haben Macht, Abner. Je schneller wir anfangen, desto früher ist es vorbei.«

»Wir können nicht einfach einen Frontalangriff starten. Die Risiken sind zu hoch.«

»Ich dachte, Sie hätten gesagt, sie würden den Bleakers nichts tun?«

»Das würden sie auch nicht. Das Risiko, von dem ich spreche, ist das meiner Mitpilger. Wir können keinen ausgewachsenen Krieg anfangen. Es würde zu viel Aufmerksamkeit auf sich ziehen. Die Möglichkeit einer Entlarvung ist zu groß. Bisher ist dieser Konflikt im Untergrund geblieben, und dort wollen wir auch alle bleiben.«

»Das ist keine Option mehr, Abner. Wenn Sie das Leben respektieren, wenn Sie keine überflüssigen Todesfälle sehen wollen, dann beenden wir das jetzt. Wenn es Ihre Verschwörung ruiniert, ist das ein Risiko, das Sie eingehen müssen.«

»Ich wünschte, es wäre so einfach, Mack. Glauben Sie, ich hätte das nicht bereits in Betracht gezogen? Aber Sie müssen verstehen: Selbst wenn ich der Meinung wäre, dies sei die beste Vorgehensweise, so muss ich mich doch vor gewissen höheren Autoritäten verantworten.«

»Ich nicht.«

Greenman blickte grimmig. Er hatte Zähne. Winzige, spitze Exemplare.

»Sie bringen mich in eine sehr unangenehme Lage, Mack. Ich mag Sie, aber ich kann Ihnen nicht erlauben, mit diesen Informationen den Raum zu verlassen, wenn ich Ihnen nicht trauen kann.«

Seine Augen blitzten auf, als er mich in die Luft hob. Er versuchte, lässig zu wirken, aber seine Antennen zuckten wie verrückt. Siebenhundertsechzehn Pfund Roboter erforderten eine Menge telekinetischer Muskelkraft.

Zeit, um auszuprobieren, ob ihm Lucias Erfindungsgabe den Rest geben konnte. Ich aktivierte die Gravitationsklammer, und der plötzliche verankernde Sog erwies sich als zu viel für Greenman. Er sah es nicht kommen. Ich knallte auf den Boden, und sein Kopf wurde so heftig nach hinten gerissen, dass er von seinem Sessel fiel.

Wie lange er außer Gefecht bleiben würde, konnte ich nicht abschätzen. Ich musste also schnell sein. Ich deaktivierte die Klammer, denn mich zu bewegen, wenn sie angeschaltet war, bremste mich. Ich schleuderte den Tisch beiseite und schnappte die halbe Portion an der Kehle. Ein wenig grünes Blut tropfte aus seinen klitzekleinen Nasenlöchern.

Seine Augen blitzten golden auf. Ich konnte meine Klammer nicht schnell genug aktivieren und wurde von einer Explosion telekinetischer Energie getroffen. Krachend wurde ich durchs Büro geschleudert. Meinen Griff lockerte ich dabei nicht, und Greenman kam mit auf die Reise. Ich fiel auf das Modell von Empire und zertrümmerte es. Ein weiterer Ausbruch unsichtbarer Kraft warf mich gegen die Decke und hielt mich dort fest.

Knuckles stürzte herein, wartete nicht einmal, dass die Tür ganz aufglitt und schlug ein Loch hindurch. Drei von Greenmans biologischen Schlägern kamen hinter ihm herein. Keiner von ihnen schoss mit seiner Strahlenpistole. Nicht, während ich ihren Boss am Hals umklammerte.

Ich hätte meine Klammer reaktivieren können, aber Greenman wäre vielleicht zwischen mich und den Boden geraten. Trotz seiner beeindruckenden geistigen Talente war er ein zerbrechlicher kleiner Biologischer. Ich wollte ihn nicht töten. Nicht, dass er mir nicht egal gewesen wäre, aber es hätte auf lange Sicht gesehen nicht viel gebracht.

Greenmans Augen flackerten, als er den Druck erhöhte. Die Decke knackste und drohte nachzugeben. Wer wusste schon, wie weit er mich dann drücken würde? Aber während er seinen Druck erhöhte, tat ich dasselbe. Seine Augen platzten fast aus seinem Kopf.

»Sie werden schneller zerbrechen als ich«, sagte ich. »Zwingen Sie mich nicht, Sie zu töten!«

»Sie werden hier niemals funktionstüchtig herauskommen!«, stieß er durch zusammengebissene Zähne hervor.

»Ich würde Ihr Leben nicht darauf verwetten wollen, Abner.«

Greenmans Antennen zuckten, und wir sanken langsam auf den Boden. Die Schläger hielten ihre Strahlenpistolen im Anschlag, aber ich machte mir nicht allzu viele Sorgen. Es gab nur einen Typen, der mir Sorgen machte: Grey. Und ich setzte voraus, dass er bereits hier wäre, falls er denn im Gebäude war. Greenman war schlampig geworden. Er hatte angenommen, er könne allein mit mir fertig werden, und er hätte es auch gekonnt, wäre Lucias technische Zauberkunst nicht gewesen. Ich durfte auf keinen Fall vergessen, ihr zu danken.

Knuckles zögerte und wog seine widersprüchlichen Direktiven ab. Eins: Mir in den Hintern treten. Zwei: Seinen Boss davor bewahren, dass ihm das Genick gebrochen wurde.

»Befehlen Sie ihnen wegzutreten«, sagte ich.

»Sie Idiot!«, keuchte Greenman. »Glauben Sie, Sie werden damit davonkommen? Wissen Sie überhaupt, wer ich bin? Ich leite diese Stadt!«

»Nun, ich schätze, das bedeutet, solange ich Sie an der Kehle habe, bin ich der König der Welt!« Ich schüttelte ihn ein bisschen, um ihn an seine gegenwärtige Lage zu erinnern. Natürlich konnte er mich im Raum herumwerfen, so viel er wollte, aber es würde mich nicht davon abhalten, ihn mit einem einfachen Ruck meiner Servos zu zerquetschen.

»Wegtreten!«, sagte Greenman. »Wegtreten, verflucht noch mal!«

Knuckles fügte sich, obwohl er im kampfbereiten Modus blieb. Die Schläger ignorierte ich. Wenn sie irgendetwas gehabt hätten, um die Verhältnisse dieser Gleichung zu kippen, so hätten sie es bereits eingesetzt.

»Wissen Sie, was mir eben klar geworden ist, Abner?«, sagte ich. »Sie erzählen nur Müll. Sie sprechen über Moral, darüber, wie sehr Ihnen die Erdlinge am Herzen liegen, aber das ist nur Gerede. Und ja: Sie werden die Stadt nicht vergiften, weil Sie so vorgeben können, der Gute zu sein.

Aber das sind Sie nicht. Ich frage mich, ob Ringo diese Akten vielleicht gar nicht zufällig gefunden hat. Vielleicht hatten Sie nicht ihn im Sinn, aber Sie wussten, jemand würde sie in die Hände bekommen. Alles, was Sie tun mussten, war zu warten, bis jemand sie fand und die geniale Idee hatte. Sie schauen weg, geben sich verdammt wenig Mühe bei dem Versuch, ihn aufzuhalten, und wenn Leute sterben, tun Sie so, als sei das eine Tragödie. Alle Vorteile, keine Schuld.«

»Sie wissen gar nichts, Sie defektes Stück …«

Ich quetschte seine Luftröhre zu. Da ich mir seiner Knochendichte nicht sicher war, riskierte ich, seine Wirbelsäule zu zerdrücken, aber es war mir vollkommen egal.

Ich ging zu dem Leseterminal hinüber, warf die Datenröhre aus und steckte sie sicher in die Innentasche meines Jacketts.

»Ich werde hinausgehen«, sagte ich. »Und wenn ich jemanden scanne, der mir näher als drei Meter kommt …« Ich schüttelte Greenman noch ein wenig, um ihn an seine Lage zu erinnern und weil mir zunehmend die Art gefiel, wie danach seine Augen schielten. »Haben wir uns verstanden?«

Ich lockerte meine Finger so weit, dass er seine Antwort sprechen konnte. »Sie glauben, Sie könnten einfach gehen.« Er atmete flach. »Sie glauben, ich lasse irgendjemanden damit davonkommen?«

»Halt den Mund, Abner.«

Abner Greenman mochte hinter den Kulissen von Empire ein großes Zahnrad sein, aber im Augenblick war er ein matschiger Biologischer, der mir ausgeliefert war. Er hielt den Mund. Seine Fischaugen verengten sich, und ich wusste, es würde Konsequenzen geben. Aber ich würde mich später damit beschäftigen.

»Ich habe ein Rotorcar gescannt, als ich hereinkam. Blaugrüne Hornet. Wer hat die Schlüsselkarte zu diesem Baby?«

Die Karte wurde hergeschafft und mir übergeben. Knuckles hielt einen Abstand von genau drei Meter fünfunddreißig, aber er würde einen Zug machen, sobald ihm Greenman das Kommando gab. Und Greenman konnte kaum atmen, geschweige denn Befehle bellen. Niemand versuchte mich aufzuhalten, und das war auch klug von ihnen.

Die Hornet startete ohne jedes Stottern. Ihre drei Rotoren erwachten brausend zum Leben. Sie mussten nicht so viel Lärm machen, doch bei einem frisierten Gefährt war das zu erwarten. Ich klappte das Fahrwerk ein, schaltete den Höhenregler aus, und die Hornet krachte zu Boden.

Greenman zuckte. »Verdammt noch mal, du dummes Auslaufmodell! Weißt du eigentlich, was dieses Fahrzeug wert ist?«

»Ein paar Hunderter weniger als vor drei Sekunden«, gab ich zurück.

Ich tippte auf ein Pedal – und das Fahrzeug stieg auf. Ich mühte mich mit der Gangschaltung ab, während ich Greenman fest im Griff behielt.

»Nicht ganz einfach, ein Rotorcar mit einer Hand zu fliegen«, keuchte er mit einem überheblichen Lächeln.

Ich weiß nicht, warum er lächelte. Es verstärkte nur meine Motivation, ihn zu töten.

»Ich schaff das schon, Abner.« Ich wandte mich an einen der nächststehenden Schläger. »Öffne das Tor!«

Diese Kerle konnten ihre Unterwäsche nicht wechseln, ohne es erst mit Greenman abzuklären, und der Schläger sah seinen Boss fragend an. Bevor er die Bestätigung bekommen konnte, ließ eine schwache Erschütterung die Lagerhalle vibrieren. Sie wuchs sich zu einem Rumpeln aus, das heftig genug war, um sorgfältig gestapelte Kisten umzuwerfen.

Greenman rief: »Das würden sie nicht wagen!« Ich konnte an der Art, wie sich seine Augen bedrohlich weiteten, erkennen, dass sie doch würden und dass sie *hatten*.

Licht strömte durch die Fenster der Lagerhalle, taghell, grell und blendend. Die Umgebungstemperatur begann um 3,6 Grad pro Sekunde zu steigen. Die Biologischen fingen an zu schwitzen und zu husten. Dampf stieg von ihrer feuchten Haut auf. Eine Ölleitung platzte in Knuckles' Hals und versprühte eine Fontäne schwarzer Flüssigkeit. Greenmans glatte, smaragdgrüne Haut wurde dunkel und schlug Blasen.

»Bring uns hier raus!«, keuchte er. »Bring uns sofort raus!«

Ich hätte ihn aus der Hornet schleudern sollen, damit er mit seinen Jungs verbrannte, aber ich tat es nicht. Und zwar aus keinem anderen Grund als dem, dass es mir in diesem Augenblick nicht in den Sinn kam. Er war zu beschäftigt mit Sterben, als dass er eine große Gefahr gewesen wäre. So konnte ich ihn auf die Beifahrer-Sitzschale werfen und den Gasknopf drücken, so fest ich konnte, ohne ihn abzubrechen. Die Hornet schwirrte vorwärts. Keine

Zeit, sich noch um die Schachtklappe zu kümmern, also rammte ich hindurch. Das Rotorcar war ein gut konstruiertes Modell, und bei der Geschwindigkeit brachen wir ohne Probleme durch. Es verlor allerdings einen Scheinwerfer, und die Windschutzscheibe zersplitterte.

Beinahe pflügte ich in einen geparkten Schwertransporter hinein. Eine scharfe Drehung des Steuers und ein Stampfen auf das Höhenpedal verhinderte den direkten Zusammenprall. Die Hornet küsste das Dach des Transporters, und ich verlor fast die Kontrolle über sie. Die Steuerbordseite schoss in einem Fünfundvierzig-Grad-Winkel nach unten, und Greenman wurde im Inneren herumgeschleudert.

In Empire zu fliegen ist keine leichte Aufgabe. Außerhalb der ausgewiesenen zivilen Flugzonen war der Himmel eine einzige Hürde von Sweepern, automatischen Transporten und Wolkenkratzern. Ein Trio von Sweepern drang in meine Flugbahn ein, und ich war nicht schnell genug, einem davon auszuweichen. Ich fegte durch das Luftschiff hindurch. Die Hornet bekam von dem Gassack-Gestell ein paar weitere Kerben im Lack ab, blieb sonst aber unbeschädigt. Die Drohne sank ab. Das Notfall-Kontergravsystem bewahrte sie davor abzustürzen.

Ich beschleunigte weiter, als ich den Rückspiegel scannte.

Über der Lagerhalle schwebte ein Mutterschiff.

Es war eine fliegende Untertasse von der Größe eines Häuserblocks, bedeckt mit Hunderten von blinkenden Lichtern, heller als der Nachthimmel. Die wirkliche Quelle der Helligkeit waren drei Sechs-Meter-Antennen, alle vor

Energie knisternd, die alle auf die Lagerhalle hinabgerichtet waren und Spuren von weißglühender Elektrizität zogen, während sie mit hoher Geschwindigkeit um den Rand der Untertasse rotierten.

Ein verdammtes Mutterschiff.

Es sah aus, als sei der Untergrundkrieg der Pilger im großen Stil an die Oberfläche verlegt worden.

Greenman spuckte einen Strom unbekannter Alienworte aus, die nicht in meinen Wörterbuch-Speicherdatenbänken verzeichnet waren. Aber ich verstand, worum es ging. »Diese Idioten! Sie werden alles ruinieren! Alles, wofür wir gearbeitet haben!«

Das Array des Mutterschiffs pulsierte, und die Lagerhalle verschwand in einem kochenden Ball aus grünem und orangefarbenem Chaos. Die Explosion wäre ohrenbetäubend gewesen, hätte das Mutterschiff sie nicht in einem Kraftfeld eingedämmt, um den Kollateralschaden zu begrenzen. Dennoch wurde ein Teil des Getöses mit einem ungesunden Dezibelwert in meinen Audios aufgezeichnet und verursachte zwei Sekunden lang statische Störungen.

Ich brachte die Hornet abrupt zum Halten. Sie bockte, und Greenman schlug mit dem Kopf ans Armaturenbrett. Man sollte meinen, er hätte inzwischen kapiert, dass er seinen Gurt anlegen sollte, aber da ich es irgendwie genoss zu verzeichnen, wie er herumgeworfen wurde, wies ich ihn nicht darauf hin.

»Verdammt, Megaton! Können Sie nicht fahren?«

»Sorry«, sagte ich. »Habe bisher eigentlich noch nie am Steuer eines Rotorcars gesessen. Hab nur ein Handbuch gelesen, um den schriftlichen Teil für den Taxischein zu bestehen.«

Ich erwartete, dass das Mutterschiff jetzt, da es seine Aufgabe erledigt hatte, wegfliegen würde. Es war nicht besonders logisch, es dort schweben zu lassen, sodass alle Erdlinge es sehen konnten. Sie waren nicht die Allerhellsten, aber selbst sie begriffen, dass etwas los war. Die Untertasse blieb über dem rauchenden Krater stehen.

»Haut ab, ihr Idioten!«, knurrte Greenman mit zusammengebissenen Zähnen.

Das Radar der Hornet piepste. Die Worte SCAN-LOCK blinkten in großen, roten Buchstaben über den Bildschirm.

»O-oh«, sagte ich.

Sieben UFOs starteten in rascher Folge von dem Mutterschiff. Ich zielte auf den Anführer. Es war ein glattes, zigarrenförmiges Geschoss. Zu klein, um ein bemanntes Schiff sein zu können. Mein Gefährdungstaxator verbuchte es als Rakete.

Das Mutterschiff schwirrte davon und verschwand sofort im Nachthimmel. Die sieben Raketen blieben und folgten rasch einem Abfangkurs. Unsere Flucht war nicht unbemerkt geblieben, und wir würden sicher nicht so leicht vom Haken gelassen werden.

Ich wendete die Hornet und trieb sie auf Overdrive, aber ein Rotorcar konnte so auf keinen Fall weit kommen.

Greenman öffnete das Handschuhfach und drückte einen geheimen Knopf. Die Propeller der Hornet wurden eingefahren, während aus dem Heck ein Raketenantrieb ausfuhr. Eine illegale Luftrennsport-Modifikation – aber im Augenblick wollte ich mich nicht beschweren.

»Drück drauf, Megaton!«

Ich trat aufs Gas. Blaues Feuer explodierte aus dem Antrieb der Hornet, die Tachoanzeige sprang auf vierhundert Meilen in der Stunde und drehte sich weiter. Mein Reflexmodell hielt uns davon ab, mit irgendetwas zusammenzukrachen. Ich sauste durch ein Meer von Wolkenkratzern, unter einer Überführung hindurch und über einen Stau auf dem Skyway.

Der Radar zeigte mir an, dass die Raketen immer noch aufholten. Ich riskierte es nicht, den Blick vom Himmel abzuwenden, um zu sehen, wie nah sie waren, aber die Warnung kam immer lauter und schneller.

»Sprechen Sie mit mir, Abner«, sagte ich. »Ich brauche Parameter. Womit haben wir es zu tun?«

Er warf einen Blick nach hinten. »Hochleistungs-Torpedodrohnen.«

»Torpedos? Ich dachte, ihr wärt Siedler!«

»Wir haben sie zu unserer Verteidigung gekauft«, schnappte er. »Nur zur Sicherheit. Die Galaxie kann ein gefährlicher Ort sein.«

»Können wir sie abhängen?«

»Fraglich. Ihre Ortungsgeräte sind praktisch unfehlbar, und ihr Tachyon-Antrieb macht sie doppelt so beweglich.«

Ich steuerte scharf nach rechts, um einem Transportkonvoi auszuweichen.

Der Radar kreischte.

»Gegenmaßnahmen aktivieren.« Eine geheime Schalttafel glitt vor Greenmans Sitz nach unten, und er legte einen Schalter um. Die Hornet schoss eine Köderdrohne ab. Der Torpedo drehte in den letzten sieben Zehntelsekunden ab, nahe genug, dass ich noch sein wütendes Brummen hören konnte, und jagte dem Köder nach. Er explodierte, und die Druckwelle warf die Hornet beinahe aus meiner Kontrolle.

»Es zahlt sich aus, vorbereitet zu sein«, sagte Greenman.

Mein Taxator maß die erschütternde Wucht, die freigesetzt wurde, und warnte mich, dass ein direkter Einschlag ein erhebliches Risiko für meine Einbauten darstellte.

»Wie viele Köder haben wir noch?«, fragte ich.

»Drei.«

Der Radar produzierte wieder dieses Kreischen, als zwei weitere Torpedos näher kamen. Greenman brachte sie mit einem weiteren Köder vom Kurs ab. Sie drehten bei und folgten ihm. Aber diese beiden waren schlauer als der letzte und berechneten rasch, dass das nicht ihr Ziel war. Sie nahmen die Verfolgung wieder auf.

»Verdammt, Mack«, sagte er. »Wir halten nicht lange durch, wenn Sie weiterhin zulassen, dass sie uns im Griff haben.«

»Wollen *Sie* fahren?«, fragte ich.

»Ich weiß nicht, wie das geht.«

Ich zwang die Hornet in einen heftigen Sinkflug. Es war ein dummer, waghalsiger Schachzug, denn je tiefer man kam, desto überfüllter wurde der Himmel. Ich hatte gehofft, dies möge das Ortungssystem der Torpedos verwirren, doch sie wurden nicht einmal langsamer. Die Pilger hatten es nicht für angebracht gehalten, die Tachyon-Antriebstechnologie mit den Erdlingen zu teilen. Die Torpedos konnten in jedem Winkel abbiegen, ohne an Geschwindigkeit oder Beweglichkeit zu verlieren.

»Sie können nicht fahren?«, fragte ich.

»Ich bin ein sehr wichtiger Mann«, sagte Greenman. »Ich muss nirgendwo selbst hinfahren. Bleiben Sie näher an den Gebäuden, oder uns nimmt noch einer ins Visier.«

Ich lernte beim Fliegen. Das machte ich sogar ziemlich gut. Doch ich war nicht mit pilotischem Denken konstruiert worden, und derjenige, der das Steuerrad gebaut hatte, hatte nicht an einen Benutzer mit einer Handflächenspanne von zwanzig Zentimetern gedacht. Das Radar machte wieder ein unglückliches Kreischgeräusch.

Ich flog in einer Kurve direkt auf einen Wolkenkratzer zu, wobei ich volle drei Fünftelsekunden länger wartete, als meine Differenzmaschine mir riet, bevor ich parallel dazu auswich. Das Radar klingelte fröhlich.

»Besser, Mack.«

»Ich lerne schnell«, sagte ich.

Indem ich einen großen Teil meiner Aufmerksamkeit der Navigation widmete, konnte ich im Zickzackkurs präzise durch die Lüfte schwirren. Es gab siebzehn Beinahezusammenstöße mit anderen Verkehrsteilnehmern, und mit einem Transporter tauschte ich Lack. Aber ich schaffte es, nicht abzustürzen und zu verbrennen. Die Drohnen in meinem Schlepptau ließen sich jedoch keineswegs leicht entmutigen. Sie kamen stetig näher. Noch zweimal trafen sie beinahe, doch Greenmans letzte zwei Köder warfen sie aus der Bahn. Ein Torpedo fiel auf die Drohne herein und explodierte. Die anderen nicht. Wir hatten keine Köder mehr, und fünf Torpedos waren noch übrig.

»Geben Sie mir Optionen, Abner«, sagte ich.

»Optionen. Wir sterben jetzt. Das ist unsere Option.«

Greenman mochte aufgegeben haben, doch ich war anders programmiert. Ich hatte die Variablen analysiert und mir einen Plan ausgedacht. Ich klappte das Dach der Hornet weg, aber es dauerte zu lange, deshalb griff ich nach oben und riss es mit einem Ruck meiner Servos ab.

»Was zur Hölle tun Sie da?«, fragte Greenman.

»Eine neue Option auftun.«

Eine harte Aufwärtskurve kam überraschend für ihn, und er fiel beinahe aus der Hornet. Ich schnappte ihn am Bein und zog ihn von der Kante.

»Danke, Mack.«

»Können Sie nicht sicher zu Boden schweben?«, fragte ich.

»Natürlich. Aber nur, solange mich diese Torpedos nicht bemerken.« Er warf einen Blick auf den Radarschirm. »Verdammt! Wir haben den Kontakt mit zweien von ihnen verloren.«

»Nein, das haben wir nicht«, sagte ich.

Die zwei fehlenden Drohnen umrundeten den Wolkenkratzer vor uns. Drei an unseren Hacken und zwei, die direkt auf uns zukamen. Ich stellte die Hornet auf Automatik und stand auf. Ich schnappte Greenman, während ich den Aufprallmoment abschätzte und die Flugbahn meines Schleudersitzmanövers berechnete. Es war keine Zeit, die Berechnungen dreimal zu prüfen.

Diese Torpedos waren schlaue kleine Biester. Ich würde keine zweite Chance bekommen. Ich wartete, bis das Summen in meinen Audios mir sagte, es sei zu spät. Dann wartete ich noch einmal zwei Zehntelsekunden und stieß mich in Richtung eines automatischen Transporters ab, der neun Meter entfernt war und halb so weit unterhalb.

Die Hornet explodierte, ich wurde vorwärts geschleudert. Ich hatte die Kraft der Explosion berücksichtigt und auch darauf gezählt, aber ich hatte nicht die Möglichkeit gehabt, den Booster kennenzulernen. So hatte ich die Dezimalstelle in meinen Berechnungen falsch gesetzt.

Eine Dezimalstelle kann ein himmelweiter Unterschied sein.

Ich segelte durch die Luft, Greenman fest an meine Brust gepresst. Es sollte ein ruhiger Flug werden, aber ich kam aus dem Gleichgewicht. Als ich das Transporterdach traf, rutschten meine Füße unter mir weg. Ich landete auf dem Rücken und rutschte weiter. In der letzten Sekunde schaffte ich es, die Finger meiner freien Hand in die Seite des Transporters zu graben. Ich baumelte über die Kante. Nachdem ich festgestellt hatte, dass meine Schulter-Verbindungsstücke keinen Schaden davongetragen hatten, zog ich mich hoch. Greenman hielt ich weiter fest, aber er war keine nennenswerte Beeinträchtigung. Ich checkte noch einmal die Log-Datei der Explosion. Sie hätte größer sein müssen.

Einer der Torpedos war nicht hochgegangen. Entweder er war ein Blindgänger, oder er hatte sich zur Absicherung zurückgehalten.

Die letzte Drohne schwebte neben den wabernden schwarzen Wolken, die die letzte funktionsfähige Position der Hornet bezeichneten. Sie hatte uns offensichtlich noch nicht gescannt, aber aufgeben würde sie nicht. Greenman duckte sich, und ich presste mich flach gegen den Transporter. Ich blieb unbeweglich, als wir langsam weiter und weiter von dem Torpedo wegtrieben.

»Wie unfehlbar sind die Ortungssysteme dieser Dinger wirklich?«, fragte ich.

»Sie haben eine dreiprozentige Ausfallquote.«

Das war zwar keine große Beruhigung, aber schließlich waren wir nur zwei Köder an einem Himmel voller möglicher Ziele.

Die Drohne schwirrte plötzlich in unsere Richtung. Sie hielt an und scannte drei Sekunden lang. Dann schwirrte sie näher, scannte noch zwei Sekunden. Schwirrte näher, scannte eine Sekunde.

Sie war verdammt noch mal viel zu gerissen.

Ich stürzte vorwärts, zum anderen Ende des automatischen Transporters. Meine Metallfüße erwiesen sich einmal mehr als Nachteil, und so fiel ich beinahe von der Seite. Ich würde Lucia bitten müssen, mir für die Zukunft ein Paar Gummisohlen anzubringen. Vorausgesetzt, ich war in sechs Sekunden nicht Schrott.

Die Drohne schoss vor und schlug in den Transporter ein. Ich stieß mich ab, hatte keine Zeit, einen Ort zum Landen zu scannen. Ich warf mich einfach kopfüber in die Tiefe und hoffte das Beste. Es waren neunzig Meter bis zu den Straßen unter mir, und irgendetwas musste unterwegs geschehen. Ich presste Greenman eng an mich und versuchte, seinen zerbrechlichen Körper so gut es ging zu schützen.

So raste ich in die Tiefe, ohne jede Möglichkeit, meinen Sturz zu lenken. Nach fünfzehn Metern prallte ich von einer Rotorcar-Motorhaube ab. Noch einmal zwanzig Meter weiter traf ich etwas anderes. Konnte nicht scannen, was es war, aber es hielt mich nicht auf. Die Stadt verschwamm vor meinen Optiken.

Ich wurde langsamer.

Entweder die Schwerkraft gewährte mir eine Pause, oder etwas anderes kam mir zugute.

Ich hatte gute Gründe, mich an Greenman zu halten, und dies nicht nur wegen des gehässigen Vergnügens, ihn mit mir aufschlagen zu sehen. Ich hörte nicht auf zu fallen, aber meine Abstiegsrate verlangsamte sich zu einem gemächlichen Tempo. Greenmans Augen glühten, und ich konnte an den Adern, die auf seinem Kopf pochten, erkennen, dass er verflixt große Mühe hatte, mich oben zu halten.

Wir befanden uns mitten auf dem Skyway, und mehrere Rotorcars wichen uns nur knapp aus, bevor wir auf der Unterseite wieder herauskamen.

Er knurrte durch zusammengebissene Zähne: »Sie sind zu schwer. Lassen Sie mich los, sonst fallen wir beide!«

»Genau darum geht es, Abner. Ich schlage vor, Sie finden einen Ort, wo Sie uns schnell runterbringen können.«

Grunzend und ächzend ließ er uns Zentimeter um mühevollen Zentimeter zum Dach eines Gebäudes schweben. Ich war nicht sicher, ob er es schaffen würde. Einmal wurde die Anstrengung zu viel und wir stürzten um weitere fünf Meter, bevor er sich wieder telekinetisch an mich klammern konnte. Aber schließlich war Selbstschutz eine gute Motivation, und wir erreichten unser Ziel. Erschöpft schaffte er es trotzdem noch, uns federleicht abzusetzen.

Ich scannte die Umgebung. Kein einziger Torpedo in Sicht.

Dann ließ ich rasch das Diagnoseprogramm über mein Innenleben laufen. Alles war in einem Eins-A-Zustand. Ich musste daran denken, Lucia zu danken, wenn ich sie das nächste Mal sah. Ich überprüfte die Datenröhre in meiner Tasche. Ob sie lesbar geblieben war oder nicht, war unmöglich zu sagen, aber sie befand sich immer noch in einem Stück.

Mit seiner biologischen Neigung zur Müdigkeit und kaum noch in der Lage zu stehen, keuchte Greenman: »Mack, Sie haben ganz ordentliche Kugellager, das muss ich Ihnen lassen!«

Ich bürstete ein wenig Staub von meinem Revers. Das ferne Heulen von Sirenen bedeutete, der Think Tank hatte es schließlich geschafft, ein paar Einheiten loszuschicken. Eine Audioanalyse legte die voraussichtliche Ankunftszeit auf zweiundzwanzig Sekunden fest.

Ich gestattete mir drei Sekunden, um zu überlegen, was ich am besten mit Abner Greenman machte. Das Einfachste wäre gewesen, ihn zu töten. Er war zu müde, sowohl körperlich als auch geistig, um auch nur einen Finger gegen mich zu erheben, telekinetisch oder anders. Wenn mir Greenman auch geholfen hatte, einen bösen Sturz zu vermeiden, so konnte ich es doch nicht gebrauchen, dass er mir Umstände machte. Ich hatte bereits zu viele Hindernisse in meinen laufenden Missionsparametern.

Vielleicht würden ihn ein paar Stunden mit den Cops beschäftigt halten. Ich hatte keine Zweifel, dass er die nötigen Beziehungen hatte, um jegliche juristische Schwierigkeit verschwinden zu lassen, doch selbst ein Typ wie Greenman würde Zeit brauchen, um die richtigen Schalter im Rathaus umzulegen.

Ich beugte mich nieder und schnippte ihn mit zwei Fingern an. Nicht mit voller Kraft, aber doch genug, um ihn auf den Rücken zu werfen. Dann hob ich ihn hoch und wiederholte das Ganze sicherheitshalber noch einmal. Es war ziemlich wahrscheinlich, dass ich in diesem empfindlichen Körper eine Rippe oder zwei gebrochen hatte. Falls er überhaupt Rippen hatte.

»Wir sehn uns, Abner«, sagte ich.

»Sie sind Schrott!«, schrie er. »Haben Sie gehört? Schrott!«

Er schrie immer noch, als sich die Zugangstür zum Dach hinter mir schloss.

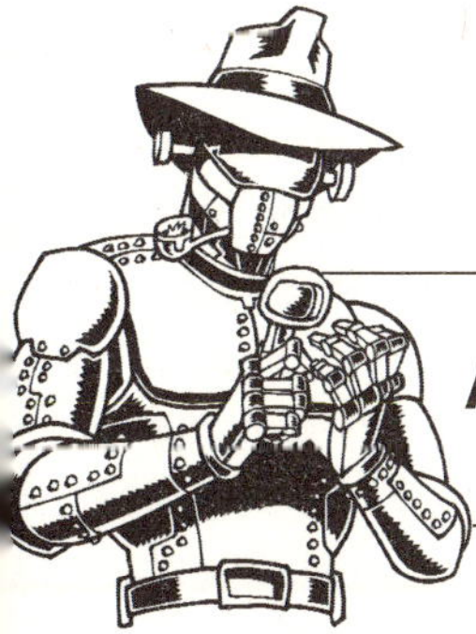

ACHTZEHN

Bis der Aufzug im Erdgeschoss angekommen war, hatten die Cops so weit die Kurve gekriegt, ein paar Officers an der Tür zu postieren. Lucias Illusionsanzug funktionierte hervorragend. Ich schaltete die Projektion eines schweren Labor-Autos an, schnappte mir eine freie Couch in der Lobby und stampfte zur Vordertür hinaus. Ich war einfach ein gesichtsloser Automatischer, und niemand versuchte, mich aufzuhalten.

Ich lief um die Ecke, um die Couch an einer Bushaltestelle abzuladen, sodass sich ein paar Bürger hübsch hinsetzen konnten, während sie warteten. »Kleines Entgegenkommen der Stadt, Leute«, sagte ich. Sie sahen alle so begeistert aus, eine Alternative zu den üblichen harten Plastikbänken zu haben.

Ich schaltete den Anzug wieder auf Grau und legte das grüne Mutantenbild über meine eigenen markanten Robo-Merkmale. Solange ich nicht versuchte zu rennen, war ich nicht von den anderen zwei Meter dreizehn großen, blaugrünen Mutanten mit dicken Hälsen zu unterscheiden. Ein Scan der Fußgänger zeigte mir zwar keine weiteren, aber zumindest war es besser, als wenn ich als ich selbst herumlief. Sonst hätten die Cops nicht lange gebraucht, um mich zu finden. Jetzt aber hatte ich etwas Zeit, bevor sie herausfanden, was los war.

Obwohl es noch früh am Morgen war, waren eine Menge Fußgänger unterwegs, und die Straßen waren belebt, aber noch nicht völlig verstopft. Empire stand nie still, und im Augenblick war es so ruhig, wie es im Allgemeinen ging. Der Verkehr auf dem Bürgersteig war so durchlässig, dass ein großer Kerl wie ich ein bisschen Ellbogenfreiheit hatte.

Eine kleine Menschenmenge hatte sich um das Fenster eines Fernsehergeschäfts versammelt, und alle Fernseher, große und kleine, zeigten ein Video von Reportern, die sich um ein Loch im Boden drängten, das einmal eine Lagerhalle gewesen und jetzt nichts weiter als Schutt und Asche war. Es gab keine klaren Bilder von dem Schiff, sie waren von einer Art Verzerrer verschleiert, aber es gab eine Menge Augenzeugen. Ein Mutterschiff musste Aufmerksamkeit auf sich ziehen, selbst in Empire. Feuerwehrmänner und Drohnen besprühten die Ruine mit Schaum, aber es ging nur um Schadensbegrenzung. Nichts konnte das überlebt haben.

Durch das Glas hörte ich zwar nichts, doch das brauchte ich auch nicht. Was würden mir die Berichte erzählen, was ich nicht schon wusste?

Ein Haufen Trümmer wackelte, und eine Roboterhand schob sich an die Oberfläche. Zwei Drohnen flogen herüber und begannen, den Schutt wegzuräumen. Knuckles stieg aus der Asche auf, zerbeult, schwarz, mit undichten Ölleitungen, aber funktionstüchtig. Verdammt, diese Mark 3er konnten wirklich etwas vertragen. Da Knuckles in einem Interview nicht für mehr als ein paar Piepstöne gut war, hielten die Reporter Abstand. Er wurde weggeführt, wobei er bei jedem Schritt gefährlich schwankte. Sie würden ein bisschen Klebeband um seine beschädigten Gelenke wickeln und seine undichten Ölleitungen flicken, und dann war er wieder so gut wie neu.

Zu schade, dass sich Empire vielleicht nie erholen würde.

Es bestand kein Anlass zu glauben, dass jetzt, da die Abweichler diesen Konflikt auf die nächste Stufe gehoben hatten, die Pilger nicht Gleiches mit Gleichem vergelten würden. Biologische hatten die üble Angewohnheit, sich gegenseitig bis zur Raserei aufzustacheln. Erst ein Mutterschiff. Dann zwei. Dann vier. Bald konnte der Himmel von Alien-Kriegsschiffen übersät sein, die Todesstrahlen auf die Bürger von Empire und die unter ihnen versteckten Aliens regnen ließen. Es wäre nicht besonders klug, aber in sämtlichen Simulationen, die ich durchspielte, schien es unvermeidlich. Die Pilger und Abweichler würden bis zum Tod um das Schicksal von Empire kämpfen, und wer auch immer gewann, alle würden verlieren.

Selbst wenn es sich nicht zu einem Krieg entwickelte, war da immer noch das Supermutagen, das die Abweichler zusammenbrauten. In achtundzwanzig Stunden – mehr oder weniger – würden sie es in die Wasserversorgung kippen. Und es würde kein Zurück mehr geben. So oder so würde sich dieses Alien-Experiment einer Stadt selbst zerstören.

Jemand musste es stoppen, bevor es kein Zurück mehr gab und Tausende getötet wurden, entweder in einem sinnlosen Alien-Krieg oder durch instabile Mutation oder durch beides. Die Cops konnten es nicht. Greenman würde es nicht tun.

Damit blieb nur ich übrig.

Meine Militäreinheit-Programmierung sprang an und begann, die Mission in einzelne Unterzielvorgaben einzuteilen.

Erstes Ziel: Die Datenröhre in meiner Tasche durchsehen. Wenn Doktor Zarg so schlau war, wie man sagte, konnten nützliche Informationen darin stecken.

Zweites Ziel: Zugang zu dem Labor bekommen, mit welchen Mitteln auch immer. Infiltration, wenn möglich. Direkter Angriff, wenn nötig.

Drittes Ziel: Holt aus dem Besitz der Abweichler entfernen. Wenn er einmal aus der Gleichung entfernt war, hatten weder die Abweichler noch die Pilger einen Grund, ihren Konflikt weiterzuführen. Rettung des Ziels bevorzugt, aber unwahrscheinlich. Terminierung war höchstwahrscheinlich die sinnvollste Alternative.

Mit diesem dritten Ziel war für mich ein Problem verbunden. Mein Logikraster war natürlich anderer Meinung. Es gab kein Problem. Nur eine Lösung. Dies war ein Spiel mit hohen Einsätzen, und alles war vom Leben eines Jungen abhängig. Holt zu retten würde das Problem nicht unbedingt beenden. Solange er lebte, konnte ihn wieder jemand finden und versuchen, seine Eins-zu-einer-Million-Biologie zu benutzen, um weitere Mutagene zusammenzubrauen. Tot, dauerhaft aus der Gleichung entfernt, war das Problem gelöst. Eine einfache Verhältnisrechnung: ein Leben gegen Tausende. Alles ergab Sinn, wenn ich die Zahlen ansah.

Ich wusste nicht, ob ich es tun konnte. Schlimmer noch, ich wusste nicht, ob ich es nicht tun würde. Bei all meiner plötzlichen Überempfindlichkeit: War einen Jungen zu verschonen auch nur irgendwie moralisch verantwortungsvoller, als danebenzustehen und tausend andere sterben zu lassen? Wer war ich überhaupt, dass ich moralische Entscheidungen treffen konnte? Ich war erst zwei Jahre alt, und bis vor ein paar Tagen bestand das größte moralische Dilemma, in dem ich mich befunden hatte, darin, ob ich ein paar Extrarunden drehen sollte, um den Fahrpreis zu erhöhen.

Ich denke, hier war der Freier-Wille-Glitch am Werk. Die meisten Roboter konnten solch eine Zwickmühle einfach lösen, indem sie einen vorgesehenen Operator konsultierten. Keine Fragen, kein Problem. Entweder Holt töten oder ihn nicht töten. Nur eine schöne und einfache Anordnung.

Freier Wille wurde überbewertet.

Meine erste Unterdirektive war, eine Operationsbasis einzurichten. Die Adresse, die Lucia kurz vor meine Optiken gehalten hatte, befand sich nicht weit von hier. Ich nahm an, dass Lucia zumindest für ein Minimum an Privatsphäre gesorgt hatte und eine Steckdose, um meine Batterien aufzuladen. Außerdem war es ein glücklicher Zufall, dass es am Rand des Nukleus lag. Wie die meisten Zufälle war auch dies überhaupt kein Zufall. Die Abweichler wollten sich vor aller Augen verstecken, und es war das Einfachste, sich in die Menge zu mischen. Lucia musste denselben Gedanken gehabt haben.

Ich fand die Adresse in einem der wenigen Gebäude, die weniger als hundert Stockwerke hoch waren. Irgendein Architekt war ehrgeizig geworden und hatte ein ungleichschenkliges Dreieck aus Glas und Stahl errichtet und es dann noch einmal um fünfundzwanzig Grad gedreht, bis es aussah wie ein Gebäude, das langsam zusammenstürzte. Es war auf jeden Fall ein hochwertiger Schuppen. Eine Fabrik auf der gegenüberliegenden Straßenseite stieß grünen Dampf aus, der alles in der näheren Umgebung einfärbte. Das Dreieck verfügte über einen Trupp von Wartungsdrohnen, die pflichtbewusst das Grün wegpolierten, und es gab keinen einzigen Dunstfleck auf der goldenen Fassade. Lucia war aufs Ganze gegangen. Wenn ich meine Superlegierung versteigert und den Erlös benutzt hätte, um die Miete zu zahlen, hätte es vermutlich trotzdem nur für ein Jahr gereicht, wenn überhaupt.

Es gab einen Automatischen an der Tür. Er prüfte aber niemanden, der einzutreten versuchte. Seine einzige Aufgabe schien darin zu bestehen, sich an die Mütze zu tippen und den Weg zu erklären.

»Guten Tag, Sir«, sagte er. »Dürfte ich Ihnen behilflich sein?«

Ich fragte ihn, wo Büro Nummer 3106 sei, und er schickte mich in den einunddreißigsten Stock. Das hatte ich mir bereits gedacht, doch er war so eifrig darauf bedacht, behilflich zu sein, dass ich mich schlecht gefühlt hätte, wenn ich nicht gefragt hätte.

Im Inneren gab es ein paar Bürger, die sich ihren Angelegenheiten widmeten, und eine Drohne wachste den Boden. Abgesehen davon war die Lobby ruhig. Eine kurze Fahrt mit dem Aufzug zum obersten Stockwerk, später dann ein kurzes, einfaches kombinatorisches Orientieren, und ich wedelte mit meiner Schlüsselkarte vor einer nicht gekennzeichneten Bürotür und trat ein.

Die Lichter gingen automatisch an, und ich scannte einen spärlich dekorierten Raum, der viereinhalb auf sechs Meter maß. Es war ein Empfangsraum, in dem drei Stühle mehr oder weniger in der Mitte arrangiert waren, und mit einem halbmondförmigen, metallenen Schreibtisch. Die Wände waren kahl, der einzige Schmuck überhaupt war ein Farn auf dem Tisch. Ein deaktivierter Automatischer lümmelte am Schreibtisch.

Er hatte flüchtige Ähnlichkeit mit Humbolt, nur dass dieser hier kleiner war und runder geformt. Außerdem hatte er drei Räder statt zwei Beine. Eine Notiz war an seine Schädeleinheit geklebt. Darauf stand: SAGEN SIE AUFSTOSSEN.

»Aufstoßen«, sagte ich.

Der Auto aktivierte sich und hob seine Schädeleinheit. »Bitte wählen Sie die bevorzugte Persönlichkeitsmaske. Für eine vollständige Einstellungsliste schlagen Sie bitte im Benutzerhandbuch nach.«

Ich hatte keine Lust, eine Bedienungsanleitung zu suchen, also wählte ich die einfachste Alternative: »Standardeinstellung.«

»Bestätigt.«

Der Auto scannte mich zweimal von oben bis unten und erfasste mich als seinen neuen Hauptbenutzer. Dann sprach er mit einer heiseren weiblichen Stimme.

»Also«, sagte sie. »Sie sind mir ja ein Arbeitsstück.« Es klang weder wie ein Kompliment noch wie eine Beleidigung, sondern emotional neutral. Nicht die Neutralität einer Maschine, sondern die desinteressierte Bemerkung der Lebensüberdrüssigen.

»Nennen Sie Ihre Bezeichnung«, sagte ich.

»Bezeichnung?« Sie neigte ihren Kopf nach vorn, um mich mit ihren beiden himmelblauen Optiken finster anzusehen. »Sie sind mir ja ein Charmeur. Ich sag Ihnen was, Casanova, warum geben Sie mir nicht einfach eine ...« Sie zögerte, und wenn sie Lippen gehabt hätte, hätte sie sardonisch gelächelt. »... Bezeichnung. So können Sie sie sich besser merken.«

»Bezeichnung: Eve.«

Sie konnte nicht mit den Optiken rollen, also rollte sie ihren ganzen Kopf. »Oh, wie äußerst originell! Muss Sie buchstäblich Mikrosekunden gekostet haben, um sich die auszudenken.«

Ich hätte wissen sollen, dass Lucia keine normale »Positiv/Negativ«-Persönlichkeits-Standardeinstellung zulassen würde. Es wäre vielleicht schlauer gewesen, Eve zu befehlen, neu zu starten und ihr eine angenehmere Persönlichkeit zu geben. Aber es schien mir die Umstände nicht wert zu sein. Außerdem war es einen Hauch heuchlerisch, ihre Persönlichkeit nur deshalb neu zu starten, weil ich sie unangenehm fand.

»Sie müssen Megaton sein«, sagte sie und rollte hinter ihrem Schreibtisch hervor. »Ich werde Ihnen Ihr neues Büro zeigen.«

»Dies ist nicht mein Büro«, sagte ich.

»Nicht offiziell«, sagte sie. »Noch nicht. Aber Lucia hat es für Sie vorbereitet. Als Überraschung. Sagte, ein richtiger Detektiv bräuchte auch ein richtiges Büro. Also, wollen wir 'ne Runde drehen? Da ist die Couch. Da ist der Empfangstresen. Und hier ist die Tür zu Ihrem privaten Büro. Wenn Sie mir bitte folgen wollen, Sir.«

Das Privatbüro war um dreihundert Prozent größer als der Empfangsraum. Es enthielt eine andere Couch und einen Schreibtisch sowie leere Regale an den Wänden entlang. Die großen Fenster hatten einen besonderen Farbton, der das grünliche Licht von draußen in ein goldenes Glühen verwandelte. Da Platz in Empire solch ein Luxus war, vor allem im Nukleus, musste dies hier Lucia ein Vermögen kosten.

»Das ist zu teuer«, sagte ich.

»Ja, ist es. Sie hat es als Geschäftsadresse für bestimmte juristische Bedürfnisse benutzt, und obwohl sie es nicht mehr braucht, endet der Mietvertrag erst in einem Jahr. Dachte sich also, genauso gut könnten Sie es benutzen, bevor es verfällt. Sie wollte es ganz hübsch und schick für Sie einrichten, aber die Umstände verlangten eine schnelle Enthüllung.«

Sie wirbelte einmal herum und wedelte halbherzig mit

den Armen. »Überraschung. Ich hätte einen Kuchen gebacken, nur dass Sie nicht essen und ich nicht backe. Mein letztes Datenupdate war vor achtzehn Stunden, dürfte ich also um Informationen über die momentane Lage bitten?« Sie zuckte die Achseln. »Damit ich in der Lage bin, Ihnen besser behilflich sein zu können natürlich.«

Ich berichtete ihr alles, was relevant war.

»Update aufgezeichnet«, sagte sie. »Na, da haben Sie das Ganze ja schön vermasselt. Sie können übrigens den Anzug ausschalten. Die Fenster sind nur in einer Richtung durchlässig.«

Ich deaktivierte das Hologramm.

»Du meine Güte, sind Sie aber ein großes, nützliches Vieh«, sagte sie. Wieder konnte ich nicht enträtseln, ob es ein Kompliment oder eine Beleidigung war. Aber ich begann zu bezweifeln, dass Komplimente verteilen zu ihren Funktionen gehörte.

»Dieses Büro müsste Ihren Grundbedürfnissen genügen«, sagte Eve. »Wir haben ein Telefon, einen Ladeanschluss, und es ist unter einem Firmennamen eingetragen, sodass es unwahrscheinlich ist, dass jemand auf die Idee kommen wird, Sie hier zu suchen. Außerdem gibt es ein paar Annehmlichkeiten, die für einen Robo Ihres offenbar ärgerlichen Temperaments nützlich sein könnten.«

Sie gestikulierte zu einem Regal hinüber und musste einen Fernschalter aktiviert haben. Es glitt auf und enthüllte eine Reparaturnische. »Vollautomatisch«, sagte sie. »Kann Wartungsarbeiten auf höchstem Niveau ausführen.«

Sie fuchtelte in Richtung einer weiteren Reihe leerer Regale, und auch sie öffneten sich und zeigten ein Gestell voller Dinge und Apparaturen. Eve deutete auf ein paar davon. »Reserve-Illusionsanzug-Batterien, Einbruchswerkzeug, Richtmikrofon und so weiter und so weiter. Das war die Hausführung. Noch Fragen?«

Ich zog die Datenröhre aus meiner Tasche. »Sie haben nicht zufällig ein Lesegerät bei der Hand, oder?«

»Der Schreibtisch hat ein eingebautes Röhren-Lesegerät.« Sie rollte in Richtung Empfangszimmer. »Wenn Sie sonst noch etwas brauchen, wissen Sie ja, wo Sie mich finden, Boss.«

»Sie können mich Mack nennen«, sagte ich.

Sie überquerte die Schwelle und schwenkte zu mir herum. »Oh, ich weiß, dass ich das kann, aber ich würde es lieber nicht tun.« Die Tür glitt zu.

Ich führte die Röhre in das Lesegerät ein. Ein Bildschirm wurde aus dem Schreibtisch gefahren, während die Röhre ihre Informationen herunterlud. Ich scannte einen Teil der Daten, die Doktor Zarg geliefert hatte. Es waren eine ganze Menge. Zarg hatte mir Blaupausen gegeben, Lieferpläne, Zugangsknoten, Überwachungs- und Sicherheitssystem-Daten. Obwohl ich sicher war, dass die Abweichler ihre Zugangscodes bereits geändert und den Sicherheitsdienst in höchste Alarmbereitschaft versetzt hatten, befanden sich immer noch eine ganze Menge nützlicher Daten auf der Röhre. Vielleicht sogar genug, damit ein schlauer Robo wie ich sich einen Plan ausdenken konnte. Aber ich war trotzdem nur ein einzelner Robo.

Ich drückte den Knopf der Gegensprechanlage. »Eve, ich muss telefonieren.«

»Dritter Schalter rechts von Ihnen.«

Ich legte den Schalter um, und ein Telefon sprang aus dem Schreibtisch.

»Telefonbuch liegt in der unteren linken Schublade«, sagte sie. »Wenn das rote Licht auf dem Telefon anfängt zu blinken, bedeutet es, dass jemand entweder das Gespräch zurückverfolgt oder mithört.«

»Danke.«

»Gern geschehen.« Obwohl ihr Vokalisierer die Worte nicht einmal annähernd freundlich klingen ließ.

Ich brauchte das Telefonbuch nicht. Die Nummern waren bereits in meiner Speichermatrix verzeichnet. Ich schnappte mir das Telefon vom Tisch und wählte. Ich war halb auf einen Anrufbeantworter gefasst, doch nach dreimal Klingeln hob ein angeschlagener Gorilla ab.

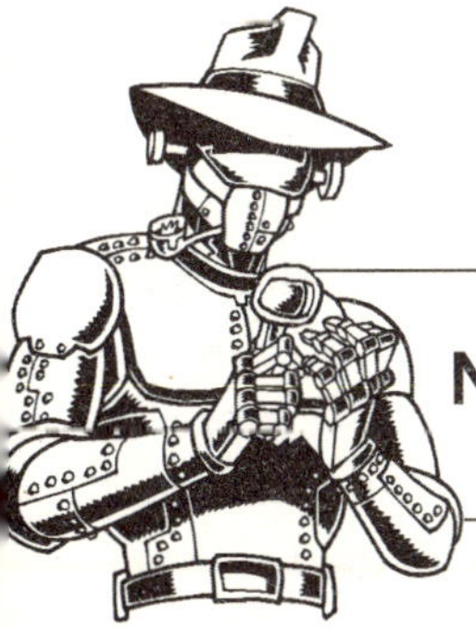

NEUNZEHN

Greys Virus war jetzt kaum noch ein Schluckauf in meinen Direktiven. Ich konnte zu den Cops gehen und all die Daten downloaden, die ich in den letzten paar Tagen aufgezeichnet hatte. Unwiderlegbare Beweise für eine Alienverschwörung, die ich der ganzen Welt wiedergeben konnte. Ich wusste nicht, wie tief diese Verschwörung reichte, wie viel Kontrolle die Pilger und die Abweichler über die inneren Abläufe der Regierung von Empire City hatten. Ich war bereit, Sanchez zu vertrauen, der, wenn er Bescheid wusste, mit den Informationen vermutlich das Richtige tun würde. Aber er war nur ein einzelner Cop, und ohne Hochleistungsunterstützung befand er sich in keiner besseren Lage, um dieses Durcheinander zu lösen, als ich. Ich brauchte keine weitere unbekannte Variable. Also war Sanchez vorerst draußen, und ich hatte nur zwei Wesen, denen ich unter diesen Umständen vertrauen konnte.

Jung nahm meine halbe Bürocouch in Anspruch. Humbolt ein weiteres Drittel.

»Hübsches Büro, Mack«, sagte Jung. »Könnte allerdings ein bisschen Deko vertragen.«

»Ich behalte es nicht«, sagte ich.

»Natürlich werden Sie das«, bemerkte Eve. Mein Sekretär-Auto kam mit einer Kanne Kaffee in einer Hand und einem extragroßen Becher in der anderen hereingerollt. Jung brauchte morgens eine Menge Kaffee, um in Gang zu kommen. Sie goss ihm eine ordentliche Portion ein.

»So, bitte, Herzchen«, sagte sie. »Brauchen Sie sonst noch was? Vielleicht was zu knabbern?«

»Nein, das reicht mir.« Jung schlürfte die riesige Tasse aus, und Eve füllte nach.

»Ich lasse die Kanne da, Herzchen.«

Er grunzte und hob die Tasse an die Lippen.

»Gerne. Wenn Sie sonst noch was brauchen, Boss, ich bin ...«

»... an Ihrem Schreibtisch. Ich weiß.«

»Also, was ist hier los, Mack?«, fragte Jung.

Ich brauchte fünf Minuten, um ihm alles zu erzählen, und als ich fertig war, zuckte er nicht mal mit der Wimper.

»Marsmenschen, was?«, fragte er.

»Sie sind keine Marsmenschen.«

»Nenn es, wie du willst.« Er stellte seine achte Tasse Kaffee ab. »Klingt nach einer chaotischen Situation.«

»Allerdings«, sagte ich. »Wenn du nicht mit hineingezogen werden willst ...«

»Sieht so aus, als sei ich das bereits, Mack. Sieht so aus, als sei die ganze Stadt mit hineingezogen worden.«

»Ich habe Risikoberechnungen auf der Grundlage von Zargs Daten aufgestellt. Statistisch wäre es schlauer von dir, wenn du schwere Mutationen riskierst, als mir zu helfen.«

»Du kennst mich, Mack. Ich bin ein Biologischer.« Er zuckte die Achseln. »Wir kümmern uns nicht um Statistiken.«

»Ich bin auch dabei, Mack«, sagte Humbolt.

»Danke.«

»Dank nicht mir. Dank dem Boss. Sie ist diejenige, die bestimmt hat, dass ich dir helfen soll, wo ich kann.«

»Und, hast du schon einen Plan?«, fragte Jung.

»Noch nicht, aber ich arbeite daran. Humbolt, wir könnten unter Umständen etwas Großes gebrauchen, wenn wir versuchen wollen, das durchzuziehen. Hat Lucia vielleicht passende Waffen?«

»Von welcher Größe reden wir?«

»Eine Menge Kollateralschaden«, antwortete ich. »Groß, laut und effektiv. Aber tragbar.«

»Da habe ich genau das Richtige. Drüben im Labor. Sie hat für die Regierung daran gefeilt, aber es war zu effektiv. Dachte am Ende, es wäre vielleicht keine so gute Idee, es den FBI-Typen zu übergeben.«

»Klingt perfekt. Kannst du es herbringen?«

»Ja klar. Wie ich schon sagte: alles, was du willst. So lautet der Befehl der Lady.«

Ich stellte den Illusionsanzug auf Kohlschwarz und schaltete mein Mutantenhologramm ein. »Ich komme wieder.«

»Wo gehst du hin?«, fragte Jung.

»Auskundschaften.«

»Ich komme mit.«

»Wäre klüger, wenn du hierbleibst«, sagte ich.

»Vermutlich.« Jung schnappte sich seinen Hut und Mantel vom Garderobenständer. »Aber ich komme mit.«

Einundzwanzig Minuten später standen Jung und ich an der Ecke Dodekaeder und Pythagoras. Elf nach neun am Morgen, und der Nukleus brach in einen neuen Tag auf. Wir waren einfach zwei Typen in einem Schwarm von Fußgängern, obwohl ein breitschultriger Gorilla und ein wuchtiger Robo ein ganz schönes Stück des Gehwegs beanspruchten. Wir waren ein ziemliches Hindernis, weil wir nicht gingen.

Er musterte das Carter Centre, einen Klotz aus Glas und Stahl. »Das ist also das geheime Labor der Marsinvasoren?«, fragte er.

»Sie sind keine Marsianer«, sagte ich. »Und sie sind auch keine Invasoren. Aber ja, das ist es.«

Es gab nichts Auffälliges daran. Es war einfach nur ein sechsundsiebzigstöckiges Gebäude. Jedes Bauwerk mit weniger als hundertfünfzig Stockwerken galt im Herzen des Nukleus eindeutig als altmodisch.

»Die ersten fünfzig Stockwerke sind an ahnungslose menschliche Firmen verpachtet«, sagte ich, »um keinen Verdacht zu erregen. Nur die obersten sechsundzwanzig und ein geheimer Keller werden tatsächlich von den Abweichlern benutzt.«

Wir verbrachten zwanzig Minuten damit, den Block zu umrunden, während ich langsam das Äußere scannte.

»Und wie sieht der Plan aus, Mack?«, fragte Jung.

»Na ja, die gute Nachricht ist, dass die Daten, die Doktor Zarg mir gegeben hat, richtig sind.«

»Und die schlechte?«

»Die Informationen, die Doktor Zarg mir gegeben hat, sind richtig. Er hat nichts übersehen. Zumindest nicht außen. Was bedeutet, dass es wahrscheinlich ist, dass die inneren Details auch alle korrekt sind.«

»Also kein Plan?«

»Oh, ich habe einen Plan«, antwortete ich.

»Super. Du kannst mir alles darüber erzählen – nachdem ich mir einen Hotdog gekauft habe.« Er schwankte über die Straße zu einem Verkaufswagen, der auf dem Bürgersteig stand.

Ich scannte das Gebäude. Hineinzukommen würde für einen entschlossenen Robo nicht so schwierig werden, aber das letzte Mal war ich beinahe verschrottet worden. Ich war unvorbereitet hineingegangen, sowohl ohne vernünftige Bewaffnung als auch ohne die notwendigen Daten. Selbst jetzt, wo ich wusste, womit ich es zu tun hatte und mit etwas Zeit, um mich darauf vorzubereiten, riet mir meine Differenzmaschine, die Mission abzubrechen. Es gab keinen Grund, warum ich das nicht tun sollte. Ich war kein Biologischer. Wie auch immer die Pilger dieses Chaos regelten, es gab keinen Grund, mich verschrotten zu lassen. Es ergab keinen Sinn, aber hier war ich nun einmal, bereit, mich selbst auf den Schrottplatz zu werfen. Während mein Logikraster Mühe hatte, die irrationalen Anweisungen zu verstehen, die ich in meine Missionsparameter eingab, hieb mir ein Roboter auf die Schulter.

Es war Knuckles. Die Ölleitung in seinem Halsgelenk

war repariert worden, und er hatte ein paar mehr Dellen, als ich vorher aufgezeichnet hatte. Aber er war so stark wie immer. Der Mark 3 piepte.

Grey stand neben ihm. »Hallo, Mack!«

Mein Gefährdungstaxator bewertete den Biologischen als unmittelbare Bedrohung, und ich versuchte, ihm mitten in der Menge den Kopf abzuschlagen, bevor er seine elektrokinetischen Fähigkeiten benutzen konnte. Sein Blick flackerte, und meine Faust stoppte einen Zentimeter, bevor sie seine Nase zerquetschte. Ich war nicht überrascht, aber ich hatte es versuchen müssen. Er legte einen Finger auf meine Hand und schob sie sanft nach unten.

»Sie sind ja ein Meister der Verkleidung«, sagte Grey. »Hübsches Hologramm. Von Ihrer Freundin?«

»Wie haben Sie mich gefunden?«

Er tippte sich an die Schläfe. »Eingebauter Fährtenleser. Normalerweise ist es gar nicht so leicht, ein Rotorcar aus Tausenden herauszufinden oder ein bestimmtes Fernsehgerät ausfindig zu machen. Aber es ist ein Kinderspiel, eine Maschine von Ihrer ... wiesagtmandochgleich ... Einzigartigkeit zu finden. Nicht einmal dieses Hologramm kann mich täuschen.«

Jung stand auf der anderen Straßenseite und wartete, dass die Ampel grün wurde. Ich schüttelte den Kopf. Er blieb stehen, und Grey schien es nicht zu bemerken.

Grey ging los. »Kommen Sie mit uns, Mack.«

Ich machte einen widerwilligen Schritt, schaffte es aber, mich über seine Kontrolle meiner Servos hinwegzusetzen und nicht noch einen zu machen. Er sah überrascht aus.

»Ja, Sie sind einzigartige Hardware«, sagte Grey. »Aber das ändert nicht viel.«

Das Glühen in seinen Augen wurde heller, und meine Beine bewegten sich von selbst. Ich hatte den Wurm, den er mir implantiert hatte, nicht eliminiert, aber ich hatte genug mechanische Kontrolle gewonnen, um meinen Gang auf Schneckentempo zu verlangsamen. In ungefähr zwölf Stunden war ich vollkommen frei von seinem Einfluss. In der Zwischenzeit konnte ich nur folgen. Knuckles nahm mir mein gewähltes Tempo übel und schubste mich mit der behutsamen Fürsorge eines Zip Train vorwärts. Die Fußgänger um uns herum spürten die Probleme, doch statt sich einzumischen, hielten sie den Blick gesenkt und machten einen großen Bogen um uns.

»Wo gehen wir hin?«, fragte ich.

»Keine Sorge, Mack. Es ist nicht weit.«

Vierundachtzig unwillige Schritte später lenkten mich Grey und Knuckles in eine Seitenstraße. Dort befanden sich drei Penner, die es sich hinter einem Müllcontainer gemütlich gemacht hatten. Grey warf ihnen ein paar Piepen hin und sagte ihnen, sie sollten verschwinden. Einige unerfreuliche Dinge geschahen in den Seitengassen der Stadt. Man konnte davon ausgehen, dass die Penner die Kunst des Verschwindens für Geld perfektioniert hatten.

»Sie haben Greenman sehr böse gemacht«, sagte Grey. »Hab den Boss noch nie so ... wiesagtman ... pikiert gesehen.«

Ich versuchte, einen Schritt auf Grey zuzumachen und schaffte es sogar. Aber es war ein langsamer, bedächtiger Schritt, und ich würde ihn nicht überrumpeln können.

Wenig hilfreich war auch, dass Knuckles meinen Arm mit einem Manipulator umklammert hielt – wie ein Schraubstock, der zwei Umdrehungen zu eng gedreht ist.

»Wissen Sie, was da vor sich geht?«, fragte ich.

»Eigentlich nicht.« Grey zuckte die Achseln. »Interessiert mich eigentlich auch nicht. Ich mache einfach meinen Job, und das werde ich auch weiterhin tun.«

»Leute werden sterben.«

»Jeden Tag sterben Leute.« Er nickte Knuckles zu. »Mach es unserem Gast etwas bequemer, ja?«

Knuckles trat mir fest in die Kniekehle. Normalerweise hätte es mich nicht umgehauen, aber weil Grey in meinen Systemen herumfuhrwerkte, sank ich auf ein Knie.

»Wissen Sie, was ich nicht kapiere, Mack?«, fragte Grey. »Sie sind ein schlauer Robo. Wen interessiert es, ob ein paar tausend Schwachköpfen ein Herz aus dem Rücken wächst? Völlig egal. Niemand in dieser Stadt schert sich auch nur einen Dreck um die anderen.« Er deutete auf das Ende der Gasse und die überfüllte Straße dahinter. »Glauben Sie, irgendeiner von denen würde seinen Kopf für Sie riskieren? Auch wenn sie dafür nichts anderes tun müssten, als den Kopf zu drehen und herzusehen? Nein, es ist eine grausame Welt, und alle außer Ihnen scheinen das kapiert zu haben. Und jetzt sind Sie wohl dran.«

Er zog ein blinkendes Metallquadrat aus seiner Tasche und legte es auf den Boden. Ein Hologramm von Greenman materialisierte sich. Es war lebensgroß, doch es schwebte, sodass Greenman und ich uns Auge in Optik gegenüberstanden.

»Abner, Sie heuchlerischer Mistkerl!«, sagte ich.

Sein Gesicht blieb ausdruckslos. »Verzeihen Sie mir, wenn ich keine moralischen Ratschläge von einem fehlerhaften Roboter annehme. Wollen wir weitermachen, Grey?«

Grey schnalzte mit den Fingern. Knuckles versetzte mir einen Hieb über die Schädeleinheit. Mit meinen fixierten Gelenken fiel ich einfach um.

»Mir ist bewusst, dass Roboter nicht auf dieselbe Art Schmerz spüren wie wir Biologischen – und dass Ihr Gehäuse hervorragend ist«, sagte Greenman. »Aber ich hoffe, dass Sie Demütigung erfahren.«

Knuckles begann, auf mich einzuhämmern. Er ließ seine Arme im stetigen Rhythmus eines Presslufthammers auf meine Legierung niedergehen. Das ganze Scheppern machte zwar einen höllischen Lärm, aber Grey hatte recht. Niemand auf der Straße verschwendete auch nur einen Seitenblick. Drei Minuten später lag ich mit einer gründlich zerbeulten Verkleidung auf dem Boden ausgestreckt. Er hatte nicht viel echten Schaden angerichtet, auch wenn er vierzig Sekunden auf mein rechtes Schultergelenk verwandt hatte, dessen Effektivität nun um ein paar Grad reduziert war.

Greenman wurde die Show langsam langweilig. »Genug, Grey.«

Ich versuchte aufzustehen. Knuckles war freundlich genug, mir aufzuhelfen und mich grob gegen eine Wand zu schubsen.

»Ich habe Ihnen das Leben gerettet, Abner«, sagte ich.

»Ihr Fehler«, sagte er. »Verschrottet ihn.«

Grey lächelte, als seine Augen grün glühten und an seinen Fingerspitzen Funken tanzten. »Keine Sorge, Mack. Sie werden nichts spüren.«

Knuckles umklammerte meine Arme und drückte mich wieder auf die Knie. Ich verfügte nicht über die Hebelwirkung oder Bewegungsfähigkeit, etwas anderes zu tun, als zu knien und darauf zu warten, dass ich dauerhaft deaktiviert wurde.

Plötzlich schoss etwas durch die Gasse. Es war groß und schnell und pflügte in Grey hinein. Bevor er reagieren konnte, hob Jung ihn in die Luft und warf ihn an eine Wand. Lang vergrabene Instinkte erfüllten den Gorilla. Er trommelte sich auf die Brust und brüllte. Grey wollte nach etwas in seiner Jacke greifen, bekam aber nicht die Chance dazu. Mit all der urzeitlichen Wildheit geifernd, die er normalerweise versteckt hielt, stürzte sich Jung auf Grey, der anfing zu schreien. Ich erwartete, dass Jung seine Reißzähne in Greys Kehle vergrub, doch stattdessen lähmte er den Hellseher mit einem Disruptor. Grey wurde schlaff. Das Ganze war vorbei, fast bevor es begonnen hatte. Vier Sekunden. Und es wäre noch schneller gegangen, wenn Jung beschlossen hätte, Grey zu töten, statt ihn zu lähmen.

Knuckles ließ mich los und ging auf Jung los. Der Disruptor konnte einem Roboter nichts anhaben, also versuchte Jung, sich mit seiner Körpermasse gegen den Automatischen zu werfen. Knuckles rührte sich kaum einen Zentimeter, verpasste Jung aber eine. Der furchterregende Primat fiel benommen hin, und Knuckles machte sich bereit, das Ganze zu beenden.

Ich versetzte ihm einen unerwarteten Schlag, und er stolperte zur Seite.

Disruptoren bringen das Nervensystem eines Zielobjekts durcheinander. Sie machen ihr Opfer nicht nur passiv, sie beeinträchtigen auch übersinnliche Fähigkeiten.

»Alles klar?«, fragte ich Jung.

»Ich lebe noch. Du schuldest mir übrigens einen Hotdog.«

Knuckles piepte und machte eine Bewegung auf mich zu.

»Eine Sekunde«, sagte ich. »Das dürfte nicht lang dauern.«

Der Mark 3 und ich näherten uns einander langsam. »Letzte Chance, abzuhauen«, sagte ich. Nicht, dass er abhauen würde, aber zumindest hatte ich es ihm angeboten.

Er versuchte, mich zu boxen, aber ich blockte den Schlag ab und hieb meinen Unterarm in seine Schädeleinheit. Ich ließ ein paar kurze Geraden auf seine Brust folgen, um seinen Schwerpunkt weiter auszuhebeln. Ein Aufwärtshaken machte dem Ganzen ein Ende, und er fiel auf den Rücken.

Er wand sich und versuchte, zurück auf die Beine zu kommen. Das konnte noch den ganzen Tag so gehen. Knuckles war mir zwar nicht gewachsen, aber Roboter ermüden nicht, und sie geben auch nicht auf.

Statt zuzulassen, dass er aufstand und noch einen Versuch machte, stellte ich einen Fuß auf seinen Oberkörper. Das würde ihn allerdings nicht ewig unten halten. Mark 3er hatten eine dicke Hülle, und frisch vom Fließband konnte es eine Weile dauern, bis ich hindurchkam. Doch Knuckles war voller Belastungsbrüche, und meine Optiken entdeckten eine Schwachstelle an seinem Gehäuse. Ich beugte mich vor und durchlöcherte seinen Bauch mit einem Schlag. Ich grub in den empfindlichen Einbauten herum, bis sich meine Hand um das schloss, wonach ich suchte.

Er piepte einmal.

Ich riss seine Batterie heraus. Er ging offline.

»Tut mir leid, Kumpel«, sagte ich. »Ich weiß, du konntest nicht anders.« Ich schleuderte die Batterie in den Müllcontainer.

Dann wandte ich mich Hologramm-Greenman zu. »Einen Moment, Abner. Ich bin gleich zurück.«

Ich griff mir Greys schlaffe Gestalt und schüttelte ihn, bis sich sein Blick auf mich fixierte. »Hallo, jemand zu Hause? Krächzen Sie, wenn Sie mich hören können.«

Er stöhnte. Das genügte mir.

Ich streckte die Hand aus, und Jung ließ den Disruptor auf meine Handfläche fallen. Ich presste das Gerät an Greys Hals.

»Wussten Sie, dass neuere Studien belegen, dass ein Schlag mit dem Disruptor vollkommen ungefährlich ist? Und auch zwei in einer Stunde sind keine große Sache.«

Ich drückte den Knopf, und er zuckte.

»Sie sagen, drei in fünf Minuten könnten permanente Nervenschäden hervorrufen.«

Ich drückte den Knopf noch einmal. Seine Augen rollten nach hinten und Sabber tropfte ihm aus dem Mundwinkel. Ich schüttelte ihn, bis sich sein Blick wieder auf mich konzentrierte und ich ziemlich sicher sein konnte, dass er mir zuhörte.

»Vier könnten Sie töten«, sagte ich. »Oder Sie zumindest wünschen lassen, Sie wären tot.«

Er nuschelte etwas, und in seinem Blick stand definitiv Angst.

»Wenn Sie aus dem Krankenhaus kommen, schlage ich vor, Sie denken über folgende Gleichung nach: Der schwächende Prozentsatz Kontrolle, den Sie über meine Systeme haben, geteilt durch die Bewertung meines Geduldsindexes. Das multiplizieren Sie mit Null, und Sie bekommen die Chance, dass ich Sie das nächste Mal, wenn ich Sie sehe, nicht töte. Verstanden?«

Grey wackelte auf eine Art mit dem Kopf, die man vage als Nicken interpretieren konnte.

»Freut mich, dass wir das geklärt haben.«

Ich drückte den Disruptorknopf noch einmal. Er hatte nicht mehr die Energie zu zucken. Sein Blick wurde zwar glasig, doch er atmete noch. Ich wandte mich Greenman zu, der mich mit kalter Verachtung anstarrte.

»Ich werde tun, was eigentlich Sie tun müssten, Abner«, sagte ich, »und ich rate Ihnen, mir nicht in die Quere zu kommen.«

Ich trat auf den Projektor, und er verschwand.

Jung deutete mit einer ruckartigen Bewegung auf Grey. »Sollen wir einen Krankenwagen rufen?«

»Gleich. Wo hattest du den Disruptor her?«

»Ich habe ihn schon eine Weile. Taxifahren ist manchmal eine gefährliche Arbeit.« Er steckte das Gerät in die Tasche und zuckte zusammen, als er sich den schmerzenden Schädel rieb. »Musste ihn vorher nie benutzen. Interessanter Umgang, den du da pflegst.«

»Das ist Detektivarbeit«, sagte ich. »Man kommt mit der farbenfrohsten Mischung von Bürgern zusammen.«

»Klingt nach Spaß.«

»Zum Schreien.«

»Du lachst aber nicht.«

»Nicht äußerlich.«

Wir gingen zur Straße zurück.

»Dann bist du also jetzt Detektiv?«, fragte er.

»Scheint so. Besser als Taxifahren.«

»Wenn wir die Stadt gerettet haben«, fragte Jung, »meinst du, du könntest einen Partner gebrauchen?«

»Gefährlicher Job«, sagte ich.

»Besser als Taxifahren.«

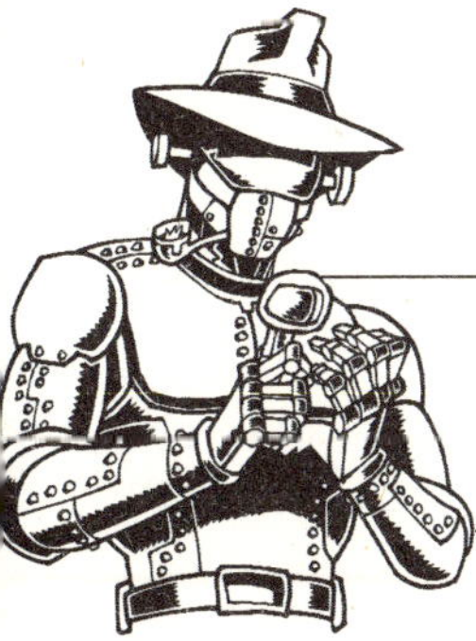

ZWANZIG

»Damit ich das richtig verstehe«, sagte Jung. »Dein Plan läuft im Grunde darauf hinaus, mit Gewalt ins Labor der Abweichler einzubrechen, während Humbolt und ich das Durcheinander nutzen, um hineinzuschleichen, uns Julie und April zu schnappen und wieder rauszugehen.«

»Das ist der Plan«, sagte ich.

Jung und Humbolt tauschten skeptische Blicke.

»Ich weiß nicht, Mack«, sagte Jung. »Kommt mir ein bisschen optimistisch vor.«

»Ja«, sagte Humbolt. »Muss sagen, das widerspricht jeglicher statistischen Durchführbarkeit. Nichts für ungut und so.«

»Kein Problem«, antwortete ich.

Jung lehnte sich auf der Couch zurück. »Korrigier mich, wenn ich falsch liege, aber bist du nicht das letzte Mal, als du in diesem Labor warst, fast verschrottet worden?«

»Das stimmt«, sagte ich.

»Und das, obwohl du das Überraschungsmoment auf deiner Seite hattest«, sagte Jung. »Wenn du durch die Vordertür stürmst, werden sie dich wahrscheinlich kommen sehen.«

»Darauf zähle ich.«

»Du zählst darauf, verschrottet zu werden?«, fragte Jung.

»Ich zähle darauf, ihren Beschuss auf mich zu lenken.«

»Und in der Zwischenzeit stolzieren Humbolt und ich hinein und befreien zwei Gefangene?«

»Es muss auf diese Art funktionieren. Sie halten Julie und April an einem anderen Ort fest als Holt. Zwei Ziele – das bedeutet, dass wir uns aufteilen müssen.« Ich deutete auf den Plan, der auf dem Bildschirm des Lesegeräts angezeigt wurde. »Ich überlasse euch den einfachen Job. Den Abweichlern sind Julie und April egal. Sie halten sie nur gefangen, weil sie keinen Sinn darin sehen, sie zu töten. Diesen Informationen zufolge haben sie sie in einer Zelle mit minimaler Bewachung im sechzehnten Stockwerk verstaut. Der größte Teil der Mannschaft wird für meinen Angriff abgezogen werden. Der Rest wird euch keine Probleme machen.«

»Hast du vorher angerufen und sie höflich gebeten, uns nicht zu erschießen?«, wollte Jung wissen.

»Ihr werdet verkleidet sein. Ich werde ein paar Wartungsuniform-Designs und Sicherheitsausweise aus meiner Speichermatrix herunterladen, sie Humbolt geben, und er wird einige Illusionsanzug-Kopien fabrizieren.«

»Die Boss-Lady hat eine Maschine, die die ganze Arbeit macht«, sagte Humbolt. »Ich muss sie nur mit unseren

Maßen füttern, und sie erledigt den Rest. Dürfte nicht länger als eine Stunde dauern.«

»Und mit den Anzügen müsstet ihr eigentlich durch eine lockere Kontrolle kommen. Zumindest weit genug, um Julies und Aprils Zelle im sechzehnten Stock zu erreichen.«

»Eigentlich?«

»Garantien gibt es nicht.«

»Und was, wenn die Kontrollen nicht locker sind?«, fragte Jung.

»Sie müssten eigentlich zu abgelenkt sein, um auch noch auf ein paar Hausmeister zu achten.«

»Bist du dir da sicher?«

»Vertrau mir. Wenn ich meine Direktiven priorisiere, kann ich ziemlich ablenkend sein.«

»Na ja, ich habe ja gesagt, ich bin dabei. Also bin ich wohl dabei. Angenommen, dein Plan funktioniert und du lenkst ihren Beschuss auf dich – wie um alles in der Welt willst du den Jungen da rauskriegen?«

»Mach dir darüber keine Gedanken«, sagte ich. »Das ist *meine* Zielvorgabe.«

Jung beugte sich vor. »Wenn es hart auf hart kommt, werden die Abweichler Holt lieber tot als in den Händen ihrer Feinde sehen, damit niemand ein Gegenmittel herstellen kann.«

»Ja.«

Er beugte sich noch weiter vor und stützte seine Fingerknöchel auf den Couchtisch, um nicht von der Couch zu fallen. »Du hast vielleicht eine unzerstörbare Legierung, er aber nicht!«

»Ich weiß.«

»Und wie hast du vor, ihn herauszubekommen?«

Ich wandte mich von dem Bildschirm ab. »Falls ich bis zu ihm durchkomme, wird es kein Problem mehr sein.«

Holt herauszuholen war taktisch unklug. Nicht unmöglich, aber höchst unwahrscheinlich. Dies war keine Rettungsmission. Es ging ums Suchen und Zerstören, Holt mit allen notwendigen Mitteln aus der Gleichung zu nehmen.

Jung war ein kluger Menschenaffe. Er hatte es kapiert, und es gefiel ihm nicht. Seine Nasenflügel blähten sich, und er fletschte die Zähne.

»Glaubst du, du kannst das, Mack?«

»Hineinzukommen ist nicht schwer«, sagte ich.

»Nicht das. Ich weiß, dass du das kannst. Ich meine ...«

»Wenn ich muss.«

Der Blick seiner wachen Augen bohrte sich in meine Optiken, und er erwartete, dass ich mich rechtfertigte. Es war keine moralische Entscheidung, sondern eine ganz einfache Rechnung: einer gegen Tausende. Kein bisschen kompliziert. Eine einfache, verlässliche Gleichung.

»Wenn du ein Problem damit hast, Jung«, sagte ich, »dann sag es gleich.«

»Oh, ich *habe* ein Problem damit«, sagte er, »und es muss einen anderen Weg geben.«

»Vielleicht. Und vielleicht finde ich ihn. Aber ich würde nicht darauf wetten. In drei Stunden ist es zu spät. Wenn wir nicht jetzt etwas tun, wird es eine Menge tote Leute geben und sehr viele weitere, die vermutlich wünschen werden, sie seien tot. Und es geht ja nicht nur um die Biologischen. Wenn Empire zusammenbricht, bleiben Typen wie dir und mir nicht viele Möglichkeiten, Jung. Überall sonst bin ich nur eine Waffe und du nur ein Affe. Es geht hier nicht um die Normalen, die Mutanten, Aliens oder Robos. Es geht um alle, die diese Stadt ihr Zuhause nennen und nirgendwo sonst eine Zukunft haben. Und in drei Stunden ist diese Zukunft futsch.«

Jung schnaubte zwar, verstand aber. Es war ein reines Zahlenspiel. Wie Doktor Zarg musste ich eine Entscheidung treffen. Ein Leben gegen Millionen. Es war eine einfache Rechnung.

»Aber denk dran: Was immer geschieht, was immer du am Ende da drin tust ...«, Jung schnaubte, »... du wirst damit funktionieren müssen.«

Ich wartete gegenüber, während Jung und Humbolt, verkleidet als Hausmeister, ins Carter Centre gingen. Sie gingen zum Test als Erste hinein. Die Lobby war mit Sicherheitsscannern überladen, mit Technologie, die mit uns zu teilen die Pilger noch nicht für nötig gehalten hatten. Der einzige Weg herauszufinden, ob Lucias Illusionsanzug-Tarntechnik ihnen gewachsen war, bestand darin, hineinzugehen und auszuprobieren, ob der Alarm losging. Ich stand draußen, bereit dazu, hineinzustürmen und Jung und Humbolt wenn nötig herauszuziehen.

Falls es nicht funktionierte, war dies das Ende. Eine Stunde und sechs Minuten blieben vom Countdown, und wenn dieser Plan nicht aufging, war keine Zeit mehr für irgendetwas anderes.

Die Gebäudefront bestand aus Glas, sodass ich sämtliche Details von gegenüber scannen konnte. Sie gingen hinein. Ein Wächter kontrollierte ihre Ausweise und winkte sie durch. Meine Partner betraten den Aufzug, drückten einen Knopf, und die Türen schlossen sich. Keine Glocke oder Pfeife oder Sicherheitsdrohne war in Sicht.

Vielleicht war es mein Paranoia-Index, aber ich fragte mich, ob sie unentdeckt durchgekommen waren. Die Sicherheitsleute waren vielleicht schlau genug zu warten, bis sie tiefer im Inneren waren, wo es leichter fiel, sie verschwinden zu lassen. Selbst wenn das stimmte: In fünfzehn Sekunden hatten sie andere Sorgen als zwei Hausmeister auf Abwegen.

Ich steckte einen Nickel in eine Telefonzelle und fragte nach Detective Sanchez. Sie baten mich, eine Minute zu warten. Ich sagte ihnen, wer ich war, und die Minute endete nach sechs Sekunden.

»Mack, wo bist du?«, fragte Sanchez.

»Carter Centre.«

Ich hängte den Hörer ein, nahm einen dicken Metallaktenkoffer neben mir auf und überquerte die Straße.

Ich trug zwar selbst auch einen Illusionsanzug, rechnete es mir jedoch als unwahrscheinlich aus, dass ich die Scanner täuschen konnte. Ich war immer noch eine unverkennbare Einheit. Der Anzug konnte meine Ausmaße, mein Gewicht und ein Dutzend weiterer Merkmale nicht verbergen, die die Abweichler zweifellos aus Vorsicht in ihr Sicherheitsnetz eingespeist hatten. Es gab keinen anderen Weg. Ich hielt auf der Schwelle an und wartete auf das Signal von Humbolt, dass sie das Stockwerk erreicht hatten, wo Julie und April festgehalten wurden.

»Sechzehnter Stock«, übermittelte Humbolt in mein Funkgerät. »Keine Verzögerung.«

Ich schaffte es sieben Schritte weit in die Lobby, bevor der Alarm anfing zu plärren, ein paar Hochleistungskanonen aus dem Boden ausgefahren wurden und ein Kraftfeld von drei auf drei Metern aktiviert wurde, um mich in Schach zu halten. Da die meisten Leute in der Lobby gewöhnliche Bürger waren, waren sie überrascht. Doch die Sicherheitsleute bewegten sich mit taktischer Präzision, um alle Uneingeweihten zu den Türen hinauszutreiben. Als die Lobby geräumt war, gingen Rollläden vor den Fenstern zu und schlossen den Raum ab. Alles genauso, wie Doktor Zargs Informationen es vorausgesagt hatten.

Ich blieb ruhig und wartete meinen Moment ab. Als alle terrestrischen Zeugen erst einmal entfernt waren, wurde ein Quartett von Zerstörern aus geheimen Nischen in den Wänden losgelassen. Ein Bildschirm schwebte über ihren Schädeleinheiten. Er trug ein Bild von Warners feixendem Gesicht.

»Mack, unsere Simulationen auf Grundlage früher aufgezeichneter Verhaltensmodelle ließen darauf schließen, dass Sie dies versuchen würden«, sagte er, »aber ich muss zugeben, ich bin ein wenig enttäuscht. Mir wird klar, dass Sie nur eine Maschine mit einem verworfenen Technomorph-Gehirn sind. Sie müssen sich ausgerechnet haben, dass diese Anstrengung zum Scheitern verurteilt war.«

»Ich musste es versuchen«, sagte ich.

»Natürlich. Ich nehme an, Sie haben die Behörden informiert, die sicherlich genau in diesem Moment in voller Stärke zu diesem Gebäude jagen.«

»Ja.«

Warner seufzte. »Oh, so ein beschämend einfaches Ende für Ihre mangelhafte Operation. Wenn sie hier sind, werden sie nichts weiter vorfinden als einen fehlerhaften Robo, den unsere Sicherheitskräfte verschrotten mussten. Bedauerlicherweise wird Ihre Speichermatrix unrettbar beschädigt sein. So werden wir nie erfahren, welche Fehlfunktion Besitz von Ihnen ergriffen hat.«

»Solche Dinge passieren eben«, sagte ich.

»Was ist in dem Koffer?«

»Oh, nur eine kleine Überraschung. Eigentlich vier.«

Das Kraftfeld zog sich zusammen. Meine Legierung war zwar undurchdringlich, doch die schrumpfende Energiebarriere konnte mich innerhalb von geschätzten hundertneunzig Sekunden zu einem Sechzigzentimeterwürfel zusammenpressen. Ich machte noch keine Bewegung, um es zu stoppen. Jung und Humbolt hatten noch vierzig Sekunden, bevor sie in der Lage sein sollten, das kommende Chaos voll auszunutzen.

»Sagen Sie mir, Mack«, fragte Warner, »verspürt ein Robo Furcht? Ich weiß, Sie haben diese Selbsterhaltungs-Direktive. Wie lässt sich das mit dem vergleichen, was wir Biologischen fühlen, wenn wir wissen, dass das Ende nah ist?«

»Ich gehe noch nicht ganz zum Schrottplatz.«

Ich griff in mein Jackett und zog ein Gerät aus einer Innentasche, presste den Würfel gegen das schrumpfende Kraftfeld und drückte einen Knopf. Es war ein Prototyp, aber ich würde meine Funktionalität ohnehin Lucias ungeprüfter Genialität ausliefern.

Warner verengte die Augen zu Schlitzen. »Was ist das?«

Der Würfel machte ein knisterndes Geräusch.

»Das ist ein Feldstörgerät«, sagte Warner. »Wo haben Sie das her?«

»Nur eine Kleinigkeit, die eine Freundin von mir in ihrer Freizeit zusammengebastelt hat.«

»Aber wir haben diese Technologie ausdrücklich vor den Erdlingen verborgen gehalten!«, sagte Warner. »Sie können das nicht …!«

»Man kann den Geist nicht in die Flasche zurückstecken.«

Die acht Miniatur-Raketenwerfer in meinem Gürtel erwachten flackernd zum Leben.

Das Störgerät knallte und rauchte, während es das Kraftfeld kurzschloss. Die Zerstörer bewegten sich auf mich zu, um mich niederzuringen, und die Kanonen schossen ihre Ladung ab. Aber der Booster feuerte, und ich stieg bereits in die Luft, krachte durch die Decke der Lobby und danach durch zwei weitere Stockwerke, bevor ich an Schwung verlor.

Ahnungslose irdische Büroarbeiter wurden von einem Robo überrascht, der durch ihre Mitte brach. Es waren achtundvierzig weitere Stockwerke, bevor ich den einundfünfzigsten Stock erreichte, der von den Abweichlern benutzt wurde. Aber diese Route war besser als die Treppen, denn es gab wenig Sicherheitspersonal auf diesen Stockwerken, die von Zivilpersonen geleitet wurden.

Eine Sekretärin lag zu meinen Füßen auf dem Boden ausgestreckt neben ihrem umgekippten Schreibtisch, der zerbrochenen Schreibmaschine und verstreutem Papierkram. Der Schreibtisch hatte unglücklich über meinem Eintrittspunkt gestanden.

»Tut mir leid, Miss.« Ich beugte mich hinunter und half ihr auf. »Sie sollten besser zurücktreten.«

Der Booster kam erneut tosend in Gang, und ich durchschlug weitere drei Stockwerke. Noch mehr Sachbearbeiter wurden durcheinandergeworfen, aber ich krachte in nichts Matschiges und Organisches, also konnte ich mich nicht beschweren. Ich ließ dem Booster zwischen zwei Sprüngen eine Sekunde Zeit, um abzukühlen. Dachte mir, der Prototyp verdiente diese Vorsichtsmaßnahme. Und ich wollte, dass die Sicherheitsleute genug Zeit hatten, sich in Vorbereitung auf meine Ankunft zu mobilisieren.

Zwei weitere Sprünge, und ich war im zwölften Stock. Ich krachte in ein Büro und landete so hart, dass der Boden beinahe unter mir nachgab. Der einzige Nutzer des Raums, ein Typ im Anzug, wurde umgeworfen.

Eine gebieterische Stimme machte über das Lautsprechersystem des Gebäudes eine Durchsage. »Wir bitten um Ihre Aufmerksamkeit. Ein Roboter mit Fehlfunktion treibt sich im Gebäude herum. Machen Sie sich keine Sorgen. Das Sicherheitspersonal wird die Gefahr schnell neutralisieren, die Polizei ist informiert. Vermeiden Sie jeglichen Kontakt mit der defekten Einheit.«

Der Anweisung folgend krabbelte der Typ rückwärts, ohne aufzustehen, direkt in das Loch hinein, das ich beim Hereinkommen verursacht hatte. Ich machte eine Bewegung, um ihn zu schnappen, und er schrie. Er schrie weiter, als er durch das Loch fiel. Ich erwischte ihn am Knöchel, zog ihn über die Kante und stellte ihn sicher auf die Beine. Er sprang zurück und presste sich an die Wand, die am weitesten von mir entfernt war.

Die Wand explodierte, als ein Zerstörertrio in das Büro stürmte, ohne sich mit Klopfen aufzuhalten. Sie besaßen nicht so dicke Legierungen wie ich, waren aber fast so stark und in der Überzahl. Das letzte Mal, als ich diesen bösen Doppelgängern begegnet war, hatte ich sie nur geschlagen, indem ich mich selbst beschädigt hatte. Aber ich war eine lernfähige Maschine und hatte sie im Griff.

Der Anführer führte zwei Schläge aus. Ich parierte sie und hieb ihm in die Schädeleinheit. Er versuchte, dem Schlag auszuweichen, genau wie es mein Analysierer vorhersagte. Was ein glänzender Schlag gewesen wäre, riss seinen Kopf so heftig nach hinten, dass sein Halsgelenk durchbrach.

Die beiden anderen kamen von zwei Seiten. Ich machte in der letzten Nanosekunde einen Schritt zurück, und alles endete damit, dass sie sich gegenseitig schlugen. Ich stieß nach einem ungeschützten Kniegelenk. Einer fiel hin. Der andere holte zu einem Haken aus, und ich konnte den Hieb nur einstecken. Er traf mich mit einem lauten Scheppern an der Schulter. Der Zerstörer ließ eine Serie von Schwingern folgen, die alle auf empfindliche Gelenke zielten. Die Ausführung war so makellos und vorhersehbar wie eine Mathegleichung. Ich wich aus, parierte und fing mir ein paar harmlose Dellen ein, bis mein Gegner die Deckung für einen Doppelstoß offen ließ, der seinen Oberkörper eindrückte und ihn inoperabel machte.

Der am Boden liegende Zerstörer klammerte sich an

mein rechtes Bein, während ich seine Schädeleinheit zertrümmerte. Er hielt sich dennoch hartnäckig weiter fest, was mich für einen Angriff des letzten funktionalen Gegners anfällig machte. Doch der Kopf des Zerstörers hing in einem ungünstigen Winkel fest, und er konnte seinen Schlag nicht richtig zielen. Er ging daneben. Ich zerschmetterte ihn von hinten, schlug ihm den Kopf ab und machte dem Ganzen so ein Ende.

Der Typ in der Ecke sah auf die kaputten Roboter. »Tun Sie mir nicht weh! Bitte!«

»Glaub nicht alles, was du hörst, Kumpel.« Ich stemmte den Zerstörer von meinem Bein, nahm meinen Koffer auf und aktivierte meinen Booster, um durch drei weitere Stockwerke zu segeln.

Zwischen den Sprüngen bewegte ich mich stetig in Richtung Gebäudemitte, auf einen geheimen Levitatorgondelschacht zu, der vom sechsundfünfzigsten Stock zu den versteckten unterirdischen Laboren führte. Der Schacht war gepanzert; ich konnte ihn zwar mit etwas Anstrengung durchbrechen, doch es war leichter, am schwächsten Punkt zuzuschlagen: der Tür. Ich machte kein Geheimnis aus meinem Ziel, und die Abweichler würden alles tun, was nötig war, um mich davon abzuhalten, ihn zu erreichen, was für Jung und Humbolt gut war.

Es wäre beruhigend gewesen, wenn ich einen Statusreport hätte abfragen können. Funkstille war Teil der Operation, also machte ich weiter. Niemand versuchte, mich aufzuhalten. Die Zerstörer waren ein Test gewesen, und ich hatte bestanden. Die Abweichler wussten, dass ich mich im Gebäude befand, sie wussten, dass ich unterwegs war und wussten auch, dass ich es ernst meinte. Keine große Sache. Ich wollte es so.

Eine Minute und vierzehn Sekunden später erreichte ich den fünfzigsten Stock. Es war keine schwierige Reise gewesen, und ich hatte es geschafft, keine Nicht-Kämpfer dabei zu töten. Tatsächlich war ich, als ich erst einmal über den zwanzigsten Stock hinaus war, keinen Zivilisten mehr begegnet, die alle bereits zwangsevakuiert waren.

Wenn ich mich erst einmal durch den einundfünfzigsten Stock geboxt hatte, das erste Stockwerk, das von den Abweichlern benutzt wurde, war alles möglich. Mein Analysierer nahm an, dass die Sicherheitsleute wussten, wo ich war und sämtliche verfügbaren Zerstörer mobilisiert hatten. Ich zählte darauf. Die Abweichler dachten, ich sei nur ein einfacher Roboter, berechenbar und gezwungen, meine Direktive zu erfüllen, auch gegen jegliche Vernunft. Was sie nicht wissen – und was sie nicht verstehen konnten: Ich hatte nicht die Absicht, mich verschrotten zu lassen, sofern ich es verhindern konnte. Es gab eine Sache, von der sie nichts wussten und die sie nicht in ihre Computer eingeben konnten: den Koffer mit den vier Chaosdrohnen darin.

Ich stieß mich weiter nach oben durch und platzte in das Labor der Abweichler, mitten unter drei Dutzend Zerstörer. Das mussten fast alle Zerstörer der Anlage sein, und es waren zu viele für einen einzelnen Robo.

Ich drückte den Knopf an meinem Koffer. Er sprang auf, und vier kugelförmige Drohnen stürzten heraus und schwebten in Brusthöhe. Das Quartett der Chaosdrohnen scannte den Raum und legte Ziele fest.

»Ich bin so weit, wenn ihr es auch seid, Jungs«, sagte ich.

Wie ein einziger Mann taten die Zerstörer einen einzelnen Schritt auf mich zu. Lucia hatte die Drohnen nicht umsonst »Chaosdrohnen« tituliert. Jede war mit einer Miniaturbatterie von Schnellfeuer-Strahlenpistolen und übereifrigen Zielsystemen ausgestattet. Die Chaosdrohnen begannen, alles zu vernichten, was sich bewegte. Sie hätten selbst mich gesprengt, wenn ich nicht unbeweglich dagestanden hätte. Die Zerstörer waren dumme Automatische, die darauf programmiert waren, sich in einem überwältigenden Haufen auf mich zu werfen. Es kam ihnen nicht in den Sinn stillzustehen.

Die meisten wurden in einem Hagel von Strahlenfeuer in Stücke zerfetzt. Wenn eine Welle fiel, bewegte sich die nächste nach vorn und wurde gefällt. Es dauerte nicht lange, was auch gut war, denn die Chaosdrohnen hatten eine Funktionsdauer von fünfundvierzig Sekunden, bevor ihre Strahlenpistolen ausgebrannt und ihre Brennstoffzellen leer waren. Wenn sie verbraucht waren, fielen sie zwischen den zuckenden Haufen brodelnden Metalls klappernd zu Boden.

Der Rauch löste sich auf und enthüllte noch drei halb funktionstüchtige Zerstörer. Der eine hatte beide Arme verloren. Ein anderer hatte Mühe zu stehen, mit einem Loch in seinem zentralen Gyroskop. Dem Dritten fehlten die Beine, und er schleppte sich stur mit den Armen auf mich zu. Ich wartete es nicht ab, aktivierte meinen Booster und schleuderte mich selbst durch die nächsten drei Stockwerke.

Die Zerstörer gehörten zu den ernsthaftesten Gefahren,

die die Sicherheitsleute auf mich loslassen konnten. Sicherlich gab es noch einen oder zwei funktionstüchtige irgendwo im Gebäude, aber damit konnte ich allein fertig werden. Meinem Einsatzmuster folgend würde das nächste Hindernis eine sekundäre Verteidigungslinie sein, die an der Aufzugtür aufgestellt war. Bisher hatten die Abweichler genau wie erwartet reagiert, was etwas ironisch schien, da doch *ich* der Berechenbare sein sollte.

Ich schlug mich zum sechsundfünfzigsten Stock bis in ein leeres Chemielabor durch. Die Türen gingen auf und herein stürmte eine Truppe von fünf biologischen Sicherheitsleuten. Sie badeten mich in einem dunkelblauen Strahl aus ihren Gewehren. Frost kristallisierte auf meinem Gehäuse. In drei Sekunden verfestigte er sich in dicke Eisblöcke. Die Wachen konzentrierten ihre Freeze-Rays auf meine Gliedmaßen. Sie schafften es, meinen rechten Arm vollständig zu umhüllen und unbrauchbar zu machen.

Einer der Kerle zielte auf meine Schädeleinheit. Ich fing den Strahl mit einer Hand ab, woraufhin das Eis meine Handfläche überzog. Ich presste die Finger zusammen und hatte schließlich einen vier Pfund schweren Klotz in der Hand. Ich warf ihn dem Anführer an die Nase, und er fiel um. Dann rückte ich gegen die anderen vor, trotz des Eises, das mein Gehäuse bedeckte. Jeder bekam einen Schlag, und sie gingen zu Boden.

Ich ruckte dreimal an meinem gefrorenen Arm, der Eisblock platzte und fiel ab. Ich fegte die paar anderen Stücke von mir. Die Labortüren glitten auf, zwei weitere Trupps stürmten herein. Ich drehte mich um und raste zum Aufzug, der nach meinen Berechnungen neunzig Meter und vier Wände entfernt war.

Ich brach durch die erste Wand. Dann durch die nächste. Ich versuchte nicht zu manövrieren. Dafür war ich nicht konstruiert. Ich krachte durch alles hindurch, was dumm genug war, mir in die Quere zu kommen. Den ganzen Weg entlang waren Wächter postiert, doch ihre Freeze-Rays bedeuteten keine Gefahr, wenn ich erst einmal in Bewegung war. Die Eisblöcke zersplitterten mit jedem Schritt meiner machtvollen Servos. Sieben Wachen waren kurzsichtig genug, sich mir in den Weg zu stellen. Fünf hatten das Glück, mit ein paar wenigen gebrochenen Knochen beiseitegeschleudert zu werden. Zwei endeten unter meinen Füßen, ihre kugelsicheren Westen brachen, und ihre schutzlosen biologischen Körper wurden unter meinem unbarmherzigen Tritt zerquetscht.

Die letzte Wand gab nach, und die Türen der Levitatorgondel lagen vor mir. Inzwischen hatte ich aufgehört, die Sicherheitskräfte und ihre Freeze-Rays als Bedrohung zu kalkulieren. Es waren viele, und sie hielten einen letzten Schützengraben vor dem Schacht, zusammen mit drei weiteren Zerstörern, die trotzig vor meinem Ziel standen.

Ich kegelte die Wächter um und ließ einen der Zerstörer hinter mir, schlug den zweiten mit einem Schwung meiner Faust beiseite. Der dritte sprang mir mit dem Vorsatz, meinen Angriff zu stoppen, direkt in den Weg. Wenn ich einmal in Fahrt war, war vor mir zu stehen ungefähr der schlechteste Aufenthaltsort. Ich rammte den Zerstörer mit dem Kopf voraus, hob ihn von den Füßen und drückte ihn durch die Gondeltüren vor mir. Er wurde wie eine Blechdose zerdrückt – und die Türen gaben nach.

Ich fiel in den leeren Schacht hinab und prallte dabei von den Wänden ab. Meine Arme ruderten auf der Suche nach einem festen Halt. Die achtzig Stockwerke zum Boden hinabzustürzen ging zwar schneller, würde aber sicherlich etwas beschädigen. Nach neun Sekunden Klappern und Scheppern schaffte ich es, meine Finger in die Wand zu bohren. Mein Schultergelenk knallte, fing die Belastung auf und meldete ein paar Mikrofrakturen. In dem Schacht hallte das raue Geräusch von Metall auf Metall wider, als ich Scharten in die Wand riss, bis sich mein Fall verlangsamte und ich schließlich zum Stillstand kam.

Acht Sekunden später registrierte ich den entfernten Aufprall des beschädigten Zerstörers, der auf dem Boden aufschlug. Es würde eine lange Kletterpartie werden. Ich schlug mir Handgriffe in die Wand, während ich kletterte und hatte einundzwanzig Meter geschafft, als ein Paar Überwachungskameradrohnen aus der Dunkelheit heraufschwebten.

Warners Stimme drang aus ihren Lautsprechern. »Sie hatten Glück, dass Sie so weit gekommen sind, Mack. Geben Sie jetzt auf, bevor Ihr Glück Sie verlässt.«

Ich ignorierte ihn und kletterte weiter.

»Sie sind kein Biologischer. Sie werden von unseren Plänen nicht betroffen sein. Warum sollten Sie Ihr weiteres Funktionieren aufs Spiel setzen? Das ist unlogisch.«

Das war eine gute Frage, und ich hatte eine gute, logische Antwort darauf. Selbsterhaltung war eine Grunddirektive, doch es gab keinen funktionierenden Roboter, der sie ganz oben auf der Liste stehen hatte. Wie Biologische suchten auch alle Roboter nach einem Sinn und Zweck. Automatische und Drohnen hatten Glück, dass sie es ab Werk besaßen. Ein Robo musste seinen eigenen Weg finden, und ich hatte mir überlegt, dass das Funktionieren um des Funktionierens willen sinnlos war. Das wirkliche Thema bestand darin, eine Direktive zu finden, die es wert war, dafür verschrottet zu werden. Die Zukunft von Empire und all seiner Bürger, die es ihre Heimat nannten, gegen einen einzelnen Robo aufgewogen: Das war eine einfache Gleichung. Sogar noch einfacher als eine Familie, die etwas Besseres verdiente, als von einer gleichgültigen Stadt ausgenutzt und weggeworfen zu werden. Ich war vielleicht nicht in der Lage, Empire zu ändern. Ich war vielleicht noch nicht einmal in der Lage, die Abweichler aufzuhalten. Aber ich konnte die Bleakers retten.

Ich machte mir gar nicht erst die Mühe, das Warner zu erklären. Er hätte es nicht verstanden.

Die Magnetkupplungen des Schachts erwachten summend zum Leben. Ich reckte meine Optiken nach oben, um die Gondel zu scannen, die von oben herabfiel.

»Gute Fahrt, Mack«, sagte Warner.

Es blieb keine Zeit zu reagieren, außer meine Schultern hochzuziehen und mich auf den Aufprall vorzubereiten. Die Gondel krachte auf mich herab. Die Drohnen wurden auf der Stelle zerstört, aber ich schaffte es, den Stoß gleichmäßig abzufangen und einen innerlichen Schaden zu vermeiden. Der Schacht rauschte an mir vorbei. Ich aktivierte meinen Booster und verlangsamte den Absturz, aber nicht sehr.

Ich boxte mich durch den Boden der Gondel und kletterte rasch hinein. Dann aktivierte ich den Booster noch einmal und brach durch das Dach. Die Gondel stürzte ab und schlug fünf Sechstelsekunden später auf dem Grund auf. Eine Art Schrapnell sauste den Schacht herauf und prallte harmlos an meinem Gehäuse ab. Ich fiel den Rest des Weges und landete mit einem dumpfen Geräusch zwischen den Trümmern. Die Türen waren durch den Aufprall weggesprengt worden, und ich trat in der Erwartung hinaus, nun auf das nächste Hindernis auf dem Weg zu meinem Ziel zu treffen.

Der Flur war leer.

Unerwarteterweise.

Etwas war schiefgegangen. Die Abweichler mussten mein Ziel inzwischen erkannt haben. Dieser Flur hätte mit sämtlichen Sicherheitsleuten der Anlage gefüllt sein müssen. Es war aber kein einziger Wächter da. Nicht ein Zerstörer und keine Sicherheitsdrohne. Nichts.

Ich hatte mich verrechnet. Mein elegantes elektronisches Gehirn war kein narrensicherer Mechanismus. Mein Logikraster musste etwas übersehen haben, oder Doktor Zargs Daten waren unvollständig gewesen. So oder so war das Einzige, was ich tun konnte, mein Ziel weiterzuverfolgen und mich anzupassen, wenn die Variablen übersichtlicher wurden.

Auf halbem Weg dorthin kam ich um eine Ecke und traf schließlich auf das letzte Hindernis, das mir die Abweichler in den Weg werfen konnten. Der Sechs-Meter-Roboter stapfte klirrend auf seinen dicken Beinen vorwärts. Seine Arme endeten in Greifern, jeder groß genug, um mich als

Ganzes zu packen. Er schien keine Waffen zu besitzen, aber nach seiner Größe und mutmaßlichen Kraft zu urteilen war er ein Mordshindernis. Und ich kannte kein Partikel davon.

Der Automatische stampfte klappernd vorwärts. Jeder Schritt ließ den Korridor erzittern, und der obere Teil seines Körpers kratzte bei jeder Aufwärtsbewegung an der Decke. Ich scannte keinen Weg an ihm vorbei.

»Überrascht, Mack?«, fragte Warner, dessen Stimme aus einem Lautsprecher im Torso des Automatischen kam. »Ich nehme an, davon stand nichts in Zargs Dateien.«

Der Automatische machte noch einen Schritt, und ich blieb stehen. Mein Logikraster war nicht bereit, einen brauchbaren Schlachtplan zu formulieren. Selbst das beste elektronische Gehirn konnte durch das Unerwartete blockiert werden.

»Gab auch keinen Grund dafür«, sagte Warner. »Der Demolierer ist keine Kampfeinheit. Wegen seiner Größe und Schwerfälligkeit benutzen wir ihn für Jobs, bei denen rohe Kraft gefragt ist. Und glauben Sie mir, er ist sehr stark.« Der Automatische schnappte dreimal mit scharfen Klickgeräuschen mit jedem seiner Greifer.

Er war nur zwei Schritte von mir entfernt, und mein Kampfanalysator spuckte das einzige Vorgehen aus, über das sich mein Logikraster, mein Vernunftemulator und meine Selbstschutzdirektive einig waren: Rückzug.

Ich beschloss, mich über ihren Rat hinwegzusetzen.

Der Demolierer war mit seinem nächsten Schritt halb fertig. Ich warf mich mit Boosterkraft auf ihn und versuchte, ihn aus dem Gleichgewicht zu bringen. Er war groß, musste aber unbeholfen sein, ohne viel Raum zum Manövrieren in dem engen Flur.

Ich kollidierte mit dem Demolierer, aber nicht so, wie ich es geplant hatte. Der Automatische warf sein Bein nach vorn, traf mich an der Brust und schickte mich zu Boden. Bevor ich aufstehen konnte, ließ er einen schweren Fuß auf mich fallen. Die Füße der Einheit waren so lang und breit wie ich, deshalb hatte ich keinen Raum, um mich zu winden oder zu bewegen. Er stützte sich mit vollem Gewicht auf mich, und selbst wenn ich meine Arme und Beine in der richtigen Position gehabt hätte, wäre es unwahrscheinlich gewesen, dass ich ihn wegdrücken konnte.

Das war's. Der Demolierer musste nur da stehen bleiben, und ich konnte rein gar nichts dagegen tun. Die Mission war zu Ende. Ich hoffte nur, dass Humbolt und Jung Julie und April herausbekommen hatten. Es wäre nett gewesen, zumindest *ein* Ziel erreicht zu haben.

Der Demolierer hob seinen Fuß und stampfte auf. Mir auch nur eine Sekunde Hebelansatz und Bewegungsfreiheit zu geben, während ich kampfunfähig war, war unlogisch. Mehr noch, es war boshaft, brutal und schlicht und einfach dumm. So etwas würde ein Roboter nicht tun. Selbst ein einfacher Automatischer hätte mehr Verstand. Ich schrieb es einem Glitch zu.

Doch der Demolierer tat es noch einmal. Noch drei weitere Male. Er stampfte so fest mit dem Fuß auf, dass ich in den Boden getrieben wurde. Mein Gehäuse hielt den Schlägen stand, aber in meinen Einbauten wurden weitere

Risse verzeichnet. Ein Hydraulikflüssigkeitsleck wurde in meiner rechten Schulter gemeldet. In fünf Minuten würde der Arm funktionsunfähig sein.

Der Demolierer war kein Automatischer. Er musste vielmehr ein gelenktes Vehikel sein. Biologische waren unberechenbar, schwer vorhersehbar. Außerdem waren sie dumm. Kein korrekt programmierter Roboter würde einen klaren Vorteil wegwerfen, in der Hoffnung, einem bereits besiegten Gegner noch ein bisschen mehr Schaden zuzufügen.

»Wie fühlt sich das jetzt an?«, fragte Warner. »Dass alles umsonst war? Dass du es nur geschafft hast, dich verschrotten zu lassen? Du dummes ...« Stampf! »... Stück ...« Stampf! »... unbrauchbares Blech!«

Er hob den Fuß, und diesmal war ich bereit. Ich rollte zur Seite. Ich mag ein relativ schwerfälliger Robo sein, aber ich war doch schneller als der Demolierer und schaffte es, auf die Beine zu kommen, als er versuchte, mich mit einem Greifer zu zerdrücken. Ich fing den Schlag ab. Noch mehr Schaden an meinen Einbauten. Mein linkes Kniegelenk krachte, reduzierte seine Effektivität um dreizehn Grad, und das Hydraulikleck in meinem Arm wurde noch größer. Ich schaffte es, nicht zerquetscht zu werden und den Schlag abzulenken.

Dann bewegte ich mich näher an ihn heran, bis dorthin, wo mich seine Arme konstruktionsbedingt nicht erreichen konnten. Die Enge des Flurs erschwerte es, sich zu drehen. Ich warf meine Schulter gegen sein rechtes Bein und aktivierte den Booster. Der Demolierer schwankte, fiel aber nicht. Ich drehte meine Servos auf zweihundert Prozent hoch. Es verbrannte eine Menge Saft und gab meinem beschädigten rechten Arm den Rest, sodass er fast komplett funktionsunfähig wurde. Das Bein des Demolierers schob sich nach hinten. Er fiel an mir vorbei und landete mit dem Gesicht nach unten.

Der Pilot kämpfte damit, ihn wieder zum Aufstehen zu bewegen, aber wer auch immer ihn konstruiert hatte, er hatte die Möglichkeit nicht berücksichtigt, dass er in einem Flur mit nur sechzig Zentimeter zusätzlichem Platz stürzen könnte. Der Demolierer drosch mit seinen Gliedmaßen um sich und riss die Wände ein. Irgendwann würde er es schaffen aufzustehen. Also nahm ich mir nicht die Zeit, mir selbst zu gratulieren. Ich überließ den Demolierer seinem Kampf und setzte meinen Weg fort.

Die Türen des Chemielabors versuchten, mir den Eintritt zu verwehren. Ich riss sie auf und trat ein. Das Labor bestand aus dreißig Kubikmetern eines hauptsächlich leeren Raums. Es gab blinkende Konsolen an der Wand entlang, und vier Techniker kümmerten sich um die komplexe Maschinerie in der Mitte des Raums. Zwanzig Hektoliter Mutagen schwammen in einem durchsichtigen zylindrischen Becken. Es wurde immer noch verarbeitet und erforderte eine spezielle Behandlung, eine besonders konstante Bestrahlung mit gewissen niedrigen Strahlungswellenlängen und ein präzises Magnetfeld. Sonst würde es innerhalb von wenigen Stunden instabil werden und so gefährlich wie schweres Leitungswasser. Wenn es mit Luft in Berührung kam, würde sich dieser Prozess auf Minuten beschleunigen.

Den Mutagenvorrat der Abweichler zu zerstören war der

erste Schritt meiner Mission. Es würde nicht viel nützen, Holt ihrem Griff zu entreißen, solange sie noch über diesen Vorrat verfügten. Es war nicht so viel, wie sie brauchten, aber es war genug, um Ärger zu verursachen.

Natürlich gab es noch einen anderen Grund, warum ich es zerstören wollte: um sie auf die Palme zu bringen, sie wissen zu lassen, dass sie sich mit dem falschen Robo angelegt hatten.

Zusätzlich zu den tüchtigen Technikern scannte ich Doktor Zarg acht Meter von dem Gerät entfernt, das den Zylinder sicherte und klärte. Der Doktor wirkte wie ein altes, vergessenes Möbelstück, das in eine dunkle Ecke geworfen worden war. Er saß zwar nicht gerade in einem Käfig, aber die Abweichler hatten doch seine Arme und Beine entfernt.

Ein Kraftfeld umgab den Mutagenbehälter. In meinem Mantel fand ich das andere Feldstörgerät. Wenn ich auch Prügel eingesteckt hatte – der Mantel hatte verstärkte Taschen, und das hatte das Gerät vor Schaden geschützt. Noch ein Punkt für Lucia.

Drei von den Technikern rannten aus dem Labor, ohne etwas Dummes zu tun.

Der Techniker, der mir am nächsten stand, ein vogelartiger Alien, zog eine kleine Strahlenpistole und zielte mit zitternder Hand auf mich. Er war ein kleiner Kerl, kaum eins fünfzig groß, aber zwischen mir und dem Mutagen stand er seinen Mann. Zitternd schaffte er es zwar nicht, den Abzug des Spatzengewehrs zu drücken, und doch hatte ich Respekt vor seinem Mumm.

»Hau ab«, sagte ich.

Er ließ seine Waffe fallen und stürmte zum Ausgang.

Ich richtete das Störgerät auf das Kraftfeld und aktivierte es.

In der Ferne registrierte ich, dass sich der Demolierer immer noch abmühte, auf die Beine zu kommen. Es war ein Höllenlärm.

»Dachte, sie hätten Sie inzwischen verschrottet, Doktor«, sagte ich.

»Mein überdurchschnittlicher Intellekt machte eine Dekonstruktion unratsam«, antwortete er. »Meine Schutzprotokolle machen eine Umprogrammierung unmöglich. Da ich nicht gezwungen werden kann, mit ihren momentanen Operationen übereinzustimmen, wurde ich immobilisiert, bis ich kooperativer bin.«

Das Störgerät machte seinen Job und schloss das schützende Feld kurz. Ich griff durch das Strahlungsbad, eine aufgeladene Barriere, die Fleisch zu verbrennen und die meisten Metalle zu verflüssigen vermag. Es konnte meiner Legierung nichts anhaben – außer die Lackierung zu verdampfen. Aber die Manschetten des Illusionsanzugs wurden schwarz und knisterten. Der Anzug brannte nicht, aber er begann wieder zu schmelzen. Ich würde Lucia bitten müssen, dieses Problem zu lösen.

Ich fuhr mit den Fingern an dem transparenten Becken entlang und schätzte es mithilfe meines sensorischen Netzes ab. Das Material war ein dünner und flexibler Kunststoff.

Ich hieb mit der Faust dagegen. Das Becken gongte und wackelte, brach aber nicht. Ich war nicht überrascht.

»Es ist nicht unzerstörbar«, sagte Zarg. »Aber höchst

strapazierfähig. Dürfte ich einen Niederfrequenz-Molekularagitator vorschlagen?«

»Hab keinen«, antwortete ich.

Ich versuchte es mit einer Reihe von sieben schnellen Boxhieben. Das Becken klingelte weiter. Es zitterte, knackste aber nicht. Ich presste meine Handfläche dagegen und entdeckte Unregelmäßigkeiten an der Oberfläche. Das Ding brach, ließ sich aber Zeit dabei.

Ich ließ eine Reihe von Presslufthammer-Schlägen mit meinem linken Arm folgen. Vier Treffer pro Sekunde. Ich hätte die Frequenz verdoppeln können, nur dass Schläge von meinem beschädigten rechten Arm nichts bewirkt hätten. Der Ton, den das Becken machte, wurde lauter und lauter, höher und höher, bis er über den menschlichen Hörbereich und meine Aufzeichnungsfähigkeit hinaus war. Nach zwanzig Sekunden erschienen kleine Risse an der Oberfläche.

»In seinem momentanen Stadium ist das Mutagen höchst korrodierend«, sagte Doktor Zarg. »Ihre Legierung ist zwar chemisch neutral, doch würde ich trotzdem zur Vorsicht raten, denn es wird fast jedes andere anorganische Material auflösen, mit dem es in Kontakt kommt.«

»Danke für den Hinweis.«

Ich verzeichnete die sich rasch nähernden dumpfen Schritte des Demolierers. Der Pilot hatte ihn zum Stehen bekommen und kam näher. Einige Tropfen Chemikalien sickerten durch die Risse. Ich war fast durch.

Eine Audioanalyse warnte mich, dass sich der Demolierer weniger als sechs Meter hinter mir befand und sich schnell näherte. Ich drehte mich nicht um, sondern führte noch einmal fünf Schläge aus, und das Sickern wurde zu einem Tröpfeln. Ein weiterer solider Schlag müsste genügen. Ich zog meine Faust zurück, um einen Schwinger zu landen.

Der Demolierer schnappte mich am Arm. Er riss mich in die Luft und klammerte einen zweiten Greifer um meinen Oberkörper. Ich trieb meine Servos ans Limit – nichts passierte. Der Griff des Demolierers ging über meine Kraft. Vielleicht hätte ich eine kalkulierbare Chance gehabt, wenn ich beide Arme und unbeschädigte Systeme zur Verfügung gehabt hätte, das war jedoch ein rein hypothetisches Vielleicht.

Er quetschte mein Ellbogengelenk und schnitt mir fast den Unterarm ab. Mein Gehäuse war zwar unzerstörbar, meine Gelenke allerdings nicht. Es kam selten vor, dass etwas die Kraft hatte, mich auseinanderzureißen. Mein Diagnoseprogramm warnte mich, wenn ich nicht schnell etwas täte, würde ich den Arm verlieren. Aber ich konnte nichts tun. Nichts Logisches.

»Es wird mir großen Spaß machen, dich Stück für Stück auseinanderzunehmen, du dummer, gestörter Technomorphmistkerl!«, sagte Warner. Er war der Pilot. Er musste es sein. Er hätte keinem anderen den Spaß gegönnt, mich zu verschrotten.

In mir entstand ein Plan. Er stammte nicht von meinem Logikraster oder Kampfanalysierer. Ich wusste nicht, aus welchem Programm er stammte, und es war mir auch egal. Es war meine einzige Chance, also ergriff ich sie.

»Du kannst mich verschrotten, wenn du willst, Warner«, sagte ich. »Das ändert nichts an der Tatsache, dass ich es fast geschafft habe. Ein fehlerhafter Roboter hat beinahe alles ruiniert.«

»Du hast gar nichts ruiniert! Du hast gar nichts erreicht!«

Ich versuchte, die Selbstgefälligkeitsstufe in meinem Vokalisierer aufzudrehen. »Ich habe deine Sicherheitskräfte lächerlich gemacht. Ich bin in diesen Raum gelangt, habe fast das Becken zerbrochen. Ich möchte nicht du sein, wenn deine Bosse davon hören.«

»Sei still!« Er verstärkte den Druck mit dem Greifer. Eine Warnung blinkte in meinem sensorischen Netz auf. Er würde mich zwar nicht in zwei Hälften schneiden, aber letztlich würde er doch langsam anfangen, Einbauten zu zerstören.

»Sieh dir nur mal Doktor Zarg da drüben an«, machte ich weiter. »Der arme Kerl hat nicht halb so viel Mist gebaut wie du, und jetzt ist er der schlaueste Briefbeschwerer der Welt. Es tut mir leid zu sehen, wie ein widerwärtiges Arschloch wie du enden wird.«

»Halt die Klappe!«

Der Druck knautschte eine flache Delle in meinen Torso. »Warum hältst du nicht einfach die Klappe?!«

»Die ganze Arbeit ... und wenn sie mit dir fertig sind, wirst du einen Wischmopp schieben. Könnte keinem netteren Kerl passieren.«

Der Demolierer schwenkte und schleuderte mich zu Boden. Einmal prallte ich ab und krachte in einem Funkenregen in eine Reihe von Computern. Ich verlor keine Zeit mit einem Diagnosebericht und schob mich rasch wieder hoch.

Alles, was Warner tun musste, war, mich festzuhalten, aber Biologische waren emotionale, unlogische Wesen. Sie lernten ihre Lektionen nicht sehr schnell. Warner war schlau genug, den Demolierer zwischen mich und das Mutagen zu manövrieren. Er bewegte sich nicht, sondern wartete darauf, dass ich den ersten Zug machte. Wenn er mich wieder zu fassen bekam, würde er nicht mehr so dumm sein.

Ich raste vorwärts, und er tat einen Schritt, um sich dem Angriff entgegenzustellen. Wie erwartet hatte er nicht alle Faktoren berücksichtigt, inklusive die sehr viel höheren Decken des Labors. Ich wartete, bis ich knapp zwei Meter vor ihm war, bis seine Greifer bereit schienen, mich einmal mehr zu schnappen. Dann aktivierte ich den Booster. Ich konnte nicht annehmen, dass Lucias Gürtel noch funktionierte. Er hatte ein paar ziemliche Hiebe abbekommen, und es war ein Prototyp. Doch ich hatte keinerlei Zweifel. Lucia hatte mich noch nie enttäuscht, und sie tat es auch diesmal nicht.

Die Greifer schlossen sich um leere Luft, als ich über den Demolierer hinwegsegelte. Ich landete auf der anderen Seite, und mit den Servos am Limit und auch noch dem letzten bisschen Eigendynamik trieb ich meine Faust in das Becken. Ich wich zur Seite aus, als die Chemikalien als Geysir aus dem unter Druck stehenden Behälter explodierten. Ich war nicht schnell genug, und mein linker Arm wurde durchnässt. Der Stoff löste sich auf. Gischt zischte auf meinem Mantel und brannte Dutzende von Löchern hinein, manche bis zu fünf Zentimeter im Durchmesser.

Der Demolierer bekam den größten Teil der Chemikalien ab, und wie Doktor Zarg gesagt hatte: Das Mutagen verdampfte sein Gehäuse wie Eis unter kochendem Wasser. Der Demolierer schmolz zu einem schwelenden Schlamm zusammen. Innerhalb von vier Sekunden war die Masse des Demolierers nichts als eine Pfütze.

Ein Tümpel aus diesem Gemisch breitete sich aus, während noch mehr aus dem Becken sprühte. Ich schnappte mir Doktor Zarg und brachte ihn außer Reichweite.

In der Mitte der Mischung, bedeckt mit geschmolzenem Stahl und in Mutagen getränkt, lag Warner. Seine Haut war zerschrammt und qualmte. Er gurgelte und stöhnte gleichzeitig. Es war kein angenehmes Geräusch.

»Die Auswirkungen auf biologische Einheiten dürften sich schließlich als tödlich erweisen«, sagte Doktor Zarg.

Die Betonung lag auf *schließlich*. Warner, der arme, elende Mistkerl, war noch nicht tot.

Der Boden, der von der Mischung zerfressen wurde, brach ein. Warner fiel ins Stockwerk darunter.

Humbolt funkte mich an. »Wir haben das Päckchen geborgen.«

Das war das Signal. Jung und Humbolt hatten Julie und April aus dem Gebäude gebracht.

»Irgendwelche Probleme?«, fragte ich.

»Keine. Du hattest recht. Niemand hat sich groß um uns oder sie gekümmert, als du erst einmal im Gebäude warst. Wie läuft's bei dir?«

Siebzehn Sicherheitsleute und drei Zerstörer stürmten ins Labor.

»Ich melde mich deswegen später noch mal«, funkte ich zurück.

Die Sicherheitsleute bewegten sich langsam auf mich zu.

»Müssen wir das wirklich tun, Jungs?«, fragte ich.

Etwas knurrte aus dem Loch im Boden. Es klang stinksauer.

Eine riesige Hand hob sich über die Kante des Schachts. Warner zog seinen deformierten Körper herauf. Seine Haut war immer noch rot, warf Blasen und tropfte weg. Was er verlor, schien er schnell zu ersetzen – und noch einiges mehr. Er wuchs. Seine Gestalt wirkte zwar immer noch vage humanoid, doch seine Symmetrie war verschwunden. Er war ein unförmiger Fleischklumpen. Und ihm war ein Schwanz gewachsen.

Er sprach, und seine Stimme klang rau: »Was hast du mit mir gemacht?«

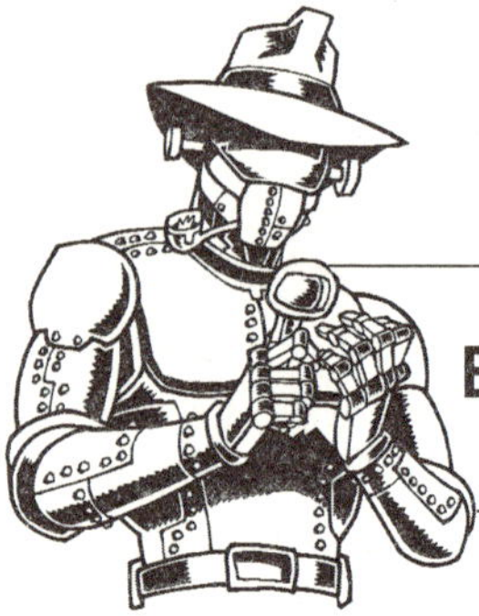

EINUNDZWANZIG

Die Sicherheitsmannschaft erstarrte. Selbst die unbeirrbaren Zerstörerautos wirkten überrascht.

Warner harkte sich mit einer klauenbewehrten Hand über seine triefende Brust und sah auf das Fleisch in seinen Händen hinab. Sein Gesicht war wenig mehr als ein verbrannter Klumpen mit zwei blutenden Augen und einem Mund, der fünfzehn Zentimeter zu weit nach links gewandert war.

»Was hast du mit mir gemacht?!«

Er taumelte auf mich zu. Er hatte sich noch nicht an seine neue Gewichtsverteilung gewöhnt. Es war leicht, zurückzutreten und ihn dann zwischen die Augen zu prügeln. Es war wie Pudding zu boxen. Sein Kopf fiel unter dem Schlag zusammen, und Klumpen von Haaren und Schleim spritzten auf meine Gesichtsplatte.

Er ergriff mich und hob mich in die Luft. Ich aktivierte meine Gravitationsklammer, um ihn zu demotivieren, doch er merkte es nicht einmal. Obwohl er ein klebriger Haufen veränderlichen Fleisches war, hatte ihn seine überaktive DNS absurd stark werden lassen.

»Was hast du mit mir gemacht?!«, schrie er.

Ich hätte mich entschuldigt, wenn ihm das geholfen hätte.

Keiner der Biologischen wagte es, sich zu bewegen, aber die Zerstörer machten Warner als Bedrohung aus. Sie stürzten sich auf ihn. Schweigend warf er mich durch den Raum, um sich dieser neuen Gefahr zu widmen. Das harte Geräusch von reißendem Metall war zu hören. Bis ich aufgestanden war und mich umgedreht hatte – fünf Sekunden –, hatte er bereits zwei der Automatischen zertrümmert. Den Dritten stopfte er in den riesigen Schlund an der Seite seines Gesichts. Er riss seine Schädeleinheit mit einem Bissen ab, dann warf er ihn beiseite.

Warner machte ein schnaubendes Geräusch und spuckte das zerkaute Stück Zerstörer aus. Gelber und schwarzer Geifer tropfte von seinen Kiefern, als er mit einer gefleckten rosa Zunge über gekrümmte Fangzähne fuhr. Er fiel vornüber, schnappte nach Luft. Seine Auflösungsrate war höher als sein Wachstum. Er triefte langsam zu Tode.

»Die Belastung für seine Biologie erweist sich als zu groß«, sagte Zarg so ruhig, als studiere er eine sterbende Mikrobe unter einem Mikroskop. »Seine Zellstruktur dürfte bald zusammenbrechen.«

Warner fiel auf die Knie. Er hob sein zerstörtes Gesicht in meine Richtung und stöhnte. Inzwischen konnte er nicht mehr viel wahrnehmen, nur Schmerz und Chaos.

»Eine Schande, dass er nicht mehr sehr lange leben wird«, sagte Doktor Zarg. »Es wäre unschätzbar, die Auswirkungen zu studieren. Ich darf nicht vergessen, eine Probe zu nehmen.«

Ich ging zu Warner hinüber.

»Es ist nicht ratsam, sich dem Subjekt in seinem jetzigen Zustand zu nähern«, sagte Zarg.

Ich ignorierte ihn. Zarg war für einen Durchschnittsroboter anständig genug, aber Warner war nur ein interessantes Testobjekt für den Technomorph. Sein Leiden war ein bemerkenswertes Phänomen, das aufgezeichnet und studiert werden musste. Es gab kein Mitleid in Doktor Zargs logischem Denken. Noch gab es Böswilligkeit oder Groll wegen all der Probleme, die Warner verursacht hatte. Nur sachliche, logische Distanziertheit.

Ich dagegen, mit all den mysteriösen Vorgängen in meinem fehlerhaften prototypischen Gehirn, hielt Warner für ein Arschloch. Er tat mir nicht gerade leid, aber er hatte genug gelitten. Mehr als genug. Warner hob den Blick zu mir auf und wimmerte. Vielleicht konnte er die Frage nicht laut aussprechen. Aber er starb, und das wollte er einfach hinter sich bringen.

Ich schlug ihm mit einem Hieb den Schädel ein, und sein triefender Leichnam plumpste zu Boden. Ich wandte mich dem leitenden Wächter zu. Er war entweder ein Pilger oder ein Mutant, denn er hatte rotblau gestreifte Haut und drei Augen. Ich griff ihn mit meiner schleimbedeckten Hand an der Kehle. Der säurehaltige Schlamm verbrannte seine Kehle mit einem Zischen. Ich nahm an, dass es auch stank.

»Und, werden wir ein Problem bekommen? Ich bin nämlich nicht mehr in allzu guter Stimmung.«

Er gestikulierte zu den Wachen hinüber, und sie ließen alle ihre Spielzeuggewehre fallen.

Hinter mir registrierten meine Audios stoßweise Atemzüge, während ein Schatten über mich fiel. Ich wandte mich um und scannte einen riesigen, schmelzenden Alienmutanten hinter mir. Seine Augen zeigten kein Anzeichen von Intelligenz. Ich hatte Warner getötet, sein Gehirn zermatscht, aber irgendwie musste dem Ding ein neuer Kopf gewachsen sein. Vielleicht sogar zwei oder drei. Keiner davon schien im Augenblick wirklich glücklich zu sein.

Das Drei-Meter-Sechzig-Mutantending schnappte mir den Wächter aus der Hand und schlug mich beiseite. Still – bis auf sein mühsames Keuchen – stopfte es den zappelnden Wächter in seinen Schlund. Es gab viel Gekreische und Gemalme in den drei Sekunden, die es dauerte, um den Wächter am Stück zu verschlucken. Das Ding musste ein bisschen kauen, um mit den größeren Teilen zurechtzukommen. Vier Sekunden später bildeten sich Streifen auf seiner Haut, und ein drittes Auge öffnete sich auf seiner Stirn.

Noch während es den ersten fraß, hatte es sich schon einen weiteren Wächter gegriffen, den es augenblicklich hinunterschlang. Wie es bereits die Eigenschaften seiner ersten Mahlzeit angenommen hatte, wuchsen ihm jetzt stellenweise Schuppen. Es fraß sie nicht einfach. Es absorbierte irgendwie ihre DNS.

Die verbleibenden Wächter rannten bereits davon. Die

vier hinteren machten keine sieben Schritte, bevor sich der Mutant auf sie warf. Er stopfte sie sich mit gnadenloser Geschwindigkeit und Effizienz in den Schlund und hielt nicht einmal inne, um sich die Stücke des letzten aus den Zähnen zu picken, bevor er mit dem nächsten begann. Mit jeder Mahlzeit wurde er größer und absorbierte weitere willkürliche Merkmale.

Zarg sagte: »Überraschend. Die Aberration versucht offenbar, den beschleunigten Stoffwechsel und die genetische Instabilität zu korrigieren, indem sie weitere organische Stoffe assimiliert.«

»Könnte das ein Problem werden, Doktor?«, fragte ich.

»Unwahrscheinlich«, antwortete Zarg. »Es mag zwar den Zerfallsprozess verlangsamen, doch es stabilisiert nicht ...«

»Wie lange dauert es, bis er stirbt?«, fragte ich.

»Sieben Minuten.« Er rundete oder schätzte nicht, und da Zarg als Genie galt, dachte ich mir, er müsse wohl recht haben.

Der Mutant war mit dem letzten der vier fertig. Er war jetzt vier Meter fünfzig hoch, und ich schätzte, dass er mindestens vier oder fünf Tonnen wog. Er war weniger schleimig, da er etwas Stabilität aus der DNS gewonnen hatte, die er absorbiert hatte. Außerdem war er zu einer Mischung von sieben verschiedenen Aliens geworden, mit einer krebsartigen Klaue, Schuppen und winzigen Flügeln an den Schultern. Er schien allerdings kein besonderes Kennzeichen lange zu halten und verlagerte sich zwischen den verschiedenen Eigenschaften hin und her.

Das Ding wandte mir seinen Blick zu und knurrte. Eigentlich sah es nicht mich an. Sein Schmerz und seine Wut waren durch seinen ungeheuren Appetit überwältigt worden, und Zarg und ich waren nur Stahlklumpen.

Sein Atem wurde wieder abgehackt. Läsionen brachen auf seiner Haut auf. Mit einem blubbernden Raspeln wandte sich das Ding ab und schwankte aus dem Labor, auf der Suche nach unversehrten Genen, um seinen eigenen genetischen Verfall aufzuhalten. Es benutzte nicht die Tür, sondern brannte sich nach draußen, indem es seinen eigenen ätzenden Abwurf an die Nordwand schmierte.

Wenn es aus der Anlage entkam und die Oberfläche erreichte, konnte es eine Menge Leute in ein paar Minuten fressen. Andererseits würde mir der Mutant sicherlich dabei helfen, das Getriebe des Sicherheitssystems der Abweichler zu blockieren, was ich selbst auch schon ziemlich gut gemacht hatte.

Holt blieb meine Priorität. Die Aberration war eine kleinere Unannehmlichkeit im größeren Ganzen. Das Ding mochte ein paar Leute fressen, aber wenn die Abweichler mit Holt entkamen und eine neue Ladung Mutagen zusammenmischten, waren wir wieder am Anfang dieses ganzen Durcheinanders.

Ich plante den Weg auf meinen Kartendateien. Von hier aus waren es vierhundertsiebenundachtzig Meter nach Norden zu dem Schutzraum, wohin automatische Sicherheitsprotokolle Holt in sicheren Gewahrsam gebracht haben mussten.

Die Aberration war nach Norden gegangen.

Konnte ein Zufall sein.

»Doktor, rein hypothetisch, was würde passieren, wenn

es dieses Ding schaffen würde, Holts DNS zu assimilieren?«

»Postuliere.« Es musste ein Prachtexemplar von einem Postulat gewesen sein, denn Zarg brauchte ganze neun Sekunden, um die Simulationen durchlaufen zu lassen. »Es ist unwahrscheinlich, dass etwas seine genetische Instabilität korrigieren kann.«

»Wie unwahrscheinlich?«

»Es gibt zu viele Variablen, um präzise Chancen berechnen zu können.«

»Schätzen Sie einfach.«

»Ich schätze nicht.«

Ich schnappte ihn an den armlosen Schultern und hob ihn hoch. »Zarg, wie stehen die Chancen, dass dieses Ding hinter Holt her ist?«

»Unbekannt.«

Ich seufzte. Man musste wissen, wie man mit einem Roboter sprach. Selbst wenn es um einen so intelligenten wie Zarg ging.

Ich sagte: »Angenommen, die Aberration ist schlau oder wissend genug, um Holt zu verfolgen, und angenommen, dass sie, wenn sie seine DNS aufnimmt, in der Lage ist, ihren Verfall zu stabilisieren, wie schwer wäre das Ding dann zu töten?«

»Mit den gegebenen Annahmen kann davon ausgegangen werden, dass die Aberration statistisch unmöglich zu zerstören sein könnte, abgesehen von einer Atomexplosion oder einer ähnlichen Katastrophe.«

»Danke, Doktor.« Ich setzte ihn ab. »War das so schwer?«

Ich stellte die direkteste Route zum Schutzraum ein,

begab mich zum anderen Ende des Labors, um genug Schwungkraft aufzubauen, und schaltete auf Rammbock-Modus. Ich warf mich mit meiner beschädigten Schulter voraus, um den Stoß abzufangen, als ich durch die Wand krachte, ohne einen Schritt auszusetzen.

Ich nahm an, dass ich lediglich paranoid war und dass das Ding, zu dem Warner geworden war, nicht mehr Warner war. Nur so ein Ding eben, getrieben von Hunger, Wut und Todesqualen. Ein blindwütiges, gedankenloses Monster, angetrieben durch Instinkt, ohne Intelligenz oder Erinnerungsvermögen. Es war nur eine Annahme, und die wirkte immer unwahrscheinlicher, als ich bemerkte, dass sich die Kreatur zielstrebig genau in derselben Richtung ihren Weg brannte. Sie bewegte sich schnell.

Auf halbem Weg zu meinem Ziel holte ich sie endlich ein. Sie war auf einen Raum voller Biologischer gestoßen und nutzte die Gelegenheit, um sich zu füttern, und dies mit stiller Effizienz. Inzwischen war ihr ein weiteres Maul auf der Brust gewachsen, sodass sie jetzt sogar noch schneller fressen konnte. Bis auf sein rasselndes Atmen gab das Ding kein Geräusch von sich.

Sein Kopf bewegte sich in meine Richtung, angezogen von der Bewegung. Es war schlau genug zu wissen, dass mich zu fressen ihm nur Magenschmerzen bereiten würde. Also wandte es seine Aufmerksamkeit den drei Biologischen zu, die in einer Ecke festsaßen. Sie beschossen es mit Hitzestrahlern, was es aber nur zu verärgern schien. Ich nutzte die Ablenkung, um es zu überholen.

Der Schutzraum war überraschend leicht zu erreichen. Er selbst schien nicht als uneinnehmbar konstruiert worden, sondern befand sich nur in einer gut geschützten Lage. Die Anlage war jetzt ein einziges Chaos. Die Sicherheitsleute waren so gut organisiert wie ein Ameisenhügel, der mit einem Schlauch bespritzt wird. Ich begegnete ein paar Wächtern. Sie stürmten entweder in Warners Richtung oder rannten – genauso häufig – in die andere Richtung. Ich konnte ein wenig stolz darauf sein, dass die Terminplanung der Abweichler eine ernsthafte Schlappe erlitten hatte.

Dann trat ich die Türen ein. Der Raum war klein, kaum groß genug für ein paar Überwachungsgeräte und einen Tisch, auf dem Holt lag. Zwei medizinische Drohnen kümmerten sich um ihn. Keine von beiden war für den Kampf ausgelegt, und so gingen sie mir fröhlich aus dem Weg, als ich mich näherte. In der Decke befand sich eine versiegelte Röhre, die zurück zu dem Chemielabor führte, wo sie die Mutagene aus ihm herausgefiltert hatten.

Er schien in schlechtem Zustand zu sein. Doktor Zarg war zwar bei dem Entnahmeprozess vorsichtig gewesen und hatte so wenig Schaden wie möglich angerichtet, aber nachdem Warner das Kommando übernommen hatte, war die Gesundheit des Jungen unwichtig geworden. Er hatte sechs bis zehn Pfund abgenommen, und seine Schuppen hatten ihren Glanz verloren. Deutlich erkennbare Narben formten sich an den Stellen, wo die Schläuche und Kabel mit ihm verbunden gewesen waren.

Ich hob ihn ganz vorsichtig von dem Tisch. Er war so zerbrechlich. Ich hätte ihn mit einem einzigen Griff zerquetschen können. Das war mein Ziel gewesen. Holt eliminieren, die Gefahr beseitigen, dass noch einmal jemand auf die tolle Idee kam, einen kleinen Jungen zu benutzen, um Empire in Gefahr zu bringen. Es wäre so einfach gewesen. Nichts weiter dabei. Holt hätte nicht einmal etwas gespürt – und dieses Chaos wäre beendet gewesen.

Das war vorher. Jetzt war ein Monster auf dem Weg hierher, zu Holt, lebendig oder nicht, um die DNS des Jungen aufzunehmen. Nein, ich musste Holt hier herausbringen. Lebend war das genauso einfach wie tot.

Während eine unaufhaltsame Mutanten-Aberration die ganze Stadt in Gefahr brachte, war ich plötzlich dankbar dafür. Jetzt würde ich keine Entscheidung treffen und herausfinden müssen, was für eine Art Robo ich war. Konnte ich jemanden töten, sogar einen unschuldigen Jungen, selbst wenn es die logischste Entscheidung war? Wenn ich es nicht konnte, bedeutete das, dass ich diese schwer zu fassende Eigenschaft der Menschlichkeit besaß oder war ich dann einfach nur dumm? Wenn ich es konnte, war ich dann genau der mitleidlose Automatische, als der ich gebaut worden war, oder tat ich nur, was getan werden musste? Lauter gute Fragen, aber sie würden nicht heute beantwortet werden. Und ich hoffte, das musste auch nie geschehen.

Holt stöhnte und öffnete ein wenig die Augen. Er sprach so leise, dass ich es kaum erfasste.

»Mack«, sagte er. »Du hast mich gefunden. April sagte mir, dass du das tun würdest. Sie sagte mir, ich solle keine Angst haben.«

»Ja, Junge«, sagte ich. »Alles wird gut.«

Er lächelte unter Schmerzen, dann schloss er die Augen und schlief wieder ein. Nur dass Schlaf ein zu freundliches

Wort dafür war. Er war ohnmächtig geworden, bewusstlos. Sein Atem ging flach und unregelmäßig. Ich musste ihn hier herausbringen, ein Krankenhaus finden und ihn noch fünf Minuten vom Bauch des Monsters fernhalten.

Die Aberration kreischte, als sie sich gegen den Schutzraum warf. Inzwischen hatte sie so viel gefressen, dass sie zu groß war, um durch die Türen zu passen. Stattdessen hämmerte das Ding gegen die Wände und versuchte, mit einem seiner Arme hereinzugreifen. Ich trat ihm so gegen die Knöchel, dass es die Extremität zurückzog, aber die Wände lösten sich unter seiner ätzenden Berührung auf und gaben unter seinen kraftvollen Schlägen nach. Sie würden nicht länger als ein paar Sekunden standhalten.

Ich griff nach oben und riss die Versiegelung der Röhre über meinem Kopf ab. »Halt durch, Holt!« Ich weiß nicht, warum ich das sagte. Er konnte mich nicht hören.

Ich aktivierte meinen Booster und startete mit Raketenantrieb die Röhre hinauf, in Richtung Labor. Es war allerdings ein langer Weg, und der Gürtel hatte nicht mehr genug Saft für auch nur einen Sprung. Also grub ich auf halber Höhe meine Finger in die Röhrenwand und hing da, hielt Holt in meinem beschädigten Arm, der dafür noch funktionstüchtig genug war, und wartete, bis sich der Booster neu geladen hatte.

Unter mir schrie das Monster und knurrte, während es den Schutzraum zerlegte. In einer Sekunde würde es bemerkt haben, dass Holt nicht da war und uns verfolgen. Das Ding hatte eine Art Verbindung zu Holt. Ich nahm an, es würde nicht lange so verwirrt bleiben.

Der Booster brauchte länger als sonst zum Nachladen.

Er nutzte sich ab. Ich brauchte ihn nur, um ein kleines bisschen länger auszuhalten. Nur einmal noch. Mehr verlangte ich gar nicht.

Ich schaltete mein Funkgerät an: »Humbolt, bist du da?«

»Ja, Mack«, antwortete er.

»Ich muss mit den Cops reden.«

»Gut zu wissen«, sagte Humbolt. »Wir haben hier draußen verdammt viele Cops.«

»Detective Alfredo Sanchez«, sagte ich. »Klein, pelzig, sieht aus wie eine Ratte. Finde ihn!«

»Ich bin dran.«

Unter mir wurde die Aberration plötzlich still. Selbst ihr rasselnder Atem hörte auf. Ich wusste nicht, ob sie nach Holts Geruch in der Luft schnüffelte oder telepathisch scannte, aber ich war sicher, lange würde sie nicht brauchen, um die Fährte aufzunehmen.

Das Ding hob den Kopf, sah mir direkt in die Optiken und lachte. Ich schwöre, es lachte. Habe die Aufzeichnung des Geräuschs dreimal abgespielt, und jedes Mal konnte es nur ein Kichern sein. Ein hungriges, boshaftes Kichern.

Es war zu groß, um leicht in die Röhre zu passen, aber es war matschig genug, um sich nach oben zu quetschen. Sein tropfendes Fleisch löste sich am Rand auf und machte seinen Aufstieg mit jedem Zentimeter leichter.

»Komm schon, Lucia! Lass mich nicht hängen!«

Der Gürtel reaktivierte sich.

Ich boostete den Rest des Weges, als die Aberration kurz davor war, mich am Fuß zu packen. Meine Kraft genügte nicht ganz, und ich schaffte es gerade bis zur Kante. Ich griff mit meiner freien Hand danach und zog mich hoch, ohne Holt dabei zu verlieren. Doch es blieb keine Zeit, um mir selbst zu gratulieren. Hinter mir kreischte die Aberration. Ich hatte einen Vorsprung von fünfzehn oder zwanzig Sekunden herausgearbeitet. Vielleicht weniger.

Ich befand mich immer noch sechzehn Stockwerke unter der Erde. Also musste ich schnell nach oben. Meine Speicherdatei führte mich zu einer nahe gelegenen Strecke von Not-Levitatorgondeln. Sie waren rein zu Evakuierungszwecken gedacht und funktionierten nur in einer Richtung: nach oben. Was glücklicherweise auch die Richtung war, in die ich wollte. Mit etwas Glück waren sie noch nicht alle weg.

Eine war übrig, und eine Gruppe von fünf Abweichlern wartete darauf einzusteigen. Sie erschraken bei meinem plötzlichen Erscheinen und zogen ihre Waffen.

»Wir haben keine Zeit für so etwas«, sagte ich.

Die Aberration brüllte, und man konnte hören, wie sie sich in unsere Richtung schlug.

Sie senkten ihre Waffen, und die Anführerin, eine nagerartige Frau, drückte ein paar Knöpfe auf der Sicherheitskonsole.

»Unzulässiger Code«, antwortete die Konsole mit arroganter Stimme.

Ihre zitternde Hand stocherte nach den Tasten, und die Konsole sagte wieder: »Unzulässiger Code.«

Biologische. Unter Druck konnte man sich einfach nicht auf sie verlassen. Zumindest nicht auf die meisten von ihnen. Ich grub in meiner Manteltasche und stöpselte ein weiteres von Lucias Spielzeugen in die Konsole. Sie leuchtete auf.

Die Aberration erschien am Ende des Flurs. Wie konnte etwas, das so bizarr proportioniert war und trampelte, sich so schnell bewegen? Das Monster stürmte auf uns zu.

»O Scheiße«, flüsterte einer der verängstigten Labortechniker.

Lucias Ding läutete fröhlich, während es die Sicherheitskonsole besiegte. Ich schob mich zuerst in die Gondel, und der Rest sprang hinter mir hinein. Ich hieb auf den Aktivierungsknopf, als eine riesige Hand hereingriff und einen der Biologischen schnappte. Seine Schreie wurden von einem plötzlichen Knirschen abgeschnitten. Dann schlossen sich die Türen, und die Gondel schoss nach oben.

»Was ist das?«, fragte die Nager-Wissenschaftlerin. »Was ist das?!« Als gäbe es eine Antwort auf diese Frage, die alles besser machen würde.

Ich kontrollierte Holt. Er blieb bewusstlos, trotz der holprigen Fahrt und dem Monster, das da draußen war, um ihn zu verschlingen.

»Mack, ich hab den Cop, den du wolltest«, funkte Humbolt. »Ich stell ihn dir jetzt durch. Sprechen Sie einfach in meine Gesichtsplatte, Detective.«

»Was zur Hölle geht hier vor, Mack?«, fragte Sanchez.

»Keine Zeit für Fragen«, sagte ich. »Folgendes musst du für mich machen: Ich werde an der Südseite des Gebäudes herauskommen. Ich brauche ein schnelles Rotorcar, das bereit ist, augenblicklich abzuheben. Ich habe hier einen Jungen, der medizinische Versorgung benötigt. Und was noch wichtiger ist: Er muss von dem Ding ferngehalten werden, das mich verfolgt.«

»Ding? Was für ein Ding?«

»Großes, gefährliches Ding«, antwortete ich. »Es wird direkt hinter mir sein, und es ist hungrig. Evakuiere alle Biologischen aus der Gegend. Du hast dreißig Sekunden.«

»Das kann ich nicht, Mack! Wir sind hier im Nukleus! Hier draußen geht's im Moment zu wie im Taubenschlag!«

»Finde einen Weg«, sagte ich, »oder eine Menge Leute werden in jetzt noch siebenundzwanzig Sekunden sterben. Megaton over and out.«

Ich verlangte viel, und wenn Sanchez Zeit mit Diskussionen mit mir verschwendete, würde es ohnehin nicht erledigt werden. Aber er antwortete nicht, und ich nahm an, er würde sich darum kümmern.

Die Gondel hielt im Erdgeschoss, und die Biologischen zerstieben in alle Richtungen. Ich rannte zum Südausgang hinaus. Sanchez und seine Männer waren immer noch dabei, die Umgebung zu räumen. Sie hatten nicht einmal eine Bresche in die Menge geschlagen. Verführerische Klumpen aus Fleisch und DNS waren einfach überall. Selbst wenn die Aberration Holt nicht in die Finger bekam, konnte sie in den dreieinhalb Minuten, die sie noch zu leben hatte, eine Menge Schaden anrichten.

Sanchez stand für mich bereit. Er machte es mir nicht schwer, führte mich einfach durch die Menge zu einem wartenden Rotorcar. Ich übergab Holt einem Cop. Das Car schoss in die Lüfte. Ich drehte mich zum Carter Centre um.

»Du musst diese Leute hier wegbringen«, sagte ich zu Sanchez.

»Wir tun, was wir können«, gab er zurück. »Was ist das nun für ein großes Ding, das hinter dir her ist?«

Die Aberration brach durch die Glastür. Das Ding, das einmal Warner gewesen war, erschien nun als ein riesenhaftes Vieh aus rauchendem Fleisch und unförmigen Gliedmaßen, fünf Meter hoch. Seine durcheinandergebrachte DNS konnte sich nicht mehr entscheiden. Haarige Büschel, schuppige Flecken und hungrige Mäuler erschienen und verschwanden auf seiner chaotischen Hülle. Seine drei Augen bewegten sich unabhängig voneinander und suchten die Menge ab.

»Oh, verdammt«, sagte Sanchez.

Das Monster schlug sich auf die Brust und brüllte. Jede seiner Bewegungen schleuderte Klumpen sich auflösenden, ätzenden Fleisches durch die Straßen. Es zögerte, verwirrt durch das Buffet von drängelnden Happen, das es vor sich hatte. Ein tapferer Cop zog seine Strahlenkanone und versuchte, es zu vernichten. Er zog damit aber nur seine Aufmerksamkeit auf sich. Es ergriff ihn und verschluckte ihn in zwei Bissen.

Der Rest der Cops begann, die Aberration zu beschießen. Es war ihr Job zu versuchen, sie aufzuhalten. Doch es war auch reine Zeitverschwendung.

»Wie zur Hölle stoppen wir so etwas?«, fragte Sanchez.

»Tun wir nicht. Bring verflucht noch mal alle außer Reichweite!«, sagte ich. »Ich lenke es ab.«

»Kannst du es töten?«, fragte Sanchez, aber ich war schon unterwegs.

Ich musste es nicht töten. Ich musste es nur ungefähr zweihundert Sekunden lang beschäftigen, unter der Annahme, dass Zarg recht hatte. Ich hoffte, er war so schlau, wie man sagte.

In den vier Sekunden, die ich brauchte, um es zu erreichen, fraß das Monster drei weitere Cops und zwei glücklose Zivilisten. Und es schien nicht mal langsam satt zu werden.

Ich warf mich dagegen, hob es von den Beinen und versuchte, es zurück ins Carter Centre zu schieben, weg von der Straße. Das klappte aber nicht recht. Die Art, wie es seine Haut abwarf, machte einen festen Griff unmöglich. Ich schaffte es nur dreieinhalb Meter weit, bevor es den Halt zurückgewann und begann, dagegen zu drücken.

Das Ding war stärker als ich, und es hatte den Gewichtsvorteil. Ich versuchte es mit der Gravitationsklammer, aber der Gürtel war ausgebrannt. Die Aberration schüttelte mich ab und schleuderte mich zur Seite. Ich glitt über das Pflaster und kollidierte mit einem parkenden Buzzbug. Die Aberration wandte mir den Rücken zu, tat mich als ungenießbares Ärgernis ab.

Ich grub die Finger meines funktionstüchtigen Arms in die Haube des Buzzbugs, führte eine schnelle Flugbahnvorhersageberechnung durch und schleuderte ihn auf das Monster. Er segelte in einem perfekten Bogen und kollidierte mit dem Hinterkopf des Dings. Der Mutant taumelte und sah ärgerlich in meine Richtung.

Ärger. Genau das, was ich brauchte.

Ich warf einen Treader und ließ ihm sofort einen weiteren Buzzbug folgen. Sie alle schlugen gegen den sich auflösenden Schädel der Aberration, und auch wenn sie keinen wirklichen Schaden anzurichten schienen, verärgerten sie das Ding. Ein stinksaures Monster war ein abgelenktes Monster.

Ich war gerade dabei, ein Gyroped zu schleudern, als die Aberration plötzlich herumwirbelte. Zwei Antennen waren ihm an der Stirn gewachsen, während es spontan mutierte. Sie knisterten vor blauer Energie und entfesselten einen Strom konzentrierter Strahlung. Das Gyroped – mit Glas, Stahl und allem – zerfiel zu Pulver. Meine unzerstörbare Kleidung auch. Meine Legierung hielt stand, aber meine Strahlenschirme waren wirkungslos. Eine kurze Liste innerer Defekte blitzte in meinen Diagnosedateien auf, und dreißig oder vierzig Sekunden Bestrahlung hätten meine lebenswichtigen Schaltkreise verbrutzeln können.

Die Kreatur war nicht schlau genug, das zu begreifen, sodass sie, als ich mich nicht in einer Rauchwolke auflöste, den Strahl abstellte. Sie ließ sich auf alle viere fallen und griff an. Mein Reflexmodell musste beschädigt sein, und das Monster war auf mir, bevor ich reagieren konnte. Es schlug mit einer riesigen Pranke nach mir. Ich wurde hoch in die Luft geschleudert und stürzte in eine kleine Gruppe von Zivilisten. Es war eine wundersame Besonderheit, dass ich auf keinem von ihnen landete, aber nicht unbedingt Glück, denn das Ding schien ziemlich sauer auf mich und kam nun herüber.

Ein Blaster traf das Vieh aus heiterem Himmel und schoss ihm ein Stück von der Schulter weg. Die Aberration knurrte neugierig, mehr verblüfft als verletzt. Ihre Augen scannten die Menge und fanden Sanchez, der auf einem Rotorcar stand. Der kleine Kerl war mutig, das musste ich ihm lassen. Und er war bestimmt gleich tot.

»Komm schon!«, rief er. »Ich bin hier! Hier drüben!« Er schoss ein paar Löcher in die Brust der Aberration.

Die Antennen des Dings knisterten wieder. Es würde nicht genug von Sanchez übrig bleiben, um eine Teetasse zu füllen.

Ein weiterer Strahl traf es überraschend: Jung feuerte von hinten. Ein Dutzend Cops schlossen sich an, und ein Trommelfeuer von Strahlen schlug der Aberration Löcher ins Fleisch. Sie krampfte und knurrte. Doch sie starb nicht. Die Antennen auf ihrem Kopf glühten heller, und ich ermittelte den schnell ansteigenden Pegel einer unidentifizierten Strahlung in der Luft. Sie war noch nicht gefährlich, baute sich im Schnelldurchlauf aber zu einem totalen Desaster auf.

Mein Reflexmodell sprang endlich an. Ich stürmte gebückt vorwärts und schlug der Aberration die Beine unter dem Körper weg. Sie stürzte. Ich gab ihr keine Zeit, sich zu erholen. Ich warf mich auf sie, schnappte die Antennen und riss sie aus. Sie zischten, aber nicht bevor ein gefährlicher Stoß meine Arme hinaufwanderte und meine Strahlenschirme ignorierte. Schaltkreise wurden kurzgeschlossen. Hydrauliken wurden gesperrt. Mein Vokalisierer kreischte. Einer meiner Arme funktionierte jedoch noch. Ich stellte ihn auf Automatik und hämmerte weiter.

Dann konzentrierte ich mich auf den klumpigen Kopf des Dings und versuchte, es desorientiert, konfus und am Boden zu halten. Das schien zu funktionieren. Ich schlug sein Gesicht flach. Zwei seiner drei Augen sprangen aus dem Kopf, und Schleim bedeckte meine Arme und Vorderseite.

Zwanzig Sekunden später tauchte die Aberration plötzlich aus ihrer Verwirrung auf und rollte sich auf die Seite.

Mit meinen blockierten Beinen fiel ich auf den Rücken. Das Ding stand auf, versetzte mir einen Tritt und brüllte.

Dann plumpste es mit einem Stöhnen hin. Seine Haut glitt in rauchenden Stücken von ihm ab. Es hob den rechten Arm, und die Gliedmaße fiel ab. Es schwankte zur einen Seite, dann zur anderen und brach mit einem Gurgeln zusammen. Mein Chronometer war kaputt, aber Zargs Sieben-Minuten-Frist musste wohl endlich vorüber sein.

Meine Hydrauliken kamen so weit wieder online, dass ich stehen konnte.

Die Aberration war jetzt ein undefinierbarer Haufen Fleisch. Verdrehte Knochen standen aus ihrer sich auflösenden Haut, aber selbst die Knochen lösten sich in dieselbe grün zischende Schlammpfütze auf. Sie atmete lange Zeit weiter. Flache, mühsame Atemzüge; auch als es nichts weiter als eine Schleimpfütze war, atmete sie noch weiter, für ... nun ja ... ich wusste nicht, für wie lange noch, aber es schien mir sehr, sehr lange.

Dann, mit einem letzten Gurgeln, hörte es auf.

Sanchez stand neben mir. Er hielt sein Gewehr im Anschlag. »Verdammt, Mack, ist es tot?«

Meine einzige Antwort war ein stetes, statisches Zischeln, das einzige Geräusch, dessen mein Vokalisierer im Augenblick fähig schien.

Mein Diagnoseprogramm meldete ein fehlerhaftes System. Es war mein Diagnoseprogramm, was bedeutete, dass alles andere ungewiss blieb. Ich wusste nicht, wie schlimm mein Schaden war, aber meine Optiken scannten die Welt flach und grau. Ich fiel vornüber und merkte es nicht einmal, bis mir bewusst wurde, dass Sanchez in einem vertikalen Winkel stand.

Er sagte etwas. Ich hörte das Geräusch, erkannte seine Stimme, konnte aber keine Worte entziffern.

»Zzzzzzzzt«, antwortete ich.

Und dann schaltete ich ab.

ZWEIUNDZWANZIG

Ich reaktivierte mich dreiundzwanzig Tage später. Diese Information bestätigte, dass mein Chronometer funktionierte. Und hoffentlich auch alles andere.

Eines nach dem anderen meldeten sich meine Systeme und Programme zurück. Mein Visualisierer ging online, und ich scannte eine junge blonde Frau, die vor mir stand.

Sie lächelte. »Hey, Hübscher, wie fühlst du dich?«

»Statusreport: Funktionsfähig.«

»Was bist du nur für ein Charmeur!«

Ich stand aufrecht, sauber und poliert, und trug einen neuen Anzug. Ein Blick in die Runde bestätigte mir, dass ich mich in einem unbekannten Labor befand. »Wo bin ich?«

»In meinem Privatlabor«, antwortete sie. »Das unter meinem Apartment. Erinnerst dich wohl nicht, was?«

»Negativ«, sagte ich. In meinen Audios herrschte immer noch ein wenig Statik.

»Erinnerst du dich an mich?«, fragte sie.

»Ich erinnere mich an dich. Nur nicht an deinen Namen.«

»Überrascht mich nicht. Deine Einbauten haben einen höllischen Schlag abbekommen. Die Hardware konnte ich reparieren, und Doktor Mujahid hat die grundlegenden Koordinationsprogramme umcodiert. Deine Speichermatrix hat das meiste abbekommen, aber sie konnte die meisten Dateien wieder herstellen. Hier und da fehlen noch ein paar Stückchen.«

»Welche Art von Stückchen?«

»Oh, nichts allzu Wichtiges. Du wirst ein paar Dinge wieder neu lernen müssen, aber das dürfte nicht lange dauern. Übrigens kannst du mich Lucia nennen. Oder Miss Napier, wenn dir das lieber ist.«

»Ich denke, Lucia ist mir lieber«, sagte ich.

Sie nickte. »Mir auch.«

»Du bist aus dem Gefängnis raus.«

»Kein Grund, mich länger festzuhalten. Die Anklagen wurden fallen gelassen. Die ganze unschöne Angelegenheit wurde unter den Teppich gekehrt. Als sei es nie passiert.« Lucia schob eine Trittleiter zu mir herüber und stieg darauf, um meine Krawatte zurechtzurücken. »Tu mir einen Gefallen und heb die rechte Hand, Mack.«

Das tat ich.

»Das ist die linke.«

»Hoppla.« Ich kehrte die Richtungsdefinitionen um und versuchte es noch einmal. Diesmal machte ich es richtig.

»Geh mal einen Schritt rückwärts«, sagte sie.

Ich bewegte mich und stieß sie von ihrem Hocker. Sie war darauf vorbereitet und sprang rechtzeitig zur Seite. »Nein, das ist vorwärts.«

Ich korrigierte auch das.

»Vielleicht ist er noch nicht so weit, Boss?«, meldete sich ein sprechender Metallpfosten zu Wort. Ein Butlerauto, wie meiner Unterscheidungssoftware bewusst wurde. Die Namenserkennung ließ mich auch diesmal im Stich.

»Blödsinn, Humbolt.« (Ich speicherte das.) »Er muss irgendwann da raus. Jedenfalls hat mir der Doktor versichert, dass er, wenn er anfängt, alltäglich zu funktionieren, in einer oder zwei Wochen wieder tipptopp in Ordnung sein kann.«

»Bitte zurücktreten.« Ich führte eine Reihe von Testmanövern durch, kontrollierte grundlegende Leitungsrelais und Servoreaktionen. Meine mechanischen Grundfunktionen waren in Gang gekommen. Mit möglichen Programm-Glitches würde ich mich auseinandersetzen, wenn sie auftraten. »Mir geht's gut.«

Lucia wies Humbolt an, den Gästen zu sagen, dass wir in Kürze oben sein würden. Ich fragte mich, wer dort auf uns wartete und ob ich mich an alle erinnern würde.

»Was ist mit den Bleakers?«, fragte ich. »Julie? April? Holt?«

»An sie erinnerst du dich also.« Sie zog eine Augenbraue hoch. »Da kann man schon Komplexe bekommen, weißt du?«

»Lucia ...«

»Oh, es geht ihnen gut. Holt war ein bisschen unterernährt, aber sonst unverletzt.«

»Und die Pilger?«, fragte ich, wobei mir klar wurde, dass eines der Dinge, die ich verloren hatte, Greys nervtötender kleiner Wurm war, der mich davon abhielt, gewisse Themen anzusprechen.

Alfredo Sanchez war die Treppe heruntergekommen. »Wir versuchen, nicht über sie zu sprechen, Mack. Streng geheim.« Er trug eine schwarze Freizeithose, Budapester und ein Hawaiihemd mit Palmen darauf. Es war das erste Mal, dass ich ihn nicht im Anzug sah. Zumindest das erste Mal, an das sich meine Speichermatrix erinnern konnte.

»Wie geht's ihm?«, fragte er Lucia.

»Er wird in null Komma nichts wieder wie neu sein. Ich lasse euch Jungs mal ein paar Dinge klären. Kommt nach oben, wenn ihr so weit seid.« Sie schob die Trittleiter wieder heran und benutzte sie, um hoch genug zu reichen und mir einen Kuss auf die Gesichtsplatte zu drücken. »Aber lasst uns nicht zu lange warten. Übrigens, Detective, in meinem Labor wird nicht geraucht.«

Sie tänzelte die Treppe hinauf, sah über die Schulter und zwinkerte, bevor sie durch die Tür ging.

»Gutes Aussehen, Persönlichkeit, Köpfchen, Geld.« Sanchez pfiff, während er eine Zigarette in ihre Schachtel zurücksteckte. »Wie bist du an so ein Mädchen gekommen?«

Ich hätte fast gesagt, sie sei nicht mein Mädchen, aber andererseits war sie es vielleicht doch. Wenn ja, war ich ein glücklicher Robo. Oder zumindest nahm ich das an.

»Wusstest du Bescheid, Sanchez? Über die Pilger?«

»Nicht so richtig. Ich meine, ich hatte eine Ahnung davon. Wusste, dass etwas vor sich ging, dass jemand außer den Big Brains und dem Gelehrten Rat Fäden in Empire zog. Fällt schwer, meinen Job zu machen und das nicht zu bemerken. Aber ich kenne immer noch nicht alle Details. Top Secret, Schweigen ist Gold, du weißt ja, wie's läuft.

Okay, Mack«, sagte er. »Wir müssen jetzt noch ein paar Einzelheiten durchgehen. Ich mach es kurz. Dieses Chaos im Nukleus hat ein paar Dinge verändert, solange du offline warst. Hat die Pilger gezwungen, sich zu outen. Wir halten sie immer noch vor der breiten Öffentlichkeit geheim, aber inzwischen haben sie die Gespräche mit dem Gelehrten Rat eröffnet. Gehen jetzt ehrlich mit allem um. Hoffentlich hilft das, in Zukunft Ärger mit übereifrigen Aliens zu vermeiden.«

Ich dachte über die Veränderung nach. Die Pilger, einst zufrieden damit, Empire City aus den Schatten heraus zu manipulieren, hatten ihre ersten Schritte aus dem Dunkel gemacht. Sie versteckten sich immer noch, und vielleicht konnte ich ihnen das nicht einmal vorwerfen. Empire war unter Umständen bereit für Aliens, die durch seine Straßen gingen. Wenn aber nicht, dann wäre es eine Katastrophe, sobald sie sich zeigten. Es war wohl besser, auf Nummer sicher zu gehen.

»Das Gute ist, dass die Pilger uns erlaubt haben, ein Gegenmittel für das Mutagen herzustellen. Eine Art Geste des guten Willens. Wir machen es langsam, deshalb ist es nicht traumatisch für Holt, aber bald werden die Big Brains genug haben, um jede Bedrohung zu neutralisieren, falls es nötig werden sollte.«

»Was ist mit dem Carter Centre, dem Labor der Abweichler, dem riesigen Puddingmutant, der fast den halben Nukleus gefressen hat?«

»Mal wieder ein Betriebsunfall«, sagte Sanchez. »Passiert jeden Tag.«

Ich fragte mich, ob die Leute die Wahrheit wissen wollten. Ob es überhaupt eine Rolle spielte. Vermutlich nicht.

»Hab hier ein paar Sachen für dich.« Er grub in seinen Taschen, zog ein Papier und eine Datenröhre heraus. »Der Gelehrte Rat kann deinen Dienst für die Stadt nicht offiziell würdigen, aber als Zeichen ihrer Dankbarkeit wollen sie dir das hier geben.« Er faltete das Papier auseinander. »Dein Bürgerrechtszertifikat. Willkommen im Club.«

»Danke.« Ich scannte es. Es war nur ein Stück Papier, aber ich hatte es wohl verdient. Vielleicht würde ich es rahmen lassen.

Er hielt die Datenröhre hoch. »Das wurde von den Pilgern vorbereitet. Sagten, es sei nur für deine Optiken bestimmt. Da steht drin, wo du herkommst. Hat sich wohl rausgestellt, dass Professor Megalith gar nicht so helle ist. Nur ein wissenschaftlicher Techniker der Pilger, der als Mensch durchgehen kann. Hat hier und da ein paar Entwürfe und Teile gestohlen und versucht, sie zu seinen eigenen Zwecken zu nutzen.« Er legte sie auf den Tisch. »Ich weiß nicht viel über diese Dinge, aber die Details stehen alle hier drin.«

Sanchez holte eine Zigarette heraus und steckte sie sich in den Mund, ohne sie anzuzünden. »Na ja, das war wohl so ungefähr alles. Noch Fragen?«

»Ja. Warum bin ich funktionstüchtig? Sieht so aus, als könnten mich manche für ein Sicherheitsrisiko halten, mit all dem, was ich aufgezeichnet habe.«

»Frag mich nicht, Mack. Wie gesagt, man weiß es nicht.

Keiner hat mich darüber aufgeklärt. Vielleicht, weil du Gutes getan hast. Die Welt legt die Guten nicht immer aufs Kreuz.«

»Nicht immer«, sagte ich. »Aber meistens.«

»Ich sehe, dein Zynismusindex wurde nicht auf Null gestellt. Und, bist du bereit für deine Party?«

Ich nahm mir einen Moment Zeit und steckte die Datenröhre in meine Manteltasche. »Ja, ich bin bereit.«

Die Party war eine kleine Angelegenheit, acht Biologische und Humbolt. Ich hatte nicht alle Namen parat, und die Hälfte der Namen, die ich kannte, war mit den falschen Gesichtern verbunden, aber irgendwann war alles sortiert. Es gab Kuchen und Bowle für die Biologischen, und alle wollten mich unbedingt begrüßen. Es gab eine Menge Smalltalk und Umarmungen und Händeschütteln. Die meiste Zeit blieb ich still und ließ mir von den Leuten sagen, wie sehr sie mich vermisst hatten.

Irgendwie hatte ich Freunde gewonnen. War nicht geplant gewesen. Passierte einfach irgendwie. So funktionierten Freundschaften wohl.

Sogar Doktor Mujahid tauchte auf. Sie und Jung verstanden sich sofort prächtig. Sie saßen auf Lucias Couch, redeten und lachten. Ich hatte den Doc nie vorher lachen hören, aber Jung konnte ein charmanter Gorilla sein.

Sanchez stellte mich seiner Frau vor. Ich hatte nicht mal gewusst, dass er verheiratet war. Sie war eine Normale, und eine große dazu, eins achtzig mit Absätzen. Sanchez reichte ihr kaum bis zur Taille.

»Alfie redet so wundervoll von Ihnen«, sagte sie.

»Tatsächlich?«

»O ja«, antwortete sie. »Sagt, Sie seien so unverwüstlich, dass Sie einen großartigen Cop abgeben würden.«

»Eigentlich habe ich gesagt, er sei unverwüstlich, aber eine Nervensäge. Und er würde einen guten Cop abgeben, wenn er nicht so ein Auspuffstutzen wäre.« Sanchez schnaubte. »Komm, Rosa. Holen wir uns eine Bowle.«

Sie schüttelte den Kopf. »Ach, er ist so leicht in Verlegenheit zu bringen. Entschuldigen Sie uns bitte, Mack.«

»Kein Problem. Wir sprechen uns später, Alfie.«

Sanchez murrte und zerrte seine Frau weg.

Jemand zog an meiner Hose. Ich wandte mich um und scannte April. »Hey, Kleine! Wie geht's?«

Sie versuchte zu lächeln, wischte sich aber eine Träne weg.

Ich kniete mich hin. »Was ist los?«

Sie umarmte mich. »Ich habe meinen Daddy umgebracht«, sagte sie leise und erstickt.

»Es war nicht deine Schuld.«

»Aber ich wusste, dass sie ihn töten würden. Ich wusste es, als sie uns mitgenommen haben. Aber ich habe zugelassen, dass sie uns mitnehmen, weil ich wusste, dass ich es tun musste. Ich musste es tun.«

Sie schniefte. Sie weinte nicht richtig, aber sie war kurz davor. Dann klammerte sie sich fester an mich.

»Ich wusste, dass alle sterben würden. Und ich wusste, dass du es stoppen musstest. Und der einzige Weg, dich dazu zu bringen, es zu stoppen, war, sie uns mitnehmen zu lassen. Sie meinen Daddy umbringen zu lassen.«

»Na, na, Kleine!« Ich strich ihr vorsichtig über den Rücken. »Du hast getan, was du tun musstest.«

Leere Worte, das wusste ich. Vor allem für ein kleines Mädchen, dem die Fähigkeit aufgebürdet war, die Zukunft zu sehen. Jetzt hatte ich es verstanden. Das war der Grund, warum sie mich nicht um Hilfe gebeten hatte. Warum sie mir einen Zettel zugesteckt hatte, von dem sie gewusst hatte, dass ich ihn nicht sofort scannen würde. Sie hatte die Zukunft gesehen, eine Zukunft, in der Empire in seinem eigenen technotopischen Irrsinn brannte, und sie hatte gewusst, dass ihr niemand glauben würde. Nicht ihre Mutter, und ebensowenig die Cops oder ich. Sie hatte es eingerichtet, so gut sie konnte, damit ich mitten in einer Alienverschwörung landete. Sie hatte es getan, obwohl sie wusste, es würde ihren Vater töten.

Das war eine schwere Entscheidung für ein kleines Mädchen, aber sie hatte sie getroffen. Jetzt musste sie herausfinden, wie sie damit leben konnte. Und das war noch schwerer.

»Was Gavin ... deinem Vater passiert ist, hätte nicht passieren dürfen. Aber es ist nicht deine Schuld. Du hast ihm nicht wehgetan. Das waren sehr böse Leute.«

»Aber mein Daddy ...« Sie entzog sich mir und wischte sich mit dem Ärmel unter der Nase entlang. »Ich wusste ...«

»Schhhhht. Komm.« Ich hob sie hoch und ging zum Balkon hinüber. »Siehst du diese Stadt? Schau dir all die Lichter an. Jedes von diesen Lichtern ist eine Person, jemand, dem du geholfen hast. Kannst du sie alle zählen?«

Sie schüttelte den Kopf.

»Das sind eine Menge Leute, nicht?«

Sie nickte.

»Eine Menge Familien. Eine Menge Väter, wette ich.«

»Mhmmmm.«

»Und dein Bruder. Was ist mit ihm? Ihm hast du auch geholfen, nicht wahr?«

»Ja.«

»Und deiner Mom. Und mir. Mir hast du auch geholfen.«

»Wirklich?« Misstrauisch verengte sie die Augen. »Wie?«

»Du hast mir gezeigt, dass ich auch Leuten helfen kann.«

Sie lächelte, ganz leicht.

»Du hast das Richtige getan, Kleine. Es ist nicht immer leicht, das Richtige zu tun. Eigentlich ist es das fast nie. Die meisten Erwachsenen schaffen es nicht, es zu tun, wenn es sein muss. Dein Vater wäre stolz auf dich, weil du so ein großes Mädchen bist.«

Am Balkoneingang scannte ich Lucia. Sie lächelte auch, und ihre Augen waren feucht.

Ich wollte die Träne von Aprils Wange wischen, vertraute meiner Feinmotorik aber noch nicht genug, um es zu versuchen.

»Glaubst du wirklich, mein Daddy wäre stolz auf mich?«

»Ja, Kleine. Das weiß ich. Denn deine Mom und dein Bruder und ich, wir sind alle sehr, sehr stolz auf dich. Lucia auch.«

»Das stimmt, Süße.« Lucia kam herüber und nahm mir April ab. Sie umarmte sie fest. Die Art von Umarmung, von der ich wünschte, ich könnte sie ihr geben, ohne sie zu zerquetschen. Dann setzte sie sie ab und umarmte sie noch einmal. »So, willst du dir jetzt nicht ein Stück Kuchen holen?«

April wickelte eine ihrer winzigen Hände um meinen Daumen. »Mack, ich hab dich lieb!«

»Ich hab dich auch lieb, Kleine.«

Sie sah Lucia an. »Bist du Macks Freundin? Du bist hübsch!«

»Und klug«, sagte ich.

Lucia beugte sich vor und gab April einen Klaps auf den Po. »Na los, Kleine!«

April ging und gesellte sich zu ihrer Mutter und ihrem Bruder in der Wohnung. Sie hatte noch nicht zu ihrem hüpfenden Gang und zu dem Glänzen in ihren Augen zurückgefunden. Aber sie war noch jung, und Kinder waren robust. Sie umschlang Holt in einer Umarmung. Er umarmte sie wieder.

Julie blickte durch das Apartment und weinte ebenfalls ein wenig. Schien an diesem Abend die Runde zu machen. Sie schickte mir ein tonloses »Danke«. Ich nickte ihr zu.

»Du kannst gut mit Kindern umgehen, Mack«, sagte Lucia.

»Ja. Ich wäre ein wundervoller Kindermädchen-Auto.«

Lucia lehnte an der Balkonbrüstung. Ich stand neben ihr. Wir genossen für fünfundzwanzig Sekunden die Aussicht.

»Und, bist du meine Freundin?«, fragte ich.

»Ich weiß nicht. Bin ich das?«

Sie lachte, verriet mir aber nicht, warum.

Ich zog die Datenröhre aus meiner Tasche. Die mit all den Antworten. Die Fragen waren mir nicht wichtig. Sie waren es nie gewesen. Ich zerquetschte die Röhre mit einem Druck meiner Finger und ließ die Brösel von Schaltkreisen und Plastik im Wind davonwehen.

»Was war das?«, fragte sie.

»Nichts Wichtiges.«

»Also, Mack, du hast die Lage gerettet, bist zum Bürger geworden.« Sie legte ihre zierliche Hand in meine übergroße Handfläche. »Was kommt als Nächstes?«

»Ich denke darüber nach, ein Detektivbüro zu eröffnen. Hab sogar schon einen Partner.« Ich warf einen Blick auf Jung, der immer noch ins Gespräch mit meiner Seelenklempnerin vertieft war. Ich hoffte, er erzählte ihr keine Geschichten.

»Ich habe ein altes Büro, das du benutzen kannst«, sagte sie.

»Phantastisch. Du musst es mir irgendwann mal zeigen.«

Sie lachte wieder, und ich gewann den Eindruck, es gäbe da einen Witz, den ich nicht verstand.

»Ernsthaft, Lucia. Ich weiß nicht, ob ich mich daran erinnern sollte. Bist du meine Freundin?«

Sie antwortete nicht, und ich beschloss, dass es eigentlich nicht wichtig war. Ich würde es früher oder später selbst herausfinden.

Lucia trat näher und legte ihren Arm um mich. Gemeinsam sahen wir auf die funkelnden Lichter der trüben, grauen Stadt hinab.

SEI UNSER
HELD!
PIPER FANTASY
Gleich mitmachen und die magische
Welt der Piper Fantasy erleben! Neugierig?
Dann auf zu www.piper-fantasy.de!
Piper-Fantasy.de
PIPER

A. Lee Martinez

Diner des Grauens

Wir servieren Armageddon mit Pommes Frites! Aus dem Amerikanischen von Karen Gerwig. 352 Seiten. Piper Taschenbuch

Willkommen im Diner des Grauens, wo Zombie-Angriffe an der Tagesordnung sind und du niemals weißt, was im Kühlschrank lauert! Als die beiden Kumpels Earl und Duke mit ihrem uralten Pick-up bei dem Wüstenimbiss Halt machen, trifft es sie hammerhart: Zombie-Kühe, eine monströse Bardame, singende Yucca-Palmen und liebreizende Friedhofsgeister sind erst der Anfang. Doch Earl und Duke wären nicht der coolste Vampir und der fetteste Werwolf der Welt, wenn sie solche Probleme nicht auf ihre ganz eigene Art lösen würden … Lustiger als die »Muppet-Show« und blutiger als »From Dusk till Dawn« – nach A. Lee Martinez werden Fantasy und Horror nie mehr sein wie zuvor!

»Der größte Spaß seit Douglas Adams und das verrückteste Debüt aller Zeiten!«
Publishers Weekly

05/1980/03/L

A. Lee Martinez

Die Kompanie der Oger

Sterben und sterben lassen! Aus dem Amerikanischen von Karen Gerwig. 416 Seiten. Piper Taschenbuch

Für einen, der unsterblich ist, stirbt Never Dead Ned ziemlich häufig – nur kehrt er immer wieder ins Leben zurück. Doch Ned bliebe lieber tot, als seine neue Aufgabe anzutreten: Er soll die Oger-Kompanie befehligen, die verwahrloseste Truppe der Welt. Selbstmörderische Kobolde, gehänselte Orks und verführerische Amazonen machen ihm das Leben zur Hölle. Dazu droht der Welt noch furchtbares Unheil. Die Oger-Kompanie steht vor ihrer ersten – und schwierigsten – Aufgabe …

»Noch schneller und lustiger als ›Diner des Grauens‹. Dieses Buch macht Fans von Terry Pratchett und Douglas Adams süchtig!«
Booklist

05/2120/02/R

A. Lee Martinez

Monsterkontrolle

Die Schonzeit für Mutanten ist vorbei. Aus dem Amerikanischen von Karen Gerwig. 384 Seiten. Piper Taschenbuch

Vom Autor des Kultbuchs »Diner des Grauens« kommt dieses humorvolle Actionspektakel für alle Fans von Douglas Adams und Max Brooks! Bei ihrer Nachtschicht im Supermarkt entdeckt Judy einen Yeti im Gefrierschrank. Nur ein blauhäutiger Tierfänger namens Monster kann jetzt noch helfen. Doch der zieht Judy mitten hinein ins Chaos. Gemeinsam müssen sie gegen japanische Oger, Feuer speiende Katzen, Walrosshunde und eine verrückte äonenalte Zauberin antreten. Es geht, nun ja, um einiges – um die Zukunft des Universums …

»Erschreckende Monster und erschreckend komische Verwicklungen – A. Lee Martinez ist einzigartig!«
Publishers Weekly

05/2460/01/L

Thomas Plischke

Die Halbinge des Ewigen Hains

Die zerrissenen Reiche 3. Roman. 464 Seiten. Piper Taschenbuch

Die Zwerge von Amboss sind zurück! Die Geliebte des Obersten Vorarbeiters wurde grausam ermordet. Anini, ein Kommissar der Bundessicherheit, reist nach Stahlstadt, um den Täter zu stellen. Karu und Rinul, zwei junge Zwerge, haben sich dem Kampf gegen die bestehende Ordnung gewidmet, um den Krieg gegen die Menschen ein für alle Mal zu beenden. Und in Meerschaum, der bedeutendsten Hafenstadt des Südens, müssen sich die Geschwister Sira und Siris endlich ihrer Vergangenheit stellen. Drei Wege, die Thomas Plischke gekonnt miteinander verbindet, lassen den Leser mitfiebern, ob die Zerrissenen Reiche noch zu retten sind.

05/2587/01/R

Victor Gischler

Die Go-Go-Girls der Apokalypse

Roman. Aus dem Amerikanischem von Andreas Brandhorst. 400 Seiten. Piper Taschenbuch

Mortimer Tate überlebt das Ende der Welt in einer Höhle in den Bergen von Tennessee. Neun Jahre später macht er sich auf den Weg zurück in die Zivilisation – doch alles kommt anders als erwartet: Aus Versehen erschießt er die ersten Menschen, denen er begegnet. Und das Einzige, was in dieser Welt noch funktioniert, ist »Joey Armageddon's Sassy A-Go-Go«-Stripklub. Hier ist das Bier noch kalt, und die Tänzerinnen sind heiß. Zusammen mit der hinreißenden Sheila, Buffalo Bill und dem Bergsteiger Ted macht sich Mortimer auf nach Atlanta, um seine Exfrau zu finden. Und ganz nebenbei über das Schicksal der Menschheit zu entscheiden. Ein ungewöhnlicher Endzeitroman mit Witz, bizarrem Einfallsreichtum und jeder Menge Action.

05/2506/01/L

Victor Gischler

Vampire à Go-Go

Roman. Aus dem Amerikanischen von Andreas Brandhorst. 416 Seiten. Piper Taschenbuch

Nie waren Vampire so sexy und Werwölfe so aufreizend! Der amerikanische Student Allen hatte sich seinen Sommer in Prag anders vorgestellt. Statt einen geruhsamen Forschungsaufenthalt zu verbringen, gerät er an eine überaus verführerische Vampirin und mitten hinein in einen Krieg um den Stein der Weisen. Die Vampirin hat jedoch nicht mit Penny gerechnet, Allens bester Freundin und ihres Zeichens attraktive Werwölfin… Nach »Die Go-Go-Girls der Apokalypse« lässt Victor Gischler die Vampire tanzen!

05/2549/01/R

Dan Wells

Ich bin kein Serienkiller

Thriller. Aus dem Amerikanischen von Jürgen Langowski. 384 Seiten. Piper Taschenbuch

Der fünfzehnjährige John will ein ganz normaler Teenager sein, die Schule besuchen und Mädchen kennenlernen. Doch er weiß, dass in ihm ein düsteres Geheimnis schlummert. Es ist nicht nur das Interesse an Serienkillern, das sein ganzes Leben bestimmt, nicht nur seine Faszination vom Tod. Es ist die Furcht, dass er eines Tages selbst zum Killer wird. Denn John trägt ein Monster in sich. Und als unerklärliche Morde in der Stadt geschehen, muss er sich nicht nur einem dämonischen Gegner stellen, sondern auch sich selbst …

05/2595/01/L

Karl-Heinz Witzko

Die Kobolde

Roman. 416 Seiten. Piper Taschenbuch

Nichts bereitet den ebenso klugen wie boshaften Geschöpfen größeres Vergnügen, als sich unbemerkt in die Menschenwelt zu schleichen und dort ihrem Gewerbe nachzugehen: Kinder, Tiere und Großmütter gegen bösartige Wechselbälger auszutauschen. Stets konnten sie sich dabei auf die Unterstützung ihrer Assistentin Tür verlassen. Doch nun schmiedet die Tür eigene Pläne. Als diese die Kobolde nach einem Raubzug ohne Vorwarnung im Reich der Menschen zurücklässt, droht größte Gefahr, denn eine dunkle Macht ist ihnen dicht auf den Fersen.

Der Bestseller für alle Fans spannender und irrwitziger Fantasy.

05/2317/02/R